14a

Kristina Herzog
Was die Hoffnung bringt

TINTE & FEDER

Das Buch

Berlin, 1931: Alles ist anders, als die junge Jüdin Lucie es aus ihrer Heimat Tübingen gewohnt war, nicht nur, weil das Elend der Wirtschaftskrise noch spürbarer ist. Während Hannah die Praxis des Großvaters übernimmt und ihr Mann Daniel das Familienunternehmen weiterführt, hat ihre Tochter Lucie große Schwierigkeiten, ihren neuen Platz zu finden.

Erst als sie sich in den Nachbarssohn Paul verliebt, beginnt Lucie, sich einzuleben. Doch bei seinen Eltern ist sie nicht gerne gesehen. Der Hass gegen die Juden nimmt überall zu und macht auch vor Hannahs Arbeit als Ärztin und der Firma nicht halt. Kann Lucie sich auf Paul verlassen?

Die Autorin

Kristina Herzog studierte Jura und Mediation in Berlin und Heidelberg. Neben Kurzgeschichten in Anthologien und Zeitschriften hat sie Kriminalromane und einen Politthriller veröffentlicht. Schon immer galt ihr besonderes Interesse jedoch der Geschichte und den persönlichen Schicksalen der Menschen aus historischer Perspektive. Nach »Was der Morgen verspricht« ist »Was die Hoffnung bringt« Kristina Herzogs zweiter historischer Roman und die Fortsetzung ihrer bewegenden »*Sternberg*«-Saga. Weitere Informationen über die Autorin finden Sie unter https://www.kristinaherzog.de/newsletter/.

Kristina Herzog

WAS DIE HOFFNUNG BRINGT

Die Sternberg-Saga

ROMAN

TINTE & FEDER

Deutsche Erstveröffentlichung bei
Tinte & Feder, Amazon Media EU S.à r.l.
38, avenue John F. Kennedy, L-1855 Luxembourg
Juli 2022

Umschlaggestaltung: zero-media.net, München
Umschlagmotiv: © Billion Photos © MediaGroup BestForYou
© Here / Shutterstock; © Laura Ranftler / ArcAngel
1. Lektorat: Ute Köhler
2. Lektorat und Korrektorat: Media-Agentur Gaby Hoffmann,
www.profi-lektorat.com
Gedruckt durch:
Amazon Distribution GmbH, Amazonstraße 1, 04347 Leipzig /
Canon Deutschland Business Services GmbH, Ferdinand-Jühlke-Straße 7,
99095 Erfurt /
CPI books GmbH, Birkstraße 10, 25917 Leck

ISBN 978-2-49671-125-7

www.tinte-feder.de

Für Nicki

Kapitel 1

Tübingen, 1931

Mit einem Seufzer zog Hannah Friedländer die Tür zu ihrem Schlafzimmer hinter sich zu. Nach den Aufregungen des letzten Abends hatte sie äußerst schlecht geschlafen und fühlte sich alles andere als frisch, dabei war die Patientenliste für heute recht lang. Sie würde all ihre Kraft für eine ordentliche Versorgung der Kranken und Verletzten brauchen. Nie hätte sie gedacht, dass es so aufreibend sein könnte, mit der Familie über die Umzugspläne zu reden, die sie und ihr Ehemann Daniel gemeinsam geschmiedet hatten. Vor allem war sie überrascht gewesen, wie heftig ihr Nesthäkchen Lucie darauf reagiert hatte.

Nur noch eine gute Woche lang würde sie Patienten in ihrer Hauspraxis hier in Tübingen behandeln, dann begann das große Packen. So ganz hatte sie sich noch nicht an den Gedanken gewöhnt, das alles hinter sich zu lassen. Ihr Entschluss war jedoch getroffen: Sie würden ihre Zelte in Tübingen, wo sie die letzten fünfundzwanzig Jahre ihres Lebens verbracht hatten, abbrechen und zurück nach Berlin ziehen.

Die Villa der Großeltern stand schon viel zu lang leer, ebenso wie die dazugehörige Praxis, die ihr Großvater über viele Jahre sehr erfolgreich betrieben hatte und die nun Hannah als seine Nachfolgerin übernehmen würde. Auch auf Daniel kamen große Veränderungen zu, die nichts mehr mit seiner Professorenstelle an der juristischen Fakultät zu tun hatten. Er ließ sich auf ein ganz neues Gebiet ein, denn nachdem kürzlich Hannahs Vater verstorben war, trieb die Rauchwarenfabrik derzeit führerlos dahin und ihre Mutter war damit vollkommen überfordert. So weit, so gut. Wenn damit nur nicht die Trennung von einigen Menschen verbunden gewesen wäre, die ihrem Herz so nahestanden wie nur wenige andere: Ihr ältester Sohn Kurt, der sich kurz vor dem Ende seines Jurastudiums befand, wollte seine Freundin Ursula nicht zurücklassen. Auch Ariel, ihr Zweitältester, hatte entschieden, in Tübingen zu bleiben und hier zu studieren, anstatt sich seiner Familie anzuschließen und mit nach Berlin zu gehen.

Und dann war da auch noch Alma. Alma, die jetzt in der Küche stand und mit seligem Lächeln auf dem Gesicht die Frühstücksbrote strich und den Tee aufgoss, während sie nebenbei bereits in einem Suppentopf für heute Mittag rührte. Alma, ihre Köchin und engste Freundin, seit sie in ihrer beider Jugendzeit als Zimmermädchen bei ihren Eltern angefangen hatte. Sie waren über die Jahre enger und enger zusammengewachsen. Es fühlte sich an, als würde sie ihre Schwester verlassen.

Hannah, die sich für einen Moment an den Türrahmen gelehnt und Alma zugesehen hatte, richtete sich wieder auf und ging langsam in die Küche hinein. Sie bemühte sich, die Sorgenfalten wegzulächeln, die diese Gedanken auf ihrer Stirn hinterließen, damit sie nicht auf Alma abfärbten. Denn seit sie den Entschluss gefasst hatten, nach Berlin zu ziehen, war Alma so glücklich, wie Hannah sie selten erlebt hatte. Das lag natürlich nicht daran, dass sie endlich Hannah, Daniel und ihre Tochter Lucie loswurde, sondern weil sie sich entschlossen hatte, dem langjährigen Drängen Wilhelm Waldners, Lucies ehemaligem

Lehrer, nachzugeben und ihn zu heiraten. Die Trauung hatte in allerkleinstem Kreis bereits am letzten Wochenende stattgefunden, damit die ganze Familie dabei sein konnte. Ein Schritt, den Alma immer wieder und entgegen Hannahs Zureden vertagt hatte, um Hannah und ihre Familie nicht im Stich zu lassen.

Sie gönnte Alma ihre Liebe von ganzem Herzen. Sie war dankbar, dass diese sie noch bis zu ihrer Abreise unterstützte, obwohl sie nunmehr verheiratet war und einem Zusammenleben mit Wilhelm Waldner dadurch nichts mehr im Wege stand. Ein weiterer Umzug inmitten all des anderen Gewühls wäre denn auch kaum zu bewerkstelligen gewesen.

Alma fuhr herum, den Holzlöffel, mit dem sie gerade gerührt hatte, hoch erhoben, als wäre sie bereit, Hannah damit zu schlagen.

»Ho, ho, was ist denn hier los?«, fragte Hannah mit abwehrend erhobenen Händen.

Sofort ließ Alma den Löffel wieder sinken. »Entschuldige, ich hatte mich nur erschrocken. Du hast dich so herangeschlichen.«

»Und da dachtest du, du brätst mir eins mit dem Löffel über? Ein wirklich guter Plan, Alma!« Hannah konnte ihren Blick nicht von dem Lauchfetzen lösen, der an dem Löffel klebte und jeden Moment abzufallen drohte, während Alma damit herumgestikulierte.

»Du hättest ja sonst wer sein können. Ein Einbrecher oder ein fehlgeleiteter Patient oder so«, erklärte Alma und grinste verschämt.

»Der sich von einer kochlöffelschwingenden Amazone natürlich auf der Stelle abschrecken ließe!«, ergänzte Hannah mit hochgezogenen Augenbrauen.

»Du hast recht. Es war ein bisschen dumm von mir.« Alma kicherte, während sie sich nach dem inzwischen auf der Erde liegenden Lauchstück bückte.

Hannah stimmte ein. Es tat so gut, mit Alma gemeinsam zu lachen. Wie sehr würde ihr das fehlen, auch wenn sie sich natürlich für Alma freute, dass die Freundin endlich einen eigenen Hausstand gründen würde.

Doch in diesem Augenblick, wo sie ihr gegenüberstand, nahm mit einem Mal die Trauer um den Verlust von Alma wieder überhand und ohne weitere Vorwarnung rollte Hannah eine Träne über das Gesicht. Stürmisch umarmte sie die Freundin.

»Ich freue mich so für dich, Alma«, stammelte sie.

»Na klar, und deshalb heulst du herum wie ein mondsüchtiger Wolf!«, kommentierte Alma, legte endlich den Kochlöffel weg und erwiderte die Umarmung. »Du wirst mir auch schrecklich fehlen, aber wir schreiben uns so oft wie möglich und wir können uns doch gegenseitig besuchen. Das wird ein Spaß!«

Hannah bekam vor lauter Tränen kein Wort heraus, sie nickte stumm. Ja, sie war fest entschlossen, alles zu tun, um mit Alma in Kontakt zu bleiben, doch es war definitiv etwas anderes, als einfach mal kurz in die Küche zu huschen und ihr all das zu erzählen, was ihr auf der Seele brannte, oder Almas Erlebnissen zu lauschen.

Lucie war in der Frühe mit verspanntem Nacken und schlechter Laune aufgewacht. Einen Moment hatte sie nur dagelegen und sich über sich selbst gewundert, dann war ihr alles siedend heiß wieder eingefallen: Es war ein grauenhafter Abend gestern gewesen, denn die Eltern hatten ihnen aus heiterem Himmel verkündet, dass sie vorhatten, Tübingen zu verlassen und nach Berlin zu ziehen. Nach Berlin! Was für eine unmögliche Idee! Ja, der Großvater war verstorben und seine Fabrik brauchte einen neuen Chef. Aber Vater war Jurist und Professor und kein Zigarettenfabrikant. Da hätte sich doch sicher jemand Besseres finden lassen und sie hätten gemütlich hier im schönen Tübingen bleiben können, statt in der hektischen, überfüllten

Großstadt zu hausen. Warum konnte nicht Onkel Jakob die Fabrik übernehmen oder ein Geschäftsführer eingestellt werden oder sonst etwas? Hauptsache, sie konnten in Tübingen bleiben. Hier war ihre Heimat, hier waren ihre Brüder und Alma und ihre ganzen Freundinnen. Sie konnte nicht ohne ihre beste Freundin Helga leben, auf gar keinen Fall.

Wahrscheinlich war das alles nur ein schlechter Traum. Sie würde jetzt nach unten gehen, den anderen von diesen Hirngespinsten erzählen und gemeinsam mit der Familie über ihre überbordende Fantasie lachen.

Entschlossen schlug Lucie die Bettdecke zurück, setzte sich auf die Bettkante und schlüpfte in ihre Pantoffeln. In Windeseile wusch sie sich und zog sich an, um gleich darauf die Treppe hinunterzuspringen.

Im Esszimmer sah alles so aus wie immer: Die Eltern saßen bereits dort, beide die aufgeschlagene Zeitung vor den Gesichtern, und auch von Kurt sah man lediglich den Haarschopf hinter dem Papier. Nur ihr mittlerer Bruder Ariel blinzelte sie aus noch kleinen Augen an, ansonsten war niemandem anzumerken, dass irgendetwas verändert sein könnte. Erleichterung machte sich in ihr breit. Offenbar hatte sie den ganzen Unfug wirklich bloß geträumt. Sie schlüpfte an ihren Platz und griff nach ihrer Milch, die Alma ihr noch immer jeden Morgen hinstellte.

»Guten Morgen, mein Schatz! Gut geschlafen?«, erkundigte sich ihr Vater und lächelte sie über die gesenkte Zeitung hinweg freundlich an.

»Ja, ich hatte allerdings einen irren Traum«, antwortete Lucie und nahm einen tiefen Schluck.

»Dann hast du dich also wieder beruhigt?«, wollte Mutter wissen, während sie ihre Zeitung zusammenfaltete und sie mit besorgtem Blick musterte.

»Ich … ja, wieso?«, fragte Lucie verdattert. War das Ganze vielleicht doch kein Traum gewesen?

»Na ja, gestern hast du auf die Neuigkeiten von unserem Umzug ja ziemlich harsch reagiert …«, begann Mutter, als Lucie auch schon so heftig aufsprang, dass ihr Stuhl polternd umfiel. »Dann ist es also wahr? Ich habe diesen ganzen Blödsinn nicht bloß geträumt? Ihr wollt mich von hier wegbringen?« Sie spürte, wie das Blut in ihren Ohren rauschte und ihr ganz heiß wurde vor Erregung.

»Nun ja, wegbringen ist ein wenig melodramatisch, aber wenn du den Umzug nach Berlin meinst, das war kein Traum«, schaltete sich Vater ein.

Lucie biss sich auf die Lippen, um vor Wut nicht laut aufzuschreien. Die Enttäuschung brodelte heiß in ihr. Sie rang nach Worten, während der Rest der Familie sie erwartungsvoll ansah.

Sie schüttelte wütend den Kopf, dann stürmte sie hinaus, ohne den umgekippten Stuhl aufzustellen oder sich noch einmal umzusehen. Sie musste raus hier. Sie brauchte Luft … und Menschen, die sie verstanden.

Ohne weiter nachzudenken, griff sie nach ihrer Schultasche und rannte ohne Frühstück los. Zu Helga, ihrer Seelengefährtin. Wenn jemand Rat wusste, dann war es Helga.

Es war nicht sonderlich weit, wie das meiste in Tübingen. Nur um einige Ecken und ein paar Gassen entlang, schon stand sie schwer atmend vor dem Haus der Familie Freeh. Als hätte sie sie bereits erwartet, öffnete ihr Helga lächelnd die Tür. Die Freehs waren nicht so wohlhabend, dass sie ein Mädchen oder eine Köchin beschäftigen konnten, doch das hatte auf ihre Freundschaft keinerlei Einfluss.

Kaum sah Helga sie an, verdüsterte sich ihre Miene.

»Lucie, was ist denn passiert? Du siehst ja so bedrückt aus?«, fragte sie, während sie sie in den dunklen Hausflur zog.

»Ich bin von zu Hause weggerannt. Ohne Frühstück«, erklärte Lucie zornentbrannt.

Helga starrte sie erschrocken an. »Wirklich? Warum denn nur? Deine Eltern sind doch immer so lieb.«

»Nun, das hat offenbar ein Ende. Sie wollen mich nach Berlin entführen.«

Helga riss die Augen auf. »Was? Aber wie können sie dich denn entführen? Sie sind doch deine Eltern.«

Ungeduldig winkte Lucie ab, während sie Helga in die Stube folgte, die hier gleichzeitig als Wohn- und Speisezimmer diente.

»Grüß dich, Lucie! Du bist heute aber früh dran. Helga ist noch mitten beim Frühstück. Möchtest du auch einen Kakao?«, fragte Helgas Mutter. Sie war das genaue Gegenteil von Lucies zierlicher, ätherisch wirkender Mutter: groß, blond, rotwangig und rund. Und total in ihrer Rolle als Hausfrau aufgehend. Jedes Mal, wenn Lucie sie sah, hatte sie eine Schürze um.

»Gerne. Ich bin noch gar nicht zum Frühstücken gekommen.«

»Oh, dann bringe ich dir gleich noch eine Scheibe Brot mit Honig mit, in Ordnung?«

»Das hört sich himmlisch an, vielen Dank, Frau Freeh!«, frohlockte Lucie und ließ sich rasch auf den Stuhl gleiten, auf dem sie bereits unzählige Male gesessen hatte.

Kaum war ihre Mutter aus dem Raum, fragte Helga mit glühenden Wangen: »Was ist denn nun los? Was meintest du mit ›nach Berlin entführen‹?«

»Natürlich nicht wirklich entführen, du Schaf! Sie wollen umziehen. Nach Berlin. Und ich muss mit.«

Helga starrte sie ungläubig an und sofort traten Tränen in Lucies Augen. Sie blinzelte heftig, während Helga mit erstickter Stimme fortfuhr: »Aber warum denn nur? Es geht euch doch gut hier. Beide haben hier Arbeit. Deine ganze Familie wohnt hier …«

»Nicht die ganze. Mein Großvater ist gerade gestorben – das weißt du doch –, und jetzt muss jemand das Werk übernehmen. Keine Ahnung, wie sie darauf kommen, dass Papa dafür geeignet sein könnte. Und Mutter meint, die Praxis in Berlin würde wahrscheinlich besser laufen. Außerdem wohnen auch meine anderen Großeltern dort, die sich doch schon so darauf freuen, mich mehr zu sehen. Und … Ach, ich weiß auch nicht.« Lucies Stimme brach. Das war alles zu viel für sie. Die ganzen Neuigkeiten und dazu noch Helgas bestürzter Blick.

Helga sah sie einen Augenblick an wie ein angststarres Kaninchen, dann brach sie plötzlich in lautes Wehklagen aus.

Frau Freeh, die gerade mit dem Honigbrot und der dampfenden Kakaotasse wiederkam, betrachtete ihre Tochter verwundert.

»Um Himmels willen, Helga, was ist denn? Tut dir etwas weh?«, rief sie mit sorgenvoller Miene.

Doch Helga winkte nur schluchzend ab. Auf ihrem Gesicht hatten sich rote Flecken gebildet und in Windeseile bot sie ein Bild des Jammers.

»Sie ist … es … ich habe ihr gerade erzählt, dass meine Eltern mit mir nach Berlin ziehen wollen«, erklärte Lucie, die sich immer elender fühlte.

»Oh«, war alles, was Frau Freeh über die Lippen kam. Sie stellte vorsichtig Teller und Tasse vor Lucie auf den Tisch und setzte sich dann ihnen gegenüber hin. Ihr Blick glitt abwechselnd von ihrer Tochter zu Lucie und zurück, während ihre Stirn in Falten lag.

»Das kommt aber überraschend«, sagte sie schließlich.

»Für mich auch«, versicherte ihr Lucie mit vollem Mund.

»Das glaube ich dir«, murmelte sie nachdenklich. »Aber Berlin ist ja nicht aus der Welt. Ihr könntet euch gegenseitig besuchen und euch schreiben.« Sie nickte ihnen ermutigend zu.

Lucie schaute sie mit leerem Blick an, daraufhin heulte Helga wieder so lautstark los, dass Lucie sich am liebsten die Ohren zugehalten und hinausgerannt wäre, weil sie den Eindruck hatte, es nicht mehr ertragen zu können.

»Helga, nun beruhige dich mal. Ihr müsst zur Schule. Hier, Lucie, ich habe dir ein Käsebrot gemacht, damit du etwas für die Pause hast.«

»Danke schön, Frau Freeh«, sagte Lucie brav und stand auf, während Helga tränenüberströmt sitzen blieb und sich ganz ihrem Elend hingab.

»Helga, komm, wir müssen los. Weißt du, wie spät es schon ist? Wir müssen rennen, sonst kommen wir nicht mehr rechtzeitig.«

Nun reagierte endlich auch Helga, obwohl sie weiterhin vor sich hin wimmerte, als ob sie Schmerzen hätte.

Lucie hätte sich aufmunternde Worte oder ein wenig Mitgefühl von ihr gewünscht, doch stattdessen gab sich die Freundin ganz ihrem eigenen Kummer hin.

Sie schafften es gerade noch kurz vor der Schulglocke, das Gebäude zu erreichen und auf ihre Plätze zu huschen.

In der Pause hatte Helga allerdings wieder losgeheult und so hatten auch die anderen von den Umzugsplänen erfahren. Mehrere Mädels hatten sofort miteingestimmt. Insofern war Lucie fast froh, als sie am Nachmittag mies gelaunt von dem vielen Rumgejammer nach Hause kam.

Doch auch hier hatte das Chaos Einzug gehalten. Mehrere Kisten, gefüllt mit Holzwolle und bereit, die Familienschätze aufzunehmen, standen plötzlich überall herum. Alma küsste sie nur flüchtig auf die Stirn und kniete sich dann wieder vor die

Anrichte, um das gute Geschirr in den Tiefen einer Kiste zu versenken.

»Suppe steht auf dem Ofen. Nimm dir ruhig noch eine Scheibe Brot dazu. Ich habe es schon abgeschnitten«, rief sie ihr über die Schulter zu, während sie die große Suppenterrine sorgsam aus dem Schrank hob und in die Holzwolle bettete.

Lucie schnaubte verärgert vor sich hin, doch auch das führte nicht dazu, dass Alma von dieser unseligen Tätigkeit abließ und ihr ihre volle Aufmerksamkeit schenkte, wie sie es sonst stets tat, wenn Lucie aus der Schule kam.

Ja, waren denn heute alle verrückt geworden? Nichts war mehr, wie es eigentlich sein sollte. Am liebsten hätte Lucie wieder kehrtgemacht und wäre hinausspaziert, um ihren Unmut über das ganze Geschehen deutlich zu machen. Aber ihr Magen knurrte heftig. Sie war mittlerweile wirklich hungrig, und noch einmal aufs Essen zu verzichten, erschien ihr nicht erstrebenswert.

Helgas Krokodilstränen waren ihr auf den Magen geschlagen, aber sie hielten sie nicht davon ab, den Teller mit einer ordentlichen Portion zu befüllen, sich eine Scheibe Brot unter das Kinn zu klemmen und mit beidem das Esszimmer anzusteuern, in dem Alma hockte und das gute Geschirr verstaute.

»Hattest du einen schönen Tag?«, fragte diese, als Lucie den Suppenteller vorsichtig zu ihrem Platz balancierte.

»Wohl kaum«, knurrte Lucie ungehalten.

»Lucie, also wirklich! Du benimmst dich wie eine trotzige Dreijährige. Man kann kaum glauben, dass du sechzehn Jahre alt bist.« Alma hatte wieder diesen scharfen Ton am Leib, den Lucie so gar nicht bei ihr leiden konnte.

»Mein ganzes Leben wird in Schutt und Asche gelegt, da ist es ja wohl angebracht, sich darüber aufzuregen«, empörte sie sich.

»Nun, alles hat seine Grenzen. Deine Eltern haben ihre Gründe dafür erklärt und ich finde sie durchaus nachvollziehbar, obwohl es mir natürlich auch besser gefallen würde, alles bliebe so, wie es ist.«

»Für die beiden ist es einfach, sie kennen schließlich Berlin. Ich war bisher nur ein paarmal dort. Für mich ist das alles fremd. Alle meine Freunde sind hier.«

»Berlin hat durchaus seine Reize. Du wirst schon sehen. Und Tübingen und wir alle hier sind schließlich nicht aus der Welt. Das Haus von Hannahs Großeltern ist wunderschön und riesig. Da ist durchaus Platz für den einen oder anderen Besucher. Es steht inzwischen viel zu lange leer.«

»So lange ist Urgroßvater doch noch gar nicht tot, und der hat schließlich bis zuletzt dort gewohnt. Dann sollen sie es doch samt Arztpraxis verkaufen«, sagte Lucie trotzig und beugte den Kopf über den Suppenteller, damit Alma nicht sah, wie ihr eine Träne über die geröteten Wangen rollte.

Doch Alma hatte es natürlich trotzdem bemerkt – wie eigentlich immer.

Sie stand auf, setzte sich neben Lucie und zog sie an sich.

»Ach, Schätzchen, du wirst sehen: Es wird sicher viel schöner, als du es dir in diesem Moment vorstellen kannst. Und in ein paar Wochen hast du uns alle bestimmt vergessen, weil du so viele neue Freunde in Berlin gefunden hast.«

»Niemals!«, rief Lucie empört aus, doch ihre Stimme klang ganz erstickt von den vielen Tränen, die plötzlich aus ihren Augen liefen.

»Und alles nur wegen der Firma«, murmelte sie. »Gäbe es dieses dämliche Werk der Großeltern nicht, könnten wir in Frieden hierbleiben.«

Kapitel 2

Hannah saß in ihre Gedanken versunken auf ihrem Platz in dem stickigen Zugabteil und ließ sich von dem mal mehr, mal weniger sanften Rütteln der Bahn forttragen. Weg von ihrem Zuhause, von ihren Söhnen, von ihrer besten Freundin. Sie hatten in kürzester Zeit, was nur auf Almas herausragende organisatorische Fähigkeiten zurückzuführen war, alles eingepackt, das mitsollte, und hatten für Kurt und Ariel eine Haushälterin organisiert, damit die beiden versorgt wären, wenn sie ohne die Familie weiter in dem Haus wohnten und in Tübingen ihren Studien nachgingen.

Und sie hatten schließlich alles vorausgeschickt und reisten nun mit der Bahn hinterher, natürlich nicht, ohne sich tränenreich von Kurt und Ariel, aber auch von allen Bekannten und Freunden verabschiedet zu haben.

Am schwersten aber hatte sich Hannah getan, als es an den Abschied von Alma und den Jungs gegangen war. Sie schwamm förmlich in ihren Tränen, als sie schließlich in der Bahn saßen und gen Hauptstadt ratterten, während die drei geliebten Menschen an der Seite von Wilhelm Waldner, Almas frischgebackenem Ehemann, auf dem Bahnsteig immer kleiner wurden.

Doch auch Lucie quälte der Abschied offensichtlich. War sie bislang jeden Tag ein überaus liebenswürdiges und fröhliches Mädchen gewesen, zeigte sie ihnen ihre Abscheu gegen den Umzug deutlich. Das Aufgebot an trauernden Zurückbleibenden, die ihr auf dem Bahnhof einen letzten Gruß hatten zukommen lassen wollen, war beträchtlich gewesen, doch sie hatte fast ausschließlich an Helgas Hals gehangen, laut schluchzend und gleichzeitig geladen wie eine Duellpistole. In ständiger Bereitschaft, ihren Eltern und der ganzen Welt ihren Unmut zu demonstrieren.

Hannah bemerkte, dass Daniels Blick ungeduldig von einer zur anderen flog und seine Stirn gefurcht war. Er konnte Tränen von jeher schlecht ertragen. Sie wusste, dass auch ihm der Abschied nicht leichtfiel, doch er trauerte leiser und nicht so offensichtlich. Für ihn hätte sie ja gerne aufgehört zu weinen, doch der Schmerz war bodenlos. Sie fühlte sich ihm hilflos ausgeliefert, auch wenn sie sonst schon lange nicht mehr so nah am Wasser gebaut war. Durch ihre Arbeit als Ärztin hatte sie sich ein deutlich dickeres Fell zulegen müssen.

Doch eine gute Viertelstunde später versiegten ihre und kurz darauf auch Lucies Tränen. Während sie sich das feuchte Gesicht mit ihrem spitzenbesetzten Taschentuch abtupfte, seufzte Daniel sichtlich erleichtert auf.

»Glaubst du, dir wird die Arbeit in der juristischen Fakultät fehlen?«, fragte sie und lächelte ihn mitfühlend an.

»Natürlich, aber das ist egal. Wir haben uns entschieden und nun warten neue Aufgaben auf uns. Ich bin sicher, jeder Einzelne von uns wird sie gut meistern.«

»Du hast dich meinetwegen dafür entschieden«, sagte sie leise und streckte dankbar die Hand nach seiner aus.

»Es wird bestimmt alles gut werden«, erwiderte er sanft. Sachte drückte er ihre Hand und fragte mit bemüht gut gelaunter Stimme: »Möchte vielleicht jemand etwas von den Köstlichkeiten probieren, die Alma uns eingepackt hat?«

Hannah warf einen fragenden Blick zu Lucie hinüber, die jedoch weiterhin mit kämpferischer Miene aus dem Fenster starrte und nicht antwortete. Hannah wischte sich über das erhitzte Gesicht. »Was gibt es denn?«

Daniel zog das Tuch von dem Korb, den Alma ihm auf dem Bahnhof in die Hand gedrückt hatte.

»Gebratenes Hühnchen, Eier, Äpfel, Brote, Kuchen …« Er sah auf.

Beim Gedanken, dass dieser Korb mit Leckereien wohl für sehr lange Zeit die letzte liebevolle Handlung Almas gewesen war, quollen Hannah erneut die Tränen hervor.

»Ach, Hannah«, sagte Daniel mitleidig, erhob sich und setzte sich neben sie. Er legte einen Arm um ihre bebenden Schultern.

Hannah presste die Lippen aufeinander und wischte sich die Tränen von den Wangen. »Es ist nur … Kurt und Ariel … Ich kann sie doch nicht einfach verlassen. Sie sind meine Kinder.« Sie schluckte schwer. Durch die tränenbelegte Stimme waren ihre Worte undeutlich. Trotzdem wusste Daniel anscheinend genau, was sie meinte.

»Sie sind erwachsen, mein Herz. Sie gehen ihre eigenen Wege. Das ist der Lauf des Lebens.«

»Trotzdem brauchen sie mich noch. Sie sind meine Jungs. Ich will für sie da sein.«

»Sie bleiben immer deine Jungs. Und du kannst auch für sie da sein, wenn du nicht direkt vor Ort bist. Ihr werdet einander schreiben, euch besuchen und in wichtigen Fällen kann man telegrafieren.«

»Das ist nicht das Gleiche«, schluchzte Hannah.

Daniel drückte sie fester an sich und küsste sie auf die Haare.

»Es wird alles gut werden. Alma hat ein Auge auf sie. Und sie werden uns sicher schon bald besuchen. Du bist und bleibst ihre Mutter, daran wird auch der Umzug nichts ändern. Und vielleicht entschließen sie sich ja später doch noch, uns zu folgen.«

Hannah nickte zögernd. »Aber lasse ich sie nicht im Stich? Ich habe mir immer geschworen, dass mein Beruf nicht wichtiger ist als meine Kinder.«

»Das wissen sie alle, nicht wahr, Lucie?«, wandte er sich an ihre weiterhin stur hinausstarrende Tochter.

Absichtlich langsam drehte sie den Kopf in ihre Richtung und rollte die Augen. »Was ist?«

»Ich sagte, dass ihr euch bewusst seid, dass ihr eurer Mutter sehr wichtig seid.«

»Sicher«, antwortete sie mit unbewegter Miene und sah wieder aus dem Fenster.

Hannah registrierte, wie Daniel sich auf die Lippen biss. Bei jedem lagen die Nerven blank. Besser, sie ließen ihre Tochter jetzt in Ruhe, damit sie ihren Abschiedsschmerz verarbeiten konnte. Für erzieherische Maßnahmen war später noch genug Zeit.

Betont fröhlich stand ihr Mann auf, rieb sich die Hände und nahm sich wieder den Picknickkorb vor.

»Also, ich habe Hunger. Die Sachen von Alma sehen einfach zu gut aus, um sie in einem Tränenmeer zu versenken. Möchte noch jemand etwas von dem Huhn?«

Doch Hannah und Lucie schüttelten beide nur den Kopf.

»Vielleicht später«, erwiderte Hannah leise. Sie konnte gerade nichts essen, auch wenn sie es gern ihm zuliebe getan hätte. Doch im Moment hatte sie das Gefühl, als wäre ihr Magen vor lauter Kummer wie zugeschnürt.

Als sie am nächsten Tag nach einer Rast in einer kleinen Pension in einem unaussprechlichen kleinen Städtchen durch Berlin fuhren, um zu ihrem neuen Zuhause zu gelangen, waren die Tränen getrocknet und Almas Korb längst geplündert. Daniel hatte ein Automobil mit Fahrer geordert und alle, sogar Lucie, schienen die Fahrt zu genießen. Er staunte, wie sehr sich das Gesicht Berlins seit ihrem letzten Besuch verändert hatte. Waren sie denn so lange fort gewesen? Es gab viel mehr Autos auf den Straßen, Pferdefuhrwerke waren kaum mehr zu sehen. Viele Menschen schlenderten umher oder strebten zielgerichtet ihrem Bestimmungsort entgegen. Alles wirkte geschäftig, quirlig, lebhaft, aber man sah auch zahlreiche Leute in abgerissener Kleidung und mit Schildern bettelnd an den Straßenecken stehen. Ein Bild, das sie aus Tübingen nicht kannten. Daniel warf einen schnellen Blick zu Lucie, doch die betrachtete noch immer staunend den Trubel auf den Straßen. Sogar ein kleines Lächeln hatte sich wahrscheinlich unbeabsichtigt auf ihr Gesicht geschlichen.

Daniel beugte sich zu seiner Jüngsten. »Na, ist doch alles nicht so schlimm, wie du dachtest?«, raunte er ihr zu.

Sie fuhr auf. Sofort war das Lächeln von ihren Zügen wie weggewischt.

»Doch«, versicherte sie mit trotzig vorgeschobener Unterlippe.

»Ich würde mir wünschen, dass dieser Kriegszustand bald ein Ende findet. Auch ich vermisse Tübingen, unsere Freunde und vor allem deine Brüder, aber jetzt sind wir hier. Wenn du mit einer solchen Leichenbittermiene herumläufst, machst du es dir nur selbst schwer.«

Lucie schnaubte sichtlich wütend durch die Nase, verzichtete aber auf eine Antwort und drehte sich wieder dem Fenster zu.

Daniel schüttelte ungehalten den Kopf, blickte dann auch wieder hinaus.

Was gab es dort nicht alles zu sehen: Eine ärmlich gekleidete Frau zog ein Ferkel an einem Strick hinter sich her, ein Mann mit nur einem Bein klapperte auf seinem Holzbein durch die Straßen und ein paar Jungs mit kecken Schiebermützen spielten Murmeln direkt neben der Straße.

»Es ist schon deutlich anders hier als in Tübingen, nicht?«, versuchte er es noch einmal.

Und endlich schien sein Töchterchen ein wenig einzulenken. Sie nickte und schenkte ihm sogar die Andeutung eines Lächelns, was er als guten Anfang wertete.

Als sie endlich an der Villa der Großeltern ankamen, fiel die Last des gestrigen Abschieds, die die ganze Zeit wie eine dunkle Wolke über ihr gehangen hatte, von Hannah ab. Sie spürte eine verheißungsvolle Vorfreude auf all das Neue, das auf sie wartete. Sie konnte es kaum erwarten, aus dem Auto herauszukommen und auf die Straße zu springen.

Natürlich blieb ihre Ankunft nicht unbemerkt. Im Nachbargarten stand ein untersetzter Mann und starrte zu ihnen herüber. Ein Lächeln breitete sich auf ihrem Gesicht aus. Mit schnellen Schritten eilte sie zu ihm und hielt ihm über den Zaun die Hand hin.

»Herr Beike, schön, Sie zu sehen! Wie geht es Ihrer Frau?«, fragte sie fröhlich.

Der Mann stierte sie einen Augenblick an, als hätte er Probleme damit, sie zu erkennen, dann nickte er ihr heftig zu, woraufhin das feiste Kinn wackelte, und brummte etwas, das man mit etwas gutem Willen als Begrüßung auslegen konnte.

Hannah lächelte ihm zu. »Wunderbar, bestellen Sie ihr einen schönen Gruß von ihren neuen Nachbarn.«

Erneut brummte der Mann irgendetwas, verzog aber keine Miene.

»Wir übernehmen nämlich das Haus meiner Großeltern. Ich eröffne die Praxis wieder. Wenn Sie also einen Arzt brauchen sollten …« Sie lachte übermütig. Dann winkte sie ihm noch einmal zu und lief zurück zur Straße, wo Daniel gerade den Chauffeur bezahlt hatte und er und Lucie zwischen dem ganzen Gepäck standen.

»Das ist unser Nachbar, Herr Beike. Dann los: Lasst uns unser neues Heim beziehen!« Hannah griff schwungvoll nach einer der Taschen.

Lucie verharrte stocksteif zwischen dem ganzen Kram auf der Straße und starrte auf die Fassade, die zur Hälfte mit wildem Wein bewachsen war. Bei »neues Heim« hatte sie schmerzlich das Gesicht verzogen, doch im nächsten Moment hatte sie sich offensichtlich wieder gefangen.

Daniel schnappte sich einen der Koffer und gab seiner Stimme einen zuversichtlichen Klang. »Auf zu neuen Abenteuern! Willkommen zu Hause, meine Lieben!«

Mit leuchtenden Augen schlenderte Hannah durch die Räume und sog den vertrauten Geruch des Hauses ein. Noch waren die Möbel der Großeltern abgedeckt. Alles stand voll mit Kisten und anderen Mitbringseln aus ihrem Tübinger Zuhause, doch all das glitt an Hannah vorbei. Vor ihrem inneren Auge erstand wieder die gute alte Zeit, in der die Großeltern im Salon gesessen oder in der Praxis Patienten behandelt hatten. Allein für diesen Moment und das heimelige Gefühl, das damit verbunden war, hatten sich die Strapazen, die der Umzug mit sich brachte, gelohnt.

Daniel lächelte ihr zu. Dann drehte er sich um und holte den nächsten Koffer. Als er wieder durch die Haustür trat und das Gepäckstück abstellte, breitete Hannah die Arme aus und drückte sich an ihn.

»Wir werden hier sehr glücklich sein. Das spüre ich«, sagte sie und strahlte ihn an.

Er schlang die Arme um ihren zarten Körper und küsste sie auf die Stirn. »Das werden wir. Hauptsache, wir sind beieinander.«

Kapitel 3

Am nächsten Morgen war Daniel früh unterwegs. Zum ersten Mal das Werk zu betreten, ohne nur der Schwiegersohn des Chefs zu sein, war ein seltsames Gefühl. Er hatte Mühe, sich die Aufregung nicht anmerken zu lassen. Was gäbe er dafür, diese natürliche Gelassenheit zu besitzen, die seinem Sohn Kurt zu eigen war. Er schien immer genau zu wissen, was er wollte, und tat alles ruhig und entschlossen. Genauso wollte Daniel auch hier wirken, doch sein Magen flatterte unruhig; ständig beschlug seine Brille aufgrund seines erhitzten Gesichts.

Die gesamte Belegschaft stand aufgereiht zu seinem Empfang bereit. Freundlich lüpfte Daniel den Hut und neigte den Kopf zum Gruß.

»Willkommen!« Ein Mann mit schütterem Haar, über dessen leichtem Bauchansatz die Weste ein wenig spannte, trat vor und reichte ihm die Hand, doch auf seinem Gesicht war nicht einmal der Anflug eines Lächelns erkennbar. »Mein Name ist Braun. Ich bin der Prokurist hier.«

»Ah, freut mich sehr, Herr Braun. Ich bin schon gespannt auf die aktuellen Zahlen. Wenn Sie so nett sein würden, mir die Leute kurz vorzustellen, damit ich jeden begrüßen kann?«

»Sie wollen jeden einzeln begrüßen?« Herr Braun riss die Augen auf.

»Natürlich. Man muss doch die Menschen kennen, mit denen man zusammenarbeitet, denken Sie nicht?«

»Ganz wie Sie wünschen«, entgegnete Herr Braun mit gerunzelter Stirn, während er zu der ersten Frau in der Reihe vortrat. »Das ist Frau Lindenberg, Sekretärin. Hier haben wir …«

»Einen Augenblick bitte, Herr Braun. Frau Lindenberg, ich freue mich, Ihre Bekanntschaft zu machen. Auf eine gute Zusammenarbeit!« Daniel reichte der überraschten Frau die Hand. Der Prokurist fummelte mit verdutztem Blick sein Taschentuch heraus und tupfte sich die Stirn ab.

»Äh, das ist Frau Busch«, stammelte er, noch immer ganz offensichtlich konsterniert über Daniels Verhalten.

»Frau Busch, freut mich sehr! In welchem Bereich sind Sie tätig?«

Und so ging es weiter, bis er eine gute Stunde später alle Anwesenden mit Handschlag begrüßt und ein paar Worte mit ihnen gewechselt hatte, während sich Herr Braun ein ums andere Mal verstohlen die hohe Stirn gewischt hatte.

Schließlich klatschte Daniel in die Hände.

»Es war nett, Sie persönlich kennengelernt zu haben. Und nun wollen wir alle an die Arbeit gehen. Ich bin überzeugt, dass wir gemeinsam Großes erschaffen werden.«

Er lächelte. Das unbehagliche Gefühl, das ihn bedrückt hatte, bevor er hergekommen war, war mittlerweile völlig verschwunden. Stattdessen hatte er inzwischen den Eindruck gewonnen, eine gute Beziehung zu jedem seiner Mitarbeiter aufbauen zu können, auch wenn hier natürlich alles ganz anders war als in der Uni. Doch zumindest würde ihm sein juristisches Wissen bei Vertragsverhandlungen und anderen Dingen zupasskommen. Auch Herr Braun würde sich an ihn gewöhnen. Und alles andere würde sich fügen. Es fügte sich letztendlich immer.

Hannah war währenddessen in der Villa damit beschäftigt, das Personal, das sie auf die Schnelle über eine Agentur hatte anheuern können, anzuweisen, die mitgebrachten Möbel an die ihnen zugedachten Stellen zu platzieren. Sie brauchte Ordnung in ihrer Umgebung; dieses Chaos von herumstehenden Sachen schlug ihr aufs Gemüt. Sie fühlte sich ohnehin angegriffen durch den plötzlichen Tod des Vaters, den zu betrauern sie noch gar nicht die Zeit gehabt hatte. Die von Mutter organisierte Beerdigung, die erst kurz vor ihrem Umzug stattgefunden hatte, war ein großer Auflauf gewesen und lag Hannah nach wie vor schwer im Magen. Aufgrund der Kurzfristigkeit hatte sie allein reisen müssen, während der Rest der Familie den Umzug weiter vorbereitet hatte.

Ein kleiner, stiller Abschied nur im Rahmen der Familie wäre ihr deutlich lieber gewesen, doch das hatte leider so gar nicht Mutters Vorstellungen entsprochen, denn schließlich war Vater trotz seiner Eskapaden ein angesehenes Mitglied der Gesellschaft gewesen. Und nach dem Tod sah man über Dinge, die einem früher ein Dorn im Auge gewesen waren, gerne hinweg. Mutter hatte sogar erwogen, die Belegschaft aus der Tabakfabrik ankarren zu lassen, damit sie dem alten Chef die letzte Ehre erweisen konnten. Dagegen hatte Daniel allerdings sofort Widerspruch eingelegt, und so war es dabei geblieben, nur die ungefähr zweihundertfünfzig Menschen einzuladen, mit denen die Eltern befreundet gewesen waren oder die in der Gesellschaft etwas zu sagen hatten.

Als großes gesellschaftliches Ereignis hatte die Beerdigung wenig Raum für persönliche Trauer gelassen. Immerhin hatte es die Möglichkeit für ein kurzes Wiedersehen mit ihrem Bruder

Jakob gegeben, der für die Trauerfeier aus München angereist war.

Hannah war schockiert gewesen, den Bruder in einem solchen Zustand wiederzusehen. Er hatte viel älter gewirkt, als er eigentlich war. Tiefe Furchen gruben sich von der Nase zu den Mundwinkeln, dunkle Ringe lagen unter seinen Augen, bei denen die Pupillen unnatürlich groß wirkten, und er war schrecklich abgemagert. Die meiste Zeit starrte er apathisch vor sich hin und schien gar nicht mitzubekommen, was um ihn herum vor sich ging. So, wie er aussah, war er augenscheinlich wirklich nicht in der Lage, die Tabakfabrik weiterzuführen – so viel war klar. Hannah überlegte, ob sie ihm anbieten sollte, ihn zu untersuchen, entschied sich jedoch dagegen. Es lag auf der Hand, was ihm fehlte: Er war tief in seiner Opiumsucht gefangen. Sie befürchtete, ohne einen Entzug würden sie bald wieder eine Beerdigung haben.

Als sie sich verabschiedeten, hatte sie sich fest vorgenommen, dass sie, sobald der Umzug über die Bühne war, ihm einen Besuch in München abstatten und alles versuchen würde, ihn vom Opium abzubringen. Sie hatte ihn lange gedrückt, ihm jedoch noch nichts von ihren Plänen erzählt, damit er nicht gleich im Vorfeld innerliche Barrikaden dagegen aufbaute.

Doch unentwegt tauchte seitdem der Gedanke an Jakob auf, gepaart mit dem belastenden Wissen, dass ihr nicht viel Zeit blieb, ihn zu retten.

Jetzt aber hastete sie wie ein aufgescheuchtes Huhn durch die Räume, erteilte Befehle und schlug sich mit ihrem schlecht gelaunten Nesthäkchen herum, das noch immer mit Trauermiene umherging und so tat, als läge die ganze Welt in Trümmern. Bald schon würde sie hoffentlich von ihrem Kummer abgelenkt sein, denn ab morgen sollte sie die Schule besuchen. Es tat ihr weh, ihr Kind so zu sehen, doch manchmal musste man eben in den sauren Apfel beißen.

»Das kommt ins Schlafzimmer. Und dieses hier soll in das dritte Zimmer oben neben der Treppe. Direkt unters Fenster bitte.« Sie zeigte auf einen Sekretär. Das Mädchen nickte und machte sich daran, das schwere Trumm in Richtung Treppe zu zerren.

»Lucie, sei so gut und hilf ihr bitte, ja?«, fragte Hannah, während sie sich hinkniete und in einer Kiste herumwühlte.

»Kann das nicht jemand anders machen?«, maulte Lucie, griff jedoch nach der anderen Seite des Sekretärs.

»Sicher, aber du siehst doch, dass alle beschäftigt sind. Es geht schneller, wenn jeder mit anpackt«, ermahnte Hannah sie und holte aus einer Kiste mit Holzspänen eine schwere Vase heraus. Vorsichtig pustete sie die Späne von dem guten Stück und trug sie in den Salon. Ach, wenn Alma hier wäre, wäre alles leichter. Sie hatte keine Ahnung, wie sie ohne die Freundin klarkommen sollte. Sie hatte nicht nur ständig angepackt, wo sie konnte, und den gesamten Haushalt organisiert, sondern mit Alma hatte Hannah darüber hinaus immer jemanden in der Nähe gehabt, dem sie ihr Herz ausschütten konnte, wenn es nottat. Bis auf Daniel natürlich, aber das war etwas anderes. Sie würde Alma noch heute Abend schreiben und ihr alles berichten, was bisher vorgefallen war. Sie brannte darauf zu erfahren, wie sich Alma als Ehefrau so fühlte, ohne einen weiteren Haushalt, um den sie sich auch noch kümmern musste. Rücksichtsvoll wie Alma war, hatte sie ja mit der eigenen Umsiedlung in das gemeinsam mit ihrem Wilhelm neu erworbene Haus extra gewartet, bis sie abgereist waren. Doch alles hatte bereitgestanden, damit, sobald sie im Zug saßen, Alma in ihr neues Heim und die neue Haushälterin zu ihren Söhnen in ihr altes Haus ziehen konnte.

Und natürlich würde sie Kurt und Ariel schreiben – das verstand sich ja von selbst. Es fühlte sich an, als wäre ein Teil ihres Körpers amputiert worden, als sie die Jungen am Bahnhof hatte zurücklassen müssen. Aber vorher würde sie nachsehen, was sie noch in der Praxis machen musste. Sie wollte so schnell wie möglich wieder praktizieren, das würde sie auf andere Gedanken bringen.

Als Lucie früh am nächsten Morgen an Mutters Seite vor dem Büro des Schuldirektors stand, zitterten ihr die Knie. Der große Mann mit dem rötlichen Bart, der sich über seinen Wangen kringelte, hatte sein Monokel ins Auge geklemmt und musterte sie mit gerunzelter Stirn. Lucie schluckte trocken und schaute ihn ängstlich an. Sie fühlte sich, als wäre sie wieder vier oder fünf Jahre alt und hätte etwas ausgefressen, was sie vor Alma verstecken wollte.

»Soso, aus Tübingen«, sagte er und bedeutete Lucie und Mutter, auf den abgenutzten Ledersesseln Platz zu nehmen, die seinem Schreibtisch gegenüberstanden, während er sich ebenfalls setzte.

»Und Ihr Mann ist also Professor?«, wandte er sich an Mutter.

Die wog den Kopf hin und her. »Er war in Tübingen Professor. Hier übernimmt er das Werk meines Vaters.«

»So. Soso«, murmelte der Direktor, und seine Gesichtszüge wirkten plötzlich ein kleines bisschen freundlicher, doch vielleicht täuschte sie sich auch.

»Und ich habe dort als Ärztin gearbeitet«, setzte Mutter hinzu.

Sofort umwölkten sich die Züge des Direktors erneut, doch er grummelte nach einer Schockminute nur wiederum: »Soso. Dann werde ich dich jetzt in deine Klasse bringen lassen. Frau Schumann, benachrichtigen Sie eine Schülerin der

Untersekunda. Fräulein Friedländer muss zu ihrer neuen Klasse begleitet werden«, rief er laut in Richtung seines Vorzimmers.

»Sofort, Herr Direktor!«, tönte es aus dem Vorraum zurück.

Er lehnte sich zurück und nickte offenbar zufrieden.

»Und um welches Werk handelt es sich, sagten Sie?«, fragte er Mutter jovial, während er nach seinem Zigarettenetui griff.

»Nun, die dürften wahrscheinlich von uns sein«, erwiderte Mutter mit kühlem Blick und deutete mit der behandschuhten Rechten auf das inzwischen aufgeklappte Etui.

Die Augen des Direktors weiteten sich.

»Sieh an, sieh an. Ah, da ist sie ja. Ilse, nimm dich deiner neuen Mitschülerin an. Lucie Friedländer. Sie geht auch in die Untersekunda.«

Das Mädchen mit den blonden Zöpfen, das knicksend eintrat, war mindestens anderthalb Köpfe größer als Lucie.

Lucie schaute schüchtern zu Boden. Was würden all die neuen Mädchen von ihr als Neuankömmling wohl denken?

»Natürlich, Herr Direktor«, erwiderte Ilse und knickste noch einmal. Dann nickte sie Lucie zu und sagte knapp: »Kommst du?«

Lucie sah Mutter Hilfe suchend an. Sie wollte nicht hierbleiben. Sie kannte doch niemanden hier.

Mutter nickte ihr lächelnd zu. Lucie biss sich auf die Unterlippe und drehte sich um, um Ilse zu folgen.

Dann fiel ihr ein, dass sie ja vergessen hatte, sich vom Direktor zu verabschieden. Schnell wandte sie sich wieder um, sodass ihre Schultasche fast ein paar Akten vom Regal gefegt hätte, und knickste mit rotem Kopf.

»Auf Wiedersehen!« Nach diesen Worten eilte sie Ilse hinterher.

Als sie am Ende des Schultages an Ilses Seite, die verrückterweise ganz in ihrer Nähe wohnte, nach Hause trottete, fühlte sie sich, als wäre sie von Almas altem Leiterwagen, mit dem sie in den letzten Jahren immer zum Markt gezogen war, um die Einkäufe nicht alle per Hand schleppen zu müssen, überrollt worden.

Wie hatte sie damals in Tübingen denken können, der Tag nach der Verkündung des Umzugs durch die Eltern sei der furchtbarste Tag ihres Lebens gewesen? Hier war alles viel schlimmer. Sie war so erschöpft von all den neuen Eindrücken, dass sie fast auf der Stelle hätte einschlafen können. Nachdem sie sich mit einem schlaffen Winken von Ilse, die noch ein Stück weiterlaufen musste, verabschiedet hatte, wünschte sie sich nichts sehnlicher, als dass sie wieder in Tübingen wäre und Alma ihr mit einer freudigen Begrüßung die Tür öffnen und sich nach ihren Erlebnissen erkundigen würde.

Doch das Mädchen, das auf ihr Klingeln hin öffnete, war so ganz anders als Alma. Jung, fahrig und desinteressiert an Lucies Wehwehchen. Eine Fremde.

»Ist Vater schon da?« Lucie drückte ihr die Schultasche in die ausgestreckte Hand. Alma hätte ihr niemals die Tasche abgenommen. Zumindest nicht, seit sie ungefähr zehn war, denn schließlich konnte sie sie auch sehr gut selbst tragen, aber sie wollte das Mädchen nicht enttäuschen.

Die schüttelte den Kopf, ohne eine Miene zu verziehen, und machte kehrt.

Lucie seufzte. Das mochte sie auch nicht an Berlin. Mit Alma hatte sie direkt nach der Begrüßung reden und ihr Herz ausschütten können. Hier gab es so etwas nicht.

»Mama? Mama?«, rief sie in das Dunkel des großen Hauses, während sie die Tür hinter sich schloss.

»Gleich, Lucie. Nur einen Moment!«, hörte sie die Stimme ihrer Mutter. Sie schien in den alten Praxisräumen zu sein.

Lucie setzte sich auf die unterste Treppenstufe und stützte den Kopf auf die Hände.

»Da bin ich. Na, mein Mäuschen, wie war dein erster Schultag?« Mutter tauchte mit blitzenden Augen und hochgekrempelten Ärmeln im Treppenhaus auf.

Lucie sah sie müde an. Mutter schien so glücklich. Sie wollte sie nicht bedrücken, deshalb antwortete sie nur: »In Ordnung.«

Mutter nahm ihren Kopf in beide Hände. Ihre Finger waren feucht. Wahrscheinlich schrubbte sie die Praxis, um sie wieder nutzen zu können.

»Das ist schön, Luciemaus. Ich habe ja gewusst, dass du auch hier Freunde finden wirst. Du wirst sehen, bald fühlst du dich ganz wie zu Hause.«

»Sicher«, murmelte Lucie. »Dann gehe ich mich mal frisch machen. Wann essen wir?«

»Papa müsste jeden Moment hier sein. Ach, siehst du, da kommt er schon.« Mutter drehte sich freudig zu der Tür um, durch die Vater gerade schritt.

Er trug mit besorgter Miene einen Karton und strahlte, als er sie im Treppenhaus sah.

»Was hast du denn da?« Mutter bemühte sich, einen Blick in den Karton zu werfen. Doch Vater hielt ihn lachend höher, sodass ihre zierliche Mutter nicht hineinsehen konnte.

»Ein Geschenk. Für Lucie«, erklärte er und grinste über das ganze Gesicht.

»Für mich? Wirklich?«

»Aber ja. Eine Gefährtin, damit du dich hier nicht allzu verloren fühlst.«

Mutter legte den Kopf schief und blickte ihn fragend an.

Vater ging zu Lucie und hielt ihr den Karton hin.

Ein schmales grau getigertes Kätzchen mit glänzenden grün-braunen Augen kauerte in einer Ecke und blinzelte sie ängstlich an.

»Die Mutter hat vor gut zwei Monaten im Kontor Junge geworfen. Sie sollten alle ertränkt werden, aber ich habe gedacht, dass du dich über sie freuen würdest, vor allem, wo du …«

Weiter kam er nicht. Lucie fiel ihm um den Hals, streng darauf achtend, dem Karton genug Platz zu lassen.

»Du bist der liebste, beste Papa auf der ganzen Welt!«, jubelte sie.

»Na, das will ich doch hoffen. Wie soll sie denn heißen?«

»Ist es ein Weibchen?«

Vater nickte schmunzelnd.

»Hm … wie wäre es mit … Milli? Ich finde, sie sieht aus wie eine Milli.« Vorsichtig nahm sie ihm den Karton ab.

»Milli hört sich gut an«, meinte Mutter lächelnd.

»Sie hat bestimmt Hunger. Ich werde mal nachsehen, ob ich irgendetwas Gutes für sie in der Küche finde.« Und damit drehte sich Lucie samt Karton um und marschierte los. Seltsam, eben noch hatte sich alles so trostlos und düster angefühlt, und mit einem Mal erschien ihr die ganze Welt heiter und bunt.

Kapitel 4

Vier Wochen später fühlte sich Lucie noch immer wie ein Fremdkörper zwischen all den anderen Mädchen. Ihr einziger Lichtblick war Milli, die – wie so oft – zusammengerollt in ihrem Schoß lag und sich von ihr kraulen ließ. Ihr Fell war weich und sie hielt die Augen geschlossen und schnurrte leise vor sich hin. Doch immerhin war das Haus voll eingerichtet und gründlich durchgeputzt. Mutter hatte mit dem Personal die Praxis in Schuss gebracht, empfing wieder Patienten und machte Hausbesuche. Sie hatte sogar einen jungen Arzt und eine noch jüngere bildschöne Krankenschwester eingestellt, damit sie ihr in der Praxis zur Hand gingen. Als Lucie den beiden zum ersten Mal begegnet war, war sie total eingeschüchtert gewesen. Schwester Ida war ein energisches kleines Persönchen mit flammend roter Mähne und grün schimmernden Augen und ging unglaublich fürsorglich und liebevoll mit den Patienten um. Doktor Brandt dagegen war groß gewachsen und wirkte auf den ersten Blick ein wenig tollpatschig, doch er war sehr lernbegierig und eifrig bei der Sache. Mutter war mehr als überzeugt davon, dass viel Potenzial in ihm steckte.

Entgegen allen frohlockenden Vorhersagen der Eltern, dass sie hier bald heimisch sein würde, fühlte Lucie sich in

Berlin völlig fehl am Platz. Im Haus wirkte alles abgestanden und irgendwie … alt. Man merkte, dass hier länger niemand gewohnt hatte. Obwohl inzwischen aller Staub entfernt war und die Laken, die die alten Möbel verdeckt hatten, verschwunden waren, hatte sich in ihren Augen nichts geändert. Tübingen war ihr Zuhause, nicht dieses miefige, bejahrte Haus. Sie gehörte nicht hierher. Sie vermisste ihre Brüder, ihre Freunde, Helga, Alma. Doch sie hatte keine Wahl. Und das nahm sie den Eltern übel. Immer noch. Sehr übel sogar, doch das schien den beiden egal zu sein. All ihre Sachen standen hier und nichts war mehr, wie es sein sollte. Wie sollte sie jemals wieder glücklich sein? Da half es auch nichts, dass Mutter sie oft mitleidig ansah, unvermittelt in den Arm nahm oder ihr die Wange tätschelte. Und auch Vaters ermutigendes Nicken oder sein Über-den-Kopf-Streichen fruchteten nichts, denn nun war sie hier und ihre ganze Welt stand auf dem Kopf.

Alle Möbel, die ihre in Tübingen zurückgebliebenen Brüder nicht benötigten, alles Hab und Gut war nach Berlin verfrachtet worden. Es sah nach wie vor fremd aus, denn es gehörte nicht in die weitläufige Villa der Urgroßeltern, sondern in das deutlich kleinere und gemütlichere Haus in Tübingen. Lucie hatte wochenlang alles versucht: Sie hatte ihre Eltern umgarnt, Versprechungen gemacht, sie angefleht und sie schließlich sogar angeschrien, doch es hatte nichts geholfen.

»Wir haben dir die Gründe für unsere Entscheidung erklärt. Es ist beschlossene Sache. Du wirst dich schon daran gewöhnen. Und außerdem hast du doch jetzt Milli.«

Dauernd die gleichen Worte, die ihre Eltern scheinbar unbeeindruckt von ihren Vorstößen herunterleierten. Ganz offensichtlich abgesprochen und darauf ausgelegt, Lucies Bemühungen zu unterbinden.

In Berlin war alles anders. Niemand schien bereit zu sein, sie so anzuhimmeln, wie es in Tübingen aufgrund der herausragenden Stellung ihrer Eltern in der Stadt für gewöhnlich der Fall gewesen war. Schlimmer noch: Sie wurde kaum beachtet und galt als das Mädel vom Lande, was so viel hieß wie von hinter dem Mond.

Als sie zum ersten Mal vor der Klasse gestanden und die vielen gleichgültigen Blicke auf sich gespürt hatte, hatte sie gezittert wie ein Grashalm im Wind. Sogar die Stimme war ihr weggeblieben, als der Lehrer sie nach ihrem Namen gefragt hatte. Die Mädchen waren in lautes Gelächter ausgebrochen. Lucie war über und über rot angelaufen, hätte sich am liebsten umgedreht und wäre aus der Klasse gestürmt. So etwas hatte sie in Tübingen nie erlebt. Sobald dort jemand den Namen Friedländer gehört hatte, war ihr umgehend entweder Achtung oder sogar Dankbarkeit entgegengeschlagen, da die Eltern viel für die einheimische Bevölkerung getan hatten. Vor allem die Mutter hatte in ihrer Praxis im Laufe der Jahre viele Menschen geheilt.

All das führte dazu, dass Lucie sich am liebsten vor der ganzen Welt in ihrem Zimmer verkrochen hätte; doch die Eltern bestanden darauf, dass sie Freundinnen mit nach Hause brachte, sich mit ihnen anfreundete und Kontakte knüpfte, wie sie es in Tübingen getan hatte.

Die Einzige, die sie anzusprechen und zu sich nach Hause zu bitten sich getraut hatte, war Ilse. Sie schien wie sie ein wenig eine Außenseiterin in der Klasse zu sein und hatte darüber hinaus komische Ansichten über einige Dinge. In einer der ersten Pausen hatte sie Lucie beispielsweise darüber ausgehorcht, wie sie in Tübingen gelebt hatte, wie viele Geschwister sie hatte, was Vater beruflich machte und mit wem sie dort befreundet gewesen war. Lucie hatte ihr Rede und Antwort gestanden. Kaum hatte sie damit begonnen, begeistert von ihrer liebsten Helga zu berichten, hatte sich Ilses Gesichtsausdruck abrupt verfinstert und sie hatte sie ohne ein Wort auf dem Schulhof stehen lassen. Nach Schulschluss hatte sie dann aber wieder so getan, als wäre nichts passiert und auf sie gewartet, um gemeinsam mit ihr nach Hause zu schlendern.

In Tübingen war alles vertraut gewesen und seinen gemächlichen Gang gegangen, während es hier in Berlin überall vor Leuten, Autos und Kutschen wimmelte. Niemand schien auf sie, die aus der württembergischen Provinz kam, gewartet zu haben. Ihre jetzige Klasse war so groß wie zwei Klassen in Tübingen, und hier in Berlin ging sie auf ein reines Mädchenlyzeum, während die Jungen das nahe gelegene Gymnasium besuchten.

Als sie mit Ilse aus dem Schulgebäude trat, humpelte eine alte Frau an ihnen vorbei. Sie hatte irgendwo einen Weißkohl ergattert. Bei der zunehmenden Nahrungsknappheit dieser Tage musste man entweder Geld, Glück oder gute Beziehungen haben, um nicht zu hungern. Sie trug schwer an dem Kohl und hatte mit ihrem Stock zu kämpfen, auf den sie sich ächzend stützte. Immer wieder blieb sie stehen.

Ohne weiter darüber nachzudenken, lief Lucie zu ihr, knickste höflich und fragte, ob sie ihr beim Tragen behilflich sein könne. Ein zaghaftes Lächeln breitete sich auf dem Gesicht der Frau aus und Lucie hob bereits die Hände, um ihr den Kohl abzunehmen, als Ilse sie am Arm wegzog.

»Was tust du denn da? Ich habe der armen Frau versprochen, ihr zu helfen«, erklärte Lucie überrascht. Sie versuchte, sich zu befreien, doch Ilses Griff war so fest, dass es ihr nicht gelang, und so blieb ihr nichts anderes übrig, als sich von ihr wegzerren zu lassen.

»Hast du nicht gesehen, wie ungepflegt sie aussah? Nachher kommst du mit Flöhen und Läusen nach Hause. Denk nach, Lucie: Glaubst du, deine Mutter wäre glücklich darüber?«, schimpfte Ilse, nachdem sie Lucie ein gutes Stück entfernt endlich losgelassen hatte.

Lucie folgte ihr. Bevor sie um die Ecke bogen, schaute sie sich aber noch einmal nach der alten Frau um, die wieder ihren Kampf mit ihrem Krückstock und dem Kohlkopf aufgenommen hatte und ihr jetzt noch kleiner und kläglicher vorkam als eben schon. Sie wagte es nicht, Ilse zu widersprechen, schließlich kannte sie sich hier in der Großstadt viel besser aus. Wahrscheinlich hatte sie recht und Lucie hatte nicht genug nachgedacht.

Ein Stück weit gingen sie stumm nebeneinanderher, dann prustete Ilse plötzlich heraus: »Wie der dicken Martha heute das Buch mitten in der Deutschstunde heruntergefallen ist. Hast du gesehen, wie die alte Maibaum zusammengezuckt ist?«

Lucie lachte mit, wunderte sich aber über Ilses plötzlichen Stimmungswandel.

Als sie an der Ecke ankamen, an der Lucie abbiegen musste, äußerte Ilse plötzlich: »Lass uns besser nicht mehr über die Vergangenheit reden. Du bist nicht mehr in Tübingen. Du bist jetzt hier. Wichtig ist, was heute passiert, nicht wahr?«

Lucie schaute sie überrascht an und nickte dann unsicher. Warum störte sich Ilse an ihrer Vergangenheit? Sie hatte doch nichts Unrechtes getan.

Trotz ihrer Zweifel sagte sie langsam: »Wenn du möchtest, komm doch heute Nachmittag zu mir. Wir können gemeinsam die unregelmäßigen Verben lernen und die Matheaufgaben lösen.«

Ilse strahlte und bejahte erfreut. »Das ist eine gute Idee. Zu zweit lernt es sich immer gleich viel leichter, nicht wahr?« Und damit winkte sie Lucie zum Abschied zu und war kurz darauf verschwunden.

Lucie drehte sich um und trottete weiter. Sie hatte ein seltsames Gefühl im Hinblick auf Ilses bevorstehenden Besuch, doch Mutter hatte es ja so gewollt. Sie sollte eine Klassenkameradin einladen und sich mit ihr anfreunden. Doch dass Ilse ihr jemals so nahestehen würde, wie es Helga tat, bezweifelte sie stark.

Eine Stunde später saß Lucie mit Ilse im Garten und gab sich redlich Mühe, möglichst unbeschwert mit Ilse zu lachen und zu schwatzen und über ihr Befremden über ihre manchmal seltsame Art und ihre Ansichten hinwegzusehen.

»Und wie sie den alten Korte vorhin wieder angehimmelt hat. Hast du ihren Blick bemerkt? Als wollte sie ihn direkt an ihren nicht vorhandenen Busen drücken.« Ilse kicherte so laut über ihre Mitschülerin Erna und ihren stets etwas wie ein brodelnder Vulkan wirkenden Klassenlehrer Herrn Korte, dass ihre Worte von der Hauswand widerhallten.

Mit roten Wangen drückte Lucie ihr die Hand auf den Mund und sah sich erschrocken um. Aber niemand schien etwas gehört zu haben, sodass sie das Gesicht der Klassenkameradin wieder freigab und sich auf der Bank des Pavillons zurücklehnte. Der Pavillon stand ein gutes Stück vom Haus entfernt und war umgeben von üppig blühenden Fliederbüschen, die sie mit ihrem feinen Duft umhüllten.

Eigentlich hatten sich die beiden ja bei Lucie getroffen, um gemeinsam Hausaufgaben zu machen und die englischen Verben zu lernen, doch mittlerweile redeten sie über Mitschülerinnen und Lehrer und alberten herum. Lucies Mutter wollte, dass sie hier endlich Freunde fand und die Gedanken an Tübingen aus ihrem Kopf vertrieb. Aber Lucie wollte Tübingen nicht vergessen, schließlich hatte sie dort ihr ganzes Leben verbracht.

***

Alma schwang gut gelaunt den vollen Einkaufskorb hin und her. Sie hatte, nachdem sie den Tübinger Wochenmarkt besucht hatte, noch einen kleinen Abstecher in das Waisenhaus gemacht.

Sie hatte sich angewöhnt, dort häufiger vorbeizuschauen, seit sie nicht mehr *ihre* Kinder um sich hatte, für die sie sorgen konnte. Sie vermisste es, jemanden zu haben, auf den sie zu achten hatte und für den sie etwas Gutes tun konnte. Natürlich war da Wilhelm, doch er war den Großteil des Tages außer Haus, und so war ihre ganze Fürsorge ungenutzt geblieben, hatte sinnlos wie ein Fähnchen ohne Wind vor sich hin gebaumelt und sie unglücklich gemacht.

Doch eines Tages war ihr, während sie in ein Gespräch mit einer befreundeten Köchin verwickelt war, auf dem Markt ein kleines Grüppchen Kinder aufgefallen, die sehnsüchtig die Stände betrachtet hatten. Eine Weile hatte sie die Kinder aus den Augenwinkeln beobachtet. Sie taten nichts. Sie starrten nur unaufhörlich auf die Äpfel, Trauben und Brote. Offensichtlich waren sie hungrig. Kurz entschlossen trat Alma, nachdem sie sich verabschiedet hatte, an den Brotstand und erstand eine Tüte Brötchen. Dann drehte sie sich um und marschierte auf die vier Kinder zu. Aus hageren Gesichtern blickten ihr große, angstvolle Augen entgegen. Sie öffnete die Tüte und hielt sie ihnen hin. Die Kinder wichen ein Stück zurück.

»Hier, nehmt. Ihr habt doch Hunger, oder?«, bot Alma mit sanfter Stimme an.

Ein Junge von vielleicht acht oder neun Jahren nickte mit ängstlich aufeinandergepressten Lippen. Alle anderen blinzelten sie nur bange an.

»Nun nehmt doch. Ich tue euch nichts. Hier.« Sie holte eines der Brötchen aus der Tüte und reichte es einem kleinen Mädchen, dessen Augen besonders traurig dreinsahen. Die Kleine nahm ihr das Brötchen mit staunend aufgerissenen Augen zögerlich ab. Ganz langsam, als wäre es ein Schatz, den sie ihr da hinhielt. Dann knabberte sie ein winziges Stückchen ab und gab es dem Jungen neben sich.

»Nein, nein, das ist für dich. Jeder bekommt eines. Hier. Greift doch zu«, erklärte Alma gerührt über die Fürsorge der Kleinen.

Nach diesen Worten gab es kein Halten mehr. Die Kinder traten heran und griffen gierig eines nach dem anderen in die Tüte und bissen genüsslich in ihre Brötchen.

Alma lächelte ihnen zu. »Wo kommt ihr her? Seid ihr Geschwister?«

Der Junge, der genickt hatte, antwortete mit leiser Stimme: »Nur die beiden hier.« Er zeigte auf das kleine Mädchen und den Jungen, dem sie ihr Brötchen gereicht hatte. »Wir wohnen bei den Barmherzigen Schwestern.«

»Oh, im Waisenhaus also?«, erwiderte Alma. »Bekommt ihr dort nicht genug zu essen, ihr armen Dinger?«

Alle vier schüttelten den Kopf und erneut ergriff der Junge das Wort. »Es ist oft halt nicht genug für alle da.«

»Ich verstehe.« Alma nickte nachdenklich. Dann merkte sie, dass alle vier Kinder ihre Brötchen bereits aufgegessen hatten. Doch noch immer starrten sie mit begehrlichen Blicken auf die Auslagen. Offenbar war der Hunger größer gewesen, als sie zunächst angenommen hatte.

»Hat irgendjemand vielleicht noch Lust auf einen Apfel?«, wandte sie sich an die Kinder.

Die vier nickten unisono mit sehnsüchtigen Blicken.

»Das wäre himmlisch«, bestätigte der Junge.

»Nun, dann wollen wir sie holen.« Alma drehte sich um und die Kinder folgten ihr auf dem Fuß. Sie fühlte sich auf einmal so beschwingt, als hätte sie an der Neujahrsbowle genippt, die sie jedes Jahr für die Friedländers angesetzt hatte.

Das glückliche Strahlen der Kinder, als sie ihre Äpfel in den Händen hielten, überschwemmte sie blitzartig mit einem Glücksgefühl.

»Erlaubt ihr mir, dass ich euch ein Stück begleite? Oder habt ihr noch etwas vor?«, wollte sie wissen, während alle vier Kinder genüsslich an ihren Äpfeln knabberten.

»Warum nicht? Wir müssen sowieso zurück«, antwortete der größere Junge und lächelte sie zaghaft an. Dabei entblößte er eine Zahnlücke. Instinktiv strich Alma ihm über den dunklen Schopf. Zu stark erinnerte er sie in diesem Moment an Kurt und Ariel, als die beiden so klein gewesen waren.

Wie viel besser hatten sie es gehabt als die vier Kleinen hier.

Sie hatte mit den Kindern geplaudert, erfahren, dass der Älteste Günther hieß, während sie durch die Tübinger Gassen gegangen waren und ihr Herz mit jedem Schritt leichter geworden war. Als sie sich vor dem Waisenhaus von ihnen verabschiedet hatte, hatte sie ihnen versprochen, bald einmal vorbeizuschauen.

Die kleinen Gesichter hatten aufgestrahlt und seitdem war Alma fast täglich dort.

Sie buk zu Hause für die Kinder und brachte ihnen ihre Erzeugnisse mit, spielte mit ihnen und ging mit ihnen spazieren. Die Kleinen blühten auf. Sie liebte sie alle, doch am meisten ins Herz geschlossen hatte sie Günther, den sie immer häufiger auch mit nach Hause nahm, damit er sich endlich mal so richtig satt essen konnte.

***

Lucie seufzte leise, während sie mit Ilse in der Gartenlaube saß und sich Klatschgeschichten über sämtliche Mitschülerinnen anhörte. Sie fühlte sich nicht ganz wohl in ihrer Haut. Das Zusammensitzen mit Ilse war ungewohnt. Mit Helga war das etwas ganz anderes gewesen als dieses leicht verkrampfte Miteinander mit Ilse. Lucie und Helga kannten sich, seit sie aus den Windeln heraus waren, und wussten genau, was die jeweils andere gerade dachte. Und sie liebten beide Bücher. Lucie, die von klein auf daran gewöhnt war, hatte Helga mit ihrer von der Mutter ererbten Leidenschaft angesteckt. Ilse hatte offenbar keinen Bezug zu Büchern. Sie las ausschließlich das, was für die Schule notwendig war, und das reichte ihr völlig. Absolut unvorstellbar für Lucie, die sich aus der reichhaltigen Bibliothek der Eltern jederzeit unbegrenzt mit Nachschub versorgen konnte. Sie mochte vor allem Romane mit viel Herzschmerz, aber auch Bücher über das alte Ägypten. Besonders einen Band über die Grabungen von Howard Carter im ägyptischen Tal der Könige, der das vollständig erhaltene Grab des Pharaos Tutanchamun gefunden hatte, konnte sie wieder und wieder lesen. Ihr Traum war es, einmal dorthin zu reisen und alles mit eigenen Augen zu sehen. Aber am allerliebsten wollte sie selbst Archäologin werden und im unscheinbaren, endlosen Wüstensand die Gräber längst vergessener Pharaonen ausfindig machen, Schritt für Schritt freilegen und unglaubliche Schätze entdecken.

Wie viel netter wäre es, jetzt allein zu sein. Sie könnte diese wundervollen Abbildungen betrachten und in ihren Tagträumen schwelgen. Sie sah sich dann immer schon in weißer Kleidung und mit Tropenhelm, wie sie fest entschlossen zwischen den einheimischen Arbeitern umherwandelte, Anweisungen gab und wichtige Erkenntnisse in einem dicken schwarzen Notizbuch vermerkte.

Oder sie könnte Helgas letzten Brief lesen … Unauffällig fasste sie in die Tasche ihrer Strickjacke. Der Brief knisterte verheißungsvoll darin. Er war vorhin erst gekommen und Lucie hatte ihn bereits beim Hereinkommen auf dem Empfangstischchen im Flur liegen sehen. Ihr Herz hatte beim Anblick von Helgas akkurater Schrift einen Sprung gemacht. Sie freute sich jedes Mal diebisch über eine Nachricht von Helga, obwohl ihre Briefe regelmäßig jeden dritten Tag kamen.

Nur Ilse durfte nichts davon wissen. Leider war die so früh aufgetaucht, dass Lucie es nicht mehr geschafft hatte, Helgas Zeilen zu lesen.

Ilse hatte sich, während Lucie ihren Gedanken nachhing, deren schwarz glänzende Haare durch die Finger gleiten lassen. Jetzt ließ sie lachend die Strähne fahren und wandte sich Milli zu, die sich schnurrend an Lucies Beine drückte. Milli war ihr Ein und Alles hier in dem neuen Zuhause. Lucie liebte es, die Katze zu kraulen und dabei an Helga zu schreiben. Den beiden vertraute sie alles an. Bei ihnen fühlte sie sich sicher, geborgen und geliebt. Ganz anders als sonst hier in Berlin.

Aber laut Vater würde alles bald besser werden. Sie müsse sich nur den neuen Umständen und Menschen gegenüber öffnen, lautete sein Credo, das er nicht müde wurde, ihr ein ums andere Mal zu predigen.

Milli saß nun auf Ilses Schoß, versuchte aber alles, um von dort wegzukommen; doch Ilse hielt das sich sträubende Kätzchen lachend fest. Am liebsten hätte Lucie ihr Milli einfach abgenommen, doch sie kannte Ilses stahlharten Willen, wenn sie sich etwas in den Kopf gesetzt hatte. Sie wollte nicht riskieren, dass Milli bei dem Versuch, sie zu befreien, verletzt wurde.

»Wie gefällt dir eigentlich der neue Haarschnitt von Gerda? Ganz schön gewagt, oder?«, bemerkte Lucie, nachdem sie angestrengt nach einem Gesprächsthema gesucht hatte, das Ilse so beschäftigen würde, dass sie von Milli ablassen würde.

Sie hatte ins Schwarze getroffen: Ilse drehte sich zu ihr, wobei sie den Griff um die Katze etwas lockerte. Die ergriff sofort die Chance und sprang mit einem Satz davon.

»Das ist doch so was von modern. Ich würde mir auch gerne die Haare abschneiden lassen, aber meine Mutter würde das nie erlauben. Glaubst du, deine Eltern hätten etwas dagegen? Sie wirken so lässig.«

»Keine Ahnung. Darüber habe ich mir noch nie Gedanken gemacht.«

»Wäre ja auch eine Schande bei deinem wunderschönen Schneewittchenhaar«, meinte Ilse keck. »Was willst du mal werden? Mannequin?«

»Äh, wie kommst du denn darauf? Auf gar keinen Fall! Ich will studieren und Archäologin werden. Ich will altägyptische Gräber ausbuddeln und Schätze bergen. Ich …«

»Schon gut. Also kein Mannequin. Also, *ich* fände das wundervoll. Ich wäre gerne eines dieser Vorführmädchen im Kaufhaus. Die, die den Kunden die Kleidung vorführen. Hast du so etwas schon mal gesehen? Was für schöne Sachen die tragen und wie seidig ihre Haare glänzen.« Ilses Blick verlor sich schwärmerisch in der Ferne. Plötzlich aber sah sie Lucie prüfend an. »Erlauben das deine Eltern, dass du studierst? Ich meine ja nur: Du bist ein Mädel und so.«

»Sie wollen es sogar. Meine Mutter hat auch studiert.«

Ilses Mund blieb offen stehen. »Was?«

»Na ja, sie ist doch Ärztin. Wie hätte ihr das gelingen sollen ohne ein Studium?«

»Sie war so richtig an der Universität? Mit allem Drum und Dran?«

Lucie zuckte mit den Achseln. Bisher war ihr diese Tatsache stets als selbstverständlich erschienen, und jeder in Tübingen wusste, dass ihre Mutter zu den ersten Frauen gehörte, die den Arztberuf ergriffen hatten.

»Ja, sicher«, sagte sie daher nur.

»Das hätte meine Mutter nie gemacht. Die hat ja noch nicht mal Abitur.«

Wieder zuckte Lucie mit den Achseln. Dieses Gespräch war komisch. Einerseits schmeichelte ihr Ilses Verblüffung, andererseits wirkte ihre Reaktion irgendwie überzogen für eine solche Selbstverständlichkeit.

»Aber erlauben sie dir wirklich, dass du Archäologie studierst und dann in der Weltgeschichte herumreist?« Ilse zog die Augenbrauen hoch und schaute sie prüfend an.

»Na ja, begeistert sind sie nicht, aber sie werden sich schon daran gewöhnen«, gab Lucie zu.

»Und …«, begann Ilse wieder, doch Lucie unterbrach sie rasch. »Ich glaube, ich muss jetzt hinein. Es ist bald Zeit fürs Abendessen.« Lucie begann, hastig ihre auf dem Tisch verteilten Schulsachen zusammenzuschieben.

Ilse blickte sie einen Moment lang nachdenklich an, dann stapelte auch sie ihre Bücher aufeinander.

»Ich hole dich morgen früh ab«, entschied sie. Es war weniger eine Frage als eine Feststellung.

Lucie nickte und gemeinsam verließen sie den Pavillon. Von Milli war weit und breit keine Spur zu sehen. Wahrscheinlich war sie ins Haus geflüchtet.

»Ich bringe dich noch zum Tor.« Lucie ging mit großen Schritten voran. Sie wollte endlich Zeit haben, Helgas Brief zu lesen.

Um nach vorne zu gelangen, mussten sie dicht am Zaun der Beikes entlang. Herr und Frau Beike wohnten seit Urzeiten dort, allerdings sah man nur ihn manchmal im Garten. Frau Beike war nie draußen. Mutter hatte ihnen erzählt, dass Frau Beike eigentlich eine ganz liebe Frau sei. Allerdings wären den beiden ihre einzigen zwei Kinder im Kleinkindalter weggestorben, weil sie an Diphtherie gelitten hatten. Seitdem war Frau Beike seltsam. Sie verließ nicht mehr das Haus und manchmal konnte man lautes Geheule hören, das durch die geschlossenen Fenster drang.

Herr Beike war gerade draußen und inspizierte das Gemüsebeet. Lucie mochte ihn nicht. Er trug im Garten gerne Unterhemd und Hosenträger zu den langen Hosen und wirkte mit seinen zu schmalen Schlitzen zusammengekniffenen Augen irgendwie immer ein wenig schmierig. Aber es half nichts: Sie mussten an ihm vorbei.

Er richtete sich auf und musterte Lucie und Ilse mit scheelem Blick.

»Guten Tag, Herr Beike«, grüßte Lucie und wollte an dem Nachbarn vorbeihuschen wie immer. Doch dieses Mal hielt er sie auf.

»Die kleine Friedländer, so, so. Hör mal, Mädchen«, sagte er zu Ilse gewandt. »Du weißt doch, dat dit Juden sind. Dit is doch keen Umjang fürn deutschet Mädel.«

Lucie blieb abrupt stehen und starrte ihn perplex an. Noch nie hatte jemand so etwas zu ihr gesagt. Sie schämte sich nicht, Jüdin zu sein. Ihre Familie war nicht sonderlich religiös, aber sie feierten alle wichtigen Feste und gingen auch ab und zu in die Synagoge. Aber sie wäre nie auf die Idee gekommen, dass sie deshalb kein geeigneter Umgang für Ilse sein könnte.

Beike stand da und musterte sie mit seinen Schweinsäuglein abschätzig. Er schob die Daumen unter die Hosenträger und wartete offenkundig auf eine Reaktion. Doch Lucie hatte keinen Schimmer, was sie dazu sagen sollte. Eigentlich hatte er ja auch Ilse angesprochen, die hatte allerdings auch nichts erwidert, sondern steif neben Lucie gestanden und den alten Mann angestarrt.

In diesem Moment aber legte sie demonstrativ langsam ihre Bücher auf den Boden, griff mit beiden Händen nach Lucies Gesicht und drückte ihr einen langen Kuss auf die Lippen. Als sie endlich wieder von ihr abließ, rang Lucie nach Atem.

»Reicht dit als Antwort?«, fragte Ilse, während sie wieder nach ihren Büchern griff und mit erhobenem Kopf weiter schlenderte.

Lucie stand völlig verdattert da, bevor sie sich mit dem Handrücken über die Lippen fuhr und Ilse folgte. Nur weg von dem empört nach Luft schnappenden Beike.

Als Lucie ins Haus stürmte, wäre sie fast über Milli gestolpert, die aus irgendeiner Ecke hervorschoss und sich an ihre Beine drückte. Sie kniete sich auf den Boden, legte die Bücher ab und zog die Katze eng an sich. Dann weinte sie. Die Tränen kullerten einfach aus ihr heraus. Warum war das Leben hier so kompliziert? Niemand hätte sie zu Hause in Tübingen darauf angesprochen, dass sie Jüdin war. Und niemand hätte sie auf den Mund geküsst, ohne zu fragen. Dort, wo Ilses Lippen die ihren berührt hatten, fühlte sie ein Brennen. Lucie wusste nicht mehr, was sie denken sollte, denn einerseits fand sie es eklig, von Ilse geküsst worden zu sein – und dann auch noch unter solchen Bedingungen –, andererseits war es wirklich mutig, dem blöden Beike so die Stirn zu bieten und sich zu der Freundschaft mit Lucie zu bekennen.

Sie musste lange dort im Halbdunkel mit Milli im Arm gekniet haben, denn als die Essensglocke läutete, fuhr sie erschrocken auf. Sie hatte sich weder Hände noch Gesicht gewaschen und auf ihrem Kleid prangte ein dunkler Fleck. So konnte sie nicht zu Tisch gehen. Milli fauchte ein wenig ungnädig, als sie sie von sich wegschob und aufsprang.

Auf der Treppe kam ihr Vater entgegen. »Hast du die Glocke nicht gehört? Das Esszimmer ist in der anderen Richtung«, sagte er lächelnd. Doch als er Lucies Gesicht sah, veränderte sich sein Gesichtsausdruck. Er streckte die Hand nach ihr aus, um sie aufzuhalten, und betrachtete sie prüfend.

»Nanu, Kleines, hast du etwa geweint?«

Lucie kniff die Lippen zusammen und schüttelte den Kopf.

»Aber ich sehe doch noch die Tränenspuren auf deinem Gesicht«, sagte er und hob sanft ihr Kinn an.

»Es ist schon wieder gut. Wir kommen noch beide zu spät. Ich bin gleich da. Hoffentlich ist Mama nicht zu ärgerlich.« Damit entzog sie sich sanft dem Griff des Vaters und rannte die Treppe hinauf.

»Das werde ich schon hinbiegen. Aber beeile dich lieber. Du weißt doch, dass sie nach dem Abendessen meist noch Hausbesuche machen muss«, hörte Lucie, bevor sie in ihrem Zimmer verschwand.

Als sie endlich mit zehnminütiger Verspätung im Esszimmer erschien, schaute Mutter sie dennoch strafend an.

»Lucie, mit sechzehn Jahren erwarte ich von dir, dass du es schaffst, pünktlich zum Essen zu erscheinen. Wir mussten inzwischen ohne dich anfangen, schließlich kann ich meine Patienten nicht warten lassen.«

»Entschuldige bitte, Mama, ich habe … Verzeihung«, stammelte Lucie mit gesenktem Blick.

»Ich verlasse mich darauf, dass das nicht mehr passiert. Und nun setz dich, es wird ja alles kalt.« Ihre sonst so liebevolle Stimme klang ungewöhnlich angespannt.

»Natürlich. Geht es dir gut, Mama?«, fragte Lucie leise, während sie sich den schweren Stuhl zurechtrückte.

»Heute war der Teufel los in der Praxis. So viele Tuberkulosefälle auf einmal hatte ich noch nie. Das Problem sind diese Mietskasernen. Feucht, dunkel und viel zu voll. Man hat den Eindruck, dass es immer mehr Arbeitslose gibt und die Armut und das Elend ständig größer werden. Und wen trifft es jedes Mal zuerst mit den Krankheiten? Die Schwächsten natürlich: die Kinder«, beantwortete sie ihre Frage selbst. »Ich muss nachher noch ein paar Hausbesuche machen. Ein kleiner Junge bereitet mir wirklich Sorgen. Ich hoffe, er schafft es. Er ist das einzige Kind der Familie und es steht gar nicht gut um ihn.«

»Das tut mir leid«, bedauerte Lucie und nahm sich etwas von dem Bohneneintopf. Den gab es im Moment häufiger. Die Wirtschaftskrise, die die ganze Welt in Atem hielt, machte auch vor ihrem Haus nicht halt. Es gab viel weniger zu kaufen. Viele mussten hungern. So weit war es in ihrem gut situierten

Haushalt noch nicht, aber die Auswahl der Speisen war spürbar eingeschränkt.

»Lieb von dir, Luciemaus. Wie war denn dein Tag?«

Vater, der noch nichts gesagt hatte, räusperte sich. »Lucie hatte Kummer, aber wir sind noch nicht dazu gekommen, darüber zu reden. Also raus damit: Was liegt dir auf der Seele?«

Lucie spürte die Hitze im Gesicht. Wahrscheinlich war sie schon wieder so rot wie ein reifer Apfel. Die Blicke der Eltern ruhten auf ihr, während sie krampfhaft überlegte, ob sie die Ereignisse des Nachmittags nicht lieber für sich behielt, um ihnen Kummer zu ersparen. Dann aber erzählte sie von Beike, Ilse, dem Kuss und ihrer Verzweiflung.

Die Eltern sahen sich ernst an. Mutter schob ihren Teller beiseite, obwohl bestimmt noch drei oder vier Löffel Bohnen darauf lagen, und schlug die Augen nieder.

»Gerede gibt es immer«, sagte Vater betont gelassen. »Darauf musst du nicht so viel geben, Lucie. Wir sind Juden. Seit Generationen. Und wir haben deswegen von jeher Wind ins Gesicht bekommen. Mal mehr, mal weniger. Im Moment ist es wieder chic, sich gegen die Juden auszusprechen. Wir kümmern uns nicht darum und erledigen unsere Arbeit, so gut wir es vermögen. Bald wird auch dieser Sturm verpuffen.«

Schweigen breitete sich aus. Nur Lucies Löffel, der über den Teller schabte, war zu hören.

»Wenn du in dir ruhst und ein guter Mensch bist, kann dir das Gerede und Tun anderer Leute egal sein, Lucie. Merk dir das. Allerdings finde ich diese Kussaktion von Ilse doch reichlich unangemessen. Gibt es denn kein anderes Mädchen, mit dem du dich anfreunden kannst?«, fragte ihre Mutter mit gerunzelter Stirn.

»Nun, sie sind vierzig in der Klasse. Da wird wohl die eine oder andere dabei sein, denke ich. Allerdings finde ich es sehr couragiert von Ilse, dem alten Beike so eins auszuwischen«, betonte der Vater.

»Den alten Beike hat noch mein Großvater auf die Welt geholt«, berichtete Mutter mit schimmernden Augen. »Der meint es bestimmt nicht so, wie es sich anhört. Leicht hat er es nicht.«

»Hm.« Der Vater nickte zustimmend, während er sich seine Pfeife stopfte. »Hast du schon wieder einen Brief von Helga bekommen? Die ist ja wirklich unermüdlich.« Er zwinkerte Lucie zu.

»Wir sind eben Seelenverwandte«, murmelte sie und wischte sich den Mund ab. Auch wenn das Essen nicht mehr dem gewohnten Standard der Familie entsprach, durften die Tischmanieren nicht leiden.

»Aber, Lucie, wir haben doch darüber geredet, dass es besser ist, sich Freunde vor Ort zu suchen.« Mutter legte ihre Serviette zusammen.

»Tu ich ja, aber trotzdem ist und bleibt Helga mein Ein und Alles.« Lucie schob ein wenig trotzig den Teller von sich.

Die Tür ging auf und Helene, das Hausmädchen, schlurfte herein. Sie knickste kurz und steuerte dann auf den Tisch zu, wo sie geräuschvoll begann, die Teller zusammenzustellen.

»Herrje, Helene, hat das nicht Zeit bis nachher? Sie sehen doch, dass wir noch nicht ganz fertig sind«, knurrte Vater sie mit gerunzelten Brauen an.

Das Mädchen schaute überrascht auf und tat Lucie leid. Sie konnte schließlich von draußen nicht wissen, welche Stimmung gerade im Zimmer herrschte.

»Aber dann muss ick doch der Aujuste beim Abwasch helfen und dann wartet auch noch die Praxis der Jnädijen, die jeputzt werden muss …«, sagte das Mädchen ein wenig schwerfällig.

»Schon gut, schon gut. Machen Sie nur weiter. Ich muss sowieso los. Lasst uns nachher weiterreden«, beschwichtigte Lucies Mutter, erhob sich und strich sich das Kleid glatt.

»Na schön. Aber das nächste Mal lässt du den Brandt die Hausbesuche machen. Schadet nicht, wenn er auch beizeiten lernt, was der Arztberuf alles mit sich bringt«, grummelte Vater, während er weiter an seiner Pfeife stopfte und dem laut mit dem Besteck klappernden Mädchen genervte Blicke zuwarf.

»Wir werden sehen. Machts gut, ihr beiden!«

»Pass auf dich auf, Hannah«, fügte er mit einem liebevollen Blick auf Mutter hinzu. »Selbst du brauchst ab und an Pausen.«

Mutter lachte und nahm seinen Kopf zwischen beide Hände, bevor sie ihm einen Kuss auf die Stirn drückte.

»Mach dir nicht immer so viele Sorgen, mein Schatz!«, sagte sie und war gleich darauf draußen.

Kapitel 5

Es dämmerte bereits, als Hannah sich auf den Weg machte. Sie hatte sich einen Wagen bestellt, um so schnell wie möglich wieder zurück zu sein. Auch wenn sie Daniels Bedenken weggelacht hatte, steckte durchaus ein Körnchen Wahrheit in seinen Worten. Hannah schlief in der letzten Zeit schlecht, lag lange wach und dachte über ihre Fälle nach. Wie gerne würde sie ein Heilmittel gegen die Tuberkulose haben, um den vielen Kindern zu helfen, die davon in den kalten, feuchten und dunklen Wohnungen betroffen waren. Letztes Jahr, 1930, hatte alles noch so gut ausgesehen. Es war eine Reihe Säuglinge gegen Tuberkulose geimpft worden. Leider war der Impfstoff nicht rein gewesen, sodass Hunderte von Kindern erkrankten und sogar starben. Dadurch stand man als Arzt weiterhin mit leeren Händen da.

Den kleinen Heinz Faust, den sie heute Abend besuchen würde, hatte es besonders schlimm erwischt. Er wohnte mit seinen Eltern in einer der überfüllten Mietskasernen. Die Familie hatte Glück und musste kein Bett an Schlafgänger vermieten, um Geld zu verdienen, sodass sie neben ihrer Küche noch eine Stube hatten, wo die Mutter nähte. Trotzdem war der Platz knapp und die hygienischen Verhältnisse waren auch nicht ideal.

Der Dreijährige litt nun bereits eine Weile an Fieber, Husten und Auswurf und wurde zunehmend schwächer. Auch wenn sich die Eltern dem Gedanken widersetzten, war es schwer vorstellbar, dass er es schaffte.

Der Wagen fuhr am Schloss Charlottenburg vorbei, doch Hannah hatte kaum einen Blick für die ehemals kaiserliche Pracht, sondern war mit den Gedanken bei ihrem kleinen Patienten. Im Grunde konnte sie kaum mehr etwas für ihn tun. Ihre Besuche dienten eher der Beruhigung der Eltern und der Dokumentation des Fortschreitens der Krankheit.

Als sie den Klausenerplatz umfahren hatten und vor der Mietskaserne in der Nehringstraße hielten, raffte Hannah den Rock, griff nach ihrer Tasche und bat den Chauffeur, auf sie zu warten. Der Mann nickte, ohne etwas zu antworten, und sah stur geradeaus, vermutlich, um das ihn umgebende Elend nicht allzu genau betrachten zu müssen.

Familie Faust wohnte im dritten Stock des ersten Hinterhauses. Die Stufen knarzten unter Hannahs schnellen, entschlossenen Schritten. Trotz der abendlichen Stunde war der Hof voll mit rotznäsigen Kindern, überarbeiteten Müttern, die sich um einen Platz auf den Wäscheleinen stritten, und Vätern, die nicht selten in der Ecke lagen und ihren Rausch ausschliefen.

Auf jeder Etage gab es drei Wohnungstüren. Alles winzige Behausungen, doch vor jeder Tür hingen mehrere Schilder und Karten. Auch die Schlafburschen und Logiermädchen, die während des Tages in den Betten der Familien schliefen und nachts arbeiteten, mussten ihre Namen angeschlagen haben. Der muffige Geruch nach gekochtem Kohl hing drückend in der Luft.

Die Wohnung der Fausts war die einzige, an der nur ein Schild prangte, und auch die Ordnung im Innern war ungewöhnlich für diese Wohnverhältnisse. Otto Faust war ehrgeizig.

Er wollte für seine Familie Besseres erreichen als das übliche Mietskasernenleben. Doch seine Frau hatte bereits zwei Totgeburten hinter sich und die vielen Krankheiten des kleinen Heinz sowie die damit verbundenen Kosten warfen die Familie immer wieder zurück, obwohl der kräftige und groß gewachsene Vater bis zum Umfallen arbeitete.

Die Küche war klein; es stand ein Tisch mit drei Stühlen darin, während die Kleidung der Familie an rostigen Nägeln an den Wänden hing. In der Stube, in der sich das Bett der Familie befand, lag der kleine Heinz zwischen den Näharbeiten der Mutter und den wenigen Habseligkeiten der Familie. Er war besorgniserregend blass und wurde gerade wieder von einem Hustenkrampf geschüttelt, als Hannah das Zimmer betrat.

Der Vater, der mit sorgenvoller Miene am Bett gesessen hatte, erhob sich sofort und richtete sich zu voller Größe auf. Die Mutter, die Hannah die Tür geöffnet hatte, stand mit ängstlichen Augen in der Tür und beobachtete das Geschehen. Ihre Bewegungen waren langsam und ihr Blick teilnahmslos, als schlafwandelte sie.

»Es geht ihm immer schlechter. So tun Sie doch irgendetwas«, bat der Vater. Die Ärmel seines braunen Anzugs waren abgestoßen und seine Haare verstrubbelt, als wären sie länger nicht gekämmt worden.

Hannah legte eine Hand auf seinen Arm. »Wie gern würde ich etwas tun, aber … Lassen Sie mich erst mal seine Brust abhorchen.«

Der Kleine wirkte apathisch. Seine müden Augen blickten ins Leere und sein Herzschlag war schwach. Hannah wusste, dass es zu Ende ging. Die Hoffnungslosigkeit, dem Kind und den Eltern in ihrer Verzweiflung nicht helfen zu können, nagte an ihr. Um nicht auszubrennen, durfte sie die Schicksale ihrer Patienten nicht zu nah an sich heranlassen, aber das gelang ihr kaum. Sie fühlte mit jedem mit. Als sie das Stethoskop sinken ließ und aufblickte, sah sie in die flehenden blaugrauen Augen des Vaters. Die Mutter stand weiterhin bewegungslos im Türrahmen.

Sie musste ihnen mitteilen, dass es nicht mehr lange dauern würde, bis der kleine Heinz erlöst wäre. Der Körper des Jungen glühte. Es war eine Frage von Stunden, höchstens ein, zwei Tagen.

Hannah spürte die Dringlichkeit, mit der Otto Faust sie zu einer positiven Aussage zwingen wollte. Der muskulöse Mann machte ihr mit seiner rohen Art ein wenig Angst, aber solche Gefühle waren hier völlig fehl am Platz. Vor ihr stand ein liebender Vater, der sich von seinem einzigen Kind verabschieden musste.

Ganz leicht schüttelte Hannah den Kopf. Doch offenbar genügte das schon, um die Verzweiflung vollends aus ihm herausbrechen zu lassen. Er sprang bebend auf, wobei der Stuhl mit einem lauten Poltern auf die morschen Holzdielen krachte. Der Junge zuckte kurz zusammen, reagierte aber ansonsten nicht. Ohne ein Wort stürmte Otto Faust aus der Stube. Er beachtete seine Frau nicht, die verzweifelt die Arme bittend nach ihm ausstreckte. Die Wohnungstür fiel mit einem lauten Knall zu.

Einen Augenblick erwog Hannah, die arme Frau in den Arm zu nehmen, doch die drehte sich um und ging in die Küche. Hannah tat das, was sie tun konnte, um dem Jungen das Leiden so weit zu erleichtern, wie es in ihrer Macht stand, auch wenn das erschreckend wenig war. Sie erneuerte seine Wadenwickel, maß Fieber und versuchte erfolglos, ihm ein wenig Wasser einzuflößen. Als sie in die Küche kam, saß Frau Faust am Tisch und bedeckte ihr Gesicht mit den Händen.

Hannah legte ihr die Hand auf die Schulter. »Es wird nicht mehr allzu lange dauern. Aber er bekommt dankenswerterweise nicht mehr viel mit. Etwas Wasser in kleinen Schlucken kann sein Leiden vielleicht ein wenig verringern«, sagte sie mit vor Rührung heiserer Stimme.

Die Frau reagierte überhaupt nicht. Ihre Schultern bebten und sie schluchzte leise.

Hannah holte tief Luft und beugte sich zum Ohr der Frau. »Es tut mir ganz furchtbar leid.«

Dann verließ sie mit leisen Schritten die Wohnung.

***

Alma wirbelte geschäftig durch die Küche ihres neuen Tübinger Hauses. Alles war viel kleiner als früher. Kein Vergleich mit der Friedländer'schen Küche, die so lange Zeit ihre vertraute Arbeitsstätte gewesen war. Aber diese Küche hier hatte einen unschlagbaren Vorteil: Sie war ihre eigene. Sie gehörte nur ihr und Wilhelm, denn das kleine Häuschen, das sie sich erst kürzlich von dem mühselig Ersparten gekauft hatten, war ihr erstes eigenes Heim. Alles wirkte noch wie ein Traum. Alma ertappte sich häufiger bei dem Gedanken, dass das hier zu schön war, um Realität zu sein. War sie tatsächlich verheiratet? Und liebte ihr Mann sie wirklich so innig, dass er sich die ganze Zeit über, die sie ihm die kalte Schulter gezeigt hatte, nicht hatte davon abbringen lassen, den Kontakt zu ihr zu suchen? Nie hätte sie gedacht, dass sie einmal mit ihrem Ehemann in ihrem eigenen Heim leben würde. Nicht, dass sie das Haus der Friedländers am anderen Ende der Stadt nicht als ihr Heim angesehen hatte. Sie liebte die ganze Familie abgöttisch und vermisste Hannah zeitweise so sehr, dass es wehtat, aber trotz allem war das hier etwas anderes. Doch natürlich wäre es schöner, wenn Hannah, Daniel und die süße Lucie nicht nach Berlin gezogen wären.

Aber immerhin waren die Jungs noch da. Selbst wenn Kurt die meiste Zeit mit seiner Ursula verbrachte und Ariel immer häufiger in der Synagoge verschwand, sahen sie sich doch regelmäßig. Jeden Sonntag kamen die beiden zum Essen, und auch Wilhelm, dem die Friedländer-Kinder über die Jahre ans Herz gewachsen waren, freute sich über ihre Besuche.

Trotzdem erwischte sich Alma öfters dabei, wie sie ins Leere starrte und an die schöne Zeit zurückdachte, als sie alle zusammen unter einem Dach gewohnt hatten und sie sich um alle hatte kümmern können. Sobald der kleine Günther zu Besuch kam, waren all diese dunklen Gedanken natürlich vergessen. Dann huschte sie hierhin und dorthin, las mit ihm Geschichten, nähte Flicken in seine kaputten Sachen und lauschte seinen Erzählungen. Sie übten Zählen mit getrockneten Erbsen und lachten gemeinsam. Es war eine wirkliche Freude, ihn um sich zu haben, und er ging ihr bei kleineren Erledigungen freudig zur Hand. Auch Wilhelm mochte den Jungen, ermahnte sie allerdings manchmal, ihn nicht zu sehr in ihr Herz zu schließen, sollte er plötzlich doch adoptiert oder von einem Bauern als billige Arbeitskraft aufgenommen werden. Bei solchen Worten hatte Alma das Gefühl, gleich würde ihr Herz stehen bleiben. Obwohl sie dem kleinen Günther natürlich wünschte, ein liebevolles neues Zuhause zu finden, wo er sich geborgen und glücklich fühlen konnte, ertappte sie sich unaufhörlich bei dem Wunsch, dass der Junge im Waisenhaus bleiben möge, damit sie seine häufigen Besuche nicht entbehren musste.

Und natürlich hatte sie auch noch ihren Wilhelm, um den sie sich nun hingebungsvoll kümmerte. Sie hatten bewusst auf die Einstellung eines Mädchens verzichtet, weil Alma nicht gewusst hätte, was sie den ganzen Tag hätte tun sollen, wenn sie nicht den Haushalt hätte erledigen dürfen.

»Es ist doch albern, so tun zu wollen, als wäre ich eine feine Dame. Ich bin Köchin, war früher Hausmädchen und sogar Magd. Das muss ich nicht verstecken«, hatte sie entschlossen verkündet. Und Wilhelm hatte ihr zugestimmt, wie er ihr bei fast allem beistimmte, weil er so voller Freude darüber war, sie endlich an seiner Seite zu haben.

Sie war ebenso froh darüber, denn er machte sie glücklich, gab ihr Geborgenheit und Zärtlichkeit, die sie sich nie hätte erträumen können. Sie konnte mit ihm lachen und scherzen, aber auch über ernste Themen reden. Er wusste von der Sache mit Jakob damals. Er wusste alles von ihr. Zumindest das, was sie sich selbst eingestand und nicht verdrängte. Und trotzdem vermisste sie die Familie.

Kapitel 6

Mutter kam spät von ihren Hausbesuchen zurück und wirkte mitgenommen, sodass das abendliche familiäre Zusammensitzen ins Wasser fiel. Stattdessen liefen die Eltern noch gemeinsam ein paar Schritte. Lucie blieb lieber zu Hause und schrieb einen langen Brief an Helga. Es gab so viel zu berichten. Sie konnte sich Helgas staunenden Blick beim Lesen der Zeilen regelrecht vorstellen, hätte ihn aber noch lieber direkt miterlebt. Spazieren gehen konnte sie auch morgen noch. Und dann war da die Bibliothek der Urgroßeltern, die sie für sich entdeckt hatte. Diese beherbergte eine umfangreiche Sammlung in Leder gebundener Medizinbücher, Romane und alter Klassiker, aber vor allem hatte Lucie beim gelangweilten Herumstöbern eines Nachmittags eine immense Kollektion an Büchern über das alte Ägypten gefunden. Mit einem Aufschrei der Freude hatte sie diese Schätze sorgsam einen nach dem anderen aus dem Regal genommen, sanft den Staub davon entfernt und fast liebevoll durchgeblättert. Es war sagenhaft, wie wunderschön sie waren. Es gab detaillierte, handkolorierte Bilder von Pyramiden, Sarkophagen und Grabmalereien, aber auch Szenen, in denen das Leben in dieser Hochkultur nachempfunden worden war. Schreiber, die mit schwarzer und roter Farbe wichtige

Nachrichten auf Papyrus pinselten, Fischer, die mit Booten den Nil befuhren, oder Frauen, die Körbe aus Schilf flochten.

Lucie hatte stundenlang auf dem Boden gekniet und sich in diesen literarischen Kostbarkeiten verloren, während sie sich ins alte Ägypten träumte.

Sie war damals aufgeregt zu den Eltern gerannt und hatte sie gebeten, auf der Stelle mitzukommen und sich diese Preziosen anzusehen, so glücklich war sie darüber gewesen.

Doch wie so häufig, wenn sie versuchte, ihre Eltern an ihrer Leidenschaft für alte Kulturen und vor allem für die Ägyptologie teilhaben zu lassen, hatten sie auch hier zurückhaltend reagiert.

»Schön, Lucie, aber es gibt ja auch noch so viele andere wundervolle Bücher dort. Wie wäre es zum Beispiel mit Homer, Dante oder Jules Verne?«, hatte Vater gefragt.

Lucie hatte energisch den Kopf geschüttelt. »Ihr wisst doch, wie sehr ich für die ägyptische Geschichte schwärme. Es ist so faszinierend, wie unglaublich erfindungsreich und gebildet die Menschen für diese Zeit damals waren. Und der Totenkult. Keine andere Kultur hat so spannende Rituale entwickelt wie die alten Ägypter. Ich kann es kaum erwarten, an der Universität zu sein und mich nur noch damit zu befassen.«

»Nun, bis dahin ist es ja noch eine Weile hin. Ich hoffe, du wirst mit der Zeit noch das eine oder andere Interesse entwickeln, das dich auf andere Ideen bringt, was deine Zukunftsgestaltung anbelangt.« Mutter hatte sie durchdringend angesehen.

»Aber warum? Ich liebe alles, was mit Archäologie und Ägypten zu tun hat. Ich kann mir keinen reizvolleren Beruf vorstellen.«

»Bei aller Liebe, Lucie, wie stellst du dir das denn vor? Du kannst doch als Frau nicht allein durch die Weltgeschichte reisen und in fremden Ländern im Staub wühlen. Gar nicht auszudenken, was dort alles passieren kann.«

»Ach, Mama, man arbeitet immer in einer Gruppe. Glaubst du, Howard Carter hätte es allein hinbekommen, das Grab von Tutanchamun zu finden und freizulegen?«

Mutter hatte sie mit gerunzelten Brauen fixiert und auch Vaters Gesicht hatte nicht sonderlich glücklich gewirkt, doch zumindest hatte Lucie an diesem Tag das Gefühl gehabt, als Siegerin aus dem Wortgefecht hervorgegangen zu sein. Allerdings richtete sie es seitdem so ein, dass sie die Bibliothek meist besuchte, wenn die Eltern anderweitig beschäftigt waren, um unnötige Diskussionen zu vermeiden.

Als Lucie sich am nächsten Morgen die Zähne putzte und die langen Haare zu Zöpfen band, strich Milli ihr schnurrend um die Beine. Obwohl sie wusste, dass sie sich beeilen musste, um noch einen Bissen essen zu können, bevor sie sich auf den Weg zur Schule machte, hob sie die Katze hoch, drückte sie an ihr Gesicht und sog ihren Duft ein. Sie liebte dieses Tier so sehr. Auch Helga wäre sicher ganz entzückt von ihrem Familienzuwachs.

Jetzt aber schnell. Sie würde es kaum noch schaffen, rechtzeitig fertig zu sein, bevor Ilse an der Ecke wartete. Nach einigem Nachdenken hatte sie sich entschlossen, die gestrigen Ereignisse mit keinem Wort zu erwähnen. Sie hielt es für besser, den Mantel des Schweigens darüberzubreiten und zu vergessen, was gestern vorgefallen war. Nicht, dass Ilse sich sonst bemüßigt fühlen würde, etwas Derartiges zu wiederholen.

Hastig suchte sie ihre Bücher zusammen und eilte die Treppe hinab. Mutter war längst in der Praxis, aber sie erwischte Vater noch, der gerade dabei war, aus dem Haus zu gehen, um in der Fabrik nach dem Rechten zu sehen.

Sie gab ihm einen Kuss auf die Wange, sprang zum Tisch, kippte die inzwischen abgekühlte heiße Milch hinunter und schnappte sich die geschmierte Stulle, bevor sie aus dem Haus schlüpfte. Trotz Lucies stark verkürztem Frühstück stand Ilse bereits an der Ecke, als sie durchs Gartentor trat. Lucie biss hastig von ihrem Brot ab und eilte zu ihr.

Aus dem Augenwinkel registrierte sie, dass im selben Augenblick im Haus gegenüber die Tür aufging und Paul mit seinen Büchern unterm Arm heraustrat und seine Schülermütze aufsetzte.

Das Haus seiner Familie war deutlich kleiner als das, in dem Lucie mit ihren Eltern wohnte. Pauls dunkelblonde Haare waren frisch geschnitten und er war groß und muskulös. Er sah wundervoll aus. Fast schon wie ein Mann, dabei war er nur ein oder zwei Jahre älter als sie! Lucie schwärmte heimlich für ihn, seit er damals mit seiner Mutter bei ihnen geklingelt hatte, um ihnen ein frisch gebackenes Brot zum Einzug zu überreichen.

»Spinnst du? Pass doch auf, wo du hinläufst«, fuhr Ilse sie an. Sie hatte sie im letzten Moment beiseitegezogen, bevor sie gegen die Straßenlaterne knallte.

Lucie spürte, wie sie krebsrot anlief.

Paul schien von alledem nichts mitbekommen zu haben. Er schaute nur kurz zu ihnen herüber und lüpfte seine Mütze, bevor er um die Ecke verschwand.

»Was findest du denn an dem tumben Kerl, wenn du dir seinetwegen fast eine Beule holst?«, fragte Ilse noch immer zornig.

»Nichts«, stammelte Lucie. »Es war bloß … ich war bloß einen Augenblick unaufmerksam.«

»Du wirst dir doch keine Hoffnung auf ihn machen? Das schaffst du eh nicht«, forschte Ilse weiter nach, doch Lucie schüttelte hastig den Kopf und kniff die Lippen zusammen. Niemals würde sie Ilse ihre Gefühle anvertrauen. Niemand durfte davon wissen. Nur Helga. Und Milli.

Sie passierten eine junge Frau, die an einer Straßenecke stand und ein Schild um den Hals trug: »Ich bin gelernte Stenotypistin, stellungslos. Suche Beschäftigung, ganz gleich welcher Art.« Ihr graues Gesicht und ihre Haltung drückten Hoffnungslosigkeit aus.

Doch sie war nur eine von vielen hier in der Stadt. Und ob sie Arbeit finden würde, stand angesichts der hohen Arbeitslosigkeit in den Sternen. Eine Menge elende Gestalten bevölkerten dieser Tage die Straßen. Lucie taten besonders die Kriegsveteranen leid, die oft auf Krücken umherhumpelten, Arme oder Beine verloren hatten und genauso hungerten wie viele andere. Wer heutzutage noch Arbeit hatte, gehörte zu den Glücklichen, die sich die horrenden Lebensmittelpreise irgendwie leisten konnten.

Immerhin war Ilse beim Anblick der Frau verstummt und hing ihren Gedanken nach. Lucie war froh, ihre Ruhe zu haben. Der Flieder blühte verschwenderisch, die Bäume trugen endlich wieder Grün und an allen Ecken und Enden spross es bunt aus der Erde. Die Welt drehte sich trotz aller großen und kleinen Ärgernisse unbeeindruckt weiter.

Sie erreichten die Schule, ohne ein weiteres Wort zu wechseln. Im Gegensatz zu den Jungen, die in das nahe gelegene Gymnasium pilgerten und Anzug, Fliege und Schülermütze trugen, hatten die Mädchen Kleider an; riesige Schleifen schmückten fast ausnahmslos ihre Köpfe.

Der knorrige Hausmeister stand steif an der Schultür und musterte die Ankömmlinge grimmig, während die Schülerinnen mehr oder weniger gesittet das Schulgebäude betraten.

Lucie hatte enormen Respekt vor dem streng aussehenden Mann mit dem altertümlich anmutenden Kaiser-Wilhelm-Bart. Sie vermied es, ihn direkt anzublicken, und bemühte sich immer, möglichst schnell an ihm vorbeizuhuschen.

Gerade als sie ihn erreicht hatte, sah er umständlich auf seine Taschenuhr und begann dann die große Schulglocke zu läuten. Sie hatten also noch genau fünf Minuten, um ruhig in ihrer Klasse zu sitzen und die Ankunft ihres Lehrers zu erwarten.

Die erste und zweite Stunde gab heute ihr Klassenlehrer, Herr Korte, ein dicklicher Mann mittleren Alters, der gleich neben der Schule zur Untermiete wohnte. Er besaß ein in Anbetracht seines Äußeren ungeahntes Temperament, wodurch er immer wieder zu Zornausbrüchen neigte.

Als Ilse und Lucie im Laufschritt durch den Gang zu ihrem Klassenzimmer hetzten, sahen sie auch schon Korte aus der entgegengesetzten Richtung kommen. Er hob witternd den Kopf, weil er die beiden rennen sah und schlug einen schnelleren Schritt an. Doch sie schafften es gerade noch rechtzeitig, vor ihm den Klassenraum zu erreichen, ihre Schultaschen anzuhängen und stramm mit den Klassenkameradinnen dazustehen und »Guten Morgen, Herr Korte« zu rufen, als der Lehrer eintrat.

Stirnrunzelnd musterte er die beiden Übeltäterinnen, sagte aber nichts. Seinen Unmut ließ er sie den Rest der Stunde aber gleichwohl spüren, als er erst Lucie und dann Ilse nach vorne rief und sie die englischen unregelmäßigen Verben aufsagen ließ. Währenddessen beobachtete er sie lauernd, als wartete er nur auf einen Fehler. Bei Lucie lief alles reibungslos, doch bei Ilse sah es anders aus: Schon beim Gang nach vorn wurde sie immer blasser, verhaspelte sich wieder und wieder beim Aufsagen und wurde schließlich von einem hämisch grinsenden Korte mit einem »Setzen, Fünf« zurück auf ihren Platz geschickt.

Danach ließ er sie einen langweiligen Text über die englischen Dramatiker lesen.

Die zweite Stunde, Geografie, war nicht viel besser, auch wenn Korte seine Wut langsam zu vergessen schien. Allerdings war sein langatmiger Vortrag über verschiedene Bodenarten und Tonminerale im Allgemeinen eine Herausforderung für die Disziplin der Mädchen, um sich die Langeweile nicht allzu deutlich anmerken zu lassen. Als es zur Pause läutete und auch Lehrer Korte den Unterricht beendete, sprangen alle Schülerinnen erleichtert auf und drängten aus dem Raum. Die frische Luft auf dem Schulhof würde die Schläfrigkeit nach den Stunden bei Korte hoffentlich aus den Köpfen pusten.

Während einige Schülerinnen zu zweit oder dritt untergehakt auf dem Hof umherflanierten, spielten andere lachend und mit wehenden Zöpfen Kästchenhüpfen oder Fangen. Lucie wäre auch gerne mit einigen Klassenkameradinnen über den Hof spaziert, aber Ilse zog sie mit sich fort.

»War das wieder dämlich von dem Korte. Ich frage mich, wozu ich später unregelmäßige Verben oder Tooonmineraaaale brauche.« Sie äffte dabei die Stimme von Korte so gut nach, dass Lucie laut auflachte. Sofort kamen einige Mädchen zu ihnen gerannt, um zu sehen, was es denn so Lustiges gäbe. Das stachelte Ilse an. Jetzt redete sie nicht nur so wie Korte, sondern stolzierte auch mit herausgestrecktem Bauch umher, wie er es üblicherweise tat. Immer mehr Mädchen kamen hinzu und amüsierten sich über Ilses hervorragende Imitation des ungeliebten Lehrers, bis sich eine regelrechte Traube um sie gebildet hatte.

Plötzlich unterbrach eine donnernde Stimme den Tumult. »Was geht hier vor? Ilse Baecker, du solltest dich schämen. Komm sofort mit.«

Lucie drehte sich ertappt um und sah in das zornrote Gesicht des Schuldirektors. Mit blitzenden Augen rieb er sich über den rötlichen Bart und ruckte auffordernd mit dem Kopf.

Verzweifelt blickte Ilse Lucie an. Doch sie konnte nichts für die Freundin tun, als ihr beruhigend die Hand zu drücken und dann Platz zu machen, damit sie der Aufforderung des Direktors nachkommen konnte.

Jede wussten, was die vorlaute Ilse im Büro des Direktors zu erwarten hatte. Nicht wenige hatten bereits mit dem dünnen Rohrstock Bekanntschaft gemacht, den er in einer Ecke des

Zimmers verwahrte. Fraglich war nur, ob es die Schläge auf den Hintern oder auf die Hand setzen würde.

Als Ilse eine ganze Weile später mit einem entschuldigenden Knicks in die Klasse kam, konnte Lucie sofort erkennen, was es gesetzt hatte, auch wenn Ilse sich bemühte, ihre geschundenen Hände hinter dem Rücken zu verstecken.

Der Direktor hatte sich für Tatzen entschieden, denn ihre Hände waren rot geschwollen und schmerzten offenbar sehr, als sie sie vorsichtig auf dem Schoß ablegte. Ilse selbst war für den Rest des Schultages einsilbig, sprach kaum und war auch auf dem Heimweg ungewohnt still.

Die beiden gingen nebeneinanderher und Lucie versuchte, ab und an das Gespräch auf die schönen Blumen in einem Vorgarten oder die verrückte Frisur von Elsa zu bringen, doch Ilse nickte nur lethargisch und verabschiedete sich dann knapp von Lucie, als sie ihre Ecke erreicht hatten. Wie gerne hätte Lucie sie von ihrem Kummer und Schmerz abgelenkt, aber offenbar musste Ilse erst einmal allein ihre Wunden lecken.

Als Lucie nach Hause kam, war ihr Vater schon da. Zu ihrer Überraschung war auch Mutter nicht in der Praxis, sondern saß zusammen mit Vater im Salon. Helene, die ihr die Tür geöffnet hatte, sah aus, als wäre ihr ein Gespenst begegnet, als sie ihr zuflüsterte, dass ihre Eltern im Salon seien.

Lucie stellte die Schultasche ab und machte sich auf den Weg, um die Eltern zu begrüßen. Doch je näher sie kam, desto langsamer wurden ihre Schritte; schließlich blieb sie stehen und lauschte irritiert auf die Geräusche, die aus der halb geöffneten Tür in den schummrigen Flur drangen. Was war das? Weinte Vater etwa? Sie konnte sich nicht erinnern, ihn jemals schwach erlebt zu haben. Aber das Schluchzen war eindeutig ein männliches, während sie hörte, wie Mutter irgendetwas in beruhigendem Ton murmelte. Was war hier los? Es war doch hoffentlich nichts mit Kurt oder Ariel oder sonst wem aus der Familie? Sie drückte mit Schwung die Tür auf. Irgendetwas Schlimmes schien passiert zu sein und sie musste wissen, was es war.

Doch das Bild, das sich ihr bot, ließ sie wie erstarrt im Türrahmen verharren. Vater befand sich zusammengekauert in einem der Sessel der Urgroßeltern und hatte die Hände vor das Gesicht geschlagen, während Mutter auf der Armlehne saß und ihm besänftigend über den Rücken strich.

Sie sah mit bekümmertem Blick auf und bemerkte Lucie, während Vater völlig in seinen Schmerz versunken blieb und ihre Ankunft offenbar gar nicht registriert hatte.

»Lucie, du bist schon zurück?«, bemerkte Mutter. Auch ihre Stimme klang belegt, als ob sie geweint hätte.

»Was ist denn los?« Lucies Worte klangen genauso unsicher, wie sie sich fühlte. Irgendetwas Furchtbares musste geschehen sein, sonst wären ihre Eltern nicht so völlig außer Fassung.

Mutter biss sich auf die Unterlippe, während sie sich erhob und ihr mit ausgebreiteten Armen entgegenlief.

»Ach, Lucie, mein Schatz, komm her«, sagte sie und drückte sie so fest an sich, dass Lucie kaum Luft bekam.

Vater saß noch immer da wie ein Häufchen Elend und schaute sie mit rot verquollenem Gesicht an.

»Kann mir jetzt bitte endlich jemand sagen, was passiert ist?«, quetschte Lucie schwer atmend hervor.

Mutter schob sie ein Stück von sich weg und blickte sich unsicher nach Vater um.

»Willst du … oder soll ich …?«, fragte sie stockend.

Vater zuckte nur mit den Achseln. Seine ganze Haltung drückte Überforderung mit der Situation aus.

»Lucie, es sind die Großeltern. Papas Eltern. Sie … sie sind tot.« Mutters Stimme klang, als käme sie von weit entfernt zu ihr.

»Was?«, rief Lucie, hörte jedoch auch die eigenen Worte nicht. Sie tastete nach der Wand, um sich irgendwo abstützen zu können. Ungläubig starrte sie von Mutter zu Vater, doch ihre Mienen sprachen für die Richtigkeit der Worte, die sie nicht wirklich erfasste.

»Aber … warum? Ich meine, was ist denn geschehen?«, flüsterte sie kurzatmig.

»Ich …« Wieder sah sich Mutter Hilfe suchend nach Vater um, doch er schien nicht in der Lage, irgendetwas von sich zu geben. »Sie sind überfahren worden. Von einer Kutsche. Es war ein Unglück. Sie wollten wohl gerade gemeinsam die Straße überqueren und haben die herannahende Kutsche übersehen. Ich weiß auch nicht mehr. Jedenfalls sind sie jetzt tot. Alle beide.«

»Eine Kutsche?«, echote Lucie. »Welche Ironie! Schließlich haben sie beide Kutschen doch immer für so viel sicherer gehalten als Automobile.«

Mutter nickte, während ihr eine Träne über die Wangen lief.

»O nein, Papa, es tut mir so leid!« Lucie lief zu ihrem Vater und fiel ihm um den Hals.

Er streichelte ihr leicht über die Schulter. »Danke, mein Schatz«, krächzte er dann mit tränenerstickter Stimme.

Lucie richtete sich wieder auf und spähte Hilfe suchend zu Mutter.

»Aber was sollen wir denn jetzt machen?«, fragte sie und setzte sich in den anderen Sessel. Ihre Beine zitterten nach dieser furchtbaren Nachricht so heftig, dass sie das Gefühl hatte, dass sie gleich unter ihr nachgeben würden.

Mutter setzte sich wieder auf die Lehne von Vaters Sessel.

»Ich weiß auch nicht. Wir … wir müssen wohl die Beerdigung organisieren. Und allen Bescheid sagen.« Ihre Stimme wurde mit jedem Wort leiser.

Lucie wusste aus Erzählungen, dass die Großeltern es ihr nicht immer leicht gemacht hatten, doch in den letzten Jahren war der Kontakt stetig herzlicher geworden. In diesem Moment wirkte auch Mutter wie am Boden zerstört.

»Sie wollten mir doch Berlin zeigen«, stammelte Lucie verstört.

»Ja, das wollten sie«, bestätigte Mutter mit kraftloser Stimme. »Ich werde Ariel und Kurt benachrichtigen. Sie werden bestimmt zur Beerdigung kommen wollen, wenn sie es irgendwie schaffen«, fuhr sie fort und sprang wieder auf.

Von Vater kam ein undefinierbares Geräusch und Lucie sah, dass ihm wieder die Tränen übers Gesicht liefen. Schnell erhob sie sich. »Mach das. Ich bleibe so lange bei Papa.«

Mutter warf ihr einen dankbaren Blick zu und strich ihr die widerspenstigen Haare aus der Stirn. »Ich bin gleich wieder da. Ich werde Helene bitten, uns das Essen ausnahmsweise hierherzubringen.«

Lucie nickte und nahm Mutters Platz auf Vaters Armlehne ein.

»Es tut mir so leid, Daniel. Ich werde alles tun, um dir zu helfen, über diesen Verlust irgendwie hinwegzukommen.« Und damit war Mutter auch schon durch die Tür geschlüpft und ihre schnellen Schritte verhallten im Flur.

Kapitel 7

Alma wartete wie immer schon an der offenen Tür auf Wilhelm. Wie jeden Tag hatte sie ihm ein leichtes Essen bereitet, wenn er in der Mittagspause aus der Schule kam, um einen Happen zu essen, bevor er wieder zum Nachmittagsunterricht aufbrach. Der Wechsel aufs Jungengymnasium verlangte ihm viel ab. Hier wehte ein anderer Wind als bei den Kleinen, die er vorher unterrichtet hatte. Doch er hatte schon länger den Wunsch geäußert, lieber ältere Kinder zu unterrichten, und jetzt hatte er seinen Traum endlich umgesetzt. Alma rechnete ihm diese Mühen hoch an, war nur in ständiger Sorge, dass er sich übernehmen könnte, denn schließlich war er auch nicht mehr der Jüngste und aufgrund seines verkrüppelten Beins infolge einer Kriegsverletzung deutlich eingeschränkt.

Doch immer, wenn sie diese Besorgnis äußerte, lachte er nur, strich ihr die Haare aus der Stirn und gab ihr einen Kuss darauf. Dann beruhigte er sie stets: »Mach dir keine Sorgen. Ich würde doch nichts tun, was mich von dir fernhält. Es gibt keinen besseren Grund, auf mich aufzupassen als dich, mein Herz. Für dich würde ich alles tun, sogar täglich auf die höchsten Bäume klettern, wenn es nötig wäre. Und da ist das Lehrerdasein ja wohl deutlich entspannter, wenn du mich fragst. Ich werde mich von ein paar übermütigen Lümmeln nicht ins Bockshorn jagen lassen, das kannst du mir glauben!«

Trotzdem war Alma bestrebt, jeglichen Ärger und alles, was den Haushalt anbelangte, von ihm fernzuhalten und ihn zu verwöhnen, so sehr sie nur konnte.

Und wenn er abends oder in der allzu kurzen Mittagspause von den Treffen mit aufgebrachten Eltern, von ungehorsamen Schülern, deren Lieblingsbeschäftigung darin bestand, den Lehrkräften Streiche zu spielen, und seinem cholerisch veranlagten Direktor erzählte, hörte sie ihm mit wohligem Schauer und aufgerissenen Augen zu. Denn schließlich war er ihr Ehemann. Sie sah es als ihre Pflicht an, alle Sorgen mit ihm zu teilen, wenn sie sie ihm schon nicht abnehmen konnte.

Sie verwöhnte ihn mit aufwendig gekochten Köstlichkeiten und hielt das Haus sowie die Wäsche akribisch rein. Und wenn er dann heimkam oder sie am Wochenende oder an lauen Abenden Arm in Arm gemeinsam durch die Straßen oder am Neckar entlang spazierten, ging ihr Herz auf, eine hell glitzernde Freude breitete sich in ihrem Körper aus und ließ sie glücklich strahlen.

In der letzten Zeit hatten sie es sich angewöhnt, Günther mit auf ihre Spaziergänge zu nehmen, auch wenn die Barmherzigen Schwestern es nicht gern sahen, dass er so viel außer Haus war, anstatt seinen Pflichten in Haus und Garten nachzukommen. Jedes Heimkind musste mehrere Stunden am Tag eine Arbeit im Waisenhaus, dem Garten, der Küche oder den Stallungen verrichten, auch die ganz Kleinen. Natürlich blieb so keine Zeit für Hausaufgaben oder Ähnliches. Abends fielen die Kinder todmüde und mit meist knurrenden Mägen in ihre Betten. Alma tat es im Herzen weh, das mit anzusehen, und wenn sie dort war, tat sie alles, um den Kleinen dabei zu helfen. Günther, der solche Dinge wie Spaziergänge und Familienleben bisher nicht gekannt hatte, da er schon als Kleinkind ins

Waisenhaus gekommen war, blühte bei diesen Gelegenheiten auf. Er schwatzte und lachte, dass es eine Freude war. Alma und Wilhelm amüsierten sich über seine kindliche Ausgelassenheit.

Nur wenn sie ihn abends wieder bei den Barmherzigen Schwestern abliefern mussten, kullerten Tränen. Bei Alma und auch bei Günther. Sie empfand es immer stärker so, als würde sie einen Teil ihrer selbst im Waisenhaus zurücklassen.

***

Als Lucie am nächsten Tag von der Schule nach Hause kam, war Mutter noch in der Praxis, aber Helene stand schon bereit, um das Essen auf den Tisch zu bringen, sobald Mutter erschien. Vater, der heute darauf verzichtet hatte, in die Fabrik zu gehen, und sich dafür um die Beerdigungsmodalitäten gekümmert hatte, saß im Salon und las in der Zeitung, während der Rauch in sanften Kringeln aus seiner Pfeife stieg und um seine Brillengläser herum waberte.

»Rauchen schon vor dem Essen?«, fragte Lucie überrascht, als sie ihm einen Kuss auf die Wange drückte.

»Lass es bitte nicht Mama wissen«, bat er und blätterte weiter. »Machst du dich noch frisch? Ich denke, wir essen in spätestens zehn Minuten.«

Lucie nickte, erleichtert, dass es ihm heute offenbar wieder deutlich besser ging, und nahm auf der Treppe gleich zwei Stufen auf einmal, während Milli ihr hinterherrannte.

Das Essen verlief ungewohnt ruhig. Mutter schien mit irgendetwas beschäftigt zu sein und Vater fiel es offenbar schwer, an etwas anderes als an das zu frühe Ableben seiner Eltern zu denken. Also entschloss sich Lucie, die Stimmung ein wenig zu heben und das Thema anzusprechen, das sie schon die ganze

Zeit beschäftigte, seit Kurts Brief vor zwei Tagen angekommen war.

»Ich kann es immer noch nicht glauben, dass Kurt tatsächlich überlegt, Ursula einen Antrag zu machen«, begann sie, den Eltern ein Häppchen hinzuwerfen.

»Weiß Gott!«, brummte Vater.

»Du sollst nicht immer so abfällig über ihn reden, Daniel. Er hat seine wilden Zeiten hinter sich und wird ein wunderbarer Vater und Familienmensch«, wies ihn Mutter prompt zurecht.

»Dann müssen wir aber auch häufiger hinfahren, um sie zu sehen. Ich meine, wahrscheinlich bekommen sie in nicht allzu ferner Zukunft ein Kind. Es wäre doch wirklich tragisch, wenn es da ein kleines Familienmitglied gäbe, das wir kaum kennen«, setzte Lucie ihren Vorstoß fort.

»Sicher fahren wir auch mal hin«, erwiderte ihre Mutter abwesend, offensichtlich noch immer mit ihren Gedanken in der Praxis.

»Aber wie teuer und aufwendig das doch ist. Wäre es nicht günstiger, gleich wieder dorthin zu ziehen, um die Hochzeit, die Geburt und das Aufwachsen des sicher bald zu erwartenden Kleinen mitzuerleben?«, gab Lucie ganz unschuldig zu bedenken und griff nach dem Salzfass.

»Ach, daher weht der Wind.« Ihr Vater sah auf. »Du hältst das für eine gute Gelegenheit, wieder in die württembergischen Gefilde zu ziehen und die lästige Großstadt abzuschütteln. Und was wird mit der Firma und Mutters Praxis? So einfach ist das alles nicht. Freunde dich mit dem Gedanken an, dass wir jetzt hier wohnen, junge Dame. Ich dachte, das hätten wir ausreichend geklärt.« Mit jedem Satz wurde seine Stimmung brummiger.

»Du musst sie doch nicht gleich so anschnauzen«, schaltete sich Mutter versöhnlich ein. »Aber inhaltlich hat Papa völlig recht. Wir können nicht einfach wieder wegziehen. Wir haben hier Verpflichtungen, Lucie. Warum machst du es dir nur so schwer, Mäuschen? So schlecht ist es hier doch gar nicht.« Damit stand sie auf. »Ich muss noch ein paar Sachen nachschlagen, bevor die Nachmittagssprechstunde beginnt. Kann ich dir noch irgendwie helfen, Daniel?«

Als Vater den Kopf schüttelte, murmelte sie: »Entschuldigt mich bitte«, offensichtlich schon wieder in ihre Gedanken versunken.

»Hast du noch einen kleinen Augenblick?«, fragte Vater.

»Was gibt es?«

»Nichts weiter. Ich habe nur vorhin über eine Sache nachgedacht, die ich gerne mit euch besprechen würde: Was haltet ihr davon, wenn wir den Sommer wieder in der Villa am Meer verbringen? Einfach mal ausspannen und das Großstadtgewühl und alle schlechten Erinnerungen hinter uns lassen.« Jetzt lächelte Vater sogar.

»So einfach ist das nicht. Ich kann doch die Praxis nicht so lange allein lassen«, sagte Mutter, doch ihr Lächeln verriet, dass ihr der Gedanke gefiel.

»Ich denke, bis zum Sommer hast du Doktor Brandt so weit, dass er die Praxis gut und gerne für ein paar Wochen ohne dich führen kann. Er hat schließlich noch Schwester Ida an der Seite. Die kennt sich aus.«

»Wahrscheinlich schon. Ich denke mal drüber nach. Jetzt muss ich aber. Du kannst ja dann Ilse mitnehmen, Lucie, und Helga natürlich auch. So wie immer. Und die Großmutter und Onkel Jakob laden wir auch ein, uns zu begleiten.«

»Äh … aber ich dachte … also, eigentlich reicht es mir auch, nur Helga dabeizuhaben. Sie ist nach wie vor meine beste Freundin.«

»Darüber haben wir doch schon ein paar Mal gesprochen. Es ist Zeit, dass du dich für hiesige Freunde öffnest. Helga ist weit weg, und so könntet ihr wenigstens die Ferien miteinander verbringen.« Und damit war Mutter aus dem Zimmer.

Lucie seufzte und malte mit dem Zeigefinger das Muster der Tischdecke nach.

»Mach dir nichts draus, Luciemäuschen, die Ilse scheint doch wirklich ganz nett zu sein«, sagte Vater und legte seine Hand auf ihre.

»Hm«, war alles, was Lucie herausbrachte.

Nach dem Essen war Lucie nicht danach, in ihr Zimmer zu gehen. Stattdessen spazierte sie durch den Garten und sah sich die Pflanzen an. In der Natur fühlte sie sich seit jeher wohl. Vor dem Denkmal der Urgroßmutter blieb sie stehen. Der Urgroßvater hatte nach dem zu frühen Tod seiner Frau eine lebensgroße Statue von ihr in den Garten setzen lassen, ihre geliebten Rosenbüsche drumherum gepflanzt und zeit seines Lebens dafür gesorgt, dass immer frische Blumen zu ihren Füßen lagen. Seitdem auch der Urgroßvater verstorben war, übernahm Mutter trotz ihrer vielen Verpflichtungen diese Aufgabe. Auch heute leuchtete es bunt. Sie hatte nicht nur Stiefmütterchen davor gepflanzt, sondern ein Strauß Tulpen lag ebenfalls da.

Nachdenklich sah Lucie zu dem steinernen Gesicht der Urgroßmutter auf. Im Grunde war ein solches Erinnerungsmonument einer Pyramide gar nicht so unähnlich. Sie sollte an den Verstorbenen erinnern. Nun gut, von den Ausmaßen her war eine solche Statue allerdings deutlich handlicher als eines der ägyptischen Grabmäler, wenn auch ein Stück weit gewöhnlicher. Wie gerne hätte sie die Urgroßeltern kennengelernt, die einen so großen Einfluss auf das Leben von Mutter und damit auch auf ihres gehabt hatten. Sie sah freundlich aus, sogar gütig. Wahrscheinlich hätte sie sich auch gut mit ihr verstanden, besser als mit ihren eigenen Großeltern, dachte Lucie, während sie die Tulpen zu ihren Füßen neu arrangierte. Wenn doch wenigstens Alma hier wäre, dann hätte sie jemanden, mit dem sie über all das reden könnte.

»Ach, Urgroßmutter, was würdest du an meiner Stelle tun?«, fragte sie seufzend. »Was soll ich denn mit Ilse machen? Helga ist meine Busenfreundin – auf immer und ewig. Ich will niemand anderen mit in die Villa nehmen.«

Lucie blinzelte die Statue an.

»Und dann ist da auch noch die Sache mit Paul. Er ist so wunderschön, aber ich traue mich einfach nicht, ihn anzusprechen«, fuhr Lucie fort. »Doch mein allergrößter Wunsch wäre, dass wir nach Tübingen zurückkehren. Versteh mich bitte nicht falsch: Ich liebe dein Haus und den Garten wirklich sehr, aber Tübingen ist eben mein Zuhause. Dort weiß ich, wie man sich benimmt und was wichtig ist. Hier ist alles anders.« Lucie seufzte. »Und weißt du, was ich mir auch noch wünsche? Einmal nach Ägypten reisen und die Pyramiden mit eigenen Augen zu sehen. Das Grab von Ramses und Tutanchamun und das Tal der Königinnen selbst zu besichtigen. Glaubst du, dass ich es schaffen kann, Archäologin zu werden? Ich wäre es so furchtbar, furchtbar gerne. Es gibt doch nichts Schöneres. Ich wäre der neue Howard Carter oder auch Heinrich Schliemann. Mama und Papa meinen ja, dass das keine Beschäftigung für eine Frau ist, um die Welt zu reisen und in fremden Ländern in der Erde zu buddeln. Dabei ist es so viel mehr als das. Diese uralten Schätze, die im Wüstensand nur darauf warten, entdeckt zu werden. Alle Welt würde dann von den Entdeckungen von Lucie Friedländer reden. Ach, das wäre himmlisch! Weißt du was? Ich gehe jetzt hoch in mein Zimmer und lese ein bisschen etwas über Nofretete und die Cheops-Pyramide. Bis zum nächsten Mal und danke fürs Zuhören.«

Sie nickte der Statue verabschiedend zu und wandte sich um. Nun sprach sie schon mit Steinen. Das Leben war wirklich nicht einfach!

Sie schlenderte in Gedanken versunken zurück zum Haus. In ein paar Wochen war schon Schawuot, der Feiertag, an dem man sich an den neuerlichen Empfang der Zehn Gebote am Berg Sinai erinnerte und es traditionell schmackhafte Milchspeisen zu essen gab. Schlagartig hob sich ihre Laune. Ob sie an dem Abend in die Synagoge gehen würden? Oder würde es nur wie sonst auch Milch und Honig, Eierkuchen mit Quark und Käsekuchen geben?

Schawuot war ein Fest, das ihr immer schon aufgrund des leckeren Essens gefallen hatte.

Gut gelaunt begann Lucie das neue Lied von Claire Waldoff zu summen. »Warum liebt der Wladimir gerade mir« war einer ihrer Lieblingsschlager, seit sie dem Lied das erste Mal gelauscht hatte. Überhaupt war Claire Waldoff einer der interessantesten Menschen, von denen sie jemals gehört hatte. Wie sehr wünschte sie sich, auch eine solch wunderbare Ausstrahlung zu haben und vor allem so faszinierend singen zu können.

»Natürlich, wieder trägt se ein weißes Kleid. Ihr Juden lebt immer auf großem Fuß, auch wenn wir rechtschaffenen Deutschen nicht mehr wissen, wie wir wat zwischen de Kiemen bekommen sollen«, hörte Lucie plötzlich die geifernde Stimme des alten Beike.

Erschrocken riss sie den Kopf hoch. In ihrer Versunkenheit hatte sie den Nachbarn hinter dem Gartenzaun völlig übersehen. Wie gewöhnlich hatte er ein weißes Unterhemd und eine dunkle Hose mit Hosenträgern an, hatte aber eine Schiebermütze auf dem Kopf. Seine Augen waren zu Schlitzen verengt und er wedelte mit einem Buch vor Lucies Gesicht herum.

Sie spürte, wie sie rot anlief, und überlegte, ob sie einfach weglaufen sollte, während sie Beike hilflos anstarrte. Sie versuchte zu erkennen, um welches Buch es sich handelte. Gar nicht einfach, so heftig, wie er damit herumfuchtelte. Es war »Mein Kampf«, das Geschreibsel dieses Emporkömmlings

Hitler, mit dem er ihr da drohte. Die Eltern hatten vor einiger Zeit, als sie noch in Tübingen gelebt hatten, darüber geredet und sich über die vielen judenfeindlichen Passagen lustig gemacht. Sie hatten an dem Abend herzlich gelacht. Ihre Brüder Kurt und Ariel, die weiterhin in Tübingen wohnten, waren natürlich dabei gewesen. Und Alma selbstverständlich auch. In diesem Augenblick, wo sie dem offensichtlich hasserfüllten Nachbarn allein gegenüberstand, war Lucie allerdings ganz und gar nicht mehr zum Lachen zumute.

Einen Moment zauderte sie und biss sich auf die Lippen. Sie hörte nicht auf das, was der alte Beike vor sich hin brummelte, nur einzelne Worte drangen in ihr Bewusstsein. *Freundin, Kuss, Judenschweine* waren einige davon.

Dann aber rief sie sich die gestrigen ermutigenden Worte ihrer Mutter wieder ins Gedächtnis, trat einen Schritt vor und setzte ein freundliches Lächeln auf. »Guten Tag, Herr Beike, wie geht es Ihrer Frau?«

Verdutzt sah der Nachbar sie an.

Immerhin hatte sie es geschafft, ihn zum Verstummen zu bringen. Angespornt fuhr sie fort: »Ich habe eine Frage: Warum sagen Sie so böse Dinge zu mir? Sie kennen doch noch meine Urgroßeltern, meine Großeltern und auch meine Mutter von klein auf. Ich kann mir nicht vorstellen, dass irgendjemand von ihnen Sie bestohlen oder sonst wie schlecht behandelt hat.«

Nach wie vor war Beike scheinbar zu verblüfft, um etwas zu entgegnen. Das Buch lag in seiner schlaff herabhängenden Hand und er visierte Lucie misstrauisch mit zusammengekniffenen Augen an.

Sie lächelte ihn an und nickte ihm noch einmal zu, während sie sich abwandte und langsam davonschritt.

Noch bevor sie die Ecke des Hauses erreicht hatte, rief er ihr hinterher: »Ich hab mich lange genug von euch Mistjuden einlullen lassen. Jetzt weht ein anderer Wind, Mädchen. Ihr seid hier unerwünscht. Wart nur ab, bald sorjen wir Deutschen dafür, dat so ein Pack wie ihr verschwindet. Du und deine janze Familie, ihr seid Abschaum.«

Lucie blieb wie erstarrt stehen, so, als hätte sie einen Schuss in den Rücken bekommen. Dann aber holte sie tief Luft und rannte los. Weg von den schlimmen Worten. Weg von diesem hasserfüllten Mann, der so beängstigend nahe bei ihrer Familie wohnte.

Sie hätte ihn wahrscheinlich nicht ansprechen dürfen, sondern hätte besser den Mund gehalten und wäre einfach weitergegangen. Aber woher sollte sie wissen, wie man sich in Berlin richtig verhielt? Es war hier alles so anders als in Tübingen, wo niemand jemals so etwas zu ihr gesagt hätte. Niemals.

Kapitel 8

Sie ging langsam die Treppen hinauf, wollte in ihr Zimmer. Sich einfach nur verkriechen mit Milli und ihren Büchern und nichts mehr sehen und hören. Ein sicherer Hafen, weit weg von dem wütenden, alten Mann. Doch kurz bevor sie oben angekommen war, hörte sie, wie jemand ihren Namen rief.

Ihr erster Impuls war, so zu tun, als hätte sie den Ruf nicht gehört.

Lediglich noch ein paar Stufen und wenige Schritte über den Flur und sie wäre in der Sicherheit ihres Zimmers.

»Lucie, hallo!«, rief die Stimme noch einmal, sodass ihr nichts anderes übrig blieb, als sich schließlich doch widerwillig umzudrehen, um nachzusehen, wer da nach ihr gerufen hatte.

Schwester Ida stand grinsend am Fuß der Treppe. Mit ihren roten Haaren und den grünen Augen sah sie wie immer zum Niederknien schön aus. Sie hielt einen Teller mit Kuchen in der Hand und lächelte sie an.

»Eine Patientin hat ihn für uns mitgebracht. Ich dachte, du freust dich vielleicht auch über ein Stück«, sagte sie und ließ ihre weißen Zähne blitzen, als wäre sie eines dieser außergewöhnlich prachtvollen Revuegirls, die hier in Berlin derzeit von sämtlichen Litfaßsäulen lächelten.

»Danke schön, aber ich habe gerade gar keinen Appetit«, wehrte Lucie ab.

»Es ist Nusskuchen. Den magst du doch so gerne, habe ich gehört«, lockte Schwester Ida mit ihrem Revuegirllächeln, und nun konnte Lucie nicht mehr widerstehen. Trotz aller Schmähungen, die ihr der alte Beike an den Kopf geworfen hatte.

»Na gut, ein Stück vielleicht«, entschied sie und marschierte entschlossen die Treppe wieder hinunter.

»Es sagt sicher keiner etwas, wenn du zwei nimmst. Er ist wirklich gut«, meinte Schwester Ida und zwinkerte ihr zu.

Lucie warf einen Blick auf den Kuchen und ihr lief das Wasser im Mund zusammen. Seit Alma nicht mehr für sie kochte und buk, gab es viel seltener Kuchen.

»Danke schön!«, sagte Lucie brav und nahm sich ein Stück.

Schwester Ida blieb stehen und schaute sie erwartungsvoll an. Offenbar wollte sie eine Bestätigung dafür sehen, dass sie ihre Begeisterung für das Backwerk teilte.

Lucie seufzte innerlich, denn sie wäre am liebsten direkt wieder die Treppe hochgestürmt und hätte sich endlich in ihr Zimmer verkrochen, doch Schwester Idas freundlicher Blick war so gespannt, dass sie stehen blieb und ein Stück abbiss.

»Hm, der ist wirklich gut«, schwärmte sie, noch bevor sie es ganz heruntergeschluckt hatte. Ihre Großmutter wäre entsetzt gewesen, wenn sie sie bei dieser Untat erwischt hätte, doch Schwester Ida lächelte nur über das ganze Gesicht.

»Nicht wahr? Das habe ich auch gedacht, deswegen habe ich ja Doktor Brandt und deiner Mutter den Rest entwendet, um ihn dir zu bringen. Nimm ruhig noch eins.«

Dieses Mal ließ Lucie sich nicht so lange bitten und griff zu.

»Was gibt es Neues bei Ihnen, Schwester Ida? Ist Ihr Verlobter bald mit dem Studium fertig?«

»Schön wäre es. Leider nein, es dauert wirklich ewig, bis man ein fertiger Mediziner ist«, seufzte sie.

»Das wird schon. Meine Mutter hat es ja schließlich auch geschafft, obwohl sie uns zwischendurch bekommen hat«, tröstete Lucie sie, bevor sie noch einmal abbiss.

»Wahnsinn, wirklich. Ich weiß nicht, wie sie das hat meistern können. Ich bin ja schon ohne Kinder am Abend so fertig, dass ich kein Buch mehr in die Hand nehmen möchte.«

»Wenn es Ihr Traum wäre, würden Sie das bestimmt auch hinkriegen. Außerdem liegt das sicher daran, dass Sie immer so lange mit der Straßenbahn nach Hause fahren müssen. Da wäre ich am Abend ebenfalls kaputt.«.

Schwester Ida lächelte. »Aber es ist auch spannend. Du glaubst nicht, was man alles zu hören bekommt, wenn man wie ein Mäuschen dasitzt und darauf achtet, was um einen herum so geredet wird. Wirklich interessant. Manchmal zumindest.«

»Sehen Sie, so hat alles seine Vor- und Nachteile. Vielleicht werden Sie später eine berühmte Schriftstellerin, die all diese Geschichten zu Papier bringt. Wer weiß?« Lucie lächelte.

Schwester Ida brach in Lachen aus. »Du hast immer die witzigsten Ideen. Weißt du was, ich werde meinem Hans von deinem Vorschlag erzählen. Mal sehen, was er davon hält, wenn seine Frau windige Geschichten aufschreibt.«

Lucie lachte mit.

Als Schwester Ida einige Minuten später mit dem nun leeren Teller wieder in der Praxis verschwand, fühlte sich Lucie viel unbeschwerter als eben noch.

Trotzdem stapfte sie die Stufen wieder hinauf. Ein paar Kapitel lesen und mit Milli zu kuscheln erschien ihr immer noch als ein wundervoller Zeitvertreib. Gerade hatte sie neben den ägyptischen Schätzen ein ganz frisch erschienenes Buch am Wickel, das ihr großes Vergnügen bereitete. Es hieß »Pünktchen und Anton«, war von einem Autor namens Erich

Kästner und handelte von der wohlhabenden Luise Pogge, die von ihrem Kinderfräulein Fräulein Andacht dazu gezwungen wurde, betteln zu gehen, und ihrem armen Freund Anton Gast. Eine Geschichte, die Lucie berührte und von der sie unbedingt wissen wollte, wie sie weiterging. Mit Kuchen im Magen und einem weiteren Stück in der Hand war das Ganze sogar noch vielversprechender.

Beim Abendessen war die Stimmung sehr gedrückt, weil Mutter die Nachricht erhalten hatte, dass der kleine Heinz Faust gestorben war. Nicht nur ihrer Mutter war der kleine Junge im Laufe der Behandlung ans Herz gewachsen, sondern auch Vater und selbst Lucie waren traurig. Mutter hatte so viel von ihm erzählt, dass auch sie den Verlust spürten.

Am Abend fiel es Lucie schwer, in den Schlaf zu finden. Die Eltern waren trotz des Kummers über den Tod von Vaters Eltern und von Heinzchen ausgegangen, um ein wenig abzuschalten. Sie hatten Karten für die Premiere eines Kriminalfilms im Ufa-Palast am Zoo. Er trug den seltsamen Titel »M«, und Vater hatte ihr erzählt, dass er von einem Kindermörder handeln sollte, der in einer Großstadt sein Unwesen trieb. Gruselige Vorstellung. Lucie selbst hatte keine Lust, sich so etwas Grauenvolles anzusehen, doch die Eltern waren froh gewesen, als sie vor einigen Tagen durch Beziehungen Karten für die Uraufführung hatten ergattern können, denn schließlich handelte es sich sogar um einen Tonfilm.

Lucie aber lag in ihrem Bett und bemühte sich krampfhaft, einzuschlafen. Doch ihre Gedanken tanzten Tango in ihrem Kopf und ließen sich einfach nicht beruhigen. Sie sprangen von dem kleinen Heinz über die Großeltern zu den bösen Worten des Nachbarn, die sie den Eltern bewusst verschwiegen hatte. Mutter hatte gerade schon genug Kummer, da musste sie nicht auch noch damit belastet werden. Sich dem Vater anzuvertrauen war ebenfalls zu früh, denn sie brauchte erst einmal etwas Zeit, um alles sacken zu lassen. Vielleicht lagen ihr aber auch einfach nur die beiden Stücke Nusskuchen zu schwer im Magen.

Als Helene sie am nächsten Morgen durch ein lautes Pochen an der Tür weckte, direkt bevor sie sich auf die Jagd nach den immer knapper werdenden Lebensmitteln begab, fühlte sich Lucie so zerschlagen, als hätte sie die ganze Nacht kein Auge zugemacht. Einen Moment überlegte sie, den Tag im Bett zu bleiben und sich in der Schule durch Ilse krankmelden zu lassen. Aber Mutter erwartete, dass sie gute Noten nach Hause brachte und später ebenfalls studierte, so wie sie es getan hatte. Sie würde das nicht dulden. Also schwang Lucie gähnend die Füße über die Bettkante, ließ sie einen Moment herunterbaumeln und entschloss sich dann, sich mit einer großen Ladung kalten Wassers im Gesicht zu erfrischen.

Als sie schließlich zum Frühstück herunterkam, war Mutter wie so häufig schon in der Praxis, aber Vater saß noch da, las die Zeitung und rauchte. Sie trat an den Tisch, drückte ihm einen Kuss auf die Wange und seufzte kurz.

»Prinzessin, was bist du heute an diesem schönen, sonnigen Morgen so miesepetrig? Sieh, was ich für dich habe«, sagte er und schob ihr drei Sammelbildchen zu.

Sofort hellte sich ihre Stimmung auf.

Diese Bilder lagen Schokolade und anderen Lebensmitteln bei. Sie waren unter den jungen Mädchen und Jungen wahnsinnig beliebt. Lucie mochte besonders gerne die Bilder über Filme und Schauspieler, Mode oder die Natur, während die Jungen eher Bilder über den Weltkrieg, Flaggen oder sogar auch Volkstrachten bevorzugten. In der Schule wurden die Bilder getauscht und besonders viel Anerkennung erhielt diejenige, die mit einem vollen Album zur Schule kam.

»Und? Welche fehlen jetzt noch?«, erkundigte sich Vater, der Lucie bei ihrer Sammelleidenschaft mit Inbrunst unterstützte und ihr immer wieder auch aus der Fabrik Bilder mitbrachte.

»Viele sind es nicht mehr. Ich muss nachher mal nachschauen. Aber jetzt pressiert es. Ich bin schon wieder spät dran«, sagte Lucie und stürzte ihre heiße Milch herunter.

»Dann los mit dir, Prinzessin. Und lass dich nicht ärgern. Ich habe doch gestern gemerkt, dass dir eine Laus über die Leber gelaufen ist.«

Lucie lächelte und drückte ihm einen Kuss auf die Stirn. Dann winkte sie ihm kurz und beeilte sich, aus dem Haus zu kommen.

Just in dem Moment, in dem sie auf die Straße trat, öffnete sich auch die Tür gegenüber und Paul trat aus dem Haus. Wie immer sah er perfekt aus und Lucie spürte ein Hüpfen in der Magengrube. Sie hatte ihr Brot zwischen die Zähne geklemmt, um mit der freien Hand die Tür schließen zu können. Sie lief prompt rot an, als ihr klar wurde, dass auch Paul sie so sah. Schnell nahm sie es aus dem Mund und verbarg es hinter dem Rücken. Trotzdem grinste Paul, als er sich an die Mütze tippte. Und dann kam er auch noch zu ihr herüber und lächelte immer noch. Herr im Himmel! Ihr Magen machte noch mehr wilde Hüpfer und sie atmete heftig, um ihrer Aufregung Herr zu werden.

»Na, schmeckts?«, fragte er grinsend und deutete auf den Arm, den sie hinter dem Rücken versteckt hielt.

Lucies Kopf glühte vor Scham, doch wenn er sie nicht für völlig bekloppt halten sollte, musste ihr sofort etwas Witziges einfallen, das sie ihm antworten konnte.

»Ich … ich …«, stotterte sie hilflos und biss sich vor Ärger über sich selbst auf die Lippen.

Doch Paul schien das nicht zu stören. Er strich sich durch die blonden Haare und bemerkte immer noch lächelnd: »Ich habe mich gefragt, ob du heute schon etwas vorhast.«

Überrascht zog Lucie die Augenbrauen hoch und sah ihren heimlichen Schwarm zweifelnd an. Hatte sie sich gerade verhört? Bisher hatte er keinen Funken von Interesse an ihr gezeigt.

Er grinste nach wie vor breit, als sie langsam antwortete: »Ich muss zwar nachher noch mit dem Turnverein zum Rhönradturnen in den Park, aber sonst …«

Sein Lächeln war absolut hinreißend. Vor allem die winzigen Grübchen in seinen Wangen waren bezaubernd. Er war groß und stark und …

»Das passt ja prima. Ich bin nachher zum Fußballspielen auch im Park. Wir können gemeinsam hingehen. Ich hole dich ab. Jetzt muss ich aber, sonst …« Lächelnd hob er die Hand und sprintete davon. Fast so wie Paavo Nurmi, der sagenhafte finnische Läufer, über den in allen Zeitungen berichtet wurde.

Lucie schwebte wie auf Wolken. Ilse, die ihre Unterhaltung mit Paul von der Ecke aus angesehen haben musste, war sehr still, als sie nebeneinander zur Schule liefen. Aber das war Lucie ganz recht. Sie war so sehr in ihren eigenen Gedanken und Gefühlen gefangen, dass sie ohnehin keine anständige Unterhaltung hätte führen können.

Auch der Schultag glitt an Lucie vorbei. Ihre Gedanken waren nur bei Paul. Ob ihr auch genug einfallen würde, worüber sie mit ihm reden konnte? Was, wenn er bloß aus Höflichkeit gefragt hatte und eigentlich nichts mit ihr zu tun haben wollte? Was war an ihr auch schon reizvoll? Sie dachte an seine wunderschönen blauen Augen, das weizenblonde Haar und die Grübchen, wenn er lächelte. Sie hatte großes Glück, dass sie heute nicht aufgerufen wurde, etwas an der Tafel zu rechnen oder irgendetwas zu erklären, denn sie hätte noch nicht einmal gewusst, welches Thema in den jeweiligen Fächern besprochen wurde.

Als die Glocke nach der letzten Stunde ertönte, atmete Lucie erleichtert auf.

Die Schülerinnen drängten hinaus. Ein Meer aus Schleifen wogte durch die Halle, doch vor der Tür stockte der Fluss. Es gab Turbulenzen, weil ein Kriegsversehrter, dem der linke Arm fehlte, sich mit seiner Frau und seinen sechs Kindern direkt vor dem Schultor niedergelassen hatte, um um Almosen zu betteln, und damit den Ausgang versperrte. Allen geknurrten Aufforderungen des Furcht einflößenden Hausmeisters zum Trotz war er nicht dazu zu bewegen, sich auch nur einen Meter weiter niederzulassen, damit die Lyzeumsschülerinnen das Gebäude verlassen konnten.

Erst als der Direktor mit einigen Lehrern im Schlepptau auftauchte und den Bettlern androhte, die Polizei zu rufen, sollten sie nicht augenblicklich verschwinden, kam Bewegung in die Sache und die arme Familie zog von dannen. In Tübingen wäre Lucie über einen solchen Zwischenfall noch furchtbar erschrocken und hätte alle Hebel in Bewegung gesetzt, um der Familie irgendwie zu helfen. Hier in der Hauptstadt jedoch saß an jeder Ecke ein Hungernder, Arbeitsloser, Kriegsheimkehrer, Invalide, Hilfsbedürftiger, vor allem jetzt während der Krise. Wo man auch hinsah, überall herrschten Hunger und Armut, und sofern man bei all dem Elend nicht verrückt werden wollte, musste man lernen wegzuschauen, auch wenn es Lucie noch immer deutlich schwerer fiel als vielen ihrer Klassenkameradinnen. Bei oberflächlicher Betrachtung konnte man der Mehrzahl von ihnen eine gewisse Kaltherzigkeit gegenüber dem Schicksal anderer Menschen nicht absprechen – zumindest aus ihrem Tübinger Blickwinkel.

Die Mädels, die hier auf das Lyzeum geschickt wurden und mit ihren riesigen Schleifen und den Schulbüchern täglich anrückten, gehörten ausnahmslos zu den Wohlsituierten, die den Hunger der Armen nicht kannten und sich auch nicht dafür interessierten. Mit einer Mutter, die vor allem die Armen täglich verarztete, war eine solche Gleichgültigkeit aber einfach nicht möglich. Viel zu nah gingen ihr die Schicksale, von denen Mutter erzählte und die Lucie in jeden Bettler am Straßenrand hineininterpretierte.

Als Lucie mit den Eltern beim Mittagessen saß, konnte sie sich ein glückliches Lächeln trotz der unerfreulichen Episode am Schulende nicht verkneifen. Und obwohl es Kartoffeln mit Heringshäckerle gab, ein Gericht, das sie verabscheute, trübte auch das ihre gute Stimmung nicht. Ihre Gedanken huschten unablässig zu Paul. Wann er wohl kommen würde?

Der Turnverein traf sich gegen vier zum Rhönradfahren, einer unglaublich spaßigen Beschäftigung, die eine gute Körperspannung voraussetzte. Hoffentlich kam Paul nicht zu spät, sonst wäre sie schon weg. Sie hatten gar nicht darüber geredet, wann er sie abholen wollte.

»Luciekind, ist alles in Ordnung mit dir? Du wirkst heute so fahrig.« Mutter sah sie forschend an.

»Aber ja, ganz wunderbar in Ordnung ist alles«, antwortete Lucie heiter und schob das Häckerlehäufchen von einer Ecke des Tellers in die andere.

Sie sah aus den Augenwinkeln, dass die Eltern sich einen Blick zuwarfen und ihr Treiben beobachteten, aber sie war viel zu aufgeregt, um etwas hinunterzubekommen.

»Wollen wir nächstes Wochenende zum Sechstagerennen?«, fragte Vater schließlich. »Im Sportpalast soll immer eine Bombenstimmung sein und Radsport ist ja wirklich eine faszinierende Sache.«

»Das klingt wahnsinnig spannend«, murmelte Lucie, die nur mit halbem Ohr zugehört hatte. Sie war noch nie bei einem Radrennen gewesen, aber warum nicht? Seit dem Ableben der Großeltern schien es Vater hinauszuziehen, als wollte er den Erinnerungen davonrennen.

»In der Schule ist aber alles in Ordnung, Lucie?«, forschte ihre Mutter jetzt.

»Aber natürlich!«

»Deine Noten sind weiterhin gut? Du weißt, dass es wichtig ist, schon vor dem Studium eine Menge Wissen anzuhäufen?«, insistierte sie weiter.

»Mhm, ja!«

»Ich würde dich heute gerne auf meiner Besuchsrunde mitnehmen. Es ist nicht schlecht, wenn du in deinem Alter mit den Realitäten konfrontiert wirst und nicht nur in deiner Jugendblase lebst.«

Das schreckte Lucie auf. Nicht, dass daran noch ihre Verabredung mit Paul scheiterte! »Äh, wann willst du denn losgehen? Ich bin ja heute noch beim Turnen.«

»Ach ja, natürlich. Dann werde ich die Runde einfach ein bisschen nach hinten schieben und vorher noch mit Doktor Brandt und Schwester Ida ein wenig Schriftkram erledigen. Sorg du dafür, dass du zügig vom Turnen nach Hause kommst, dann wird das kein Problem sein.« Damit stand Mutter auf. »So, meine Lieben, ich muss wieder in die Praxis. Habt einen schönen Nachmittag.«

»Aber das Sechstagerennen besuchen wir, oder?«, fragte Vater, während er Mutter zum Abschied auf die Wange küsste.

»Natürlich, mein Schatz, und rauch nicht so viel«, erwiderte Mutter lächelnd und nahm ihm die Pfeife aus dem Mund, die er sich gerade anzünden wollte.

Der frühe Nachmittag verlief träge. Dauernd spähte Lucie auf die Uhr und war jedes Mal überrascht, wie wenig Zeit seit dem letzten Mal vergangen war. Sie hatte in Windeseile ihre Hausaufgaben erledigt, die Turnsachen angezogen und tigerte seitdem in ihrem Zimmer auf und ab. Milli hatte sie zunächst unwillig beobachtet und sich dann zurückgezogen. Offenbar war sie ihr heute zu unruhig.

Je mehr Zeit verging, desto nervöser fragte sich Lucie, ob er überhaupt kommen würde. Inzwischen war es fast halb vier und sie musste gleich los. Wahrscheinlich würde er nicht kommen. Sie spürte die Trauer über diesen Gedanken, aber kaum, dass sie ihn zu Ende gedacht hatte, läutete es an der Tür.

Lucie hielt den Atem an und rannte zum Fenster, um einen Blick auf den Ankömmling zu erhaschen. Es war Paul. Er war es wirklich! Sie hatte das Gefühl, ihr Herz würde einen Moment aussetzen. Sie holte tief Luft, bevor sie hektisch einen Schritt zurücksprang, damit er sie nicht dabei ertappte, wie sie aus dem Fenster stierte. Helene war wie fast immer unterwegs, um in den langen Schlangen vor dem Gemischtwarenladen zu stehen, in der Hoffnung, etwas von den knappen Lebensmitteln zu ergattern. Damit war Auguste, die Köchin, dafür zuständig, die Tür zu öffnen. Am liebsten hätte es Lucie selbst gemacht, doch das ließ Mutter nicht zu. Sie war der Ansicht, dass man sich so etwas vielleicht im beschaulichen Tübingen leisten konnte, nicht jedoch in der Hauptstadt. Aber sie hatte nichts darüber gesagt, dass Lucie nicht mit im Flur stehen und den Besucher mit Auguste zusammen begrüßen durfte. Flink wie ein Wiesel schlüpfte sie die Treppen hinunter, schaffte es noch vor der herbeieilenden Auguste, an der Tür zu sein, und wartete voller Ungeduld, bis die Köchin endlich heran war und die Tür öffnen würde. Die sah sie überrascht mit hochgezogenen Brauen an und öffnete dann schwungvoll die Haustür.

Wieder lief Lucie rot an, kaum, dass sie in Pauls Gesicht blickte.

Er überreichte ihr einen Fliederzweig, den er offenbar gerade irgendwo abgerissen hatte.

»Danke!« Lucie lächelte zaghaft. Nun allerdings wusste sie nicht mehr weiter. Sie hielt den Zweig in der Hand und schaute den Besucher mit großen Augen an, ohne einen Ton herauszubringen.

»Soll ick die Blümchen vielleicht mal ins Wasser stellen?«, ließ sich nun Auguste vernehmen, die mit einem breiten Grinsen auch schon die Hand danach ausstreckte.

»Äh, ja, vielen Dank«, murmelte Lucie. »Ich gehe dann jetzt zum Turnen.«

»Dit sehe ick, ja!« Auguste schmunzelte.

»Gehe ich wirklich. Paul begleitet mich nur in den Park«, fühlte sich Lucie bemüßigt, sich zu rechtfertigen.

»Allet klar!«, antwortete Auguste. »Nu denn. Ick wäre dann auch so weit, die Tür zu schließen.«

»Ja, natürlich«, krächzte Lucie, die bewegungslos im Türrahmen gestanden hatte.

Paul reichte ihr den Arm und sie spürte, wie sie zitterte, als sie sich beim ihm einhängte. Nebeneinander schlenderten sie den Weg zum Gartentor und die Straße hinab, während es Lucie eher so vorkam, als schwebte sie. Sie spürte seine Muskeln unter ihrer Hand. Die Wärme, die von seinem Körper ausging, wirkte so ungemein beruhigend auf ihr aufgewühltes Gemüt.

»Ich hoffe, du magst Flieder?«, wollte er wissen, während sie um die Ecke bogen.

»O ja, ich liebe ihn«, beeilte sie sich, ihm zu versichern.

»Meine Mutter ist immer begeistert von seinem Duft und da dachte ich …« Jetzt wurde auch er rot.

»Das war eine ganz bezaubernde Idee von dir, vielen Dank.«

»Ich finde, Blumen passen auch so gut zu deinen dunklen Haaren. Erst wollte ich dir ja einen Apfel mitbringen, aber dann dachte ich an die böse Hexe bei Schneewittchen und … Entschuldige, ich rede häufig Unsinn, wenn ich aufgeregt bin.«

»Bist du denn aufgeregt?« Lucie sah ihn schüchtern von der Seite an.

»Wer ist das nicht, wenn er mit einem so hübschen Mädchen am Arm durch die Straßen laufen darf?« Er grinste breit.

»Das finde ich äußerst charmant von dir«, meinte Lucie.

Für den Bruchteil eines Augenblicks blieb er stehen, sah sie an und drückte dann zärtlich ihre Hand.

Auf einen Schlag war die Aufregung verschwunden und sie unterhielten sich miteinander, als hätten sie das schon immer getan. Als sie im Park angelangt waren und es an die Verabschiedung ging, zog er sie kurz von der Seite an sich. Lucie lief blutrot an und stakste unsicher zu den anderen Mädchen hinüber, die bereits aufgereiht dastanden, bereit, mit den Übungen zu beginnen.

Die ersten paar Minuten sah Paul noch zu, wie Lucie, Gerda, Ingrid und alle anderen abwechselnd die drei Rhönräder bestiegen, die der Turnverein direkt hier im Park lagerte, sie kichernd in Bewegung brachten und mit den Turnübungen begannen, dann winkte er Lucie zu und machte sich auf den Weg zur anderen Seite des Parks, wo die Gymnasiasten zum Fußballspielen verabredet waren, wie er Lucie erzählt hatte.

Als sie mit dem Rhönradfahren und den Gymnastikübungen im Anschluss fertig war, konnte Lucie nicht umhin, einen kurzen Abstecher zu den Fußballspielern zu machen und Paul ein kleines Weilchen zuzuschauen. Wie gut er aussah und wie durchsetzungsfähig er war, wenn er so schnell rannte wie ein Pferd auf der Flucht, um einem anderen Jungen den Ball abzunehmen und ins Tor zu schießen. Immer wieder lächelte er ihr zu und einmal winkte er ihr sogar.

Doch plötzlich fiel es ihr siedend heiß wieder ein: die Verabredung mit Mutter! Viel zu spät hatte sie daran gedacht. Mutter würde böse sein, weil sie so herumgetrödelt hatte. Ohne sich noch einmal umzusehen, sprintete sie los und kam völlig außer Atem zu Hause an.

Kapitel 9

Mutter stand schon in Hut und Mantel in der Tür und blickte sie strafend an.

»Hatten wir nicht vereinbart, dass du dich nach dem Turnen beeilst?«, fragte sie mit säuerlicher Miene.

»Verzeihung. Ich bin gleich so weit. Gib mir ein paar Minuten, dann bin ich umgezogen«, keuchte Lucie und drückte sich an ihr vorbei ins Haus hinein.

Fünf Minuten später stand sie neben Mutter und knabberte an dem Brotkanten, den sie sich noch schnell aus der Küche stibitzt hatte, weil ihr Magen nach den wenigen Happen beim Mittagessen und der ganzen Aufregung heute Nachmittag fürchterlich knurrte.

»Fertig. Soll ich dir etwas abnehmen?« Lucie deutete auf die Arzttasche der Mutter.

»Danke für das Angebot, aber wenn ich zu schwach bin, meine Tasche zu tragen, sollte ich den Arztberuf aufgeben«, erwiderte Mutter und wies noch immer ein wenig angesäuert auf den gerade vorfahrenden Wagen.

Während der Fahrt blieben sie schweigsam. Mutter ging im Kopf wahrscheinlich bereits die Hausbesuche durch und Lucie war damit beschäftigt, hinauszusehen und den Nachmittag mit Paul zu verarbeiten.

Plötzlich seufzte Mutter. »Vermisst du Alma auch so doll wie ich?«

Überrascht sah Lucie sie an. »Ja, o ja. Und Helga und Kurt und Ariel und all die anderen auch.«

Sanft legte Mutter ihr die Hand auf den Unterarm und lächelte milde. »Ich auch, mein Schatz, ich auch!«

Sie fuhren durch eine Gegend, in der Lucie noch nie gewesen war. Hier gab es Tanzbars, Musikklubs, Theater und sogar Kinos. Trotz der Wirtschaftskrise war hier noch einiges los. Sehnsuchtsvoll starrte Lucie auf die Frauen in den nicht allzu langen Kleidern ohne Taille. Viele von ihnen hatten diese modischen Kurzhaarschnitte, nach denen sich die Mädchen in ihrer Klasse so unendlich sehnten.

Im Grunde war die Gelegenheit so gut wie selten, dieses Thema anzusprechen, von dem Lucie wusste, dass es Mutter ein Dorn im Auge war. »Unglaublich, wie praktisch diese kürzeren Frisuren sind. Ich wette, diese Frauen brauchen morgens halb so lange wie wir zum Frisieren. Und diese Kleider, ein Traum …«

Weiter kam sie nicht, denn Mutter unterbrach sie lachend.

»Du brauchst dich gar nicht zu bemühen, mein Schatz. Ich erlaube dir weder, die Haare abzuschneiden, noch derartig kurze und wenig weibliche Kleider zu tragen. Welche Schande wäre das bei deinen wunderschönen Haaren.«

»Das habe ich mir schon gedacht«, seufzte Lucie.

Plötzlich kicherte die Mutter.

Überrascht sah Lucie sie an. »Was ist denn so komisch?«

»Ach, nichts weiter. Ich habe mir nur gerade das Gesicht deiner Großmutter vorgestellt, wenn du beim Wochenendbesuch mit einem solchen Haarschnitt ins Zimmer kommen würdest.« Wieder prustete sie los.

Daraufhin musste auch Lucie lachen. Die Vorstellung war wirklich zu komisch. Zumindest wäre ein solches Ereignis ein Lichtblick in der stets düsteren Atmosphäre dieser steifen Nachmittagstreffen.

Einige Minuten später hielten sie in einer dunklen Straße, in der eine Mietskaserne neben der anderen stand, sodass wenig Licht über die hohen Mauern auf den Bürgersteig fiel. Die Atmosphäre hier war so ganz anders als in den breiten Hauptstraßen, durch die sie gefahren waren. Sofort war das Auto umringt von schmutzig aussehenden Kindern mit traurigen Augen, laufenden Nasen und abgetragener Kleidung, die bettelnd die Hände ausstreckten.

Bestürzt zuckte Lucie zurück, doch Mutter war offenbar darauf vorbereitet, denn sie stieg aus dem Auto, während sie aus der Tasche Brausepulverpäckchen zog und diese seltenen Leckerbissen lächelnd in die bittenden Kinderhände legte.

Lucie folgte ihr deutlich langsamer, noch immer erstaunt über das Bild, das sich ihr hier bot. Ausgelassen freute sich Mutter über die vielen strahlenden Gesichter, strich hier einem der Kinder über den strubbeligen Kopf und fragte da ein anderes, wie es den Eltern ginge. Diese für Lucie so fremde Welt war ihr offenkundig vertraut. Mehr noch: Sie schien sich richtig wohl darin zu fühlen, wie Lucie erstaunt feststellte.

Jetzt aber sah Mutter zu ihr herüber und reichte auch ihr ein Päckchen. »Du bekommst natürlich auch eines, mein Schatz. Ich weiß doch, wie sehr du Waldmeister liebst.«

Lucie strahlte zurück. Dann aber fiel ihr Blick auf ein kleines, dunkelhaariges Mädchen, das offenbar leer ausgegangen war und sehnsuchtsvoll auf das Brausepulver der anderen schaute.

Kurz entschlossen bahnte sie sich den Weg zu ihr und hielt ihr das Päckchen hin. »Hier, das ist für dich. Wie heißt du?«

Mit großen Augen schaute das Mädchen sie an. Im nächsten Augenblick verzog sich das kleine, schmutzige Gesichtchen zu einem Lächeln und entblößte eine Zahnlücke.

»Marie«, nuschelte sie, als sie mit dankbarem Blick das Päckchen entgegennahm.

Erstaunt stieg Lucie hinter ihrer Mutter die knarrenden Stufen des zweiten Hinterhauses hinauf. Der Kontrast zu ihrer gut situierten Wohngegend war immens. Ein ärmlicher Geruch nach Schweiß, Kohl und Zwiebeln hing in dem düsteren Treppenhaus. Hinter vielen Türen war Kinderweinen zu hören. Eine angespannte Beklommenheit breitete sich in Lucies Innerem aus. Wie dankbar konnte sie sein, in andere Lebensumstände hineingeboren worden zu sein.

Jede Pore dieses Hauses strömte Trostlosigkeit aus. Hier war nicht an Kühlschrank, Staubsauger oder Bügeleisen zu denken, die in ihrer Charlottenburger Villa kürzlich Einzug gehalten hatten, um Auguste und Helene die Arbeit zu erleichtern. An diesem Ort war man froh, wenn man genug Essbares hatte, um die vielen hungrigen Mäuler zu stopfen.

Als sie im vierten Stock endlich die Wohnung erreicht hatten, in der eine kranke Mutter von fünf kleinen Kindern lag, musste Lucie mehrmals schlucken, um nicht von ihren Gefühlen übermannt zu werden. Überall stand schmutziges Geschirr herum, die Kleidung der Kinder war zerlumpt und die arme Frau lag schluchzend in ihrem Bett. Ihr Mann kam kaum mehr nach Hause, und da sie mit ihrem kranken Fuß, den sie sich beim Zeitungsaustragen verletzt hatte, nicht nach unten gehen konnte, um sich in die langen Schlangen vor den Läden einzureihen, und sowieso kein Geld da war, um irgendetwas zu kaufen, war die ganze Situation recht verzweifelt.

Mutter hatte der Frau geduldig zugehört und ihre Hand dabei gehalten. Nun aber erhob sie sich entschlossen, versorgte den Fuß der Frau, schüttelte ihr Bett auf, wusch schnell ein paar Teller ab und wickelte das Jüngste, bevor sie versprach, jemanden mit ein paar Lebensmitteln vorbeizuschicken und sich mit einem der größeren Kinder vom Hof auf die Suche nach dem Mann zu machen, der sich mit größter Wahrscheinlichkeit in einer der umliegenden Kneipen aufhielt und den Kummer über die häuslichen Verhältnisse herunterspülte.

Das verhärmte Gesicht der Frau hellte sich ein wenig auf. Lucie bemerkte den Funken von Hoffnung in ihren vom Weinen verquollenen Augen. Mutter musste ihr erscheinen wie ein vom Himmel gesandter Engel.

Nachdem sie den Mann, der wie vorhergesagt in einer der Kneipen in der Nähe gesessen und seinen Wochenlohn versoffen hatte, gefunden und nach Hause eskortiert hatten, die dankbare Marie und der Rest der Kinderschar immer dicht auf Lucies Fersen, saßen sie wieder im Auto und fuhren zum nächsten Patienten.

Beide schwiegen. Zu sehr ging ihnen das eben Gesehene nah. Die anderen Hausbesuche hinterließen einen weniger starken Eindruck bei Lucie, hielten sie sich jetzt doch eher in den bekannten Charlottenburger Gegenden auf. Die Wohnungen wurden größer und weniger deprimierend, bis die Besuche schließlich in einer der Villen ein paar Straßen weiter endeten.

Lucie hütete sich, es auszusprechen, aber sie war tief beeindruckt, was die Mutter für ihre Patienten tat. In Gedanken versunken ging sie hinter ihr her den Gartenweg entlang. In den meisten Fällen beeinflusste sie das Leben ihrer Schutzbefohlenen in positiver Weise. Sie war so hingebungsvoll und hilfreich mit ihren medizinischen Kenntnissen und ihrer Menschenliebe, dass sie wirklich etwas in ihrem Leben bewirkte.

Wie sollte Lucie jemals so etwas schaffen? Sie kam sich klein und unbedeutend vor im Vergleich zu ihrer Mutter.

Aber da war ja auch noch Paul. Ihr Magen hüpfte aufgeregt, als sie an ihn dachte. Wie männlich hatte er doch beim

Fußballspielen ausgesehen, und dann hatte er sie auch noch angelächelt, als der Ball vom Spielfeld geschossen worden war.

Ihr Leben war von einem Tag auf den anderen wahrlich aufregend geworden.

Als sie in das hell erleuchtete Esszimmer kamen, in dem der Vater schon mit seiner Pfeife und der Zeitung auf sie wartete, empfand Lucie Dankbarkeit. Die warme Atmosphäre hier war ungemein behaglich im Vergleich zu den leidvollen Bildern, die sie heute gesehen hatte. Mitten auf dem Tisch prangte der Fliederzweig, den Paul ihr vor ein paar Stunden überreicht hatte, in einer der alten Vasen der Urgroßmutter.

Warum hatte Auguste ihn nur hierhingestellt? Die Eltern würden wissen wollen, woher er stammte, und Lucie war sich nicht sicher, ob sie schon so weit war, Rede und Antwort zu diesem Thema zu stehen. Sie spürte, wie sie rot anlief, und wandte sich rasch um, damit niemand ihr Gesicht wahrnehmen konnte.

»Ich gehe mich nur schnell frisch machen«, murmelte sie und huschte die Treppe empor.

Nachdem sie sich die Hände gründlich gewaschen hatte und wieder unten war, standen schon die dampfenden Schüsseln auf dem Tisch. Auch wenn es Kartoffeldurcheinander mit Bohnen, Erbsen und Wellfleisch gab, was Lucie nicht übermäßig gerne mochte, wusste sie sehr wohl zu schätzen, wie gut es ihr im Vergleich zu vielen anderen Berlinern in Zeiten der Wirtschaftskrise ging. Der Kontrast zu den Armen in den Mietskasernen war immens. Es tat ihr im Herzen weh, daran zu denken, in welchem Elend die zahlreichen Kinder dort aufwuchsen. Wenn sie sich an die strengen jüdischen Speisevorschriften halten würden, dürften sie das Schweinefleisch gar nicht essen. Aber so genau nahm es hier niemand, und da sie auch nur zu den Feiertagen in die Synagoge gingen, gab es auch keinen, der sie deswegen gerügt hätte. Trotzdem sortierte Lucie das in ihren Augen eklige Wellfleisch fein säuberlich an den Rand des

Tellers, während sie gedankenversunken aß. Ständig stieg ihr der feine Geruch des Flieders in die Nase, und sie konnte nicht verhindern, dass sie jedes Mal errötete wie ein überreifer Apfel.

»Ein wirklich angenehmer Geruch. Wo kommt der Zweig eigentlich her?« Vater schien ihre Gedanken gelesen zu haben.

Wie unangenehm! Lucie senkte den Blick noch ein wenig tiefer über den Teller und antwortete nicht.

»Das habe ich mich auch schon gefragt. Helene wird doch nicht einen Zweig im Garten abgerupft haben, oder?«, entgegnete Mutter mit gerunzelter Stirn.

»Es ist meiner.« Lucies Stimme war kaum hörbar.

Ihre Eltern wandten sich ihr zu.

»Sag bloß, du hast ihn abgebrochen! Dabei weißt du doch, dass ich es nicht mag, wenn die Pflanzen so behandelt werden«, sagte Mutter mit strafendem Blick.

»Ich war es nicht. Es war ein Geschenk.« Am liebsten wäre Lucie jetzt unter den Tisch gekrochen. Unter den prüfenden Blicken der Eltern hatte sie das Gefühl, gleich überzukochen wie ein Topf mit süßer Himbeermarmelade, der zu viel Hitze abbekommen hatte. Und ähnlich rot und erhitzt war sie auch.

»Ach, und von wem hast du dieses Geschenk denn bekommen? Doch nicht von Nachbar Beike, nehme ich an«, witzelte Vater mit amüsiertem Blick.

»Natürlich nicht!«, fuhr Lucie auf. »Es ist von einem … einem Freund.«

»Einem Freund? Soso …«, zwitscherte Mutter und zwinkerte Vater zu. »Kennen wir ihn?«

Lucie biss sich auf die Lippen. Niemals würde sie Pauls Namen nennen. Das war viel zu peinlich. Warum insistierten die Eltern denn nur so?

Da hatte Vater offenbar ein Einsehen, denn er wechselte noch immer grinsend das Thema. »Ich bin, als ihr weg wart, ein wenig im Garten gewesen und mit dem Nachbarn von hinten ins Gespräch gekommen. Sehr netter Mann. Auch jüdisch, Geschäftsmann mit einer jungen Frau und zwei Kindern.« Er lächelte vergnügt. »Nun, wir haben uns gut verstanden und ich habe ihn und seine Familie spontan zu Schawuot eingeladen. Ich hoffe, ihr beiden habt nichts dagegen?«

»Nein, das ist wunderbar. Ich hoffe nur, Auguste und Helene werden es schaffen, genügend Milch aufzutreiben, um alle Gerichte für so viele Leute zubereiten zu können. Aber im Notfall improvisieren wir eben ein wenig«, meinte Mutter lächelnd.

Lucie sagte gar nichts. Was sollte sie auch sagen? Solange es nicht dieser missgünstige Beike war, den Vater eingeladen hatte, war ihr alles recht. Sie freute sich auf nachher, wenn sie allein im Dunkeln im Bett lag und über alles Aufregende, das heute passiert war, in Ruhe nachdenken konnte. Sie würde den Fliederzweig mit nach oben nehmen und neben ihr Bett stellen, dann konnte sie die ganze Nacht den wundervollen Duft einatmen. Auch wenn sie davon Kopfschmerzen bekommen würde, war ihr das egal, denn mit dem Fliederzweig war ihr etwas von Paul ganz nah.

Nach dem Essen wollten sich die Eltern noch in den Salon setzen, um ein wenig Radio zu hören und zu entspannen.

Wie gerne wäre Lucie in ihr Zimmer gegangen und hätte einen langen Brief an Helga geschrieben, damit auch sie über die aufregenden Neuigkeiten mit Paul informiert war, doch Vater sagte mit einem Augenzwinkern: »Komm doch mit, Lucie, wir hören uns auch etwas an, das dir gefällt.«

Mutter sagte: »Ja, Lucie, komm mit. Ich muss etwas mit euch beiden besprechen.«

Innerlich seufzte sie, aber natürlich kam sie der Bitte nach und folgte ihm in den Salon. Es sah alles noch haargenau so aus, wie es die Urgroßeltern eingerichtet hatten. Mutter wollte hier keine Veränderungen, weil sie sich in diesem Zimmer

immer besonders wohlgefühlt hatte. Der Salon war für heutige Begriffe eher ein wenig düster, aber durchaus behaglich. Kaum hatten sie Platz genommen, da erschien auch schon Auguste mit drei Gläsern Apfelsaft. Sehr häufig kamen solche Leckereien nicht mehr auf den Tisch, sodass Lucie es plötzlich gar nicht so schlimm fand, doch mitgekommen zu sein.

»Was gibt es denn nun zu bereden?« Vater lächelte Mutter an.

»Ich habe mich entschlossen, so bald wie möglich nach München zu fahren. Natürlich erst, wenn die Beerdigung vorüber ist. Jakob geht es nicht gut. Ich hoffe, du bist damit einverstanden?«

»Natürlich! Wenn es nötig ist. Aber mach dir nicht zu viele Hoffnungen«, sagte Vater düster und warf Lucie einen hastigen Blick zu.

»Was hat denn Onkel Jakob?«, schaltete sie sich ein.

»Nichts, was man nicht durch eine gute Behandlung aus der Welt schaffen könnte«, sagte Mutter schnell und sah Vater mit zusammengezogenen Brauen an.

Lucie verstand: Nachfragen über Onkel Jakobs Gesundheitszustand waren zum jetzigen Zeitpunkt offenbar nicht erwünscht. Sie hatte den lustigen Onkel schon eine Weile nicht mehr gesehen, schließlich wohnte er in München und verreiste nicht sonderlich häufig, aber wenn Mama ihm helfen konnte, war doch alles gut.

»Wollen wir dann ein bisschen Musik hören?«, fragte sie schließlich, das unangenehme Schweigen durchbrechend.

Die Blicke beider Eltern wirkten abwesend, als wären sie mit ihren Gedanken beschäftigt, doch beide nickten.

Lucie stand auf und ging hinüber zum Radio. Eine Weile drehte sie an den Knöpfen herum, bis blechern eine Stimme erklang, die begeistert von einem Boxkampf berichtete.

Die Augen des Vaters leuchteten auf, doch schnell drehte Lucie das Radio wieder aus und verkündete: »Ich denke, es ist mal wieder Zeit für eine Platte!« Und schon stand sie vor dem Koffergrammophon.

Als ein wenig quietschend die ersten Töne erklangen, verdrehte ihr Vater gespielt genervt die Augen.

»Wer schmeißt denn da mit Lehm?«, ertönte es scheppernd aus dem Gerät. Es war Lucies Lieblingslied, und sie gab die Hoffnung nicht auf, dass die Eltern sie einmal in den Wintergarten oder irgendwohin mitnahmen, wo sie die angebetete Claire Waldoff persönlich erleben durfte.

Plötzlich begann Mutter, leise mitzusummen. Daraufhin fiel Vater ein und auch Lucie ließ sich nicht lange bitten. Am Ende schmetterten die drei gemeinsam mit Claire lachend ein Lied nach dem nächsten in den Raum.

Kapitel 10

Hannah sah durch das Abteilfenster hinaus. Die Landschaft hatte sich seit ihrer Abfahrt aus Berlin deutlich verändert. Die monotone Unbekümmertheit der Kiefernwälder und großen Brachflächen Brandenburgs war einer hügeligen, satten Wohlstandslandschaft gewichen, doch Hannah war fast zu sehr in Gedanken versunken, um all das wirklich zu registrieren. Wieder und wieder war sie während der langen Zugfahrt durchgegangen, was sie Jakob sagen wollte, um ihn davon zu überzeugen, direkt mit ihr ins Sanatorium zu gehen, um seiner Opiumsucht endlich den Kampf anzusagen. Viel zu lange schon war er von dem Mohnsaft abhängig, verschlief fast den ganzen Tag und war antriebslos. Als sie ihn das letzte Mal gesehen hatte, war er erschreckend abgemagert gewesen und hatte mit Muskelschmerzen zu kämpfen. Seitdem hatte sie der Gedanke nicht mehr losgelassen, dass sie dem Bruder helfen musste, soweit es in ihren Kräften stand, zumal der Missbrauch von Opium auch seit zwei Jahren unter Strafe stand und Jakob sich durch seine Sucht mit Sicherheit in gefährliche Situationen begab.

Sie hatte alles über Rauschmittelabhängigkeit und Opiumsucht im Besonderen gelesen, dessen sie habhaft werden konnte, hatte Kollegen konsultiert und schließlich einen Kollegen in der Umgebung von München gefunden, der ein einschlägiges Sanatorium leitete und bereit war, Jakob aufzunehmen und ihm zu helfen.

»Eine Bedingung habe ich allerdings!«, hatte Professor Bergmüller bei ihrem Telefonat kurz vor ihrer Abfahrt gesagt. Seine Stimme klang frisch, fast jugendlich, wobei das bei der Erfahrung, die er bereits bei der Bekämpfung von Suchterkrankungen gesammelt hatte, fast unmöglich war.

»Alles, was Sie wünschen«, hatte Hannah euphorisch geantwortet.

»Er muss es wollen. Von allein. Nicht, weil Sie ihn dazu überredet haben, Frau Kollegin.«

»Puh«, erwiderte Hannah. »Das ist nicht so einfach.«

»Wenn es einfach wäre, hätten wir keinen Süchtigen mehr im Deutschen Reich.«

»Natürlich. Ich werde alles tun, um ihn von der Notwendigkeit eines Entzugs zu überzeugen.«

»Ich wünsche Ihnen alles Gute.«

»Vielen Dank. Ich denke, ich kann es brauchen«, hatte sie erwidert. Sofort war da die Sorge gewesen, es nicht zu schaffen, den letzten Ausweg, den Bruder zu retten, versperrt zu sehen.

Als der Zug anhielt und Hannah endlich ausgestiegen war, spürte sie, wie ihr Herz vor Aufregung klopfte. Sie winkte einem Gepäckträger, deutete auf ihre Tasche und gab ihm Jakobs Adresse. Für das Treiben um sich herum hatte sie keinen Blick. Viel zu sehr war sie auf ihr Ziel fokussiert: Sie musste den Bruder treffen und ihn so schnell wie möglich ins Sanatorium bringen, bevor es zu spät war.

Das Haus, vor dem das Automobil hielt, sah herrschaftlich aus. Kein Wunder, denn auch wenn der Bruder, soweit Hannah wusste, noch nie einer geregelten Arbeit nachgegangen war, wurde er weiterhin durch die gemeinsame Mutter großzügig unterstützt, sodass er sich einen solchen Lebensstil trotz seiner sicherlich nicht billigen Sucht leisten konnte.

Doch auf ihr Klingeln kam keine Reaktion aus der unbeleuchteten Wohnung. Nervös sah Hannah sich um. Was, wenn er bereits tot dort oben lag? Sie hatte ihr Kommen doch angekündigt. War er geflohen, weil er ahnte, warum sie ihn besuchte? Verdammt, sie hätte sich besser vorbereiten sollen. Ein Schlosser hätte ihr vielleicht helfen können, in die Wohnung zu gelangen. Sie musste einen Weg finden … Da öffnete sich die Tür plötzlich einen Spalt. Niemand war zu sehen und der Flur dahinter lag im Dunkeln.

Einen Augenblick später hörte sie ein ersticktes »Hannah«, und die Tür öffnete sich ganz. Jakob stand dort mit eingefallenen Augen und ausgemergeltem Gesicht. Die Kleidung hing locker an seinem mageren Körper herunter, doch sie glaubte, auf seinen fast totenkopfähnlichen Zügen ein Lächeln zu erkennen.

»Da bist du ja.« Seine Stimme klang heiser und war kaum zu verstehen, doch seine Freude über ihre Ankunft war unverkennbar.

»Bin ich froh, dass du doch noch aufgemacht hast«, sagte sie und streckte die Hände aus, um den Bruder zu umarmen. Er fühlte sich an, als würde er nur noch aus Knochen bestehen, die von Haut zusammengehalten wurden.

»Meine Güte, gegen dich komme ich mir ja wie ein Elefant«, witzelte sie, während sie Jakob folgte, der ihr voraus den langen Flur entlang hinkte.

»Mir ist kaum eine Frau begegnet, die so zierlich ist wie du«, entgegnete Jakob. »Aber wenn du darauf abzielst, dass ich ein wenig Gewicht verloren habe: Das liegt am Opium.«

Hannah, die irritiert von seiner Direktheit war, verzichtete auf eine Antwort. Stattdessen schaute sie sich ungeniert um. Die Türen zu fast allen Zimmern standen offen und allen gemein war, dass in ihnen eine fürchterliche Unordnung herrschte. Es sah aus, als wäre eine Diebesbande eingebrochen und hätte alles durchwühlt.

Sie waren in der Küche angekommen. Jakob schob mit gemächlichen Bewegungen einige halb volle Tassen und Teller beiseite. Mit spitzen Fingern angelte er ein cremefarbenes Negligé von der Stuhllehne, dessen Kragen mit feinen Federn besetzt war, die durch den Luftzug flatterten.

»Chic, chic«, bemerkte Hannah mit anzüglichem Augenzwinkern.

»Das gehört Lena«, erwiderte Jakob, ohne eine Miene zu verziehen.

»Ist das deine Zugehfrau?«

Er runzelte die Stirn. »Was soll das? Wollen wir uns nicht wie Erwachsene benehmen? Sieht das hier aus, als ob ich eine Zugehfrau beschäftigen würde? Lena ist meine Geliebte. Sie ist irgendwohin … ich … wo … ach ja, sie ist zur Probe.« Er wirkte erleichtert, dass ihm dieser Umstand wieder eingefallen war.

»Ist sie Schauspielerin?« Wieder spürte Hannah Befremden über die ungewohnt offene Art des Bruders.

Er lachte kurz und schnaufend durch die Nase, dann schüttelte er den Kopf. »Besser. Viel besser. Sie ist Tänzerin. Nackttänzerin. So wie Josephine Baker.«

»Oh.« Hannah riss die Augen auf. Das war selbst für sie ein bisschen viel. Ihr opiumsüchtiger Bruder wohnte mit einer Frau zusammen, die nackt tanzte. »Lass das um Himmels willen nicht Mutter wissen!«, entfuhr es ihr sofort.

Er ließ sich auf den Stuhl ihr gegenüber fallen und sah sie eindringlich an. Dann breitete sich ein Grinsen über sein Gesicht aus. »Zu spät. Ich habe es ihr bereits geschrieben. Die Zeit des Versteckens ist vorbei. Ich habe nichts mehr zu verlieren.«

»Jakob, das darfst du nicht sagen. Es besteht immer Hoffnung. Ich kenne ganz andere Fälle, die …«

Unwirsch schüttelte er den Kopf und unterbrach sie. »Ich bin opiumsüchtig, seit ich denken kann. Ich weiß, dass ich sterben werde. Sieh mich doch an: Ich bin kaputt. Es ist vorbei mit mir, Hannah! Es ist vorbei, seit ich Alma all das angetan habe.«

Hannah zog die Augenbrauen hoch. »Meinst du seit den Vergewaltigungen oder seit du sie fast von einer Engelmacherin hast umbringen lassen, damit das Produkt deiner Schuld verschwindet?«

Jakob presste die Hände auf die Ohren. »Hör auf, hör bloß auf! Ich weiß, dass ich ein furchtbares Schwein war. Warum, glaubst du, habe ich Erlösung im Opium gesucht? Ich konnte mich selbst nicht mehr ertragen.«

»Du hast fast ihr Leben zerstört.« Hannah musterte ihn eindringlich. »Aber jetzt ist es genug. Du hast ausreichend Buße getan. Es ist Zeit für dich, wieder zu leben. Alma ist glücklich. Sie hat einen lieben Mann gefunden und du hilfst niemandem, wenn du dich weiterhin bestrafst.«

Er blickte sie mit müden Augen an. »Es ist zu spät, Hannah. Es gibt kein Zurück mehr.«

»Du könntest in ein Sanatorium gehen. Eine Therapie machen. Von dem Teufelszeug loskommen. Du könntest ein ganz neues Leben beginnen.« Sie bemühte sich, nicht zu viel Enthusiasmus in ihre Worte zu legen, um ihn nicht zu verschrecken.

»Hast du mich mal richtig angesehen? Niemand kann mir mehr helfen. Ich stecke viel zu tief in dem Sumpf.«

»Und wenn ich jemanden wüsste? Jemanden, der dir helfen wird, wenn du es willst? Er hätte sogar einen Platz für dich.«

Jakob zuckte zusammen, als hätte er sich die Hände mit zu heißem Wasser verbrüht.

»Wer soll das sein?«, fragte er nach einigen Sekunden mit verschränkten Armen.

»Er heißt Bergmüller. Der Professor hat schon weitaus schlimmeren Fällen geholfen als dir. Er hat sie geheilt, Jakob. Sie haben eine zweite Chance bekommen.«

Unsicher blinzelte er sie an, die Arme immer noch abwehrend vor der Brust gekreuzt. »Meinst du wirklich?«

Seine Augen waren blutunterlaufen. Er bot wirklich ein schlimmes Bild.

»So sicher, wie ich hier vor dir sitze. Allerdings klappt es nur, wenn du es wirklich willst. Ein Spaziergang ist es nicht. Es ist hart, Jakob, aber es lohnt sich. Du kannst ein ganz neues Leben beginnen. Du kannst heiraten, eine Familie gründen. Was auch immer.«

Nach diesen Worten kam etwas Farbe in sein blasses Gesicht. Sie schien seine größte Sehnsucht getroffen zu haben. Er sah sie unentwegt an, sagte aber nichts. Unruhig rutschte Hannah auf ihrem Stuhl hin und her. Es kostete sie eine Unmenge an Kraft, das Schweigen auszuhalten, aber sie wusste, dass sie Jakob die Zeit geben musste, die er brauchte.

Nach einer gefühlten Ewigkeit schlich sich endlich der Anflug eines Lächelns auf sein Gesicht.

»In Ordnung. Was muss ich tun?«

Hannah riss die Augen auf und starrte ihn ungläubig an. Sie hatte das Gefühl, dass eine riesige Zentnerlast von ihrer Brust stürzte. Sie sprang auf und fiel dem hageren Bruder um den Hals.

»Du glaubst nicht, wie froh mich das macht. Und Mutter wird ganz aus dem Häuschen sein, wenn sie davon erfährt.«

Widerstrebend befreite er sich aus ihrer Umarmung. »Jetzt hör schon auf. Mit diesem Erwartungsdruck auf dem Buckel macht ihr mir das Leben nicht gerade einfach.«

»Entschuldige. Ich bin nur so erleichtert. Dann lass uns am besten gleich packen und ein Automobil rufen. Professor Bergmüller erwartet uns bereits.«

Nachdenklich kaute er auf seiner Unterlippe herum. »Jetzt gleich? Aber was ist mit Lena?«

»Wir legen ihr einen Zettel hin. Und nachher komme ich zurück und erkläre ihr alles persönlich. Also: Wo ist dein Koffer? Ich helfe dir.« Sie stand auf und blickte sich unternehmungslustig um. Wer hätte gedacht, dass es letztendlich doch so einfach sein würde, den Bruder zu überzeugen, und dass sie mit so guten Neuigkeiten nach Hause fahren könnte? Natürlich würde sie vorher noch jemanden engagieren, Ordnung in dieses Chaos hier zu bringen, damit Jakob nach Beendigung der Therapie nicht in eine solche Unordnung zurückkehrte, und Lena musste ebenso in Augenschein genommen werden. Bei irgendwelchen Anzeichen einer Opiumsucht würde die Dame schneller aus dieser Wohnung ausziehen, als sie piep sagen konnte. Doch nun galt es, Jakob erst einmal in das Sanatorium zu verfrachten. Im Anschluss konnte sie zurückkommen und sich um alles andere kümmern. Sie lächelte ihrem Bruder ermutigend zu, der langsam aufstand und ihr folgte.

***

»Und wenn wir ihn für immer zu uns nehmen?« Alma sah mit bangem, noch tränenumflortem Blick flehend zu Wilhelm auf.

Er war aufgestanden und durchquerte mit auf dem Rücken verschränkten Händen wieder und wieder die Küche. Seine Miene war grimmig. Doch das war sie schon, seit sie Günther wieder im Heim abgeliefert hatten und die Barmherzige Schwester ihn unverhältnismäßig rüde empfangen und direkt zum Melken in den Stall geschickt hatte. Über das Gesicht des Jungen, der vorher noch über beide Wangen gestrahlt hatte, hatte sich auf einen Schlag ein Schleier der Traurigkeit gelegt. Er hatte sich unter der Hand der Schwester weggeduckt, als erwartete er, von ihr geschlagen zu werden, dabei hatte sie ihn nur etwas unsanft an der Schulter gepackt und von Alma und Wilhelm weggezogen.

Ihr Tag zu dritt war wunderschön gewesen. Sie hatten Günther schon früh abgeholt und waren mit ihm ins Umland gefahren, hatten Picknick gemacht, die Bäume, Blätter und Pflanzen gründlich studiert und Verstecken im Wald gespielt. Der Junge hatte endlich einmal wieder herzhaft gelacht.

Kaum war es jedoch an die Rückfahrt mit dem Zug gegangen, hatte sich seine Miene mehr und mehr verdüstert. Je näher sie dem Waisenhaus kamen, desto langsamer waren seine Schritte geworden.

Wilhelm durchkreuzte die Küche wieder und wieder. Inzwischen war es dunkel geworden.

»Es ist mehr als offensichtlich, dass er dort unglücklich ist«, versuchte Alma es noch einmal.

Wilhelm nickte, sagte aber nichts.

»Und dann wäre da wieder jemand, um den ich mich kümmern könnte. Wir müssten ihn ja nicht adoptieren, wenn dir das zu viel Verantwortung ist. Wir könnten ihn ja einfach nur in Pflege nehmen und für ihn sorgen, was meinst du? Er ist so ein Sonnenschein.«

»Alma, wir können nicht alle Kinder dieser Welt retten. Es gibt so viele, denen es schlecht geht. Sieh nur, wie viele dort im Waisenhaus sind. Und was glaubst du, was manche meiner Schüler durchmachen?« Er hatte mit seinem Marsch kurz innegehalten und sie stirnrunzelnd angesehen. Jetzt aber lief er wieder los, die Hände nach wie vor auf dem Rücken verschränkt.

»Natürlich können wir nicht alle retten. Aber wir könnten das Leben eines Menschen zum Guten verändern. Wir könnten ihm eine Zukunft geben und ein Leben voller Liebe und Geborgenheit. Bitte, Wilhelm, ich bringe es nicht übers Herz, ihn immer wieder an diesen furchtbaren Ort zurückzubringen.

Und du … dir ist er doch ebenfalls ans Herz gewachsen, das sehe ich.«

Abrupt blieb er stehen. Da er außerhalb des Lichtkegels der Lampe stand, konnte Alma sein Gesicht nicht genau erkennen.

Sie war so nervös, dass sie die Fingernägel in ihre Handfläche bohrte. Das starke Gefühl, dieses Gespräch könnte über ihr zukünftiges Glück entscheiden, breitete sich mit einer solchen Vehemenz in ihrer Brust aus, dass sie den Atem anhalten musste.

Endlich räusperte sich Wilhelm. Lang und ausgiebig. Mit belegter Stimme sagte er: »Es gibt nichts Schöneres, als jemandem, den man liebt, ein Zuhause zu geben.«

Ruckartig stieß sie die angehaltene Luft aus und sprang auf. Mit ausgestreckten Händen stürmte sie auf ihn zu.

»Ist das ein Ja?«, rief sie noch immer ein wenig atemlos.

Sie stand jetzt ganz dicht vor ihm und blickte ihn bebend vor Aufregung an.

Er nickte kurz. Dann breitete sich ein Lächeln auf seinem Gesicht aus, das ihr das Herz schmelzen ließ.

Sie drückte sich eng an ihn und ließ ihren Tränen der Freude freien Lauf.

Kapitel 11

Seit sie in Berlin wohnten, hatte es sich eingebürgert, jeden Samstag die Großmutter zu besuchen. Obwohl die für eine Person allein eigentlich viel zu groß war, lebte sie immer noch in der riesigen Wohnung, in der Mutter aufgewachsen war, vollgepackt mit Bildern, Nippes sowie unzähligen Erinnerungen. Die Vorhänge im Salon waren meist bis auf einen kleinen Spalt zugezogen, sodass sie in einer düsteren, stickigen Atmosphäre zusammenhockten, in der einem nicht selten die Schweißperlen auf der Stirn standen.

Wie die Großmutter es aushalten konnte, bei dem schönen Wetter nicht die Fenster aufzureißen und den singenden Vögeln zu lauschen, war Lucie ein Rätsel. Außerdem schien Großmutter eine Vorliebe für trockene Kekse und fettige Torten zu haben, denn beides gab es jedes Mal, wenn sie kamen. Sie achtete streng darauf, dass vor allem Lucie genug davon aß. Wenn man ihren wiederholten Aufforderungen nicht entsprach, doch noch ein Stückchen zu nehmen, war sie persönlich beleidigt, tat aber so, als wäre ihr das völlig gleichgültig, was ihr allerdings nicht sonderlich gut gelang.

Lucie schmeckte beides nicht, aber damit die alte Dame, deren Kopf stets ein wenig wackelte wie bei einer alten Puppe, nicht enttäuscht war, würgte sie brav alles hinunter. Kaum hatte sie ihr jeweiliges Stück beendet, sorgte die Großmutter umgehend dafür, dass sie auch gleich das nächste auf den Teller geklatscht bekam. Die ersten Male war Lucie noch davon überrascht worden, inzwischen aber breitete sie, noch bevor sie den letzten Bissen zum Mund führte, ihre Serviette strategisch über dem Teller aus, um unvermittelte Torten- und Keksattacken aus dem Hinterhalt zu verhindern.

Die Gespräche plätscherten für gewöhnlich seicht vor sich hin. Vater hatte einige Male versucht, das Geschehen in der Fabrik anzusprechen, die ja ihr Mann seinerzeit aufgebaut hatte, doch diese Dinge schienen sie nicht zu interessieren. Vielmehr wollte sie wissen, welche Besuche die Eltern gemacht hatten, wen sie in der Synagoge getroffen hatten, wenn sie dort ausnahmsweise mal gewesen waren, was die Nachbarn sagten, wer Mutters Praxis besucht hatte und ähnliche Dinge, die Lucie für gewöhnlich schrecklich langweilig fand.

Normalerweise saß sie daher einfach da und starrte mit leerem Blick auf die Vasensammlung der Großmutter oder die alten Familienbilder, die auf dem Flügel standen, möglichst ohne sich den Anschein zu geben, mit den Gedanken ganz woanders zu sein. Anstatt zuzuhören, überlegte sie jedoch, was sie Helga im nächsten Brief schreiben wollte, wann sie Paul wiedersehen würde oder welche Hausaufgaben noch zu erledigen waren.

Nur ein Thema war in Lucies Augen wirklich interessant, und das waren die Gespräche, bei denen es sich um Onkel Jakob drehte.

Sie hatte den Onkel nur ein paarmal in ihrem ganzen Leben getroffen, doch in den wenigen Momenten hatte sie ihn immer recht witzig gefunden. Eine ihrer ersten Erinnerungen war, wie sie in der Villa am Meer auf den Schultern des Onkels durch den Garten galoppiert war und sich vor Lachen ausgeschüttet hatte. Doch das war lange her und auch Lucie war es natürlich nicht entgangen, dass es mit seiner Gesundheit augenscheinlich nicht zum Besten stand.

»Hach, es ist ein Jammer!«, begann Großmutter für gewöhnlich die Gespräche über den Onkel, und Mutter nickte stets zustimmend.

»Hast du etwas Neues von Jakob gehört, Schwiegermama?«, erkundigte sich Vater dann.

Und schon ging es los. Auch wenn man ihm wahrscheinlich so einiges vorwerfen konnte, schien er die Großmutter zumindest regelmäßig postalisch über sein Wohlergehen auf dem Laufenden zu halten.

»Er lebt mit einer Frau zusammen«, berichtete Großmutter heute.

Schnell sah Lucie zu ihrer Mutter hinüber. Ihr Gesicht zuckte, doch sie sagte nichts. Überhaupt hatte sie seit der Rückkehr kein Wort über die Reise verloren. Wenn sie in München wirklich ihren Bruder besucht hatte, musste sie doch davon wissen. Oder sollte die Großmutter nichts von ihrer Fahrt nach München erfahren? Aber warum nicht? Nachdenklich knabberte Lucie an ihrer Unterlippe, während sie ihre Eltern genau im Auge behielt.

»Sind sie verheiratet?«, erkundigte sich Vater und schob eine Nelke tiefer in die vor ihm stehende Vase.

»Natürlich nicht. Noch nicht einmal verlobt. Sie ist Tänzerin. Nackttänzerin!«, erklärte Großmutter und schüttelte vor Entsetzen den Kopf.

»Nun, das wird nicht die erste Frau sein, mit der er ein Verhältnis unterhält. Es sei ihm gegönnt, wenn es ihn glücklich macht«, versuchte Vater zu beschwichtigen.

»Glücklich … glücklich. Denkt der Junge denn gar nicht an den Ruf seiner Familie? Seine Schwester ist eine angesehene

Ärztin und dann ist da auch noch die Fabrik«, ereiferte sich Großmutter.

»Immerhin ist er einige Hundert Kilometer entfernt, sodass seine Eskapaden nicht unbedingt herüberschwappen. Ich denke auch nicht, dass irgendjemand von seinem Verhalten überrascht wäre. Ein wenig Exzentrik liegt wohl in der Familie«, sagte Vater und zwinkerte Lucie zu.

Er wusste, wie sehr sie sich bei den samstäglichen Treffen langweilte und dass seine Worte einen Aufruhr hervorrufen würden.

Lucie kniff voller Vorfreude die Lippen zusammen und auch Vater grinste erwartungsvoll.

»Also wirklich, Daniel!«, murrte Mutter mit gerunzelter Stirn.

»Ich muss doch sehr bitten. Was soll denn das heißen? Exzentrik? Dein Schwiegervater war ein überaus erfolgreicher Unternehmer. Wir alle profitieren von seinen Werken«, schaltete sich Großmutter mit gespitzten Lippen empört ein.

»Ohne Frage, ohne Frage!«, stimmte Vater weiterhin belustigt zu. »Doch trotz allem müsst ihr zugeben, dass seine Vorlieben durchaus ein wenig unkonventionell waren.«

»Ja, meine Güte, er war eben ein Weiberheld!«, sagte Mutter augenrollend. »Und trotzdem war er ein herzensguter Mensch.«

»Rede nicht so über deinen Vater, Hannah. Das ist unhöflich. Ich möchte solche Worte in meinem Heim nicht hören, verstanden?«, keifte Großmutter.

Und so ging es weiter und weiter. Niemand sprach mehr über Onkel Jakob oder irgendwelche langweiligen Bekannten, sondern es wurde darüber gestritten, welche Bezeichnungen für den verstorbenen Großpapa akzeptabel seien.

Zu diesem Zeitpunkt klinkte Lucie sich dann für gewöhnlich wieder aus, denn hier ging es um gesellschaftliche Themen, die sie nicht interessierten.

Und so war es auch heute.

Viel spannender waren allerdings die Fragen, warum Mutter ihren Abstecher nach München vor der Großmutter geheim hielt und ob sie Paul morgen zufällig sehen würde. Und darüber lohnte es sich nachzudenken.

Als sie eine Stunde später nach Hause gingen, bemerkte Vater: »Wisst ihr, was wirklich komisch ist? Über das tatsächlich Interessante, nämlich Kurts Verlobung, haben wir kein Wort verloren.«

Lucie und Mutter nickten. So war es eben an den Nachmittagen mit der Großmutter. Es wurde geredet und geredet, aber die eigentlich wichtigen Sachen fanden nie Erwähnung.

»Und warum hast du Großmama nichts von deinem Besuch bei Onkel Jakob erzählt?« Lucie blickte ihre Mutter gespannt an. Vielleicht würde sie nun endlich etwas darüber erfahren.

Ihre Miene verdunkelte sich für einen kurzen Moment. »Weil ich es Jakob versprochen habe«, antwortete sie entschieden.

»Aber warum? Was ist so geheim?«, fragte Lucie irritiert. Eine solche Heimlichtuerei war sie von ihren Eltern nicht gewohnt.

»Weil wir erst abwarten müssen … Wenn es so weit ist, werde ich es dir und ihr erzählen. Und bis dahin musst du dich gedulden. In Ordnung, mein Schatz?«

Lucie schaute sie mit gerunzelter Stirn an, sagte jedoch nichts mehr. Sie kannte ihre Mutter. Wenn sie sich so entschlossen äußerte, dann half auch kein Bitten und Flehen. Doch sie würde schon noch dahinterkommen, was es so Geheimnisvolles mit Mutters Besuch auf sich hatte.

Kapitel 12

Bereits als die Brüder ihr und Wilhelms Häuschen betraten, wusste Alma, dass etwas Besonderes vorgefallen sein musste. Kurts braune Augen schimmerten glückselig und seine ganze Körperhaltung drückte Zufriedenheit aus. Ariel allerdings zog ihre Aufmerksamkeit noch stärker auf sich.

»Was hast du denn da auf dem Kopf?« Alma deutete auf seine kohlrabenschwarzen Haare, die für gewöhnlich immer ein wenig widerspenstig nach allen Seiten abstanden, jetzt aber von einem flachen, bestickten Käppchen zum Teil verdeckt wurden.

»Eine Kippa. Und ich habe mich entschlossen, mir auch Schläfenlocken und einen Bart wachsen zu lassen«, antwortete er. Die blauen Augen, die er von seiner Großmutter geerbt hatte, blitzten entschlossen.

»Aber warum denn? Du siehst doch so sehr gut aus«, entgegnete Alma sofort.

»Das hat doch keine ästhetischen Gründe, sondern religiöse! Ich möchte eben meinen Glauben auch nach außen hin sichtbar machen«, erwiderte er, und seine Stimme hatte denselben Klang wie damals, als er drei gewesen war und einen fürchterlichen Trotzanfall wegen eines Holzpferdchens gehabt hatte, das seinem Bruder gehört hatte, er aber hatte haben wollen.

»Aber was werden deine Eltern dazu sagen?« Alma runzelte die Brauen.

»Was sollen sie schon sagen? Erstens sind sie nicht hier und zweitens ist das wohl meine Sache.«

Alma schüttelte unwillig den Kopf. Doch sie kannte Ariel gut genug, um zu wissen, dass es besser war, das Thema erst einmal auf sich beruhen zu lassen. Vielleicht ergab sich später eine bessere Gelegenheit, ihn umzustimmen. Auf jeden Fall würde sie Hannah in ihrem wöchentlichen Brief davon berichten. Sie konnte sich kaum vorstellen, dass sie erfreut über den neuesten Entschluss ihres Sohnes war.

Als Nächstes wandte sich Alma Kurt zu und umarmte ihn kräftig. Dann schob sie ihn ein Stück von sich weg und musterte ihn.

»Dich beschäftigt doch etwas. Hast du etwa die Assistentenstelle bei Professor Bartmann bekommen?« Sie wusste, dass Kurt wie seinerzeit sein Vater alles daransetzte, eine Laufbahn an der Universität einzuschlagen. Er war ein hervorragender Jurastudent und hatte sehr darauf gehofft, diese Auszeichnung zu erhalten. Sein eifriges Bemühen darum hatte Alma in die Zeit zurückversetzt, als sie mit Hannah mitgefiebert hatte, die ebenfalls eine Stelle bei ihrem Professor hatte ergattern wollen und es schließlich auch geschafft hatte.

Kurt nickte mit einem breiten Strahlen. »Mehr noch. Kaum hatte ich es erfahren, bin ich zu Ursula gegangen und habe ihr einen Antrag gemacht. Und sie hat Ja gesagt. Alma, denk nur, ich werde heiraten!«

Alma schlug die Hand vor den Mund. Sofort standen ihr Tränen der Rührung in den Augen. Ihr Kurtchen, den sie schon als Säugling im Arm gehalten und wie ein eigenes Kind aufgezogen hatte, würde heiraten!

»Ist das wirklich wahr?« Ihre Stimme zitterte.

Kurt nickte strahlend und schwang sie übermütig an der Hüfte durch den Flur. »So wahr wie ich hier stehe. Bald bin ich ein Bräutigam, Alma, ist das nicht wunderbar?«

»Wann ist denn all das geschehen?«

»Letzte Woche, kurz nachdem ich von unserem Essen zurückkam.«

»Und da erzählst du es mir erst heute? Du böser Junge!« Sie ging auf ihn zu und tat so, als wollte sie ihm den Hintern versohlen.

»Ich wollte ja schon früher, aber dann kam so viel dazwischen.«

»Jaja, die alte Alma kann warten, nicht wahr? Aber deine Eltern wissen es, oder nicht?«

Kurt lachte über das ganze Gesicht. »Aber ja. Ich habe sie gleich gemeinsam mit Ursula vom Postamt aus angerufen.«

Alma lachte mit, während ihr immer noch ein paar Tränchen über die Wangen liefen.

»Ich kanns noch nicht glauben, unser Junge wird heiraten. Wilhelm, Wilhelm, komm schnell. Es gibt gute Neuigkeiten.« Und damit packte sie Kurt wie früher am Schlafittchen und zog ihn hinter sich her, um ihrem Mann die guten Nachrichten brühwarm zu berichten. Ariel, der die ganze Zeit danebengestanden und mit leichter Verwunderung auf den Trubel geblickt hatte, folgte ihnen langsamer. So war er eben.

Alma warf einen Blick über die Schulter zurück und winkte ihm zu. »Komm, Ariel, jetzt wird erst mal auf die guten Neuigkeiten angestoßen.« Sie konnte sich vorstellen, welche Freude und Aufregung dieser Anruf in Berlin hervorgerufen hatte. Sie würde Hannah gleich schreiben, wenn die Jungen gegangen waren. Und nächste Woche musste Kurt Ursula mitbringen, schließlich gehörte sie ja nun auch zur Familie. Und Günther würde ebenfalls dabei sein. Diese gute Neuigkeit mussten die Jungs und Hannah unbedingt sofort erfahren.

Hach, das Leben war wundervoll! Was sollte denn jetzt noch kommen?

***

Als die Schulglocke am nächsten Tag das Ende des Schultages verkündete, flatterten Lucies Nerven. Heute früh nämlich hatte Paul ihr erklärt, dass er sie von der Schule abholen und nach Hause geleiten wolle. Den ganzen Tag hatte sie kaum an etwas anderes denken können, es aber niemandem gesagt. Auch Ilse nicht, obwohl es ja eigentlich ausgemachte Sache war, dass die beiden den Schulweg hin und zurück immer gemeinsam gingen.

Sie trat mit Ilse und einer Handvoll anderer Mädchen aus ihrer Klasse hinaus auf die Straße, und dort stand er wirklich in all seiner Pracht und wartete. Wartete auf sie. Ihr Herz machte einen fröhlichen Sprung. Sie lächelte ihm zaghaft zu. Paul strahlte zurück.

Neugierige Blicke, verschämtes Anstoßen, aufgeregtes Getuschel – natürlich verursachte sein Auftauchen vor der Schule ein gehöriges Maß an Aufregung auch bei ihren Mitschülerinnen. Seine Schülermütze verriet, dass sich dieser attraktive Jüngling sogar schon in einer der Oberklassen des Gymnasiums befand.

Als er auch noch die Hand ausstreckte, ihr die Bücher abnahm und ihr den anderen Arm bot, um sich bei ihm einzuhaken, schwoll das Getuschel zu einem lauten Schnattern an.

Lucie bemerkte zwar den Aufruhr und war nicht unzufrieden darüber, doch im Grunde waren ihr die Mädels in diesem Moment absolut gleichgültig. Sie spazierte an Pauls Seite und sie unterhielten sich miteinander. Sie schritten unter den blühenden Bäumen hindurch. Es war wundervoll, ihm zu schildern, wie ihr Schultag gelaufen war, und seinen Erlebnissen zu lauschen, bevor sie von dem geplanten Besuch beim Sechstagerennen, Schawuot und schließlich auch von den bösen Worten von Beike erzählte.

Aber Paul fand Beikes Ausfall gar nicht so schlimm. »Er ist halt ein alter Griesgram, der olle Beike. Den darfst du nicht so ernst nehmen.«

»Nett war es trotzdem nicht. Und außerdem ist er nicht der Einzige, der schlecht über Juden redet.«

»Ach, das sind doch Einzelfälle. Warum sollen Juden anders sein als andere? Aber eine Jüdin habe ich besonders gern.« Er drückte vielsagend ihren Arm.

Lucie spürte, wie sie rot anlief. Sie genoss die Situation trotz allem sehr.

Als sie sich zu Hause verabschiedeten, hatte Paul zugesagt, morgen früh zu versuchen, sie zur Schule zu begleiten.

Als Lucie das Gartentor öffnete, sah sie aus den Augenwinkeln Ilse an der Straßenecke vorbeieilen. Oje, die hatte sie ja völlig vergessen!

»Ilse, verzeih bitte, ich war völlig in Gedanken«, rief sie der Freundin zu und lief schnell zu ihr.

Doch Ilse zuckte nur unwillig mit dem Kopf und tat so, als wäre Lucie Luft und sie würde sie weder sehen noch hören.

»Ilse, bitte, es war dumm von mir, dich stehen zu lassen. Ich verspreche dir, dass es nicht mehr passiert. Verzeihst du mir?«, rief Lucie ihr etwas lauter hinterher.

Ilse blieb stehen, drehte sich jedoch nicht um. Sie stand einfach nur da.

Nach ein paar endlosen Sekunden jedoch wandte sie sich um und sagte betont langsam: »Nun gut, dieses einzige Mal werde ich dir verzeihen, aber lass mich nie wieder allein irgendwo stehen, hörst du? Und vor allem nicht wegen irgendeines Kerls.« Ihre Stimme klang fest entschlossen.

Lucie nickte betreten. »Ich verspreche es. Wir sehen uns morgen, in Ordnung?«, fragte sie erleichtert.

Ilse nickte und ging ihrer Wege, ohne sich noch einmal umzusehen. Sie war ihr definitiv noch etwas gram, das war offensichtlich.

Als Lucie die Tür hinter sich zuzog, fiel ihr wieder ein, dass Paul sie ja morgen früh auch abholen wollte. Sie überlegte einen Augenblick, ob sie Ilse hinterherlaufen und alles erklären sollte, aber das würde die Freundin noch mehr verstimmen und dafür war jetzt auch keine Zeit mehr. Sie war inzwischen ein wenig spät fürs Essen und die Eltern wären nicht erfreut, wenn sie sie noch länger warten lassen würde.

Als Lucie ins Esszimmer schlüpfte, schon eine Entschuldigung auf den Lippen, stutzte sie überrascht, denn niemand saß dort. Verwirrt blickte sie auf die große Standuhr in der Ecke. Nein, sie hatte sich nicht geirrt: Vor fast zehn Minuten hätte das Essen auf dem Tisch stehen sollen.

Waren die Eltern etwa bereits fertig? Doch ihre Teller standen unberührt da. Gerade als sie kehrtmachen wollte, um die Eltern zu suchen und zu sehen, wo sie steckten, kam Mutter herein. Sie sah Lucie nachdenklich an, sagte aber nichts.

»Ist etwas passiert?«, fragte Lucie.

»Nein, warum denn?«

»Nun, ich dachte, weil es schon so spät ist und ihr nicht hier seid …«

»Dein Vater wurde in der Fabrik aufgehalten. Und ich wollte nicht allein am Tisch sitzen.«

»Es tut mir leid, ich bin etwas spät dran …«

»Ja, das habe ich gesehen. Du bist nicht mit Ilse, sondern mit dem Jungen von gegenüber gekommen, nicht wahr?«

Überrascht blickte Lucie auf, doch an Mutters Miene war nicht abzulesen, wie sie zu dieser Neuigkeit stand.

Lucie überlegte fieberhaft, was sie sagen sollte, kam dann aber zu dem Schluss, dass sie mit der Wahrheit am weitesten käme. »Mit Paul, genau. Ich habe ihn unterwegs getroffen«, schwindelte sie schließlich zögerlich.

In dem Moment kam Vater hereingehetzt. Ihm auf dem Fuß folgte Helene mit der Suppenschüssel. Doch als sie sich daranmachte, diese auf den Tisch zu stellen, stieß sie mit dem Fuß gegen das Tischbein und Suppe schwappte auf das gestärkte weiße Tuch. Der Vater schüttelte genervt den Kopf und Helene brach sofort in Tränen aus.

»Schon gut, Helene, es ist ja nichts passiert. Jetzt gehen Sie und beruhigen Sie sich«, tröstete Mutter.

Schluchzend kam das Mädchen der Aufforderung nach.

»Du meine Güte, wie kann man nur so ungeschickt sein!«, schimpfte Vater, kaum dass sie draußen war.

»Du hast sie nervös gemacht. Sie ist nicht die Hellste und die Schnellste, aber sie ist verlässlich. Sei nicht so streng mit ihr«, bat Mutter und füllte seinen Teller mit Suppe.

»Alma wäre so etwas nie passiert«, erwiderte er brummig, nahm aber endlich Platz.

»Was liegt dir denn auf der Seele?«, fragte Mutter, während sie Lucies Teller voll schöpfte.

»Ach, nichts Besonderes, es gab da nur heute eine Begebenheit, die nicht gerade erfreulich war und weswegen ich auch später gekommen bin. Ich möchte nicht allzu sehr ins Detail gehen, aber offenbar sieht man es in der Belegschaft nicht gerne, dass wir jüdischen Glaubens sind.«

Lucie riss erschrocken die Augen auf. Sofort klangen ihr die Worte Beikes in den Ohren, von denen sie den Eltern bisher nichts erzählt hatte.

»Um Himmels willen, ist etwas passiert?«, wollte Mutter besorgt wissen, und ihr Blick fuhr an Vaters Körper auf und ab, um sicherzustellen, dass alles an ihm heil war.

»Nein, alles halb so schlimm, es ist nur alles ein wenig schwierig geworden und es ist verbreiteter, seinen Unmut gegenüber dem Judentum offen zu äußern. Es macht die Arbeit nicht einfacher, aber ich werde daran nicht zugrunde gehen. Immerhin bin ich ja noch der Chef«, sagte Vater, doch Lucie registrierte die Trauer in seinem Blick und die feinen Linien, die die Erschöpfung um seine Mundwinkel gegraben hatte.

Jetzt setzte sich auch Mutter endlich und sie konnten mit dem Essen beginnen.

»Auch für mich ist es nicht immer einfach. Aber es sind Einzelfälle, und auch wenn es gerade ab und an ein wenig schwierig ist, wird sich alles fügen, sobald die Wirtschaftskrise überwunden ist. Das ist immer noch Deutschland«, meinte Mutter.

Vater nickte und nahm einen Löffel von der Suppe.

»Aber wir gehen doch kaum in die Synagoge«, warf Lucie ein. »Das macht doch sicher einen Unterschied.«

»Wenn man Vorurteile hegt, dann sieht man nie genau hin. Jude ist Jude, egal, ob du den Glauben aktiv lebst oder nicht. Aber es wird auch wieder besser«, beruhigte Vater sie und breitete die Serviette über seinen Schoß, während er ihr warm zublinzelte, wie er es früher immer gemacht hatte, wenn sie einen Albtraum gehabt hatte.

Während Mutter zurück in die Praxis ging, zog sich Vater mit der Zeitung in den Salon zurück. Lucie hatte einen neuen Brief von Helga in der Halle gefunden und wollte ihn eigentlich in Ruhe lesen, entschloss sich aber dann, ihrem bedrückten Vater Gesellschaft zu leisten und diesen vielleicht ein wenig aufzuheitern.

Er saß in einem der großen Lehnstühle mit dem Rücken zur Tür, rauchte und hatte die Zeitung ausgebreitet. Lucie blickte ihm über die Schulter und las die Schlagzeile »Der Buddha vom Alexanderplatz«.

Von dem hatte sie schon gehört. Er hieß Ernst Gennat, war ein Kriminalpolizist mit einem Büro in der Roten Burg, dem gigantischen Polizeipräsidium am Alexanderplatz, und hatte die gesamte Berliner Polizei erfolgreich umstrukturiert. Laut Vaters Berichten hatte er eine Mordinspektion eingerichtet und eine hervorragende Aufklärungsquote im Vergleich zu seinen Vorgängern.

Jedes Mal, wenn sie daran dachte, was er wohl schon alles erlebt und gesehen hatte, bekam sie eine Gänsehaut.

Vater war so vertieft in die Zeitung, dass sie sich leise zurückzog und die Tür behutsam hinter sich schloss. Wahrscheinlich lenkte ihn die Zeitungslektüre viel besser ab, als sie es vermochte. Dann konnte sie jetzt endlich lesen, was Helga ihr zu berichten hatte.

Lucie ging in ihr Zimmer, setzte sich auf die Fensterbank und hob Milli, die ihr wie stets gefolgt war, auf den Schoß. Sofort rollte sich die Katze schnurrend zusammen. Unwillkürlich musste Lucie lächeln. Sie öffnete genüsslich den Briefumschlag und begann, Milli zu streicheln, wobei sie in der anderen Hand Helgas Brief hielt. Schnell überflog sie die Zeilen der Freundin. Das machte sie immer so. Danach erst nahm sie sich die Zeit und las langsam und bedächtig jedes Wort, um nicht die kleinste Kleinigkeit zu verpassen.

Doch heute ließ sie geknickt den Brief sinken. Sie wusste nicht, was es war, aber aus irgendeinem Grunde war sie enttäuscht. Helgas Zeilen erschienen ihr heute nichtssagend, fast ein wenig langweilig. Hatten sie nicht immer alles Wichtige miteinander geteilt und hatte sie Helga nicht postwendend von Paul und Ilse und Beike und allen berichtet? Helgas Worte aber wirkten so, als wollte sie mit etwas hinter dem Berg halten. So, als verschwiege sie ihr etwas. Oder vielleicht passierte bei ihr ja wirklich nichts, während

Lucie den Eindruck hatte, sich anstrengen zu müssen, um mit den Ereignissen und Entwicklungen hier Schritt halten zu können. Aber immerhin hatte sie freudig zugesagt, sie im Sommer in der Villa am Meer besuchen zu kommen, so wie sie es seit Jahren getan hatte.

Vorsichtig nahm Lucie die schlafende Milli von ihrem Schoß und stand auf. Eigentlich hatte sie vorgehabt, Helga gleich heute zu antworten, aber ihr war die Lust dazu vergangen. Sie würde jetzt ihre Hausaufgaben und einen Roman mit in den Pavillon hinausnehmen und das Grün genießen. Die Antwort an Helga konnte warten. Erst mal würde sie sich um Schiller kümmern.

Mitten in dem Deutschaufsatz über »Die Räuber« hörte sie Geräusche. Zuerst dachte sie, dass es nur ein leidender Patient der Mutter sei, der dort an der Gartentür so laut sprach. Dann jedoch wurde die Stimme immer durchdringender und überschlug sich fast. Sie musste unbedingt nachsehen, was dort vorne los war.

Sie schlüpfte aus dem Pavillon und rannte dicht am Haus entlang in Richtung Straße. Dieses Mal dachte sie aber daran, vorher zu schauen, ob sich Beike wieder hinter dem Zaun versteckte, doch er war nicht da. Als sie fast die Hausecke erreicht hatte, bremste sie ab und lief langsamer, um nicht allzu viel Aufsehen zu erregen. Das hätte sie aber auch lassen können, weil sämtliche Nachbarn einschließlich Beike und Paul mit seiner Mutter auf der Straße versammelt waren, offensichtlich, um nichts von dem sich bietenden Spektakel zu verpassen. Alle starrten wie gebannt auf das Geschehen vor der Haustür der Friedländers.

Ein Mann stand dort, den Lucie nicht kannte. Sein Gesicht hatte eine ungesunde rote Farbe und seine zur Seite gekämmten Haare standen wirr vom Kopf ab. Er lallte und schien Probleme zu haben, sich gerade zu halten. Trotzdem wirkte er auf Lucie bedrohlich. Er sah grobschlächtig aus und schien an Gewalt gewöhnt, wie er sich da am Türrahmen abstützte und Mutter direkt ins Gesicht schrie, während Speichel aus seinem Mund spritzte.

»… könnte er noch leben. Aber Sie wollten nur unser Geld! Mein Junge war Ihnen doch völlig egal. Ihr Juden denkt bloß an euren eigenen Reichtum und schert euch nicht um andere, denen es schlecht geht.«

Auch Mutter war der innere Aufruhr deutlich anzusehen, als sie versuchte, den aufgebrachten Mann zu beruhigen. Sie legte ihm eine Hand auf den Unterarm, während sie sprach, nahm sie aber schnell wieder weg, als der Mann ausholte, wohl um danach zu schlagen.

»Aber, Herr Faust, ich habe alles getan, was ich konnte. Niemand hätte Ihren kleinen Heinz retten können. Es gibt nichts, was …«

»Ach papperlapapp, das ist doch Unsinn! Hätten Sie sich richtig bemüht …« Seine Zunge schien schwer zu sein. Die Worte kamen undeutlich aus seinem Mund.

»Das habe ich, Herr Faust. Natürlich ist mein Schmerz nicht mit Ihrem vergleichbar, aber Sie können davon ausgehen, dass mich sein Tod gleichfalls hart getroffen hat. Es gibt einfach keine Medikamente …«

»Ach, Scheißjuden, ihr alle. Ihr gebt nicht eher Ruhe, ehe wir Deutschen alle ausgerottet sind und ihr die Weltherrschaft habt, gesteh es doch, du …«

»Lassen Sie das, Herr Faust. Was soll denn das bringen? Gehen Sie jetzt. Wir wollen es nicht so weit kommen lassen, dass die Polizei anrückt, nicht wahr?« Damit schob Mutter langsam, aber energisch die Hand des Mannes vom Türrahmen weg und schloss die Tür direkt vor ihm.

Der Mann sah verblüfft auf die Tür, schien einen Moment zu überlegen, was er nun tun sollte, und drehte sich dann schwankend um.

Lucie machte sich ein wenig Sorgen, dass er stürzen könnte, denn dann hätte ihn Mutter sicherlich ärztlich versorgen müssen, obwohl er sie so übel beschimpft hatte.

Die Schaulustigen, die sich auf der Straße versammelt hatten, wichen ehrfurchtsvoll auseinander, als der Betrunkene vom Grundstück wankte. Er warf ihnen einen glasigen Blick zu, entschloss sich dann aber offenbar, sie nicht weiter zu beachten und seinen Weg fortzusetzen. Als er sich ein paar Schritte entfernt hatte, steckten alle die Köpfe zusammen. Es wurde lebhaft geflüstert und die Blicke wanderten neugierig zwischen dem davon wankenden Betrunkenen und ihrem Haus hin und her.

Lucie zog sich weiter in den Schatten des Hauses zurück. Zu gerne hätte sie gewusst, was die Leute redeten, doch sie konnte kein Wort verstehen.

Ob Paul jetzt auch nichts mehr mit ihr zu tun haben wollte? Aber er hatte gesagt, dass er kein Problem damit hätte, dass sie Jüdin war. Mochte es nur so bleiben! Hoffentlich kam der Mann nie wieder hierher, dachte Lucie, als sie zurück zur Laube lief. Nie wieder.

Hannah lehnte von innen an der geschlossenen Tür und bemühte sich, ihren Blutdruck wieder zu beruhigen. Meine Güte, so etwas hatte sie bisher noch nicht erlebt. Die direkte Attacke eines enttäuschten Patienten beziehungsweise seines Vaters war bedrohlich gewesen. Obwohl sie es geschafft hatte, äußerlich ruhig zu bleiben, fühlte sie sich, als wäre in ihrem Inneren etwas Wesentliches zerbrochen. Wenn wenigstens Daniel hier gewesen wäre, doch er war längst zurück in der Fabrik. Dann hätte sie sich wesentlich sicherer gefühlt. Gegen ihn hätte Faust nicht derartig aggressiv gehandelt. Sollte sie ihm von dem Vorfall erzählen? Sie hörte ihr Blut in den Ohren rauschen.

Sie hatte keine Wahl: Wenn sie Daniel nicht von dem Vorkommnis berichtete, würde er es von einem der Nachbarn erfahren und wäre zu Recht verletzt, weil sie sich ihm nicht anvertraut hatte. Doch jetzt musste sie erst einmal zurück. In ihrem Behandlungszimmer lag eine halb ausgezogene Frau und wartete auf sie.

Auch Doktor Brandt war zu einem Hausbesuch unterwegs. In diesem Moment wäre sie nicht unglücklich darüber gewesen, einen Mann im Haus zu haben. Allein körperlich war ihr Faust massiv überlegen. Sie musste wie ein aufgeregter Spitz gewirkt haben, der vor einem Bären auf und ab gehüpft war, als sie versucht hatte, ihn abzuwehren.

Doch in diesem Moment konnte sie nicht weiter darüber nachdenken. Sie musste sich fassen und freundlich und korrekt ihrer wartenden Patientin gegenübertreten. Wenn da nur nicht diese Enge in der Brust wäre, die sich in Windeseile in ihr ausbreitete und ihr die Luft nahm.

Sie war froh, dass Lucie nicht aus dem Haus gerannt war. Mit etwas Glück hatte sie von dem ganzen Vorfall gar nichts mitbekommen. Sie wollte nicht, dass ihre Tochter Angst vor den Menschen und insbesondere Männern entwickelte oder sich ihnen unterlegen fühlte, so wie es ihr jetzt gerade erging. Es war ein furchtbares, waidwundes Gefühl und ließ sie mit einem Empfinden der Schwäche und Unsicherheit zurück. Dieser verdammte Faust! Sie durfte nicht zulassen, dass er ihr so etwas antat. Sobald Daniel zu Hause war, würde sie ihn um eine Unterredung bitten, denn sie wollte nicht, dass Lucie etwas bemerkte. Daniel würde wissen, wie sie sich zukünftig bei derartigen Gelegenheiten verhalten sollte. Er war ihr Fels in der Brandung, der bei jedem Problem Rat wusste.

Langsam löste sie sich wieder von der stützenden Tür. Das Engegefühl war weiterhin da, aber wenn sie sich darauf konzentrierte, ruhig zu atmen, konnte sie damit umgehen. Mit schleppenden Schritten kehrte sie in die Praxis zurück. Was auch passierte, sie hatte eine Verantwortung gegenüber ihren Patienten. Dort war eine Frau, die ihre Hilfe benötigte, das war alles, was zählte!

Kapitel 13

Als Daniel am Abend hereinkam, war ihm anzusehen, dass er schon von dem unliebsamen Vorkommnis am Nachmittag erfahren hatte. Seine Lippen waren entschlossen zusammengekniffen und seine Augen hatten einen fast stechenden Blick.

Noch bevor er dazu kam, etwas zu sagen, fragte Hannah: »Wer hat es dir erzählt?«

»Das ist doch völlig unerheblich. Wichtig ist, dass meine Frau in unserem Haus von einem Betrunkenen angegriffen wurde.«

»Na ja, es war eher vor dem Haus. Es war Herr Beike, oder? Er hat es dir berichtet.«

»Ja, aber das spielt doch keine Rolle. Allerdings habe ich ihn noch nie so lebhaft und engagiert erlebt. Es fehlte nicht viel und er hätte Schaum vor dem Mund gehabt.«

»Natürlich, sonst passiert ja auch nicht viel in seinem Leben. Da erlebt er endlich mal etwas Aufregendes und dann auch noch direkt vor der eigenen Haustür. Ich sage dir, davon zehrt er noch wochenlang.« Hannah lachte ein wenig unsicher. Sie wollte nicht mit Daniel über Faust reden. Es war doch sowieso nicht mehr zu ändern. Der Mann brauchte eben ein bisschen länger, bis er über den Tod von Heinzchen hinwegkam.

Daniel griff nach ihren Händen und blickte sie eindringlich an. »Hannah, ich hasse nichts mehr als den Gedanken, meine Familie einer Gefahr ausgesetzt zu sehen. Was, wenn er dich das nächste Mal angreift oder eine Waffe mitbringt?«

»So ist er nicht. Im Grunde seines Herzens weiß er, dass niemand seinem Sohn hätte helfen können. Er musste sich nur ein wenig Luft machen.«

»Ich will nicht, dass dir etwas passiert.« Seine Stimme klang bedrückt.

»Das würde ich auch nicht zulassen. Im Zweifel ist Doktor Brandt nicht weit. Mir wird schon nichts zustoßen.« Sie legte die Hand auf seinen Arm und drückte ihn sanft.

»Nimm so etwas nicht immer auf die leichte Schulter. Auch du bist nicht unverwundbar.« Er legte seinen Arm um sie. »Ich wüsste nicht, wie ich ohne dich weitermachen sollte«, flüsterte er.

»Das musst du auch nicht. Alles halb so schlimm. Da hat Herr Beike bei seiner Schilderung wahrscheinlich ziemlich dick aufgetragen. Es ist schade, dass der Auftritt von Herrn Faust so einen Aufruhr verursacht hat. Letztendlich ist er einfach ein Vater, der um sein verlorenes Kind trauert.«

»Das tut er aber recht laut und aggressiv«, bemerkte Daniel trocken.

»Jeder auf seine Weise, jeder so, wie es zu ihm passt«, sagte Hannah und drückte ihm einen Kuss auf das Kinn, das genau auf ihrer Höhe war, wenn sie sich auf die Zehenspitzen stellte.

»Apropos Kind: Wir müssen mit Kurt und Ursula bald über die Hochzeit sprechen. Schließlich wirst du ein Schwiegerpapa und ich eine Schwiegermama.«

Daniel neigte lächelnd den Kopf. »Nun denn, Schwiegermama. Ich muss sagen, für so einen alten Hausdrachen hast du dich aber erstaunlich gut gehalten.« Jetzt grinste er breit.

»Du Scheusal!«, rief Hannah glucksend und tat so, als wolle sie nach ihm treten.

»Also bitte, Frau Doktor, wo bleiben Ihre Manieren?«, rief Daniel lachend und rannte ganz unschicklich auf die Treppen zu.

Als Lucie am nächsten Tag neben Paul durch den Park schlenderte, überlegte sie, ob sie das Auftauchen von diesem aufdringlichen, angetrunkenen Mann vor ihrem Haus noch einmal ansprechen sollte. Doch der Schmerz über die Worte des Mannes und die untätigen Gaffer saß zu tief. Sie wollte daran nicht mehr rütteln. Stattdessen war es viel besser, über die Schule oder Mitschüler zu reden.

»Gibt es einen Lehrer, den du besonders magst?«, fragte sie daher und sah immer noch ein wenig schüchtern zu Paul auf.

Er lachte auf. »Lehrer mögen? Ich mag jeden, der mich nicht schlägt oder mir schlechte Noten gibt.«

»Aber du hast doch sicher ein Lieblingsfach. Dann wirst du doch den Lehrer auch mögen, oder?«

Paul schritt schneller aus. Lucie hatte Mühe, mit ihm mitzuhalten, schließlich war er zwei Köpfe größer als sie und hatte entsprechend längere Beine.

»Ich mag Sport. Aber mein Sportlehrer ist ein elender Schleifer, der sich einen Spaß daraus macht, die schlechten Schüler zu verspotten. Ist natürlich ganz lustig, da ich zu den guten gehöre und mich sein Spott deswegen nicht trifft, aber sympathisch ist er deswegen nicht.«

»Oh, ach so.« Lucie war ein wenig eingeschüchtert.

Angestrengt dachte sie nach, welches Thema noch unverfänglich genug wäre, um davon anzufangen.

»Wer war der Mann eigentlich, der gestern vor eurer Tür tobte?«, sprach Paul das Thema an, das sie am liebsten vermieden hätte.

»Der Vater eines kleinen Jungen, der kürzlich verstorben ist und den meine Mutter behandelt hat.«

»Und stimmt es, was er gesagt hat? Ist sie schuld an seinem Tod?« Pauls blaue Augen sahen sie neugierig an.

Empört blieb Lucie stehen. »Wo denkst du hin? Natürlich nicht! Er war schwer krank. Dem hätte niemand mehr helfen können.«

Paul streckte versöhnlich die Hand aus. »Was regst du dich denn gleich so auf? Man wird doch mal fragen dürfen.«

»Wenn du so etwas wirklich glaubst, dann weiß ich nicht, ob …«

»So war das doch nicht gemeint. Natürlich habe ich deiner Mutter so etwas nicht zugetraut. Es ist nur … na ja, es ist schon ein bisschen komisch, dass deine Mutter die Ärztin ist und nicht dein Vater«, unterbrach er sie.

»Warum? Sie hat Medizin studiert. Mein Vater ist Jurist. Ich würde mich nicht gerne von ihm verarzten lassen. Er kann nämlich kein Blut sehen. Meine Mutter dagegen hat schon einer Menge Leuten geholfen und viele auch gerettet, aber in dem Fall …«

Wieder unterbrach er sie. »Ist ja gut, ist ja gut. Ich glaube es dir ja. Etwas anderes hat deine Mutter aber besonders gut gemacht«, sagte er und lächelte sie schelmisch von der Seite an.

Lucie war zwar nach wie vor noch ein bisschen verschnupft über die Fragen, die er gestellt hatte, wollte aber keine Spielverderberin sein und erkundigte sich mit übereinandergeschlagenen Armen und gesenktem Blick: »Ach ja? Und was soll das sein?«

»Ihre Tochter«, entgegnete Paul und hob sachte ihr Kinn empor, sodass sie ihn ansehen musste.

Lucie spürte, wie ihre Beine zu zittern begannen und wie es in ihrem Magen kribbelte. Er schaute ihr tief in die Augen. Plötzlich senkte er den Kopf und drückte ihr einen sanften

Kuss auf die Lippen. Sie wankte. Damit hatte sie nicht gerechnet. Wenn sie nun jemand sah, der sie kannte? Aber sie waren nicht mehr in Tübingen. Hier würde sich wahrscheinlich niemand darum scheren, wenn sie im Park einen Jungen küsste. Seine Lippen waren weich. So fühlte es sich also an, wenn man geküsst wurde?

Langsam löste er sich wieder von ihr und gab sie frei. Erneut schwankte sie, doch er griff schnell nach ihrem Arm und gab ihr Halt.

»Habe ich dich so umgehauen?« Er grinste schon wieder.

»Das muss es wohl sein«, antwortete Lucie.

Aber in Gedanken fragte sie sich, ob es wirklich so überwältigend gewesen war, wie sie sich den ersten Kuss immer vorgestellt hatte …

Es war nett, ja, auch irgendwie schön, aber gleichzeitig komisch. Sie würde heute Abend alles Helga schreiben. Dann würden sich ihre Gefühle sicher klären. Allerdings wusste sie noch nicht, ob sie diesen Brief auch abschicken würde, denn immerhin kannte Mutter Helgas Mutter, Frau Freeh, ganz gut. Wenn Helga ihrer Mutter davon erzählte … Alma wohnte schließlich auch noch dort und traf Frau Freeh bestimmt hin und wieder auf dem Markt oder beim Spazierengehen. Sie wollte auf gar keinen Fall, dass die Eltern von diesem Kuss erfuhren. Das war einfach zu peinlich. Nie wieder würde sie ihnen in die Augen blicken können!

Ganz selbstverständlich reichte Paul ihr den Arm und sie legte ihren hinein, ohne zu zögern, und ließ sich von ihm durch den Park nach Hause führen. Wenn vorher noch irgendwer an ihrer Beziehung gezweifelt haben sollte, war damit jetzt alles klar: Sie waren ein Paar!

Hannah sah den Brief mit der inzwischen sehr vertrauten Handschrift bereits, als sie aus der Praxis kam. Sofort beschleunigte sich ihr Puls. Die Briefe von Alma und ihren Kindern waren ihr mittlerweile die liebsten. Früher hatte sie auch die Briefe von den Großeltern und Daniel geliebt, doch die Großeltern waren nicht mehr und mit Daniel teilte sie inzwischen ihr Leben. Und wenn er ihr etwas zu sagen hatte, tat er es direkt. Sie konnte sich nicht über mangelnde Zuwendung seinerseits beklagen, auch wenn er inzwischen im Werk recht gefordert war. Er blieb immer länger und sie registrierte die kleinen Fältchen, die sich auf seiner Stirn und über seiner Nasenwurzel gebildet hatten. Doch wenn er zu Hause war, scherzte er wie früher. Sie hatte ihn ein-, zweimal darauf angesprochen, dass sie sich Sorgen um ihn machte und er sich nicht übernehmen solle, doch er hatte nur lachend den Kopf geschüttelt.

»Wenn dein Vater das neben seinen vielen Frauengeschichten geschafft hat, werde ich doch wohl nicht daran scheitern«, hatte er geantwortet, und Hannah hatte beschlossen, ihn nicht mehr darauf anzusprechen, sofern es nicht offenkundige Gründe zur Sorge gab. Sie hatte selbst viel um die Ohren und genoss es. Die Praxis lief gut. Anders als in Tübingen kamen die Patienten aus allen Gesellschaftsschichten, und sie hatte den Eindruck, wirklich etwas bewirken zu können.

Jetzt aber freute sie sich auf diesen Brief. Sie würde sich eine kleine Pause gönnen, sich mit einer Tasse Tee in den Salon setzen und die Lektüre genießen. Hannah liebte Almas Briefe, schließlich vermisste sie sie noch immer schrecklich, genauso wie ihre Söhne, von denen ihr Alma aber stets ausführlich berichtete.

Nachdem sie den Tee bei Auguste bestellt hatte, setzte sie sich in den alten Ohrensessel des Großvaters, kuschelte sich an den inzwischen schon ein wenig abgenutzten Stoff und riss ungeduldig den Brief auf.

Liebe Hannah,
ich gehe immer noch wie auf Wolken umher, seit Kurtchen uns die wundervolle Nachricht von seiner Verlobung überbracht hat. Natürlich hatte ich ihn sofort gebeten, beim nächsten Treffen Ursula mitzubringen, damit ich sie – auch für dich – ein wenig genauer unter die Lupe nehmen kann. Sie wirkt ja auf den ersten Blick sehr nett, aber Genaueres erfährt man schließlich erst, wenn man sich etwas ausführlicher mit einem Menschen unterhält, nicht wahr?

Aber alle Sorgen waren unbegründet. Sie ist ein reizendes Ding, und obwohl ich sehr kritisch bei der Beurteilung bin, ob ein Mädchen für einen unserer Jungen wirklich gut genug ist, habe ich mich sofort in sie verliebt. Sie erinnert mich ein wenig an dich. Sehr charmant, aber dabei zielstrebig. Zwar nicht so sehr wie unser Kurtchen, was aber gut ist, weil sie sich so mit ihren Ambitionen wahrscheinlich nicht unbedingt in die Quere kommen werden. Ich habe auch vorsichtig nachgehakt: Sie kann sich gut vorstellen, Kinder zu haben, und würde in dem Fall auf die Fortführung ihres Studiums verzichten. Ich habe ihr gesagt, dass es auch anders geht und auf dich verwiesen, doch sie meint, dass sie zumindest in den ersten Jahren für ihre Kinder da sein will, auch wenn sie höchsten Respekt davor hat, wie du beides geschafft hast.

Na, wunderbar, dann wäre dieses Thema ja auch geklärt, nicht wahr?

Was ist bei euch los? Fühlt sich unsere Kleine inzwischen heimischer? Ich habe letztens Helga gesehen und die läuft noch immer herum wie ein Trauerkloß. Wenn sie sich partout nicht mit Berlin anfreunden kann, schick sie einfach zu mir. Ich kümmere mich um sie, sie kann weiter hier zur Schule gehen und alle sind glücklich. Hat Daniel ein neues Produkt entwickelt? Wenn wir Besuch haben, kredenze ich natürlich ausschließlich eure Zigaretten und Zigarren. Und ich habe noch nicht einen Gast gehabt, der nicht begeistert gewesen wäre.

Von einer wundervollen Sache muss ich dir noch unbedingt berichten: Wilhelm klärt derzeit noch alle Formalitäten, aber wir haben uns entschlossen, den kleinen Günther, von dem ich dir ja schon mehrfach berichtet habe, als Pflegekind aufzunehmen. Ist das nicht wunderbar? Ich freue mich so sehr darüber, dass ich ununterbrochen mit einem breiten Lächeln durch die Gegend laufe. Und dann auch noch diese herrliche Nachricht von Kurtchen!

So, ich muss schließen. Ich habe Wilhelm für heute Abend Rouladen versprochen, und wenn ich mich nicht spute, werden sie nicht rechtzeitig fertig.

Nur noch eines: Was hältst du von der Idee, die Hochzeit an der See abzuhalten? Stell dir den Garten vor, geschmückt mit vielen kleinen Lichtern, die Chuppa unter den Bäumen, wo du mir das Lesen beigebracht hast, im Rücken die Ostsee, das wäre doch hübsch. Und in der Villa könnte man eine ganze Menge Gäste unterbringen, meinst du nicht?

Bis auf bald!

Deine Alma

Hannah ließ den Brief in den Schoß sinken, gerade in dem Moment, in dem Auguste mit dem Ellbogen und der dampfenden Teetasse in der Hand an den Rahmen der offen stehenden Tür klopfte.

»Vielen Dank, Auguste!« Hannah schluckte den Kloß der Rührung im Hals hinunter. Wie schön für Alma, dass sie endlich wieder jemanden um sich hatte, für den sie sorgen konnte. Der kleine Günther würde verhätschelt und verwöhnt werden und das Leben der Freundin und ihres Mannes erhellen. Das war wirklich eine gute Nachricht!

Und die Idee von Alma war ebenfalls großartig. Eine Hochzeit an der See war ein wunderschöner Gedanke. Hoffentlich waren Kurt, Ursula und Daniel der gleichen Meinung. Vorsichtig nahm Hannah einen Schluck von dem heißen Tee. Schön stark gesüßt, so, wie sie es mochte.

Ja, die Idee gefiel ihr. Sie gefiel ihr sogar hervorragend. Sie musste so schnell wie möglich Daniel und Lucie davon erzählen.

Kapitel 14

Daniel lehnte sich in seinem Stuhl zurück und betrachtete die vor ihm ausgebreiteten Produktproben. Eine besonders dünn gerollte Zigarette, um die Frauen anzusprechen, zwei mit neuen Tabaksorten und eine dicke Zigarre, die einen unangenehmen Geruch absonderte, der in der Nase stach. Sein Blick wanderte hinaus. Die ausladende Linde direkt vor seinem Fenster war inzwischen voll mit hellgrünen herzförmigen Blättern, mit denen die leichte Brise spielte, die gerade wehte. Wie gerne würde er Arm in Arm mit Hannah durch die Sonne spazieren. Am liebsten am Neckar, so wie sie es den Großteil ihrer Ehe getan hatten. Stattdessen saß er in dem großen, schlecht belüfteten Büro und ließ sich von den Tabakausdünstungen einlullen. Im Grunde war das hier alles nicht wirklich das Richtige für ihn. Er war Jurist und rauchte noch nicht einmal gerne, außer natürlich seine geliebte Pfeife, doch um die Produkte richtig einschätzen zu können, hatte er sich wohl oder übel dazu durchringen müssen, es zu tun. Sein Kopf drückte und er fühlte sich wie ein eingesperrter Vogel, der bei seinen Versuchen, die Freiheit wiederzuerlangen, unentwegt an die Gitterstäbe stieß.

Ja, er konnte inzwischen mit Sicherheit sagen, dass er sich hier nicht wohlfühlte. Obwohl er Herrn Braun, dem

Prokuristen, immer freundlich und respektvoll begegnet war, wurde er einfach nicht warm mit ihm. Stattdessen saß er hier in seinem grün gepolsterten Lehnstuhl und sehnte sich nach Tübingen und der Juristerei zurück, als wäre er ein unreifer Backfisch. Doch schließlich tat er das alles hier für Hannah.

Sie hatten gemeinsam die Entscheidung getroffen, nach Berlin zu ziehen, damit er die Leitung der Fabrik übernehmen konnte. Er hatte gespürt, wie sehr sie das Thema, die Überforderung der Mutter und die Entfernung belastet hatten. Wenn es nach ihm gegangen wäre, hätten sie diese dämliche Fabrik einfach verkauft und wären zurück nach Tübingen gezogen, doch Hannah hatte, als er vor einigen Tagen vorsichtig diesen Vorschlag angedeutet hatte, energisch dagegen protestiert. »Das können wir Mutter nicht antun. Sie definiert sich über diese Fabrik, auch wenn sie selbst keinen Handschlag dafür tun will. Es würde sie zerbrechen, wenn sie nicht mehr im Besitz der Familie wäre.«

Zögernd hatte Daniel genickt, aber nichts gesagt.

»Es ist ja auch sicher nicht für immer. Bedenke nur, wie plötzlich deine Eltern ums Leben gekommen sind, wo niemand damit gerechnet hätte. Wir hatten uns doch alle darauf gefreut, sie häufiger zu sehen, jetzt, wo wir in ihrer Nähe wohnten, und dann …« Sie hatte ihren Gedanken nicht zu Ende geführt, aber ihre Geste, bei der sie sich mit der ausgestreckten Hand quer über den Hals fuhr, war eindeutig.

Daniel sog die stickige Büroluft tief ein. Der Gedanke, dass seine Eltern nicht mehr da waren, machte ihm nach wie vor zu schaffen. Zwar hatte er sich gegen sie gestellt, als sie Hannah nach Kurts Geburt unter Druck gesetzt hatten, doch es waren immer noch seine Eltern gewesen und in den letzten Jahren hatte sich ihr Kontakt deutlich verbessert.

Als die Entscheidung für Berlin gefallen war, hatte er im Hinterkopf gehabt, dass sie alle zusammen Ausflüge mit Lucie und ihren Großeltern unternehmen, gemeinsame Treffen an den Wochenenden gestalten oder die Feiertage miteinander verbringen würden. Doch nun blieb nur noch seine nicht sonderlich unterhaltsame Schwiegermutter, die Ausflüge ablehnte und bei der vor allem Lucie sich jedes Mal schrecklich langweilte.

Er seufzte tief. Er konnte daran nichts ändern. Das Schicksal hatte es so gewollt und er hatte sich mit den Tatsachen zu arrangieren. Entschlossen stand er auf und eilte zum Fenster. Er riss es auf, steckte den Kopf hinaus und atmete tief ein. Das war schon besser. Diese trüben Gedanken führten zu nichts. Vielleicht schafften sie es heute Abend, noch ein paar Schritte gemeinsam spazieren zu gehen. Jetzt würde er sich erst einmal mit den Zigaretten und der übel riechenden Zigarre befassen. Nein, die war nichts. Mit festen Schritten marschierte er zurück zu seinem Schreibtisch, ergriff die stinkende Zigarre mit spitzen Fingern und beförderte sie zielgerichtet in den Mülleimer.

»Und, war es schön im Park?« Mutters Stimme hatte einen inquisitorischen Klang. Lucie, die eingehend die Kartoffel betrachtete, die sie gerade aufspießen wollte, runzelte die Augenbrauen.

»Ja, wieso?«, fragte sie zögerlich.

»Ach, ich beneide dich. Ich habe vorhin auch am Fenster gestanden und mir gewünscht, die Natur genießen zu können, anstatt im Büro zu sitzen«, sagte Vater begeistert.

»Ja, wie man hört, hatte unsere Lucie dort besonders viel Spaß.« Mutters Stimme klang eisig.

Lucie getraute sich nicht, hochzublicken und sie anzusehen. Sie schob die Kartoffelbrocken auf dem Teller herum, sodass die Soße dem Rand gefährlich nahe kam.

»Ach, wirklich?«, erkundigte sich Vater irritiert. »Was soll das heißen? Hat sie Blumen abgepflückt, die nicht gepflückt werden durften, oder hat sie den Parkwächter irgendwie beleidigt?«

»Natürlich nicht«, meldete sich Lucie empört und riss den Kopf hoch.

»Oh, du redest wieder? Wie schön. Dann erzähl uns doch bitte einmal, was du heute Nachmittag so getrieben hast«, forderte Mutter sie auf.

Lucie spürte, wie sie knallrot anlief. Woher wusste Mutter von dem Intermezzo im Park? Einer der Vorteile von Berlin gegenüber Tübingen war doch, dass man hier nicht auf Schritt und Tritt jemanden traf, den man kannte, sodass sie darauf gehofft hatte, ihr Treffen mit Paul sei unbemerkt geblieben. Schließlich hatte sie Helene gesagt, dass sie mit Ilse ein paar Schritte im Park machen wollte.

»Woher … ich meine, wer hat dir …?«, stammelte Lucie und bemühte sich, die feuerroten Wangen hinter den Handflächen zu verstecken.

»Du meinst, von wem ich erfahren habe, dass meine Tochter sich nicht ganz comme il faut benommen hat? Nun, ich habe viele Patienten, und nicht wenigen von ihnen ist die Ähnlichkeit zwischen uns beiden aufgefallen. Du musst dich also nicht wundern, dass du gesehen wirst, wenn du dich unsittlich verhältst.« Das Gesicht ihrer Mutter war vor Wut ganz blass geworden.

»Es war doch nur ein Kuss. Es tut mir leid, wenn ich die Gefühle von jemandem verletzt habe. Das war nicht meine Absicht. Aber was soll ich denn tun, wenn er mich einfach so küsst?«, ereiferte sie sich.

»Er hat dich geküsst? Wer denn? Kenne ich ihn?« Die Stimme ihres Vaters wurde laut.

»Ja … nein, das ist völlig unerheblich. Es wird nicht mehr passieren, das verspreche ich.«

»Und wie willst du es verhindern, wenn er es wieder versucht?«, fragte Mutter mit noch immer grimmigem Gesicht.

»Dann bin ich vorbereitet. Es kam doch völlig aus dem Hinterhalt.«

Vater gluckste plötzlich los und hielt sich schnell die Serviette vor den Mund. Und auch Mutters strenge Züge wurden wieder weicher.

»Würdest du uns bitte darüber in Kenntnis setzen, von wem du dich hast küssen lassen?«, fragte sie.

»Ich … äh … Paul Ackermann«, stammelte Lucie mit noch immer hochrotem Kopf. Dieses Gespräch war wirklich fürchterlich. Und dabei war der Kuss noch nicht einmal sooo überwältigend gewesen. Eher feucht und vor allem überrumpelnd.

»Ach, der Junge von gegenüber?« Mutters Stimme klang endlich wieder normal.

Lucie senkte den Kopf und nickte. Herrje, war das alles peinlich!

»Dann wäre das ja geklärt. Du lässt die Küsserei in der Öffentlichkeit und passt auf, dass deine Großmutter nichts davon erfährt, denn sonst: Gnade deiner armen Seele!«, sagte Vater schmunzelnd.

»O ja, das Gesicht würde ich für mein Leben gern sehen, wenn sie davon erfährt.« Mutter lachte plötzlich los.

»Niemals«, japste Lucie. »Das würde ich nicht überleben!«

»Da magst du sogar recht haben!«, pflichtete Vater amüsiert bei.

Und plötzlich musste auch Lucie lachen. Der Gedanke, wie die stets auf gute Manieren bedachte Großmutter auf diese Nachricht reagieren würde, war einfach zu komisch!

Dankenswerterweise kam der Brief, in dem Kurt und Ursula einer Hochzeit in der Villa an der See zustimmten, just am Tag vor dem wöchentlichen Treffen mit Mutter. Hannah machte einen Luftsprung vor Freude, als sie schnell die Zeilen ihres Ältesten überflog. Am liebsten hätte sie Daniel und Alma sofort davon erzählt, doch das ging ja leider nicht, denn Daniel war immer noch in der Fabrik und Alma weit weg im Württembergischen. Aber Lucie würde bald aus der Schule nach Hause kommen und sie konnte zumindest mit ihr die gute Nachricht teilen.

Das Schönste war, dass Kurt und Ursula die Trauung noch in diesem Sommer vollziehen wollten. Es waren also nur noch wenige Wochen, bis es so weit war. Unter normalen Umständen kaum zu schaffen, doch sie hatten ja einen Organisationsprofi in Form von Hannahs Mutter in ihren Reihen. Mit ihrer und Almas Hilfe würde es sicher gelingen, in der Kürze der Zeit ein würdevolles und fröhliches Fest auf die Beine zu stellen. Sie hatten viel zu besprechen an diesem Samstag.

Und dann musste Hannah auch noch so schnell wie möglich an Alma schreiben und alle Einzelheiten mit ihr abklären. Vielleicht würde sie auch ein paar Tage früher mit ihrem Wilhelm anreisen können, damit sie sich gemeinsam um die letzten Kleinigkeiten kümmern konnten.

Hach, am liebsten wäre sie sofort losgefahren. Endlich würden sie alle wieder beisammen sein. Sogar Jakob würde sich zu so einem Anlass aus seinem bayerischen Domizil an die Ostsee wagen. Jedenfalls war es so geplant, wenn die Therapie weiterhin so gut lief wie bisher. Die Nachrichten aus München klangen bislang weitgehend positiv, sodass sie zuversichtlich war.

Sie konnte es kaum erwarten, bis Daniel nach Hause kam und sie alles mit ihm besprechen konnte, denn schließlich war er ihr engster Vertrauter, seit Alma nicht mehr bei ihnen lebte. Sicher würde er sich auch darüber freuen, dass der Aufenthalt an der See in diesem Jahr einen solchen Höhepunkt versprach. Am liebsten wäre sie einfach losgerannt und hätte ihm die Nachricht überbracht, aber sie hatte zum einen noch einige Patienten, die sich bereits angemeldet hatten, zum anderen wäre es wohl alles andere als schicklich gewesen, wenn sie wie ein junges Ding mit fliegenden Röcken durch die Straßen geeilt wäre und die

Fabrik gestürmt hätte, nur um ihrem Mann mitzuteilen, dass ihr ältester Sohn sich entschlossen hatte, in ein paar Wochen in der Villa am Meer zu heiraten.

Als es an der Tür klopfte, fuhr Hannah auf. Sie war mit den Gedanken schon ein paar Wochen weiter gewesen und hatte sich alles genau ausgemalt.

Helene eilte herbei und öffnete. Es war Lucie.

»Luciemaus, sie wollen an der See heiraten«, jubelte sie.

Ihre Tochter blickte verwirrt drein. »Wer will heiraten?«

»Na, dein Bruder. Kurt. Kurt und Ursula haben sich entschlossen, noch diesen Sommer in der Villa zu heiraten. Ist das nicht fantastisch?«

»Aber wir wussten doch bereits, dass sie sich trauen lassen wollen?«, fragte Lucie noch immer ein wenig begriffsstutzig.

»Ja, natürlich. Aber wer hätte gedacht, dass es so bald sein würde? Pass auf und mach einmal die Augen zu. So, und nun stell dir ganz viele kleine Lichter in den Bäumen vor, das Meer, das im Hintergrund rauscht, üppige Blumenbuketts, die die Wege säumen, eine große Tafel auf der Terrasse und einen Tanzsaal im Salon. Ist das nicht eine himmlische Vorstellung?«, schwärmte Hannah verzückt.

»Natürlich. Ganz bezaubernd. So, ich muss mich beeilen. Nachher ist Rhönradfahren, aber die Lehrer haben uns einen Haufen Hausaufgaben aufgegeben. Wann gibt es Essen?«

Hannah blickte ein wenig ernüchtert in das Gesicht ihrer Jüngsten. Mit ihrem Pragmatismus konnte sie die schönsten Träume zunichtemachen.

»Gleich, nehme ich an. Auguste wird jeden Moment auftragen, sobald dein Vater zu Hause ist.«

»Müssen wir denn unbedingt auf ihn warten? In letzter Zeit erscheint er immer später und dann komme ich vielleicht wieder zu spät zum Turnen.«

»Gib ihm noch fünfzehn Minuten. Wenn er dann nicht da ist, fangen wir an.«

»Na schön, dann gehe ich mal Milli suchen und mir die Hände waschen.«

»Mach das. Bis gleich«, sagte Hannah und ging mit gesenkten Schultern zurück in Richtung Praxis. Die ganze Euphorie, die der Brief zuerst in ihr hervorgerufen hatte, war deutlich abgeschwächt durch Lucies kühle Reaktion.

»Ach, Mama!«, rief Lucie, die schon die halbe Treppe hinauf war.

»Ja?« Hannah drehte sich um.

»Ich freue mich auf die Hochzeit. Das, was du erzählt hast, hört sich wirklich traumhaft an.« Sie lächelte.

Hannah strahlte auf. »Nicht wahr? Das wird bestimmt ein wunderschönes Fest.«

»Mit Sicherheit«, bekräftigte Lucie lächelnd und warf ihr eine Kusshand zu. Dann war sie auch schon verschwunden. Hannah hörte ihre durch den Teppich gedämpften Schritte über ihrem Kopf.

»Ja, das wird es wirklich!« Hannah lächelte glücklich.

Als sie am Abend an Daniels Arm durch die hier draußen schon recht leeren Straßen wandelte, bebte sie noch immer vor Freude.

»Freust du dich auch so wie ich?«, fragte sie ihn strahlend.

»Ich freue mich, aber ich bezweifle, dass es auch nur annähernd die Intensität erreicht, die es bei dir hat. Aber das ist vielleicht eine geschlechterspezifische Frage.«

»Du Scheusal!« Sie drehte sich ihm mit blitzenden Augen zu. »Wirst du auf einmal so ein frauenverachtender Schmock? Bisher hast du dich doch ganz gut gehalten, Friedländer.«

Er deutete eine Verbeugung an und sagte grinsend: »Herzlichen Dank für das Kompliment. Nichts liegt mir ferner. Ich freue mich wirklich auf den Sommer am Meer, vor allem, wenn er noch von einem so schönen Ereignis gekrönt wird. Ich hoffe, dass Kurt so glücklich wird, wie wir es sind, mein Schmetterling! Trotzdem sind mir die Details relativ schnuppe, wenn ich ehrlich bin.«

»Das wird ein ganz wunderschönes Fest, schließlich ist er das erste unserer Kinder, das sich verheiratet.«

»Da bin ich mir sicher. Ich setze volles Vertrauen in die organisatorischen Fähigkeiten von deiner Mutter und dir. Und in die von Alma natürlich auch.«

Beinahe synchron nickten sie einem auf dem gegenüberliegenden Bürgersteig flanierenden Pärchen zu, das sie aus der Nachbarschaft kannten, bevor Daniel auch noch zusätzlich den Hut lupfte. Die anderen taten es ihnen gleich und so spazierten sie weiter.

Stille breitete sich aus. Nur ihre Schritte knirschten auf dem leicht sandigen Untergrund. Jeder hing seinen Gedanken nach. Ob Hannah ansprechen sollte, was sie schon eine Weile beunruhigte? Doch sie wollte ihm nicht noch mehr Druck machen. Allerdings machte sie sich Sorgen, und wie sollte sie ihm helfen, wenn sie nicht darüber sprachen?

»Du bist in letzter Zeit so still, Daniel. Belastet dich irgendetwas?«, fragte sie schließlich leise und drückte seinen Arm, der unter ihrer Hand lag.

»Wir haben doch eben noch über die Hochzeit geredet. Nur, weil wir einen Moment schweigen? Das zeichnet eine gute Beziehung aus, dass sie so etwas aushält.«

»Natürlich. Das meine ich auch nicht. Es ist mehr … du bist deutlich nachdenklicher geworden. Ernster. Keine Ahnung. Ich spüre einfach, dass dir etwas auf dem Herzen liegt. Irre ich mich?«

Er seufzte, schritt jedoch weiter, ohne zu zögern.

»Es ist einfach anders in der Fabrik, weißt du? Ich muss mich wahrscheinlich nur an alles gewöhnen, dann wird das schon.«

Hannah biss sich auf die Unterlippe. »Bereust du, dass wir nach Berlin gezogen sind?«, wollte sie dann stockend wissen.

Daniel blieb stehen und sah sie ernst an. »Wir sind zusammen hier und das ist alles, was zählt. Ich wusste, dass es nicht leicht wird, aber ich bin entschlossen, nicht die Segel zu streichen. Ich habe mich bereit erklärt, das Werk zu übernehmen, und ich stehe zu meinem Wort.«

»Ich will nicht, dass du unglücklich bist«, flüsterte sie und drückte ihr Gesicht an seine Brust. Es war ihr egal, was andere Passanten denken mochten. Sie musste ihm in diesem Augenblick nah sein.

»Ich bin nicht unglücklich. Aber ich gebe zu, dass ich manchmal mit Sehnsucht an die Tage zurückdenke, als wir alle noch gemeinsam in Tübingen gelebt haben. Doch das ist der Lauf der Zeit. Wir haben uns entschieden, uns den Anforderungen zu stellen, die uns das Leben aufgegeben hat, und da sind wir. Bedauern bringt uns nicht weiter.«

»Also muss ich mir keine Sorgen um dich machen?« Hannah hob ihren Kopf und sah in sein Gesicht.

»Solange ich bei dir bin, niemals!«, beteuerte er und küsste sie kurzerhand mitten auf der Straße auf den Mund.

Hannah erwiderte den Kuss hingebungsvoll. Als sie sich voneinander lösten, bemerkte sie neckisch: »Herr Friedländer, Herr Friedländer! Von Ihrer Tochter erwarten Sie Contenance und selbst benehmen Sie sich wie ein wilder Stier.«

»Warte nur, bis wir zu Hause sind«, raunte er ihr zu, und beide begannen zu kichern wie kleine Kinder, die etwas Unanständiges beobachtet hatten.

Kapitel 15

Nur einen Tag später kam der Anruf aus dem Sanatorium, der Hannahs Welt von einem Augenblick auf den nächsten völlig auf den Kopf stellte. Schwester Ida reichte ihr den Hörer mit einem bedauernden Blick aus ihren flaschengrünen Augen. Sofort hatte Hannah das Gefühl, dass etwas nicht stimmte.

Professor Bergmüller persönlich war am Apparat, und kaum hatte sie seinen Namen vernommen, als ihr eine dunkle Vorahnung sogleich einen Schauer über den Nacken jagte. Sie schluckte und setzte sich auf Schwester Idas Stuhl, die sich rücksichtsvoll zurückgezogen hatte.

»Professor Bergmüller, ist alles in Ordnung mit meinem Bruder? Ich hoffe, alles läuft erfreulich mit seiner Therapie?« Die Worte holperten ihr unsicher von der Zunge.

»Ich fürchte, nein!«, hörte sie die Stimme des Professors aus der Ferne. Er war kaum zu verstehen, denn die Verbindung war schlecht und es rauschte in der Leitung, doch trotzdem hatte sie leider nur zu gut verstanden, was er gesagt hatte.

»Was ist geschehen? Spricht Jakob nicht positiv auf die Therapie an?«, erkundigte sie sich beklommen.

»Doch, sogar ausgezeichnet. Nach einigen nicht unerheblichen Anfangsschwierigkeiten natürlich. Allerdings haben wir ihn gestern in einer unangenehmen Situation aufgefunden, die darauf rückschließen lässt, dass ihn jemand hinter unserem Rücken mit dem Suchtmittel versorgt haben muss. Er war in einem desolaten Zustand; wir hatten alle Hände voll zu tun, ihn wieder halbwegs zu stabilisieren.«

»Aber wie konnte er an das Opium gelangen? Ich dachte, Sie haben ein Auge auf ihn.«

»Haben wir auch. Offenbar hat seine Freundin, eine Tänzerin, ihm gestern etwas durch den Zaun hindurch zugesteckt, ohne dass wir es mitbekommen haben. Jedenfalls haben wir ihm gesagt, dass er sich entscheiden muss: Wenn er den Entzug erfolgreich beenden will, darf so etwas nie wieder passieren. Das Opium muss für ihn tabu sein. Er hat in allem zugestimmt und Besserung gelobt, aber heute früh war sein Zimmer leer. Alle seine Sachen sind verschwunden und er ebenso.«

»O nein!« Hannah schlug sich entsetzt die Hand vor den Mund.

»Leider doch. Es ist auch für uns überaus ärgerlich, denn schließlich hat Ihr Herr Bruder sehr gute Fortschritte gemacht und die schlimme Zeit der Entgiftung recht passabel hinter sich gebracht. So ein Rückfall ist eine üble Sache, aber das brauche ich Ihnen als Kollegin wohl nicht weiter zu erklären.«

»Natürlich nicht. Wenn ich es schaffe, ihn dazu zu bewegen, zu Ihnen zurückzukommen, würden Sie es dann noch einmal mit ihm versuchen?«

Stille. Lediglich das atmosphärische Rauschen der Leitung war zu hören. Hannah presste den Hörer voller Anspannung an ihr Ohr. Schließlich entschied der Professor: »Es gelten die gleichen Spielregeln wie schon zu Beginn. Wenn er aus freien Stücken kommt und die Therapie wirklich will, können wir es noch einmal mit ihm versuchen, schließlich hat er in der Zeit, die er hier war, sehr beträchtliche Fortschritte gemacht.«

»Oh, danke, Herr Professor! Das vergesse ich Ihnen nicht. Ich werde mich so schnell wie möglich auf den Weg machen und mit meinem Bruder reden. Sie hören dann von mir. Vielen Dank für die Benachrichtigung.«

»Ich hätte Ihnen lieber bessere Nachrichten überbracht. Wir hören voneinander. Guten Tag, Frau Kollegin!« Und damit war die Leitung unterbrochen.

Hannah ließ die Hand mit dem Hörer kraftlos in den Schoß sinken. Jeder Moment zählte. Am besten wäre es, wenn sie noch heute losführe, um Jakob wieder zurück ins Sanatorium zu bringen.

Na, der würde etwas von ihr zu hören kriegen, dass ihm die Ohren schlackern würden. Entschlossen hängte sie den Hörer zurück an den Apparat und straffte den Rücken. Sie würde ihn ins Sanatorium zurückschaffen! Und zwar so schnell es ging!

***

Alma kniff die Lippen zusammen, um nicht zu heulen. Doch es half nichts. Die Tränen rannen unaufhaltsam über ihre Wangen. Zu schön war dieser Moment und das, was aus ihm resultierte. Während Wilhelm damit beschäftigt war, bei der Mutter Oberin die letzten Unterschriften zu tätigen, damit sie Günther endlich zu sich nehmen konnten, half sie ihm, die Sachen zusammenzupacken, die er besaß. Es war lächerlich wenig. Sie würden ihn erst einmal richtig einkleiden müssen, denn seine ausgedünnten, geflickten Fetzen waren kaum mehr zu retten. Sie freute sich darauf, für ihn zu nähen, ihn zu verwöhnen, ihm einfach Liebe zu schenken, aber natürlich wollte sie ihn auch zu einem rechtschaffenen jungen Mann erziehen. Das war der Punkt, an den Hannah sie noch einmal besonders erinnert hatte. Sie wusste, dass Alma so viel Liebe zu geben hatte, dass die Grenzen manchmal ein wenig zu kurz kamen.

Ständig strich sie dem Kleinen über das zerzauste Haar, während die Tränen über ihr lächelndes Gesicht flossen. Die anderen Kinder standen stumm um sie herum und beobachteten sie mit traurigen Augen. Natürlich würde sie sie auch nicht vergessen. Sie hatte sich vorgenommen, weiterhin für sie zu backen und mit ihnen zu arbeiten und zu spielen. Das würde Günther sicher auch guttun. Es war nicht empfehlenswert, alle Verbindungen sofort zu kappen, hatte Wilhelm gesagt. Und sie wollte das auch gar nicht. Alle Kinder hier hatten ein besseres Leben verdient, und wenn sie zumindest einen Lichtstrahl in ihr düsteres Dasein bringen konnte, war sie dazu entschlossen.

Jetzt aber würden sie erst einmal mit ihrem Jungen nach Hause gehen und alles tun, damit er sich gut eingewöhnen konnte. Sie hatten ihm bereits ein Bett hergerichtet und eine Schublade für seine Kleidung frei gemacht, doch die wäre im Moment noch nicht einmal zu einem Viertel gefüllt, wie Alma stirnrunzelnd bemerkte.

Günthers blaue Augen sahen sie immer wieder selig lächelnd an. Er hatte kaum glauben können, als sie ihm von ihren Plänen erzählten. Überglücklich war er erst Alma, dann Wilhelm um den Hals gefallen.

»Endlich habe ich ein richtiges Zuhause«, hatte er wieder und wieder gestammelt, als sie mit ihm zurück ins Waisenhaus gingen, um alles unter Dach und Fach zu bringen. Auch wenn Günther aussah, als wäre er deutlich jünger, wurde er in zwei Monaten doch bereits zehn Jahre alt. Infolge der Mangelernährung und den schlechten Bedingungen im Waisenhaus war er nicht so gewachsen, wie es seinem Alter entsprochen hätte, doch das war ihnen alles egal. Er hatte sich in ihr Herz geschlichen, egal, wie groß er war. Er war der Sohn ihrer Träume, auch wenn eine andere Frau ihn zur Welt gebracht hatte.

Rasch verstauten sie all seine Habseligkeiten. Sogar ein getrockneter Frosch, den Günther vor einigen Jahren beim Ausmisten im Stall entdeckt hatte, war in dem kaum ausgefüllten Koffer verschwunden. Sie würden ein Plätzchen für ihn finden, wenn er Günther wichtig war.

Alma drehte sich um und hielt Günther einladend die Hand hin. Doch der Junge stand da und hatte mit einem Mal Tränen in den Augen. Sie kniete sich vor ihn und blickte ihm direkt ins Gesicht.

»Es ist nicht leicht, sich von seinem Heim zu verabschieden, nicht wahr?«, fragte sie teilnahmsvoll.

Er nickte. Seine Mundwinkel waren gesenkt und seine Wangen bereits feucht.

Alma zog ihn an sich. Ganz dicht. »Was hältst du davon, wenn wir beide zu Hause gemeinsam etwas für deine Freunde backen? Ein Abschiedsgeschenk sozusagen«, flüsterte sie ihm zu.

»Heißt das, ich werde sie wiedersehen?« Er schniefte vernehmlich.

»Aber natürlich. Freunde sind schließlich wichtig. Vielleicht kannst du ja auch mal mit der Zeit den einen oder anderen zu uns einladen, was hältst du davon?«

»Das wäre wirklich klasse!« Seine eben noch verheulte Stimme klang begeistert.

»Und weißt du was? Ich habe genug Äpfel für jeden von ihnen mitgebracht. Möchtest du sie verteilen?«

»Au ja.«

»Dann los. Hier, greif einfach in den Beutel. Hat jemand vielleicht Lust auf einen Apfel? Dann kommt zu Günther.«

Die eben noch traurigen Mienen hellten sich auf und auch Günthers Gesicht strahlte nun.

Alma atmete auf. Sie war froh, die ganzen Äpfel mitgenommen und so leicht die Tränen ihres kleinen Schützlings getrocknet zu haben. Welche Wirkung ein simpler Apfel doch haben konnte!

***

Hannah starrte aus dem Zugfenster, ohne irgendetwas von der vorbeiziehenden Landschaft wahrzunehmen. Wie anders waren die Gefühle gewesen, mit denen sie das letzte Mal aus München heimgekehrt war. Sie hatte Hoffnung gehabt, dass es Jakob endlich gelingen würde, die Sucht hinter sich zu lassen. Es hatte alles so gut ausgesehen! Auch bei der erneuten Fahrt nach München gestern war sie zuversichtlich gewesen, dass sie es bewerkstelligen würde, ihren Bruder dazu zu bringen, zurück ins Sanatorium zu gehen und die Therapie fortzusetzen.

Mit einem Seufzen lehnte sie den Kopf an das Zugfenster und erinnerte sich an den vergangenen Tag.

Jakob hatte auf ihr Klingeln und Klopfen noch nicht einmal die Tür geöffnet. Einen Moment hatte sie überlegt, ob er vielleicht woanders war, einen anderen Zufluchtsort nach seiner Flucht aus dem Sanatorium gefunden hatte. Dann jedoch klingelte sie bei der Nachbarin eine Tür weiter unten und fragte nach, ob diese etwas von Herrn Sternberg gehört hätte. Die stämmige Frau blinzelte sie misstrauisch an, bestätigte jedoch dann, dass Herr Sternberg gestern völlig überraschend wieder aufgetaucht sei. Er habe seine Freundin im Schlepptau gehabt. »Dieses halbseidene Fräulein. Man kennt ja solche Weiber«, hatte die Frau verächtlich erklärt.

»Ja«, erwiderte Hannah nur. Schlagartig fühlte sie sich ausgesprochen müde.

»Wissen Sie, wen ich darum bitten kann, mir die Tür zu öffnen?«

Die Frau schaute sie mit zusammengekniffenen Augen argwöhnisch an.

»Bitte, ich muss ihn sehen. Ich bin seine Schwester … und Ärztin. Ich mache mir wirklich Sorgen um ihn«, erklärte Hannah.

Die Frau wirkte weiterhin skeptisch, schien sich dann aber einen Ruck zu geben. »Der Hausmeister hat einen Ersatzschlüssel.«

Hannah atmete erleichtert auf. »Das sind gute Nachrichten. Wo finde ich ihn?«

»Eine Treppe weiter unten. Meier.«

»Vielen Dank. Sie haben mir wirklich sehr geholfen.«

Die Frau erwiderte nichts, sondern reckte nur das recht voluminöse Doppelkinn zum Abschied. Schon war die Tür wieder geschlossen.

Hannah war froh, dass nicht diese Dame die Hüterin des Schlüssels war, denn sie schien von ihren guten Absichten nicht völlig überzeugt.

Der Hausmeister jedoch ließ sich nicht lange bitten, nachdem sie ihm einen Schein zugesteckt hatte, und öffnete ihr problemlos die Tür zu Jakobs Wohnung. Doch was sie im Inneren der Wohnung entdeckte, nachdem sie hektisch auf der Suche nach dem Bruder durch sämtliche Räume gelaufen war, erschreckte sie: Jakob hing mit geschlossenen Augen in einem Sessel, vor sich auf einem Tischchen alle nötigen Utensilien. Offenbar hatte er vor Kurzem wieder Opium inhaliert. Hannah war sich nicht sicher, ob er bewusstlos war oder schlief. Rasch prüfte sie seinen Puls und zog ein Augenlid in die Höhe, bevor sie sich noch einmal gründlicher auf die Suche nach Lena machte. Augenscheinlich war sie ebenfalls hier gewesen, denn in einigen der Räume lagen Frauenkleider und -wäsche bunt verteilt, doch von ihr war keine Spur mehr zu sehen. Offenbar hatte sie kurz vor Hannahs Eintreffen das Weite gesucht.

Hannah ging – noch immer in Hut und Mantel – zurück zu Jakob und rüttelte ihn an der Schulter, doch er reagierte nicht. Sie eilte in die Küche und kramte hektisch nach einer sauberen Tasse, die sie befüllen konnte. Entschlossen schüttete sie ihrem Bruder kurz darauf ohne Vorwarnung das eiskalte Wasser ins Gesicht.

Er prustete und schüttelte sich, bevor er endlich die Augen aufschlug.

»Hannah«, rief er mit empört klingender Stimme. »Was hast du hier zu suchen?«

»Was schon? Ich bringe dich zurück ins Sanatorium.«

Er blinzelte sie mit glasigen Augen an. Offenbar hatte er Probleme damit, sie auf Anhieb zu verstehen.

Dann jedoch schüttelte er mit einem Mal vehement den Kopf. »Vergiss es. Damit bin ich durch.«

»Du hattest einen Rückfall. Das ist nicht das Ende der Welt. Du musst dich das nächste Mal von Lena fernhalten. Professor Bergmüller war ansonsten sehr zufrieden mit deinen Fortschritten.«

»Es ist nichts für mich. Verstehst du das denn nicht? Ich will nicht ohne die Droge leben. Sie macht das Leben für mich erst lebenswert.« Er setzte sich auf und wischte sich die Reste des Wassers aus dem Gesicht.

Fassungslos starrte Hannah ihn an. »Die Droge bringt dich um. Du wirst daran sterben.«

»Und wenn schon! Sterben müssen wir alle einmal. Der eine früher, der andere später. Ich hatte dann wenigstens meinen Spaß. Du glaubst nicht, wie hart so ein Entzug ist …«

»Das kannst du doch nicht ernst meinen!« Hannah versuchte erneut, ihn zur Vernunft zu bringen.

»Absolut ernst. So wahr mein Name Jakob Sternberg ist. So, und jetzt *salut* und *arrivederci*. Verlass meine Wohnung. Und komm nicht wieder.«

Hannah zog es förmlich den Boden unter den Füßen weg und sie stützte sich am Tisch ab. Das konnte doch keinesfalls wahr sein, oder doch? Aber alles deutete darauf hin.

»Jakob … ich …«

»Hast du mich nicht verstanden? Raus.« Seine eingefallenen Augen blitzten gefährlich.

Hatte die Droge ihn etwa aggressiv gemacht? Hannah wich einen Schritt zurück. »Bitte, Jakob, denk doch an Mutter und mich. Wir sind eine Familie«, erinnerte sie ihn leise.

In Zeitlupe erhob er sich. Trotz seines Verfalls hatte er noch immer eine imposante Größe, als er mit langsamen Schritten auf sie zusteuerte.

»Komm mir nicht so! Das sind wir schon lange nicht mehr. Jetzt geh. Geh zurück zu deiner Familie und lass mich in Frieden.«

Entsetzt schüttelte Hannah den Kopf und starrte ihren Bruder fassungslos an. Er stand vor ihr, entschlossen und rigoros. In dem Moment wusste sie, dass sie ihn für immer verloren hatte. Mit zusammengepressten Lippen drehte sie sich um und schritt langsam, ohne sich umzusehen, den langen Flur hinunter. Die Erkenntnis, dass sie nichts mehr tun konnte, um Jakob zu helfen, schmerzte wie ein dicker Stachel, der tief im Fleisch steckte, doch seine Abfuhr war unmissverständlich. Es war vorbei. Da half es auch nichts, dieser Lena den Schlüssel wegzunehmen, denn sie würde immer einen Weg finden, Jakob wieder zurück in seine Opiumsucht zu ziehen, schließlich war sie selbst abhängig. Wie sonst wäre dieses Weib auf den Gedanken gekommen, Jakob die Droge in die Klinik zu schmuggeln.

Im Hotelzimmer, das Hannah für eine Nacht gebucht hatte, hatte sie sich in den Schlaf geweint, weil sie sich so hilflos wie lange nicht mehr gefühlt hatte.

Ein Rütteln der Schienen holte sie aus der Betrübnis der Erinnerung.

Mittlerweile war sie bereits kurz vor der Ankunft in der Heimat, doch der Schmerz über den Verlust des Bruders glühte noch immer genauso heiß in ihrem Inneren wie in dem Moment, als sie seine Wohnung unverrichteter Dinge wieder hatte verlassen müssen und er mit einem lauten Knall die Tür hinter ihr ins Schloss geworfen hatte.

Kapitel 16

Eine Woche darauf hielt Alma den ersehnten Brief von Hannah endlich in der Hand. Kurt und Ursula hatten ihr schon anvertraut, dass sie die Idee einer Hochzeit in der Villa an der See genauso bezaubernd fanden wie Alma selbst. Sie wusste, dass Hannah darüber ganz aus dem Häuschen sein würde, und hatte insgeheim bereits begonnen zu überlegen, was alles zu tun war, um das Fest unvergesslich zu machen. Gleichzeitig gab sie sich viel Mühe, damit Günther sich gut bei ihnen eingewöhnte. Doch es sah alles danach aus. Er war erst so kurze Zeit bei ihnen, hatte aber bereits eine kräftigere Gesichtsfarbe und wirkte viel ausgeglichener und glücklicher. Er liebte es, ihr in der Küche zur Hand zu gehen und mit Wilhelm allerlei Dinge zu sägen und zu hämmern, und er erhellte ihren Alltag.

Was sie bei der ganzen Sache mit der Hochzeit besonders glücklich machte, war der Gedanke, endlich wieder mit der gesamten Familie vereint zu sein und ihnen Günther vorstellen zu können, auch wenn Kurt und Ariel den Kleinen inzwischen schon kannten. Sogar die Anwesenheit von Jakob und Hannahs Mutter störte sie dabei nicht mehr. Hauptsache, sie hatte Hannah, Daniel, Wilhelm und die Kinder um sich. Denn Wilhelm würde natürlich auch mitkommen. Er war mittlerweile sehr vertraut mit Kurt und Ariel und behandelte sie so, als wären sie seine eigenen Söhne.

Darüber hinaus war sie selbst so eng mit ihm zusammengewachsen, dass sie sich nicht vorstellen konnte, längere Zeit von ihm getrennt zu sein. Auch wenn sie sich mit dem Gedanken hatten abfinden müssen, dass sie keine eigenen Kinder mehr würden bekommen können, hatte sich eine enge und innige Bindung zwischen ihnen entwickelt. Insofern fühlte sich die Vorstellung einer Trennung, wenn auch nur temporär und dann auch noch zu so einem schönen Anlass, fast schmerzhaft an. Es machte sie glücklich, ihren gemeinsamen Haushalt zu führen und für ihn zu sorgen.

Auf der anderen Seite hätte sie sich ebenfalls keinesfalls vorstellen können, an der Trauung ihres Kurtchens nicht teilzunehmen, schließlich hatte sie ihn von seinem ersten Tag an unter ihre Fittiche genommen und war stolz wie Bolle, wenn er von seinen beruflichen Erfolgen berichtete.

> *… und könntest du dir daher auch vorstellen, ein wenig früher anzureisen als geplant, um mit mir und Mutter die letzten Vorbereitungen zu treffen? Ich möchte nämlich, dass Kurt und die liebe Ursula eine wunderschöne Hochzeit erleben. Ich kann es kaum erwarten, dich endlich wiederzusehen und auch euren Günther kennenzulernen, und ich freue mich sehr, dich an der Seite von deinem Wilhelm zu erleben.*

Dieses Schlitzohr! Dass Hannah es schaffte, auch in so einem Brief eine kleine Fopperei wegen ihrer späten Ehe unterzubringen … Alma schüttelte lachend den Kopf. Natürlich würden sie früher anreisen. Sie zählte bereits die Tage bis dahin und sie war sich sicher, dass Wilhelm, wenn sie ihm später den Brief zeigte, ebenso begeistert davon wäre wie sie.

Hach, aufregende Zeiten lagen vor ihnen, das konnte man mit Fug und Recht behaupten.

***

Das Klingeln riss Hannah aus ihren Gedanken. Die Vormittagsbesucher waren gerade weg und die Praxis war über die Mittagszeit geschlossen, damit sie in Ruhe mit der Familie essen und Kraft schöpfen konnte, bevor sie wieder für die Nachmittagspatienten da war. Anfangs war es schwierig gewesen, den Leuten klarzumachen, dass auch eine Ärztin mal Ruhe brauchte und sie deswegen feste Sprechzeiten eingeführt hatte. Die Leute hatten zu jeder Tages- und leider auch Nachtzeit geklingelt, doch seit sie ein Schild neben der Tür hatte anbringen lassen, auf dem die Praxisöffnungszeiten vermerkt waren, war es besser geworden.

Und trotzdem läutete es jetzt. Lucie konnte es noch nicht sein. Sie war heute länger in der Schule und würde erst in einer Dreiviertelstunde Schluss haben. Auguste wirbelte um diese Zeit in der Küche herum und Helene war für ein paar Besorgungen ausgegangen. Hannah saß über eines ihrer dicken Medizinbücher gebeugt, die sie immer noch genauso liebte wie in ihrer Jugend. Sie blätterte darin herum, um die Symptome einer Patientin nachzuschlagen, die ihr einfach nicht so recht zusammenpassen wollten.

Da Auguste während dieses Kochstadiums schlecht in der Küche abkömmlich war und niemand sonst die Tür hätte öffnen können, blieb ihr nichts anders übrig, als ihre Recherche zu unterbrechen und selbst zur Tür zu gehen, um zu sehen, wer da war.

Damit würde es allerdings mühsam werden, einen Patienten abzuwimmeln, denn wenn sie persönlich in der Tür stand, würde es heißen: »Och, Frau Doktor, nur 'n kurzer Blick.«

Hannah seufzte leise, stand auf und strich sich den Rock glatt.

Doch das würde sie sich nicht bieten lassen. Sie würde den Störenfried, wer auch immer es sein mochte, in die Schranken weisen und auf die Nachmittagssprechstunde pochen. Auch Doktor Brandt und Schwester Ida waren fort und würden erst in zwei Stunden zur Nachmittagsöffnung wiederkommen. Erneut klingelte es. Laut, durchdringend und fordernd.

Nein, so ging das nicht. Sie würde dem Klingler den Marsch blasen. Es stand doch deutlich auf dem Schild, dass die Praxis zu der Zeit geschlossen war.

Empört riss sie die Tür auf und starrte den Unruhestifter an. Im nächsten Moment schrie sie überrascht auf und schlug sich die Hand vor den Mund.

Der Eindringling grinste und streckte die Arme nach ihr aus. Dann zog er sie an sich. Sofort schossen Tränen aus Hannahs Augen. Sie war aber auch immer fürchterlich dicht am Wasser gebaut. Doch in diesem Fall war es durchaus angemessen, ein paar Freudentränchen zu vergießen.

Als er sie schließlich wieder losgelassen hatte, war sie noch immer aufgewühlt und fragte mit bebender Stimme: »Ariel! Was machst du denn hier?«

Doch sie ließ ihm gar keine Zeit zu antworten, sondern griff, noch während sie sprach, nach seiner Hand und zog ihn mit sich ins Haus.

»Ich hatte Sehnsucht nach euch«, erklärte ihr Zweitgeborener, und man hörte seiner Stimme die Freude über die gelungene Überraschung an.

Sie waren im Salon angekommen und Hannah hatte immer noch Mühe zu realisieren, dass Ariel wirklich hier in Berlin war.

»Aber … dein Studium. Du kannst doch nicht einfach so lange Zeit fehlen. Wie lange willst du denn hierbleiben?«

»Das hört sich ja an, als wolltest du mich möglichst schnell wieder loswerden«, schimpfte Ariel gespielt.

»Ach, du Spaßvogel!« Hannah schüttelte lachend den Kopf. »Natürlich möchte ich dich möglichst ständig in meiner Nähe haben. Ich frage mich nur, wie sich das mit deinen Studien verträgt.«

»Im Moment muss ich nur für die Prüfungen büffeln. Das kann ich genauso gut in Berlin machen. Kurt ist sowieso die ganze Zeit mit seiner Ursula beschäftigt und nimmt mich kaum wahr, da habe ich gedacht, dass es bei euch sicher genauso angenehm, wenn nicht sogar noch netter ist. Ein bisschen Großstadtluft ist ja zur Abwechslung auch nicht zu verachten.«

Ariel ließ sich mit einem erschöpften Seufzer in Großvaters Sessel fallen, sodass Hannah sich im Sessel der Großmutter mit angezogenen Beinen niederließ und ihren Sohn anlächelte.

»Aber warum hast du nicht vorher Bescheid gesagt? Wir hätten doch alles für dich hergerichtet. Und nun ist gar keiner da. Helene macht Besorgungen und Auguste ist in der Küche beschäftigt.« Hannah goss ihm ein Glas Wasser ein.

Ariel nahm es dankbar entgegen und trank es mit einem Schluck aus. »Das tut gut.« Er wischte sich mit dem Handrücken über die Lippen. »Die Fahrt zieht sich am Ende doch ganz schön hin.«

»Sonst legst du dich erst mal in unser Schlafzimmer. Selbst wenn ich sofort anfangen würde, das Gästezimmer herzurichten, wäre Helene so viel schneller. Warte, ich muss Auguste rasch Bescheid sagen, dass wir ab jetzt ein Esser mehr sind.« Sie sprang auf und schickte sich an, in die Küche zu gehen.

Ariel lehnte sich im Sessel zurück und schloss die Augen. Offenbar hatte ihn die Fahrt ziemlich angestrengt, schließlich erschöpften ihn solche Sachen immer mehr als ihre anderen

Kinder. Die vielen Geräusche und Eindrücke mussten erst einmal verarbeitet werden. Trotzdem war ihr eine Sache sofort ins Auge gestochen und musste geklärt werden, bevor Daniel auf der Bildfläche erscheinen würde.

»Sag mal, Ariel, seit wann trägst du eigentlich Kippa und Schläfenlocken? Und warum rasierst du dich nicht ordentlich?«

Er schlug die Augen auf. »Ich habe damit angefangen, kurz nachdem ihr weg wart.« Seine Stimme klang kämpferisch. »Stört es dich?«

»Nun, das will ich nicht sagen, aber der Anblick ist auf jeden Fall gewöhnungsbedürftig, vor allem in der heutigen Zeit. Du weißt, dass die Leute nicht unbedingt aufgeschlossen gegenüber Juden sind. Ich bin gespannt, was Papa dazu sagen wird.«

»Ist es nicht meine Sache, wie ich herumlaufe, wenn ich niemanden damit angreife?«

»Ja, natürlich. Es ist nur … meinst du, du könntest den Bart vielleicht ein bisschen stutzen? Er ist doch recht lang für meinen Geschmack.«

Ariels Züge verhärteten sich. »Im Moment fühle ich mich damit sehr wohl. Es wäre daher vielleicht besser, wenn du es schaffen könntest, dich an diesen Anblick zu gewöhnen.«

Hannah zog die Augenbrauen hoch, um ihren Missmut über seine harschen Worte zu signalisieren, verzichtete aber auf eine Antwort, um ihn nicht noch mehr zu reizen, kurz bevor Daniel und Lucie zum Essen nach Hause kommen würden. Allerdings war sie sich sicher, dass in dieser Sache noch nicht das letzte Wort gesprochen war. Sie konnte sich nicht vorstellen, dass Daniel Ariels verwandeltes Äußeres kommentarlos hinnehmen würde. Bei aller Freude über Ariels überraschende Ankunft mischte sich ein besorgtes Gefühl in Hannahs Gedanken.

Als Daniel eine halbe Stunde später in der Tür stand und seinen Sohn sah, musste er an sich halten, damit ihm nicht die

Kinnlade herunterfiel bei dem seltsamen Anblick, den dieser auf einmal bot. Er schluckte seine Verwunderung herunter und schritt mit ausgebreiteten Armen auf den Sohn zu.

»Ariel, was für eine Freude, dich zu sehen.«

Ariel lächelte ihn an.

Daniel war froh über dieses altvertraute Lächeln in dem durch den Bart und die seitlichen Locken stark veränderten Gesicht. Sein Sohn erschien ihm fremd und das Gefühl war verwirrend. Es machte ihm Sorgen, denn schließlich spürte er selbst den Unmut gegenüber Juden zumindest hier in Berlin immer deutlicher, und Ariel trug die Zeichen seines Glaubens nun wie eine Litfaßsäule vor sich her. Woher hatte der Junge plötzlich diese Verwurzelung im Glauben? Das war ihm schleierhaft, denn schließlich legten sie selbst in ihrem Alltag kaum Wert auf Religion. Gut, sie feierten Chanukka und ein paar andere Feste, zu denen sie dann auch mal in die Synagoge gingen, aber sonst … Sie hielten weder den Sabbat noch aßen sie koscher. Er hatte Ariel bisher nicht als Mann betrachtet, auch wenn er das vom Alter her natürlich inzwischen war, aber dieser lange Bart und die Locken stießen ihn quasi darauf, dass seine Sicht auf den Sohn veraltet war. Er fühlte sich nicht wohl dabei. Ariel würde viel Unmut entgegenschlagen, wenn er alles so beließ. Es war ja quasi eine Einladung an jedermann, seine Meinung kundzutun. Als Ariel die Arme um ihn legte, spürte er, wie sich seine Muskeln unter dem Druck seiner Umarmung verhärteten.

»Alles in Ordnung, Papa?«, fragte Ariel auch sofort, als er sich von ihm löste.

Daniel atmete tief ein. Ariel war gerade erst da. Es erschien ihm nicht sonderlich gerecht, gleich einen Streit wegen seines Aussehens vom Zaun zu brechen, doch es war so offensichtlich, so sehr ins Auge stechend, dass es ihm einfach nicht gelang, seine Emotionen darüber hinunterzuschlucken.

»Es ist dieses Aussehen ... der Bart, die Kippa und der ganze Rest.«

»Du meinst die Schläfenlocken?« Ariels Unterkiefer wurde starr, während sich die Muskeln in seinem Gesicht verhärteten.

»Warum tust du das? Man sieht ja kaum mehr etwas von deinem Gesicht. Was glaubst du, wie die Leute darauf reagieren? Hast du nicht mitbekommen, was Juden heutzutage für ein Gegenwind entgegenschlägt? Ich kann mir nicht vorstellen, dass es deiner Mutter gefällt. Hannah, was sagst du dazu?«, wandte er sich Hilfe suchend an seine Frau.

Die sah ihn aber nur mit betretener Miene an und zuckte mit den Achseln. Offenbar hatte sie über dieses Thema auch bereits mit Ariel gesprochen, allerdings wie er anscheinend auf Granit gebissen.

»Nun, es ist meine Entscheidung, richtig? Wenn ich diesen Weg als Glück verheißend ansehe, dann kann er nicht wirklich falsch sein, oder nicht?«

»Natürlich ist es deine Entscheidung, wie du herumläufst. Aber denkst du, dass es bei der Stimmung, die derzeit gegen Juden besteht, zielführend ist? Warum legst du dir selbst Steine in den Weg und machst dir das Leben schwer?«

Auguste rief im Hintergrund, dass das Essen fertig sei, und der ganze Tross setzte sich aus dem Salon in Richtung Esszimmer in Bewegung.

Auch Lucie war inzwischen eingetroffen, doch ihre Ankunft war völlig von dem plötzlichen Erscheinen ihres Bruders in diesem Aufzug überschattet worden. Ariel hatte sie noch nicht einmal begrüßt, sondern er war gefangen in seiner feindseligen Haltung Daniel gegenüber. Und das Ganze nur, weil der sich erlaubt hatte, Kritik an seinem doch sehr ausgefallenen Aufzug zu üben. So ging man nicht mit seinen Eltern und seiner kleinen Schwester um.

»Ich lege mir keinesfalls Steine in den Weg. Es wird mir stattdessen meinen Weg ebnen, wenn ich im nächsten Semester das Jurastudium aufgebe und eine Rabbinerausbildung beginne. Deswegen komme ich euch ja auch jetzt noch einmal besuchen, weil es, sobald ich die Thora studiere, nicht mehr sonderlich viele Gelegenheiten für einen Besuch geben wird.«

Daniel spürte, wie die Zornesader an seiner Stirn zu pochen begann. Aus den Augenwinkeln bemerkte er Hannahs entsetzten Blick und spürte ihre Hand, die sie ihm beruhigend auf den Unterarm gelegt hatte, doch in diesem Moment konnte ihn nichts mehr bremsen. Sein Sohn war offensichtlich verrückt geworden; jemand musste ihm den Kopf geraderücken, so viel stand fest.

»Ja, spinnst du jetzt völlig? Wie kommst du denn auf so eine Idee? Das ist doch total irre!«, polterte er los. Seine Stimme hallte von den leeren Wänden des Flurs zurück.

»Daniel, bitte, lass doch«, versuchte ihn Hannah zu beschwichtigen, doch er war viel zu wütend, um sich von irgendetwas beruhigen zu lassen. Er regte sich nicht schnell auf, doch wenn es erst einmal so weit war …

»Nur, weil ich einen anderen Weg einschlage als du und Kurt? Ich habe eine Weile gebraucht, doch ich habe meine Bestimmung gefunden. Daran wirst du mit deinem Geschrei gar nichts ändern. Bitte, Papa, ich mache das doch nicht, um euch zu reizen.« Ariels Miene wirkte trotzig, doch seine Stimme zitterte leicht.

»Du hast die besten Chancen. Deine Noten waren vielversprechend. Hast du völlig den Halt verloren, weil deine Mutter und ich nicht mehr da sind, oder wie kommt man auf einen solchen Unfug?« Das Blut rauschte laut in seinen Ohren und er spürte, wie ihm schwindelig wurde, doch dieser bockige Gesichtsausdruck seines Sohnes schürte seine Wut nur noch mehr.

»Meine Bestimmung ist es, Rabbiner zu werden. Es gibt genug Juristen, auch wesentlich bessere, als ich je einer geworden wäre.«

Sie waren mittlerweile im Esszimmer angekommen. Daniel musste an sich halten, um nicht auf Ariel loszugehen, der sich im Augenblick wie ein Kleinkind benahm.

»Du kleiner …«, wollte Daniel loslegen, doch Hannah unterbrach ihn mit entschlossener Miene. »Schluss damit!« Ihre Stimme klang schneidend. »Ich dulde nicht, dass ihr euch so benehmt. Wir haben es noch immer geschafft, unsere Auseinandersetzungen wie Erwachsene zu regeln, und ich wünsche, dass es dabei bleibt. Wenn ihr meint, eure Animositäten weiter austragen zu müssen, dann tut das. Aber nicht hier. Geht nach draußen oder sonst wohin. Lucie und ich essen nun jedenfalls und wir wollen das in Ruhe und Frieden tun. Entscheidet euch also.« Ihre Augen funkelten wütend.

Daniel presste sich die Fingernägel in die Handfläche. Der kurzzeitige Schmerz ließ die Wut auf Ariel verklingen. Er sah wirklich lächerlich aus und seine Pläne waren hirnverbrannt, aber Hannah hatte völlig recht. Er hätte sich nicht so gehen lassen dürfen. Was regte er sich auch dermaßen auf, schließlich war Ariel mündig und somit in der Lage, seine eigenen Entscheidungen zu treffen, auch wenn die vielleicht nicht immer klug sein sollten.

Er stieß die angesammelte Luft durch die Nase aus und nickte Hannah zu. »Du hast recht. Auguste hat hart gearbeitet. Wir sollten ihre Mühen schätzen, indem wir uns auf das gute Essen konzentrieren.«

Ariel, der angestrengt auf die Tischdecke gestarrt hatte, hob langsam den Kopf und nickte ebenfalls. Behutsam zog er den Stuhl zurück und nahm Platz.

Auch Daniel setzte sich und bemühte sich, seine weiterhin vor unterdrückter Wut zitternden Hände sorgsam unter der

Serviette zu verstecken, wobei er sich im Grunde sicher war, dass Hannah es ohnehin bemerkt hatte. Sie merkte immer alles, was ihn betraf, vor allem, wenn er sich so blöde verhielt wie eben gerade. Er würde versuchen, Ariels lächerliches Aussehen ab sofort zu ignorieren, und sich darauf beschränken zu hoffen, dass er bald zur Vernunft kommen und diese exzentrische Behaarung abrasieren würde.

Auf den schiefen Steinplatten, die zur Tür des kleinen Häuschens führten, in dem Ilse allein mit ihrer Mutter wohnte, blieb Lucie mit einem Mal beklommen stehen. Alles sah hier so ganz anders aus als bei ihnen zu Hause. Natürlich war ihr bewusst, dass nicht jeder in einem so ausladenden Gebäude wohnte wie sie und ihre Eltern, denn schließlich hatte sie ja auch bereits die harte Realität der Mietskasernen an Mutters Seite kennengelernt. Aber trotzdem überraschte es sie, dass Ilse in einem so kümmerlichen Anwesen lebte, denn schließlich merkte man es ihrem Äußeren, anders als bei den Kindern aus den Hinterhofhochhäusern, nicht an. Wenn Lucie die Adresse nicht gekannt und gezielt danach gesucht hätte, wäre ihr das Häuschen noch nicht einmal aufgefallen, denn es stand versteckt im Hinterhof eines viel größeren Hauses und wirkte so, als hätte es früher als Stall oder irgendeine Form von Schuppen gedient. Lucie drückte entschlossen den Rücken durch und ging weiter. Angespannt schaute sie sich um. Nirgendwo hing eine Klingel oder ein Klopfer. Langsam hob sie die Hand und klopfte zaghaft gegen das wellige Holz.

Sie hörte energische Schritte näher kommen und dann wurde auch schon die Tür aufgerissen. Es war Ilse. Als sie erkannte, wer vor ihrer Tür stand, verfinsterte sich ihr Gesicht.

»Lucie. Was willst du denn hier?«

»Ich … ich wollte nur kurz sehen, wo du wohnst. Und ich dachte, weil du doch sonst immer zu mir kommst, könnte ich …«

Ilse kniff ihren Mund zu einem dünnen Strich zusammen.

»Und nun weißt du auch, warum. Zufrieden? Ja, Ilse ist ein armer Schlucker und wohnt in einem Stall. Posaune es nur gleich herum in der Klasse. Alle sollen es endlich wissen, egal, wie viel Mühe es mich gekostet hat, all das zu vertuschen.« Mit jedem Wort wurde Ilses Gesicht röter und ihre Stimme lauter.

Überrascht starrte Lucie sie an. »Wozu sollte ich das tun? Ich finde es hier eigentlich recht gemütlich. All die Bäume hier herum und die Decke da auf dem Sessel ist wunderschön. Ist sie selbst gemacht?« Lucie deutete auf eine aus verschiedenen Flicken zusammengesetzte Decke im Inneren des Hauses. Sie gefiel ihr wirklich. Die Farbzusammenstellung wirkte sehr geschmackvoll.

Ilse musterte sie ein wenig ungläubig. »Ja, meine Mutter ist Näherin. Sie macht solche Sachen aus Stoffresten.«

»Das ist wirklich hübsch. Kompliment an deine Mutter. Ich wünschte, ich könnte auch nähen.«

Ilse blinzelte sie unsicher an. »Also, wenn du es wirklich möchtest, kann ich es dir beibringen.«

»Wirklich? Das wäre prima. Da hätten wir doch schon mal etwas, was wir im Sommer gemeinsam machen könnten. Vorausgesetzt natürlich, du kommst mit.«

»Was? Wohin? Ich habe keine Ahnung, wovon du sprichst.«

»Eigentlich bin ich ja aus einem anderen Grund gekommen. Ich wollte dich einladen, uns im Sommer an die Ostsee zu begleiten. Meine Familie besitzt dort ein Haus und wir könnten dort baden und Muscheln sammeln … und nähen.« Lucie lächelte Ilse beklommen an. Hoffentlich würde sie diese Einladung nicht in den falschen Hals bekommen, wo sie so empfindlich wegen ihrer unterschiedlichen Wohnverhältnisse war.

Doch entgegen Lucies Befürchtungen strahlte Ilse mit einem Mal.

»Ich soll mitkommen? An die See?« Ihre Augen blitzten ungläubig. »Das ist ... ich war noch nie an der See. Eigentlich bin ich noch nie verreist.« Ihre Stimme wurde leiser.

»Also abgemacht? Prima, ich freue mich. Sag mir nur bald Bescheid, ob deine Mutter einverstanden ist, dann bitte ich Vater, auch für dich eine Fahrkarte zu kaufen.«

»Wirklich? Das ist ja fantastisch!«, rief Ilse aus und fiel ihr um den Hals.

Lucie stand steif da. Das war mehr Nähe, als sie erwartet hatte, und bei der Gelegenheit bot sich an, eine Sache anzusprechen, die sie beschäftigt hatte, seit sie passiert war. Sanft schob sie Ilse von sich. »Nur dass eins klar ist, Ilse: Ich freue mich wirklich, wenn du mitkommst. Als Freundin, und nur als Freundin. Ich bin nämlich nicht so eine ...«

Ilse starrte sie einen Augenblick überrascht an. Dann brach sie in Lachen aus. »Ach, du meinst wegen dem Kuss damals? Nein, das war doch nur, um den Alten zum Schweigen zu bringen. Entschuldige, das war wahrscheinlich keine gute Idee, aber das war das Erste, was mir in dem Moment eingefallen ist, was ihn ausreichend schockieren würde, damit er endlich den Mund hält. Ich wollte nicht, dass er solche Sachen über dich sagt. Denn ... denn schließlich mag ich dich. Als Freundin. Ich habe keine Vorliebe für Frauen, falls du das befürchtet hast.«

Lucie atmete erleichtert auf. »Dann wäre das ja geklärt. Du hast recht: Es hat ihn sehr effektiv zum Verstummen gebracht. Zumindest, wenn du in der Nähe bist, hält er nun die Klappe.«

»Macht er etwa ansonsten weiter mit diesem Quatsch?«

Lucie winkte ab. »Man darf ihn nicht so ernst nehmen, meint meine Mutter. Er hat wohl schlimme Erlebnisse hinter sich.«

»Dann sollte er umso freundlicher mit anderen Menschen umgehen, um ihnen Kummer zu ersparen. Wenn du willst, nehme ich ihn mir noch mal zur Brust.«

»Vielen Dank für das Angebot, aber im Moment würde ich darauf fürs Erste verzichten.« Lucie lachte. »Sagst du mir morgen Bescheid, ob deine Mutter einverstanden ist? Wegen der Fahrkarten.«

»Mach ich. Vielen Dank, dass du an mich gedacht hast.« Ilses kräftiges Gesicht errötete leicht.

»Ist doch klar. Du bist schließlich meine Freundin.«

Ilse strahlte erneut und breitete schon wieder die Arme aus. Dieses Mal allerdings, wo alle Unsicherheiten aus dem Weg geräumt waren, ließ Lucie sich die Umarmung gerne gefallen.

Ein paar Tage später war Schawuot endlich da. Lucie schloss Milli in ihrem Zimmer ein, bevor sie hinunterging, und stellte ihr noch ein Schüsselchen mit Futter hin. Auguste hatte das Unmögliche möglich gemacht und es wahrhaftig geschafft, mit Helenes Hilfe ausreichend Zutaten für ein ordentliches Essen zu ergattern. Es war sogar so viel, dass Mutter kurzerhand noch Doktor Brandt und Schwester Ida mit ihrem Verlobten Hans einlud, mit ihnen zu feiern.

Schwester Ida sah wie immer wunderschön aus. Ihre wallenden roten Haare trug sie heute aufgesteckt und ihre grünen Augen strahlten unternehmungslustig. Auch ihr Hans war ein stattlicher junger Mann. Sobald er sein Medizinexamen abgelegt hatte, wollten die beiden heiraten. Bis es so weit war, verdiente Schwester Ida als Krankenschwester das Geld für seine teuren Bücher, auch wenn Mutter ihm hin und wieder eines ihrer Exemplare zukommen ließ.

Doktor Brandt war hoch aufgeschossen und fürchterlich unbeholfen. Er war mit alltäglichen Dingen häufig überfordert, aber als Mediziner unglaublich einfühlsam und talentiert. Das war auch der Grund, warum Mutter ihn eingestellt hatte, auch wenn sie ständig über seine Tollpatschigkeit den Kopf schüttelte.

Die Großmutter hatte es abgelehnt zu kommen. Sie sei schon anderweitig versprochen, hatte sie mit sehr hoch erhobenem Kopf durch die Nase geschnaubt.

Mutter hatte sie ungläubig angesehen, jedoch auf eine Antwort verzichtet.

»Wenn sie nicht will, werde ich sie nicht zwingen, auch wenn ich nicht daran glaube, dass sie wirklich eine andere Einladung hat«, hatte sie achselzuckend gesagt.

Und wirklich bekundete niemand auf der Feier, sie zu vermissen. Lucie hatte auch mitbekommen, dass Mutter einen Brief nach München an Onkel Jakob gesandt hatte. Doch der Umschlag war ungeöffnet zurückgekommen und Mutters Gesicht war traurig gewesen, als sie ihn wieder in der Hand hielt. Der Inhalt des Briefes schien ihn nicht zu interessieren.

Der junge Geschäftsmann aus dem Nachbarhaus, ein Herr Weizmann, war sehr nett. Leider konnten seine Frau und seine Kinder nicht dabei sein, weil die Kleinen krank geworden waren. Er war aber gekommen und unterhielt sich angeregt mit Vater und Doktor Brandt.

»Soll ich schnell rübergehen und sehen, was ich für sie tun kann?«, fragte Mutter sofort, als sie davon hörte.

»Ach, alles halb so schlimm. Nur eine heftige Erkältung, die sie niedergestreckt hat. Ich denke, in zwei, drei Tagen sind alle wieder auf den Beinen und das Ganze ist vergessen.«

»Wenn nicht, sagen Sie mir nur Bescheid. Ich komme gerne rüber und helfe, soweit es in meiner Macht steht.«

»Vielen Dank für das Angebot, aber ich denke, dieses Mal werden wir es auch so schaffen. Doch ich bin sicher, dass wir in näherer Zukunft darauf zurückgreifen werden. Mit Kindern holt man sich ja Pest und Cholera ins Haus«, unkte Herr Weizmann und grinste.

»Wenn es bei Pest und Cholera bleibt, kann man froh sein«, stimmte Mutter lachend zu.

Alle waren fröhlich und genossen das Beisammensein.

Ein kleiner atmosphärischer Störfaktor war nur Ariel. Lucie hatte sich sehr gefreut, als er vor einigen Tagen überraschend vor der Tür gestanden hatte. Doch im letzten Jahr hatte sich Ariel ziemlich verändert. War er früher unauffällig, aber fröhlich gewesen, war er jetzt überaus ernsthaft und ein klein wenig humorlos. Seine rabenschwarzen Haare kringelten sich am Rand seines Gesichts herunter und gaben ihm ein etwas seltsames Aussehen. Etwas einschüchternd wirkte er, so vergeistigt, wie er erschien, aber seine tief liegenden dunkelblauen Augen sahen Lucie noch immer liebevoll an, sodass sie ihn einfach so behandelte, wie sie es früher getan hatte, und so tat, als wäre er unverändert.

Ariel hatte kritisiert, dass zu Schawuot kein Synagogenbesuch geplant war, sich dann aber dem Argument gebeugt, dass das zeitlich schwierig sei, wenn man noch eine anständige Feier mit den geladenen Gästen ausrichten wolle.

Trotzdem wurde Ariel offenbar von dem Feiertag beflügelt und betete unentwegt hingebungsvoll und offen vor den Gästen. Er störte sich auch nicht an den irritierten Blicken, die ihn dann und wann trafen. Alles in allem jedoch war es ein sehr netter und leckerer Abend. Vor allem der Käsekuchen war ein Gedicht, und der üppige Blumenschmuck und die vielen flackernden Kerzen, die überall verteilt waren, verliehen Salon und Esszimmer ein fast mystisches Erscheinungsbild. Lucie liebte diesen Feiertag besonders, weil traditionell viele süße milchige Speisen serviert wurden, was ihr als Süßschnabel natürlich sehr zupasskam. Wie bei all ihren Festen war die Stimmung ausgelassen. Alle lachten, sangen und tanzten später auch, sodass es eine wahre Freude war. Am Ende des Abends hatte Lucie so viel gegessen, dass sie mit Bauchkneifen, aber glücklich ins Bett ging.

Kapitel 17

Sicherheitshalber hatte Lucie Paul direkt nach Ariels Ankunft instruiert, sie vorerst nicht von zu Hause abzuholen. Sie hatte Ariel nichts von ihm erzählt und wollte nicht, dass er falsche Schlüsse aus ihrer Verbindung zog.

Mutter hatte sie extra am Tag vor der Feier zur Seite genommen. »Wie eng bist du mit Paul?«

Sofort war Lucie knallrot angelaufen und hatte auf den Boden gestarrt, während sie verlegen ihre Hände geknetet hatte.

»Ich frage wegen Schawuot. Ich dachte, es wäre nett, ihn ebenfalls einzuladen, falls du das möchtest. Dann könnten wir ihn auch ein bisschen besser kennenlernen.«

»Oh … ähm. Das ist sehr nett«, hatte Lucie gestottert.

»Dann lädst du ihn also ein? Schön. Ariel freut sich sicher auch, wenn er sich mit ihm unterhalten kann.«

Kaum hatte Mutter diesen Gedanken ausgesprochen, als bei Lucie auch schon die Alarmlichter aufgeblinkt hatten. Die Vorstellung, dass Paul in Ariels Fänge geriet und der ihn ausquetschte, war gelinde gesagt schwierig. Lucie hatte sich kaum vorstellen können, dass Paul eine Chance hatte, heil aus dieser Sache herauszukommen, auch wenn er sonst recht eloquent war, aber der Gedanke, bereits zum jetzigen Zeitpunkt ein

Zusammentreffen von Paul, Ariel und ihren Eltern ins Auge zu fassen, gefiel ihr gar nicht.

»Ich denke, das ist nicht nötig«, hatte sie daher zögerlich geantwortet.

»Oh«, hatte Mutter nur gesagt, die Augenbrauen hochgezogen und sie prüfend angesehen.

Lucie hatte mit gesenktem Kopf dagestanden und die Lippen aufeinandergepresst. Am liebsten wäre sie einfach aufgestanden und gegangen, doch das hätte Mutter berechtigterweise als Ungezogenheit angesehen, also hatte sie ausgeharrt, ob Mutter noch etwas kundzutun hatte, und sich unter ihrem Blick gewunden.

»Ich habe noch einen Patienten«, hatte Mutter schließlich gesagt und war aufgestanden.

Als sie in den Praxisräumen verschwunden war, hatte Lucie aufgeatmet. So weit waren sie noch nicht. Die Vorstellung, dass Paul ihrer Familie zum Fraß vorgeworfen werden sollte, hatte ihr nicht behagt.

Sie hatte keine Ahnung, wie viel Mutter wirklich von ihrer Beziehung zu Paul wusste, aber sie genoss die Zeit mit Paul viel zu sehr, als dass sie ihn mit anderen teilen wollte, vor allem nicht mit ihrem eifernden Bruder. Sie gingen immer noch gemeinsam in den Park, häufig jedoch, um herumzulaufen und sich über Gott und die Welt zu unterhalten. Lucie liebte diese Momente, achtete jedoch streng darauf, nicht mehr Ilse oder jemand anderen deswegen zu vergessen.

Sie wuchsen stetig enger zusammen und Lucie konnte sich gar nicht mehr vorstellen, wie es gewesen war, bevor sie so vertraut mit Paul wurde.

Lucies Bauch fühlte sich noch immer voller schwerer Süße vom festlichen Vortag an. Den ganzen Tag freute sie sich schon auf den verabredeten Parkspaziergang mit Paul. Doch unabhängig davon hatte sie heute Probleme, sich zu konzentrieren. Die Feier gestern hatte länger gedauert als geplant und so war sie deutlich später ins Bett gekommen als gedacht. In der letzten Schulstunde war endgültig die Luft raus. Sie hatten Geografie bei Korte, der wieder einmal eine seiner langatmigen Reden hielt, bei denen Lucie Probleme hatte, die Augen offen zu halten.

Von einem lauten Klatschen direkt vor ihrem Gesicht fuhr sie plötzlich zusammen. Vor ihr stand Lehrer Korte und funkelte sie wütend an. Er hielt ein Lineal in der Hand, mit dem er auf den Tisch geschlagen haben musste. Offenbar war sie für einen Moment eingenickt.

Sofort sprang Lucie auf. »Verzeihung, das tut mir leid. Das Familienfest gestern Abend hat nur länger gedauert als geplant und dadurch ist mir ein wenig die Energie ausgegangen«, stammelte sie mit trockenem Mund.

»Hinsetzen!«, kommandierte Korte und bedachte Lucie mit einem kalten Blick.

Ohne zu zögern, folgte sie der Aufforderung und hielt schuldbewusst die Augen gesenkt.

»Was gab es denn zu feiern, das dich von der notwendigen Ruhe vor dem Schulbesuch abgehalten hat?«, fragte er mit schmalen Lippen.

Überrascht sah Lucie zu ihm auf. Seit wann interessierte er sich dafür, was seine Schülerinnen privat unternahmen?

»Schawuot. Wir hatten einige Gäste, auch mein Bruder aus Tübingen war da. Verzeihung, es wird nicht wieder vorkommen.«

»Schaw… Was soll das denn sein?«, knirschte er mit gerunzelter Stirn und irritiertem Gesichtsausdruck.

»Das jüdische Wochenfest. Es wird fünfzig Tage nach Pessach gefeiert«, erklärte Lucie und wurde mit jedem Wort leiser, als sie bemerkte, wie der Lehrer den Mund verzog.

»Jüdisch?«

Zögernd nickte sie.

Korte musterte sie und wich dabei langsam ein paar Schritte zurück, bis er fast an den Tisch von Martha und Gerda gestoßen wäre.

Sofort brandete ein Kichern auf, das jäh verstummte, als Korte »Ruhe!« brüllte.

Er schritt langsam durch die Reihen, während er sich sein Lineal an die Lippen drückte. Als er wieder vor Lucie stehen blieb, dieses Mal jedoch in größerer Entfernung, stieß er hervor: »Bald wird diese Schule judenfrei sein. Wir brauchen niemanden, der daran arbeitet, die Weltherrschaft mit seinen Kumpanen an sich zu reißen. Merk dir das!«

Damit drehte er sich weg und marschierte wieder nach vorn, setzte sich an sein Pult und fuhr mit seinem Vortrag fort, als wäre nichts geschehen.

Lucie aber saß kerzengerade da und bemühte sich, ihr feuerrot angelaufenes Gesicht und die neugierigen Blicke der Mitschülerinnen zu ignorieren und die aufkommenden Tränen zu unterdrücken.

Als sie zu Hause ankam, tänzelte ihr Doktor Brandt entgegen, der offenbar immer noch beseelt von dem gestrigen Abend war.

»Guten Tag, Fräulein Lucie. Ich hoffe, der Schultag war zufriedenstellend?«, fragte er lächelnd.

Auch wenn sie den hoch aufgeschossenen jungen Mann sehr mochte, war er nicht geeignet, ihm ihr Herz nach der vergangenen Schmähung auszuschütten.

»Ich … ja, es war in Ordnung, auch wenn ich ziemlich müde nach gestern war«, erwiderte sie stattdessen.

»Ging es dir auch so? Ich hatte den ganzen Vormittag schon damit zu kämpfen, meine Augen offen zu halten. Der gute Herr Müller hatte Glück, dass mir nicht der Spatel vor Müdigkeit aus der Hand gerutscht ist, als ich seinen Hals inspizierte. Ich bin gespannt, was der Nachmittag bringt. Hast du noch etwas Besonderes vor?«

Schnell schüttelte Lucie den Kopf. »Zu viele Hausaufgaben.«

»Jaja, die Untersekunda hat es in sich. Wenn du übrigens Hilfe bei Mathematik brauchst oder eine chemische oder physikalische Frage hast, nur zu. Ich stehe mit Freuden zur Verfügung.« Er grinste.

Wie immer standen seine kurzen braunen Haare ungebärdig in alle Richtungen ab, als hätte er heute früh darauf verzichtet, ihnen mit einer Bürste zu Leibe zu rücken. Doch Lucie wusste, dass es daran lag, dass er sich jedes Mal, wenn er nachdenken musste, durch die Haare fuhr, sodass der Versuch, ihm zu einer halbwegs anständigen Frisur zu verhelfen, sinnlos war.

»Vielen Dank für das Angebot. Wenn es nötig ist, werde ich darauf zurückkommen.«

»Mach das, mach das. Ich freue mich immer, wenn ich helfen kann. Sag mal, weißt du, ob noch etwas von diesem wundervollen Käsekuchen da ist? Noch nie in meinem Leben habe ich etwas derartig Leckeres gegessen, glaube ich.« Seine blaugrünen Augen blitzten freudig.

»Ich gehe gleich nachsehen. Wenn ja, bringe ich Ihnen ein Stück in die Praxis, einverstanden?«

»Mehr als einverstanden. Aber tu mir den Gefallen und lass es nicht deine Mutter sehen. Ich will nicht, dass sie mich für gefräßig hält, denn immerhin habe ich gestern schon drei Stücke davon verdrückt.«

Jetzt musste auch Lucie grinsen. Wenn man ihn so reden hörte, konnte man kaum glauben, dass er ein überaus fähiger Mediziner war, wie Mutter nicht müde wurde zu betonen.

»Da haben Sie mich um eines geschlagen.«

»Oh, wirklich? Vergiss meine Bitte. Du hältst mich nun bestimmt für unverschämt.« Er errötete.

»Überhaupt nicht. Zufällig weiß ich, dass Auguste noch einen Kuchen extra gebacken hatte. Die Chancen stehen also gut. Ich sehe gleich nach. Sollen wir ein Klopfzeichen vereinbaren, damit Sie Ihr Stück unbemerkt bekommen?«

»Das wird wohl nicht nötig sein. Ich bin im hinteren Sprechzimmer, wenn du mich suchst.« Und damit winkte er ihr noch einmal zu und schlenderte fröhlich vor sich hin pfeifend zurück zu den Praxisräumen.

Direkt nach dem Mittagessen stand Paul vor der Tür und holte sie zu ihrem vereinbarten Spaziergang ab. Sie hatte auch ihm noch ein Kuchenstück abgezweigt, nachdem sie Doktor Brandt seines gebracht hatte. Paul freute sich sehr darüber.

»War die Feier denn schön?«, erkundigte er sich, bevor er genüsslich etwas von dem Kuchen abbrach und es sich in den Mund steckte.

Lucie, die mit den Gedanken weiterhin bei den Vorkommnissen in der Schule vorhin weilte, nickte zerstreut. »Die Feier? Sicher. Ja, alles war gut.«

Sie gingen ein paar Schritte, ohne dass einer von ihnen redete, während Paul sie immer wieder prüfend von der Seite ansah und sich ansonsten seinen Kuchen schmecken ließ.

Als sie den Park erreicht hatten, war der Kuchen restlos vertilgt und Paul zog sie zu einer Bank.

Lucie protestierte nicht. Sie setzten sich nebeneinander. Erneut spürte sie seinen musternden Blick auf sich ruhen. »Nun sag schon: Was ist los?«, durchbrach er die Stille.

Zerstreut schaute Lucie ihn an. »Nichts, was soll sein?«

»Es ist offensichtlich, dass dir irgendeine Laus über die Leber gelaufen ist. Also erzähl: Was bedrückt dich?«

Sie seufzte. Eigentlich hatte sie alles vergessen wollen, doch sie konnte ihre Sorgen offenbar nicht vor Paul verstecken.

»Ach, mein Lehrer hat so eine blöde Bemerkung über Juden gemacht, als ich ihm von Schawuot erzählt habe. Wahrscheinlich ist es halb so schlimm. Ich kann es nur irgendwie nicht vergessen.«

Paul sah sie ernst an. »Ich finde es furchtbar, dass es jetzt so modern wird, auf die Juden einzuhauen. Es ist chic geworden, über Juden herzuziehen und ihnen an allem, was schiefläuft, die Schuld zu geben. Einfach widerlich!«

Überrascht hob Lucie den Blick. »Ist es so?«

»Ja, klar, denk nur an das, was Beike von sich gegeben hat. Oder die Sachen, die Hitler in seinem Buch schreibt. Alle reden darüber, wie schlimm die Juden seien und dass sie ›Blutegel‹ und ›Maden im faulenden Leibe‹ wären.« Paul schüttelte den Kopf. »Es ist wirklich unsportlich!«

Seine Erregung über dieses Thema, das ihn als Arier ja gar nicht betraf, rührte sie. Sie fühlte sich beschützt, wenn er bei ihr war. Mit ihm würden ihr all diese Dinge nicht passieren. Im Gegenteil. Er würde sie verteidigen, sofern es nötig wäre. Sie lehnte den Kopf an seinen Arm und fragte: »Weißt du eigentlich, wie gern ich dich habe?«

Er senkte den Kopf und bedeckte ihre Haare mit seiner Wange.

»Und weißt du eigentlich, wie gern *ich* dich habe?«

Und damit hob er sanft ihr Kinn an und küsste sie.

Dieses Mal fühlte es sich deutlich besser an als beim letzten Mal. Auf einen Schlag waren die Worte von Korte und Beike und allen anderen Griesgramen dieser Welt völlig unwichtig.

***

Kurz nach Schawuot machten sich Hannah und Daniel auf den Weg nach Hamburg. Ursulas Eltern hatten sie eingeladen, um gemeinsam über die anstehende Hochzeit zu reden. Direkt nachdem Alma ihr ihre Idee einer Feier am Meer dargelegt hatte, hatte Hannah einen langen Brief an die beiden geschrieben, sich und ihre Familie vorgestellt und ihnen den Vorschlag unterbreitet, die Hochzeit in ihrer Villa an der See abzuhalten.

Die Adlers wohnten mit Ursulas jüngerer Schwester Marie, die dort noch zur Schule ging, in einer pompösen Villa direkt an der Elbe. Frau Adler war eine hochgewachsene, schlanke Blondine, deren Haare wie zu einem Turban auf ihrem Kopf hochgesteckt waren, und sie duftete sanft nach Rosen. Herr Adler dagegen war um gut einen halben Kopf kleiner, dunkelhaarig und hatte eine ausladende Nase. Sie begrüßten Hannah und Daniel überaus freundlich und baten sie in den Salon, wo auch schon ihre Tochter Marie wartete, die glücklicherweise – genauso wie Ursula – das Aussehen weitgehend von ihrer Mutter geerbt hatte. Doch Herr Adler war Hannah in seiner ausgesprochenen Herzlichkeit sogar noch sympathischer als seine Frau. Bei jeder Gelegenheit lächelte er einnehmend, bot ihr sanft seinen Arm als Stütze an, um die vielen marmornen Treppenstufen zum Salon und zur Terrasse zu überwinden, und war ein überaus aufmerksamer sowie freundlicher Gastgeber. Doch auch seine Frau war eine hervorragende Gastgeberin, die ihre Köchin ein köstliches Gericht mit Fisch, Kartoffeln und einer himmlischen Soße hatte zubereiten lassen. Zum Nachtisch gab es ein ganzes Büfett mit Pralinen, Kuchen und anderen Leckereien, und auch der Wein floss großzügig.

Wenn Marie nicht so viel jünger gewesen wäre, hätte man glauben können, sie und Ursula seien Zwillingsschwestern, hatten sie doch beide hellbraune Locken, die ihnen in sanften Wellen über die Schultern fielen, ähnliche Grübchen und die gleichen fast grauen Augen, die neugierig in die Welt blickten.

»Uns gefällt Ihr Vorschlag, die Hochzeit an der Ostsee abzuhalten, hervorragend. Eine geradezu bezaubernde Vorstellung, im Garten zu feiern. Doch natürlich wollen wir nicht, dass Sie allein mit der ganzen Vorbereitung beschäftigt sind. Wie wäre es mit einer Kapelle und einem landestypischen Essen? Ich hätte da schon ein paar Ideen und wunderbar geeignete Leute an der Hand«, schlug Frau Adler mit unternehmungslustig funkelnden Augen vor, als Marie sich längst knicksend verabschiedet hatte, um noch ein wenig zu lernen.

»Was für ein schöner Einfall! Wir sollten unbedingt alle Ideen sammeln und über die Gästeliste reden. Hat Ursula Ihnen inzwischen eine Auflistung der Vorstellungen des Brautpaares geschickt? Schließlich wollen wir ja nichts über ihren Kopf entscheiden, was ihnen nicht gefällt, denn es ist ja ihre Hochzeit«, meinte Hannah begeistert.

Die beiden Väter nickten sich lächelnd zu. Offenbar waren beide von der Euphorie ihrer Frauen bei der Organisation der Feier ein wenig überwältigt.

»Wäre es für die Damen in Ordnung, wenn wir uns für ein Stündchen zu einem kleinen Spaziergang verabschieden? Ich würde Herrn Friedländer zu gern ein wenig herumführen, falls er Interesse daran hat«, erkundigte sich Herr Adler sehr höflich.

»Selbstverständlich. Derartige Dinge sind bei uns Frauen wohl auch besser aufgehoben. Stell nur sicher, dass du rechtzeitig wieder da bist, um den Geldbeutel zu zücken.« Frau Adler lächelte.

Ein wenig überrascht von dieser Direktheit warf Hannah einen schnellen Blick zu Daniel, der sich bereits erhoben hatte und gerade dabei war, sich das Jackett wieder ordentlich zuzuknöpfen. Doch er lächelte wohlwollend und schien sich auf den versprochenen Rundgang zu freuen. Auch Hannah hätte gerne das Kontor der Adlers gesehen, die in großen Mengen Tee, Kaffee und Gewürze importierten, allerdings war die Besprechung der bevorstehenden Hochzeit auch nicht zu verachten.

Frau Adler gab dem Zimmermädchen einen Wink. Sofort erschien ein Stapel Papiere vor ihr.

»Hier sind ein paar Ideen, die ich für die Feier gehabt habe, aber nichts ist in Stein gemeißelt. Wollen Sie erst noch einen Tee? Klara, sei so gut und bring uns eine Auswahl, damit Frau Friedländer sich ein wenig durchprobieren kann. Ach, und vergiss nicht die leckeren Törtchen, die passen so gut dazu.«

Hannah lehnte sich in ihrem Korbstuhl lächelnd zurück. Das versprach ein lustiger und genüsslicher Nachmittag zu werden.

Kapitel 18

Der Sommer zog träge ins Land. Ein staubiger Flimmer lag über den Straßen, in denen sich die Hitze staute. Wie glücklich konnten die sein, die einen Garten ihr Eigen nannten. Lucies Schuljahr ging in den Endspurt und die Familie hatte geplant, an die See abzureisen, sobald es Zeugnisse gab. Großmutter wollte sich ihnen ebenfalls anschließen, denn schließlich war ja vor Ort auch noch ausreichend für die anstehende Trauung zu organisieren. Onkel Jakob hatte ihren Ärger auf sich gezogen, als er die Einladung, zu Kurts Hochzeit an die See zu kommen, ungeöffnet zurückgeschickt hatte. Natürlich hatte Großmutter ihm postwendend einen wütenden Brief geschrieben, wie er dazu käme, sich derartig unfreundlich zu verhalten. Er müsse bedenken, dass es sich um seinen Neffen handeln würde, der den Bund fürs Leben einginge. Doch Jakob hatte nur kurz geantwortet, er sei in München derzeit unabkömmlich, und war auf die anderen Punkte gar nicht erst eingegangen. Seine Weigerung hatte bei Großmutter einen Sturm der Empörung ausgelöst, doch Mutter hatte nur leise geseufzt und auf ihre Hände gestarrt. Immer wieder fragte sich Lucie, was zwischen Mutter und Onkel Jakob vorgefallen war, als sie ihn das letzte Mal in München besucht hatte. Denn jedes Mal, wenn die

Sprache auf ihren Bruder kam, verstummte Mutter seitdem und ein trauriger Ausdruck senkte sich über ihre Züge.

Seit Korte erfahren hatte, dass Lucie Jüdin war, war schlagartig alles anders geworden. Kaum ein Tag war seitdem vergangen, ohne dass er nicht eine spitze Bemerkung über Juden im Allgemeinen fallen gelassen hatte, und im Unterricht war sie hernach auch nicht mehr aufgerufen worden. Das Schlimmste aber war, dass sich einige der Mädchen plötzlich ebenso abweisend verhielten. Auch wenn sie sich vorher gut verstanden und miteinander in den Pausen herumgealbert hatten, bemerkte Lucie sehr wohl, dass sie das Zusammensein mit ihr auf einmal mieden.

Ilse aber stand weiterhin zu ihr. Seit Lucie sie in die Villa am Meer eingeladen hatte, hielt sie mit ihrer Begeisterung für sie und ihre Familie noch weniger hinter dem Berg, als es schon vorher der Fall gewesen war. Doch da sie in der Schule ohnehin bereits vor Lucies Eintreffen nicht der Mittelpunkt der Klasse gewesen war, fiel das nicht sonderlich ins Gewicht. Nur ihre Zuneigung zu Paul sah Ilse ganz offensichtlich nicht gern. Kaum tauchte Paul auf, krauste sich Ilses Stirn unwillig und sie zog sich mit düsterem Gesichtsausdruck zurück.

Eines Tages fragte sie Lucie sogar, ob Paul etwa auch mit an die See kommen würde.

»Nein, natürlich nicht. Wie kommst du darauf?«, hatte Lucie verdattert geantwortet.

»Nun, es sieht so aus, als wäre dir seine Gesellschaft mit Abstand am liebsten«, hatte Ilse pikiert geantwortet und sie mit erhobenem Kinn eifersüchtig angestarrt.

»Das ist doch Unsinn. Wir sind befreundet, das ist alles«, hatte Lucie mit gerunzelter Stirn gesagt.

Doch Ilse schien diese Auskunft nicht wirklich zu besänftigen. Sobald Paul in der Nähe war, zog sie einen Flunsch und sah

Lucie anklagend an, bevor sie sich ein paar Schritte zurückfallen ließ und sie von hinten mit ihren Blicken durchbohrte. Doch zumindest sprach sie seitdem das Thema Paul nicht mehr an.

Als die Ausgrenzungen durch die Mitschülerinnen und auch die anderen Lehrer eklatanter wurden und die beiden wieder eines Nachmittags gemeinsam in der Gartenlaube saßen und lernten, fasste Lucie sich ein Herz. »Vielleicht wäre es besser für dich, wenn du dich in der Schule etwas mehr von mir fernhältst.«

»Aber warum? Wir sind doch Freundinnen!« Ilse starrte sie mit aufgerissenen Augen an.

»Ich will aber nicht, dass du deswegen noch mehr Probleme in der Schule bekommst, als du sie sowieso schon hast.«

»Du meinst meine Noten?«

»Auch. Dir fällt das Lernen deutlich schwerer als mir, und man merkt Korte und auch einigen anderen an, dass sie ungeduldiger mit dir werden. Ich will nicht, dass es noch schlimmer für dich wird, bloß weil du zu mir hältst.«

Ilse nickte mit bedrücktem Gesichtsausdruck. »Das habe ich auch gemerkt. Aber es ist gemein. Nur weil ich mit dir befreundet bin, behandeln sie mich noch schlechter, als sie es sowieso schon tun. Ich will dich nicht fallen lassen, um besser dazustehen.«

»Das musst du ja auch nicht. Halte dich nur sicherheitshalber in der Schule ein wenig fern von mir, damit du nicht so in den Fokus der Lehrer gerätst, und außerhalb der Schule kann alles genauso zwischen uns bleiben wie eh und je.«

»Wenn du meinst … Dann laufen wir also nur noch bis zur Ecke gemeinsam und treffen uns dort, um weiter zusammen nach Hause zu gehen? Das erscheint mir irgendwie verlogen.« Ilse schüttelte unwillig den Kopf, sodass die blonden Zöpfe flogen.

»Immer noch besser, als dass sie dir noch schlechtere Noten geben und du kleben bleibst, oder?«

Daraufhin nickte Ilse mit beklommenem Gesichtsausdruck, während sie mit dem Finger einer Ameise folgte, die wagemutig den Tisch erklommen hatte.

»Na gut, machen wir es so. Es ist lieb, dass du daran denkst«, stimmte Ilse schließlich zögernd zu.

»Ich glaube, es ist so besser. Ich werde es schon schaffen. Ich weiß ja, dass du meine Freundin bist, auch wenn wir es in der Schule nicht mehr offen zeigen.«

Erneut nickte Ilse. Inzwischen hatte die Ameise fast den Tischrand erreicht. Ilse hob die Hand und ließ sie mit trotzig vorgeschobenen Lippen ohne Vorwarnung auf das Tier herniedersausen. In ihren Augen standen Tränen.

Überraschenderweise sank auch die Frequenz beträchtlich, in der die Briefe zwischen Lucie und Helga hin und her gingen. Doch das lag ausschließlich an Lucie, die immer mehr den Eindruck hatte, dass Helga sich nicht in dem Tempo weiterentwickelt hatte, wie es bei ihr der Fall war. Zu Lucies Beziehung zu Paul hatte Helga nur ein paar Plattitüden geschrieben, sodass Lucie dazu übergegangen war, ihr nichts mehr von dem Freund zu berichten, der ihr so wichtig geworden war. Sie hoffte, dass alles wieder so wäre, wie es früher gewesen war, wenn sie sich an der See wiedersahen.

Paul würde Lucie in den Wochen am Meer fehlen. Bevor herausgekommen war, dass sie Jüdin war, hatte sie sich in Berlin so viel wohler gefühlt als noch zu Beginn ihrer Zeit hier, doch inzwischen war die Situation in der Schule wirklich unangenehm. Sie dachte trotzdem weniger an Tübingen als früher.

Ariel war auch noch immer in Berlin, meinte aber, dass er zum Herbst wieder zurückgehen würde, um seine Prüfungen abzulegen und sich dann um eine Rabbinerausbildung zu bemühen.

Diese Aussage hatte einen erneuten wütenden Ausbruch ihres sonst so entspannten Vaters zur Folge gehabt, da sich Ariel seiner Meinung nach in einen religiösen Fimmel verrannte und den Kontakt zur Realität völlig verlor.

Seit diesem Abend vermieden es alle tunlichst, dieses Thema auch nur zu streifen. Ariel verzichtete sogar darauf, die gesamte Familie zum gemeinsamen täglichen Gebet zu nötigen, besuchte aber nach wie vor häufig die Synagoge. Er betete oft und lange für sich allein.

Lucie zählte die Tage, bis die Schule endlich vorbei wäre. Doch jeder einzelne Schultag zog sich entsetzlich in die Länge, vor allem, weil sie keine Chance mehr hatte, sich in irgendeiner Form zu beteiligen. Selbst wenn sie die Einzige war, die aufzeigte, ignorierte Korte sie und tat so, als würde er sie nicht sehen.

Mit der Zeit verzichtete Lucie darauf, sich zu melden oder irgendwelche sonstigen Versuche der Mitarbeit zu unternehmen. Es war einfach zu frustrierend und die kalten Blicke der meisten Mitschülerinnen schüchterten sie mehr und mehr ein.

Am liebsten hätte sie darauf verzichtet, überhaupt zur Schule zu gehen. Allerdings hätten die Eltern das niemals geduldet, zumal sie ihnen von den Problemen noch gar nichts erzählt hatte. Die beiden wirkten sowieso schon völlig überarbeitet und urlaubsreif, sodass sie sie nicht auch noch mit ihren Problemchen behelligen wollte. Vielleicht würde sich ja an der See mal eine Möglichkeit dazu ergeben oder sie redete mit Alma darüber. Die wusste eigentlich immer Rat.

Trotzdem fertigte Lucie pflichtgemäß weiter ihre Hausaufgaben an, nur interessierte sich leider niemand in der

Schule mehr dafür. In den Pausen spazierte sie meist allein umher. Die anderen – und nun auch Ilse – fanden sich in Grüppchen zusammen. Sie plauderten miteinander, während man ihr mehrfach zu verstehen gegeben hatte, man wolle sie nicht mehr dabeihaben. Sehnsüchtig stand sie am Rand des Schulhofs, starrte hinüber zu den Mitschülerinnen, knabberte an ihrem mitgebrachten Pausenbrot und grämte sich.

Doch immerhin bestritt Ilse nach wie vor den Heimweg mit ihr, es sei denn, sie wurde von Paul abgeholt. Alles war anders geworden, so ungemütlich und fremd, doch sie hoffte sehr, dass sich das Ganze nach den Ferien normalisieren und sich die Stimmung wieder bessern würde.

Inzwischen war fast alles abreisebereit verpackt und jedermann freute sich auf den Sommer am Meer. Mutter hatte die Praxis schon für die Zeit ihrer Abwesenheit an Doktor Brandt übergeben, ließ es sich aber nicht nehmen, kurz vor der Abfahrt rasch noch zahlreiche Patienten selbst zu behandeln.

Der wütende Vater des kleinen verstorbenen Heinz Faust war in der Zwischenzeit bedauerlicherweise erneut zweimal bei ihnen aufgetaucht. Jedes Mal war er betrunken gewesen und hatte wilde Drohungen und Anschuldigungen ausgestoßen. Mutter aber hatte die Nerven bewahrt und wusste inzwischen souverän mit seinen alkoholgeschwängerten Wutausbrüchen umzugehen. Sobald man das Wort Polizei in den Mund nahm, zuckte Faust nämlich zusammen und trollte sich dann zügig. Wahrscheinlich hatte er dort einschlägige Erfahrungen gesammelt. Trotzdem bekam Lucie jedes Mal einen riesigen Schrecken, sobald er vor der Tür aufkreuzte und randalierte.

Auch Vater schien irgendetwas zu belasten, denn er wirkte häufig abwesend und sorgenvoll. Wenn Lucie ihn fragte, ob alles in Ordnung sei, tauchte er wie aus einem dunklen Tunnel empor und lächelte sichtlich mühevoll.

»Natürlich, mein Kleines! Es ist nichts. Nichts, womit ich dich oder deine Mutter beschweren will. Es wird sich alles richten, davon bin ich überzeugt. Alles wird gut!« Gedankenverloren strich er ihr über die Wange und verfiel wieder in sein finsteres Brüten.

Der Zeugnistag barg die nächste unliebsame Überraschung. Obwohl Lucie befürchtet hatte, dass Kortes systematisches Ignorieren Auswirkungen auf ihre Noten haben würde, hätte sie nicht erwartet, dass es so schlimm kommen würde. Er hatte ihr sogar aufs Zeugnis geschrieben, dass ihre Mitarbeit und ihr Verhalten im Klassenverband mangelhaft seien. Sie wurde zwar versetzt, aber ihre Noten waren im Vergleich zu ihrem letzten Zeugnis deutlich abgesunken.

Als Korte das Zeugnis vor ihr auf das Pult warf und sie sich eifrig darüberbeugte, um zu lesen, wie gut sie dieses Jahr abgeschnitten hatte, erfasste Lucie augenblicklich eine heftige Übelkeit. Sie musste mehrmals trocken schlucken, um sich nicht mitten in der Klasse zu übergeben. Tränen drückten in ihren Augen, doch sie wollte Korte keinesfalls den Triumph gönnen, vor seinen Augen wie ein kleines Mädchen anzufangen zu weinen. Krampfhaft starrte sie auf das Blatt, bis die Schrift vor ihren Augen verschwamm, aber sie schaffte es, die Fassung zu bewahren.

Was würden nur die Eltern zu einem solchen Zeugnis sagen? Mutter war es so wichtig, dass sie ihre Chancen nutzte und studierte. Und schließlich war es auch ihr sehnlichster Wunsch, Archäologie und Ägyptologie zu studieren. War das mit solchen Noten überhaupt möglich?

Beschämt griff Lucie nach dem Blatt und ließ es zwischen ihren Büchern verschwinden. Ilse, die neben ihr saß und bisher immer deutlich schlechter gewesen war als Lucie, hatte jetzt bessere Noten als sie. Sie blickte mitleidig zu ihr herüber und streichelte ihr über den Arm, aber Lucie war zu kraftlos, um zu reagieren. Sie wollte nur noch nach Hause.

Als es endlich zum Ende der Stunde läutete, musste sie sich zwingen, langsam und gesittet aus dem Raum zu gehen, wie es von ihnen verlangt wurde, anstatt hinauszustürmen und alles endlich hinter sich zu lassen. Wie sehr sehnte sie sich nach der Villa am Meer. Dort war alles friedlich. Keiner sagte schlimme Dinge zu ihnen, nur weil sie Juden waren.

Sie lief wie durch einen Tunnel und bemerkte nichts von dem, was um sie herum vorging. Sie wollte sich nicht mit der gut gelaunten Ilse unterhalten. Sie wollte nach Hause, sich in ihrem Bett verkriechen und erst wieder hervorkommen, wenn es vorbei wäre und sie sich einreden konnte, dass das alles nur ein böser Traum gewesen war.

Leider war es aber kein Traum. Ungläubig starrte erst Vater und später auch Mutter auf den Wisch. Beide schüttelten die Köpfe und sahen Lucie fassungslos an.

»Und du bist sicher, dass es nicht an dir liegt? Sind vielleicht deine Leistungen abgefallen und du hast es vor lauter Verliebtheit nicht bemerkt?«, fragte Mutter vorsichtig.

Lucie schüttelte den Kopf. Alles verschwamm vor ihren verheulten Augen. Sie musste es ihnen sagen. Es führte kein Weg daran vorbei. Alles, was seit Schawuot in der Schule passiert war. Sie konnte Mutter und Vater nicht länger schonen. Das Resultat lag schwarz auf weiß vor ihnen.

Lucie schluckte und räusperte sich, dann begann sie zögernd zu erzählen. Von Korte, seinem veränderten Verhalten, von den Mitschülerinnen und der Einsamkeit. Berichtete von ihrer immer größeren Frustration, weil die Lehrer durch sie hindurchsahen, als wäre sie gar nicht da. Von dem hilflosen Gefühl, ignoriert zu werden, und nichts, aber auch gar nichts daran ändern zu können. Sie ließ nichts aus. Zum Schluss erwähnte sie sogar noch die schmerzhaften Spitzen, mit denen Korte sie tagtäglich beschimpfte.

»Aber das können wir uns doch nicht gefallen lassen. Immerhin ist Deutschland ein Rechtsstaat und Lehrer Beamte, die sich an die Gesetze halten müssen. Vielleicht sollten wir uns beim Direktor über ihn beschweren?«, schlug Vater sofort vor, während Mutter die Augen niederschlug und auf ihre im Schoß gefalteten Hände starrte.

»Die beiden sind offensichtlich befreundet. Ich glaube kaum, dass Korte irgendetwas tun würde, bei dem er nicht den vollen Rückhalt des Direx sicher hätte«, schluchzte Lucie.

Mutter nahm sie in den Arm. »Wir werden eine Lösung finden. Mit etwas Abstand ist es leichter. Lasst uns in den Urlaub fahren und das Ganze sacken lassen. Häufig ist es klüger, kein unnötiges Aufsehen zu erregen, sondern sich in Unabänderliches zu fügen. Alles wird gut, Luciemaus«, versprach sie und klopfte ihr sanft auf den Rücken, so wie Alma es früher immer gemacht hatte, wenn Lucie hingefallen war oder jemand sie geärgert hatte.

»Ich finde nicht, dass wir ihn so davonkommen lassen sollten. Am liebsten würde ich diesen Korte aufsuchen und ihm eine reinhauen. Aber man muss den Mann doch mindestens zur Rede stellen«, knurrte Vater. Er sah genauso wütend aus wie vor einigen Wochen, als Ariel ihnen seine Zukunftspläne unterbreitet hatte.

»Das wirst du schön bleiben lassen, Daniel Friedländer. Das wäre ja noch schöner: Unrecht durch noch mehr Unrecht begegnen. So gewinnt man keine Schlachten. Wir müssen uns als listiger erweisen, so wie der Igel gegenüber dem Hasen«, entgegnete Mutter.

Vater atmete tief ein und starrte auf den Boden. »Wenn Unrecht begangen wird, kann man doch nicht einfach schweigen. Wenn einem Mitglied meiner Familie etwas angetan wird, kämpfe ich. So ist das eben.«

»Aber das hier ist etwas anderes. Der Mann ist ja nicht der Einzige. Jeder scheint im Moment etwas gegen die Juden zu haben. Und ich denke, dass es besser wäre abzuwarten, bis sich die Wogen über den Sommer etwas glätten, und ihn dann um ein Gespräch zu bitten. Wozu jetzt vor der Hochzeit die Kraft verschwenden, die ein paar Wochen später sinnvoller eingesetzt werden kann?« Mutters Worte waren eindringlich und schienen ihre Wirkung nicht zu verfehlen.

Vater, der bisher unruhig mit auf dem Rücken gefalteten Händen auf und ab gelaufen war, hielt inne und atmete tief aus. »In Ordnung, Hannah. Fahren wir an die See und denken wir dort über eine Lösung nach. Der Schmock wird schon noch erfahren, dass er sich mit den Falschen angelegt hat.«

»Machen wir es so. Ich bin sicher, dass es der bessere Weg ist.« Mutter lächelte Lucie an. »Keine Sorge, Kleines. Papa und ich kümmern uns darum.«

Dankbar lächelte Lucie sie unter Tränen an. Es war gut, dass sie sich den Eltern anvertraut hatte. Sie hätte sich viel früher dazu durchringen sollen.

Erleichtert huschte Lucie vor dem Abendessen noch einen Augenblick hinaus, um gegenüber zu klingeln und sich von Paul vor der langen Zeit der reisebedingten Trennung zu verabschieden.

Als er die Tür öffnete, blitzten seine Augen freudig. Dann aber warf er einen nervösen Blick über die Schulter zurück ins Haus, winkte sie näher zu sich heran und flüsterte ihr zu: »In fünf Minuten bei euch in der Laube, in Ordnung?«

Lucie sah ihn verwirrt an, nickte dann aber, weil sie die Dringlichkeit in seinem Blick erkannte. Da hatte er auch bereits die Tür wieder zugedrückt. Sie stand da und starrte auf das dunkle Holz der Tür, dann aber drehte sie sich um, huschte über die Straße und lief entschlossen direkt in den Garten weiter.

Ein paar Minuten später kam er den Gartenweg entlang gehetzt, wobei er sich immer wieder verstohlen umsah.

Lucie stand auf und wollte ihm entgegengehen, doch er signalisierte ihr, wieder Platz zu nehmen, und so kam sie seiner Aufforderung nach und sah ihm angespannt entgegen. Irgendetwas musste passiert sein, sonst würde er sich nicht so auffällig verhalten.

Nervös streckte sie ihm die Hand entgegen. Er griff nach ihr, drückte ihr einen atemlosen Kuss auf den Handrücken und setzte sich neben sie.

»Warum so geheimnisvoll? Ich wollte mich doch nur von dir verabschieden, weil wir morgen fahren.«

»Meine Güte, du glaubst nicht, was bei uns zu Hause los war.« Er fuhr sich hektisch durch die Haare und atmete tief ein und aus, als hätte er Mühe, sich zu beruhigen.

»Ist jemand verletzt? Geht es allen gut? Ich kann Mutter fragen, ob sie …«

»Nein, nein, alle sind wohlauf. Ein ganz spezieller Freund von dir hat nur die Chance genutzt, Unfrieden zu säen. Und was soll ich sagen? Die Saat ist aufgegangen!«

»Was meinst du? Ich verstehe nicht ganz, worum es geht«, fragte Lucie mit aufgerissenen Augen.

»Na, was schon? Der wundervolle Herr Beike hat meine Mutter beiseitegenommen und ihr erklärt, dass ihr dreckige Juden wärt und sie ein Auge auf mich haben soll, weil dieser kleine Judenbastard – damit warst du gemeint – ihrem Sohn nachsteigen würde. Bezaubernd, nicht?«

Lucie blinzelte und schluckte. Sie wollte nicht weinen, doch die Tränen drückten in ihren Augen und ihrer Kehle, als suchten sie nach einem Ventil. Sie wandte den Kopf zur Seite und starrte auf einen Rosenbusch, dessen rosafarbene Blüten gerade dabei waren, sich zu öffnen, und der einen betörenden Duft ausstrahlte. Ihr Kopf fühlte sich plötzlich an, als wäre alles Blut aus ihm gewichen, und der Boden schwankte unter ihr.

»Lucie, hallo!« Er fasste sie an der Schulter, wohl um sie dazu zu bringen, sich umzudrehen und ihn anzusehen, doch sie schüttelte den Kopf. Sie konnte sich ihm jetzt nicht zuwenden. Viel zu tief saß der Schmerz über die Worte. Warum sprach Beike nur dermaßen abwertend über sie und ihre Familie?

»Hör mal, Kleines. Das darfst du nicht so ernst nehmen. Der Beike quatscht viel Mist, wenn der Tag lang ist. Sieh mich an. Bitte.« Sanft legte er die Hand auf ihr Gesicht und drückte es behutsam an sich, sodass sie schließlich Wange an Wange dasaßen.

»Was hat er gegen uns? Wir haben doch gar nichts getan.« Ihre Worte waren ganz leise gesprochen, doch Paul hatte sie dennoch verstanden.

»Er ist ein hasserfüllter alter Trottel. Vergiss ihn einfach. Er ist es nicht wert, dass du dir über ihn den Kopf zerbrichst.«

Lucie nickte. Ihr ganzer Körper fühlte sich an, als wäre er in einen Nebel aus dumpfer Traurigkeit gehüllt.

Kraftlos wandte sie ihm schließlich den Kopf zu, wischte sich die Tränen aus den Augen und sah ihn an.

»Was hat deine Mutter erwidert? Du hast gesagt, dass die Saat aufgegangen ist.«

Paul biss sich auf die Lippen und schüttelte unwillig den Kopf. »Sie braucht etwas Zeit. Die Worte von Beike haben sie und Vater ziemlich aufgeregt, aber das wird sich schon legen. Weißt du was, ich bin froh, dass du wegfährst. So können sich die Gemüter besänftigen; bis du wieder da bist, haben sie sich bestimmt beruhigt. Ich bin mir sicher, dass sie unsere Beziehung mit der Zeit akzeptieren.«

»Wirklich?« Unsicher blinzelte sie ihn an. Ihre Gefühle verwirrten sie. Eine Mischung aus Hoffnung und Skepsis kämpfte in ihr, und sie wünschte sich inständig, dass die Hoffnung und die frohen Gedanken gewinnen würden.

»Ich werde mit meinen Eltern reden. Ich finde einen Weg, damit sie unsere Beziehung befürworten. Wenn sie dich erst einmal richtig kennenlernen, werden sie dich genauso lieben, wie ich es tue.«

Seine Worte taten ihr gut. Sie wirkten tröstend und erquickend wie eine Zitronenlimonade an einem heißen Sommertag. Ein Lächeln schlich sich auf ihre Züge.

Paul nahm es sofort wahr, denn auch er lächelte erleichtert.

»Es wird alles gut werden, mein Schatz, das verspreche ich dir.« Er gab ihr erst einen Kuss auf die Stirn und dann auf die nassen Wangen. Schließlich fanden sich ihre Lippen.

Plötzlich stand er auf. »Ich muss wirklich los. Meine Eltern passen auf wie die Schießhunde. Sie werden sich fragen, wo ich abgeblieben bin.«

Verzweifelt umklammerte Lucie seine Hand. Sie wollte ihn nicht gehen lassen, noch nicht. Nicht, wenn seine Eltern in ihrer Abwesenheit alles tun würden, um ihn davon zu überzeugen, dass es besser sei, sie fallen zu lassen.

»Ich schreibe dir jeden Tag. Ich schicke die Briefe nur nicht ab, damit deine Eltern sie nicht sehen. Aber du sollst wissen, dass ich jeden Tag an dich denken werde.«

Ein Lächeln überzog seine gehetzten Züge.

»Das tue ich auch. Und wenn du zurück bist, geben wir uns die Briefe persönlich.«

Lucie nickte schnell. »Ja, das wird schön.«

»Vielleicht schaffe ich es ja auch, den einen oder anderen hinauszuschmuggeln. Wir werden sehen. So, ich muss los. Gute Reise. Und vergiss mich nicht.« Noch einmal beugte er sich vor und küsste sie sanft zum Abschied.

»Niemals!« Lucies Stimme klang kratzig. Sie sah ihm nach, wie er hastig den Gartenweg entlanglief, aufmerksam das

Grundstück der Beikes im Auge behaltend. Als er um die Ecke bog, drehte er sich noch einmal um und winkte ihr.

Sie riss die Hand hoch und winkte zurück, doch da war er auch schon verschwunden.

Seufzend erhob sie sich und schlenderte gedankenverloren zurück zum Haus. Wie viel einfacher wäre doch alles, wenn sie keine Juden wären …

Lucie verzichtete darauf, zum Abendessen hinunterzugehen. Sie hatte nicht die Kraft. Sie blieb einfach im Bett liegen und ignorierte Helenes Rufen und Klopfen, bis sie unverrichteter Dinge wieder die Treppe hinabstieg.

Nach einer Weile kam Vater hoch und klopfte erst an die Tür, dann trat er ein.

»Luciemaus, fehlt dir etwas? Soll Mutter dich untersuchen?«, fragte er mit besorgter Stimme.

Lucie, die auf dem Bett lag und den Kopf im Kissen vergraben hatte, schüttelte den Kopf, ohne aufzublicken. Sie wollte niemanden sehen. Sie wollte nur, dass dieses zehrende Gefühl der Schmach, das in ihrer Brust brannte, endlich aufhörte. Warum nur hassten sie plötzlich so viele Menschen, weil sie Jüdin war?

Sie hörte Vaters Schritte, als er näher kam. Das Bett gab an der Stelle nach, an der er sich hingesetzt hatte, und bildete eine Kuhle, sodass Lucie dagegenhalten musste, um ihm nicht entgegenzurollen.

Er strich sanft über ihren Kopf. »Kummer?«, wollte er leise wissen.

Sie nickte stumm, hielt das Gesicht aber weiter ins Kissen gedrückt.

»Ist es wegen des Zeugnisses? Ich werde mich darum kümmern, Lucie, lass dir deswegen die Ferien nicht vermiesen.«

Ablehnend schüttelte sie den Kopf. Das Kissen war unter ihrem Gesicht ganz nass von den vielen Tränen.

»Hat eines der Mädchen etwas Gemeines gesagt oder getan?«

Sie überlegte einen Moment. Wäre es nicht einfacher, den Eltern zu erzählen, dass das der Grund für ihre tiefe Traurigkeit war? Aber sie wollte nicht lügen. Sie wollte gar nichts mehr. Sie wollte nur hier liegen und sterben.

»War es etwa dieser Junge von gegenüber? Dieser Paul? Lucie, wenn er dir etwas angetan hat, musst du es uns erzählen. Wenn du es mir nicht anvertrauen willst, hole ich Mutter. Aber …«

»Er ist nicht zudringlich geworden, wenn du das meinst. Nein, er ist lieb und aufmerksam und … Ach!« Lucie drehte sich mit verquollenem Gesicht um und schaute ihn an.

»Nicht? Aber was ist dann los? Irgendetwas belastet dich. Das erkennt sogar ein Blinder mit 'nem Krückstock, also muss irgendetwas passiert sein.«

»Warum sind wir Juden? Alles ist so kompliziert deswegen! Warum können wir nicht katholisch oder evangelisch oder irgendetwas anderes sein, was die Leute nicht stört?« Ihre Stimme klang krächzend nach der vielen Weinerei.

»O nein!« Vaters Stirn krauste sich und seine Augen wurden schmal. »Woher kommt das denn plötzlich? Hat er gesagt, dass er dich nicht will, weil du Jüdin bist?«

»So etwas würde er nie tun. Ihm ist es völlig egal, welcher Religion ich angehöre. Und mir ist es auch egal. Aber den anderen nicht. Alle machen uns das Leben schwer, erzählen furchtbare Dinge, werfen uns Steine in den Weg. Und warum? Damit er sich nicht mit mir abgibt, weil ich Jüdin bin«, erklärte Lucie verzweifelt, bis die Tränen wieder ihre Wangen herabrannen.

»Wer hat was gesagt?« Vater starrte sie verdutzt an. »Ich fürchte, ich kann dir nicht ganz folgen.«

»Alle tun das. Es ist ganz egal. Dieses Mal war es Beike, der seine Eltern gegen mich aufgehetzt hat. Aber alle haben inzwischen etwas gegen Juden, wie mir scheint.«

Vater schüttelte unwillig den Kopf. »Egal, was Herr Beike gesagt hat: Er ist im Unrecht. So etwas tut man nicht. Man verletzt nicht willentlich jemanden. Schon gar nicht so einen Schatz wie dich.« Vaters Stimme klang streng. »Ich gehe gleich rüber und stelle diesen Wicht zur Rede«, erklärte er bestimmt und stand auf.

Lucie griff nach seinem Arm und hielt ihn fest. »Mach das nicht, bitte!«

»Warum nicht? Er hat meinem kleinen Mädchen wehgetan. Dafür muss er geradestehen.«

»Bitte nicht, Papa, dann kann ich gar nicht mehr auf die Straße gehen vor Scham. Bitte, tu mir das nicht an«, flehte sie und zog an seinem Arm, damit er sich wieder hinsetzte.

Mit einem leisen Plopp sank er zurück auf das Bett, sah jedoch noch immer wütend aus.

»Wenn du es unbedingt willst, dann lasse ich es. Aber wäre es in Ordnung, wenn Ariel …«

»Auf gar keinen Fall. Bitte, haltet euch da raus und macht nicht alles noch schlimmer.«

Vater schnaufte schwer durch die Nase. »Na schön. Wir mischen uns nicht ein. Aber essen musst du trotzdem. Kommst du nun mit runter? Mama und Ariel warten schon.«

»Ich will nicht, dass sie mich so sehen«, schniefte Lucie und machte sich daran, das Gesicht wieder im Kissen zu vergraben.

Doch Vater war schneller. Mit einem behänden Griff zog er ihr das Kissen unter dem Gesicht weg. »Nichts da. Hier hast du mein Taschentuch. Und dann geh und wasch dir dein Gesicht. Wir erwarten dich in zwei Minuten unten. Auguste würde es dir nicht verzeihen, wenn du ihr gutes Essen kalt werden lässt, und wir würden es nicht verschmerzen, wenn wir ohne dich essen müssten.« Er legte den Kopf schief und grinste sie verschmitzt an.

Lucie konnte es nicht verhindern, dass in all ihrem Kummer ein kurzes Lächeln über ihr Gesicht huschte.

»Na also, das wird wieder. Können wir mit dir rechnen?«

Lucie nickte zögerlich. »In zwei Minuten bin ich unten. Aber kein Wort zu Ariel, das wäre zu peinlich. Außerdem würde er doch dann auch gleich losstürmen wollen.«

Vater erhob sich. »Versprochen. Aber Mama kann ich nachher davon erzählen? Ich könnte mir nicht vorstellen, ihr irgendetwas zu verschweigen.«

Lucie sah ihn streng an und tupfte sich mit dem Taschentuch über die nassen Augen und Wangen.

»Na schön. Aber Paul ist tabu für euch. Lasst ihn in Ruhe!«

»Aye, Sir.« Vater salutierte schmunzelnd. »Bis gleich im Esszimmer.« Und damit ging er hinaus und schloss leise die Tür hinter sich.

Lucie blickte ihm hinterher, bevor sie sich aufrappelte und ihr blaues Kleid glattstrich, das unter der Behandlung stark gelitten hatte. Vielleicht hatte er recht und der Schmerz ging irgendwann vorbei. Aber im Moment tat es wahnsinnig weh.

***

Die Welt drehte sich trotz allen Schmerzes unbarmherzig weiter, und am nächsten Morgen machte sich die gesamte Familie auf den Weg ans Meer. Das Brautpaar wurde erst ein paar Tage später erwartet. Bei allem Kummer freute sich Lucie, vor allem Kurt und Alma wiederzusehen.

Natürlich bemühte sie sich, ihren Kummer zu verstecken und sich vor allem vor Ilse nichts anmerken zu lassen, doch das klappte nicht sonderlich gut. Sie fühlte sich wie ein waidwundes Reh, das sich mühsam voranschleppte, um nicht von den wilden Wölfen gefressen zu werden. Doch entweder bemerkte Ilse nichts oder sie überspielte die Situation meisterhaft. Wahrscheinlich lag es daran, dass sie offensichtlich fürchterlich aufgeregt war. Ständig hopste sie herum wie eine Fünfjährige, plapperte und lachte. Als sie endlich im Waggon saßen, lehnte Lucie sich erschöpft in ihrem Sitz zurück und schloss für einen Moment die Augen. Alles erschien ihr im Moment so unendlich anstrengend, dass sie das Gefühl hatte, keine Energie mehr dafür aufbringen zu können, aufrecht zu sitzen und zu lächeln. Die unablässig quatschende Ilse, ihre eigenen Bemühungen, gute Miene zum bösen Spiel Beikes zu machen, und die Ungewissheit, wie es nach den Ferien weitergehen würde, nagten an ihr. Sie absorbierten all ihre Kraft. Noch bevor der Zug losruckelte, fielen ihr bereits die Augen zu.

Da spürte sie auf einmal eine Hand, die sich auf ihren Arm legte. Überrascht riss sie die Augen auf. Ariels dunkelblaue Augen waren direkt vor ihr und sahen sie eindringlich an.

»Kommst du einen Augenblick mit mir hinaus?«, bat er.

»Aber der Zug fährt doch gleich los«, gab sie zu bedenken.

»Es dauert nur einen Moment«, sagte Ariel und bedeutete ihr aufzustehen und ihm zu folgen.

Lucie nickte müde und rappelte sich auf.

Ihr Abteil hatte eine eigene Tür und einen eigenen Ausstieg und Ariel reichte ihr die Hand, damit sie die Stufen hinabgelangen konnte.

Als sie beide draußen standen, schlug Ariel energisch die Tür zu ihrem Abteil zu. »Gib den anderen nicht so viel Macht über dich.«

»Wie bitte?« Sie hatte keine Ahnung, was er meinte.

»Wenn du anderen Menschen die Möglichkeit gibst, einen solchen Einfluss auf dein Wohlbefinden zu haben, wirst du nicht glücklich. Ich hasse es, wenn ich mit ansehen muss, dass meine kleine Schwester unglücklich ist.«

»Ach, es ist halb so schlimm. Ich habe nur nicht so gut geschlafen und …«

»Unsinn. Meinst du, ich habe von dem Drama mit dem Kerl von nebenan und deinem Zeugnis nichts mitbekommen? Ich mag ja abgedreht wirken, aber eins und eins zusammenzählen kann ich schon noch.«

Lucie schlug die Augen nieder.

Ariel hob sanft ihr Kinn an. »Alles wird gut, versprochen. Und auch diese Spinner in der Schule werden ihr Fett wegbekommen. So ist es immer. Die Gerechtigkeit wird siegen.«

Lucie biss sich auf die Unterlippe, während sie in das Gesicht des Bruders blickte. Sein Bart und seine seitlichen Locken waren inzwischen deutlich länger. Offenbar wuchs sein Haar sehr schnell.

»Großes Indianerehrenwort?«

»Absolut. Versprochen ist versprochen«, bekräftigte Ariel und gab ihr einen Nasenstüber. »Und nun Schluss mit der Leichenbittermiene, schließlich fahren wir gerade in den Urlaub und die Hochzeit unseres großen Bruders steht bevor.«

»Danke, Ariel!« Sie fiel dem Bruder um den Hals, sodass einige Passagiere, die noch auf dem Bahnsteig standen, belustigt zu ihnen herübersahen.

»Du bringst uns noch in Teufels Küche, Schwesterchen. Und jetzt husch, zurück an deinen Platz«, kommandierte Ariel grinsend und zog die Abteiltür wieder auf.

Zwei Minuten später gab der Schaffner das Signal zur Abfahrt, alle Türen wurden verriegelt und der Zug fuhr endlich los.

Auch wenn es in Berlin mehr und mehr Autos gab, hier an der See waren noch immer die Kutschen das häufigste

Fortbewegungsmittel. Lucie liebte es, den Geruch der Pferde einatmen zu können und dass alles einen Tick langsamer und geruhsamer als in dem immer hektischen Berlin zuging. Als die ganze Familie mit Sack und Pack sowie der Großmutter und Ilse im Schlepptau nach einer langen Fahrt mit der Eisenbahn endlich am Bahnhof ankam und nach einigem Hin und Her alles aus dem Zug geräumt war, fuhren sie mit mehreren Kutschen weiter zur Villa. Anders als noch zu Zeiten ihrer Großeltern war kein Bediensteter vorausgefahren und hatte dort alles für ihre Ankunft vorbereitet. Dafür hatten sie inzwischen schlicht zu wenig Personal. Sie hatten geplant, vor Ort noch für den Anfang und vor allem für die Hochzeit ein oder zwei Mädchen einzustellen, um die Villa aus ihrem Winterschlaf zu befreien, auch wenn das Hausmeisterehepaar Wagner, das sich in ihrer Abwesenheit um das Haus kümmerte, das Gröbste schon vorher erledigt hatte.

Trotzdem mussten sämtliche Vorhänge gewaschen, die Teppiche ausgeklopft und alle Ecken von den Staubmäusen befreit werden, die es sich überall gemütlich gemacht hatten. Je mehr Hände mit anpackten, desto schneller ging es.

Lucie und Ilse saßen mit Ariel in der zweiten Kutsche, umringt von zahllosen Koffern und Schachteln, eben allem, was man für einige Wochen am Meer so brauchte. Die Straßen waren holprig. Ilse war bei dem Geruckel recht blass um die Nase geworden, als sie aber vor der Villa vorfuhren, riss sie ungläubig Augen und Mund auf.

Lucie lächelte zum ersten Mal seit diesem fürchterlichen Abend gestern. Für sie war die Villa mittlerweile altvertrautes Feriendomizil, auch wenn sie sich bewusst war, dass der Bau imposant war und die gesamte Ortschaft prägte.

Lucie liebte die verschnörkelte Fassade, den üppigen Garten mit den hohen Bäumen, den Duft des Meeres und das Gefühl des warmen Sandes unter den Füßen. All das war Inbegriff des Sommers für sie.

Ilses unverhohlene Begeisterung versöhnte Lucie etwas mit dem Gefühl, dass es im Grunde falsch war, sie noch vor Helga dazuhaben, denn Helga würde erst mit Alma und ihrer Familie gemeinsam anreisen. Hier an der See gehörte Helga einfach dazu, egal, welche Unstimmigkeiten es zwischen ihnen gegeben hatte. Helga war ihre älteste Freundin, kannte auch Kurt, und obwohl es im Moment etwas hakte, war es nicht recht, sie nicht von Anfang an hier zu haben. Aber die Eltern hatten es ja schließlich so gewollt, damit sie mehr Zeit mit Ilse verbringen konnte, beruhigte sie ihr immer wieder aufflammendes schlechtes Gewissen. Nach wie vor war Ilse sprachlos vor Staunen. Während Ilse die Pracht des Hauses bewunderte, waren sie aus der Kutsche gestiegen und hatten damit begonnen, die Gepäckstücke auszuladen.

»Gefällt es dir?«, erkundigte sich Lucie schließlich. Sie hatte während der Eisenbahnfahrt beschlossen, sich ihren Kummer zumindest äußerlich nicht mehr anmerken zu lassen und ihre Wunden möglichst nur allein und im stillen Kämmerlein zu lecken. Ilse konnte schließlich nichts dafür, dass es zwischen ihr und Paul just zum Zeitpunkt ihrer Abfahrt diese Schwierigkeiten durch seine aufgehetzten Eltern gegeben hatte.

Ilse nickte begeistert und flüsterte: »Ich hatte es mir nicht so … eindrucksvoll vorgestellt.«

Lucie nickte und warf Ariel einen Blick zu. Er räumte stumm vor sich hin, sah aber auch recht zufrieden aus. Er hatte die Villa genauso wie alle anderen Familienmitglieder von jeher geliebt. Früher, als die Urgroßeltern und alle Großeltern noch gelebt hatten, hatten sie die Sommer mit ihnen gemeinsam hier verbracht, bot das Haus doch ausreichend Platz für viele Gäste.

»Na komm, schauen wir mal, welches Zimmer wir dir geben können«, sagte Lucie zu Ilse und zog die Freundin am Arm mit sich fort.

Die Eingangshalle war in ein sanftes Licht gehüllt. Frau Wagner hatte an alles gedacht. Ilse blieb schon wieder staunend stehen, aber Lucie zerrte sie ungeduldig mit sich die Treppe hoch. Sie führte sie schnurstracks zu einem der Gästezimmer, das noch abgedunkelt war. Lucie öffnete die Fenster und stieß die Fensterläden auf. Die letzten Sonnenstrahlen strömten ins Zimmer und ließen die Staubflusen im Lufthauch tanzen. Alles war staubig und stickig, aber Ilse war begeistert.

»Herrje, das ist ja riesig! Schlafe ich hier etwa allein?«, jubelte sie.

»Natürlich«, antwortete Lucie lächelnd. Sie hatte überlegt, Ilse mit in ihrem Zimmer schlafen zu lassen, wie sie es mit Helga immer getan hatte, aber bei dem Gedanken fühlte sie sich nicht wohl. Sie war mit Ilse nicht so vertraut, wie sie es mit Helga war. Außerdem wollte sie den Platz für Helga freihalten, wenn sie endlich da wäre.

»Ich schlage vor, dann holen wir unser Gepäck hoch und machen uns ein wenig ans Abstauben, bevor wir uns hier niederlassen, was meinst du?«

Ilse nickte begeistert und so liefen sie wieder zurück in den Garten. Auf dem Weg nach unten zeigte Lucie Ilse noch ihr eigenes Zimmer. Es war der Raum, den ihre Mutter als junges Mädchen bewohnt hatte, und er lag nur zwei Türen von Ilses Zimmer entfernt.

Auf der Treppe begegnete ihnen Frau Wagner, die verhuschte, dünne Frau des Hausmeisters, die sich mit gesenktem Kopf und vollgeladenen Armen an ihnen vorbeidrückte, ohne einen Ton zu sagen.

Lucie beachtete sie gar nicht weiter. Seit sie ein Kleinkind war, kannte sie das ein wenig eigentümliche Verhalten des eigenbrötlerischen Paars, doch Ilse sah ihr irritiert hinterher, während sie die Stufen abwärts nahm.

»Wer war das?«, fragte sie Lucie schließlich, als sie nach ihren Taschen griffen, um sie in ihre Zimmer zu bringen.

»Ach, das war nur Frau Wagner. Sie und ihr Mann kümmern sich um das Haus, wenn wir nicht da sind, und helfen hier und dort, wenn es nötig ist.«

»Kennst du sie schon lange?« Ilse schob sich den Rucksack auf dem Rücken zurecht und schaute Lucie mit gerunzelter Stirn an.

»Mein ganzes Leben. Wieso?«

»Findest du sie nicht irgendwie komisch?«, fragte Ilse, während sie die Treppe wieder emporstiegen.

Bevor Lucie dazu kam, ihr zu antworten, kam ihnen Herr Wagner entgegen. Er brummte irgendetwas Unverständliches und tippte sich an die Mütze.

Lucie nickte ihm freundlich zu, hörte aber, wie Ilse hinter ihr scharf die Luft einsog.

Als sie den nächsten Flur erreicht hatten, atmete Ilse geräuschvoll aus und raunte verschwörerisch: »Wer war das denn wieder? Langsam kommt mir das hier vor wie ein Kuriositätenkabinett mit lebendigen Menschen.«

»Ilse!«, prustete Lucie halb empört, halb belustigt. »Das ist Herr Wagner. Ihr Mann.«

»War ja klar. Aber die wohnen nicht mit hier im Haus, oder? Findest du sie nicht ein bisschen unheimlich?«

Lucie stellte ihre Tasche vor ihrer Zimmertür ab und blickte Ilse nachdenklich an.

»Sie sind nicht sehr gesprächig und er ist ein wenig vierschrötig, aber sie pflegen das Haus und den Garten wirklich tipptopp.«

»Hast du gesehen, wie mager die Frau ist? Sie wirkt so, als würde sie jeden Moment von einem Windstoß umgeweht werden.«

»Ich wundere mich immer, wie sie es schafft, aber ich kann dir sagen: Die Frau kann zupacken wie keine andere. Und weißt du, was sie in die Küche gelegt hat? Selbst gebackene Brote, Äpfel, Butter und Käse. Das macht sie immer so, damit wir an unserem Ankunftstag etwas zum Essen haben. Glaub mir, so schlimm, wie sie aussehen, sind die beiden wirklich nicht.«

»Ich bin schon beruhigt, wenn sie nicht mit im Haus wohnen, denn dann hätte ich bestimmt kein Auge zubekommen.«

Lucie schüttelte ein wenig genervt von Ilses Beharrlichkeit den Kopf, sagte aber nichts weiter dazu. Stattdessen holte sie aus der Kammer am Ende des Flurs Eimer und Wischtücher und drückte einen davon Ilse in die Hand. Vielleicht würde sie das Putzen auf andere Gedanken bringen.

Fröhlich machten sich die beiden ans Werk und auch die anderen Bewohner der Villa waren fleißig. Vergessen war die Müdigkeit von der langen Reise. Alle hatten das Ziel, die Villa wohnlich zu machen, damit der Urlaub richtig beginnen konnte. Gemeinsam ging das Ganze deutlich schneller, als sie es sich im Vorfeld ausgemalt hatten. Mit vereinten Kräften hatten sie die Villa noch vor dem Abendessen in einen bewohnbaren Zustand gebracht. Zwischen Staub wischen, Waschbecken wienern und Kleidung auspacken brach Ilse immer wieder in Begeisterungsrufe aus. Mal war es die Einrichtung, mal die Sicht auf das Meer, das sich direkt vor dem Garten einladend ausbreitete.

Lucie dachte voll Vorfreude daran, durch den Sand zu laufen, das Meerwasser an den Füßen zu spüren, über die Promenade zu spazieren und im Strandkorb ein Buch nach dem anderen zu verschlingen. Sie freute sich, die Feindseligkeit, die ihr in Berlin aufgrund ihrer Religion immer häufiger begegnete, hinter sich zu lassen und die unbeschwerte Sommerfrische zu genießen.

Nachdem sie ein einfaches Abendessen mit Stullen und Äpfeln genossen hatten und alle erschöpft, aber glücklich auf ihre Zimmer gingen, flüsterte Lucie Ilse beim Abschied zu: »Schlaf gut. Und erschrick nicht allzu sehr: In diesem Haus leben Geister. Gute Geister, keine bösen. Jedenfalls, soweit ich das beurteilen kann. Wir haben es das Haus der Wunder getauft, Helga und ich.«

Mit weit aufgerissenen Augen stierte die Freundin sie erschrocken an. Sie waren bei Lucies Zimmertür angekommen und sie drückte Ilse die Hand, bevor sie verschwand und die Tür hinter sich schloss. Sie kicherte leise.

Lucie hatte keine Ahnung, warum sie Ilse all das erzählt hatte, aber mit Helga hatte sie wegen solcher Geschichten immer viel Spaß gehabt. Wie oft hatten sie im Dunkeln dagelegen und sich überlegt, welche Gespenster hier wohl herumgeisterten, wie sie hießen und welche Eigenheiten sie hatten, bis sie sich so gegruselt hatten, dass Helga in Lucies Bett geschlüpft war und die beiden Arm in Arm eingeschlafen waren.

Kapitel 19

Ilse klopfte nachts nicht an Lucies Zimmertür, doch die dunklen Ringe unter ihren Augen am nächsten Morgen sprachen Bände. Ständig rieb sie sich verstohlen die Augen und gähnte leise.

»Gibt es hier wirklich Geister?«, wisperte sie Lucie zu, als sie sich zu den Eltern und Ariel an den Frühstückstisch setzten.

Ariel verzog spöttisch den Mund. »Bist du für so einen Aberglauben nicht viel zu alt? Ich bitte dich: Es gibt keine Geister. Schon gar nicht hier«, beschied er sie ein wenig barsch.

Hilfe suchend sah Ilse Lucie an. Ihr Kopf war rot angelaufen und sie biss sich auf die Lippen.

»Das war meine Schuld. Ich habe ihr gestern Abend von den Geschichten erzählt, die Helga und ich uns hier immer ausgedacht haben. Das war eine dumme Idee. Tut mir leid, wenn ich dich nervös gemacht habe«, gestand Lucie schuldbewusst.

Ilse holte tief Luft und musterte eingehend ihr Frühstücksbrötchen. Offenbar nahm sie Lucie den Scherz übel.

»Ich meinte es nicht böse«, flüsterte sie Ilse zu.

»Schon gut«, erwiderte diese knapp, während sie mit durchgedrücktem Rücken schweigend ihr Brötchen vertilgte.

Auch Ariel sagte nichts mehr. Lucie bemühte sich eine Weile, die Unterhaltung durch Fragen und Bemerkungen über das Meer und das Wetter anzukurbeln, doch weder Ilse noch Ariel schienen sonderlich interessiert an ihren Anstrengungen. Nur Großmutter und die Eltern redeten, auch wenn Mutter sichtlich aufgekratzt war.

Alma sollte heute mit ihrem Mann und Pflegesohn ankommen und Mutter war deswegen bereits am frühen Morgen wie ein aufgescheuchtes Huhn aufgeregt herumgelaufen und hatte über das ganze Gesicht gestrahlt. Allerdings konnte Lucie ihr die Aufregung nicht verdenken, denn Alma hatte noch jemand anderen im Gepäck: Sie brachte Helga mit. Lucie konnte es kaum erwarten, die alte Freundin endlich wiederzusehen, und war ähnlich hibbelig wie ihre Mutter. Die Einzige, die sich nicht auf die Ankömmlinge zu freuen schien, war allerdings Ilse. Lucie hatte ihr gerade die frohe Botschaft von Helgas Kommen verkündet. Ilse reagierte für ihre Verhältnisse ungewöhnlich einsilbig. Sie saß mit verschränkten Armen und trotzig vorgeschobener Unterlippe am Frühstückstisch; ihre Reaktion erinnerte Lucie daran, wie Ilse immer auf Paul reagiert hatte. War sie etwa auch auf Helga eifersüchtig? Aber sie kannte sie doch noch gar nicht.

Einen Augenblick beobachtete sie Ilse nachdenklich, dann stand sie auf, setzte sich neben sie und legte ihr eine Hand auf deren noch immer verschränkte Unterarme.

»Du wirst Helga mögen. Sie ist wirklich nett. Wir werden eine Menge Spaß zu dritt haben.«

Ilse starrte weiter auf ihr angebissenes Brötchen, das auf dem Teller vor ihr lag, und schnaubte durch die Nase. Der dicke goldgelbe Honig floss langsam herab, doch Ilse tat nichts dagegen. Schließlich aber sah sie auf. »Ich bin nur verwundert, ich dachte nicht, dass du noch eine andere mit hierhernehmen würdest.«

»Helga gehört hier inzwischen fast zum Inventar. Sie war jedes Jahr mit mir hier. Ich bin mir sicher, dass ihr zwei euch gut verstehen werdet.«

Ilse fixierte sie einen Moment mit zusammengezogenen Augenbrauen, dann aber besann sie sich. Sie löste die Arme, griff nach dem Brötchen und sagte in betont lockerem Tonfall: »Dann lasset die Spiele beginnen.« Sie lachte ein wenig gekünstelt und grinste sie schief an.

Lucie musterte sie einen Augenblick, irritiert von ihrem so abrupten Stimmungswechsel, dann aber entschloss sie sich, sich von Ilses Launen nicht den schönen Tag vermiesen zu lassen. Viel zu sehr freute sie sich darauf, Helga endlich wieder in die Arme schließen zu können. Immerhin lächelte Ilse jetzt. Das genügte fürs Erste. Alles Weitere würde sich finden.

Nach dem Essen ging jeder seiner Wege, denn bis die neuen Besucher ankommen würden, mussten sie noch einige Stunden herumbringen. Lucie und Ilse beschlossen, zunächst die Strandpromenade entlangzulaufen, damit Ilse ein wenig die Gegend kennenlernen konnte.

»Bist du mir noch böse?«, fragte Lucie schuldbewusst, als sie ins Obergeschoss stiegen, um sich für den Spaziergang anzukleiden.

»Es ist in Ordnung, habe ich gesagt. Mit dieser Helga scheinst du ja jede Menge Spaß gehabt zu haben«, erwiderte Ilse ein wenig patzig.

Überrascht sah Lucie sie an. »Ja, natürlich. Sie war von klein auf meine beste Freundin. Wir haben ganz nah beieinander in Tübingen gewohnt und in der Schule …«

»Erspar mir die alten Geschichten«, unterbrach sie Ilse. »Trägt man hier eigentlich einen Hut oder geht es auch ohne?«

»Ähm, ganz wie du willst. Ich werde wohl einen leichten Strohhut nehmen. Die Sonne hier am Meer ist intensiv.«

»Gut. In zehn Minuten bin ich so weit.« Ilse ließ Lucie an ihrer Zimmertür einfach stehen.

Es war nicht so einfach mit Ilse! Aber wenn Lucie ehrlich war, musste sie sich eingestehen, dass Ilse allen Grund hatte, sauer zu sein. Es war kindisch von ihr gewesen, die Geister zu erwähnen. Ilse am ersten Abend mit solchen Geschichten zu kommen, war natürlich blöd. Sie würde es mit besonderer Freundlichkeit wiedergutmachen. Schließlich war eine solch eisige Stimmung während des gesamten Aufenthaltes hier keine angenehme Vorstellung.

Doch Lucies Bedenken stellten sich als unbegründet heraus. Schon auf der Promenade hellte sich die Stimmung zwischen ihnen merklich auf, und als sie später die Füße in die Ostsee steckten und sich die Taschen mit den schönsten Muscheln vollluden, fühlte es sich endlich an, als wären alle Sorgen zu Hause in Berlin geblieben.

***

Bereits eine halbe Stunde vor der geplanten Ankunft des Zuges saß Alma voll bekleidet im Abteil, den Hut auf dem Kopf und die Reisetasche mit dem Nötigsten auf dem Schoß und wackelte aufgeregt mit den Beinen. Günther, der seine erste lange Reise machte und entsprechend zappelig war, sah sie immer wieder unsicher von der Seite an. Und auch Helga blinzelte verzagt in ihre Richtung.

»Alma, bitte, du machst uns noch ganz wahnsinnig«, murrte Wilhelm, senkte das Buch, in dem er gerade las, und lugte über den Rand seiner Lesebrille kopfschüttelnd zu ihr. »Wir haben noch über dreißig Minuten, bevor wir ankommen sollen.«

»Ich weiß. Ich weiß. Ich freue mich nur so, Hannah und Daniel endlich wiederzusehen. Und Ariel und Lucie natürlich auch. Hach, du wirst es dort lieben. Die Villa ist ein Traum. Ein Kleinod direkt am Meer.«

»Ist mir bewusst. Habe ich bisher ja rund sechzigmal gehört, und das nur, seit wir zu Hause losgefahren sind. Ich freue mich auch. Vor allem aber darüber, dass du alle endlich wiedersehen kannst.«

»Ja, das ist wirklich wundervoll. Und auch die Hochzeit wird bestimmt wunderbar. Freust du dich auch so darauf, Helga?« Sie kniff die Lippen zusammen, damit nicht erneut Tränen der Rührung über ihre Wangen rollten.

Doch natürlich kannte Wilhelm sie viel zu gut, um es ihr nicht anzumerken. Er legte seine Hand auf ihr Knie. »Du hast es verdient, alles Wundervolle der Welt zu erleben.« Dann hob er wieder sein Buch vor die Nase und vertiefte sich in die Lektüre.

Helga wirkte aufgrund von Almas Rührung ein wenig unsicher. »Ich freue mich vor allem auf Lucie, aber die Hochzeit ist natürlich auch schön.«

»Das glaube ich dir. Ich bin mir sicher, dass Lucie genauso aufgeregt ist und die Zeit nicht erwarten kann, bis wir endlich da sind.«

Helga, die genauso wie Wilhelm den Großteil der Zugfahrt lesend verbracht hatte, nickte freundlich und steckte die Nase wieder in ihr Buch. Sie hielt den Einband so hoch, dass lediglich ihre braunen Haare hervorguckten. Der Rest ihres Gesichts verschwand hinter dem Buchrücken.

Alma lächelte Günther an, seufzte leise und sah hinaus. Warum verging die Zeit manchmal eigentlich überhaupt nicht? Sie konnte es nicht erwarten, endlich aus dem Zug zu kommen und alle ans Herz zu drücken. Sie waren ihre Familie. Ihre Familie, die ihr gefehlt hatte. Fürchterlich gefehlt hatte.

Und es war noch so viel zu tun, bis Kurt und Ursula in einer Woche anreisen würden. Alles musste hergerichtet und festlich geschmückt werden. Die Chuppa musste errichtet und über und über mit Blumen verziert werden, und das Zimmer des Brautpaars verdiente besondere Aufmerksamkeit. Es juckte ihr in den Fingern, sich um all diese Kleinigkeiten zu kümmern. Quasi als Ausdruck ihrer Liebe zu Kurt. Er war der Erste gewesen und würde stets einen besonderen Platz in ihrem Herzen einnehmen.

Sie sah sich um. Wilhelm hatte die Stirn gerunzelt und blätterte konzentriert eine Seite nach der anderen um, während er die Welt um sich herum scheinbar vergaß. Sie musste ihn nachher fragen, ob er ihr das Buch empfehlen würde. Lesen hatte sich inzwischen zu einer ihrer Lieblingsbeschäftigungen gemausert. Sie liebte es, völlig im Kosmos eines Romans zu versinken und alles um sich herum zu vergessen. Alma war dankbar, dass sich diese Tür für sie geöffnet hatte, dadurch, dass Hannah ihr das Lesen beigebracht hatte. Doch im Moment hatte sie dafür keine Nerven. Mit all ihren Gefühlen und Gedanken weilte sie bereits in der Villa, umgeben von den Menschen, die sie liebte.

Sie warf Günther einen liebevollen Blick zu. Sie hatte ihm so viel von den Friedländers erzählt, dass auch er inzwischen ganz aufgeregt war, sie endlich persönlich zu treffen. Natürlich war er zuvor noch nie an der See gewesen, geschweige denn auf einer Hochzeit. Es machte Alma glücklich, dass sie ihm ein anderes Leben zeigen konnte als die winzige Welt, die er im Waisenhaus erlebt hatte. In den paar Wochen, die er bereits bei ihnen war, war er sogar ein gutes Stück in die Höhe geschossen, als wäre sein Körper jetzt, wo er ausreichend Nahrung bekam, bereit, den Raum einzunehmen, der ihm zustand.

Günther trug seinen nagelneuen braunen Reiseanzug und seine Haare lagen in einem adretten Seitenscheitel. Sie war stolz auf ihren Sohn. Denn als das empfand sie ihn. Er war ihr Sohn und endlich konnte sie ihn Hannah und Daniel vorführen. Selbstverständlich war sie auch gespannt darauf, wie er sich mit Lucie verstehen würde.

Ungeduldig stand sie auf und setzte sich gleich darauf wieder hin.

Wieder sah Wilhelm sie über seine Brille hinweg an.

»Alma«, sagte er nur und schüttelte ganz leicht den Kopf. Umständlich zog er seine Taschenuhr heraus, klappte sie auf und zeigte sie Alma. »Noch gute fünfzehn Minuten. Dann hast du es geschafft.«

»Ich weiß, ich weiß.« Sie seufzte und warf einen Blick auf Helga, die immer noch unbeirrt weiterlas, als würde sie all das nichts angehen. Alma schüttelte den Kopf. Sie hatte noch nie verstanden, wie jemand so unaufgeregt sein konnte wie dieses Kind. Ganz anders als Lucie, aber vielleicht verstanden sie sich ja gerade deshalb so gut.

***

Zur gleichen Zeit tigerte Hannah den Bahnsteig auf und ab. Daniel, der sie zum Bahnhof begleitet hatte, bedachte sie mit einem belustigten Grinsen.

»Sie werden schon kommen«, versuchte er, sie zu beruhigen.

»Ich freue mich so darauf, Alma mit ihrer neuen Familie zu erleben. Wenn es jemand verdient hat, glücklich zu sein, dann sie«, seufzte Hannah, die für den Bruchteil einer Sekunde stehen geblieben war, in diesem Augenblick allerdings wieder losstiefelte, als würde sie Kilometergeld bekommen.

»Die Sache mit der Zeit ist wirklich paradox: Wenn man will, dass etwas lange dauert, ist sie im Nu verflogen. Sobald man jedoch auf etwas wartet, dann zuckelt sie dahin wie eine alte Schnecke.«

»Dieses Schicksal trägst du aber nicht allein. Fast jedem geht es so.«

»Jaja, schon klar. Hätten wir Lucie nicht doch mitnehmen sollen? Sie hat es sich so gewünscht.«

»Dann hätte auch Ilse mitgemusst und wir hätten eine Kutsche mehr buchen müssen. Helga wird es aushalten. Und Lucie auch. Es dauert ja nicht mehr lange, bis sie sich sehen. Aber wenn mich nicht alles täuscht, könnte dein ungeduldiges Warten endlich ein Ende haben.« Daniel deutete in die Richtung, aus der der Zug auftauchen musste.

Wie der Blitz drehte Hannah sich um und starrte die Gleise entlang. »Das ist er. Das muss er sein. Hach, Daniel, ich freue mich so«, rief sie und fiel ihm um den Hals, löste sich jedoch gleich wieder und sah noch einmal hin, um sicherzugehen, dass sie sich auch nicht irrte.

Ein paar Minuten später kam die Bahn schnaufend zum Stehen. Hektisch lief Hannah von Tür zu Tür, um Alma sofort in Empfang nehmen und ihr um den Hals fallen zu können, doch die Türen wurden nur langsam geöffnet und die ersten Ankömmlinge stiegen in aller Seelenruhe aus. Wo war Alma denn nur? Ob sie den Zug verpasst hatte? Früher wäre sie die Erste gewesen, die aus dem Zug gesprungen wäre. Wilhelm Waldner schien eine unangemessen beruhigende Wirkung auf sie zu haben.

Nein, da war sie. Ganz hinten. Gerade stieg sie aus, während ihr Mann ihr galant die Stufen herunterhalf.

»Alma, Alma!« Hannah winkte mit beiden Armen und rannte los.

Alma ließ ihre Tasche fallen, hielt mit einer Hand ihren Hut, wedelte mit der anderen ausladend zurück und lief ihr entgegen. Im Hintergrund sah Hannah Wilhelm stehen, an der Hand einen Jungen, der seiner Frau kopfschüttelnd hinterherblickte. Das Kind musste Günther sein. Sie war schon so gespannt, ihn endlich kennenzulernen. Und hinter ihm wartete Helga, die ein gutes Stück in die Höhe geschossen war, seit sie sie zum letzten Mal gesehen hatte. Sie würde die zierliche Lucie inzwischen deutlich überragen. Sie konnte sich vorstellen, dass

Daniel hinter ihr ein ähnliches Bild abgab wie Wilhelm Waldner auf der anderen Seite hinter Alma, doch das war ihr egal.

Sie flog der lang ersehnten Freundin in die Arme und drückte sie, als müsste sie sie wiederbeleben.

»Alma, wie schön, dass ihr endlich da seid!«, jubelte sie.

»Ich konnte es kaum erwarten. Wilhelm war ganz erzürnt über meine Ungeduld«, japste die Freundin.

Endlich lösten sich die beiden wieder voneinander und Hannah konnte Almas Mann in deutlich angemessenerer Weise begrüßen. Der kleine Günther wirkte aufgeweckt und fröhlich, und man merkte ihm deutlich an, wie sehr er an seinen Pflegeeltern hing. Er freute sich über den kleinen Ball, den Hannah ihm zur Begrüßung mitgebracht hatte. Alma fackelte nicht lange und fiel ebenso Daniel um den Hals, der ihre Umarmung freudig lächelnd erwiderte. Und auch Helga wurde lachend begrüßt.

»Wir dürfen nie wieder so lange voneinander getrennt sein«, sagte Hannah bestimmt, als sie alle miteinander zur bereits reservierten Kutsche schritten.

»Niemals«, stimmte Alma ihr lächelnd zu. Sie gingen Hand in Hand, als wären sie kleine Kinder oder junge Backfische. Doch auch wenn das in ihrem Alter seltsam wirken musste, war Hannah noch nicht bereit, die Freundin wieder loszulassen. Zu lange hatte sie sie vermisst.

Als sie schließlich bei der wie Bernstein in der Sonne gleißenden Villa vorfuhren, standen bereits Lucie und Ariel winkend am Tor. Lucie rannte aufgeregt neben der Kutsche her, die sich den Weg bis vor das Portal bahnte, während Ariel gemesseneren Schrittes folgte.

Kaum hielt der Kutscher endlich die Pferde an, öffnete Alma die Tür und hopste hinaus, um die breit grinsenden Kinder in die Arme zu schließen. Helga folgte ihr langsamer, doch kaum stand auch sie auf den Kieseln, flog Lucie ihr sofort um den Hals. Die beiden Mädchen lachten und schnatterten, was das Zeug hielt, und die eben noch so ruhige Helga ließ sich sofort von Lucies Lebhaftigkeit mitreißen.

Hannah lächelte den ihr gegenübersitzenden Wilhelm an und sagte: »Die Alma. Wie ein junges Ding.«

»Nun, da nehmt ihr euch beide nicht viel. Wenn man euch auf dem Bahnsteig gesehen hat, muss man annehmen, ihr wäret bei der Geburt getrennt worden und würdet euch heute zum ersten Mal wiedersehen«, mischte sich Daniel lächelnd ein.

Hannah riss in gespielter Empörung den Mund auf. »Man wird doch wohl noch seine Freude zeigen dürfen.«

Daniel und Wilhelm sahen sich an und brachen nahezu gleichzeitig in lautes Lachen aus. Hannah blickte sie für einen Augenblick pikiert an, dann aber stimmte sie mit ein. Sie war heute einfach viel zu glücklich, um nicht jeden Moment des Tages mit Lachen zu verbringen.

Jetzt, wo Helga und Alma mit ihrer Familie endlich da waren, wurde alles noch ein bisschen heller und bunter, auch wenn das Leben an der See im Sommer sowieso himmlisch war. Lucie hatte es sich mit Ilse vorher für die Wartezeit im Garten gemütlich gemacht. Sie hatten eine große Decke im Schatten unter den Bäumen ausgebreitet, verschiedene Spiele und Bücher und natürlich auch etwas Proviant angeschleppt und hatten die Warterei mit Dösen, Quatschen, Spielen und Lesen verbracht, bis die Kutsche mit den Eltern und den Neuankömmlingen endlich vorgefahren war.

Als Lucie Helga, Alma und Günther, der ihr auf Schritt und Tritt folgte und ständig über beide Ohren strahlte, ihr Lager zeigte und Ilse vorstellte, sagte Alma gerührt: »Wie damals bei mir und deiner Mutter. Auf diesem Fleck haben wir auch immer gesessen und hier hat sie mir das Lesen beigebracht.«

»Ehrlich? Sie hat dir das Lesen beigebracht? Aber du warst doch in der Schule, oder nicht?«, fragte Lucie verblüfft.

»Theoretisch schon. Praktisch kaum. Ich bin jedenfalls sehr froh, es jetzt zu können. Ohne Bücher und Briefe wäre das Leben sehr fade, nicht wahr, Güntherchen?«

Der Junge, der vor Freude über all die neuen Eindrücke, die auf ihn einprasselten, gar nicht mehr aus dem Lächeln herauskam, nickte begeistert, während sein Blick ständig sehnsüchtig zum Meer hinüberglitt.

Helga hatte Ilse freundlich zugenickt, ansonsten aber nicht sonderlich viel Interesse an Lucies neuer Freundin gezeigt. Lucie war beunruhigt. Wenn nun auch noch Helga begann, eifersüchtig herumzuzicken, wusste sie nicht, wie sie das handhaben sollte. Doch für den Moment war sie einfach zu glücklich über die Ankunft der Freundin, sodass sie all das beiseiteschob und sich lächelnd bei Helga einhakte, während sie zwischen ihr und Alma zurück zum Haus wanderte. Sie drehte kurz den Kopf und rief Ilse zu, sich ihnen anzuschließen, Helga beim Auspacken behilflich zu sein. Ilse schüttelte stumm mit beleidigter Miene den Kopf und verschränkte mal wieder abwehrend die Arme. Sie blieb einfach auf der Decke sitzen und starrte ihnen hinterher.

Na, dann nicht. Wer nicht wollte, der hatte schon. Sie würde Ilse eben nachher beim Essen wiedersehen. Man musste ja auch nicht jede Minute aufeinanderhocken. Momentan war erst mal Helga dran.

»Und? Seid ihr auch so froh, euch wiederzusehen, wie es deine Mutter und ich sind?«, fragte Alma in Richtung Lucie und Helga.

Beide nickten strahlend.

»Natürlich. Ihr beide kennt euch, seit ihr kleine Steppkes wart. Vertrauen kommt nicht über Nacht. Das braucht lange, um zu wachsen«, sagte Alma nachdenklich.

»Nun aber genug mit dem melancholischen Gerede. Da wird man ja ganz rührselig.«

Alma zog Lucie im Gehen an sich und lächelte. »Meine Lucie! Immer noch eine kleine Kratzbürste wie seit jeher.«

»Na, erlaube mal. Ich bin doch keine Kratzbürste, nur weil ich die Wahrheit ausspreche«, ereiferte sich Lucie.

Alma legte ihr die Hand auf die Lippen. »Pscht. Wir wollen doch nicht gleich am ersten Tag streiten, oder, mein Engelchen?«

Daraufhin musste auch Lucie grinsen. Sie schmiegte sich an Alma, die bei ihr immer noch das alte Gefühl von Geborgenheit weckte. Wie früher. Endlich waren sie wieder beisammen. Und sogar Helga war da. Alles war irgendwie heller, wenn die beiden bei ihr waren.

Die Tage vergingen rasch. Hannah hatte sich mit Alma und ein wenig geistiger Mithilfe von Mutter begeistert in die Vorbereitungen gestürzt. Sie hatten einen Rabbi gefunden, eine wundervolle Chuppa beim hiesigen Tischler in Auftrag gegeben, Blumen angepflanzt und das Menü geplant, während Alma zwischendurch Servietten säumte und Silber polierte. Hannah hatte ganz vergessen, wie viel sorgloser und leichter das Leben wirkte, wenn Alma da war. Sie verstanden sich fast wortlos. Eine musste die andere nur ansehen und wusste, was sie dachte. So gingen die gemeinsamen Besorgungen und Arbeiten leicht von der Hand.

Als sie am Nachmittag gemeinsam Lichterketten in die Bäume hängten, unter denen die Festtafel aufgebaut werden sollte, seufzte Alma plötzlich und hielt inne, die Kabel zwischen die Zweige zu winden.

»Was ist? Alles in Ordnung?«, erkundigte sich Hannah sofort besorgt.

»Alles ist in wunderbarer Ordnung. Ich dachte nur gerade daran, wie unglaublich dankbar ich für alles bin. Wer hätte gedacht, dass wir beide einmal hier Seite an Seite stehen würden, beide verheiratet und eng befreundet, und die Hochzeit unseres Kleinen vorbereiten würden?« Sie lächelte versonnen.

»Na ja, so klein ist er inzwischen ja auch nicht mehr«, erwiderte Hannah trocken.

»Mach doch nicht immer diese romantischen Momente mit deinem Pragmatismus kaputt!«, beschwerte sich Alma und sah sie ein wenig beleidigt an.

»Ich fühle ja genauso, Alma. Ich kann mir gar nicht vorstellen, dass Kurt, der eben noch ein Säugling gewesen ist und seinen ersten Zahn bekam, in ein paar Tagen unter den Traubaldachin treten wird. Und wie froh ich bin, dass du, Wilhelm und Günther hier seid, brauche ich wohl nicht noch einmal zu betonen, oder?«

»Wahrscheinlich nicht.« Alma lächelte. »Man wird aber auch ein bisschen wunderlich im Alter. Da stehen wir hier und schwatzen und schwelgen in Erinnerungen, dabei kommt morgen schon das Brautpaar an und es gibt noch so viel zu tun. Wann will der Tischler die Chuppa liefern?« Sie begann wieder, das Kabel um die Äste zu wickeln.

»Heute in den Abendstunden, das hat er jedenfalls versprochen. Ich hoffe nur, wir bekommen wirklich ausreichend Blumen, um sie üppig zu schmücken.«

»Das werden wir schon. Und wenn nicht, dann schicken wir die Mädchen und Günther los und lassen sie einen Haufen Muscheln sammeln, die wir überall drankleben.«

»Du hast recht. Es wird schon alles gut werden. Ich freue mich, dass ihr Günther aufgenommen habt. Er ist so ein freundlicher Junge und er scheint euch sehr gutzutun. Was hältst du von Lucie? Hat sie sich verändert in der Zeit, in der du sie nicht gesehen hast?«

»Ja und auch wieder nein. Sie ist nach wie vor eine Schönheit. Aber sie wirkt viel nachdenklicher. Die Leichtigkeit, die vorher einen Großteil ihres Charmes ausgemacht hat, ist verschwunden. Es hat fast den Anschein, als würde sie irgendetwas belasten.«

Hannah hielt inne. »Es ist gerade nicht sonderlich leicht für sie. Die Judenfeindlichkeit wird immer stärker und macht auch vor der Schule nicht halt. Und mit ihrem Paul, von dem ich dir geschrieben hatte, gab es offenbar direkt vor unserer Abfahrt Ärger wegen unseres jüdischen Hintergrunds. Umso mehr freue ich mich, dass sie Ilse und Helga dabeihat, die sie ablenken können. Freundinnen sind wichtig.«

»Das sind sie. Allerdings bin ich mir nicht sicher, dass Ilse da die Richtige für unsere Lucie ist, aber ich kann mich natürlich irren, schließlich habe ich Lucie eine ganze Weile nicht gesehen.«

»Ja, vielleicht. Aber Helga wird gewiss gut für sie sein. Nun, die Zeit wird zeigen, ob diese Freundschaft so beständig ist wie unsere.«

»Lucie und Helga sind trotz der räumlichen Trennung wie ein altes Liebespaar. So eng, wie die beiden immer waren, ist das aber auch kein Wunder. Zwischen die beiden passte doch noch nie ein Blatt.«

Hannahs Mundwinkel hoben sich unwillkürlich bei der Erinnerung an die beiden kleinen Mädchen, die im Garten die Köpfe zusammengesteckt und für ihre Puppen Grasspinat gekocht hatten.

»Genauso wie bei uns«, erwiderte sie und lächelte Alma an.

Kapitel 20

Daniel putzte sich noch einmal schnell die Brillengläser am Hemdsärmel sauber, damit er auch ja nichts verpasste. Gleich würde der Zug mit dem Brautpaar im Bahnhof einfahren und er freute sich sehr, seinen Ältesten einmal wieder in die Arme schließen zu können. Bei allen war die Freude groß, die beiden wiederzusehen. Die ganze Familie – bis auf Hannahs Mutter, die nicht mehr so gut zu Fuß war und auch nicht auf ihr Nachmittagsnickerchen hatte verzichten wollen, war geschlossen zum Bahnhof marschiert. Sogar Ilse und Wilhelm Waldner waren dabei. Die Stimmung war ausgelassen. Kurt und seine Verlobte wurden mit lautem Hallo begrüßt.

Als Daniel endlich seinen Ältesten an sich drücken konnte, nachdem er von Arm zu Arm gewandert war, hatte er nach langer Zeit wieder das Gefühl von Vollständigkeit. Ohne sich dessen bewusst gewesen zu sein, hatte er Kurt doch mehr vermisst, als er sich hatte eingestehen wollen. Sie waren eben eine Familie.

Ursula war eine stattliche junge Frau, der man ansah, dass sie wusste, was sie wollte, die aber bei aller Energie gleichzeitig etwas Weiches, Weibliches hatte, genauso wie es bei Hannah der Fall war. Er konnte die Wahl seines Sohnes sehr gut verstehen, erinnerte ihn seine Schwiegertochter in spe doch in vielem an Hannah damals.

Auch Ursulas Eltern, die das Brautpaar seit Hamburg begleitet hatten, waren genauso nett wie damals, als sie sie im hohen Norden besucht hatten. Und die kleine Marie sah noch entzückender aus als noch vor ein paar Wochen.

Da man den Neuankömmlingen natürlich nicht zumuten wollte, nach der langen Fahrt nach Hause zu laufen, hatte er bereits vor ihrer Ankunft Kutschen organisiert, die aufgereiht vor dem Bahnhof warteten. Zu seiner Überraschung entschieden jedoch alle, sich dem Tross anzuschließen und den Weg zu Fuß zu bestreiten, sodass nur das Gepäck mit der Kutsche zur Villa transportiert werden musste.

Und so wanderte Daniel mit Hannah an seiner Seite und allen anderen unter viel Gelächter und Erzählen zurück in Richtung Villa. Die Unbeschwertheit, die jeden Gast ergriff, kaum dass er in der Nähe der See war, schien auch bei Kurt, Ursula, Marie und ihren Eltern ihre Wirkung zu entfalten. Wenn das alles so weiterging, erwartete sie eine überaus ausgelassene und fröhliche Feier. Hauptsache, das Wetter spielte mit.

Wie gern hätte Daniel seine Eltern hier gehabt. Wie glücklich wären sie gewesen, mitzuerleben, wie ihr ältester Enkelsohn den Bund fürs Leben schloss; doch das Schicksal hatte es anders gewollt. Er schluckte schnell, um die Trauer nicht die Oberhand gewinnen zu lassen. Hannah marschierte mittlerweile ein Stück voraus und unterhielt sich angeregt mit der Brautmutter. Ständig lachten die beiden laut, während sie lebhaft gestikulierten.

Mit ihrem Lachen erhellte Hannah jede Dunkelheit. So war es schon immer gewesen. Sie war auch heute noch dieser leuchtende Stern, der sie damals gewesen war, als er sich in sie verliebt hatte. Wie lange war das inzwischen her? Sein halbes Leben. Und nun führte bereits ihr Sohn seine Braut unter die Chuppa. Gegen welche Widerstände hatten er und Hannah damals kämpfen müssen – und jetzt waren sie hier. Glücklich und unbeschwert mit ihrem ältesten Kind als Bräutigam. Das Leben schrieb manchmal seltsame Geschichten. Doch er hatte von jeher gewusst, dass Hannah der Mensch war, mit dem er alt werden wollte. Und er hatte sich nicht getäuscht: Sie war das Licht seines Lebens. Noch immer. Für immer.

Zwei Stunden später schlenderte er mit Kurt an der Seite durch den Hafen. Kurt hatte es gar nicht erwarten können, den Hafen wiederzusehen. Daniel hatte sich angeboten, ihn zu begleiten, während der Rest der Mannschaft Tischwäsche sortierte und Kerzen in Leuchter steckte. Es fühlte sich wunderbar vertraut an. Früher war es häufig vorgekommen, dass sie gemeinsam Seite an Seite abends von der Uni nach Hause geschritten waren. Damals, als sie alle noch in Tübingen gewohnt hatten.

»Und wie läuft es im Moment beruflich? Bist du da angekommen, wo du hinwillst?« Er betrachtete den erwachsen gewordenen Sohn glücklich von der Seite.

»Noch lange nicht, aber ich bin auf einem guten Weg. Die Assistentenstelle ist sehr zufriedenstellend. Nebenbei schreibe ich an einem Buch über Haftung.« Kurt grinste zufrieden.

»Allein? Ohne einen Professor im Rücken?«, staunte Daniel. Sein Sohn verblüffte ihn immer wieder. Er war so anders als seine Geschwister, und doch waren sie sich alle drei irgendwie ähnlich.

»Nun, ich habe gedacht, dass du vielleicht Interesse hättest, das Manuskript zu überprüfen, wenn es so weit ist. Ansonsten sehe ich es als ersten Schritt in Richtung meiner Professur.«

»Ein großer Schritt, würde ich behaupten. Ich sehe es mir sehr gerne an. Ich freue mich richtig darauf, mich wieder mit juristischen Fragen anstatt der richtigen Tabakmischung zu befassen.«

»Das kann ich mir lebhaft vorstellen. Mein Ding wäre es nicht, von der Uni ins Werk zu wechseln.«

»Nun, es vermittelt durchaus interessante neue Aspekte und eine frische Sichtweise auf vieles. Aber mein Herz gehört der Juristerei.«

»Das geht mir genauso. Und Ursula.«

»Ich bin gespannt, wo dich dein Weg noch hinführt, mein Sohn. Du hast dir auf jeden Fall die richtige Frau an der Seite gewählt, denke ich.«

»Ich bin mir sicher. Sie anzusehen erfüllt mich mit Stolz und Hingabe. Eine seltsame Mischung. Bei ihr fühle ich mich zu Hause und wir teilen gemeinsame Werte. Sie ist perfekt. Und vor allem liebe ich sie wie verrückt.« Kurts Augen strahlten.

»Ich bin so froh für dich, dass es dir genauso wie mir seinerzeit gelungen ist, die richtige Frau zu finden.«

»Wir wollen auch so bald wie möglich Kinder. Ich kann es kaum erwarten«, gestand Kurt mit einer für ihn ungewohnten Lebhaftigkeit.

Überrascht sah Daniel ihn an. Er hätte nicht gedacht, so bald Großvater zu werden, doch der Gedanke gefiel ihm.

»Nun, dann will ich hoffen, dass alle eure Träume in Erfüllung gehen werden.« Er legte seinem Sohn eine Hand auf die Schulter.

»Das wird es. Ich bin mir dessen gewiss.« Kurts Zuversicht spiegelte sich in seinem Gesicht wider.

»Das wünsche ich euch. Und dass diese ganzen Judenfeinde euch und uns keinen Strich durch die Rechnung machen«, sagte Daniel nachdenklich und ließ die Hand wieder sinken, zu sehr saugte dieser fürchterliche Gedanke alle Kraft aus ihm.

Am Tag der Hochzeit bedauerte Hannah es insgeheim ein kleines bisschen, nicht die Brautmutter zu sein, denn dann hätte sie der Braut beim Ankleiden und Frisieren helfen können, was sicher aufregender gewesen wäre, als Kurt dabei zu assistieren. Er war blitzschnell angezogen und sie hatte nichts weiter zu tun, als das kleine Sträußchen aus weißen Blümchen an sein Revers zu stecken und ihm über die Haare zu streichen, bevor er die Kippa aufsetzte.

»Mein Junge. Es ist erschütternd, wie schnell die Zeit vergeht«, sagte sie mit feuchten Augen. Zwar hatte sie sich fest vorgenommen, heute nicht zu heulen, doch sie zweifelte daran, dass sie das durchhalten würde.

Lucie hatte sich bereit erklärt, mit Marie zusammen der Braut zur Seite zu stehen, sollte ihre Hilfe vonnöten sein. Sie trug ein himmelblaues Kleid mit Schößchen und Volants und sah entzückend darin aus. Kurt hatte einen hellgrauen Anzug gewählt, der ihm mit seinen rabenschwarzen Haaren und dunklen Augen ein wahrhaft nobles Aussehen verlieh. Und auch Ariel hatte einen ähnlichen Anzug an, nur dass er einen Stich ins Braune hatte. Sie war so stolz auf ihre wunderschönen Kinder. Und auch Mutter schien zufrieden, denn sie thronte in der Ecke des gelben Teesalons, der zum Ankleidezimmer des Bräutigams und seiner Entourage auserkoren worden war, und nickte hin und wieder zufrieden, während sie ihren Enkel von oben bis unten musterte.

»Fein, fein«, ließ sie ab und an verlauten, was fast die höchsten Lobesworte waren, die Hannah je aus ihrem Mund gehört hatte. Die alte Dame geizte nicht mit Kritik, Lob aber verteilte sie nur äußerst spärlich.

»Und du bist dir wirklich sicher?«, fragte Hannah.

Kurt sah sie überrascht an. Dann antwortete er mit samtenem Glanz in seinen dunklen Augen: »Absolut, Mama. Ich war mir selten so sicher wie in dieser Frage. Ursula ist die Richtige. Und ich bin dankbar, dass es mir vergönnt war, ihr über den Weg zu laufen, und noch mehr, dass sie zugestimmt hat, mich zu heiraten.«

Nun flossen bei Hannah die ersten Tränen. Hannah schämte sich ihrer nicht. Sie ging hinüber zu ihrem Sohn, zog seinen Kopf zu sich herunter und küsste ihn sanft auf die Stirn. »Möge es dir nie schlechter gehen als heute«, wünschte sie ihm, als sie ihn freigab. »Ich bin dankbar, dass du mein Sohn bist, und dankbar, dass ich ab heute eine zweite Tochter haben werde.« Sie wischte sich mit dem Handrücken die Nässe von den Wangen.

Spontan trat Kurt einen Schritt auf sie zu und drückte ihr ebenfalls einen Kuss auf die Stirn. »Und ich bin dankbar und glücklich, dich zur Mutter zu haben. Aber nun genug mit diesen Rührseligkeiten, sonst kommen wir beide noch völlig verheult zur Chuppa und alle denken, wir hätten uns gestritten oder würden die Hochzeit bereuen.«

»Das kann keiner wollen«, stimmte Hannah ihm zu und kicherte. »Obwohl es eine witzige Vorstellung ist: Der Bräutigam und die Brautmutter erscheinen schluchzend und mit verquollenen Augen zur Trauung und alle fragen sich, was wohl passiert sein mag.«

»Ja, allerdings könnte ich mir vorstellen, dass das die Braut und ihre Familie etwas brüskieren könnte«, gab Kurt grinsend zu bedenken.

»Natürlich. Benehmen wir uns wie zwei Erwachsene. Und lass dich keinesfalls anstecken von den Albernheiten deiner dummen Mutter.« Sie streckte den Rücken durch und blinzelte schelmisch.

»Also eines bist du mit absoluter Sicherheit nicht. Dumm. Ich habe selten eine Frau getroffen, die sich mit dir messen kann. Außer natürlich Ursula.«

Sie warf ihm eine Kusshand zu. Dann eilte sie zu ihrer Mutter und nickte ihr zu.

»Wollen wir?«, fragte sie und bot der alten Dame ihren Arm dar.

»Gehts schon los?«, erkundigte sich Mutter ein wenig verwirrt.

»Jetzt geht es los und hält hoffentlich für die Ewigkeit«, antwortete Hannah pathetisch.

Kapitel 21

Als Daniel mit Hannahs Mutter am Arm durch die Terrassentür kam, wo schon alle Gäste warteten, breitete sich auf Almas Armen eine Gänsehaut aus. Hannah schritt hinter ihnen her und führte Kurt an der Hand zur Chuppa. Alma hielt sich die Hand vor den Mund, damit nicht jeder sofort sehen konnte, wie er vor Rührung bebte.

Musik setzte ein. Und jetzt folgte die Braut, die an beiden Händen von ihren Eltern geleitet wurde. Lucie schritt hinter ihnen her und ordnete den langen Schleier der Braut, immer im Wechsel mit Marie. Die Sonne strahlte und die Möwen kreischten, während eine sanfte Brise vom Meer herüberwehte und alles in einen feinen Salzduft hüllte. Es war einfach perfekt. Genauso, wie sie es sich damals vorgestellt hatte, als Kurt ihr von der Verlobung erzählt hatte. Günther saß zwischen ihr und Wilhelm und beobachtete alles aufmerksam. Wilhelm war mit ihm schon mehrmals in der Ostsee zum Schwimmen gewesen und er hatte eine gesunde Farbe bekommen. Man konnte ihm nicht mehr anmerken, wie mager und trostlos er noch vor ein paar Monaten ausgesehen hatte. Er gedieh prächtig, war hilfsbereit und höflich. So hatte sie sich immer einen Sohn gewünscht.

Sie linste zu Hannah hinüber, in deren Gesicht all die Rührung und Hingabe an ihren Ältesten stand. Alma spürte, wie stolz sie auf ihn war. Und auch sie selbst hätte nicht stolzer sein können. Hannahs Kinder waren ihre Kinder und das würde auch immer so bleiben. Sie hätte keine innigere Bindung zu einem eigenen Kind haben können, schließlich hatte sie alle drei von klein auf versorgt. In guten wie in schlechten Zeiten.

Die salbungsvollen Worte des Rabbiners glitten an ihr vorbei. Sie dachte an vergangene Zeiten. Die Zeit in Berlin, die Abtreibung, die ersten Tage in Tübingen, die Geburt von Kurt und später die Geburten von Ariel und Lucie, wie Daniel aus dem Krieg zurückgekommen war und Hannah sich erfolgreich durch sämtliche Hindernisse gekämpft hatte, bis sie sich ihren großen Traum vom Arztberuf erfüllt hatte. So vieles hatten sie zusammen erlebt und waren gemeinsam älter geworden, ohne es so recht zu merken. Alma spähte hinüber zu Hannahs Mutter, ihrer früheren Dienstherrin. Sie hatte harte Zeiten und manch schreckliche Stunde in deren Haushalt erlebt. Doch ohne all das stünde sie heute nicht da, wo sie stand. Sie hätte ihren Wilhelm nie kennengelernt, hätte Günther nicht als Sohn angenommen und hätte vor allem heute keine Familie. Das Schicksal hatte sie und Hannah zusammengeführt. Alma hätte nicht dankbarer sein können.

Ariel wartete versunken lächelnd hinter seinem Bruder. Die Freude darüber, dass Kurt die Frau fürs Leben gefunden hatte und glücklich war, stand auch ihm ins Gesicht geschrieben. Hoffentlich würde er auch einmal so erfüllt sein, wie es sein Bruder heute war, was auch immer sein Weg sein mochte.

In diesem Moment legte der Rabbi das mit einem Tuch umwickelte Glas auf den Boden und Kurt zertrat es mit all seiner Kraft. Stimmen jubelten, die Gäste sprangen auf, bewarfen das Brautpaar mit Reis und Walnüssen, den Fruchtbarkeitssymbolen, die Ariel vorher an alle verteilt hatte, und auf einmal tanzten und sangen alle aus vollem Halse. Ja, es war ein glücklicher Tag. Er war genauso, wie sie es Kurt gewünscht hatte, dachte Alma, als sie nach Günthers und Wilhelms Händen griff und ausgelassen mit ihnen über den Grasboden hüpfte, so gut es eben ging mit Wilhelms kaputtem Bein. Das Glück meinte es gut mit ihnen und dem Brautpaar.

So heftig und geschwind die Hochzeit gekommen war, so schnell war sie auch wieder vorbei. Es war ein rauschendes Fest gewesen, bei dem getanzt, gesungen und gelacht worden war, bis der Morgen graute. Doch drei Tage später waren die Gäste ebenso wie das frisch vermählte Paar abgereist und die übliche Ruhe kehrte wieder ein. Nur Alma mit ihrer Familie und Helga blieben noch. Lucie hatte sich daran gewöhnt, neben Helga auch noch Ilse den ganzen Tag um sich zu haben. Obwohl sie es nicht mochte, wenn diese sie hin und wieder wie zufällig besitzergreifend berührte, vor allem, weil sie dann jedes Mal so provozierend zu Helga hinübersah.

Alle hatten tatkräftig mit angefasst, um die Spuren der Hochzeit zu beseitigen. Natürlich nur die Unordnung. Die Chuppa und die vielen Blumen blieben im Garten. Sobald sie sie dort sah, stahl sich unwillkürlich ein Lächeln auf Lucies Gesicht. Sollte sie jemals heiraten, wollte sie auch so eine vergnügte und ausgelassene Trauung am Meer verleben, das hatte sie sich geschworen.

Hier an der See, wo die anderen Mädchen und auch Paul nicht da waren, war Ilse wie ausgetauscht. Sie war fröhlich und unbeschwert und machte jeden Spaß mit. Zumindest, wenn Helga nicht in der Nähe war. Natürlich vermied Lucie es tunlichst, an den heiklen Themen zu rütteln, die öfters zu Unstimmigkeiten zwischen ihr und Ilse führten. Sie erwähnte weder Paul noch die Schule noch die Klassenkameradinnen, und Ilse tat es ihr nach. Sie redeten über unverfängliche Themen wie das Wetter, die Hochzeit oder darüber, was sie am nächsten

Tag unternehmen wollten. Sie machten sich lustig über einige sehr betuliche Badegäste oder Flaneure und lachten viel miteinander. Doch diese seltsamen Blicke, die Ilse ihr zuwarf, wenn Helga zugegen war, konnte Lucie nicht ignorieren. Sie jagten ihr einen unangenehmen Schauder über den Rücken.

Eines Abends eskalierte die Situation. Lucie hatte sich angewöhnt, jeden Abend einen Brief an Paul zu schreiben, wie sie es ihm vor ihrer Abreise versprochen hatte. Sie erzählte ihm, was an dem Tag passiert war, was sie unternommen hatten, was es zum Essen gegeben hatte und wie sehr sie ihn vermisste. Da Helga mit ihr zusammen im Zimmer wohnte, erlebte sie dieses Ritual natürlich hautnah mit. Insofern blieb es nicht aus, dass die beiden, wenn sie ein wenig später im Bett lagen, darüber redeten, was Paul ihr bedeutete, die geheimen Wünsche, die sie beide hatten, und ihre Gefühle über alles, was vorgefallen war. Ilse, die in einem Nachbarzimmer wohnte, war naturgemäß von diesen Gesprächen ausgeschlossen. Auch wenn Helga zunächst so gewirkt hatte, als sei ihr Interesse an Lucies Liebschaft begrenzt, entpuppte sie sich als ausgezeichnete Zuhörerin in dieser Sache. Sie gab Lucie Ratschläge und Tipps, für die sie ihr Wissen in den Romanen zusammengesucht hatte, die sie verschlang, da sie selbst noch keinen Freund gehabt hatte. Trotzdem erwiesen sie sich als gute Denkanstöße, was die Lösung einiger Dinge betraf. Zwar vermutete Lucie einen heimlichen Schwarm, doch Helga wich immer wieder geschickt aus.

An diesem Abend nun machten sich Lucie und Helga für die Nacht fertig, während die beiden darüber tuschelten und kicherten, was Lucie Paul heute geschrieben hatte.

Doch gerade, als Helga die Zahnbürste zum Mund führte und dabei dem lauschte, was Lucie, die im Schneidersitz auf dem Bett hockte, ihr zu berichten hatte, öffnete sich mit einem Ruck und ohne Vorwarnung Lucies Zimmertür. Erschrocken fuhren sie herum. Ilse stand im Flur und ihre Augen funkelten dunkel.

»Ihr habt gemeinsam euren Spaß und ich sitze allein herum und höre euer Gekicher bis in mein Zimmer. Wahrscheinlich lacht ihr auch noch über mich, hm?« Wieder verschränkte sie die Arme, wie sie es stets tat, wenn sie eifersüchtig war.

Lucie rollte ungeduldig die Augen. So langsam gingen ihr Ilses Eifersuchtsattacken auf die Nerven.

»Natürlich haben wir nicht über dich geredet. Ich habe Helga gerade erzählt, was ich Paul heute geschrieben habe. Mehr nicht.«

»Ach, dem schreibst du also auch noch?«, schnappte Ilse.

»Ja, selbstverständlich. Er ist mein Freund.«

»Na, dann bin ich hier ja überflüssig«, schimpfte Ilse, wandte sich ab und schmetterte die Tür zu.

Bestürzt starrte Helga auf die Tür.

»Ilse, komm zurück, das ist doch albern«, rief Lucie, während sie sich aus dem Schneidersitz erhob und dabei fast zur Seite gekullert wäre. Helga beobachtete ihr Missgeschick und prustete los.

Lucie rappelte sich hoch und riss die Tür wieder auf. Doch von Ilse war keine Spur mehr zu sehen.

Mit schnellen Schritten hastete sie zu Ilses Zimmertür und pochte kräftig dagegen.

»Ilse, lass mich rein. Wir müssen reden.« Keine Reaktion. Entschlossen drückte sie die Klinke herunter, doch offenbar hatte Ilse die Tür von innen abgeschlossen.

»Ilse, nun mach schon auf. Das ist ja albern.«

Nichts geschah. »Ilse, bitte. Du brauchst doch nicht eingeschnappt zu sein, weil ich Paul schreibe oder mich mit Helga darüber unterhalte. Mach endlich auf, damit wir uns wie normale Menschen unterhalten können.«

Doch die Tür blieb verschlossen. Lucie musste unverrichteter Dinge abziehen. Als sie Helga davon erzählte, schüttelte diese den Kopf. »Sie muss ziemlich unsicher sein, so eifersüchtig, wie sie auf alles und jeden ist, wenn du mich fragst.«

»Das kann sein, aber das braucht sie doch nicht. Ob ich Paul schreibe oder mit dir rede, macht doch keinen Unterschied für unser Verhältnis.« Lucie setzte sich aufs Bett und zog die Beine dicht an sich heran.

»Bestimmt hat sich morgen früh der Rauch verzogen und alles ist wieder gut. Bis auf ihre Eifersucht ist Ilse eigentlich ganz nett. Man kann Spaß mit ihr haben, wenn sie nicht gerade durchdreht«, meinte Helga schulterzuckend, während sie ihren Zopf löste und begann, die Bürste durch die langen braunen Haare zu ziehen.

»Das sehe ich ganz genauso!«, erwiderte Lucie. »Ich weiß nur nicht, warum es dauernd diese blöden Situationen geben muss.«

Helga behielt recht: Ilse kam am nächsten Tag gut gelaunt die Treppe herunter, als wäre gar nichts passiert. Lucie und Helga warfen sich einen Blick zu, waren aber bereits am Morgen übereingekommen, die gestrigen Ereignisse einfach unter den Tisch fallen zu lassen, sollte auch Ilse sie nicht mehr erwähnen.

Wieder entspannt verlebten sie herrliche Tage beim Genießen des Lebens, Baden im Meer, Muscheln sammeln, Menschen beobachten, Ausruhen im Garten, Lesen im Strandkorb und gemeinsamen Spielen. Alles, was in Berlin vor den Ferien vorgefallen war, erschien mitten in der Sommerfrische und der Leichtigkeit des Strandlebens weit, weit weg.

Wenn sich Mutter und Alma manchmal zu ihnen gesellten, hatten beide häufig einen feuchten Blick und betrachteten sie irgendwie rührselig. Eine von ihnen, meist war es jedoch Alma, stieß die andere dann nach spätestens fünf Minuten möglichst unauffällig an. »Ganz wie damals bei uns, weißt du noch?«

Lucie und ihre beiden Freundinnen verdrehten jedes Mal die Augen, doch die beiden Frauen bemerkten das despektierliche Verhalten für gewöhnlich nicht oder verzichteten zumindest auf eine Ahndung desselben.

Lucie liebte das Gefühl der warmen Sandkörner unter den Füßen, die zwischen den Zehen hervorquollen, wenn man zu lange an einer Stelle stehen blieb, und sich dann sanft über dem Fußrücken verteilten, sodass man das Gefühl hatte, eins zu werden mit den Elementen. Sie liebte es genauso, das erfrischende Wasser der See auf der Haut zu spüren oder mit Ilse und Helga einen Ball hin und her zu werfen, während sie die Wellen bis in Höhe ihres Bauchnabels umspülten. Ach, wenn alles doch immer so leicht und unbeschwert sein könnte wie in diesen Tagen am Meer.

Ariel allerdings klagte mehrfach über unangenehme Begegnungen. Ihm sah man die Religionszugehörigkeit wesentlich deutlicher an als den anderen Familienmitgliedern. Schläfenlocken, Bart und Kippa, die er auch hier offen trug, waren in dieser Gegend ein ungewohntes Bild und riefen zum Teil ungemütliche Reaktionen hervor.

Vater wirkte ebenfalls zunehmend bedrückt. Natürlich las er auch hier im Urlaub täglich die Tageszeitung, die ihm von Herrn Wagner jeden Morgen bis an die oberste Treppenstufe geliefert wurde, und seine Stirn lag mehr und mehr in Sorgenfalten. Er beklagte, dass es mittlerweile um die siebzigtausend Konkurse und annähernd sechs Millionen Arbeitslose gäbe, und sah düstere Zeiten auf Deutschland zukommen.

Lucie interessierte diese ganze Politik nicht. Aber als Vater eines Morgens mit der Zeitung in der Hand erregt vom Frühstückstisch aufsprang, an dem alle noch gemütlich beisammengesessen und ein wenig geplauscht hatten, klingelten auch bei ihr die Alarmglocken.

Vater lief nervös herum, nahm seine Brille ab, putzte sie an seinem Hemdsärmel, setzte sie wieder auf und rief: »Das ist der Anfang vom Ende. Das wird nicht gut ausgehen.«

»Was ist denn geschehen?« Mutter sah ihn irritiert an.

»Die Danatbank ist zahlungsunfähig. Das ist nicht gut. Ich sage euch: Das wird böse enden.« Er blies erregt die Luft durch die Nase aus, nahm wieder seine Brille ab und putzte sie erneut.

»Und wenn schon? Es gibt doch noch genügend andere Banken«, mischte sich Ilse ein.

»Die Darmstädter und Nationalbank ist die zweitgrößte deutsche Bank. Das wird eine Wirkung haben wie ein Kanonenschlag. Die Leute werden ihr Geld von den Banken holen und dann? Dann ist keine von ihnen mehr zahlungsfähig. Alle werden illiquid. Das wird erhebliche Folgen für die Wirtschaft haben, die sowieso schon am Boden liegt.« Vater strich weiterhin unruhig durch das Esszimmer.

»Jetzt setz dich doch erst einmal wieder hin«, schlug Mutter vor und deutete auf seinen Stuhl.

Vater schnaufte erneut durch die Nase, kam aber Mutters Bitte nach.

»Dann sollten wir auch unsere Einlagen retten«, stellte Ariel ruhig fest.

»Das ist wohl das Beste. Ich gebe Anweisungen nach Berlin, damit man in unserem Namen holt, so viel zu bekommen ist. Zumindest die Einlagen der Firma müssen gerettet werden, sonst können wir keine Rohstoffe mehr kaufen und müssen den Betrieb einstellen.« Vater fuhr sich nervös durch die Haare, die dadurch in alle Richtungen abstanden.

»Zu dumm, dass uns von hier aus ansonsten die Hände gebunden sind«, klagte Mutter und knabberte nervös an ihrer

Nagelhaut. Das war ein Zeichen, dass sie wirklich aufgebracht war.

Nun war auch Lucie besorgt. »Sind wir jetzt arm?«, fragte sie beklommen.

»Das sind wir nicht, mach dir keine Sorgen, Luciemaus. Wir müssen nur schnell handeln. Morgen kann es bereits zu spät sein. Ich werde sofort nach Berlin telegrafieren und alles Nötige veranlassen.« Vater sprang auf.

Auch Ariel erhob sich. »Wenn ich irgendetwas tun kann, lass es mich wissen.«

»Natürlich, natürlich«, murmelte Vater. Dann war er auch schon aus dem Zimmer.

Eine angespannte Stille breitete sich in dem noch vor Kurzem von munteren Gesprächen erfüllten Raum aus. Lucie schaute bange von einem zum anderen. Auch Mutter und Ariel waren besorgt, das konnte sie ihnen deutlich ansehen.

Ilse allerdings zuckte nur mit den Achseln. »Da wir sowieso nicht helfen können, könnten wir ja vielleicht zum Strand gehen«, schlug sie vor.

Helga, die mit großen Augen zugehört hatte, nickte zustimmend.

Lucie wandte sich fragend zu Mutter.

»Geht nur. Ilse hat recht. Ihr könnt im Moment sowieso nichts tun.«

Kurz danach machten sich die drei auf den Weg an den Strand, bewaffnet mit Büchern, Federballschlägern und einem Wasserball. Doch die ausgelassene Freude der letzten Tage mochte bei Lucie heute nicht so recht aufkommen.

Als sie einige Stunden später wieder zurückkehrten, herrschte weiterhin eine ernste Stimmung in der Villa. Vater hatte alles Nötige in die Wege leiten können, befürchtete jedoch Schlimmes für die deutsche Wirtschaft und war nach wie vor überzeugt, dass ihnen eine maßgebliche Bankenkrise bevorstand.

»Aber wenn es so ist, dann wird die Brüning-Regierung reagieren«, versuchte Ariel, ihn zu beruhigen, doch Vater lief weiterhin mit gefurchter Stirn durchs Haus und qualmte wie ein düsteres Orakel seine Pfeife. Sein Verhalten schlug allen auf die Laune.

Am nächsten Tag war Vater bereits im Morgengrauen auf den Beinen. Lucie erwachte davon, dass er die Tür laut ins Schloss fallen ließ, als er die Zeitung hereingeholt hatte.

Barfuß tappte sie nach unten, um zu hören, ob es etwas Neues gab und Vaters Befürchtungen eingetreten waren.

Er stand mit der aufgefalteten Zeitung vor dem offenen Fenster, wohl um genug Licht zum Lesen zu haben, und überflog das eng beschriebene Papier.

»Gibt es etwas Neues?« Lucie schmiegte sich an ihn.

»Ach, Lucieschatz, ich hätte mir gewünscht, dass meine Vorhersagen nicht eingetreten wären, doch leider ist es genauso gekommen, wie ich es befürchtet hatte. Offenbar hatten noch sehr viel mehr Leute die Idee, ihre Ersparnisse zu retten, und haben die Banken und Sparkassen gestürmt. Die Regierung hat mehrere Bankfeiertage angeordnet, damit nicht noch mehr Leute ihr Geld holen können und dadurch sämtliche Banken pleitegehen.« Er seufzte.

»Aber es ist doch ihr Geld. Warum sollen sie es nicht holen dürfen?«, wollte Lucie verwundert wissen.

»Weil den Banken dann das Geld fehlt, es anderen Leuten zu leihen oder damit zu spekulieren. Eine Bank ohne Geld hat keinen Wert. Und da viele Betriebe das Geld der Banken brauchen, werden nicht wenige von ihnen bankrottgehen, was weitere Arbeitslose zur Folge haben wird. Das heißt, noch mehr Armut und Elend und noch weniger Geld in der

Arbeitslosenkasse. Ach, es ist ein Kreuz!« Er ließ die Zeitung sinken und starrte hinaus in den Garten. Sein Blick wirkte leer und traurig.

Lucie drängte sich enger an ihn heran. Gedankenverloren streichelte er ihr über den Kopf.

»Das wird kein gutes Ende nehmen, Luciemaus, und das Schlimmste ist, dass keiner von uns etwas dagegen unternehmen kann.«

Lucie merkte von all dem jedoch nichts. Vater furchte zwar auch die folgenden Tage weiterhin die Stirn, wenn er die Zeitung las, doch sie sprachen nicht mehr darüber, was in der Welt passierte. Wahrscheinlich hatte Mutter ihn darum gebeten.

Als Lucie ein paar Tage später mit Ilse und Helga vom Strand zurückkam, wartete ein Brief auf sie in der Halle. Er war von Paul. Lucie spürte, wie ihr Herz stärker zu klopfen begann. Also hatte er es wirklich geschafft, einen Brief an seinen Eltern vorbeizuschmuggeln. Oder vielleicht hatte er sie sogar dazu gebracht, ihre Beziehung zu akzeptieren. Sie brannte darauf zu erfahren, was er ihr geschrieben hatte.

Selig drückte sie das Schreiben an die Brust und grinste über das ganze Gesicht. Ilse, die sich eben noch munter mit Lucie und Helga unterhalten hatte und ausgesprochen heiter gewesen war, verstummte schlagartig. Mit gerunzelter Stirn und schmal zusammengekniffenen Augen visierte sie Lucie an, wandte sich plötzlich abrupt ab und stürmte ohne ein Wort die Treppe hinauf.

Einen Augenblick sah Lucie ihr verblüfft hinterher und überlegte, ob sie ihr nachlaufen sollte, dann aber gewann die Neugier die Oberhand; sie winkte Helga kurz zu, die verständnisvoll nickte, und eilte mit dem Brief nach draußen auf die Terrasse. Sie setzte sich auf einen der Liegestühle, die vom Schatten eines Baumes geschützt waren, und riss Pauls Brief auf.

Lucie bemerkte, wie ihre Hand dabei ein wenig zitterte. Würde er ihr berichten, dass sich auch seine Eltern freuten, sie zu sehen, wenn sie zurück nach Berlin käme? Endlich hatte sie den Umschlag geöffnet.

Hastig überflog sie seine Worte. Danach ließ sie den Brief sinken und sah nachdenklich hinüber zu den Bäumen. Offenbar war nichts gut. Gar nichts. Jetzt hatten seine Eltern Paul auch noch in die Hitlerjugend gesteckt. Würden seine Eltern jemals über ihre Religion hinwegsehen und sie als seine Freundin anerkennen können?

Kapitel 22

Der Abend verlief schweigsam. Lucie war in ihre Gedanken versunken und auch Ilse schien nach wie vor angefressen. Nur Helga wirkte zufrieden, doch Lucie wusste aus langjähriger Erfahrung, dass es wahrhaftig schwierig war, Helga aus der Fassung zu bringen. Am liebsten hätte Lucie sich gleich nach dem Abendessen in ihr Bett verkrochen und über alles in Ruhe nachgedacht, doch Helga schlug vor, einen abendlichen Spaziergang an der Promenade zu machen. Zögernd stimmten Lucie und Ilse zu.

Zehn Minuten später spazierten sie durch die Dämmerung und lauschten auf die Wellen.

»Hast du schlechte Nachrichten bekommen, Lucie? Du bist den ganzen Abend so in dich gekehrt«, erkundigte sich Helga, nachdem sie eine Weile schweigsam nebeneinanderher gegangen waren, Lucie in der Mitte zwischen den Freundinnen.

Lucie seufzte kurz. »Nicht wirklich schlecht, allerdings auch nicht das, was ich erhofft hatte.«

Ilse sah sie finster von der Seite an. »Geht es wieder um Paul?«

Lucie zuckte mit den Achseln. »Um wen auch sonst?«

»Haben seine Eltern etwa immer noch Vorbehalte, weil du Jüdin bist?«, fragte Helga einfühlsam.

»Offensichtlich. Jetzt wollen sie ihm die Flausen austreiben, indem sie ihn zu einem strammen Nationalisten umerziehen lassen.« Lucie merkte, wie sarkastisch ihr Tonfall klang, doch die Enttäuschung saß tief.

»Sind sie denn gegen eure Beziehung?«, bohrte Ilse.

»Das kann man wohl so sagen. Ach, es ist ein Jammer. Alles könnte so schön sein …«

»Das verstehe ich einfach nicht. Was ist bloß so schlimm daran, dass du Jüdin bist?«, entrüstete sich Helga.

»Das kann ich dir nicht erklären. Aber offenbar denkt das jeder inzwischen«, entgegnete Lucie bitter.

»Also, mir ist das völlig schnuppe, welchen Glauben du hast. Ich mag dich immer«, ließ sich Helga vernehmen.

Lucie warf ihr einen dankbaren Blick zu. »Wie ist das eigentlich mit euch? Gibt es einen Jungen, auf den ihr ein Auge geworfen habt?«, wandte sie sich dann an die beiden. Sie wollte nicht mehr über Pauls Eltern reden. Das belastete sie zu sehr. Außerdem hatte Helga bei dem Thema bisher jedes Mal abgelenkt und Lucie wollte endlich wissen, wer ihrer Freundin den Kopf verdreht hatte.

Helga kicherte verlegen.

Ilse schüttelte heftig den Kopf.

»Wie? Gar keinen? Das glaube ich euch nicht.«

»Nein, da ist wirklich keiner. Diese ganzen unreifen Bengel locken mich nicht hinterm Ofen hervor«, erklärte Ilse bestimmt.

»Heißt das, du willst lieber einen älteren Mann?«, wunderte sich Lucie. Langsam wurde das Gespräch interessant.

Ilse wurde über und über rot, bemühte sich aber, den Kopf so zu halten, dass die beiden anderen ihr Gesicht nicht sahen.

»Nun sag schon, wer ist es?«, drängte Lucie lachend. »Du weißt doch auch alles über mein Liebesleben.«

»Da gibt es nichts zu erzählen. Nur eine kleine Schwärmerei, mehr nicht. Daraus wird sowieso nichts«, wehrte Ilse ab.

»Ist es jemand, den ich kenne? Vielleicht ein Lehrer? Oder jemand aus der Nachbarschaft? Sag bloß, der alte Korte hat es dir angetan.«

Ilse prustete laut heraus. »Der Korte? Um Himmels willen, so weit kommt es noch! Nein, der ist mir wirklich deutlich zu alt.«

»Also, wer ist es dann? Komm schon, sag es uns. Ich verrate auch nichts und Helga fährt eh bald wieder ab. Wir schweigen beide wie ein Grab, nicht wahr, Helga?«

»Aber sicher. Ich verrate niemandem etwas«, bestätigte Helga treuherzig.

»Aber nur, wenn du uns nachher auch dein Herz ausschüttest, Helga«, verlangte Ilse und blieb plötzlich stehen. »Ihr müsst versprechen, dass ihr nicht lacht und dass ihr dieses Geheimnis mit euch ins Grab nehmt.«

»Versprochen ist versprochen und wird niemals mehr gebrochen«, bestätigten Lucie und Helga wie aus einem Mund.

»Na gut. Es ist ... Nein, ich kann es nicht laut aussprechen.«

»Warum nicht? Wir lachen auch wirklich nicht«, ermunterte Helga sie eifrig.

Ilse sah sie zweifelnd an, dann sagte sie ganz schnell: »Es ist Doktor Brandt.«

Perplex starrte Lucie sie an. »Doktor Brandt? Unser Doktor Brandt?«

Ilse nickte hektisch. »Er ist groß, hat ein charmantes Lächeln, und als er letztens mein aufgeschlagenes Knie verbunden hat, war er ausgesprochen feinfühlig und nett. Er ist ein wundervoller Mann.« Ihre Stimme hatte einen weichen Klang.

Lucie fuhr sich nachdenklich über den Nasenrücken. Auf Doktor Brandt wäre sie niemals gekommen. Sie hatte ihn allerdings auch nie als Mann gesehen, sondern eher als Kollegen ihrer Mutter. Er wäre so gar nicht ihr Typ, aber wenn er Ilse gefiel, warum nicht?

»Na gut. Und nun bist du dran, Helga. An wen hast du dein Herzelein verschenkt?«

»Sag das doch nicht so abfällig«, empörte sich Helga prompt.

»Das soll nicht abfällig sein. Wir wollen nur wissen, ob es jemanden gibt. Hm? Verrat es uns doch«, lockte Lucie sie schelmisch.

Ilse, die enttäuscht zu sein schien, dass ihr großes Geheimnis so wenig Widerhall gefunden hatte, schwieg.

Jetzt war es an Helga, anzulaufen wie eine überreife Tomate, doch sie ließ sich nicht so lange bitten, wie Ilse es getan hatte, sondern sagte schlicht: »Herbert Achterberg.«

Lucie wandte sich überrascht zu ihr um. »Wie? Der Herbert Achterberg, der mit Ariel in einer Klasse war?«

Helga nickte ein wenig verschämt.

»Aber du gehst nicht mit ihm, oder?«, vergewisserte sich Lucie.

»Noch nicht, aber das ist nur eine Frage der Zeit. Wir lächeln uns immer zu, wenn wir uns auf der Straße begegnen, und einige Male haben wir auch schon ein paar Worte miteinander gewechselt.« Helga strahlte glücklich.

»Aber du weißt, dass er schon eine Freundin hat?«, forschte Lucie vorsichtig.

Helgas Kopf schoss herum. »Was?«

»Ja, Ariel hat letztens davon gesprochen. Er meinte, dass es recht ernst mit den beiden sei. Ich habe ihren Namen vergessen. Gerda könnte es gewesen sein, glaube ich. Oder Gertrud. Irgendetwas mit G jedenfalls.«

»Nein!« Alle Farbe war plötzlich aus Helgas Gesicht gewichen. Sie taumelte leicht. Schnell griff Ilse zu und stützte sie, während Lucie nach ihrem anderen Arm angelte.

»Das ist doch nicht wahr, oder?«, fragte Helga mit leiser Stimme.

»Ich fürchte ja«, sagte Lucie sanft und strich der Freundin tröstend über den Rücken. »Aber gräme dich nicht zu sehr. Er ist eh ein Langweiler. Er war früher öfters bei uns zu Hause, wenn er Ariel besucht hat, und ich kann dir sagen …«

»Schluss!«, unterbrach Helga sie brüsk. »Ich will nichts mehr davon hören.« Sie schluchzte leise.

Reumütig umarmte Lucie sie. »Entschuldige, Liebes. Ich wollte dich nicht kränken. Ich dachte nur, es wäre besser, wenn du die Wahrheit erfährst, bevor du dir noch weiter unnötige Hoffnungen machst.«

»Ist schon gut. Du hast ja recht, aber weh tut es trotzdem«, erwiderte Helga leise.

»Vielleicht ist es besser, wenn wir uns auf den Heimweg machen. Es wird immer dunkler«, mahnte Ilse jetzt mit rauer Stimme.

Lucie blickte auf. Es stimmte, die letzte Rundung der Sonne ging gerade über der See unter. Wenn sie sich nicht beeilten, würde es bald stockfinster sein. Sie mussten umkehren.

Wenn ihr doch bloß etwas einfallen würde, womit sie Helga, die immer noch leise vor sich hin schluchzte, aufheitern könnte. Doch sie hatte mit ihren Worten schon genug Unglück angerichtet. Es war besser, wenn sie den Mund hielt.

Auch Ilse, die sich nach wie vor nicht von ihrer Verstimmung über die fehlende Resonanz auf ihre Eröffnung erholt hatte, schien nicht nach einem Gespräch zumute zu sein. So gingen die drei schweigend und jede ihren Gedanken nachhängend wieder zurück zu der heimelig beleuchteten Villa.

Auch am nächsten Tag trübte ein Schleier die Unbeschwertheit der letzten Tage. Lucie hatte weiterhin ein schlechtes Gewissen, weil sie es gewesen war, die Helga die schlechte Nachricht überbracht hatte. Und auch Ilse schien immer noch zu schmollen. Sie verbrachten den recht heißen Tag ziemlich träge hauptsächlich im Garten unter den Bäumen und lasen, dösten oder hingen ihren Gedanken nach. Nur am Nachmittag machten sie einen kurzen Abstecher zum Strand. Doch keine von ihnen war in der Stimmung, ins Wasser zu gehen, und so kehrten sie lustlos zu ihrem Lager im Garten zurück.

Kurze Zeit später verabschiedete sich Ilse mit der Entschuldigung, Kopfschmerzen zu haben und sich ein wenig in ihrem Zimmer hinlegen zu wollen. Lucie und Helga blickten schlapp zu ihr auf und nickten.

»Gute Besserung«, rief Lucie ihr nach, als sich Ilse mit überraschend schnellen Schritten für eine schmerzerfüllte Patientin entfernte.

Ohne sich umzuschauen, hob Ilse die Hand und war auch schon durch die Terrassentür im Haus verschwunden.

Ein paar Minuten schwiegen die beiden und lasen weiter. Plötzlich aber drehte sich Helga auf der Decke langsam auf den Bauch und sah Lucie an, die noch immer da lag und in ihr Buch über Kleopatra und ihre Beziehungen zum Römischen Reich vertieft war.

»Ist schon komisch.«

»Hm? Was denn?«, murmelte Lucie, die Nase im Buch. Es war zu spannend, wie Kleopatra nach dem Tod Cäsars schließlich fliehen musste.

»Dass Ilse meint, plötzlich so heftige Kopfschmerzen zu haben. Die ganze Zeit vorher war nichts davon zu merken.«

»Na ja, manchmal ist das so. Vielleicht ist sie verspannt, oder …«

»Ja, möglich, aber irgendwie habe ich ein komisches Gefühl bei der Sache.«

Abrupt ließ Lucie ihr Buch auf die Decke sinken und guckte Helga an. »Aber was soll denn sein?«

»Keine Ahnung. Weißt du was, ich gehe ihr kurz hinterher und sehe, ob ich ihr helfen kann. Etwas kaltes Wasser oder Pfefferminztropfen. Vielleicht ist es ja auch etwas Ernstes. Dann kann ich deine Mutter holen«, entschied Helga und machte sich daran, sich zu erheben.

Lucie kam ihr zuvor. Sie legte ihr die Hand auf den Arm und sagte: »Lass nur, ich mach das schon. Schließlich ist sie ja meine Freundin. Bleib einfach liegen. Ich bin sofort wieder da. Soll ich etwas mitbringen, wenn ich wiederkomme?«

Helga ließ sich mit einem Plumps zurückfallen. »Ein paar Kekse wären prima und noch etwas Limonade. Ich verdurste fast.«

»Mach ich. Bis gleich.« Und damit bewegte sich Lucie auch schon zügig in Richtung Haus.

Als sie die letzten Treppenstufen erreicht hatte, sah sie gerade noch, wie sich Ilses Tür schloss. Seltsam, es war doch nun schon einige Zeit vergangen, seit Ilse losgegangen war. Was hatte sie so lange gemacht? Hatte sie sich noch etwas aus der Küche geholt? Sie würde sie einfach fragen. Doch als Lucie ihre eigene Zimmertür passierte, an der sie vorbeimusste, um Ilses Zimmer zu erreichen, stockte sie. Warum stand die Tür einen Spaltbreit auf? Sie war sich sicher, sie vorhin geschlossen zu haben, als sie mit Helga das letzte Mal hier gewesen war, um ihre Sonnenhüte für den Gang ans Meer zu holen. Jemand musste in ihrem Zimmer gewesen sein und die Tür nicht wieder richtig zugezogen haben. Aber wer? Um diese Zeit hatte eigentlich keiner etwas darin verloren. Die Betten waren gemacht, alles war geputzt und es standen andere Aufgaben an. Ob Mutter etwas gesucht hatte? Aber dann hätte sie es ihr und Helga gesagt und wäre nicht einfach hineinspaziert.

Grübelnd stieß sie die Tür ganz auf und spähte in den Raum. Sofort fiel ihr etwas ins Auge: Die Klappe ihres Sekretärs stand offen, obwohl sie sicher war, ihn vorher verschlossen zu haben. Dort bewahrte sie ihre Briefe auf. Natürlich auch den letzten von Paul sowie die Nachrichten, die sie ihm täglich schrieb, um sie nach ihrer Rückkehr mit ihm auszutauschen.

Mit schnellen Schritten durchquerte sie den Raum. Der Sekretär befand sich neben dem Fenster, damit man möglichst viel Licht beim Schreiben hatte.

Da! Die Schatulle, in der die Briefe an Paul lagen, war offen und die letzten beiden fehlten. Jemand hatte ihre Schreiben an Paul durchgesehen.

Aber wer würde ... Ilse! Es musste Ilse gewesen sein. Sie reagierte schließlich immer besonders eifersüchtig auf Paul und ... Doch sie würde doch nicht so weit gehen und ihre Post durchforsten. Oder doch? Nun, es gab nur einen Weg, um das herauszufinden.

Eilig lief sie zurück in den Flur und hämmerte an Ilses Tür, bevor sie sie entschlossen aufriss.

Erschrocken blickte Ilse ihr entgegen. Sie saß auf ihrem Bett und hatte sich noch nicht einmal die Mühe gemacht, die geraubten Umschläge zu verstecken.

»Was machst du mit meinen Briefen? Wie kommst du überhaupt dazu, meine Sachen zu durchwühlen?« Die Worte sprudelten aus Lucie heraus. Die Empörung ließ ihre Stimme anschwellen.

Ilse schnaufte bockig durch die Nase, dann schrie sie ihr entgegen: »Ich habe es doch gewusst! Du hast gesagt, dass du ihm nichts über mich schreiben würdest, und doch hast du es getan. Hier: ›Ilse war den ganzen Rückweg eingeschnappt, weil ihre Geschichte nicht den Anklang gefunden hatte, den sie sich wohl erhofft hatte.‹ Und hier: ›Und wieder stand Ilse mit verschränkten Armen da, wie sie es immer macht, wenn sie eifersüchtig ist. Und ich sage dir: Sie ist oft eifersüchtig.‹ Wie kommst du dazu, ihm so etwas über mich zu schreiben?«

»Das ist privat. Das geht dich nichts an. Ich kann meinem Freund schreiben, was ich will. Du hast nichts an meinen Briefen zu suchen.« Vor Entrüstung über das Verhalten der Freundin wurde Lucie nun ihrerseits ebenfalls laut.

Ilse sprang auf und warf ihr die Blätter zu. Sie segelten auf den Boden, während sie Lucie wütend anfunkelte: »Verschwinde. Raus hier!«

»Du bist beleidigt? *Du?* Du hast dich an *meiner* privaten Korrespondenz vergriffen und sie einfach ohne meine Erlaubnis gelesen. Ich müsste sauer auf *dich* sein.«

»Du hast meine Gefühle verletzt. Ich musste mich nur vergewissern, ob mich meine Ahnung nicht getrogen hat. Und jetzt geh. Ich muss in Ruhe nachdenken.«

Fassungslos starrte Lucie sie an. Wie kam sie dazu, sie zur Schuldigen zu machen, obwohl sie es doch gewesen war, die unerlaubt in ihre Privatsphäre eingedrungen war? Sie überlegte, ob sie noch etwas sagen sollte, drehte sich dann aber um und stapfte wutschnaubend in den Flur hinaus. Direkt hinter sich hörte sie, wie die Tür laut ins Schloss knallte.

Zurück in ihrem Zimmer legte sie die Briefe zurück in die Schatulle, dann kniete sie sich hin und schob sie sorgsam unter ihr Bett. Keinesfalls sollte Ilse oder wer auch immer sich noch einmal an ihren privaten Briefen an Paul vergreifen.

Den Rest des Tages blieb Ilse in ihrem Zimmer. Auch beim Abendessen ließ sie sich mit Kopfschmerzen entschuldigen und bat nur darum, ihr ein Wurstbrot aufs Zimmer bringen zu lassen. Natürlich hatte Lucie sofort ihr Herz bei Helga ausgeschüttet, die ebenso empört gewesen war wie sie, dass Ilse es gewagt hatte, einfach in ihr Zimmer einzudringen und die überaus persönlichen Episteln zu lesen. Doch sie verzichtete darauf, ihre Eltern einzuweihen, weil sie nicht wollte, dass Ilse in einem schlechten Licht dastand. Sie würde die Sache allein mit ihr klären, wenn sie sich endlich wieder aus ihrer Höhle wagte.

Am nächsten Morgen schließlich ließ Ilse die Bombe beim Frühstück platzen. Mit erhobenem Kopf war sie die Treppe hinunterstolziert, hatte jedoch Lucie und auch Helga keines Blickes gewürdigt.

Als sie schließlich alle am Tisch saßen, wandte sie sich an Mutter und sagte mit starrer Miene: »Ich möchte Ihnen für Ihre Gastfreundschaft danken, aber es ist der Zeitpunkt gekommen, Abschied zu nehmen. Meiner Mutter geht es nicht gut und sie braucht meine Hilfe, sodass ich mich entschlossen habe, noch heute abzureisen.«

Nach dieser Eröffnung herrschte Stille. Alle starrten Ilse verblüfft an.

»Oh, das tut mir leid. Können wir irgendwie helfen?«, fragte Mutter schließlich nach einigen Augenblicken. »Ich könnte Doktor Brandt bitten, nach ihr zu sehen.«

Ilse schüttelte den Kopf. »Herzlichen Dank, Frau Friedländer. Ich hoffe, so schlimm ist es nicht. Wenn Sie mir behilflich sein könnten, nachher zum Bahnhof zu kommen, und mir ein Ticket besorgten, würde mir das schon reichen.«

Lucie bemerkte Mutters fragenden Blick, doch sie vermied es, in ihre Richtung zu sehen, schließlich war sie ebenso überrascht darüber wie alle anderen. Es war ihr gar nicht aufgefallen, dass Ilse eine Nachricht von zu Hause erhalten hatte. Wann sollte das denn gewesen sein? Wahrscheinlich war es nur ein vorgeschobener Grund, um von ihr wegzukommen. Trotzdem wäre es doch richtig gewesen, wenn Ilse zunächst sie über ihre Pläne informiert und die Aussprache mit ihr gesucht hätte, bevor sie die ganze Familie in die Sache mit hineinzog.

»Ariel und Lucie und sicher auch Helga werden dich selbstverständlich zum Bahnhof begleiten und dafür Sorge tragen, dass du gut wegkommst. Ich werde eine Kutsche bestellen«, entschied Vater nun.

Mutter sagte gar nichts. Sie sah Lucie nur durchdringend an.

Nach dem Frühstück entschuldigte sich Ilse damit, noch packen zu müssen, und verschwand schnell in ihrem Zimmer. Sofort nutzte Mutter die Chance und fragte Lucie: »Ist etwas zwischen euch vorgefallen? Ilse ist so still geworden und jetzt will sie sogar abreisen.«

Lucie schüttelte den Kopf. Sie wollte nicht, dass noch jemand anders von den Briefen an Paul erfuhr, und das hätte sie ihr sagen müssen, um zu erklären, warum Ilse plötzlich so verschnupft reagierte.

»Vielleicht war es doch keine gute Idee, sie mit hierherzunehmen, vor allem weil Helga auch da ist. Sie mag es nicht, wenn sie meine Aufmerksamkeit mit jemand anderem teilen muss«, erklärte Lucie ein wenig hilflos.

»Ist sie eifersüchtig?«

Lucie zuckte mit den Achseln. Das war ihr zu doof. Wenn Ilse meinte, eifersüchtig sein zu müssen und deshalb das Recht zu haben, in ihr Zimmer einzudringen und ihre Briefe zu stehlen, dann sollte sie ruhig abreisen und sich zu Hause weiterhin grämen.

»Nun sei nicht bockig, Lucie. Ich sehe doch an deinem Gesichtsausdruck, dass du sauer bist. Geh hoch und rede mit ihr. Sieh zu, dass du sie umstimmen kannst. Aber zumindest vertrage dich mit ihr«, sagte Mutter streng und nickte auffordernd mit dem Kinn in Richtung Treppe. »Und, Helga? Vielleicht ist es besser, wenn du unter diesen Umständen nicht mit zum Bahnhof fährst, damit Ilse nicht so angespannt ist.«

Helga zog die Achseln hoch. »Meinetwegen. Wir sind eh nicht richtig warm miteinander geworden, wenn ich ehrlich bin.«

Mutter sah sie mit gefurchter Stirn an, sagte aber nichts mehr. Stattdessen bedeutete sie Lucie mit dem Kopf, endlich aufzustehen und Ilse hinterherzugehen.

Mit vorgeschobener Unterlippe stand Lucie auf. Sie fand es nicht richtig, Ilse bei einem so blöden Verhalten auch noch die Hand zu reichen, wusste aber, dass die Mutter keinen Widerspruch duldete, wenn sie so guckte.

Doch Ilse öffnete nicht. Sie antwortete nicht auf ihr Klopfen und Rufen. Na, dann eben nicht. Sollte sie doch weiter an ihrer Eifersucht und der verletzten Eitelkeit herumknabbern, wenn sie unbedingt wollte. Sie würde sich jetzt auf ihr Bett legen und Paul schreiben, was alles in den letzten Stunden hier vorgefallen war. Der würde Augen machen!

Kapitel 23

Eine gute Stunde später war Ilse abmarschbereit. Ariel hievte ihren Koffer in die Kutsche und nahm ihr die Tasche mit dem Proviant ab. Freundlich hielt er Ilse die Hand hin, um ihr beim Einsteigen behilflich zu sein.

Wortlos stieg Lucie noch vor ihr ein und Ilse folgte ihr, nachdem sie höflich vor Mutter und Vater geknickst und ihnen die Hand zum Abschied gereicht hatte. Sie setzte sich neben sie, starrte auf den Kutschenboden und sagte kein Wort.

Lucie musterte sie für den Bruchteil einer Sekunde und überlegte, ob sie noch einen Vorstoß wagen und sie direkt fragen sollte, mit welchem Recht sie die Beleidigte spielte, obwohl sie selbst doch eigentlich jeden Grund hätte, wütend auf sie zu sein. Da aber bemerkte sie Ariels aufmerksamen Blick und entschied sich dagegen. Ilse würde ihr hier und jetzt sowieso kaum die Wahrheit sagen.

Am Bahnhof herrschte ein ungewöhnliches Getümmel. Der Zug war bereits eingefahren. Sie hatten alle Hände voll zu tun, Ilse mit ihrem Gepäck rechtzeitig in das richtige Abteil zu bringen und sich kurz und knapp zu verabschieden, bevor sich der Zug auch schon in Bewegung setzte.

»So, das wäre geschafft«, seufzte Ariel schließlich, als sie dem davonfahrenden Zug nachsahen. »Sieh zu, dass ihr euch wieder vertragt, bevor die Schule losgeht. Eine Vertraute ist in diesen Zeiten viel wert.«

Während sie den Bahnsteig entlang zurück zur Kutsche schlenderten, mussten sie mehreren Passagieren ausweichen, die einfach stehen geblieben waren und ihnen unverhohlen feindselige Blicke zuwarfen.

Unsicher schaute sie Ariel an, doch er ließ sich nichts anmerken, sondern schritt hoch erhobenen Hauptes unbeirrt weiter geradeaus, sodass er den einen oder anderen zwang, im letzten Moment noch zur Seite zu treten. Er musste die Feindseligkeit um sie herum doch auch spüren.

Als sie endlich die Kutsche erreicht hatten, sagte ein Mann so laut zu seiner Begleiterin, dass die beiden Geschwister es hören mussten: »Das sind die vom Judenschloss. Scheinen jetzt auch die letzten anständigen Deutschen zu vergraulen.«

Sofort schossen Lucie Tränen in die Augen. Schnell stieg sie ein, damit außer Ariel niemand ihren Kummer sehen konnte. Doch hatte der Mann nicht im Grunde recht? Sie war allein. Sie hatte niemanden mehr. Außer Helga. Und ihrer Familie. Und Paul.

Nachdem Ilse abgefahren war, wurde es deutlich ruhiger in der riesigen Villa. Mit Helga war alles vertrauter, entspannter. Sie verstanden sich blind und manchmal wurde es dadurch fast ein wenig dröge. Die Tage plätscherten vor sich hin. Lucie erwischte sich hin und wieder bei dem Gedanken, dass es doch ganz nett gewesen wäre, wäre Ilse dageblieben. Sie hatte ihr seit ihrer Abreise mehrere Briefe geschrieben, und nachdem sie zunächst gar nicht reagiert hatte, war schließlich ein halbwegs versöhnlicher Brief zurückgekommen.

Auch Paul ließ nichts mehr von sich hören, doch Lucie schrieb ihm unbeirrt weiter und sammelte die Briefe sorgfältig in der Schatulle unter ihrem Bett. Sie wusste, dass die Eltern ihn mit der Hitlerjugend auf Reisen geschickt hatten und dass er dort wahrscheinlich keine Möglichkeit fand, ihr zu schreiben. Oft lag sie mit Helga am Strand oder im Garten und las mit ihr. Bald hatten die beiden alle Bücher der hauseigenen, nicht sonderlich kleinen Bibliothek durch. Also fingen sie wieder von vorn an, sammelten Muscheln und ließen sich den Sand über die Füße rieseln, spazierten im Hafen oder auf der Promenade umher oder saßen im Strandkorb und sahen auf die Wellen. Es war nur alles etwas langsamer, bedächtiger, ruhiger, seit Ilse weg war.

Doch schließlich musste sich auch Helga von ihr verabschieden, denn es war von vornherein geplant gewesen, dass sie mit Alma und ihrer Familie zurück nach Tübingen fahren würde.

Kaum waren sie weg, fühlte sich die Villa auf einmal seltsam leer an. Lucie hatte zu ihrem Ärger wieder deutlich mehr Zeit zum Grübeln.

Sie dachte darüber nach, wie es in der Schule weitergehen würde, ob die Mitschülerinnen ihre Vorbehalte ihr gegenüber wohl vergessen hätten, und wie wunderschön das Wiedersehen mit Paul nach der langen Zeit werden würde, ob Beike und Pauls Eltern auf wundersame Weise bekehrt worden wären und Korte über die Ferien vielleicht seine Vorliebe für das Judentum entdeckt hätte. Und so weiter und so fort. Natürlich verbesserten all diese Überlegungen nicht ihre Laune. Die Unbeschwertheit der Tage nach der Hochzeit war verflogen. Alles wirkte irgendwie beschwerlicher, düsterer und fader. Statt mit Ilse und Helga spazierte sie nun mit ihren Eltern oder Ariel über die Promenade oder durch den Hafen, aber nach Dingen wie Muschelsuchen oder Ballspielen stand ihr ohne die Freundinnen nicht mehr der

Sinn. Sie vermisste ihre Bücher über die ägyptischen Pharaonen und die archäologischen Ausgrabungen, die sie so gerne las und die sie natürlich wegen ihres Umfangs bis auf das über Kleopatra nicht hatte mitbringen können. Doch sie hätten ihr zumindest etwas Trost gespendet und ihr die Möglichkeit geboten, voll und ganz in der Welt des alten Ägypten zu versinken. Sie hatte sich überlegt, dass es ein guter Zeitpunkt wäre, um damit anzufangen, die Hieroglyphen-Schrift zu lernen. Als Archäologin musste sie schließlich all das verstehen. Doch ohne ihre Bücher war das nicht möglich. Stattdessen saß sie herum und langweilte sich. Sie hatte überlegt, Vater zu bitten, ihr das eine oder andere Buch darüber zu bestellen, doch nach ihren Gesprächen über Pleiten und Krisen hatte sie davon Abstand genommen.

Auf der Promenade und am Strand trafen sie nun häufiger abschätzige Blicke. Nicht wenige Leute steckten die Köpfe zusammen, wenn sie Lucie mit Ariel spazieren gehen sahen. Es war fast so, als wären Ilse, Helga, Alma und ihre Familie ihr Schutzschild gegen den Hass der Menschen gewesen, und mit ihrer Abreise waren sie Freiwild geworden. Feindselige Blicke und hingeworfene Bemerkungen über Weltherrschaft, diese dämliche Dolchstoßlegende und anderen Mist waren inzwischen an der Tagesordnung. Insgesamt war es ungemütlicher geworden und das Gefühl der Geborgenheit hier in ihrem Sommeridyll war verschwunden.

Kapitel 24

Eines Abends, als die Familie zum Abendessen beisammensaß und Mutter sich gerade mit traurigen Augen darüber beklagte, dass schon wieder ein Brief an Onkel Jakob ungeöffnet zurückgekommen war, hörten sie auf einmal laute Stimmen. Sie schienen erst weiter weg zu sein, kamen aber kontinuierlich immer näher.

Lucie ließ die Gabel sinken, die sie gerade zum Mund geführt hatte, und lauschte angespannt, was die Männerstimmen, die jetzt unisono irgendwelche Worte brüllten, riefen. Sie skandierten: »Juden raus!« Immer wieder und wieder. Hartnäckig und verletzend. Lucie hatte das Gefühl, als würde sich ein schwerer Stein auf ihren Magen legen und ihr die Luft abdrücken.

Sie sah in die aschfahlen Gesichter der anderen, die ebenfalls aufgehört hatten zu essen und offenbar auch dem Treiben draußen folgten. Vater stand auf und sah zum Fenster hinaus. Dann schloss er mit erhobenem Kopf demonstrativ den Fensterladen, ging zum nächsten Fenster und tat es dort genauso.

»Sie sollen sehen, dass wir einen feuchten Kehricht auf diesen Mist geben«, grummelte er, während er nach nebenan in den Salon eilte und dort ebenfalls alles verriegelte.

Ariel starrte mit zusammengebissenen Zähnen auf die Tischdecke. Man merkte ihm an, wie es in ihm brodelte. Es hätte nicht viel gefehlt, dann wäre er aufgesprungen, hätte Mutter ihm nicht einen Moment vorher die Hand auf den Arm gelegt, weil sie wahrscheinlich wusste, was in ihm vorging.

Kaum saß Vater wieder, klatschte etwas laut gegen den Fensterladen. Und dann noch etwas. Und abermals.

»Sie werfen mit Steinen.« Vaters Augen waren geweitet, seine Zähne jedoch aufeinandergepresst.

»Das können wir nicht zulassen.« Ariels Stimme klang beklommen.

»Was willst du tun? Dich ihnen in den Weg stellen? Glaubst du, das wird sie davon abhalten? Sei nicht dumm, Ariel!« Vaters Stimme hatte einen seltsam hohlen Klang, während seine Finger die weiße Tischdecke kneteten.

Bei jedem Poltern erzitterte Lucie vor Angst. Gott sei Dank war der Garten um die Villa so groß, dass sie nicht nahe genug herankamen, um schlimme Schäden anzurichten, aber die Farbe würde mit Sicherheit von den Läden abplatzen.

»Was ist, wenn sie über den Zaun klettern?«, fragte Mutter plötzlich mit bangem Blick.

»Sie werden schon bald genug haben. Auf das Grundstück werden sie sich nicht wagen. Da machen sie sich strafbar«, meinte Vater. Man merkte ihm an, dass er sie beruhigen wollte, doch irgendwie liefen seine Bemühungen ins Leere.

»Ach, und mit dem Bewerfen des Hauses etwa nicht? Ich gehe jetzt raus und regle das.« Ariel warf seine Serviette auf den Tisch und stand auf.

»Du bleibst«, widersprach Vater mit scharfer Stimme. »Wenn das etwas bringen würde, wäre ich schon längst draußen. Aber das ist es doch, was sie wollen: jemanden, an dem sie ihren Frust und Ärger auslassen können. Denk nach, Ariel, es sind viel mehr als du. Wir bleiben beherrscht und warten ab. Sie werden sich bald beruhigt haben.«

Doch der Radau dauerte an.

Alle saßen angespannt um den Tisch, blass wie Gespenster. Niemand dachte mehr an das Essen.

»Sie werden mich nicht kleinkriegen. In der Fabrik nicht. Und hier auch nicht«, murmelte Vater mit rotem Gesicht.

»In der Fabrik auch?«, griff Mutter mit belegter Stimme den Faden auf. Sie sah Vater besorgt an.

»Natürlich. Sie sind überall. Noch nicht einmal mehr vor den Höhergestellten haben sie Respekt. Ich bin zwar ihr Chef, aber … sprechen wir nicht mehr davon. Ich habe euch nichts davon erzählt, weil ich euch nicht belasten wollte. Und aufheiternd sind solche Geschichten im Moment wohl auch nicht.«

Wieder klatschte ein Stein gegen die Fassade. Lucie biss sich auf die Lippen und zog den Kopf zwischen die Schultern, während Ariel so wirkte wie ein Wolf, der jeden Moment aufspringen und den Angreifern nachjagen wollte.

Am Ende jedoch behielt Vater recht und die Pöbler zogen nach einer gefühlten Ewigkeit unter lauten »Judenschloss, Judenschloss«-Rufen ab.

Mutter saß kerzengerade und blass da. Sie starrte ins Leere, aber auch Vater und Ariel sahen mitgenommen aus.

»Es ist genug. Wir fahren«, entschied Mutter plötzlich mit unnatürlich hoher Stimme.

Tränen liefen über ihre Wangen.

»Aber wir haben noch zwei Wochen. Meinst du, in Berlin wird es besser? Denk daran, was Doktor Brandt dir geschrieben hat«, sagte Vater sehr ruhig.

»Ich fühle mich hier nicht mehr sicher. Außerdem müssen wir noch die Sache mit der Schule regeln. So kann es doch nicht weitergehen. Wir können nicht hier im Haus sitzen wie verschreckte Kaninchen und stillhalten, bis wirklich etwas passiert«, meinte Mutter mit rauer Stimme.

»Was hat Doktor Brandt denn geschrieben?«, meldete sich Ariel zu Wort.

Mutter schüttelte unwillig den Kopf. »Ach, nur dieser Faust wieder. Verzweifelter Vater eines verstorbenen kleinen Patienten. Ihr kennt ihn doch. Er war schon ein paar Mal da. Er kommt mit dem viel zu frühen Tod seines Sohnes nicht klar und gibt mir die Schuld. Doch auch davor kann man nicht immer weglaufen. Früher oder später muss eine Lösung her.«

Lucie sagte nichts. Die Bilder des betrunkenen, rohen Mannes, der ihre Mutter bedroht hatte, waren sofort wieder da.

»Und wenn du mit Lucie für ein paar Wochen zu Alma fährst? Sie würde sich sicher freuen, dass du sie besuchst«, schlug Vater vor.

Entschlossen stand Mutter auf und stellte die Teller zusammen. »Ich will nach Hause. Es gibt viel zu erledigen. Alma kann ich auch später noch besuchen. Und hier ist es zu gefährlich geworden.«

Vater stopfte umständlich seine Pfeife und starrte nachdenklich den Rosenstrauß auf dem Tisch an, den Lucie erst heute im Garten geschnitten hatte.

Auch Ariel stand auf und verkündete: »Nun denn, ich werde mal nachsehen, welchen Schaden diese Rüpel angerichtet haben.« Dann ging er hinaus.

»Ich denke, bis übermorgen haben wir alles so weit gerichtet, dass wir abfahren können«, überlegte Mutter laut und folgte Ariel, nachdem sie dem Mädchen geklingelt hatte, damit der Tisch abgeräumt wurde.

Mit müden Augen sah Vater ihr nach. »Ach, Luciemaus, das sind keine guten Zeiten für uns Juden. Ich wünschte, ich könnte euch das alles ersparen.«

Kapitel 25

Drei Tage später waren sie wieder in Berlin und Lucie war allein. Die Villa hatte erst noch winterfest gemacht werden müssen, damit die ganze Arbeit nicht nur an den Wagners hängen blieb. Als sie von der altehrwürdigen Villa Abschied genommen hatten, hatte Lucie einen Kloß im Hals gespürt. Es war ein Abschied für länger, das hatte sie im Gefühl. Das herrschaftliche Haus strahlte dieselbe Würde aus wie stets. Die Bäume bogen sich unter dem Wind, der über das Meer an Land wehte, und die hohen Flügelfenster wirkten seltsam leer. Jeder aus der Familie liebte die Villa, doch würde sie jetzt für Lucie und wahrscheinlich auch alle anderen Familienmitglieder für immer mit diesem unseligen Abend und dem Steinbewurf verknüpft sein, auch wenn dort Kurts Hochzeit und noch viele andere schöne Dinge ebenfalls geschehen waren.

Über die ganze Familie hatte sich ein Schleier von Traurigkeit gelegt. So, als wären ihnen die Unbeschwertheit und das Lachen irgendwo zwischen See und Großstadt abhandengekommen. Sie zogen still und ohne Aufsehen wieder in das Berliner Haus, wo zumindest niemand mit Steinen nach ihnen warf.

Aber auch hier gab es schlechte Neuigkeiten: Der junge Herr Weizmann, der mit ihnen Schawuot gefeiert hatte, war auf dem Rückweg von einem Geschäftstermin von Unbekannten angegriffen und verprügelt worden. Er lag mit einem Bruch des Kiefers und mehreren geringfügigeren Verletzungen im Krankenhaus. Seine arme Frau war mit den kleinen Kindern entsetzt zu ihren Eltern geflüchtet. Mutter und Vater waren erschüttert und auch Lucie kroch ein kalter Schauer über den Rücken, als sie davon hörte.

»Warum machen die Leute so etwas?«, fragte sie voller Grauen.

Doch Vater schüttelte nur den Kopf. »Ich kann es dir nicht sagen, Lucie. Es scheint fast, als wären alle plötzlich verrückt geworden. Vielleicht hängt es mit der Talfahrt der Wirtschaft zusammen. Alles ist viel teurer geworden, Zucker, Tabak, Bier, den Leuten geht es schlechter und dafür brauchen sie einen Sündenbock. Die Armut nimmt zu, die Aussichten sind nicht gut. Vielleicht liegt es daran.«

»Das ist doch wirklich nicht zu fassen. Herr Weizmann ist einer der freundlichsten und höflichsten Menschen, der mir je begegnet ist. Er würde keiner Fliege etwas zuleide tun und gerade so jemand wird zum Opfer solcher Schlägertypen.« Mutter sah aus, als kämpfte sie mit den Tränen.

»Warum haben die Leute plötzlich so viel Angst vor Juden?«, wollte Lucie mit belegter Stimme wissen.

»Es gab schon immer gewisse Ressentiments gegen Juden, aber das hier ist wirklich beängstigend. Man überlegt es sich ja schon zweimal, ob man wirklich auf die Straße muss«, erklärte Mutter mit gerunzelter Stirn.

»Dabei sind wir und auch Herr Weizmann noch nicht einmal orthodoxe Juden. Wir gehen ja nur sehr unregelmäßig in die Synagoge. Um Ariel mache ich mir allerdings schon mehr Sorgen, schließlich sieht man ihm mittlerweile ja auf den ersten Blick an, dass er Jude ist.«

»Ich definiere mich nicht in erster Linie als Jüdin. Ich bin Mutter, Ehefrau, Ärztin, Deutsche. Ich fühle mich nicht wohl dabei, dass mein Jüdischsein plötzlich über alles andere gestellt wird«, erklärte Mutter.

»Wir können nur froh sein, dass Ariel all das gerade nicht hört. Es würde ihn nicht glücklich machen«, antwortete Vater nachdenklich.

»Aber wenn er mit eingeschlagenem Schädel an der nächsten Straßenecke liegt, weil er seine Religion, die ja nur ein winziger Teil von ihm ist, so offen zelebriert, ist er das sicherlich auch nicht«, wandte Mutter trocken ein.

»Ich habe Angst!« Lucie hob die umherstreifende Milli hoch und drückte sie eng an sich.

»Ich auch, meine Maus, ich auch. Vor allem davor, was all dieser Hass, der offenbar in den Menschen steckt, mit ihnen macht«, erwiderte Mutter und schauderte.

»Es ist modern, etwas gegen Juden zu haben.« Vaters Augen blickten traurig, während er nachdenklich seine Pfeife ausklopfte. »Wollen wir hoffen, dass sie bald etwas anderes finden, das interessanter für sie ist.«

Wenn sie auf ihrer Fensterbank saß, spähte Lucie sehnsüchtig hinüber zu Pauls Haus. Doch es dauerte noch eine gute Woche, bis er wieder zurück sein würde. Und sie wusste noch immer nicht, ob seine Eltern sie endlich als Pauls Freundin akzeptierten. Und auch Ilse wies sie ab, als sie bei ihr vorbeischaute. Sie schmollte zwar nicht mehr und hatte sich sogar eine halbherzige Entschuldigung für ihr unerlaubtes Eindringen in Lucies Privatsphäre abgerungen, war aber so sehr von ihrem neuen Zeitvertreib eingenommen, dass sie keine Zeit für Lucie hatte. Ilse war jetzt – wie viele andere aus der Klasse – im Bund Deutscher Mädel. Täglich zog sie in weißer Bluse, dunklem Rock und schwarzem Halstuch mit Lederknoten los und kam erst spät am Abend wieder. Sie machten Ausflüge und Wanderungen, Volkstanz und Theateraufführungen. Manchmal übernachteten sie auch in Heuschobern und beobachteten den Vollmond. Jüdische Mädchen durften nicht teilnehmen. Insofern saß Lucie allein im Gartenpavillon, im Salon vor den großen Bücherregalen oder auf ihrem Zimmer, las, schrieb an Helga und grübelte. Sie fühlte sich allein. Allein und einsam. Zwei Gefühle, die sie bisher nicht gekannt hatte. Und sie hätte einiges darum gegeben, wenn es ihr erspart geblieben wäre, sie kennenzulernen. Immerhin war Milli da und sie verbrachte Stunden damit, die Katze zu kraulen, mit ihr zu spielen oder in ihren Büchern zu blättern. Mutter hatte ihr mehrmals vorgeschlagen, für die restlichen Ferien doch zu Alma zu fahren und auch Helga zu besuchen, doch Lucie hatte den Vorschlag jedes Mal abgelehnt, denn sie wollte unbedingt da sein, wenn Paul zurückkam. Eine noch längere Trennung von ihm würde sie einfach nicht ertragen. Dafür nahm sie auch die Stunden der Einsamkeit und Langeweile in Kauf, bis sie sich endlich wieder in die Arme schließen könnten.

Immerhin hatte sie ihre Bücher über Ägypten hier. Sie begann damit, ihren Plan umzusetzen, Hieroglyphen lesen zu lernen. Allerdings war es komplizierter, als sie gedacht hatte, und den ganzen Tag konnte sie auch nicht damit herumbringen, weil ihr nach ein paar Stunden der Kopf davon rauchte.

Manchmal, wenn sie die Einsamkeit nicht mehr aushielt, assistierte sie Schwester Ida beim Empfang der Patienten oder der Bereitlegung der benötigten Materialien, doch glücklich machte sie all das auch nicht. Es fühlte sich an, als hätte sich eine dunkle Wolke zwischen sie und die Sonne geschoben. Egal, wie sehr sie sich auch abstrampelte und bemühte, sie schaffte es nicht, die Wolke zum Weiterziehen zu bewegen.

Ariel, der zu bemerken schien, wie es um sie stand, bot ihr an, mit ihr ins Kino oder in den Park zu gehen, doch sie lehnte jedes Mal ab. Sie konnte den Gedanken nicht ertragen, zufällig Ilse oder eine andere der Klassenkameradinnen in ihrer BDM-Uniform zu sehen und zu wissen, dass sie niemals zu ihnen gehören durfte und diese Uniform immer zwischen ihnen stehen würde. Auch Vater schlug ihr mehrmals vor, ihn doch in der Fabrik zu besuchen, damit er sie herumführen und ihr alles zeigen könne, aber auch das wollte sie nicht. Sie fühlte sich am sichersten, wenn sie zu Hause blieb und ihre Wunden leckte.

Als sie Paul eine Woche später durch ihr Zimmerfenster wiederkommen sah, machte ihr Herz einen glücklichen Hüpfer. Endlich war da wieder eine vertraute Seele, jemand, mit dem sie reden und Zeit verbringen konnte. Er trug ein braunes Hemd mit dazu passender Schiffchenmütze und hatte ebenfalls ein schwarzes Halstuch um. Die Tasche mit seinen Sachen hatte er lässig über die Schulter geworfen. Er wirkte verändert, aufrechter, als wäre er gewachsen, aber vielleicht lag das auch an der ungewohnten Kleidung.

Am liebsten wäre Lucie sofort hinausgestürmt und ihm um den Hals gefallen, aber sie wusste, dass das ihren Eltern nicht gefallen hätte. Außerdem waren da ja seine Eltern, die zum Zeitpunkt ihrer Abreise Vorbehalte gegen ihre Beziehung gehabt hatten. Aber er würde mit Sicherheit vorbeikommen, sobald er Zeit dazu fand. Er musste erst auspacken und sich frisch machen. Und hoffentlich würde er all die Briefe, die er versprochen hatte, ihr in ihrer Abwesenheit zu schreiben, mitbringen. Sie würde einfach auf ihn warten.

Nichts geschah. Lucie hatte sich schick gemacht, ihr bestes Kleid angezogen, die Zöpfe neu gebunden und sich auf die Fensterbank gesetzt und hinausgestarrt. Aber er kam einfach nicht.

Nach einer Stunde wurde sie ungeduldig und noch eine halbe Stunde später war sie drauf und dran hinüberzugehen.

Doch gerade, als sie den Entschluss gefasst hatte, öffnete sich die Haustür gegenüber und Paul trat heraus.

Unwillkürlich schlug ihr Herz schneller. Gleich würde er klingeln. Sie hatte ihm so viel zu erzählen. Doch Paul ging an ihrem Haus vorbei weiter die Straße hinunter.

Wo wollte er denn hin? Ungeduldig nestelte Lucie am Fenstergriff herum, um das Fenster zu öffnen und ihn zu rufen.

Endlich war es offen, Lucie lehnte sich heraus und rief »Pau…«, als ihr der Ton im Mund erstarb.

Entsetzt starrte sie auf das Geschehen an der Straßenecke.

Ihr Herz hämmerte wild in ihrer Brust. Sie hatte das Gefühl, dass ihr die Luft wegblieb, aber sie starrte unvermindert auf das Geschehen dort unten.

Da stand ein dralles Mädel mit dicken braunen Zöpfen in der gleichen Uniform, die auch Ilse trug, und umarmte Paul, der die Liebkosung offensichtlich aus vollem Herzen erwiderte, denn er hob das Mädchen hoch und drehte sich mit ihr umher, während er sie mit seinen starken Armen umfing. Sein Gesicht, das während des Drehens immer wieder auftauchte und verschwand, hatte einen verklärten Gesichtsausdruck. So etwas hatte er mit ihr nie gemacht.

Sie spürte, wie Übelkeit in ihrem Inneren hochkroch und sie würgen musste. Wie in Trance richtete sie sich auf. Ein Schluchzer quoll aus ihrer Kehle. Sie glitt mit dem Rücken an der Wand hinab, bis sie auf dem Boden saß. Ihr Inneres fühlte sich taub an. So, als wäre sie tot. Alles, was jemals wichtig war, schien mit einem Mal zu Staub zerfallen zu sein.

Eine gute halbe Stunde später hörte Lucie, wie es unten klingelte. Wahrscheinlich ein Patient, aber das war ihr völlig egal, denn sie wollte hier in ihrem Elend ohnehin nicht gestört werden. Sie lag mit verquollenem Gesicht auf ihrem Bett und ließ ihrem Kummer freien Lauf. Während sie weg war, hatte er eine andere in sein Herz geschlossen. Er hatte sie einfach fallen gelassen, als wäre nie etwas zwischen ihnen gewesen. Schnapp und weg! So lief es also. Dann war der Plan seiner Eltern ja aufgegangen und er hatte sein Herz endlich an eine aufrechte Deutsche verschenkt. Sie hörte Schritte näher kommen. Wahrscheinlich Helene, die sie zum Essen holen sollte. Sie würde nicht hinuntergehen. Sie würde ohnehin keinen Bissen runterkriegen. Wahrscheinlich niemals wieder. Viel zu tief saß der Schmerz.

Als es an die Tür klopfte, reagierte sie nicht. Sie zog sich die Bettdecke über den Kopf und heulte weiter wie ein Schlosshund. Der Kummer, der in ihr wütete, seit sie Paul mit diesem Mädchen gesehen hatte, war so heftig, dass es ihr auch egal gewesen wäre, wenn in diesem Moment ein Meteorit die Erde getroffen hätte. Schlimmer konnte es ohnehin nicht kommen.

Da spürte sie auf einmal eine Hand, die ihren Rücken berührte. »Lucie, he, was ist denn los?« Moment. Diese Stimme kannte sie doch. Aber das konnte doch nicht sein, schließlich hatte sie ihn eben noch gesehen, wie er …

Mit einem Ruck hob sie den Kopf. Die Decke blieb an ihren Haaren hängen und sie lugte mit verquollenen Augen aus ihrem Unterschlupf hinaus.

Doch, er war es. Sie hatte sich nicht geirrt. Paul stand vor ihrem Bett, in der Hand einen Beutel, aus dem Papier quoll, und lächelte sie an.

Dass er die Nerven hatte, hier noch zu erscheinen! Das war ja wohl die Höhe. Entschlossen schüttelte sie die Decke von ihrem Kopf und beäugte ihn böse.

»Was willst du hier?« Ihre Stimme klang unnatürlich hoch. Fast war sie an der Schwelle des Keifens, doch das war ihr egal. Viel zu groß war ihre Empörung über Pauls Unverfrorenheit, mit einer anderen herumzupoussieren und dann hier aufzukreuzen.

Mit verblüfftem Gesichtsausdruck zuckte er zusammen und trat einen Schritt zurück. »Warum bist du so sauer? Ich dachte, du würdest dich freuen, mich zu sehen.«

»Du … wie kannst du es wagen? Küsst und herzt eine andere mitten auf der Straße und hast wirklich die Nerven, danach hierherzukommen, als wäre gar nichts geschehen.« Sie spie die Worte förmlich aus, so wütend war sie auf ihn.

Jetzt grinste der Kerl auch noch.

»Was bildest du dir eigentlich ein? Und wer hat dich hier hereingelassen?«, brüllte sie.

»Das Mädchen. Helene heißt sie, glaube ich. Und wenn du mir einen Moment zuhören würdest, könnte ich dir alles erklären. Aber ich fürchte, dafür müsstest du dich erst ein klein wenig beruhigen.« Da war es wieder, dieses Grinsen!

Sie sprang aus dem Bett wie eine Furie, bereit, ihm mit den Fingernägeln das Grinsen aus dem Gesicht zu kratzen. Wie konnte er ihr das antun? Und dann auch noch mit dieser Arroganz …

Er schien zu ahnen, was sie vorhatte, denn er griff nach ihren Handgelenken und hielt sie ein Stück von seinem Kopf entfernt fest. Dann küsste er sie einfach mitten auf den Mund. Ein Schluchzen entfuhr ihrer Kehle. Wie schön war es, ihn endlich wieder zu spüren, ihm so nahe zu sein. Wie lange hatte sie diese Nähe vermisst. Aber doch nicht so … Nicht, nachdem er die andere … Doch sie spürte, wie ihr Widerstand dahinschmolz und sich ihr verräterischer Körper wie von selbst an ihn schmiegte.

Als er sich von ihr löste, sagte er: »Wie konntest du bloß wahrhaft denken, dass ich dich verlassen würde? Das würde ich niemals tun. Ich habe dich so vermisst, dass es schon wehtat.«

Sie sah ihn verunsichert an. »Aber … warum herzt du dann dieses Mädchen? Ich meine … du hast sie herumgeschwenkt, gelacht. Es war offensichtlich, dass sie dir viel bedeutet.«

»Gerda? Wo denkst du hin? Sie ist ein nettes Mädchen, sicher, aber sie ist nicht du. Ich könnte niemals jemanden lieben außer dir.«

»Aber warum machst du so etwas?« Ermattet von der ganzen Aufregung sank Lucie auf die Bettkante. Sie hatte nicht mehr die Kraft, sich aufrecht zu halten. Paul setzte sich neben sie und lächelte sie an.

»Zu deinem Schutz.« Er seufzte.

»Heißt das, deine Eltern sind weiterhin gegen unsere Beziehung?«

Er nickte mit traurigen Augen. »Es ist sogar noch ein bisschen schlimmer geworden. Sie haben mir untersagt, dich zu treffen. Aber das will ich nicht. Ich muss dich sehen. Wenn es nicht anders geht, dann eben heimlich, aber ich brauche ein gutes Alibi, damit sie glauben, dass ich mit einer anderen unterwegs bin. Deshalb bin ich auf die Idee gekommen, mich möglichst aufmerksamkeitsheischend mit Gerda hier in Sichtweite unseres Hauses zu treffen und vorzutäuschen, dass ich etwas mit ihr unternehme. Aber wir gehen nur um die Ecken und da treffe ich stattdessen dich. Ist gar nicht dumm, oder? Wir können uns sehen und niemand ahnt auch nur etwas davon. Und dir droht keine Gefahr mehr, weil sie alles Mögliche anstellen würden, um dich aus dem Weg zu räumen.«

»Würden sie das?«, fragte Lucie beklommen.

»Keine Ahnung. Ich will es gar nicht erst ausprobieren. Sicher ist sicher. Ich könnte es nicht ertragen, wenn dir etwas passierte.« Wieder beugte er sich vor und drückte ihr sanfte Küsse auf die verheulten Augen.

»Aber was ist mit Gerda? Wenn sie sich in dich verliebt? Dann brichst du ihr das Herz. Schön ist das nicht.«

»Da besteht keine Gefahr. Sie hat ebenfalls einen jüdischen Freund und braucht einen Alibibegleiter, damit ihre Eltern nicht Lunte riechen. Es ist ein Gewinn für alle.«

Lucie atmete erleichtert aus. All die Anspannung, die sich in der letzten Stunde aufgebaut hatte, verpuffte auf einen Schlag.

»Hast du wirklich geglaubt, dass ich dich nicht mehr lieben würde, du kleines Dummchen?«, fragte er mit liebevoller Stimme und deutete auf den Beutel, den er auf dem Boden abgestellt hatte. »Da, sieh nur: Unzählige Briefe, die davon zeugen, dass meine Liebe zu dir ungebrochen ist und niemals enden wird.«

»Aber werden wir jemals eine gemeinsame Zukunft haben, wenn deine Eltern mich nicht als deine Partnerin respektieren?«

»Gib ihnen etwas Zeit. Zeit ist der Klebstoff, der die meisten Dinge kittet.«

Lucie lächelte. »Du weißt aber, dass Geduld nicht gerade meine größte Stärke ist.«

»Sag bloß, das ist mir noch gar nicht aufgefallen.« Er grinste. »Aber wir können uns ja weiterhin sehen. Es braucht nur ein paar Vorsichtsmaßnahmen, um das Ganze in diesen Zeiten sicher zu gestalten.«

»Ja … ja, natürlich. Ich bin so erleichtert, das kannst du dir nicht vorstellen.« Sie schmiegte sich an ihn.

»Mein Engel. Alles wird am Ende gut gehen. Es kommen wieder andere Zeiten.«

Lucie nickte, während er ihr behutsam über den Rücken strich. Dann setzte sie sich mit einem Ruck auf, weil er in die Tasche griff und ihr einige Umschläge hinhielt.

»Das sind also deine Briefe? Das ist doch wohl ein Witz, Ackermann. Sieh mal hier, wie viele ich dir geschrieben habe.« Und damit deutete sie auf die Schatulle, die ihren Weg von der Ostsee bis auf ihren heimischen Schreibtisch gefunden hatte und inzwischen so prall gefüllt war, dass der Deckel weit offen stand.

»Das sieht nach einer Menge aus. Aber ich war auch nicht faul. Sieh nur!« Er griff nach dem Beutel und schüttete ihn einfach auf dem Boden aus. Dutzende Briefe rieselten herab und bedeckten das Parkett wie frisch gefallener Schnee.

Lucie starrte auf die vielen Umschläge; im nächsten Moment fiel sie ihm um den Hals und vergrub ihren Kopf an seiner Brust.

»Du glaubst gar nicht, wie froh ich bin. Ich habe wirklich für einen Augenblick befürchtet, ich hätte dich verloren.«

Nachdem Paul gegangen war, brauchte sie jemanden, bei dem sie ihr Herz ausschütten konnte. Deshalb war sie hinuntergeeilt und hatte den Eltern von der ganzen Aufregung erzählt. Sie hatte ihnen berichtet, welche Vorkehrungen Paul und sie für die Ferien getroffen hatten und welche Umstände ihnen die Vorbehalte seiner Eltern machten. Glücklich hatte sie voller Enthusiasmus erzählt, dass er einen Ausweg gesucht und gefunden hatte, damit sie ihr Verhältnis trotz dieser Probleme fortsetzen konnten.

Mutter hatte mit nachdenklich gespitztem Mund zugehört, während Vater damit beschäftigt gewesen war, umständlich seine Pfeife anzuzünden.

Als Lucie geendet hatte, kniff Mutter kritisch die Augen zusammen. »Ich freue mich, dass Paul trotz der Widerstände zu dir steht und einen Weg gefunden hat, wie ihr beide euch treffen könnt. Aber glaubst du wirklich, dass eine Beziehung unter solchen Umständen Bestand haben kann?«

Verblüfft sah Lucie sie an. Sie hatte nicht damit gerechnet, dass ausgerechnet Mutter ihre Verbindung zu Paul infrage stellen würde.

»Da muss ich Mama recht geben. Einfach wird das nicht für euch beide. Ich fürchte, dass sich die Verhältnisse nicht so schnell ändern werden, wie wir alle hoffen. Und damit bleibt es hoffähig, Juden ablehnend, wenn nicht gar feindselig gegenüberzustehen.«

»Es wird funktionieren. Ihr werdet es sehen«, verkündete Lucie entschlossen.

»Dann drücke ich dir die Daumen, dass alles so läuft, wie du es dir wünschst. Aber pass auf, dass du bei all diesen Schwierigkeiten nicht am Ende doch verletzt wirst«, mahnte Vater, der es endlich geschafft hatte, seine Pfeife in Gang zu bringen.

»Wenn ihr wollt, stehen euch unser Haus und Garten natürlich immer offen. Ich bin nur nicht sicher, ob es hier möglich ist, sich vor den Augen der Ackermanns zu verbergen.« Mutter lächelte.

Paul hielt Wort. Schon für den nächsten Tag hatten sie sich zu einem ausgedehnten Spaziergang im Park verabredet. Er würde mit Gerda hinkommen, dort auf ihren Freund treffen und mit Lucie weitergehen. Sie würden sich nur auf den Nebenwegen halten, die Hauptwege meiden und gut darauf achten, dass ihnen niemand begegnete, der sie kannte und verraten konnte.

Ein bisschen nervös machte Lucie die ganze Geheimnistuerei schon, doch andererseits freute sie sich unbändig darauf, Paul zwei Stunden nur für sich zu haben. Mit ihm reden zu können und sich gegenseitig von den Erlebnissen und den Sorgen zu erzählen.

Es entwickelte sich zu einem lustigen Spiel, um die Ecke zu spähen, ob jemand zu sehen war, den sie kannten, oder sich blitzschnell hinter Bäumen oder Büschen zu verstecken, um aus dem Sichtfeld möglicher Verräter zu verschwinden. Sie lachten viel und hatten eine Menge Spaß. Und als sie am Abend müde und froh zurückkamen, wartete Paul geschlagene zehn Minuten an der Straßenecke, bis er langsam hinter Lucie her schlenderte, ihr noch eine unauffällige Kusshand durch das geöffnete Fenster zuwarf und schließlich im Haus seiner Eltern verschwand.

Mit Schmetterlingen im Bauch sah Lucie ihm verträumt nach. Gleich für morgen war das nächste Treffen geplant. Bis zum Ende der Ferien wollten sie sich täglich sehen und immer etwas anderes unternehmen. Am Wochenende wollten sie sogar gemeinsam den Zoologischen Garten besuchen und für den Dienstag darauf hatten sie sich zu einer Bootsfahrt auf dem Tegeler See verabredet, weit weg von den heimischen Spionen. Ach, das würde ein herrliches Vergnügen werden!

Kapitel 26

Als die Schule zwei Wochen später begann, fühlte sich Lucie Paul viel stärker verbunden, als es noch vor Beginn der Ferien der Fall gewesen war. Diese heimlichen Treffen, gegen die sie zunächst Bedenken gehabt hatte, hatten sie zusammengeschweißt. Sie fühlten sich wie Don Quichotte und Sancho Pansa, die gemeinsam gegen Windmühlen kämpften und dabei eine Menge Spaß hatten. Bei einer Wanderung durch den Grunewald war Paul sogar stehen geblieben und hatte gefragt: »Und wenn wir gemeinsam fliehen? Weg von dieser Stimmung gegen Juden? In irgendein Land, in dem wir unbehelligt zusammenleben können?«

»Durchbrennen? Und wovon sollen wir dann leben? Wir sind doch noch viel zu jung zum Heiraten, Paul. Auch wenn ich dieser Idee grundsätzlich schon so einiges abgewinnen könnte«, hatte Lucie eingewandt, und Paul hatte sie enttäuscht angesehen.

»Aber wenn es gar keinen Ausweg mehr gibt, würde ich mit dir über alle Berge gehen. Hauptsache, wir zwei sind zusammen«, hatte Lucie schnell ergänzt.

Jetzt hatte Paul wieder gestrahlt und ihr einen glücklichen Kuss auf die Nasenspitze gegeben, bevor sie weitergewandert waren.

»Damit bin ich für den Anfang auch schon zufrieden«, hatte er zufrieden gesagt und sie mit leuchtenden Augen angesehen, während er ihre Hand genommen und sie ihre Finger ineinander verschränkt hatten.

Ja, sie waren ausgesprochen glücklich miteinander, obwohl sie nach wie vor Katz und Maus spielen mussten, sobald sie in die Nähe ihrer Straße kamen, um Pauls Eltern, den alten Beike und alle anderen Späher in die Irre zu führen.

Leider hatte sich auch die Einstellung von Lehrer Korte über die Ferien anscheinend nicht geändert, denn er ließ Lucie weiterhin links liegen. Wenn sie sich meldete, flog sein Blick über sie hinweg, als wäre sie Luft. Auch die Pausen verbrachte sie allein, da zu allem Übel nahezu alle Klassenkameradinnen dem Bund Deutscher Mädel angehörten, wo dazu aufgerufen wurde, den Umgang mit Juden zu meiden. Trotzdem ließ sich Ilse dadurch nicht davon abhalten, morgens an der Ecke auf sie zu warten und nach der Schule gemeinsam mit ihr nach Hause zu gehen, aber die alte Vertrautheit war dennoch verschwunden.

Die Eltern hatten in Anbetracht der angespannten Stimmung der Bevölkerung gegenüber Juden und Lucies dringender Bitten darauf verzichtet, wegen Lucies verpfuschtem Zeugnis Rücksprache zu nehmen.

»Weißt du, Luciemaus, manchmal braucht man etwas Geduld. Aber das Gute wird sich durchsetzen. Versuche, ruhig und höflich zu bleiben, dann haben wir das Ganze hoffentlich bald überstanden«, hatte Vater gesagt, dessen Augen mittlerweile ständig erschöpft und traurig aussahen.

Lucie schlenderte allein über den Schulhof, im Rücken die Blicke der Klassenkameradinnen, von denen sie sich auf einen Schlag offenbar so sehr unterschied, dass sie nicht mehr zu ihnen gehören durfte. Sie verstand all das nicht, aber es bedrückte sie, machte ihr das Leben schwer. Sie fühlte sich verwundbar und schwach. Inzwischen hatte sie ihre anfänglichen Bemühungen auch wieder eingestellt und meldete sich gar nicht im Unterricht. Es brachte sowieso nichts. Kein Lehrer nahm sie mehr dran. Da waren ihr schlechte Noten lieber als das ständige Gefühl, es nicht wert zu sein, aufgerufen zu werden. Aber für ihr Studium brauchte sie doch ihr Abitur. Eigentlich hatte sie all das von ihren Eltern fernhalten wollen, doch lange konnte sie unter diesen Umständen ein Gespräch nun auch nicht mehr aufschieben. Vielleicht wussten sie irgendeine Lösung.

Mit einer gewissen Erleichterung drückte sie Milli an sich, die schnurrend ihren Kopf unter Lucies Arm verbarg.

Ariel war entgegen seinen Ankündigungen noch nicht wieder nach Tübingen abgereist, aber niemand fragte nach. In diesen Tagen war man froh, möglichst viele Familienmitglieder in der Nähe und in Sicherheit zu wissen. Trotzdem gab es gute Nachrichten aus Tübingen, denn Kurt ließ sie wissen, dass Ursula und er ein Kind erwarteten. Als Mutter den Brief las, sprang sie fast an die Decke vor Freude, und auch Vater strahlte bis über beide Ohren. Ariel lächelte wie immer still in sich hinein.

»Ein Kind! Stell dir vor, Daniel, wieder ein kleiner Säugling in der Familie, ist das nicht unglaublich?« Mutters Augen leuchteten glücklich. Vater nahm sie in den Arm. Auch er sah stolz aus wie Bolle, während er zufrieden lächelte.

Beim Abendessen erörterten sie die Nachricht ausgiebig, denn Lucie hatte bei aller Freude über die Neuigkeit noch einige Fragen.

»So schnell nach der Hochzeit? Wie kann das sein?«, rief sie überrascht.

Mutter verbiss sich ein Grinsen, sagte dann aber ganz ernst: »Nun, es ist ja noch ganz am Anfang. Es dauert noch eine ganze

Weile, bis das Kleine auf die Welt kommt. Wollen wir hoffen, dass bis dahin alles besser ist.«

»Ich frage mich, ob es ein Junge oder ein Mädchen wird?«, überlegte Lucie. »Mir wäre ja ein Mädchen als Verstärkung lieber, wir haben sowieso einen Jungsüberschuss in der Familie.«

Mutter und Vater sahen sich an und brachen in Lachen aus.

»Da hast du allerdings recht, Luciemaus«, stimmte Vater glucksend zu.

»Na, erlaube mal. Kurt wird sicherlich nicht unglücklich sein, wenn er einen Stammhalter bekommt«, mischte sich nun Ariel ein.

»Und Ursula hat sicher nichts gegen ein kleines Mädchen«, fuhr Lucie ihn an.

»Kinder, Kinder, ihr werdet euch doch nicht deswegen streiten. Das Geschlecht des Kindes steht ohnehin fest, egal, was ihr gerne haben wollt«, mischte sich Mutter ein.

»Wirklich? Jetzt schon?«, wollte Lucie interessiert wissen.

»Aber ja. Nur dass wir es erst bei der Geburt erfahren werden. Was auch immer es wird, es wird willkommen sein«, sagte Mutter mit seligem Lächeln.

»Das wird es sicher. Du wirst Oma, Hannah, kannst du dir das vorstellen?« Vater grinste Mutter an.

»Und du Opa. Kaum vorstellbar. Mir kommt es vor, als wäre es erst gestern gewesen, dass du um mich geworben hast, und nun …«

Sie lächelten einander an.

Lucie rollte mit den Augen. »So, wo wir das jetzt umfassend beleuchtet haben, würde ich gerne auch eine Sache ansprechen, die mir auf der Seele brennt. In der Schule ist leider alles wie vorher. Ich bin mir sicher, dass das nächste Zeugnis unter diesen Umständen ähnlich schlecht ausfällt wie das vorherige, denn ich werde einfach komplett ignoriert und nie drangenommen.«

Vater atmete entschlossen aus. »Dann hilft alles nichts: Entweder wir suchen doch ein Gespräch oder wir nehmen dich von der Schule.«

»Und dann?«, japste Lucie erschrocken. »Ich kann doch nicht einfach mit der Schule aufhören. Ohne Abitur kann ich nicht studieren. Und wie soll ich dann Archäologin werden? Das geht nicht.«

»Ach, Lucie, jetzt hör endlich mit dieser Archäologie auf. Wir haben doch mehrfach darüber geredet, dass du nicht in solche fremdländischen Länder ziehen kannst, um dort die Erde umzugraben. Das geht einfach nicht als Frau, schlag dir so etwas aus dem Kopf«, fuhr Mutter sie genervt an.

»Und das kommt ausgerechnet von dir? Du hast auch neue Wege beschritten, Dinge als eine der Ersten getan, von denen alle glaubten, sie wären nicht machbar. Ich will Archäologin werden. Und ich werde Expertin für Ägyptologie. Da es keinen anderen Weg dazu gibt als ein Universitätsstudium, will ich auch mein Abitur machen.« Lucie merkte, wie ihre Stimme immer lauter wurde. Dieses Thema war aber auch zu wichtig für sie, als dass sie solche Einwände, wie sie die Eltern unentwegt vorbrachten, akzeptieren würde. Für sie stand fest, dass sie Archäologin mit Schwerpunkt auf der altägyptischen Geschichte werden würde. Und damit basta!

Mutter rollte verärgert die Augen, während Vater beschwichtigte: »Nun, das ist ja im Moment gar nicht das Thema. Wir müssen überlegen, wie wir sicherstellen können, dass Lucie die Schulbildung bekommt, die uns wichtig ist, und nicht durch unnötige und ungerechte schlechte Noten an einem möglichen Studium gehindert wird.«

Lucie nickte, war aber weiterhin sauer über die Reaktion ihrer Mutter.

»Wie ich das sehe, gibt es in diesem Fall nur drei Möglichkeiten. Erstens: Wir suchen ein Gespräch mit dem Rektor und deinem Klassenlehrer und bringen unsere Beschwerden vor, in der Hoffnung, dass dadurch nicht alles noch viel schlimmer wird. Zweitens: Wir suchen dir eine andere Schule und melden dich dort an, wobei wir in diesem Fall natürlich nicht ausschließen können, dass es dort ähnlich läuft. Oder drittens: Wir suchen dir einen Privatlehrer, du lernst zu Hause und legst später die nötigen Prüfungen an einer Schule ab, wenn sich hoffentlich die Gemüter wieder beruhigt haben«, resümierte Mutter mit hochgezogenen Augenbrauen.

Sofort schüttelte Lucie den Kopf. »Nichts davon hört sich überzeugend an.« Wobei der Privatlehrer eine Option war, die sie bisher nicht in Betracht gezogen hatte. Aber wäre sie dann nicht noch isolierter? »Ich will nicht von der Schule abgehen und ich will nicht woanders schon wieder neu anfangen. Aber ich fürchte, dass ein Gespräch auch nichts bringt. Zumindest im Moment nicht. Ach …« Sie schlug die Hände vor das Gesicht. Das war alles zu viel für sie. Warum konnte nicht alles so sein, wie es vor Schawuot gewesen war? Warum hatte sie in der Schule überhaupt von dem Fest erzählt? Hätte sie einfach den Mund gehalten, könnte alles noch genauso sein wie früher.

Mutter stand auf einmal neben ihr und streichelte ihr über das Haar. »Wir müssen die Entscheidung auch nicht sofort treffen. Du kannst das alles noch ein wenig sacken lassen. Schließlich musst du dich ja damit wohlfühlen. Was hältst du davon, wenn du ein paar Nächte darüber schläfst, und Papa und ich hören uns ein wenig um. Vielleicht gibt es ja einen geeigneten Kandidaten, der dir alles Nötige beibringen kann, selbst wenn es auch nur für den Übergang ist, bis sich alles wieder etwas beruhigt hat. Oder eventuell finden wir auch eine Schule, wo man etwas aufgeschlossener ist. Es gibt auch jüdische Schulen.«

Lucie hob den inzwischen schmerzenden Kopf und wandte sich zu ihrer Mutter um. »Ja, machen wir es so. Ich werde auch mal mit Paul darüber reden«, erwiderte sie.

»Das halte ich für keine gute Idee«, wandte Vater ein.

»Warum nicht?« Lucie musterte ihn mit gerunzelter Stirn.

»Glaubst du wirklich, dass er alles neutral beurteilen kann und nicht seine eigenen Interessen in den Vordergrund stellen wird? Niemand von uns weiß, wie es weitergeht. Am wenigsten ein siebzehnjähriger Jüngling, der seine Eltern anlügen muss, um dich zu treffen.«

»Er würde nie etwas tun, was mir schaden könnte.«

»Das sage ich auch nicht. Es ist nur … Ach, lassen wir das jetzt. Wir hören uns um und du machst dir ein paar Gedanken. Und nun stoßen wir erst einmal auf die hervorragenden Neuigkeiten aus Tübingen an. Ich lasse Helene einen guten Tropfen bringen. Einverstanden?« Er lächelte.

»Einverstanden«, entgegnete Mutter.

Lucie sagte gar nichts. Sie war wütend auf die Eltern, auch wenn sie sicher ihr Bestes wollten. Aber die ständigen Zweifel an Paul und an ihren Träumen nervten manchmal gewaltig.

Daniel hatte sich angewöhnt, den Weg zur Fabrik und zurück nach Hause zu Fuß zu gehen, wenn es nicht regnete. So bekam er am besten den Kopf frei und konnte seiner Familie mit einem möglichst heiteren Gesichtsausdruck gegenübertreten, den er im Werk im Laufe des Tages stets verlor.

Da waren diese verstohlenen, abschätzigen Blicke, die endenden Gespräche, wenn er einen Raum betrat, und dauernd diese spitzen, zweideutigen Bemerkungen von einigen Leuten. Er tat so, als würde er all das nicht bemerken, weil er es für klüger hielt, solchen Verhaltensweisen nicht allzu viel Aufmerksamkeit zu schenken, in der Hoffnung, dass sie dadurch im Sande verliefen, doch trotzdem litt er darunter. Es waren nicht alle, behüte, nein, aber es waren genug, damit er sich am Ende des Tages so erledigt fühlte, als wäre er unter einen der riesigen Tabakballen gekommen, die regelmäßig in die Fabrik geliefert wurden.

Auch die Zusammenarbeit mit Herrn Braun war nach wie vor eher holperig. Er gab sich Daniel gegenüber kriecherisch und servil; doch er war sich sicher, dass der Prokurist hinter seinem Rücken anders über ihn sprach. Bisher hatte er ihm nichts nachweisen können, heute allerdings hatte er eine interessante Entdeckung gemacht, der er nachgehen musste.

Er hatte ihn zufällig dabei beobachtet, wie er einer der Sekretärinnen, einer jungen, schüchternen Frau, die ihm bisher nicht sonderlich aufgefallen war, mit konspirativem Nicken einen Packen Papier zugesteckt hatte.

Sie hatte ihn mit großen Augen angesehen und zurückgenickt, dann hatte sie hastig die Blätter unter ihrem Tisch verschwinden lassen, während sie sich verstohlen umgeschaut hatte.

Es war offensichtlich, dass hier etwas nicht mit rechten Dingen zuging. Die Zettel betrafen mit Sicherheit nicht die Arbeit, sonst hätten sie nicht versteckt werden müssen. Irgendetwas lief hinter seinem Rücken ab. Ein Komplott. Vielleicht sollte die Belegschaft aufgehetzt werden? Aber wogegen? Sollte gar ein Streik geplant werden? Oder etwas Schlimmeres? Er musste der Sache nachgehen und derartige Heimlichkeiten im Keim ersticken. Es war ein Unding, dass sein Prokurist irgendwelche Aktionen im Verborgenen unternahm, die womöglich geeignet waren, der Fabrik Schaden zuzufügen.

Die ganze Contenance, die Hannah ihm ständig predigte, war vergessen.

Entschlossen straffte Daniel den Rücken und marschierte energisch ins Vorzimmer, in dem die Sekretärinnen saßen. Aufgescheuchte Blicke trafen ihn, als er sich entschlossen vor der Frau aufbaute und mit ausgestreckter Hand die Herausgabe der versteckten Blätter verlangte.

Sie starrte ihn mit ängstlich aufgerissenen Augen und angehaltenem Atem an, dann blickte sie sich nervös um, doch von ihrem Mitstreiter, Herrn Braun, war bereits weit und breit nichts mehr zu sehen.

Weber. Sie hieß Weber, fiel es ihm wieder ein, gerade bevor sie ihm endlich zögerlich den Stapel reichte.

Begierig griff er danach und sah darauf. Doch beim Anblick der Schmiererei auf den Zetteln stockte ihm der Atem. Es war wesentlich schlimmer, als er gedacht hatte. Die mit dicken schwarzen Strichen gezeichnete Figur hatte eindeutig seine Züge. Er hatte sich nicht geirrt. Allerdings wies sie die so gerne verwendete judentypische Hakennase auf und schaufelte mit gierigem Blick Geldscheine in einen Sack, die von einem ärmlich gekleideten Mädchen mit qualvoll verzogenem Gesicht ausgeschieden wurden. Es war eines dieser judenverhetzenden Flugblätter, die überall kursierten, und dieses war ohne Zweifel auf ihn gemünzt. Da wäre ihm ein Streik wesentlich lieber gewesen!

Daniel spürte, wie die Ader an seiner Stirn pochte, als das Blut mit Hochspannung durch seinen Körper schoss, während er seine Lippen zusammenkniff und die Faust ballte, bis er sie nicht mehr spürte.

»Holen Sie sofort Herrn Braun her und dann packen Sie Ihre Sachen«, befahl er vor unterdrückter Wut schnaubend. Er musste an sich halten, um nicht laut herauszubrüllen.

Die Augen der Frau waren vor Schrecken so weit aufgerissen, dass sie fast aus den Höhlen traten. Sie sprang auf und lief wimmernd davon.

Daniel spürte, wie das Blut in seinem Kopf hämmerte. Was hatte er den Leuten angetan, dass sie sich in dieser demütigenden

Form über ihn lustig machten? Das musste ein Ende haben. Sofort.

»Rufen Sie die Belegschaft zusammen. Ich habe etwas zu verkünden«, sagte er zu der anderen Sekretärin, die ihn mit ängstlichem Blick beobachtete.

»Natürlich, Herr Friedländer.« Sie stand auf und knickste hastig, offenbar froh, der Szene zu entkommen.

Daniel hielt sich am Schreibtisch fest. Er schwankte leicht. Jetzt nur keine Schwäche zeigen.

Herr Braun eilte mit unterwürfigem Lächeln herbei und schickte sich an, etwas zu äußern, doch Daniel kam ihm zuvor. »Ich habe eine Belegschaftsversammlung einberufen. Gedulden Sie sich so lange«, erklärte er mit kalter Stimme.

Der Prokurist nickte und setzte sich mit schmierigem Grinsen an seinen Platz.

In Windeseile war die gesamte Belegschaft auf dem großen Vorplatz der Fabrik versammelt und Daniel forderte Herrn Braun auf, ihm nach draußen zu folgen.

Alle standen in Reih und Glied wie an dem Tag, als er das Werk übernommen hatte, doch heute wirkte alles ganz anders als damals auf ihn. Er räusperte sich, dann begann er mit fester Stimme: »Mir ist zu Ohren gekommen, dass einige Leute hier Probleme damit haben, dass meine Familie und ich jüdischen Glaubens sind. Mehr noch, man hat es für nötig gehalten, mich auf despektierliche Weise darzustellen und sich über mich und andere Juden lustig zu machen. Das lasse ich nicht zu. In dieser Fabrik, die mein ebenfalls jüdischer Schwiegervater von Grund auf aufgebaut hat und in der Sie zu einem großen Teil lange Jahre einen sicheren Arbeitsplatz hatten, während die Welt außerhalb dieser Mauern aus den Fugen geriet, ist kein Platz für Antisemitismus. Wer ein Problem damit hat und meint, weiterhin auf Juden und den jüdischen Glauben eintreten zu müssen, hat seinen Anspruch auf einen Arbeitsplatz in diesem

Werk verwirkt. Aus diesem Grund verlassen uns heute bereits Herr Braun und Frau Weber. Wer sich ihnen anschließen möchte, kann gerne sofort seinen Hut nehmen und sein Glück woanders versuchen. Ich lasse nicht zu, dass in diesen Mauern Hass und Missgunst verbreitet werden, gegen wen und aus welchen Gründen auch immer. Diese Animositäten haben sofort ein Ende. Habe ich mich klar ausgedrückt?« Seine Stimme war mit jedem Satz lauter geworden. Er hatte es nicht ändern können, hätte es aber auch nicht gewollt. Seine Worte sollten die Menschen erreichen und ihnen ein für alle Mal klar machen, welcher Wind in diesen Mauern wehte, egal, was außerhalb vorgehen mochte.

Er blickte in erschreckte Gesichter, auch wenn einige wenige die Stirn gerunzelt hatten. Eine angespannte Stille lag über dem Platz. Herr Braun glotzte ihn mit offenem Mund an. Offenbar hatte er nicht damit gerechnet, dass ihm derartige Konsequenzen drohen könnten. Frau Weber stand am Rand des Geschehens und heulte lautlos in ein Taschentuch.

»Hat das jeder verstanden?«, wiederholte er noch einmal.

»Ja, Herr Friedländer.«

»Natürlich.«

»Selbstverständlich.« Nervöse Stimmen schallten durcheinander.

Ohne Herrn Braun oder jemand anderem noch einen Blick zuzuwerfen, machte Daniel auf dem Absatz kehrt und marschierte entschlossen zurück in die Fabrik.

Die Menge löste sich zögerlich auf und einer nach dem anderen folgte ihm. Nur Herr Braun und Frau Weber blieben wie begossene Pudel auf dem Platz stehen und starrten den anderen hinterher.

Kapitel 27

Aus München kamen immer weniger Nachrichten. Mutter beklagte sich ab und an darüber, aber ansonsten bemühte sich Hannah, dem nicht sonderlich viel Beachtung zu schenken. Sie konnte gar nicht mehr zählen, wie oft sie versucht hatte, mit Jakob Kontakt aufzunehmen, seit er sie damals aus München fortgeschickt hatte. Alle Briefe waren ungeöffnet zurückgekommen. Und jeder einzelne war ein Stich ins Herz gewesen. Wie gern hätte sie ihrem Bruder geholfen, ihn dazu bewegt, sich doch noch einmal in Therapie zu begeben, sich nicht völlig an die Droge zu verlieren. Doch er hatte sie abblitzen lassen. Und irgendwann musste sie sich zurücknehmen, um nicht selbst daran zu zerbrechen.

Die viele Arbeit in der Praxis lenkte sie ab. Sie hätte lieber mehr Zeit gehabt, um sich mit Lucie zu beschäftigen. Vor allem jetzt, ohne Alma, die in Tübingen stets ein Auge auf die Kinder gehabt hatte, wenn Hannah zu beschäftigt dafür gewesen war, hätte sie ihrer Jüngsten gerne stärker zur Seite gestanden. Doch der Zustrom an jüdischen Patienten, auch vielen zugezogenen Ostjuden, denen die Behandlung von alteingesessenen Ärzten häufig verwehrt wurde, nahm ihre und Doktor Brandts Kapazitäten voll in Anspruch. Die Praxis blieb immer länger offen und morgens fingen sie inzwischen eine halbe Stunde früher an, um all der Anfragen Herr zu werden. Nur selten hatte sie mittlerweile noch für die abendlichen Spaziergänge mit Daniel Zeit, die ihr so sehr ans Herz gewachsen waren und bei denen sie Gelegenheit hatten, über alles zu reden und die gemeinsame Zeit zu genießen.

Unaufhörlich ließ sich Mutter an den Sonnabenden hartnäckig darüber aus, dass Jakob sich so rarmachte. Dass er darauf verzichtet hatte, im Sommer in die Villa am Meer zu kommen, und auch Kurts Hochzeit geschwänzt hatte, hatte sie ihm nach wie vor nicht verziehen. Da waren die ausbleibenden Briefe natürlich Öl im Feuer ihrer Enttäuschung.

»Ich weiß nicht, womit ich es verdient habe. Der Junge ist ein missratener Bengel«, seufzte sie ein ums andere Mal.

»Trotzdem ist er immer noch dein Sohn. Auch wenn sein Lebenswandel vielleicht nicht deinen Vorstellungen entspricht«, stellte Hannah fest. »Er ist ein erwachsener Mann, und wenn er sich für diese Form des Lebens entscheidet, kann niemand von uns etwas dagegen tun.«

»Aber das gehört sich nicht. Er muss auch an seine Familie denken!«, fuhr Mutter dann auf.

Und davon ließ sie sich auch nicht abbringen. Das Bild des heiß geliebten Sohnes hatte einen gefährlichen Riss bekommen.

Als jedoch ganz plötzlich die Nachricht von seinem Tod eintraf, verstummte Mutter mit einem Mal. All das Lamentieren und ihre kritischen Äußerungen hatten ein Ende. Sie war stumm. Und sie blieb stumm. Hannah untersuchte sie gründlich, konnte jedoch keine körperliche Ursache feststellen. Vielmehr schienen ihr der Schock um Jakobs Ableben und der Schmerz über den Verlust des Sohnes, dem sie zuletzt so gegrollt hatte, die Sprache zu verschlagen. Hannah mochte sich gar nicht vorstellen, wie man sich fühlen musste, wenn man das eigene Kind verlor. Allein der Gedanke, dass einem ihrer

Sprösslinge ein ähnliches Schicksal blühen könnte wie ihrem Bruder, machte sie schwermütig.

»Das wird schon wieder. Sie wird sich an den Gedanken gewöhnen. Deine Mutter ist ein Stehaufmännchen«, bemühte sich Daniel, sie zu beruhigen, doch Hannah hatte das angstvolle Gefühl, dass sie die Stimme ihrer Mutter nie wieder würde hören können.

Doch natürlich hatte auch sie schwer damit zu kämpfen, dass Jakob gestorben war. Trotz seines Lebenswandels und seiner alten Sünden war er schließlich ihr Bruder. Ihr einziger Bruder.

Wenn jetzt auch noch Mutter verstummte, konnte sie mit gar keinem Mitglied ihrer Ursprungsfamilie Erinnerungen an den Vater oder gemeinsame Erlebnisse ihrer Jugend teilen. Und dazu war sie noch nicht bereit.

Da Mutter völlig ausfiel, war es an Hannah, neben der ganzen Arbeit die Überführung des Leichnams nach Berlin und die Bestattung im Familiengrab neben dem Vater zu organisieren. Natürlich geschah all das in einem ganz anderen Rahmen als die groß aufgezogene Beerdigung des Vaters. Trotzdem gab sie sich alle Mühe, mit Schwester Idas Hilfe einen würdevollen Abschied für ihren Bruder zu organisieren. Da Kurt in Tübingen unabkömmlich war und sie nicht sehr viele Freunde von Jakob auftreiben konnten, die nicht bereits der Opiumsucht zum Opfer gefallen waren, blieb nur ein kleiner Kreis, der sich von Jakob Sternberg an einem regnerischen Herbsttag verabschiedete und ihn für immer zur Ruhe bettete.

Zwei Wochen später sprach Mutter mit einem Mal wieder. Doch es war ihr deutlich anzumerken, dass etwas in ihr für immer zerbrochen war.

In der Schule war nach wie vor alles schwierig. Obwohl Lucie die Situation als recht belastend empfand, konnte sie sich trotzdem nicht dazu durchringen, auf einen der elterlichen Vorschläge einzugehen. Wenngleich sie sich in der Klasse nicht mehr wohlfühlte und auch in den Pausen litt, konnte sie sich dennoch nicht vorstellen, ohne Ilse zu einer anderen Schule zu gehen oder gar zu Hause zu bleiben und dort zu lernen. Wie abgesprochen gab Ilse sich in der Schule distanziert und fast abweisend, um die eigene Stellung durch ihre Freundschaft mit Lucie nicht zu gefährden, trotzdem redeten und lachten sie auf den gemeinsamen Wegen. Natürlich wäre es Lucie lieber gewesen, es wäre so wie früher und sie könnten ihre Freundschaft offen zeigen und sich auch an den Nachmittagen häufiger verabreden. Aber der Bund Deutscher Mädel fraß alles von Ilses eng bemessener Freizeit auf. Noch nicht einmal zum Turnen ging sie mehr, und auch Lucie war zu verstehen gegeben worden, dass man sie dort nicht mehr gerne sah.

Als Lucie Ilse von der Beerdigung des Onkels erzählte, sah sie sie betreten an. »Was hältst du davon, wenn ich heute Nachmittag zu dir komme? Das BDM-Treffen fängt erst spät an und ich vermisse unser Beisammensein.«

Erstaunt über den Vorschlag hatte Lucie zugestimmt, und so war Ilse nach dem Mittagessen erschienen und sie hatten es sich in Lucies Zimmer gemütlich gemacht. Milli lief aufgeregt von einer zur anderen und rollte sich schließlich auf Lucies Bett zusammen, um sich von der Anstrengung zu erholen.

Ilse, die bereits in ihre BDM-Uniform gekleidet war, wirkte dadurch seltsam fremd auf Lucie. Es fühlte sich an, als würde diese Kleidung eine unsichtbare Mauer zwischen ihnen errichten.

»Wie geht es dir?« Ilse sah sie mitfühlend an.

Lucie zuckte mit den Schultern. »Wie soll es schon gehen? Schön ist die ganze Situation nicht.«

»Nein. Ich wünschte auch, es wäre anders. Ich weiß nicht, warum an allem dauernd die Juden schuld sein sollen. Ich fände es gut, wenn wir wieder offen zueinanderstehen könnten.«

Lucie nickte, vermied es aber, die so unvertraut aussehende Ilse anzuschauen.

»Bist du eigentlich noch mit Paul zusammen? Ich habe euch lange nicht mehr gemeinsam gesehen.«

»Aus ähnlichen Gründen, aus denen wir uns in der Schule nicht mehr zusammen zeigen. Aber ja, mit Paul ist alles in Ordnung.«

Ilse nickte. Dann sagte keine von ihnen mehr etwas. Lucie starrte auf den Boden, um Ilses Uniform nicht wahrnehmen zu müssen, und Ilse kraulte Milli. Eine unangenehme Stille entstand, die sich fast schmerzhaft in die Länge zog.

»Ich wollte mich noch einmal richtig entschuldigen«, sagte Ilse schließlich leise.

Überrascht hob Lucie den Kopf. Sie vermied es, auf Ilses Kleidung zu sehen, und blickte ihr ins Gesicht.

»Ich war dämlich damals an der See. Ich hätte nicht in dein Zimmer gehen dürfen und die Briefe gingen mich überhaupt nichts an. Es war … ich war eifersüchtig, fürchte ich. Auf Helga, auf Paul, die ganze Situation. Ich war eine dumme Gans. Es tut mir leid.«

Unwillkürlich musste Lucie lächeln.

»Schon verziehen. Ich kann dich verstehen. War sicher nicht sonderlich leicht für dich, dass Helga auf einmal auch da war.«

»Mhm.« Ilse nickte. »Trotzdem hätte ich all das nicht tun dürfen.«

»Wirklich: Es ist so gut wie vergessen. Wir alle machen mal Fehler. Ich finde es gut, dass du dich noch einmal entschuldigt hast. Aber ich trage dir nichts nach. Das ist Geschichte.«

»Ehrlich?« Ilse schielte unsicher von der Seite zu ihr.

»Indianerehrenwort«, bestätigte Lucie.

»Dann bin ich froh. Ich wollte nicht, dass das zwischen uns steht. Jetzt, wo sowieso alles schon so schwierig ist«, erklärte Ilse treuherzig.

»Tut es nicht.«

»Gut.« Ilse warf einen Blick auf die alte Wanduhr, die Lucie von der Urgroßmutter geerbt hatte. »O je, schon so spät? Geht die Uhr richtig? Dann muss ich ja los«, rief sie erschrocken und sprang auf.

Auch Lucie erhob sich und strich sich den Rock glatt.

Ilse umarmte sie stürmisch. »Ich mag dich wirklich, egal, was alle über die Juden hetzen.«

»Ich dich auch. Und jetzt beeil dich, nicht, dass du nachher noch gerügt wirst, weil du zu spät kommst«, japste Lucie unter Ilses enger Umarmung.

»Morgen wieder zur gewohnten Zeit?«, erkundigte sich Ilse, während sie die Tür aufriss und zur Treppe stürmte.

»Natürlich. Alles wie immer.«

»Bis dann. Wir sehen uns«, rief Ilse und winkte ihr ein letztes Mal zu, dann hatte sie auch schon die letzte Stufe erreicht und war zur Haustür hinaus.

Es war kein langes Beisammensein gewesen, aber es war schön, Ilse mal wieder ohne prüfende Blicke von anderen getroffen zu haben, und Lucie war erleichtert, dass nun alles zwischen ihnen geklärt war.

Kapitel 28

Inzwischen war bereits Rosch ha-Schana, das jüdische Neujahrsfest, und Ariel machte weiterhin keine Anstalten abzufahren. Auch wegen der Schulsituation war es noch zu keiner Klärung gekommen. Lucies Eltern hatten darauf verzichtet, Besuch einzuladen, aber man hatte sich darauf geeinigt, am Abend gemeinsam die Synagoge zu besuchen – vor allem auf Ariels Drängen hin – und danach in einem der umliegenden Restaurants zu speisen. Die traditionell an Rosch ha-Schana genossenen Äpfel und der Honig, damit das neue Jahr süß würde, standen als Nachtisch zu Hause bereit. Vaters Fahrer hatte sie vor der Synagoge abgesetzt und war angewiesen worden, sie nach Beendigung des Gebets und einem anschließenden ausführlichen Mahl später wieder dort abzuholen. Alle hatten sich zu Ehren des Feiertages besonders schön gemacht. Mutter hatte ihre Haare in Locken gelegt und sich einen hübschen Hut aufgesetzt, der gut mit ihrem hellblauen Kostüm harmonierte. Auch Vater und Ariel trugen Anzüge und Hüte und Lucie hatte ihr neues Blümchenkleid mit einer weißen Strickjacke angezogen, obwohl das für das bereits kühler werdende Wetter eigentlich ein bisschen frisch war.

Die Atmosphäre in der Synagoge war gemütlich und entspannt. Die schummrige Beleuchtung und die sanften Stimmen ließen Lucie ihre Sorgen vergessen. Sie besuchten die Synagoge eher selten, aber jedes Mal, wenn sie hier war, fühlte es sich irgendwie vertraut an.

Doch noch bevor der Schlusssegen erteilt wurde, griff auf einmal Unruhe unter den Betenden um sich. Die heimelige Stimmung wackelte. Obwohl dieser Tage deutlich inbrünstiger und konzentrierter gesungen und gebetet wurde, breitete sich jetzt von den hinteren Stuhlreihen ausgehend eine deutliche Spannung aus. Wie eine Welle schwappte sie Reihe um Reihe nach vorn. Jeder drehte sich nervös um und versuchte herauszufinden, was der Grund dafür war. Es dauerte keine zwei Minuten und jeder Anwesende war von dieser Unruhe erfüllt, die alle auf der Straße in dieser Zeit fast immer begleitete. Ein Raunen ging durch die Gemeinde, als sich schließlich die Ersten von den Stühlen erhoben und neugierig die Türen öffneten.

»Juda verrecke« und »Schlagt die Juden tot« tönte es in Sprechchören in die Synagoge hinein.

Ein lähmendes, bleiernes Gefühl senkte sich über Lucie. Sie bemerkte die alarmierten, panischen Blicke vieler Gemeindemitglieder; einige starrten aber auch nur stoisch vor sich hin, als würde sie das alles nichts angehen, wenn sie ihm keine Beachtung schenkten.

»Wir müssen hier raus«, flüsterte Vater und bedeutete ihr, langsam aufzustehen und ihm zu folgen. Mutter und Ariel hatten sich schon erhoben und liefen, sich immer wieder umblickend, den Gang hinunter in Richtung Ausgang zum Kurfürstendamm. Es hörte sich an, als würden viele Hundert Kehlen die Schmähparolen brüllen. Lucie zitterte am ganzen Körper vor Angst, was sie draußen vor der Synagoge erwarten würde.

»Versucht, den Schreiern auszuweichen und so schnell wie möglich in eine der Nebenstraßen zu entkommen. Wir müssen uns beeilen«, sagte der Vater leise und Mutter nickte. Nur Ariel reagierte nicht. Er strebte unaufhörlich vorwärts, als hätte er auf diese Konfrontation nur gewartet.

Auch Mutter schien die lodernde Wut zu bemerken, die Ariel offensichtlich antrieb, denn sie griff nach seinem Oberarm. »Bitte nicht. Komm mit uns. Für mich. Bitte, Ariel.«

Er sah sie kurz an und gab ihr im Laufen einen Kuss auf die Stirn. In seinen Augen glühte eine Leidenschaft, die Lucie in dieser Intensität noch nie darin wahrgenommen hatte.

»Man kann nicht immer weglaufen, Mutter. Der Tag ist gekommen, wo wir Stellung beziehen müssen«, murmelte er.

»Nein, Ariel, nein. Diese Menschen haben so viel Hass in sich. Ich kann den Gedanken nicht ertragen, dass sie dir etwas antun«, flehte sie und klammerte sich noch fester an ihn.

Er aber schüttelte entschlossen ihre Hände ab und stand ein paar Sekunden später erhobenen Hauptes mit wehenden Schläfenlocken auf der Straße.

Draußen bot sich ihnen ein völlig anderes Bild als bei ihrer Ankunft. Es waren viel mehr Menschen da. Viele trugen braune Hemden und rote Armbinden mit schwarzem Hakenkreuz auf weißem Grund. Sie marschierten in Gruppen vor der Synagoge auf und ab.

Kaum traten die Synagogenbesucher nach draußen, wurden sie geschubst, angeschrien und viele auch angespuckt.

Auch Lucies Gesicht war plötzlich von Spucketröpfchen besprenkelt, während sie sich ängstlich bemühte, ihre Familie in dem Tumult nicht aus dem Blick zu verlieren. Da vorne war Mutter und ganz in ihrer Nähe auch der Vater. Wo aber war Ariel? Hektisch blickte sie sich um.

Da, da war er, umringt von einer Gruppe von Braunhemden, die ihn herumschubsten. Ariel schlug auf einen von ihnen ein, doch die Männer waren in der Überzahl. Lachend stießen sie ihn immer wieder zu Boden und traten nach ihm, während sie »Juda verrecke« brüllten. Blut spritzte durch die Luft und bedeckte den Boden.

Auch andere Gemeindemitglieder wurden herumgestoßen und gejagt, als wären sie Tiere. Lucie beobachtete, dass die Eltern versuchten, zu Ariel zu gelangen, und dass auch andere der fein gekleideten Gemeindemitglieder sich bemühten, die Schläger abzuwehren, doch alle wurden von anderen Braunhemden zurückgedrängt.

»Ariel«, kreischte Lucie, »Ariel«, doch ihr Rufen ging in dem Getöse um sie herum unter. Fackeln flammten auf und erhellten die Nacht. Hysterische Schreie zerrissen das Gebrüll.

Auch andere Männer, die versucht hatten, den Eingang der Synagoge und damit die Menschen, die sich noch innerhalb des Gebäudes befanden, vor den Angreifern abzuschirmen, rangelten mit den Unruhestiftern. Mehrere lagen inzwischen am Boden und wurden von den Braunhemden, die in der Überzahl und offensichtlich deutlich gewaltbereit waren, getreten und bespuckt. Offenkundig jüdisch aussehende Passanten liefen laut um Hilfe schreiend davon, doch die jungen Männer jagten ihnen lachend hinterher, sich offensichtlich an ihrer Angst labend. Es war eine unwirkliche, fast bizarre Szenerie. All diese Männer schienen sich verabredet zu haben, um gemeinsam Hatz auf Juden zu machen.

Fassungslos starrte Lucie auf das Geschehen um sich herum und suchte gleichzeitig fieberhaft nach ihrem Bruder. Da, da lag er. Er schaffte es offensichtlich nicht mehr, sich aufzurappeln. Er blieb auf dem Straßenpflaster liegen und trotzdem traten sie weiter auf ihn ein. Tritte trafen ihn am Rücken, an den Beinen, den Armen und am Kopf. Die Männer lachten.

Lucie drängte sich vor. Irgendetwas musste sie doch tun können. Sie musste ihm helfen. Sie würde versuchen, einem der

Angreifer von hinten auf den Rücken zu springen und sich an ihm festzukrallen, damit er sich nicht mehr bewegen konnte. Sie musste …

Bevor sie dazu kam, ihre vagen Pläne in die Tat umzusetzen, ließen die Männer endlich von Ariel ab und zerstreuten sich.

Als Lucie ihn erreicht hatte, kniete Mutter schon neben ihm und fühlte seinen Puls. Er war bewusstlos und seine Augen waren geschlossen. Aus seinem Mund und aus mehreren Wunden am Kopf quoll Blut. Lucie zitterte am ganzen Körper. Sie hatte furchtbare Angst, dass er starb. Er war doch ihr großer Bruder. Sie konnte nicht ohne ihn leben.

»Wir müssen ihn hier wegbringen. Schnell!«, rief Mutter. Sie griff nach einem seiner Beine und nickte Lucie zu, das andere zu nehmen, während Vater, der sich endlich durch das Gewühl gekämpft hatte, unter seinen Achseln zupackte. »Sei vorsichtig mit seinem Bein. Das sieht nicht gut aus.«

Geschrei und Getümmel wogten um sie herum, doch Lucie versuchte, sich mit aller Kraft ausschließlich auf Ariel zu konzentrieren. Er war schwerer, als Lucie es sich vorgestellt hatte, aber zu dritt schafften sie es, ihn aus dem Getümmel herauszuschleppen und durch eine der ruhigeren Seitenstraßen von den Schrecken des Krawalls wegzukommen.

»Er muss ins Krankenhaus«, sagte Vater mit Panik in der Stimme.

»Dort ist er nicht sicher. Wir müssen ihn nach Hause bringen. Na los, wir haben keine Zeit zu verlieren.« Mutters Stimme klang seltsam kühl, fast emotionslos.

Während sie schwer atmend weiterhetzten, sah Lucie zu ihrer Mutter hinüber. Sie wirkte aufs Äußerste entschlossen und hatte ihren Ärztinnenblick.

»Wie schlimm ist es?«, keuchte Lucie, während sie vorwärts stolperten.

»Das kann ich noch nicht sagen. Ich muss ihn erst untersuchen. Kannst du mir mit Vater assistieren, wenn ich irgendetwas richten muss?«

»Kann das nicht Doktor Brandt machen?«, fragte Lucie. Der Schock über alles, was gerade vorgefallen war, ließ ihre Stimme seltsam hoch erscheinen.

»Er ist um die Zeit nicht da. Ich brauche dich und Papa dafür. Und wir müssen alle zum Himmel beten, dass es nicht allzu schlimm ist.«

»Ich werde diese Verbrecher anzeigen. Jeden einzelnen von ihnen werde ich vor Gericht zerren«, knurrte Vater mit wütend funkelnden Augen.

»Dafür ist momentan keine Zeit. Erst einmal muss Ariel versorgt werden«, fuhr Mutter ihn an.

Vater runzelte die Stirn, sagte aber nichts mehr.

Ständig mussten sie anhalten, Ariel ablegen und kurz pausieren, weil er unglaublich schwer war, wie er da so leblos in ihren Armen hing. Sie bemühten sich, in den dunklen Straßen möglichst wenig Aufsehen zu erregen, und schlichen wie angegriffene Tiere in Furcht vor weiteren Attacken dahin.

Lucie schaute sich nervös um. Was sollten sie tun, wenn diese Typen ihnen folgten? Sie hatte solche Angst. Gar nicht so sehr um sich selbst, mehr um ihre Familie. Die Eltern und Ariel, der so hilflos und niedergestreckt wirkte, wie sie ihn noch nie erlebt hatte. Immerhin war er ihr großer Bruder, auf den sie sich stets hatte verlassen können. Und jetzt? Momentan erschien er ihr wie ein blutiges Häufchen Elend, das darüber hinaus auch noch immer bewusstlos war.

Es waren so viele gewesen. Vater würde nichts gegen sie ausrichten können. Sie würde es nicht verkraften, wenn ihm oder der Mutter auch so etwas zustoßen würde, wie es Ariel passiert war. Sie hatten doch niemandem etwas getan. Warum machten diese Leute so etwas?

Entsetzt entdeckte sie, dass Mutters hellblaues Kostüm an zwei größeren Stellen von Ariels Blut dunkel gefärbt war. Als sie an sich heruntersah, schrie sie erschrocken auf. Ihr Kleid war an der Stelle, an der sie Ariel für den Transport an sich gedrückt hielt, ebenfalls blutgetränkt. Herrje, wenn er derartig schwer verletzt war, dass er so viel Blut verloren hatte, musste er dann etwa sterben?

Kurz bevor sie zu Hause waren, machte Ariel plötzlich seltsame Geräusche und schlug die Augen auf.

Kaum war er wieder bei Bewusstsein, drängte er sie, ihn allein gehen zu lassen, doch Mutter lehnte das strikt ab. »Erst muss ich mir dein Bein genauer ansehen.«

Auf Ariels anderes Bein hatte Lucie bisher gar nicht geachtet. Nun aber warf sie einen Blick darauf und schrak zusammen, denn auf dem zerrissenen Stoff seiner Hose prangte ein riesiger Blutfleck und es schien ab dem Knie in einem seltsamen Winkel herunterzuhängen.

»Bitte, lasst mich runter. Ich bin auch vorsichtig«, bat Ariel noch einmal, stöhnte allerdings gleich darauf mit schmerzverzerrtem Gesicht.

Doch die Stimme der Mutter war energisch. »Ich denke, ich habe mich klar ausgedrückt. Hättest du eben schon auf mich gehört, wäre das alles vielleicht vermeidbar gewesen.«

Noch zwei Querstraßen, dann hatten sie es geschafft. Lucie hatte das Gefühl, jeden Augenblick vor Anstrengung zusammenzubrechen.

»Wir bringen ihn direkt in die Praxis«, bestimmte Mutter, als sie die Haustür erreicht hatten.

Ariel, dessen Gesicht so angeschwollen war, dass es zusammen mit seinen blutigen Wunden fast grotesk aussah, presste die Lippen zusammen und sagte nichts, doch immer wieder entwich ihm ein dunkles Stöhnen, als käme es aus seinem tiefsten Innern. Seine Hände waren zu Fäusten geballt. Offenbar hatte er starke Schmerzen.

Endlich lag er auf der Behandlungsliege und Lucie wollte sich umdrehen und erschöpft in ihr Zimmer fliehen, da berührte Mutter sie an der Schulter.

»Hiergeblieben, ihr beiden. Ich werde euch brauchen. Als Erstes werde ich mir das Bein ansehen, denn hier scheint die Blutung nicht aufzuhören. Tut es sehr weh?«, fragte sie Ariel mitfühlend.

Der zuckte mit den Schultern, aber seine fahle Gesichtsfarbe und sein angespanntes Äußeres sprachen für sich.

»Helft mir. Jemand muss die Hose glatt ziehen, damit ich sie zerschneiden kann, ohne die Wunden zu berühren«, sagte Mutter und streifte sich Handschuhe über.

Einfach war es nicht, die blutgetränkte und ramponierte Hose von Ariel loszuschneiden, weil er vor Schmerzen stöhnte und sie ihn so wenig wie möglich belasten wollten. Als es aber geschafft war, war klar, dass Mutters Entscheidung, ihn nicht selbst laufen zu lassen, gut gewesen war. Die Wunde war offen und der gebrochene Knochen ragte ein Stückchen heraus.

Ariel betrachtete sein Bein, atmete tief ein und ächzte dann: »Bitte keine Betäubung. Ich möchte bei klarem Verstand sein, sollten sie uns gefolgt sein.«

Erschrocken starrte Lucie ihn an. Diesen Gedanken hatte sie mit aller Kraft verdrängt, doch jetzt, wo Ariel es wieder aussprach, spürte sie, wie ihr ganzer Körper zitterte.

Vater schüttelte beruhigend den Kopf. »Das glaube ich nicht, aber ich kann deinen Wunsch trotzdem verstehen. Geht das denn, Hannah?«

»Nun, auf Schmerzmittel können wir eigentlich nicht verzichten, aber wenn ihr es schafft, ihn gut festzuhalten, während ich den Knochen und die Wunde richte, dann können wir es probieren. Aber angenehm wird es keinesfalls«, meinte sie zögernd.

»Damit kann ich leben. Fangen wir an«, erwiderte Ariel entschlossen.

Es dauerte eine gute Stunde, bis alle Wunden versorgt waren, obwohl Mutter sehr zügig und konzentriert arbeitete. Auf Ariels Stirn perlte Schweiß und es war offensichtlich, dass er starke Schmerzen litt, doch es kam kein Ton über seine Lippen.

Als er fertig verarztet war, lehnte er sich erschöpft zurück und sagte mit geschlossenen Augen: »Ich war dämlich. In meiner Wut habe ich auch euch in Gefahr gebracht. Ich hätte mir nie verziehen, wenn sie einem von euch etwas angetan hätten.«

»Schon gut. Wir sollten alle aus den Erlebnissen lernen«, erwiderte Vater mit rot geäderten und vor Müdigkeit kleinen Augen.

Mutter fiel eine Haarsträhne ins mit Dreckspuren überzogene Gesicht. Plötzlich schluchzte sie los. »Es tut mir lei-heid. Ich will gar nicht weinen. Ich bin gerade nur so erleichtert.«

Und mit einem Mal lag sich die ganze Familie in den Armen und weinte gemeinsam. Es war eine Mischung aus Erleichterung und Schrecken, die alle Dämme brechen ließ.

Vater sprach schließlich laut aus, was wahrscheinlich jeder im Raum wusste, aber niemand zu sagen wagte: »Vielleicht wäre es besser, Deutschland für eine Weile den Rücken zu kehren. Wir sind hier nicht mehr sicher.«

»Aber wo sollen wir denn hin? Deutschland ist unsere Heimat. Und was ist mit Kurt und Ursula und dem Baby?«, wandte Mutter noch immer schluchzend ein.

»Ich weiß es doch auch nicht, aber hier ist es zu gefährlich.«

Sie sprachen über den Vorschlag, den Angriff, die Familie, über dies und das, aber mehr, um sich der Gegenwart der anderen zu versichern und sich irgendwie zu beruhigen. Ariel fielen immer wieder ermattet die Augen zu. Mutter hatte die Beine wie ein junges Mädchen hochgezogen und kuschelte sich erschöpft in ihren Sessel. Auch Vater gähnte hin und wieder. Alle waren mitgenommen von den Ereignissen, doch trotz der vergangenen Schrecken machte sich ein wohliges Zusammengehörigkeitsgefühl breit.

Lucie beunruhigten die Überlegungen der Eltern. Einerseits wusste sie auch nicht, wie sie sich hier je wieder sicher fühlen konnte, andererseits wurde ihr das Herz schwer, wenn sie an einen erneuten Umzug dachte, bei dem sie wieder alles hinter sich lassen musste.

Endlich hatten sich alle weitgehend beruhigt. Hannah und Daniel richteten Ariel ein Lager im Wohnzimmer her, weil er mit dem verletzten Bein unmöglich die Treppen hinaufkam. Lucie war in ihr Zimmer gegangen, um sich notdürftig zu reinigen, als es plötzlich mit harten Schlägen an die Haustür klopfte.

»Aufmachen, sofort!«

Starr vor Schreck lauschte Hannah auf die Geräusche. Etwas Bedrohliches, Grauenvolles lag mit einem Mal in der Luft und ließ das so mühsam erarbeitete Gefühl der Sicherheit nach diesem Abend sich mit einem Schlag in Luft auflösen. Am liebsten hätte sie sich hinter dem Sofa oder im Schrank versteckt, aber sie fühlte sich wie gelähmt. Sie konnte nur dastehen und darauf lauschen, was passierte.

Wieder bummerte jemand an die Tür.

Daniel sah sie mit alarmiertem Blick an, dann drehte er sich um und eilte zum Eingang.

»Öffnen Sie sofort die Tür!«, dröhnte eine tiefe Stimme.

»Ich bin doch schon dabei«, rief Daniel ungehalten zurück.

»Wir sind auf der Suche nach Hannah Friedländer. Befindet sie sich irgendwo in diesem Gebäude?«

Argwöhnisch lugte Hannah durch den Türspalt. Der Mann mit der dröhnenden Stimme war ein stämmiger Polizist, der Daniel um einen halben Kopf überragte. Hinter ihm standen zwei weitere Männer in Polizeiuniform. Alle schauten grimmig drein, als wollten sie ihre Autorität dadurch unterstreichen.

»Was wollen Sie von meiner Frau um diese Zeit?«

»Wir haben einen Haftbefehl wegen fahrlässiger Tötung eines Kindes. Wo ist sie?«

Hannah schnappte ungläubig nach Luft. Energisch trat sie aus der Tür und stellte sich neben Daniel. »Das ist doch ein Scherz, oder? Ich bin Ärztin, ich rette Menschen, aber ich bringe doch niemanden um.«

»Hier ist der richterliche Haftbefehl. Wenn Sie sich weigern mitzukommen, müssen wir Ihnen Handfesseln anlegen«, sagte einer der weiter hinten stehenden Polizisten mit schnarrender Stimme. Ein Zahnstocher ragte aus seinem halb geschlossenen Mund, den er mit der Zunge hin und her bewegte.

Daniel streckte die Hand aus, um den Befehl zu prüfen, und der Polizist legte ihm nach kurzem Zögern das Schriftstück in die Hand, nachdem er ihn mit ablehnender Miene von oben bis unten gemustert hatte. Seine Nasenflügel bebten und der Zahnstocher bewegte sich stärker in seinem Mund herum. Offenbar wollte er auf diese Weise seinen Unmut darüber ausdrücken, dass er mit so jemandem wie ihnen Umgang haben musste.

Hannah starrte auf das Schriftstück, doch die Buchstaben verschwammen vor ihren Augen. Stattdessen wandte sie sich um und spähte zur Treppe. Dort stand Lucie und zitterte am ganzen Körper.

Entschlossen drehte sie sich wieder um und schaute die Männer bittend an.

»Geht das nicht auch morgen früh? Wir haben einen harten Tag hinter uns und sie sehen doch, wie ich aussehe.« Sie deutete auf ihre blutgetränkte Kleidung, an der auch noch der Straßenstaub klebte.

Sie fühlte sich wie ein kleiner müder und verdreckter Vogel zwischen den Männern, die sie alle um einiges überragten.

Ein Glück, das Ariel noch immer hinten im Sprechzimmer lag. Wer wusste schon, was der sonst unternommen hätte, um sie vor den Polizisten zu beschützen.

»Sie kommen sofort mit. Fluchtgefahr! Wir verhören auch in der Nacht, vor allem bei so schwerwiegenden Vorwürfen«, donnerte der erste Polizist und streckte auffordernd die Hand aus.

»Aber das ist doch absurd, meine Frau hat niemanden umgebracht! Sie ist eine brillante Ärztin.« Daniel hielt den Haftbefehl noch immer in der Hand, doch der Polizist schnappte danach und steckte das Schriftstück in seine Jacketttasche, nachdem er es demonstrativ abgewischt hatte, während er Daniel weiter fixierte, als wäre er ein lästiger Käfer.

»Es liegt eine Anzeige gegen Sie vor und es ist unsere Pflicht, dem nachzugehen. Also, entweder kommen Sie mit, oder wir müssen etwas nachdrücklicher werden«, tönte wieder der erste Polizist. Er wirkte so, als wäre er entschlossen, sie im nächsten Moment zu packen und von ihrer Familie wegzureißen.

»Hören Sie, kommen Sie morgen wieder. Meine Frau wird nicht weglaufen, dafür garantiere ich. Lassen Sie sie sich säubern und eine Nacht schlafen. Wir haben wirklich Schlimmes erlebt. Gehen Sie lieber rüber zum Ku'damm. Da ist die Hölle los …«, bat Daniel, doch der Typ mit dem Zahnstocher unterbrach ihn rüde.

»Also kommense jetzt von alleene mit oder sollen wir dafür sorgen, dat Se kommen?«, fragte er und ruckte ungeduldig mit dem Kopf.

Hannah sah Daniel an. In seinem Blick lag Verzweiflung, aber auch Wut. Für den Bruchteil einer Sekunde tauschten sie stumm all die Emotionen aus, die sie bewegten, dann hatte sie einen Entschluss gefasst.

Sie nickte. »Nun denn, ich denke, das wird sich alles schnell aufklären. Gebt Ariel ruhig etwas gegen die Schmerzen, wenn es zu schlimm wird. Und er soll viel trinken. Kein Umherlaufen, bis ich zurück bin, ist das klar? Lasst Doktor Brandt morgen früh die Wunden begutachten, falls ich noch nicht wieder da bin.«

Sie drückte Daniel kurz und warf Lucie eine Kusshand zu, als zwei der Männer sie auch schon an den Armen packten und aus dem hell beleuchteten Haus hinaus in die Dunkelheit führten.

»He, Moment mal. Sagen Sie uns wenigstens, wohin Sie sie bringen.« Daniel lief ihnen hinterher.

Doch die Männer beachteten ihn gar nicht.

»Entschuldigung. Ich habe Ihnen eine Frage gestellt. Als anständiger Bürger kann man ja wohl eine Antwort erwarten.« Er stellte sich kämpferisch neben sie, allerdings schob einer der Männer ihn einfach zur Seite, ohne ihm irgendeine Beachtung zu schenken.

»Sie! Wie heißen Sie? Ich werde mich bei Ihrem Vorgesetzten über Sie beschweren«, brüllte Daniel plötzlich.

Doch noch immer beachteten die Männer ihn nicht. Einer drückte grob Hannahs Kopf hinunter und schob sie ins Auto, dann sprang er hinterher und setzte sich unangenehm dicht neben sie.

Sie wandte sich um, um Daniel ein letztes Mal zu sehen, als auch schon der Motor aufheulte. Hannah registrierte, dass Daniel sich gerade anschickte, die Autotür zu öffnen. Als das Auto mit quietschenden Reifen losfuhr, stolperte er zurück und verschwand aus ihrem Blickfeld.

Hoffentlich hatte er sich nicht auch noch verletzt.

Sie biss sich auf die Lippen, um die hochquellenden Tränen zu unterdrücken. Sie fühlte sich so erschöpft und hilflos, doch die Blöße, vor diesen ungehobelten Kerlen zu weinen, wollte sie sich nicht geben.

Lucie zitterte mittlerweile so stark, dass sie ihre eigenen Zähne aufeinanderschlagen hörte. Das ganze Geschehen verstörte sie ungemein.

»Papa«, schrie sie. Doch da war er auch schon aufgestanden und klopfte sich mit wütender Miene den Staub von der Hose.

»Halunken! Gauner! Schurken! So geht das nicht. Sie müssen uns doch zumindest mitteilen, wo sie sie hinbringen. Unglaublich, so ein Verhalten«, schimpfte er, während er mit wutverzerrtem Gesicht zurück zum Haus stapfte.

Jetzt hatte Vater die Tür wieder erreicht und schaute sie an. Seine Augen schienen mit einem Mal viel dunkler zu sein. »Diese Mistkerle! Aber das lassen wir uns nicht bieten. So kann man nicht mit uns umgehen.« Er bebte vor unterdrückter Wut.

»Sie wird bestimmt bald wieder zurück sein«, tröstete Lucie ihn und versuchte, sich an diesen Gedanken zu klammern, um nicht von den Sorgen um Mutter überrollt zu werden.

Milli presste sich an ihre Beine und schnurrte laut. Bestimmt merkte sie, dass etwas nicht stimmte. Aber Lucie war jetzt nicht in der Lage, das Kätzchen zu liebkosen.

Nebenan lag ihr verletzter Bruder, Mutter war verhaftet und weggebracht worden und Vater war so wütend über das Verhalten der Polizisten, dass er zu keinem klaren Gedanken fähig war.

»Papa, lass uns hineingehen. Ariel braucht uns. Wenn sie morgen früh noch nicht wieder da ist, sehen wir weiter, in Ordnung?« Lucie zog ihn sanft von der Tür weg. Die Dunkelheit dort draußen würde ihm nicht die Antworten liefern, die er suchte.

»So verhält man sich doch nicht einem ehrlichen Bürger gegenüber. Warum behandeln sie uns so? Was ist nur los mit diesem Land?«, schimpfte er laut.

Ariels fragende Rufe wurden immer lauter. Sie mussten weg von der Tür. Gleich würden Beike und die anderen Nachbarn feixend davorstehen, wenn sich Vater weiter so lautstark aufregte. Seine Wut hallte durch die nächtliche Straße.

Wahrscheinlich war es am besten, wenn alle heute im Salon schliefen, dann war Ariel auch nicht allein, wenn er irgendetwas brauchte.

»Komm, Papa, wir bereiten uns ein Nachtlager und holen Ariel zu uns, damit er es etwas bequemer hat.«

Noch immer aufgebracht folgte ihr der Vater, während er ständig entrüstet durch die Nase schnaubte.

Kapitel 29

Hannah hatte keine Ahnung, wohin sie sie gebracht hatten. Alles war so schnell gegangen. Erst war da Dunkelheit gewesen, nur unterbrochen vom warmen Licht der Gaslaternen hier und da, dann waren sie auf einen schummrigen Hinterhof gefahren, die Türen waren aufgerissen und sie war aus dem Auto gezerrt worden. In dem Gebäude, das sie augenscheinlich durch eine Hintertür betraten, war plötzlich alles in grelles Licht getaucht, sodass sie mit ihren übermüdeten Augen kaum etwas erkennen konnte. Sie spürte einen Stoß und hörte hinter sich, wie eine Tür zugeschlagen wurde. Hannah blinzelte unsicher. Alles war so hell. Wo war sie hier gelandet? Als sich ihre Augen endlich an die Helligkeit gewöhnt hatten, erkannte sie zwei Frauen, von denen jede in einer Ecke hockte. Beide blickten sie aus matten Gesichtern resigniert an. Ihre Kleidung wirkte ärmlich, doch während eine der beiden gut genährt aussah, machte die andere den Eindruck, als hätte sie seit Wochen nichts Richtiges zwischen die Zähne bekommen.

Hannah hatte ihnen mit einem verlegenen Lächeln zugenickt und sich dann in einer der freien Ecken langsam niedergelassen. Sie musste auf der Erde sitzen, denn der einzige Stuhl war von der korpulenteren ihrer beiden Zellengenossinnen belegt.

Als sie es sich so bequem gemacht hatte, wie es unter den Umständen möglich war, schaute sie sich scheu um. Doch ihre beiden Mitinsassinnen schienen das Interesse an ihr verloren zu haben, denn ihre Augen waren wieder geschlossen und ihre Köpfe auf die Brust gesenkt.

Hannah schlang die Arme um die Beine. Ganz schön frisch war es hier drinnen. Wie lange sie hier wohl würde ausharren müssen? Sie war sich sicher, dass es sich um ein Missverständnis handeln musste. Als sie sie abgeholt hatten, hatten die Männer zu Daniel gesagt, dass sie auch in der Nacht Befragungen durchführen würden. Nun denn, sie war bereit. Sie war überzeugt, dass sich alles recht schnell aufklären würde, sobald man sie anhörte. Doch bis dahin würde sie versuchen, ein wenig zu schlafen. Oder zumindest wollte sie die Augen schließen, denn sie war sich so gut wie sicher, dass sie hier niemals würde einschlafen können, egal, wie müde sie auch war.

Doch kaum hatte sie die Augen geschlossen, als sie hörte, wie jemand ihren Namen rief.

»Hannah Friedländer!« Es klang hart. Nicht freundlich, sondern eher wie ein Befehl.

Sie riss die Augen wieder auf und schüttelte sich, um die Müdigkeit aus den Gliedern zu bekommen. »Friedländer? Hier. Das bin ich.«

Ein untersetzter Mann mit Schnauzer und blank geputzten schwarzen Stiefeln stand in der Tür und blickte sie auffordernd an.

»Na, dann los. Mitkommen. 'n bisschen Beeilung. Wir ham schließlich nich ewich Zeit.«

Hannah rappelte sich mühsam hoch. Ihre Glieder waren vom langen Sitzen auf dem harten Boden steif geworden. Offenbar war sie doch eingeschlafen, denn ihr Körper fühlte sich an, als hätte er mehrere Stunden in dieser unbequemen

Lage verbracht. Wenn tatsächlich so viel Zeit vergangen war, dann hatte bestimmt Daniel all sein juristisches Können aufgeboten und die Angelegenheit längst geklärt.

Endlich hatte sie es geschafft. Ihr linker Fuß war eingeschlafen. Sie humpelte dem schmerbäuchigen Polizisten entgegen, der sorgsam die Tür wieder hinter ihr verschloss.

»Darf ich nach Hause?«

Der Mann sah sie mit hochgezogener Augenbraue an, dann grinste er, wandte sich ab und winkte ihr, ihm zu folgen.

»Wo gehen wir hin? Kann ich nach Hause?«, versuchte sie es noch einmal.

»Wo denken Se hin? Mörder gehen aufs Schafott.«

»Aber ich hab doch gar nichts getan. Ich …«

»Dit können Se jleich dem Vernehmungsbeamten erzählen«, unterbrach er sie ungerührt. Er blieb vor einer Tür stehen, klopfte kurz und öffnete sie, während er Hannah bedeutete, an ihm vorbeizugehen und den Raum zu betreten.

Angespannt schlüpfte Hannah an ihm vorbei. Drinnen saß ein Mann, den sie noch nie gesehen hatte. Er hatte ein hageres Gesicht und stechende, fast schwarze Augen, mit denen er sie musterte, während sie einen guten Meter vor dem Tisch stehen blieb, an dessen anderem Ende er saß.

»Frau Friedländer? Nehmen Sie Platz.« Er deutete mit der Hand auf den Stuhl.

Hannah spürte, wie sie zu zittern begann. Die Anspannung und die Müdigkeit forderten ihren Tribut. Schnell setzte sie sich auf den Stuhl und bemühte sich, ihre Hände so zu falten, dass er ihr Zittern nicht bemerkte. Wo war Daniel? Hatte sie nicht ein Recht auf juristischen Beistand?

»Ich habe mir Mörderinnen immer anders vorgestellt, aber man lernt nie aus, vor allem nicht in diesem Beruf«, konstatierte er mit leiser, näselnder Stimme.

Die Härchen an Hannahs Unterarmen stellten sich nervös auf. Dieser Mann strahlte etwas Unangenehmes aus. Jedes seiner Worte wirkte wie eine Drohung.

»Ich … ich bin keine Mörderin. Ich bin Ärztin. Ich würde nie einen Menschen umbringen«, stotterte sie, verunsichert von der Kälte, die mit jedem seiner Worte durch ihre Adern schoss.

»Wenn ich für jedes Mal, wo mir ein Täter diese Worte gesagt hat, fünf Pfennige bekommen hätte, würde ich in diesem Moment am Strand einer Südseeinsel sitzen und eine Zigarre nach der anderen vor mich hin paffen.«

»Das würde aber nur ein kurzes Vergnügen werden, denn Ihre Lunge würde das ununterbrochene Rauchen in einem warmen Klima nicht lange mitmachen.« Trotz aller Furcht kam sie aus ihrer Ärztinnenhaut nicht heraus.

Der Mann, der sich ihr unhöflicherweise nicht einmal vorgestellt hatte, spitzte ungehalten den Mund und starrte sie aus zusammengekniffenen Augen an.

»Das habe ich gern. Frauen, die unter Mordanklage stehen und dann auch noch glauben, Zeit für Späßchen zu haben. Ich denke, wir sind für den Moment fertig.« Mit einem Ruck schob er seinen Stuhl zurück, stand auf und schickte sich an, an ihr vorbei zur Tür zu gehen.

Er hatte sie noch nicht einmal befragt, ihr keine Zeit für eine Aussage zugestanden. Hannah sprang von ihrem Stuhl auf und klammerte sich an seinen Arm. »Nein, so war das nicht gemeint. Ich wollte mich nicht über Sie lustig machen. Es tut mir leid. Es ist mit mir durchgegangen. Bitte, Sie müssen mich anhören! Ich habe niemanden umgebracht. Es muss sich um einen Irrtum handeln.«

Einen Augenblick betrachtete er ihre Hand, als wäre sie eine lästige Spinne, die sich auf seinen Arm gestohlen hatte, doch dann lief er ungerührt weiter, zog die Tür auf und rief: »Abführen!«

Hannah, die, ob sie wollte oder nicht, aufgrund ihrer deutlich kleineren Statur mitgeschleift worden war, kniff stärker in den Stoff seines Jacketts.

»Bitte! Es tut mir leid. Ich verspreche, dass ich mir solche Bemerkungen in Zukunft verkneife. Aber bitte, hören Sie mich an.«

»Später vielleicht. Diese Chance ist fürs Erste vertan«, knurrte er, griff nach ihrem Arm und verdrehte ihn so, dass ihr keine andere Möglichkeit blieb, als ihn loszulassen.

Keine zwei Sekunden später führten sie zwei Uniformierte den Gang zurück in ihre Zelle.

Die Nacht war grauenvoll. Unentwegt lauschte Lucie, ob nicht ein Wagen oder eine Kutsche vorfuhr, die Mutter zurückbringen würde. Ariel hatte starke Schmerzen und jammerte hin und wieder im Schlaf. Obwohl er meinte, sie müssten Mutter bald wieder gehen lassen, hatte Vater sich auf den Weg zur nächsten Polizeistation gemacht, um herauszufinden, wohin man sie gebracht hatte. Als er wieder zurückkehrte, schüttelte er nur den Kopf. »Ich soll am Morgen wiederkommen, vorher können sie mir nicht sagen, wo sie ist.« Er tat die ganze Nacht scheinbar kein Auge zu. Er saß am Fenster und starrte in die Dunkelheit. Stumm saß er bewegungslos da, eine wuterfüllte, trauernde Statue.

Mehrmals stand Lucie auf und flüsterte ihm zu, ob er sich nicht für einen Moment hinlegen wolle, aber er schüttelte lediglich den Kopf und stierte weiter ins Nichts.

»Sie ist nicht schneller wieder da, wenn du dich selbst zermarterst, Papa«, sagte Lucie, aber er streichelte ihr nur über die Wange. »Ich weiß, ich weiß. Leg dich wieder hin, Luciemaus. Ich komme schon zurecht.«

»Ich würde gerne für einen Moment rüber zu Paul gehen, ist das in Ordnung?«

»Wie?«, fragte er fahrig, als hätte er nicht verstanden, was sie gesagt hatte. »Jaja, geh nur.«

Sie huschte leise aus dem Salon und zog im Hausflur ihren Mantel über, bevor sie die Haustür bloß einen Spalt öffnete und sich hinausdrückte. Sie sah sich nach allen Seiten um. Keiner sollte sie bemerken. Alles musste heimlich geschehen. Fühlte sich so etwa ein Spion? An anderen Tagen machte ihr die Dunkelheit Angst. Heute empfand sie sie als wohltuend. Sie fühlte sich an wie ein schützender Schleier, der über ihr ausgebreitet war.

Sie beugte sich hinunter und sammelte ein paar Steinchen auf, die den Zuweg zum Haus säumten. Natürlich konnte sie nicht mitten an der Nacht an Pauls Haustür klingeln, zumal seine Eltern ja gegen sie waren, aber sie wollte versuchen, Kiesel gegen sein Fenster zu werfen, und hoffte, ihn so zu wecken und seine Aufmerksamkeit zu erregen.

Die Steine ruhten kühl in ihrer vor Kälte und Nervosität bebenden Hand. Es war wichtig, sich jetzt nicht zu vertun. Wenn sie schlecht warf und versehentlich das direkt unter seinem liegende Schlafzimmerfenster seiner Eltern traf, war alles dahin. Vorsichtig schob Lucie die Gartenpforte auf. Knarrte sie immer so laut oder kam ihr das nur in der Stille der Nacht so vor? Angespannt blickte sie sich um. Doch es war weit und breit niemand zu sehen und hinter keinem der umliegenden Fenster brannte Licht.

Sie musste vor allem gefasst bleiben, sonst würde sie sein Fenster niemals treffen. Sie versuchte, ihren Atem zu beruhigen. Sie hatte irgendwo gelesen, dass das wichtig war, wenn man auf etwas zielte. Nervös nahm sie das erste Steinchen, stellte sich in Position, atmete noch einmal tief aus und warf. Mit einem leisen Plopp landete der Stein im Blumenbeet, das ums Haus lief. Um ein Haar wäre er auf dem ausladenden Fensterbrett des Ackermann'schen Schlafzimmerfensters gelandet. Das wäre fatal gewesen. Sie musste sich besser konzentrieren. Sie nahm den nächsten Stein, schwang ein paarmal ihren Arm zur Probe und … traf. Fast hätte sie ein Freudentänzchen aufgeführt. Rechtzeitig fiel ihr ein, dass das gerade nicht sonderlich zielführend wäre, und starrte stattdessen angespannt auf Pauls Fenster. Nichts. Kein Licht, keine Regung. Er schien weiterhin zu schlafen. Also musste sie es eben noch mal versuchen. Erneut holte sie aus und traf sein Fensterbrett. Ein lautes Scheppern zerriss die Stille. Hektisch sah sich Lucie um. Falls jemand anders durch diesen Lärm wach geworden war, musste sie sich verstecken. Aber wo? Hinter dem Baum? Der war zu weit weg. Vielleicht der Busch dort. Ja, der würde vielleicht gehen. In dem Moment bemerkte sie aus den Augenwinkeln, dass das Licht in Pauls Zimmer angegangen war. Da erschien auch schon sein Kopf am Fenster und er sah prüfend auf sein Fensterbrett. Seine blonden Haare waren verwuschelt und er rieb sich gähnend über die kleinen Augen.

Wenn er sie nun nicht sah … schließlich war es stockdunkel. Hektisch begann Lucie, auf und ab zu springen und mit den Armen zu wedeln. Sie traute sich nicht, ihn zu rufen, denn spätestens dann wäre die gesamte Nachbarschaft auf den Beinen.

Da, endlich hatte er sie wahrgenommen. Er blickte mit gerunzelter Stirn zu ihr hinunter, dann öffnete er das Fenster und rief unterdrückt: »Lucie! Was ist denn los? Hast du eigentlich eine Ahnung, wie spät es ist?«

»Pst!« Nervös blickte sich Lucie um. Hoffentlich war niemand aufmerksam geworden. Hastig winkte sie ihm, zu ihr herunterzukommen, und dankenswerterweise verstand Paul sofort. Er nickte, schloss das Fenster und das Licht in seinem Zimmer erlosch wieder. Frierend und nervös trat sie von einem Bein auf das andere, als sie auch schon hörte, wie sich der Schlüssel in der Haustür drehte. Ein paar Sekunden später stand Paul vor ihr.

Auf seiner Wange war eine Druckspur von einer Falte in seinem Kissen. Er sah bezaubernd aus, wie er da verschlafen, aber auch besorgt vor ihr stand.

»Komm, lass uns ein Stück vom Haus weggehen. Ich muss dir etwas Wichtiges erzählen.«

Irritiert sah er sie für einen Augenblick an, dann griff er hinter sich und zog einfach die Tür zu.

»Hast du einen Schlüssel?«, fragte Lucie entsetzt.

»Ja, natürlich«, beruhigte Paul sie, hob die Hand und ließ den Schlüssel vor ihren Augen in der Hand baumeln.

»Dann ist ja gut.« Sie atmete auf. »Komm hier herüber. Hinter den Busch. Da sollten wir gut vor Blicken verborgen sein.«

Paul runzelte wieder die Stirn und betrachtete sie besorgt. »Lucie, was ist denn nur? Es ist mitten in der Nacht. Ist etwas geschehen?« Er folgte ihr aber hinter den Strauch, ohne weiter zu widersprechen.

Kaum waren sie aus dem unmittelbaren Sichtfeld, schmiegte sie sich an ihn. Er umarmte sie und küsste sie auf den Scheitel. »Nun sag schon, warum tauchst du hier mitten in der Nacht auf? Es muss doch etwas passiert sein.«

Sie nickte. »Ist es auch. Etwas Furchtbares.« Dann fasste sie alle Ereignisse des Abends und der Nacht zusammen, während sie sich Schutz suchend an ihn drängte.

Sie spürte, wie sich sein Körper mehr und mehr anspannte, je weiter sie in ihrer Geschichte kam, doch er hörte ihr zu, ohne sie zu unterbrechen. Als sie geendet hatte, sagte er: »Das ist doch absurd. Deine Mutter würde niemandem bewusst schaden.«

»Natürlich nicht, aber das hält diese Männer nicht davon ab, sie zu verhaften.«

Pauls heftiges Kopfschütteln erschütterte seinen ganzen Körper. Sie löste sich von ihm und sah ihn aus verheulten Augen an.

»Und jetzt?«, fragte er.

»Papa geht davon aus, dass sie noch in der Nacht wieder freigelassen wird. Wenn nicht, müssen wir sie suchen.«

»Ihr wisst noch nicht einmal, wo sie sie hingebracht haben.«

Mit zusammengekniffenen Lippen schüttelte Lucie den Kopf.

»O Mann, das sind ja wirklich üble Neuigkeiten.«

»Das ist aber noch nicht alles. Kurz bevor die Polizisten eingetroffen sind, haben meine Eltern überlegt, dass es sicherer wäre, das Land zu verlassen, sobald es Ariel besser geht.«

»Was?« Paul trat einen Schritt zurück, wahrscheinlich, um im Dunkeln ihr Gesicht deutlicher sehen und überprüfen zu können, ob sie ihn nicht anflunkerte. »Das ist nicht dein Ernst, oder?«

»Ich fürchte doch. Ach, Paul, das ist alles so furchtbar!« Wieder lehnte sie sich an ihn. Sofort schlang er seine Arme um sie.

»Ich … Mannomann, das ist gerade ein bisschen viel für mich.« Sie hörte seinen Herzschlag und biss sich auf die Lippen, um nicht gleich wieder loszuheulen. Sie konnte den Gedanken, ihn vielleicht nicht mehr sehen zu können, nicht ertragen.

»Egal!«, stieß er hervor.

Erschrocken riss sie den Kopf hoch. War es ihm etwa gleichgültig, ob sie wegging?

»Es spielt keine Rolle, wo ihr hingeht. Ich werde einen Weg finden, dir zu folgen.« Seine Stimme klang entschlossen.

»Wirklich?« Sie fühlte sich mit einem Mal ganz schwindelig.

»Selbstverständlich. Egal, wo du bist. Ich komme dir nach«, versprach er bestimmt.

Sie schloss beglückt die Augen und schmiegte sich an ihn. Eine große Sorge fiel mit einem kräftigen Poltern von ihrem Herzen. Unabhängig davon, was alles passieren würde, sie hatte immer noch Paul.

Als es ein paar Stunden später endlich dämmerte und Lucie schon lange zurück im Salon war, fühlte sie sich, als wäre sie von einem Automobil überrollt worden. Auch Vater und Ariel sahen alles andere als gut aus. Beide hatten dunkle Ringe unter den Augen. Um Vaters Mund hatten sich tiefe, kummervolle Linien gegraben.

»Was können wir tun, um Mama zu helfen?«, fragte Lucie schließlich in die drückende Stille hinein.

»Da ich in der Nacht nichts in Erfahrung gebracht habe, gilt es zunächst mal herauszubekommen, wo sie sie überhaupt hingebracht haben. Und dann hören, wie die Anschuldigungen eigentlich genau lauten. Erst dann wissen wir, was wir zu ihrer Verteidigung tun können.« Vaters Blick zeigte Zuversicht. Ariel presste den Mund so fest zusammen, dass seine Unterlippe weiß schimmerte. Offenbar hatte er starke Schmerzen. Sie hatten ihm in der Nacht bereits zweimal von dem Schmerzsaft gegeben und waren sich unsicher, ob er noch mehr bekommen durfte. Doktor Brandt musste das entscheiden, sobald er in die Praxis kam. Vater hatte angerufen. Zumindest Doktor Brandt hatte sofort zugesagt, obwohl Sonntag war. Ob Schwester Ida ein Telefon hatte, wusste Lucie nicht.

»Wer war es, der Mutter angezeigt hat? Das muss doch dieser Mann sein, der schon mehrmals hier war. Wie hieß er noch? Faust?«, fragte Lucie und begann, im Zimmer langsam auf und ab zu wandern.

»So sehe ich es auch, Lucie. Bestimmt war er es. Schließlich gibt er Mama die Schuld am Tod von dem Kleinen, was natürlich absurd ist. Dann müssten sich die Vorwürfe in Windeseile in Luft auflösen und sie müsste schnellstmöglich entlassen werden.«

Lucie nickte.

Vater legte ihr die Hand auf die Schulter. »Ich werde sie suchen und herausfinden, wie die Dinge stehen. Und dann werde ich alles dransetzen, Mama von diesen unsinnigen Vorwürfen zu entlasten.«

»Vielleicht kannst du erzählen, dass er schon öfters hier war und Mama bedroht hat.«

»Jaja«, erwiderte Vater. »Das wäre unter normalen Umständen sicher das Beste. Leider ist das Ganze nicht so einfach. Denk daran, wie sie uns gestern behandelt haben. Wir sind Juden, schon vergessen?«

»Aber sie müssen sich schließlich an die Gesetze halten. Und wenn jemand etwas zu sagen hat, was einen Angeklagten entlastet, muss man ihn auch anhören. Du bist doch Jurist. Können sich Gesetze über Nacht ändern? Sonst gehe ich eben inzwischen zu diesem Faust, damit der die Anzeige zurücknimmt.«

»Mach keinen Blödsinn, Lucie, ich kann mir nicht auch noch um dich Sorgen machen. Und wir können Ariel in diesem Zustand nicht allein lassen. Du siehst doch, wie es ihm geht.«

Lucie biss sich auf die Lippen, bis sie Blut schmeckte. Wenn sie nicht jetzt um Mutter kämpften, konnte es sich noch eine ganze Weile hinziehen, bis sie sie anhörten. Wahrscheinlich würden sie sie die ganze Zeit eingesperrt lassen. Und ohne Mutter war die Familie verloren. Es war einfach nicht vorstellbar, lange Zeit ohne sie zu sein.

Innerlich zitternd fragte sie mit gezwungen ruhiger Stimme: »Und wenn ich nicht allein gehe? Ich finde bestimmt jemanden, der mit mir kommt. Darf ich es dann versuchen? Ich kann nicht einfach herumsitzen, ohne es zumindest zu probieren, Mutter zu helfen. Wir können sie nicht im Stich lassen.«

»Wie kannst du glauben, wir würden sie im Stich lassen?« Er seufzte. »Wenn einer später, nachdem ich Mama gefunden habe, zu diesem Faust geht, dann bin ich es. Ich bin der Jurist. Einer muss auf jeden Fall bei Ariel bleiben, zumindest bis Doktor Brandt da ist oder wenigstens Schwester Ida.«

Weiter kam er nicht, denn Lucie fiel ihm um den Hals.

»Danke, Vater. Dann gehe ich mich kurz frisch machen, damit ich dir nachkommen kann, sobald …« Und schon war sie auf dem Weg zur Tür.

»Auf gar keinen Fall kommst du mir hinterher, hast du das verstanden? Ich weiß doch noch gar nicht, wo sie Mama hingebracht haben. Es wird eine Weile dauern, sie zu finden. Es ist viel zu gefährlich für dich, allein durch Berlin zu wandern, vor allem in diesen Tagen. Denk daran, was wir gestern erlebt haben.« Er sah sie streng an aus seinen vor Müdigkeit kleinen Augen.

»Aber, Papa, ich kann doch nicht einfach hier zu Hause bleiben und nichts tun«, begann sie, doch Vater unterbrach sie entschieden.

»Du kannst und du wirst. Sobald Doktor Brandt da ist, erklärst du ihm alles, was passiert ist, und bittest ihn darum, sich um Ariel zu kümmern, hörst du? Und danach bleibst du genau da, wo du bist. Du achtest darauf, dass es Ariel gut geht. Ich werde Mama zurückholen.« Damit stand er auf und ging entschlossenen Schrittes zur Tür.

»Iss erst noch etwas. Das kann ein langer Tag werden«, riet Lucie ihm enttäuscht. »Soll ich dir etwas machen? Warum müssen Helene und Auguste auch beide zur gleichen Zeit freihaben?«

»Bleib du bei Ariel. Ich schaffe das schon«, rief Vater, der bereits auf der Treppe war.

Frustriert lehnte sich Lucie in ihrem Sessel zurück. Sie warf einen Blick hinüber zu ihrem Bruder, der mit halb offenem Mund und extrem blassem Gesicht schlief.

Ihr Herz klopfte. Was, wenn Vater sie gar nicht erst fand? Mutter konnte überall sein. Auch wenn Lucie nur ein unreifer Backfisch und darüber hinaus auch noch Jüdin war, könnte sie doch vielleicht irgendetwas bewirken, um Mutters Befreiung zu erreichen. Aber würde überhaupt jemand auf sie hören? Sie war nicht mutig und hatte nicht gelernt, für etwas zu kämpfen.

Doch hatte Mutter es gelernt, bevor sie als eine der ersten Frauen ein Studium aufnahm? Hatte sie es gelernt, als sie so viele Hindernisse überwinden musste? Mutter hatte all ihren Mut zusammengenommen und genauso würde sie es auch tun. Sie würde kämpfen und sie würde alles dafür tun, um Mutter zu befreien, wenn Vater sie nur ließe. Stattdessen war sie dazu verdonnert, den verwundeten Bruder zu bewachen und Däumchen zu drehen.

Vater rief aus dem Hausflur: »So, mein Schatz, ich gehe jetzt. Pass gut auf Ariel auf und erklär Doktor Brandt genau, was Mama alles gemacht hat, um Ariels Bein zu retten, damit er Bescheid weiß, was zu tun ist, ja? Wir sehen uns später. Wartet nicht mit dem Essen auf mich. Auguste soll für alle kochen, auch für Doktor Brandt und Schwester Ida, wenn sie es wollen.« Sie lief zu ihm. Er legte ihr die Hand auf die Wange und blickte sie eindringlich an. »Mach dir keine Sorgen. Mama ist bald wieder da und ich auch.«

Lucie nickte beklommen, konnte jedoch nicht antworten. Der Kloß in ihrem Hals war auf einmal zu groß.

Sie warf einen Blick auf Ariel. Er schlief nach wie vor. In spätestens einer Stunde würden Auguste und Helene wiederkommen und kurz danach mussten auch Doktor Brandt und Schwester Ida da sein. Und dann würde hoffentlich das Beklommenheitsgefühl nachlassen und auch dieser Druck, unbedingt etwas tun zu wollen. Vielleicht.

Als endlich alle Angestellten da waren und Lucie haarklein alle Vorkommnisse des Abends und der Nacht berichtet hatte, kam sie endlich dazu, sich frisch zu machen. Nach diesem furchtbaren Abend hatte sie das Bedürfnis, sich unaufhörlich zu waschen und damit all die unangenehmen Erlebnisse und

Emotionen abzuspülen. Doch natürlich funktionierte das nicht. Als sie sich nach dem Waschen wieder anzog, umwölkte sich ihre Stimmung. Auch wenn Vater es unbedingt verlangt hatte, konnte sie nicht einfach hier zu Hause sitzen bleiben und abwarten. Sie musste irgendetwas tun. Nachdenklich streifte sie sich das bereitgelegte Kleid über. Doch sie hatte es Vater so gut wie versprochen, hierzubleiben und sich nicht ebenfalls in Gefahr zu begeben. Wie es Mutter wohl gerade erging? Und ob Vater sie inzwischen gefunden hatte? Vielleicht wären sie bald wieder da. Aber wenn nicht … Nein, das konnte sie nicht. Sie konnte nicht wie ein eingesperrter Hund durch das Haus tigern und nichts tun.

Sie musste hinterher. Sie wollte auch etwas unternehmen. Irgendetwas. Hauptsache, sie blieb nicht untätig hier sitzen.

Nein, sie würde Helene oder Schwester Ida Bescheid sagen und sich auf den Weg machen. Es würde sich bestimmt irgendetwas ergeben. Am besten wäre es natürlich, wenn sie Faust fände und ihn dazu brächte, die Anzeige zurückzuziehen. Entschlossen band sie ihre Haare neu und strich sich das Kleid glatt. Ja, sie würde sich auf den Weg machen. Einen Versuch war es auf alle Fälle wert. Vielleicht konnte sie ja doch irgendwie dazu beitragen, dass Mutter schneller entlassen würde.

Sie hatte sich darauf beschränkt, Helene mitzuteilen, dass sie in Richtung der Mietskasernen ginge, um zu sehen, ob sie etwas würde ausrichten können. Helene, die ganz kopflos gewesen war, seit sie von den nächtlichen Ereignissen erfahren hatte, hatte nur genickt und irgendetwas Zustimmendes gemurmelt. Lucie hatte bewusst darauf verzichtet, Schwester Ida auch noch zu informieren, um keine schlafenden Hunde zu wecken, denn sie hatte die Befürchtung, dass Schwester Ida ihr vielleicht bei ihrem Vorhaben einen Strich durch die Rechnung machen könnte. Entschlossen stiefelte sie los in Richtung

Schloss Charlottenburg, denn sie hatte in Erinnerung, dass die Mietskasernen, in einer von denen auch Faust wohnte, unweit davon standen. Es war ein gutes Stück zu gehen, und je weiter sie kam, desto größer wurden die Zweifel an ihrem Vorhaben.

Hatte sie Vater nicht fest versprochen, zu Hause zu bleiben? Und nun lief sie hier allein durch die Straßen, nachdem ihr Bruder am Vorabend zusammengeschlagen worden war und eine Hetzjagd auf Juden einige Straßen entfernt stattgefunden hatte. Sie war allein und schutzlos. Hätte sie doch wenigstens Paul gebeten, sie zu begleiten. Zunehmend verzweifelt irrte Lucie durch die Straßen.

Was sollte sie nur tun? Sie bemerkte erst, als sie vor dem Tor stand, dass sie dabei war, den Schlosspark Charlottenburg zu betreten. Sie liebte den alten Barockpark, der zu weiten Teilen einem englischen Landschaftsgarten ähnelte, mit den großen, bejahrten Bäumen, den Wiesen, Springbrunnen und den vielen Eichhörnchen und Vögeln. Der Park strahlte Würde und Ruhe aus. So war es auch nicht verwunderlich, dass ihre Schritte sie hierhergeführt hatten, anstatt zu den nicht sonderlich sauberen und ein wenig unheimlichen Mietskasernen.

Lucie wischte sich mit der flachen Hand Tränen von den Wangen. Ihre Augen brannten nach der grauenhaften Nacht und infolge dieses fürchterlichen Gefühls der Macht- und Hilflosigkeit. Sie wollte ja unbedingt helfen. Aber je näher sie den Mietskasernen kam, desto mulmiger wurde ihr bei dem Gefühl, völlig allein zu sein. Nach ein paar Schritten ließ sie sich auf die nächste Bank fallen und verbarg das Gesicht hinter den Händen, während Schluchzer ihren Körper schüttelten. Sie war so unsagbar erschöpft, dass sie sich nicht mehr zusammennehmen konnte, auch wenn sie sich gerade in der Öffentlichkeit befand.

Sie hörte, wie sich Schritte näherten, aber sie hatte nicht die Kraft, die Hände zu senken oder gar ihre Verzweiflung im

Zaum zu halten. Wenn sie Mutter nicht freiließen, wenn sie für immer weg wäre, wüsste sie nicht, wie sie weiterleben sollte. Mutter war diejenige, die die Familie trotz ihrer vielen Arbeit zusammenhielt. Erneut schluchzte Lucie auf.

Die Schritte auf dem knirschenden Kies wurden langsamer, je näher sie kamen. Lucie hatte die Beine angezogen und saß dort mit darauf gepresstem Gesicht, das auch noch halb von den Händen bedeckt wurde.

Nun stoppten die Schritte ganz. Jemand räusperte sich und dann fragte eine Stimme, die Lucie seltsam vertraut vorkam: »Was ist denn passiert?«

Mit verquollenen Augen hob sie den Kopf und blinzelte den Ankömmling an, während sie versuchte, die Tränen von ihrem Gesicht zu wischen.

Korte! Was machte der denn hier? Dämliche Sprüche über Juden waren jetzt das Letzte, was sie brauchte.

»Sieh einer an: das Judenmädchen. Was ist los? Warum sitzt du hier allein und flennst, als gäbe es kein Morgen?«, fragte er und setzte sich einfach neben sie.

Lucie rückte instinktiv ein Stück von ihm ab. Er hatte einen Gehstock dabei und trug einen verbeulten Hut auf dem Kopf.

»Nun sag schon, was ist geschehen?«, insistierte er, als sie nicht antwortete. Seine Stimme klang weicher als in der Schule.

Ein paar Sekunden zögerte sie, doch der Druck in ihrem Inneren war so groß und ihre Verzweiflung so intensiv, dass es einfach rausmusste, auch wenn es nur der gemeine Korte war, der ihr zuhörte. Was sollte er schon tun? Schlimmer, als es augenblicklich war, konnte es kaum werden.

Stockend erzählte sie. Von gestern Abend, von Ariel, seinen Verletzungen, den Polizisten, die schließlich die Mutter mitgenommen hatten, von der furchtbaren Nacht, wie Vater losgegangen war, um Mutter zu befreien, und von ihrer Mutlosigkeit, die sie jetzt so kurz vor den Mietskasernen ergriffen hatte. Dauernd musste sie die Tränen wegwischen, die über ihre Wangen strömten. Ihr war übel vom fehlenden Frühstück und dem vielen Weinen, und ständig musste sie nach Luft schnappen, weil die Tränen ihre Nase zuschwellen ließen.

Korte unterbrach sie nicht. Er reichte ihr sogar sein Taschentuch, damit sie ihr Gesicht säubern und ihre Nase putzen konnte. Wenn sie es nicht besser gewusst hätte, hätte sie schwören können, dass auch er feuchte Augen hatte.

»Und nun ist sie also immer noch weg, die Frau Mutter?«, wollte er nach kurzem Zögern wissen. Seine Stimme klang seltsam belegt.

Lucie kniff die Lippen aufeinander und nickte stumm.

»Und ihr glaubt, dass es dieser Faust war, der sie angezeigt hat?«

Erneut nickte Lucie.

»Aber sie hat alles getan, um das Kind zu retten?«

»Natürlich, sie ist eine wundervolle Ärztin. Sie müssten sie nur mal mit ihren Patienten sehen. Vor dem Tod des Kleinen war Mama täglich in der Wohnung der Fausts. Sie war selbst verzweifelt, dass sie ihn nicht retten konnte.« Lucies eigene Stimme hörte sich fremd für sie an. Die vielen Tränen ließen sie erstickt klingen.

»Soso«, sagte Korte in barschem Ton. Dann stand er auf und ging.

Lucie schluchzte laut auf. Auch wenn es bloß Korte war, hatte ihr seine Anwesenheit doch Sicherheit gegeben. Seitdem er weg war, fühlte sie sich noch schwächer als zuvor.

Ein paar Schritte entfernt blieb Korte stehen, blickte aber nicht zurück.

Plötzlich richtete er sich gerade auf, hob den Kopf und drehte sich wieder um. Mit strammen Schritten hielt er auf die Bank zu. Durch ihren Tränenschleier konnte Lucie erkennen, dass sein Gesicht ungewohnt rot aussah, doch sie konnte sich keinen Reim darauf machen.

»Dann müssen wir sie dort herausholen. Es gibt nicht viele gute Ärzte hier. Die meisten sind Quacksalber«, erklärte er, als er wieder vor ihr stand und seinen Stock in den Staub stieß. »Nun mach schon, wir haben keine Zeit zu verlieren.«

Überrascht starrte Lucie ihn an. Narrten sie ihre Ohren oder hatte er gerade tatsächlich »wir« gesagt?

»Du hast schon richtig gehört. Ich komme mit. Nun los, ich habe noch anderes zu tun.«

»Aber … aber warum? Ich dachte … Sie … mögen keine Juden.«

»Mag ich auch nicht. Aber du bist immer noch meine Schülerin und minderjährig. Offensichtlich ist deine Mutter im Moment nicht in der Lage, sich um dich zu kümmern, und dein Vater ist damit beschäftigt, sie wieder zu euch zu führen. Also bist du in Not und ich bin als Lehrer ein Stück weit für dich verantwortlich. Deiner Mutter geschieht nach deinen Worten Unrecht. Ich bin bereit, dir dabei zu helfen, dieses aus der Welt zu schaffen. Aber nun los, ich habe nicht den ganzen Tag Zeit.«

Immer noch ungläubig starrte Lucie ihn an, während sie sich wie ferngelenkt erhob. Dann aber erfasste sie eine sagenhafte Erleichterung: Endlich hatte sie die Chance, Mutter zu helfen, damit sie wieder nach Hause kam. Ohne darüber nachzudenken, fiel sie dem verdatterten Lehrer um den Hals.

Der schob sie von sich und klopfte sein Sakko sauber. »Nun, nun, wir wollen nicht übertreiben. Weißt du, wo dieser Faust wohnt?«

Lucie nickte. »Ja, natürlich. Ich habe Mutter doch bei einem Hausbesuch in der gleichen Anlage begleitet. Es ist hier ganz in der Nähe.«

»Ich halte mich im Hintergrund. Das Reden übernimmst du, verstanden?«

»Ich weiß nicht, wie ich Ihnen danken kann, Herr Korte, es ist …«

»Nun, nun, erst einmal muss es gelingen, sie dort herauszuholen. Und es trifft sich gerade gut, dass ich an diesem Sonntagvormittag sowieso nichts anderes zu tun habe. Warum also nicht? Hier entlang?« Er zeigte zum nächstgelegenen Parkausgang.

»Genau. Hier lang. Dort hinten in der Straße müsste er wohnen.« Lucie deutete in die Richtung.

Und so marschierte sie Seite an Seite neben Lehrer Korte auf den Parkausgang zu.

Ohne Probleme fand Lucie die Straße und auch die Mietskaserne wieder, in die sie Mutter zum Krankenbesuch begleitet hatte. In einem der Hinterhäuser mussten auch die Fausts wohnen, zumindest hatte Mutter ihr gegenüber das erwähnt.

Lehrer Korte war das Unbehagen über den trostlosen Ort mit den unzähligen rotznäsigen Kindern, deren Kleidung ihre ärmliche Herkunft verriet, anzumerken. Offenbar hatte er einen solchen Ort noch nie von Nahem gesehen.

Trotzdem hielt er Wort und drängte sich mit Lucie vorbei an den bettelnden Kindern, die blitzschnell bei ihrem Erscheinen zusammengelaufen waren. Doch noch bevor sie das richtige Treppenhaus gefunden hatten, entdeckte Lucie den Mann, nach dem sie suchten. Er hockte auf einer Kellertreppe, rauchte eine Zigarette und starrte mit leerem Blick vor sich hin.

»Das da hinten ist er«, flüsterte sie Korte zu. Der nickte abwesend, während er damit beschäftigt war, ein kleines Mädchen mit verschmierten Fingerchen abzuwehren, das gerade seine Manteltaschen nach Essbarem abtastete. Er wedelte mit der Hand, als könnte er sie wie eine lästige Fliege verscheuchen.

Lucie sah dem Treiben einen Augenblick zu, dann drückte sie entschlossen den Rücken durch und ging los. Ein Stück vor der Treppe blieb sie stehen und sagte mit fester Stimme, die sie selbst überraschte: »Herr Faust? Ich muss Sie dringend sprechen.«

Erstaunt sah der Mann auf. Seine Augen waren glasig. Entweder hatte er geweint oder er war wieder betrunken. Aber sie drückten kein Erkennen aus.

»Ich bin Lucie Friedländer. Meine Mutter hat Ihren kleinen Heinz ärztlich versorgt, bevor er leider verstorben ist. Mein herzliches Beileid für Ihren Verlust.« Sie bemühte sich, ihm direkt in die blutunterlaufenen Augen zu blicken. So viel hing von dem Ausgang dieses Gesprächs ab.

Er verzog für den Bruchteil einer Sekunde das Gesicht, als würden ihn ihre Worte schmerzen, dann aber entgegnete er schroff: »Die Hexe, die meinen Heini hat sterben lassen? Dann kannste gleich wieder jehen, Kleene. Mit einer von euch will ick nix mehr zu tun haben.« Seine Zunge war schwer und die Worte kamen unklar heraus, doch er schickte sich an aufzustehen.

»Bitte, Herr Faust, Sie müssen mich anhören. Sie wissen genau, dass meine Mutter alles in ihrer Macht Stehende getan hat, um Ihren Kleinen zu retten. Sie glauben nicht, wie unglücklich sie war, dass sie ihm nicht helfen konnte. Jeden Abend hat sie darüber nachgegrübelt, wie sie ihm das Leben erleichtern und sein Sterben verhindern könnte.«

Der Mann atmete tief ein und erhob sich schwankend. Wieder blitzte für einen Moment dieser Gesichtsausdruck durch, der seinen inneren Schmerz offenbarte, auch wenn er sich Mühe gab, wütend und gefährlich zu wirken.

»Er war nur ein Arbeiterkind. Für so eins interessiert ihr euch doch jar nich, da in eurer teuren Villa mit allem Jedöns. Ihr Juden guckt nur auf euren Jeldbeutel, so siehts aus.«

»Herr Faust, das wissen Sie aber besser! Sie kennen meine Mutter. Die würde sich ein Bein für ihre Patienten ausreißen, wenn sie ihnen damit helfen könnte. Bitte, aufgrund Ihrer

Anzeige wurde sie eingesperrt. Wie viele ihrer Patienten sterben jetzt vielleicht, weil sie ihnen nicht helfen kann, während sie verhört wird? Und denken Sie daran, wie Sie Ihren kleinen Jungen vermissen. Wir vermissen Mama auch ganz schrecklich. Bitte, Herr Faust, Sie müssen Ihre Anzeige zurückziehen und erklären, wie es wirklich war. Bitte!«

Mit jedem »Bitte« ging Lucie einen Schritt näher auf Faust zu. Inbrünstig hoffte sie, dass sie es irgendwie schaffen würde, das Herz des Mannes zu erweichen.

Und wirklich: Sein Blick erschien ihr ein wenig zugänglicher, nachdenklicher, als er ein Stückchen von ihr zurückwich. Plötzlich rollte eine Träne seine Wange herunter und hinterließ eine helle Spur in seinem schmutzigen Gesicht.

Er schluckte trocken, schleuderte den Stummel seiner Zigarette weg und biss sich auf die Lippen, während er den Kopf abwandte.

Sekunden verstrichen, die Lucie wie eine Ewigkeit erschienen. Hinter sich hörte sie die unwillige Stimme von Korte und das Geräusch umherwedelnder Arme, mit denen er sich offenbar bemühte, die vielen anhänglichen Kinder abzuwehren.

Plötzlich drehte sich Faust ihr wieder zu. »Na jut, Meechen, ick will nich, dat Menschen abnippeln, weiln Arzt fehlt. Wat willste jenau von mir?«, fragte er zögernd.

Ein erleichterter Aufschrei entfuhr Lucie. Sie spürte die aufsteigenden Tränen, wischte sich jedoch entschlossen übers Gesicht. In diesem Moment war keine Zeit zum Weinen.

Sie ging noch einen Schritt näher auf Faust zu und erklärte ihm ihren Plan. Langsam nickte der.

»Jeht klar. Wir müssen aber jetzte jehen. Sofort. Nachher muss ick zur Arbeit.«

»Ja, natürlich. Das ist wunderbar. Vielen Dank, Herr Faust. Sie werden es nicht bereuen. Das dort hinten ist übrigens mein Lehrer, Herr Korte.«

Faust drehte sich um und linste hinüber zu dem Lehrer inmitten eines Knäuels von Kindern. »Hab mich schon jefragt, wat so 'nen Schnösel hierher verschlägt.«

»Er war so nett, mich zu begleiten. Dann los! Auf zur Polizei«, entschied Lucie und winkte Korte zum Zeichen des Aufbruchs. Der folgte ihr erleichtert und fuhr sich mit der Hand über die Kleidung, die von vielen bittenden Kinderhändchen zerknittert war. Sein Gesicht war mittlerweile noch röter als vorhin im Park. Eine Schlange kleiner Unermüdlicher folgte ihm hoffnungsvoll, als wäre er der Rattenfänger von Hameln.

Kapitel 30

Der Marsch zur Polizeidienststelle, bei der Faust seine Anzeige gemacht hatte, glich einer Parade. Ganz vorne marschierte Faust, Lucie dicht auf den Fersen. Dann folgte Lehrer Korte, der eine Traube von Kindern hinter sich herzog und sich unentwegt irritiert umsah. Inzwischen wirkte er allerdings nicht mehr so verstört wie am Anfang, sondern ab und an hörte Lucie sogar, wie er sich mit einem der Kinder unterhielt oder kurz auflachte.

Ein warmes Gefühl der Dankbarkeit breitete sich in Lucies Innerem aus. Sie musste an Vater denken. Wie froh würde er sein, wenn er davon erfuhr, dass Lucie den grimmigen Mann dazu gebracht hatte, die Anschuldigungen gegen Mutter zurückzunehmen. Und wie schön würde es sein, wenn Mutter entlassen sein würde. Sie würde stolz auf Lucie sein, wenn sie erst erführe, dass sie sich getraut hatte, zu Faust zu gehen und ihn dazu zu überreden, das Richtige zu tun.

Vor dem Revier blieb Faust plötzlich abrupt stehen und starrte die Tür an.

Lucie, die ihm fast in die Hacken getreten wäre, räusperte sich vernehmlich, um ihn zum Weiterlaufen zu bewegen, doch er blickte nur weiterhin wie ein verschrecktes Kaninchen auf die Eingangstür und bewegte sich kein Stück.

»Ähm … Herr Faust?«, sprach ihn Lucie zaghaft an, doch nach wie vor reagierte der grobschlächtige Mann nicht.

Korte, der sie mit seiner Eskorte inzwischen eingeholt hatte, trat vor, legte dem Mann eine Hand auf die Schulter und sagte markig: »Ihre Stunde ist gekommen, Mann. Zeit, Unrecht aus der Welt zu schaffen und ein Ehrenmann zu sein. Geben Sie sich ’nen Ruck.«

Faust blinzelte ihn unsicher an. Dann aber straffte er den Rücken, atmete tief ein und ging weiter.

Lucie sog erleichtert die Luft ein. Sie warf Korte einen dankbaren Blick zu.

»Soll ich mit rein?«, fragte er.

Lucie warf ihm und seinen kleinen Begleitern einen Blick zu und schüttelte dann den Kopf. »Wenn ich Sie brauche, dann rufe ich Sie.«

»Na schön, dann hopp, hopp, Beeilung. Ich habe auch noch anderes zu tun.«

Faust hielt Wort. Er erklärte dem Diensthabenden ihr Anliegen, sagte, dass es sich um ein Missverständnis handeln würde und er die Anzeige mit sofortiger Wirkung zurückzöge.

Der groß gewachsene Polizist beäugte ihn mit gerunzelter Stirn.

»Wie kann man sich denn darüber irren, ob dit eijene Kind nu umjebracht wurde oder nich, hä? Haben Se ’n bisschen zu tief ins Glas jeschaut, bevor Se dis letzte Mal herjekommen sind, oder wat? Na schön. Also bleiben Se dabei? Ja? Dann unterschreiben Se hier.«

Nach diesen Worten führte er sie in den Gang und deutete auf eine Bank. »Jut, und dann warten Se kurz.« Damit drehte er sich um.

»Icke ooch?«, fragte Faust, kurz bevor der Polizist die Tür erreicht hatte.

»Wat?« Der Polizist sah ihn an und runzelte die Stirn.

»Ick meine: Kann ick nu jehen? Oder brauchen Se mich ooch noch?«, fragte Faust.

»Is ja allet unterschrieben. Jehen Se ruhich.« Und damit war der Polizist verschwunden.

Faust sah Lucie an. Seine Augen waren blutunterlaufen und mit seinem muskulösen Körper und den bulligen Händen hatte er etwas durchaus Einschüchterndes an sich. Trotzdem hätte Lucie ihn am liebsten in den Arm genommen und ihm gedankt, aber seine immer noch abwehrende Haltung verriet ihr, dass es besser war, auf diese Geste zu verzichten.

»Vielen Dank, Herr Faust. Ich wünsche Ihnen und Ihrer Frau das Beste. Hoffentlich werden Sie beide noch viele Kinder bekommen, denen eine bessere Gesundheit und ein längeres Leben beschert sind als dem kleinen Heinz. Und mögen sie dann immer aufschauen zu ihrem großen Bruder im Himmel.«

Die Augen des rauen Mannes wurden feucht. Er wischte sich rasch darüber und murmelte »Nix für unjut«, bevor er sich jäh umwandte, die Tür zur Straße aufstieß und von dannen schlurfte.

Nun stand Lucie mutterseelenallein in dem kargen Gang. Als Faust die Tür zur Straße öffnete, war begeistertes Kindergeschrei zu hören. Was dort draußen wohl vor sich ging? Ach, wenn es doch Mutter nur gut ging. Und hoffentlich war auch Ariel langsam auf dem Weg der Besserung. Doch wenn sich Doktor Brandt und Schwester Ida um ihn kümmerten, war gut für ihn gesorgt.

In diesem Augenblick erst bemerkte Lucie, wie erschöpft sie eigentlich war. Die aufregenden Stunden hatten sie mitgenommen.

Sie würde sich nur kurz auf die Bank setzen und die Augen schließen. Nur für einen winzig kleinen Moment.

Sie erwachte davon, dass sie jemand an der Schulter rüttelte. »Lucie, wach doch auf.«

Unwillig öffnete sie die Augen. Die Müdigkeit hing schwer an ihren Lidern. Doch mit einem Schlag war sie wieder hellwach.

»Paul, was machst du denn hier?«, staunte sie und richtete sich auf.

»Ich hatte keine Ruhe und wollte wissen, wie es dir geht. Aber als ich bei euch geklingelt habe, hat euer Mädchen mir gesagt, dass du ein bisschen raus bist. In Richtung der Mietskasernen. Da habe ich zwei und zwei zusammengezählt und mir gedacht, dass du bestimmt versuchst, deine Mutter zu befreien. Also habe ich alle Reviere in der Umgebung abgeklappert und hier bist du endlich.« Er setzte sich neben sie und griff nach ihren Händen.

»Du glaubst nicht, wie froh ich bin, dich zu sehen«, flüsterte sie und drückte sich an ihn.

Er strich ihr beruhigend über die Schulter, dann erkundigte er sich: »Wer ist eigentlich der Mann dort draußen, der von diesen vielen zerlumpten Kindern umgeben ist?«

Lucie richtete sich wieder auf und strahlte ihn an. »Halt dich fest. Du wirst es kaum glauben: Es ist mein Lehrer, Herr Korte. Wir haben uns im Schlosspark getroffen und er hat angeboten, mich zu begleiten. Wäre er nicht da gewesen, weiß ich nicht, ob Faust wirklich den letzten Schritt getan hätte. Wenn ich nur wüsste, was da so lange dauert. Der Polizist hat gemeint, dass er gleich wiederkommt, und seitdem sitze ich hier.«

»Und bist eingeschlafen.« Paul lachte. »Auf die Idee muss man aber auch erst kommen, sich ins Polizeirevier zu setzen und ein Nickerchen zu machen.«

»Hab du mal so eine Nacht, wie ich sie hatte.«

»Nein, danke, darauf verzichte ich. Aber ich bin wirklich froh, dich endlich gefunden zu haben.«

»Aber was erzählst du deinen Eltern, wo du so lange warst?«

Paul schüttelte energisch den Kopf. »Weißt du was? Ich werde ihnen die Wahrheit sagen. Ich habe genug von diesem Versteckspiel. Entweder sie finden sich damit ab, dass wir beide ein Paar sind, oder … Nächsten Monat werde ich achtzehn. Wie lange wollen sie noch über mein ganzes Leben bestimmen?«

»Aber was, wenn sie dir daraufhin verbieten, mich zu treffen?«

»Haben sie doch schon und trotzdem haben wir uns gesehen. Uns bringt keiner auseinander. Auch nicht meine Eltern.«

»Ich wünschte, dass der Polizist endlich zurückkäme. Es hat sich angehört, als wären die Vorwürfe mit der Rücknahme der Anzeige vom Tisch. Sicher bin ich mir allerdings nicht.«

»Du bist ganz schön mutig, Lucie Friedländer, weißt du das?«

Nun war es an Lucie, rot anzulaufen.

»Ich … ich habe nur getan, was jeder tun würde.«

Paul verdrehte die Augen und schüttelte den Kopf, kam aber nicht mehr dazu, zu antworten, denn in dem Moment öffnete sich die Hintertür wieder, durch die der Polizist vor einer Ewigkeit verschwunden war. Der große Mann füllte fast den ganzen Türrahmen aus und Lucie reckte den Kopf in der Hoffnung, dass Mutter vielleicht hinter ihm stand, doch da war niemand. Enttäuscht sank sie zurück, sprang aber gleich darauf wieder auf und ging auf den Polizisten zu.

»Lassen Sie sie doch nicht gehen? Aber Herr Faust hat doch bestätigt, dass es ein Missverständnis war.«

»Immer ruhig mit den jungen Pferden. Ick hab alles jeregelt. Ihre Frau Mutter ist in der Roten Burg. Ick hab schon anjerufen und allet durchjejeben. Der Haftbefehl wird aufjehoben. Der Herr Vater befindet sich auch dort. Er lässt ausrichten, dat Sie da hinkommen sollen. Er erwartet Sie da. Allet klar also?« Der Polizist mit dem breiten Gesicht und dem ausladenden

Schnauzer lächelte ihr zu. »Nu jehen Sie mal und holen die Frau Mutter ab. Die wird sich freuen.«

»Das glaube ich auch. Und vielen Dank für Ihre Mühe«, sagte Lucie glücklich und schüttelte ihm begeistert die Hand.

Das Bild, das sich Lucie und Paul auf der Straße bot, war so ungewöhnlich und bezaubernd, dass Lucie sich ein breites Grinsen nicht verkneifen konnte.

Lehrer Korte stand dort und verteilte an eine Schar von Kindern Fruchtgummis, die er aus einer Papiertüte holte. Er lächelte übers ganze Gesicht. Als er sie jedoch aus der Wache kommen sah, steckte er die Tüte unter dem Protestgeschrei der Kinder in die Manteltasche und drückte das Kreuz durch.

»Ist die Befreiung geglückt? Wo ist denn deine Frau Mutter?«, erkundigte er sich förmlich und wedelte mit der Hand, um ein paar besonders aufdringlich grapschende Fingerchen abzuwehren.

»In der Roten Burg. Man hat dort inzwischen Bescheid gesagt, dass sie entlassen werden kann. Mein Vater ist ebenfalls da und hat mir ausrichten lassen, dass ich dort hinkommen soll. In welcher Richtung ist das denn?« Lucie drehte den Kopf suchend hin und her.

»Das ist viel zu weit von hier. Wir nehmen einen Wagen«, erklärte Korte entschlossen. Er stellte sich an den Straßenrand und hielt Ausschau nach einem Gefährt. Die Kinder um ihn herum wirkten geknickt, dass der lustige Spielgefährte nun offenbar das Weite suchte.

»Aber ich habe gar kein Geld dabei«, stotterte Lucie ein wenig hilflos.

»Lass das mal meine Sorge sein«, sagte Korte und rief auch schon einen vorbeifahrenden Wagen heran. Der Fahrer hielt prompt. Korte stieg als Erster ein, gab die nötigen Anweisungen und winkte der Kinderschar noch einmal zu. Lucie folgte ihm, während Paul unschlüssig am Straßenrand stehen blieb.

»Komm, steig ein!«, forderte Lucie ihn auf.

»Wirklich?« Er sah sie zweifelnd an.

»Selbstverständlich. Meine Eltern werden sich freuen, dich zu sehen.«

Nun schlüpfte auch Paul in den Wagen, zog die Tür hinter sich zu und der Wagen fuhr an. Lucie lehnte sich erleichtert in die Polster zurück und stellte Paul und Korte einander vor. Hoffentlich klappte alles und Mutter kam wirklich frei. Dann hätte sich alle Aufregung dreifach gelohnt.

Als sie vor dem Polizeirevier am Alexanderplatz vorfuhren, stockte Lucie der Atem. So riesig hätte sie sich das alles nicht vorgestellt. Auch Paul und sogar Korte wirkten ein wenig eingeschüchtert von der schieren Größe der Institution. Wie sollte sie es schaffen, in dem monströsen Gebäude und dem Gewimmel, das hier herrschte, ihre Eltern zu finden?

Korte bezahlte den Chauffeur und eine Minute später standen alle drei auf dem Pflaster vor dem Polizeipräsidium.

Beeindruckt blickte Lucie an den Mauern hoch. Wie lang war das Gebäude? Sie hatte noch nie so ein großes Bauwerk gesehen, da war sie sich sicher.

»Der Polizeibeamte hat dir aber nicht zufällig mitgeteilt, wo wir deine Eltern genau finden werden?«, wollte Korte mit nachdenklichem Blick wissen.

»Leider nicht. Er hat nur gesagt, dass mich mein Vater bei der Roten Burg erwartet. Ich hätte ja nicht gedacht, dass hier alles so riesenhaft ist, sonst hätte ich natürlich genauer nachgefragt.«

»Insofern bleibt uns wohl nichts anderes übrig, als uns von Stockwerk zu Stockwerk und von Hof zu Hof durchzufragen. Irgendwo werden sie schon stecken«, entgegnete Korte und sah zweifelnd an der langen Front mit der Backsteinfassade entlang.

Wieder war da dieses lähmende Gefühl der Müdigkeit. Würde es ihnen jemals gelingen, Vater hier zu entdecken?

»Auf gehts. Wenn wir ihn nicht finden, bringe ich dich eben einfach nach Hause. Irgendwann werden die Eltern dort ja aufkreuzen«, entschied Korte und marschierte los.

Im selben Moment schrie Lucie auf und stürmte an ihm vorbei. Dort vorne! Es war Vater, der dort gerade aus der Tür kam und sich suchend umsah. Erleichtert flog sie in seine Arme und drückte sich an ihn.

»Papa, es tut mir ganz schrecklich leid, dass ich nicht auf dich gehört habe und einfach losgegangen bin …« Ihre Stimme erstarb, während sie ihr Gesicht in seinen Mantel presste.

Vaters Brust wackelte hin und her. Weinte er etwa? Kam Mutter nun doch nicht frei oder war sie gar verletzt? Lucie riss den Kopf hoch und starrte ihren Vater an.

Tränen liefen ihm übers Gesicht. Doch er weinte nicht. Er lachte. Hier, mitten auf der Straße und aus vollem Halse.

»Lucielein! Ich bin heilfroh, dass du dieses eine Mal nicht auf mich gehört hast. Es war eine hervorragende Idee, über Faust zu gehen. Ich habe meine ganze juristische Trickkiste ausgepackt, aber es hätte deutlich länger gedauert, Mama aus der Haft zu befreien, wenn du nicht dafür gesorgt hättest, dass die Anzeige zurückgenommen wurde. Bravo, mein Schatz. Ich bin ausnahmsweise froh über deine Unverfrorenheit und sehr stolz auf deinen Mut.«

Ungläubig schaute Lucie ihn an. Dann aber brach die Erleichterung auch aus ihr heraus und sie stimmte froh in sein Lachen mit ein.

»Aber wo ist Mama?«, fragte sie, als sie wieder Luft bekam.

»Sie müsste jeden Moment entlassen werden. Ich habe gebeten, ihr auszurichten, dass ich hier draußen auf sie warte, um dich nicht zu verpassen.«

»Gut, dann warten wir hier gemeinsam auf sie. Hoffentlich dauert es nicht allzu lange.« Lucie winkte Paul und Korte, sich ihnen anzuschließen.

Doch noch bevor die beiden sie erreicht hatten, öffnete sich wieder die Tür, aus der Vater gerade gekommen war.

Sofort reckte Lucie den Hals, um zu sehen, ob es endlich Mutter war. Sie war es nicht. Ein breitschultriger Mann in einem langen Mantel kam zur Tür heraus, blieb einen Moment stehen und kramte in seinen Taschen, um eine Packung Zigaretten herauszuziehen.

Lucie verpasste Vater einen leichten Stoß mit dem Ellbogen und deutete auf den Mann. »Unsere Marke!«, raunte sie.

»Stimmt«, bestätigte Vater. Da aber überzog plötzlich ein breites Lächeln sein Gesicht. Lucie wandte sich um, um zu sehen, was ihn so erfreute.

Einen Augenblick später strahlte auch sie. Mutter stand dort und lächelte sie glücklich an. Mit kleinen, erschöpften Schritten steuerte sie auf sie zu. Lucie flog ihr entgegen in die Arme.

»Mama! Endlich«, war alles, was sie herausbringen konnte.

Ihre Mutter drückte sie mit erstaunlicher Kraft an sich. Es fühlte sich an, als wollte sie sie nie mehr loslassen.

Dann aber trat Vater zu ihnen und Mutter fiel in seine Arme.

Lucie musterte sie und sorgte sich prompt wieder. Mutter sah schrecklich erschöpft aus. Ihre sonst so akkurat frisierten, dunklen Haare fielen in langen Strähnen aus dem halb aufgelösten Knoten und sie schien Mühe zu haben, sich aufrecht zu halten. Ihr Kostüm war verknittert und große, dunkle Punkte hatten sich darauf ausgebreitet. Es war Ariels Blut. Immer noch, schließlich hatte sie bisher keine Gelegenheit gehabt, sich umzuziehen. Am schlimmsten aber waren ihre eingefallenen Augen, unter denen tiefdunkle Ringe prangten.

Lucie griff nach ihrer Hand, fest entschlossen, sie festzuhalten, bis sie sicher zu Hause waren. Mutter wirkte so verletzlich, dass sie das Bedürfnis hatte, ihr Halt zu geben. Jetzt waren auch Paul und Korte herangetreten.

Lucie konnte kaum glauben, dass Mutter endlich frei war. Sie drückte liebevoll ihre Hand. Mutter drückte zurück.

Dann bemerkte sie die beiden Neuankömmlinge und sah sie fragend an. »Paul, du bist auch hier?«

Paul lächelte sie an. »Ich bin wirklich froh, dass man Sie hat gehen lassen, Frau Doktor.«

»Ich auch, Paul, das kannst du mir glauben. Ich auch. Das ist keine Erfahrung, die ich unbedingt wiederholen möchte.«

»Das wird auch hoffentlich nicht mehr passieren«, mischte sich Korte ein und nickte Mutter zu.

»Oh, ein unbekanntes Gesicht. Hannah Friedländer. Und mit wem habe ich die Ehre?«, antwortete Mutter und neigte freundlich den Kopf.

Korte deutete eine Verbeugung an und sagte zackig: »Mein Name ist Korte. Ich bin der Lehrer Ihres Fräulein Tochter.«

»Oh.« Überrascht sah Mutter Lucie an. »Und was treibt Sie hierher, wenn ich fragen darf? Ich hoffe doch sehr, dass Ihnen eine Verhaftung erspart bleibt?«

»Mutter!«, sagte Lucie empört. »Herr Lehrer Korte war so freundlich, mich bei meiner Befreiungsaktion zu begleiten, damit ich nicht allein bin. Weil ich ja eigentlich ... also, ich sollte ...«, stammelte sie und spähte unsicher hinüber zu ihrem Vater.

»Ist schon gut, Lucie. Es war wirklich eine gute Idee, sich Verstärkung an Bord zu holen.« Vater nickte Korte dankbar zu.

»Das ist überaus freundlich von Ihnen, Herr Korte, dass Sie sich unserer Tochter angenommen und ihr unter die Arme gegriffen haben. Trotzdem bin ich ein wenig überrascht, wenn ich daran denke, wie Ihre Haltung gegenüber Lucie in der letzten Zeit war.«

Vater nickte bekräftigend zu ihren Worten und sah Korte aufmerksam an.

Mutters Bemerkung und Vaters prüfende Blicke schienen Korte unangenehm, denn er räusperte sich ausgiebig. »Nun … Sie hätten sie sehen sollen, wie sie dort so saß. Ich wusste nicht, dass Sie Medizinerin sind. Es ist ja auch nicht so, dass ich meine Schülerinnen nicht … na … also, da ich gerade frei war und sie eine gewisse Verzweiflung ausstrahlte … man ist ja kein Unmensch.«

Mutter hob überrascht die Augenbrauen, verzichtete jedoch auf eine Erwiderung. Sie blickte ihn einen Augenblick nachdenklich an, während Vater mit einem Mal einen Schritt auf Korte zutrat und ihm die Hand reichte.

»Danke. Vielen Dank, dass Sie Ihre Menschlichkeit im für unsere Familie entscheidenden Moment wiederentdeckt haben. Unsere Dankbarkeit dafür ist Ihnen gewiss.«

Jetzt errötete Korte und schaute verlegen zu Boden, während er etwas murmelte, das so ähnlich wie »Ist mir eine Ehre« klang.

»Nun gut, nehmt es mir nicht übel, aber ich möchte gerne auf dem direktesten Weg nach Hause. Wie geht es Ariel? Was macht sein Bein?«, fragte Mutter, aber Lucie und Vater konnten beide nur mit den Schultern zucken.

Bevor Vater dazu kam, winkte Korte einen Wagen für sie herbei und lüpfte dann zum Abschied seinen Hut. Doch als Mutter gerade dabei war, in den Wagen zu steigen, zog Korte Lucie schnell beiseite. »Verlasst das Land. So schnell es geht. Das hier ist erst der Anfang. Es wird schlimmer werden. Geht und rettet euer Leben.«

Lucie starrte ihn mit großen Augen an. Sie hatte bei seinen Worten eine Gänsehaut bekommen. Er nickte ihr bekräftigend zu, dann sagte er brüsk: »Hinein mit dir.«

Sie drehte sich um und hob bereits den Fuß, um in den Wagen zu steigen, drehte sich dann aber kurz entschlossen um, lief zu Korte zurück, umarmte ihn kurz und sagte »Danke!«, bevor sie zurück zum Wagen rannte und schnell hineinkletterte.

Während der Fahrt hing jeder seinen Gedanken nach. Vater und Mutter saßen nebeneinander und hielten Händchen und Lucie lehnte sich erschöpft an Pauls Schulter. Mit einem Mal fühlte sie sich unsagbar müde. Auch Mutter wirkte, als ob sie jeden Moment einschlafen würde. Vater blickte nach draußen, doch ihm fielen ebenfalls immer wieder die Augen zu. Der Einzige, der halbwegs ausgeschlafen erschien, war Paul. Und das, obwohl Lucie ihn mitten in der Nacht aus dem Bett gerissen hatte.

»Lucie, ich bin so stolz auf dich. Ich weiß nicht, wie es ohne deine Intervention gelaufen wäre. Herr Faust wäre niemals auf die Idee gekommen, seine Anzeige zurückzuziehen, wenn du nicht gewesen wärst.« Mutters Augen schimmerten feucht. Sie griff nach Lucies Hand und Lucie drückte sie sanft.

»Das war doch selbstverständlich!«, murmelte sie verschämt.

»Das war es nicht. Du bist sechzehn. Ich denke nicht, dass man ein solches Verhalten typischerweise von einer Sechzehnjährigen erwarten kann«, schaltete sich Vater ein.

Lucie biss sich auf die bebende Unterlippe. Sie hatte nicht damit gerechnet, dass ihre Eltern sie loben würden, nachdem sie sich Vaters ausdrücklichem Verbot widersetzt hatte. Das Lob rührte sie und war ihr dennoch unangenehm. Trotzdem fühlte sie sich mit einem Mal trotz aller Müdigkeit so stark wie noch nie in ihrem Leben. So, als könnte sie alles schaffen, was sie sich in den Kopf gesetzt hatte. Na ja, alles, bis auf den Judenhass aus den Köpfen der Leute zu vertreiben vielleicht.

Ein paar Sekunden, nachdem das Auto zu Hause vorgefahren war, stand Helene schon in der Tür und sah mit von Sorgen gefurchter Stirn hinaus auf den Wagen.

Als sie erkannte, wer dort drinnen saß, strahlte sie und rief irgendetwas ins Haus. Vater bezahlte den Fahrer, während sich alle daran machten auszusteigen.

Helene schlug beglückt die Hände zusammen, während sich immer mehr der Angestellten hinter ihr einfanden. Erst erschien dort Doktor Brandt, dann eilte Auguste herbei und schließlich tauchte auch noch Schwester Ida auf. Allen stand die Erleichterung über ihre Rückkehr deutlich ins Gesicht geschrieben.

Ein warmes Geborgenheitsgefühl breitete sich in Lucies Magen aus. Sie waren zu Hause. Endlich. Und da waren Menschen, denen es egal war, dass sie Juden waren, und denen ihr Wohlergehen am Herzen lag.

»Ich geh dann mal«, sagte Paul leise zu Lucie und drückte ihre Hand. »Ich habe noch etwas mit meinen Eltern zu klären.«

»Viel Glück. Kann ich dir irgendwie dabei helfen?«

Er schüttelte den Kopf. »Das ist eine Sache, die ich ganz allein durchfechten muss. Ruh dich aus. Ich lasse dich wissen, wie es ausgegangen ist.«

»Ich habe Angst.«

»Brauchst du nicht. Egal, was sie sagen, sie werden es nicht schaffen, uns auseinanderzubringen.« Er strich ihr tröstend über die Wange. »Jetzt geh rein. Feiert ein bisschen und dann hol Schlaf nach. Wir hören später voneinander.«

»Ich liebe dich.« Da war es heraus. So deutlich hatte sie es noch nie ausgesprochen, aber es stimmte. Sie fühlte es in diesem Moment so klar wie noch nie.

Er lächelte sie glücklich an. »Und ich dich erst.« Er küsste sie. Ganz offen und ungeniert. Mitten auf der Straße. Vor den

Augen aller. Und dann entfernte er sich, mit langsamen, aber entschlossenen Schritten.

Lucie sah ihm einen Augenblick hinterher. Sie hoffte so sehr, dass bei seiner Aussprache mit seinen Eltern alles gut ging. Wie gerne hätte sie ihm dabei zur Seite gestanden. Doch sie konnte ihm nicht helfen. Wenn sie mit ihm zusammen bei seinen Eltern aufkreuzte, würden diese sie ohnehin nicht hineinlassen. Und außerdem musste sie jetzt selbst erst einmal wieder zu Kräften kommen.

Sie wandte sich um, um den anderen ins Haus zu folgen. Alle hatten sich begrüßt. Sie war die Letzte auf der Straße.

»Na, ham se ihr wieder rausgelassen? Wollten wohl keine Juden da drinne.« Beike stand mit geiferndem Blick am Zaun. Schnell guckte Lucie sich um. Die Eltern gingen gerade Arm in Arm durch die Tür und unterhielten sich so angeregt, dass sie die bissige Bemerkung des alten Mannes nicht mitbekommen hatten.

Lucie holte tief Luft, reckte dann entschlossen das Kinn in die Höhe und marschierte zum Zaun.

Der Alte sah sie verdutzt an und wich sicherheitshalber ein paar Schritte zurück.

»Jetzt hören Sie mir mal zu: Lassen Sie meine Familie in Ruhe und kümmern Sie sich lieber um Ihre Frau. Dort ist Ihre Energie wesentlich besser aufgehoben als bei Dingen, die Sie einen feuchten Kehricht angehen. Einen schönen Tag noch, Herr Beike.«

Damit drehte sie sich um und lief zurück zum Haus, ohne dem alten Widerling noch einen Blick zu schenken.

Als die Haustür ins Schloss fiel und die Kühle des Hauses sie umfing, war Lucie so erleichtert, dass sie sich an die geschlossene Haustür lehnte, kurz die Augen schloss und tief durchatmete, bevor sie den Stimmen folgte, die aus dem Salon zu hören waren.

Ariel lag mit hochgelegtem Bein und verschwollenem Gesicht auf dem Sofa, aber sein erleichtertes Lächeln übertünchte sein derangiertes Äußeres. Neben ihm saß ebenfalls lächelnd Doktor Brandt. Ihnen gegenüber hatten Mutter und Vater in den Ohrensesseln Platz genommen und Mutter berichtete lebhaft davon, wie es ihr in der letzten Nacht ergangen war, seit die Polizisten sie mitgenommen hatten. Während sie redete, nahm sie immer wieder einen Schluck aus dem großen Teebecher, den ihr irgendwer in die Hand gedrückt hatte.

Alle hörten gebannt zu. Selbst Helene lehnte neben der offenen Tür an der Wand und lauschte.

Lucie setzte sich neben Doktor Brandt, der bereitwillig zur Seite rückte.

»Ihr könnt euch nicht vorstellen, wie riesig die Rote Burg wirklich ist. So viele Leute auf einem Haufen, das ganze Gewusel. Dort jemanden zu finden, der sich als halbwegs zuständig erachtet, ist schon eine Kunst. Und dann ist da dieser Schaukasten mit Fotografien von nicht identifizierten Leichen. Da wird einem angst und bange. Mehrere Wohnungen sind dort und ein Männer- und ein Frauengefängnis. Es ist eine ganze Welt für sich, das Polizeipräsidium.«

Lucie bekam eine Gänsehaut an den Armen bei Vaters Erzählung. Sie war froh, dass sie die Rote Burg nur von außen gesehen hatte. Die Fotos von den Leichen wären ihr definitiv zu viel gewesen. Obwohl Mumien ja eigentlich auch Leichen waren, aber die machten ihr erstaunlicherweise keine Angst, sondern wirkten stattdessen ausgesprochen interessant und reizvoll auf sie.

»Und als ich endlich jemanden ausgemacht hatte, der bereit war, mir zuzuhören, habe ich sämtliche juristischen Kniffe ausgepackt, habe mir den Mund fusselig geredet und hatte sie fast so weit nachzugeben, als dann plötzlich der Anruf aus dem Revierkriminalbüro kam, dass das Ganze ein großes

Missverständnis gewesen und die Anzeige zurückgenommen worden sei. Ich kann euch sagen: Mir ist fast die Kinnlade heruntergefallen.« Vater grinste und alle stimmten in sein erleichtertes Lachen ein.

»Ich bin so froh, dass du losgezogen bist, um mich zu retten. Du bist mein Held! Schon immer.«

»Na ja, so kannst du das auch nicht sagen. Ich habe durchaus ein Weilchen gebraucht, um dich von meinen Vorzügen zu überzeugen«, witzelte Vater und zwinkerte ihr grinsend zu.

»Das stimmt. Aber seitdem halte ich unverbrüchlich zu dir.« Sie lachte, dann fuhr sie fort: »Eine ausgesprochen glorreiche Rolle bei der ganzen unseligen Geschichte hat unsere Kleine hier gespielt. Unglaublich, was sie geschafft hat.«

Jetzt sahen alle zu Lucie.

Vater nickte ihr lächelnd zu. Er sah furchtbar müde und abgekämpft aus. »Die Idee, Faust dazu zu bringen, die Anzeige zurückzuziehen, war brillant. Wer weiß, wie lange ich noch gebraucht hätte, um die Leute davon zu überzeugen, dass Mama absolut unschuldig ist? Durch die Rücknahme der Anzeige ging alles deutlich schneller. Bravo, Lucie! Aus dir wird mal eine gute Anwältin.«

»Auf gar keinen Fall!«, wehrte Lucie sofort ab. »Ich werde im ägyptischen Wüstensand buddeln und große Schätze zutage fördern.«

Mutter schüttelte lächelnd den Kopf. »Darüber reden wir später noch. Ein paar Jahre Zeit hast du ja noch bis dahin«, sagte sie dann sanft.

Ariel meldete sich mit schwacher Stimme zu Wort. »Nun lass schon hören, Schwesterherz. Wie hast du es geschafft, die bösen Burgwächter zu überwinden?«

»Eigentlich war es ja gar nicht ich, sondern Herr Faust, der sich nach einigen Denkanstößen dazu entschlossen hatte, seine

Anzeige zurückzunehmen. Der Dank gehört also ihm und seinem Sinneswandel.«

»Nun, ohne deine Mithilfe wäre er wohl schwerlich auf die Idee gekommen, noch einmal zur Polizei zu gehen und seinen Fehler rückgängig zu machen«, stellte Doktor Brandt fest.

Lucie zuckte mit den Schultern und wurde rot. Diese ganze Aufmerksamkeit war ihr unangenehm.

Mutter schien das zu bemerken. »Ihr werdet nicht glauben, wer ihr bei dem ganzen Abenteuer zur Seite stand. Paul kam ja wohl erst später, aber da war auch noch … Lehrer Korte.« Die Kunstpause, die sie gemacht hatte, war geschickt gewählt, denn alle hingen gespannt an ihren Lippen, während sie sprach, und kaum hatte sie geendet, wandten sich wieder alle Köpfe wie auf Kommando Lucie zu.

»Ist das wahr, Lucie?«, fragte Ariel ungläubig.

Lucie atmete tief aus, bevor sie berichtete. »Es war quasi ein Zufall. Er fand mich in einem etwas desolaten Zustand auf einer Parkbank, als er spazieren ging. Und irgendetwas hat sein Herz berührt, weswegen er anbot, mich zu begleiten.«

Sie lehnte sich auf dem Sofa zurück. Sie war so kaputt, sie wollte eigentlich nur noch in ihr Bett kriechen und die Augen schließen.

Doktor Brandt warf ihr einen schnellen Blick zu. »Ich glaube, hier muss sich jemand erst einmal von seinen Heldentaten ein wenig erholen. Und ich bin sehr froh, dass ich jetzt nicht mehr gebraucht werde. Wundervoll, dass Sie wieder da sind, Frau Doktor. Wir sehen uns morgen in alter Frische. Ich darf mich verabschieden.« Er stand auf.

Auch Vater erhob sich. »Wir können Ihnen gar nicht genug dafür danken, was Sie für uns getan haben. Hätten Sie sich nicht um Ariel gekümmert, als meine Frau … indisponiert war, weiß ich nicht, wie wir es geschafft hätten.«

»Ihre Familie hat so viel für mich getan. Da ist dieser kleine Liebesdienst nun wirklich keine Heldentat. Ich hoffe, das Bein verheilt gut. Ordentliche Arbeit, Chefin«, lobte er und nickte Mutter lächelnd zu.

»Ich stimme meinem Mann zu. Vielen, vielen Dank fürs Einspringen. Allerdings denke ich, wir können nun alle eine Mütze voll Schlaf gebrauchen«, meinte Mutter.

Als sie endlich allein waren, nahm Daniel Hannah fest in den Arm. Es hatte Momente in den vergangenen zwanzig Stunden gegeben, da hatte er sich in seiner Furcht selbst davon überzeugt, dass er sie nicht wiedersehen würde, und dieser Gedanke war der schrecklichste, den er je gehabt hatte.

Sie seufzte leise und kuschelte sich eng an ihn. In diesem Seufzer lag das Grauen dessen, was ihr in den letzten Stunden alles widerfahren war.

»Ich will nie wieder in so einer Ungewissheit von dir getrennt sein«, murmelte er in ihr Haar.

»Ich auch nicht. Aber ich fürchte, darauf nehmen die Herren keine Rücksicht.«

»Wohl nicht, nein«, bestätigte er und gab sie langsam frei.

Sofort ließ sie sich aufs Bett fallen und blieb bewegungslos dort sitzen, wo sie war, während sie auf den Boden starrte. Sie wirkte so zierlich und verletzlich wie ein aus dem Nest gefallenes Vögelchen.

»Ach, Hannah«, stöhnte Daniel und setzte sich neben sie. Er wollte ihr Halt und Geborgenheit geben, damit sie all das, was seit der Synagoge passiert war, vergessen konnte. Doch so einfach war das Ganze leider nicht. Wahrscheinlich würden sie alle diese Erlebnisse noch eine ganze Weile verfolgen. Sie würden sie in ihren Träumen umschlingen und ihnen während des Tages die Luft nehmen.

»Lass uns hier weggehen«, flüsterte er und streichelte ihren Rücken.

»Aber wo sollen wir denn hin? Glaubst du, in Tübingen hätte so etwas nicht passieren können? Verleumdung und verletzte Gefühle können überall vorkommen.« Sie fuhr sich mit den Händen über das Gesicht. Ihre Augen sahen müde aus, erschöpft und voller Kummer.

»Wir werden einen Weg finden. Ich lasse nicht zu, dass meiner Familie derartige Dinge angetan werden. Es ist unglaublich, welche Schmerzen Ariel heute auszuhalten hatte, wie sehr er sich gequält hat. Und wofür? Für nichts und wieder nichts. Nein, ich bringe euch hier weg, das steht fest für mich.«

»Lass uns erst einmal schlafen und später über alles reden. Ich muss diese verdreckten Sachen vom Körper bekommen. Du glaubst gar nicht, wie sehr ich mich nach einer Wanne voll Wasser gesehnt habe, während ich dort saß und spürte, wie das Blut auf meiner Haut verkrustete.«

»Ich sage gleich Helene Bescheid, damit sie warmes Wasser bringt.« Er sprang auf. Wenn er in Bewegung blieb, konnte er die quälenden Erinnerungen ausschalten.

»Nicht nötig. Das habe ich schon getan. Ich denke, ich werde mich jetzt waschen und dann brauche ich Schlaf, sonst falle ich noch im Stehen um.«

»Mach das. Ich sehe nach Ariel und …«

»Ariel ist versorgt. Lass ihm etwas Ruhe, um mit allem klarzukommen. Du solltest dich lieber auch ein wenig hinlegen. Hast du in den letzten Stunden mal in den Spiegel geschaut?«

»Offen gestanden hatte ich andere Sorgen. Es geht schon. Jemand sollte wach bleiben und …«

»Du kannst nicht verhindern, dass die Erinnerungen in dein Bewusstsein drängen, indem du darauf verzichtest, zur Ruhe zu kommen. Früher oder später holen sie dich sowieso ein. Bitte, leg dich ein bisschen hin. Ich will nicht, dass du auch noch zusammenklappst. Wir brauchen dich, mein Schatz.« Sie strich ihm mit den Fingerspitzen über die Wange.

Daniel atmete tief durch die Nase aus, dann murmelte er: »Ja, weglaufen wird wohl nur kurze Zeit helfen.« Er spürte bereits, wie die Bilder der vergangenen Stunden aus seinem Unterbewusstsein an die Oberfläche quollen. Tränen traten in seine Augen, doch er versuchte, sie herunterzuschlucken. Hannah bemerkte es trotzdem. Ihr konnte er einfach nichts vormachen. Sie zog sanft seinen Kopf zu sich herunter und drückte ihm einen Kuss auf die Stirn.

»Gemeinsam werden wir es schaffen. Wir kommen darüber hinweg.«

Er nickte, während ihm Tränen über die Wangen liefen. »Das werden wir.«

Kapitel 31

Als Lucie in ihrem Zimmer erwachte, war es hell und schien bereits Mittag zu sein. Sie wusste nicht, wie lange sie geschlafen hatte, aber sie spürte, wie durstig sie war. Sie tappte hinaus und erschrak, als Milli sich plötzlich schnurrend an ihrem Bein rieb. Hier im Obergeschoss war es so dunkel, dass sie kaum ihre Umrisse erkennen konnte. Von unten waren Stimmen zu hören und aus dem Salon drang ein sanfter Lichtschein. Sie nahm Milli auf den Arm und stieg die Treppen hinab.

Alle schienen vor ihr aufgewacht zu sein oder hatten sie überhaupt nicht geschlafen? Eigentlich hätte sie heute Schule gehabt, doch Korte konnte sich sicher schon denken, dass sie dazu nicht in der Lage war. Mutter, Vater und Ariel wirkten deutlich entspannter als zuvor. Alle nickten ihr freundlich zu, setzten aber ihr Gespräch unbeeindruckt von ihrer Ankunft fort.

Sanft entließ Lucie die Katze auf den Boden und lief zur Anrichte, wo sie sich ein großes Glas Wasser eingoss, das sie in einem Zug austrank. Auch ein zweites Glas leerte sie zügig. Jetzt fühlte sie sich nicht mehr ganz so wackelig wie eben noch und setzte sich mit angezogenen Beinen neben Ariel.

Die Familie war gerade in eine hitzige Diskussion darüber verstrickt, wie es weitergehen sollte. Natürlich, worüber auch sonst? Lucie seufzte leise. Sie mochte dieses Thema nicht.

»Wir haben eigentlich gar keine Wahl. Ich bin nicht bereit, mit euch hier auszuharren, bis sie kommen und uns aus unserem eigenen Haus hinausprügeln.« Vater blickte jeden nacheinander kurz an. »Nach den Erlebnissen an der See und gestern Abend sehe ich keinen anderen Weg mehr.«

»Aber wenn die Krise vorbei ist, wird sicherlich alles besser. So war es doch immer«, warf Mutter ein, und Ariel, der mit blassem Gesicht in den Kissen lag, die um ihn herum drapiert waren, stimmte nickend zu.

Lucie zog die Beine unter den Po, genauso, wie Mutter es normalerweise tat, und kuschelte sich unter das Ende von Ariels Decke.

Sie wollte nicht weg. Sie hasste es, umzuziehen und sich an neue Lebensumstände gewöhnen zu müssen, neue Freunde finden zu müssen und sich an einem neuen Ort einzuleben. Es war gerade mal ein halbes Jahr her, dass sie all das hier in Berlin hatte machen müssen. Und dann war da auch noch Paul. Was würde aus ihrer Beziehung werden, wenn sie nicht mehr da war? Er hatte ihr zwar versprochen, dass er ihr überallhin folgen würde, aber wie sollte das auf Dauer funktionieren? Immerhin gingen sie beide noch zur Schule. Es war unvorstellbar, ihn nicht jeden Tag wenigstens für ein paar Minuten sehen zu können, ihn nicht umarmen oder liebkosen zu können, ihn nicht um sich haben. Insgeheim hatte sie sich schon ein paarmal ausgemalt, wie es wäre, seine Frau zu sein. Mit Paul verheiratet zu sein wäre mit Sicherheit wundervoll. Sie war sich sicher, dass er sie in ihren Träumen von einem Leben als Archäologin unterstützen würde. Vielleicht würden sie sogar beide zusammen nach Ägypten gehen und …

Aber wie wahrscheinlich war all das, wenn sie in ein anderes Land zog und er hierblieb? Würden nicht seine Eltern jede Möglichkeit nutzen, ihn zu überreden, dass er sich von ihr trennen sollte? Und hieß es nicht, dass steter Tropfen den Stein höhlte? Was, wenn es ihnen gelingen würde, ihn davon zu überzeugen, dass eine Beziehung mit ihr keine Zukunft hatte?

»Dieses Mal ist es anders. Was muss noch passieren, bis ihr einseht, dass es in diesem Land keine Zukunft für uns gibt?« Vaters Stimme war entschlossen.

»Aber was ist mit der Fabrik? Und was soll mit meiner Mutter geschehen?«, wandte Mutter mit skeptischer Miene ein.

»Noch sollte es kein Problem sein, die Fabrik zu verkaufen und woanders noch einmal neu anzufangen. Und deine Mutter muss sich entscheiden: Natürlich nehmen wir sie mit, wenn sie mitgehen möchte.«

»Einen alten Baum verpflanzt man nicht so einfach.«

»Ich werde ihr unsere Gründe detailliert darlegen. Aber du hast natürlich recht, zwingen können wir sie nicht.«

»Und was ist mit Kurt, Ursula und dem Kind?«, gab Lucie leise zu bedenken.

Alle hatten sie gehört, denn über den Raum senkte sich ein angespanntes Schweigen. Jeder wusste, dass das ebenso ein heikler Punkt war. Und es war kaum vorstellbar, dass die Familie möglicherweise weiter voneinander entfernt sein könnte als eine mehrstündige Zugfahrt wie im Moment.

Lucie biss sich auf die Unterlippe. Auch wenn sich die beiden entscheiden würden, in Deutschland zu bleiben: War es wirklich eine Option, ebenfalls zu verharren und zu warten, wann das nächste Mal etwas passierte? Was, wenn Korte recht hatte? Dann hätte ihre Beziehung mit Paul hier auch keine Zukunft. Sie war jung, sie würde auch in einem anderen Land irgendwie durchkommen. Aber was geschah mit den Eltern, die sich in den letzten vierundzwanzig Stunden so verwundbar gezeigt hatten wie noch nie, seit Lucie denken konnte.

Was sollten sie tun, wenn sie hier in dieser antisemitischen Atmosphäre nicht mehr arbeiten konnten, weil Juden mehr und mehr ausgegrenzt wurden und niemand mehr etwas mit ihnen zu tun haben wollte? Und Ariel: Würde er hier je seinen erblühten Glauben leben können? Hatte er eine Chance auf ein erfülltes Leben?

»Wir können nicht hierblieben. Papa hat recht. Es wird schlimmer werden«, sagte sie plötzlich entschieden und erschrak selbst über den harten Klang ihrer Worte.

Überrascht sahen alle auf und verstummten.

»Warum? Wer sagt so etwas?«, fragte Mutter leise.

»Korte hat es mir gestern gesagt. Aber sieh dir doch allein die Entwicklung an, seit wir hier sind. Als wir herkamen, gab es den Antisemitismus, der eben überall allgegenwärtig war. Aber in den letzten Wochen ist es, vor allem seit sich das Buch und die Ideen von diesem Herrn Hitler so sehr verbreiten, fast normal geworden, Juden für alles zu beschuldigen, was schlecht läuft. Es ist gesellschaftlich inzwischen akzeptiert, über Menschen jüdischen Glaubens herzuziehen, sie sogar anzugreifen. Wenn ein Nichtjude einen Juden beschuldigt, glaubt man dem Nichtjuden. Wie sollen wir hier ein glückliches, freies Leben führen? Das ist in einem solchen Klima unmöglich.« Während sie sprach, richtete sie sich auf. Eine heiße Energiewelle wogte durch ihr Inneres. Sie wusste, dass es unumgänglich war. Sie hatten keine Wahl. Sie mussten gehen, wenn sie über ihr Leben weiterhin selbst bestimmen wollten. Gerade wenn sie eine gemeinsame Zukunft mit Paul haben wollte, mussten sie das Land verlassen. Es würde schwer werden, gar keine Frage, doch sie konnten es schaffen. Ihre Liebe zueinander war stark, und wenn ihre Verbindung eine Perspektive haben sollte, gab es keine Wahl, als sich und die Familie zunächst einmal in Sicherheit zu bringen. Sie würden beide die Schule beenden und in Kontakt bleiben, sich gegenseitig besuchen. Sie hatten keine Wahl. Lucies Weg lag klar vor ihr und sie musste ihn beschreiten, um nicht an all dem Hass um sie herum zu zerbrechen.

Die betroffenen Blicke der Familienmitglieder bewiesen, dass sie das gesagt hatte, was alle im tiefsten Herzen eigentlich auch wussten.

Vater nickte traurig. »Du bestätigst nur, was ich denke. Wir können nicht hierbleiben. Dafür ist das Leben zu wertvoll.«

»Aber wo sollen wir denn hin? Nach Tübingen?«, fragte Ariel schließlich nach einigen Momenten der Stille. Seine Stimme klang ungewohnt schwach.

»Meinst du, da wird es besser? Nein, es dauert vielleicht ein bisschen länger, bis es dort auch so ist, aber dass es so wird, steht für mich außer Frage. Denk nur an die Ereignisse an der See«, rief Vater ihm in Erinnerung. Die Trauer über diese Feststellung stand deutlich in seinem Gesicht geschrieben.

»Müssten wir nicht hierbleiben und für uns und für andere kämpfen? Gegen die Unterdrückung, gegen Ungerechtigkeit? Lucie hat uns allen doch gezeigt, was man erreichen kann, wenn man den Mut und die Kraft aufbringt, für das zu kämpfen, was einem wichtig ist. Sie hat es sogar geschafft, so jemanden wie den nicht sehr umgänglichen Herrn Faust zu überzeugen und Herrn Korte zum Nachdenken zu bringen«, bemerkte Mutter.

»Es ist zu spät. Hier würden wir über kurz oder lang zerfleischt werden. Wir müssen uns Fronten suchen, an denen wir mit unserem Kampf noch etwas bewirken können. So schwer es mir fällt, das zu sagen: Hier in unserer Heimat haben wir keine Zukunft«, erwiderte Vater mit entschlossenem Blick.

»Wie wäre es mit Amerika?«, fragte Mutter plötzlich. »Auf dem medizinischen Sektor gibt es dort vielversprechende Forschungen und es wäre eine ganz neue Erfahrung.«

»Das wäre es mit Sicherheit. Allerdings ist da die Wirtschaftskrise auch in vollem Gange«, antwortete Vater.

Lucie spürte ein aufgeregtes Kribbeln im Magen.

»Wäre das ein Problem?« Mutter knabberte an ihrer Nagelhaut.

»Sicher kein größeres als hier. Wenn wir die Firma verkaufen könnten und du deinen Anteil ausgezahlt bekämst nach Abzug des Betrags, der deiner Mutter zusteht, könnten wir gut über die Runden kommen. Wir sollten jemanden mit dem Verkauf beauftragen. Sollte das nicht klappen, wäre es deutlich schwieriger. Zumal wir dann erst noch alle besser Englisch lernen müssten, um auf dem Arbeitsmarkt bestehen zu können. Wie wäre es stattdessen mit der deutschsprachigen Schweiz? Der Umzug dorthin wäre wesentlich einfacher und die Sprachbarriere wäre auch nicht vorhanden. Soweit ich gehört habe, ist man Juden gegenüber dort bei Weitem nicht so voreingenommen, wie man es hier ist. Das ist das, was zählt«, erklärte Vater nachdenklich, während er seine Brille abnahm und die Brillengläser an seinem Hemdsärmel abwischte, um sie zu säubern.

»Und wenn Kurt und seine Familie nicht mitkommen wollen? Dann leben wir in verschiedenen Ländern«, rief Ariel den anderen ins Bewusstsein.

»Nun, das müssen sie selbst entscheiden, aber ich denke, wir würden uns alle freuen, wenn sie mit uns gingen und wir sie in Sicherheit vor ähnlichen Erlebnissen wüssten«, erwiderte Vater.

Lucie atmete insgeheim auf. Natürlich war es eine recht lange Reise in die Schweiz, doch zumindest bestand so die Aussicht, dass sie Paul weiterhin sehen könnte. Natürlich nicht jeden Tag, aber es war möglich, dass er sie in der Schweiz besuchen käme. Es gab Zugverbindungen, soweit sie wusste, anders als nach Amerika.

»Die Schweiz … nun gut. Am besten wir schicken ihnen ein Telegramm und erklären alles. Zu dumm, dass sie noch keinen Telefonapparat haben, sonst könnten wir einfach durchrufen. Ich möchte, dass sie Bescheid wissen. Können wir sie nicht besuchen, bevor wir uns auf den Weg machen?«, fragte Mutter mit schimmernden Augen.

»Nun, das wird sich sicher arrangieren lassen. Wir müssen das alles gründlich planen. Aber natürlich wäre es schön, sie noch einmal in den Arm zu nehmen, bevor wir gehen, auch wenn die Fahrt von Tübingen in die Schweiz nicht weiter ist als die nach Berlin«, antwortete Vater. »Also ist es beschlossen: Wir wandern aus. Dann bespreche ich alles mit deiner Mutter und leite den Verkauf der Fabrik in die Wege, falls sie damit einverstanden ist. Ich bin sicher, alles wird gut«, sagte er, griff nach Mutters Hand und drückte sie.

Sie sah ihn an und ein leises Lächeln stahl sich auf ihre Züge. »Hauptsache, wir sind zusammen, dann ist es auch egal, wo wir sind«, meinte sie leise.

»Ich werde gleich den Telegrammtext per Telefon durchgeben, damit sie es so schnell wie möglich bekommen. Ich schildere ihnen knapp, was passiert ist, und lege ihnen unsere Pläne dar.«

»Ja, mach das. Aber was ist mit Alma, Günther und Wilhelm?« Mutters Stimme klang verhalten.

»Was soll mit ihnen sein? Sie sind keine Juden, sie haben nichts zu befürchten.«

»Und dafür bin ich im Moment sehr dankbar. Es ist nur … ich kann mir nicht vorstellen, wie ich so weit weg von Alma …« Ihre Stimme erstarb.

Lucie sprang auf und legte den Arm um sie. »Ich auch nicht.«

»Nun, wenn ich gerade dabei bin, kann ich auch gleich ein Telegramm an sie durchgeben. Warum nur haben auch sie noch kein Telefon? Das würde alles so viel einfacher machen! Allerdings habe ich Zweifel, dass Wilhelm sich dazu bereit erklären wird, Deutschland zu verlassen«, überlegte Vater.

»Danke schön!«, sagte Mutter leise. »Danke!« Und ihr Blick sah traurig aus.

Nachdem diese wichtigen Entscheidungen getroffen waren, hielt es Lucie nicht mehr auf dem Sofa. Sie musste jetzt einfach mit Paul reden, er sollte auch längst aus der Schule zurück sein. Hören, wie seine Eltern auf seine Eröffnungen reagiert hatten, und ihm erzählen, welche Neuigkeiten es bei ihnen gab. Doch wie sollte sie es anstellen? Sie hatten keine feste Verabredung getroffen. Er hatte gesagt, dass er sich melden würde, doch sie konnte nicht eine Minute länger warten. All die Neuerungen mussten besprochen werden.

Unentschlossen ging sie zögerlich hinaus auf die Straße. Vielleicht würde er sie ja zufällig sehen und herauskommen. Immer wieder lief sie möglichst unauffällig an dem Haus der Ackermanns vorbei und linste auf Pauls Fenster und die Haustür, doch nichts tat sich.

Als sie zum zwölften Mal auf und ab gegangen war, fasste sie einen Entschluss. Sie wollte nicht länger warten und hoffen, sondern die Dinge selbst in die Hand nehmen. Sie musste den Ackermanns zeigen, dass sie und Paul zusammengehörten. Ob sie es nun wollten oder nicht. Mit energischen Schritten marschierte sie zum Gartentor, öffnete es und lief den Weg hinunter. Vor der Haustür blieb sie stehen, straffte den Rücken und hob das Kinn entschlossen an, dann drückte sie auf den Klingelknopf. Ihr Herz schlug hart gegen ihren Brustkorb und ihr Atem ging schwer, doch sie war bereit, für ihre Beziehung zu kämpfen. Als einen Moment später die Tür aufging, hätte sie sich vor Aufregung fast auf die Zunge gebissen. Es war Paul.

Mit großen Augen sah sie ihn fragend an. Er wirkte erschöpft, aber seine Miene verriet nichts darüber, ob das Gespräch erfolgreich verlaufen war oder nicht.

»Lucie. Was machst du denn hier?« Er hatte die Stimme gesenkt, so, als wollte er nicht, dass seine Eltern mitbekamen, dass sie es war, die vor der Tür stand.

»Ich wollte dich sehen. Und ich dachte, dass es an der Zeit ist, mich nicht mehr zu verstecken, sondern mich aktiv um das zu bemühen, was mir wichtig ist.« Sie dämpfte ihre Stimme bewusst nicht, sondern wollte, dass die Ackermanns sie hören konnten.

Ein Lächeln huschte über sein Gesicht, doch sie konnte weiterhin nicht feststellen, wie die Unterhaltung mit seinen Eltern ausgegangen war.

»Lass uns ein paar Schritte gehen. Ich denke, ich kann ein wenig Luft vertragen«, sagte er und zog die Tür hinter sich zu.

»Gut.« Demonstrativ hängte sie sich bei ihm ein, während sie langsam den Gartenweg hinunter zur Straße schlenderten.

»Nun sag schon: Wie war es? Ich platze gleich vor Neugier«, fragte Lucie aufgeregt, noch bevor sie die Straße erreicht hatten.

»Ich denke, gut«, antwortete er einsilbig und atmete tief aus, als würde ihm mit jedem Schritt eine Last von den Schultern fallen.

»Was heißt, du denkst, gut? Was haben sie gesagt? Akzeptieren sie, dass wir zusammen sind?« Seine knappe Antwort machte sie nervös.

»Wohl oder übel. Ich habe ihnen keine Wahl gelassen. Begeistert wirkten sie nicht, aber sie haben auch nicht widersprochen, als ich ihnen erklärt habe, dass du mein Mädchen bist und uns nichts auseinanderbringen wird, auch nicht Herr Beike oder Verbote oder sonst etwas.«

»Und was haben sie dazu gesagt?«, forschte Lucie ungeduldig.

»Was sollen sie schon sagen? Mutter hat geweint, Vater hat grimmig geguckt, aber zumindest hat niemand mehr verlangt, dass ich dich fallen lassen muss. Wir sind auf dem richtigen Weg. Mach dir keine Sorgen mehr. Gibt es bei euch etwas Neues? Wie geht es Ariel?«

»Unverändert, aber das ist wohl gar nicht so schlecht, meint Mama zumindest. Aber ja, es gibt ein paar Neuigkeiten. Deswegen musste ich dich ja auch sehen.«

»Schieß los. Ich bin ganz Ohr.«

Sie hatten inzwischen den Eingang zum Park erreicht. Welche Ironie, dachte Lucie. Hier hatte alles mit ihnen begonnen und hier würde sie ihm erzählen, dass sie bald Hunderte von Kilometern von ihm getrennt sein würde.

Konzentriert berichtete sie ihm von allem. Von den Erörterungen, von Amerika und dass die Entscheidung schließlich auf die Schweiz gefallen war.

Wie es seine Art war, hörte Paul ihr ruhig zu, ohne sie zu unterbrechen. Seiner Mimik war nicht anzusehen, was er von den Neuigkeiten hielt. Auch als sie geendet hatte, blieb er stumm. Unbeirrt schritt er neben ihr her und sagte nichts.

»Und? Was meinst du dazu?«, forschte sie gespannt.

»Nichts anderes als vorher. Ich habe dir versprochen, dass ich dir überall hin folgen werde, und dabei bleibe ich. Wir werden uns schreiben und miteinander telefonieren. Ich kann dich besuchen, während wir beide die Schule beenden, und dann werden wir sehen, wie es weitergeht. Wo wir leben werden. Aber fürs Erste bekommen wir das hin.« Seine Stimme klang ruhig und entschlossen.

Lucie schloss für einen Moment die Augen und atmete tief durch. Sie fühlte sich mit einem Mal so erleichtert, dass sie gleich wie eine Schwalbe abheben und in die Sonne fliegen würde. Insgeheim hatte sie die Befürchtung gehabt, dass er nun, wo es ernst wurde, doch der Meinung war, dass es nicht mit ihnen klappen konnte, wenn sie so weit weg war.

Schließlich aber schlug sie die Augen auf und sah direkt in seine Augen, die besorgt auf sie herabblickten.

Ohne weitere Vorwarnung schlang sie die Arme um seinen Hals, zog seinen Kopf zu sich herunter und küsste ihn voller Leidenschaft. All ihre Sorgen waren auf einen Schlag vergessen. Sie würden zusammenbleiben und ihre Familie war hoffentlich sicher. Das war alles, was im Moment zählte.

Kapitel 32

Das Telegramm aus Berlin erreichte Alma, als sie dabei war, das Mittagessen für Wilhelm und Günther zu kochen, die sie jeden Moment aus der Schule zurückerwartete. Heute gab es Möhrensuppe. Sie rührte gerade im Topf, als es klingelte. Überrascht sah sie den jungen Telegrammboten an, als er ihr den Umschlag hinhielt.

»Für mich? Aber ich bekomme doch nie Telegramme«, fragte sie verdutzt.

»Alma Waldner? Das sind Sie doch, oder? Dann ist das hier für Sie.« Und damit drehte er sich bereits um, sodass Alma in ihrem Erstaunen gar nicht dazu kam, ihm zum Dank ein Trinkgeld in die Hand zu drücken.

Noch in der offenen Tür riss sie den Umschlag auf und überflog die wenigen Zeilen. Die Nachricht war von Daniel und Hannah, und was Daniel schrieb, hörte sich leider gar nicht gut an. Ariel war schwer verletzt, Hannah war von der Polizei abgeholt worden, aber zum Glück wieder frei. Sie spürte, wie ihr Kopf hämmerte und das Blut in ihren Ohren rauschte. Sie musste sich hinsetzen. Das war alles zu viel.

Mit vor Tränen blinden Augen lief sie in die Küche, nahm den Topf von der Platte und ließ sich dann auf den Küchenstuhl sinken, wo sie ihr Gesicht in den Händen verbarg. Was waren das nur für Menschen? Sie konnte die Vorstellung nicht ertragen, dass sie Ariel so zugerichtet hatten und sie Hannah, die nie einer Fliege etwas zuleide tun würde und sich verbog, um den Menschen zu helfen, ins Gefängnis sperren würden. Sie musste zu ihnen. Ihnen helfen, irgendetwas tun. Sie konnte nicht aus der Entfernung zusehen, wie ihre Familie kaputt gemacht wurde. Ihr Herz klopfte schneller. Sie spürte, dass das der richtige Weg war. Ob Ariel große Schmerzen hatte? Und wie ging Lucie mit all diesen Dingen um? Sie war gewiss entsetzt darüber gewesen, mit ansehen zu müssen, wie Ariel …

Ein Schluchzer brach aus ihrer zugeschnürten Kehle. Sie schnappte nach Luft und griff nach dem Küchentuch. Jetzt würden die Tränen so richtig fließen, das Gefühl kannte sie schon. Wie würden Günther und auch Wilhelm erschrecken, wenn sie sie so antrafen.

Schnell tupfte sie sich über die Augen und atmete tief ein. Im gleichen Moment hörte sie, wie die Tür ging.

Sie waren zurück. Zu früh. Sie hatte es nicht geschafft, die Spuren des Entsetzens von ihren Zügen zu tilgen, bevor die beiden sie so aufgelöst sahen.

Da waren sie auch schon. Wilhelm stand mit Günther an seiner Seite in der niedrigen Küche, und beide starrten sie schockiert an.

»Almalein, was ist denn passiert?« Wilhelm warf Günther einen schnellen Blick zu, der Alma noch immer besorgt ansah, dann sagte er: »Günther, geh für einen Moment draußen spielen, ich habe etwas mit deiner Mutter zu besprechen.«

Der Junge warf Alma einen letzten Blick zu, dann aber legte er brav seine Schultasche in der Ecke ab und rannte widerstrebend nach draußen. Kaum hatte sich die Tür hinter ihm geschlossen, griff Wilhelm nach ihrer Hand und setzte sich neben sie. »Nun sag schon, was ist passiert? Geht es um Günther oder ist etwas mit den Jungen?«

Wie nett, dass er sofort an die beiden dachte. Sie presste das Küchentuch vor das Gesicht, um ihm nicht ihre verheulten Züge zuzumuten, doch sie nickte. Dann berichtete sie atemlos: »Sie haben Ariel zusammengeschlagen und Hannah ins Gefängnis gesperrt. Zum Glück ist sie wieder frei, aber sie wollen weggehen, Wilhelm. Weit weg.« Die Worte kamen abgehackt aus ihrem Mund, gesäumt von Schluchzern, die sich unaufhörlich ihren Weg bahnten.

Er setzte sich neben sie und legte die Hand auf ihre Schulter. »Weg aus Berlin? Aber wo wollen sie denn hin? Etwa an die See?«

Erneut schüttelte Alma den Kopf. »Dort wäre es bestimmt bald genauso. Erinnere dich, wie sie Ariel angesehen haben, als er am Hafen unterwegs war. Was stimmt mit diesen Leuten nicht?«

»Ich bin fassungslos.« Wilhelms Stimme klang tonlos.

»Sie sind so gute Menschen. Sie tun doch niemandem etwas.«

»Wo wollen sie hin?«, fragte er leise.

Das brachte das Fass zum Überlaufen. Alma schluchzte nun hemmungslos. Ihr ganzer Körper wurde durchgeschüttelt und sie ließ das Tuch sinken. Für derartige Schutzmaßnahmen fehlte ihr die Kraft.

»Weg aus Deutschland. In die Schweiz.«

»In die Schweiz? Sieh an.« Wilhelms Stimme hörte sich an, als käme sie von ganz weit weg, als wäre er auch in einem anderen Land. »Und gehen Kurt und Ursula auch mit?«

»Ich weiß es nicht, das Telegramm kam gerade erst an. Wir müssen sie fragen.«

»Ja, tu das. Ich muss leider gleich zurück in die Schule.«

Jetzt besann sich Alma auf ihre Pflichten. »Was bin ich nur für eine schlechte Ehefrau und Mutter. Die Suppe ist fertig. Warte, ich hole sie. Sagst du Günther Bescheid?« Sie fuhr sich mit dem Tuch ein letztes Mal über das Gesicht und stand auf. Bevor sie dazu kam, sich umzudrehen, griff Wilhelm nach ihrer Hand.

»Ich verstehe, wie sehr dich diese Nachricht mitnimmt, schließlich stehen sie dir doch so nahe wie sonst niemand.« Sein Blick war mitfühlend.

»Das stimmt nicht ganz. Ihr seid mir genauso wichtig, wenn nicht sogar ein bisschen mehr.«

Ein Lächeln stahl sich auf seine Lippen, doch seine Augen schauten weiterhin genauso traurig drein, wie sie sich fühlte.

Auch Günther wirkte bedröppelt, als er endlich mit ihnen am Tisch saß und seine Suppe löffelte. Unsicher huschte sein Blick von einem zum anderen.

Schließlich fragte er mit leiser Stimme: »Habe ich etwas falsch gemacht? Ihr schickt mich doch nicht wieder zurück, oder?«

Alma strich ihm über den Kopf und lächelte ihn an. »Aber nein, mein Schatz. Im Gegenteil, wir sind so froh, dich bei uns zu haben.«

Sein Gesicht leuchtete erleichtert auf, aber trotzdem blieb die Stimmung gedrückt und alle aßen stumm und in Gedanken versunken.

Kaum war Wilhelm wieder auf dem Weg zurück zur Schule, ließ Alma den Abwasch und alles andere stehen und liegen, hüllte sich in den guten Mantel, den sie von Hannah bekommen hatte, und lief los, Günther an der Hand neben sich. Sie hoffte, Kurt zu erwischen, doch die Wahrscheinlichkeit war um diese Zeit gering, denn schließlich verbrachte er den Großteil des Tages an der Uni, ehrgeizig wie er war. Aber auch Ursula würde ihr Rede und Antwort stehen können, und was sie in dieser Situation brauchte, war eine Person, mit der sie über die Neuigkeiten reden konnte. Sie ging so hastig, dass sie auf nichts achtete und fast über einen Stein gestolpert wäre, der mitten auf dem Gehweg lag. Kopfschüttelnd schob sie ihn beiseite und hetzte weiter. Je näher sie dem alten Friedländer'schen Haus kam, desto schneller wurden ihre Schritte, so vertraut war jeder Pflasterstein hier in der Gegend.

Ein wenig atemlos klopfte sie an die Tür. Ursula öffnete. Ihr kleines Bäuchlein, das man wahrscheinlich nur erkennen konnte, wenn man von der Schwangerschaft wusste, zeichnete sich unter ihrem Rock ab. Normalerweise hätte Alma sie sofort darauf angesprochen, wie es ihr und dem Nachwuchs ging, doch heute wurde das Thema von den Gedanken überschattet, die seit dem Empfang des Telegramms in ihrem Kopf herumwirbelten wie die Fledermäuse in den Abendstunden. Kaum hatten sie sich zur Begrüßung umarmt und Günther in die Küche manövriert, fragte Ursula auch schon: »Habt ihr auch eine Nachricht aus Berlin bekommen?« Sie sah Alma mit großen Augen an, während sie sie ins Haus zog. »Ist das nicht alles furchtbar? Hoffentlich trägt Ariel keine bleibenden Schäden davon.«

»Um Himmels willen, auf die Idee bin ich noch gar nicht gekommen.« Alma japste nach Luft.

»Nun, wir wissen, dass er medizinisch in den allerbesten Händen ist. Wenn jemand Schlimmeres verhindern kann, dann ist es meine Schwiegermutter. Soll ich dir deinen Mantel abnehmen?« Ursula streckte einladend die Hände aus.

»Danke, Schatz, das schaffe ich schon. Geh nur vor. Kurt ist natürlich in der Uni, nicht wahr?«, entgegnete Alma und entledigte sich rasch ihres Mantels. Den Hut behielt sie in der Aufregung einfach auf.

»Ich habe einen Nachbarsjungen nach ihm geschickt. Er müsste jeden Moment hier sein. Ich habe gedacht, dass er solche Neuigkeiten sofort erfahren sollte.«

Sie waren im Salon angekommen. Ursula hielt schützend eine Hand vor ihren Bauch, als sie sich setzte und Alma mit einer Handbewegung aufforderte, es ihr gleichzutun.

»Wie geht es dir? Irgendwelche Beschwerden?« Jetzt musste es doch heraus. Alma sah Kurts junge Frau aufmerksam an. Das Kleine war für sie schließlich auch eine Art Enkelkind.

»Alles bestens. Wenn da nur die Sorgen wegen der Berliner nicht wären.«

»Ja, das macht mir auch Kopfzerbrechen. Ich werde nachher vom Postamt aus bei ihnen anrufen, doch zuerst wollte ich zu euch, um …« Sie unterbrach sich, als sie plötzlich das Kratzen eines Schlüssels in der Haustür hörte, gefolgt von schnellen, federnden Schritten, die eindeutig von Kurt stammten.

»Schatz, alles in Ordnung? Ist etwas mit dir oder dem Kind?«, rief er, noch während er den Flur heruntereilte.

»Mit mir ist alles in Ordnung. Alma ist hier.« Ursula errötete leicht.

Unter normalen Umständen hätte Alma das schamhafte Erröten reizend gefunden, doch heute hatte sie kaum einen Blick dafür übrig. Sie sprang im gleichen Moment vom Sofa auf, als Kurt um die Ecke bog.

»Alma, bist du krank? Ist etwas passiert?« Kurt ergriff ihre Hände und sah sie prüfend an.

»Mir ist nichts passiert, aber wir haben Nachricht aus Berlin erhalten«, informierte sie ihn schnell, während Ursula nach dem Telegramm griff und es ihm hinhielt. Kurt runzelte die Stirn, nahm das Blatt aber und las es in Windeseile durch. Er schüttelte den Kopf, dann sah er von seiner Frau zu Alma und wieder zurück.

»Das ist furchtbar. Armer Ariel, arme Mama! Aber sie leben, das ist die Hauptsache.«

»Sag doch so etwas nicht. Ich will mir gar nicht vorstellen, was wäre, wenn sie … nein!«, rief Alma entsetzt aus.

Kurt atmete tief aus und nahm neben Ursula auf dem Sofa Platz. Alma, der der Schock noch in den Gliedern saß, zögerte noch einen Augenblick und sank dann auch wieder in ihren Sessel.

»Fürchterliche Geschichte, in Anbetracht der zunehmenden Judenfeindlichkeit allerdings auch nicht sonderlich überraschend«, murmelte Kurt und griff gedankenverloren nach Ursulas Hand.

»Heißt das, ihr musstet auch schon Derartiges erleben?«, fragte Alma betroffen.

Die beiden jungen Leute nickten. »Natürlich. Und es wird immer mehr. Allerdings ist es nicht vergleichbar mit dem, was Ariel passiert ist«, bestätigte Kurt nüchtern.

»Hast du gelesen, dass sie weggehen wollen?«, fragte Ursula leise.

»Habe ich. Und offen gestanden kann ich sie gut verstehen. Auch ich habe schon darüber nachgedacht, dass es sicherer wäre, das Land zu verlassen. Denn schließlich will ich mir nicht vorstellen, dass unser Kind in einer so feindseligen Umgebung aufwachsen muss. Und alles nur, weil es Jude sein wird.«

Ursula sah ihn mit zusammengepressten Lippen an. Ein Tränchen löste sich von ihren Wimpern und rollte die Wange hinunter.

Alle saßen da und starrten nachdenklich vor sich hin. Nach einer Weile unterbrach Alma die Stille. »Also wollt ihr mitgehen?«

Kurt und Ursula schauten sich an. Schließlich nickte sie kurz und zuckte die Schultern. Eine stumme Unterhaltung zwischen den Eheleuten, doch Kurt schien genau verstanden zu haben, was sie meinte.

»Wir könnten es uns vorstellen. Natürlich müsste noch einiges geklärt werden. Die Uni und …«

»Ihr wollt mich auch verlassen? Aber was ist mit deiner Karriere und … und … dem Kind, dem Haus und allem?«

»Es wird sich für alles eine Regelung finden lassen. Warum nicht an einer der dortigen Universitäten Karriere machen? Unsere körperliche Unversehrtheit und Sicherheit sind wichtiger als das Haus oder meine bisherigen beruflichen Errungenschaften«, meinte Kurt, und seine Augen wirkten mit einem Mal eingefallen und traurig.

»Ja, natürlich. Das ist das Wichtigste«, gab ihm Alma recht. Fast wäre sie wieder in Tränen ausgebrochen, doch sie musste noch nach Hause und wollte sich draußen auf der Straße keine Blöße geben.

»Nichts ist so wichtig, wie, dass es allen gut geht«, bekräftigte sie. »Ich weiß nur nicht, wie ich ohne euch alle hier weitermachen soll.« Ihre Stimme wurde immer leiser.

Kurt stand auf, ging um den Tisch herum, setzte sich neben sie und umarmte sie.

»Wir wollen dich hier ja auch nicht allein lassen. Dir muss es schließlich auch gut gehen. Aber du hast doch deinen Wilhelm und Günther. Und …« Er stockte, senkte seine Arme und sah sie aufmerksam an. »Sag mal, was würdest du davon halten, wenn ihr einfach mit uns kämt?«

»In die Schweiz? Aber was soll ich denn da?«

»Du und dein Wilhelm, ihr seid noch nicht alt. Ihr könntet dort noch einmal neu anfangen. Günther könnte dort in die Schule gehen und wir wären alle beisammen.«

»Aber Wilhelm ist doch Lehrer. Er wird nicht … ich meine, ich kann mir nicht vorstellen, dass er …« Sie hielt inne. War der Gedanke tatsächlich so abwegig, wie er ihr im ersten Impuls erschienen war?

Vielleicht war es wirklich eine Möglichkeit, alles hinter sich zu lassen und etwas ganz Neues zu wagen. Ein neues Leben zu beginnen, abseits von dem deutschen Mief und Hass auf alles, was irgendwie anders war, der hier aus allen Ecken lugte. Aber würden sie Günther einfach so außer Landes mitnehmen können? Schließlich war er nicht ihr eigenes Kind, sondern nur zur Pflege bei ihnen. Und was wäre dann mit ihrem Häuschen, auf das sie so stolz war?

Sie konnte die beiden jungen Leute verstehen, dass sie sich der Familie anschließen wollten. Wer wusste schon, wie sie handeln würde, schlüge ihr wegen ihres Glaubens Abneigung entgegen? Doch bevor sie sich noch weiter über sich, Günther und Wilhelm den Kopf zerbrach, belastete sie noch eine Sache. »Aber für das Kind wird das doch alles nicht zu viel werden, oder?«

Kurt und Ursula sahen sich lächelnd an. »Wenn das Ganze nicht allzu lange dauert, sondern bald vonstattengeht, sollte es kein Problem geben, schließlich ist Ursula ja noch am Anfang der Schwangerschaft. Und außerdem hätten wir eine Ärztin direkt dabei.« Kurt lächelte.

»Dann ist es ja gut. Wie gesagt: Euer Wohlbefinden ist mir das Wichtigste.« Alma blickte auf ihre Hände. Wie spröde sie aussahen. Abgearbeitet und rot. Hässlich. Aber ein Zeugnis ihrer Arbeit und ihres Lebens. Und nun wollte ein so wichtiger Teil ihres Lebens sie einfach verlassen, auch wenn sie die Gründe selbstverständlich mehr als nachvollziehen konnte. Sie schluckte, um den Tränenfluss zu überlisten. Doch Kurt schloss sie in die Arme und strich ihr über den Rücken.

»Rede mit Wilhelm. Auch wenn du keine Jüdin bist, gehörst du doch zu uns. Wir sind eine Familie«, sagte er, und nun konnte Alma die Tränen trotz aller Willensstärke nicht mehr zurückhalten.

Später hätte Alma nicht sagen können, wie sie nach Hause gekommen waren. Ohne den lieben Günther, der tatsächlich die ganze Zeit brav in der Küche ausgeharrt hatte, hätte sie sich wahrscheinlich heillos verlaufen. Die ganze Zeit über war ihr Blick von einem Tränenschleier getrübt und sie schaute nicht nach links oder rechts. Wie hatte sich ihre gesamte Welt auf einen Schlag derartig verändern können? Sie konnte den Gedanken nicht ertragen, dass nun auch noch Kurt und Ursula weggehen würden. Denn dass Ariel wiederkommen würde, daran hatte sie schon eine Weile nicht mehr geglaubt. Sie konnte nicht mehr einfach quer durch die Stadt gehen und wäre bei ihnen.

Sie, Wilhelm und Günther würden ganz allein dastehen und auch die glücklichen Sommer an der See mit der ganzen Familie wären Geschichte. Dieser Gedanke schnitt ihr ins Herz. Ja, es fühlte sich an, als würde ein Messer in ihr stecken, das Stück für Stück mehr gedreht wurde, bis sie schließlich tot umfiele.

»Mutter, geht es dir gut?« Günther sah sie nervös von der Seite an. Er nannte sie seit Kurzem so. Von sich aus. Als Alma das zum ersten Mal gehört hatte, waren ihr vor Rührung die Tränen in die Augen geschossen. Auch in diesem Moment konnte sie nur nicken, weil ihre Kehle so zugeschnürt war, dass sie keinen Ton herausbrachte.

Sie konnte nicht ohne die Familie Friedländer leben. Sie waren für den Großteil ihres Lebens für sie die wichtigsten Menschen gewesen. Ihre Familie, die für sie da war, wenn sie sie brauchte, und für die sie da sein konnte. Schon der Umzug nach Berlin hatte ihr schier die Luft genommen, aber jetzt auch noch ein anderes Land, das war zu viel.

Alma saß gedankenverloren vor sich hinstarrend am Küchentisch und hatte wieder den Kopf in die Hände gestützt, als sie hörte, wie die Tür ging. Herrje, war das etwa schon Wilhelm? Sie hatte in all ihrem Elend die Zeit völlig vergessen und gar nicht mehr daran gedacht, dass sie ja hätte kochen müssen. Erschrocken fuhr sie auf und sah ihrem Mann mit zerstreutem Blick entgegen. Doch auch Wilhelm wirkte, als würde es ihm nicht gut gehen. Er war blass, hatte einen gequälten Gesichtsausdruck und hinkte deutlich stärker als sonst, als er in die Küche humpelte.

Alma sprang auf und riss hektisch die Schürze vom Haken. »Ich … ich habe völlig die Zeit vergessen«, rief sie. Mit ihren zittrigen Fingern gelang es ihr nicht, die Schleife zu binden. »Was ist denn das bloß? Ich bin noch nicht einmal in der Lage, diese dumme Schürze zuzubekommen.«

Langsam kam Wilhelm näher. Sein Gesicht wirkte grau, so, als wäre ein Licht darin verloschen.

»Almalein, wie lange sitzt du denn schon so da?« Er machte sich daran, ihr dabei zu helfen, die Schleife zu binden Er schaffte es auf Anhieb.

»Ich … ich weiß nicht. Ich habe die Zeit vergessen. Es tut mir leid, ich hätte längst kochen müssen.«

Wilhelm sah sich nach Günther um. Sein Blick wurde weich, als er ihn in der Ecke über seine Hausaufgaben gebeugt entdeckte.

»Ich werde schnell etwas zusammensuchen. Du musst nicht hungern, mein Schatz, nur weil deine Frau kopflos ist, und du auch nicht, Güntherchen.«

Wilhelm setzte sich auf den nun frei gewordenen Stuhl und fuhr sich mit den Händen über das Gesicht, während Alma durch die Küche huschte und hektisch ein paar Sachen zusammenklaubte, aus denen sie ein schnelles Abendessen zaubern konnte.

»Du warst bei Kurt und Ursula?«, fragte er schließlich leise.

Wie ertappt blieb sie stehen. Sie traute sich nicht, Wilhelm anzusehen, sonst würde er ihr den Kummer sofort vom Gesicht ablesen. Sie wollte ihn nicht noch mehr mit ihren Sorgen belasten. Schlimm genug, dass sie ihre Pflichten vernachlässigt hatte.

»Günther, geh draußen spielen«, sagte sie stattdessen.

Der Junge sah auf und runzelte seine Stirn. »Nein«, widersprach er leise, aber bestimmt.

»Wie bitte?« Irritiert blickte sich Wilhelm nach ihm um.

»Den ganzen Tag schon schickt ihr mich weg. Vor dem Mittagessen und bei Kurt und Ursula habe ich allein in der Küche gesessen. Aber ich gehöre doch auch zur Familie. Dann muss ich doch wissen dürfen, was euch so belastet. Wie soll ich euch sonst helfen?«

Alma und Wilhelm blickten sich überrascht an. Dann sagte Alma langsam: »Da hast du völlig recht, mein Schatz. Entschuldige, ich wollte dich nur nicht mit unseren Sorgen belasten.«

Günther stand auf und kam zu ihr. »Aber das gehört doch dazu, wenn man eine Familie ist, dachte ich. Ihr habt mir geholfen, als ich im Waisenhaus war, jetzt will ich euch helfen.«

Alma schossen Tränen der Dankbarkeit in die Augen. Impulsiv breitete sie die Arme aus und drückte Günther an sich.

»Ich habe ganz vergessen, was für ein wunderbares Kind du bist. Natürlich darfst du hierbleiben, oder, Wilhelm?«, wandte sie sich an ihren Mann.

Wilhelm lächelte. »Selbstverständlich. Du hast völlig recht: Du bist Teil der Familie und alt genug, sodass wir nicht alles von dir fernhalten müssen.« Anschließend erzählte er ihm in knappen Worten, was vorgefallen war, während Alma den Topf vom Herd nahm. »So, Alma, dann setz dich auch zu uns, damit wir alles besprechen können«, bat Wilhelm sie sanft.

Sie zögerte einen Augenblick, dann aber drehte sie sich um und setzte sich ihm gegenüber an den Küchentisch.

»Sie gehen also mit«, bemerkte Wilhelm. Es war keine Frage, sondern vielmehr eine Feststellung.

Alma nickte und kniff die Lippen zusammen, damit er nicht merkte, dass sie bebten.

»Und dir blutet das Herz, weil deine ganze Familie sich anschickt, in ein fremdes Land auszuwandern«, konstatierte Wilhelm.

Erneut nickte Alma, konnte allerdings nicht verhindern, dass sich ihre Augen mit Tränen füllten.

»Das kann ich gut verstehen. Allerdings ist die Fahrt von hier in die Schweiz in etwa so weit wie nach Berlin.« Seine Stimme klang weich.

»Oh, wirklich?«, wollte Günther mit interessiertem Gesichtsausdruck wissen.

Wilhelm nickte bekräftigend.

Alma senkte den Kopf und starrte die kleinen Blümchen auf ihrer Schürze an. Ein Chanukkageschenk von Lucie vor zwei oder drei Jahren. Alles, was sie besaß, was sie war, verdankte sie der Familie Friedländer. Es fühlte sich an, als würde ein Stück von ihr mit ihnen über die Landesgrenze verschwinden. Leider ein sehr großes Stück. Ein Teil ihrer Seele würde mit ihnen gehen.

Die Dämmerung senkte sich immer mehr über ihr Häuschen und hüllte die Küche in Dunkelheit. Alma hatte gar nicht daran gedacht, rechtzeitig die Lampen zu entzünden, und jetzt fehlte ihr die Kraft dazu. Was mochte Wilhelm nur von seiner nachlässigen Frau halten? Ob er sie für ihre Schwäche verachtete? Ängstlich sah sie zu ihm auf. Wilhelms Blick ruhte auf ihr. In seinen Augen stand Schmerz, doch er wirkte nicht entsetzt oder abweisend. Sie wischte sich mit der Schürze über die Wangen und streckte ihm über den Tisch die Hand entgegen. Mit der anderen nahm sie Günthers Hand in die ihre. Wilhelm ergriff ihre Hand und so saßen sie im Dunkeln, verbunden in ihrem Kummer, wissend, was in dem anderen vorging. Wie hatte sie sich vormachen können, ihre Beklemmung vor ihren Liebsten verbergen zu können? Sie waren zusammengewachsen in all der Zeit. Wilhelm und Günther waren ihre kleine Familie geworden. Doch die Friedländers waren es ebenso. Und sie konnte sich nicht vorstellen, auf auch nur einen davon zu verzichten.

»Und wenn wir mitgehen?«, durchbrach Wilhelm die Stille plötzlich ganz leise.

Sie glaubte, sich verhört zu haben. Angstvoll starrte sie in die Richtung, in der sich schemenhaft sein Gesicht in der Dunkelheit abzeichnete.

»Denkst du … ich meine … meinst du wirklich …?« Sie schaffte es nicht, das, was sie bewegte, in Worte zu fassen.

»Ja, ich meine es wirklich. Sie sind nicht nur deine Familie, sondern auch meine. Und mich macht dieser Gedanke krank, dass sie alle wegziehen und wir allein zurückbleiben. Außerdem kann ich nicht gutheißen, wie neuerdings in unsere Lehrpläne eingegriffen wird. Ich will das nicht mittragen, falls künftig vielleicht sogar Parolen zum Unterrichtsinhalt gehören. Das ist nicht meine Auffassung von menschlichem Miteinander. Ich kann Deutsch unterrichten oder Naturwissenschaften. Und auch du kannst dort viel freier leben. Niemand wird dich in der Schweiz nach deiner Vergangenheit als Zimmermädchen fragen. Niemand wird dort deswegen auf dich herabsehen, so wie es hier der Fall ist. Lass uns mitgehen und noch einmal neu anfangen.«

Alma starrte ihn mit offenem Mund an. »Wirklich? Ich meine, bist du sicher? Aber was ist dann mit unserem Haus und Günther …?«, stotterte sie.

Seine Hand drückte die ihre. Sie hörte, wie die Knöpfe am Ärmel seines Jacketts über das Holz schabten.

»Nun, darüber wollte ich sowieso schon eine Weile mit euch beiden sprechen. Was haltet ihr davon, wenn wir Günther adoptieren? Dann wäre es auch kein Problem, ihn mitzunehmen. In dem Fall könnten wir drei überall zusammen hingehen, wo auch immer wir hinwollen.«

Alma spürte, wie Günthers Hand, die noch in ihrer ruhte, feucht wurde.

»Also, das ist der beste Vorschlag, den ich seit Langem gehört habe«, stammelte Alma gerührt. Sie spürte, wie sich eine liebevolle Wärme von ihrem Herzen aus in ihrem ganzen Körper ausbreitete. »Was meinst du denn dazu, Güntherchen?«

Der Junge hatte noch gar nichts gesagt. Nur seine feuchte Hand zitterte jetzt in der ihren. Sie hörte sein Schluchzen. Dann spürte sie, wie er seinen Kopf an ihre Schulter legte, und hörte, wie er ganz leise flüsterte: »Ja! Ja, unbedingt. Das ist schon lange mein Traum.«

Alma drückte ihn an sich und auch bei ihr flossen die Tränen.

»Insofern ist das also abgemacht. Ich werde sofort morgen früh beim Amt vorsprechen und alles in die Wege leiten«, entschied Wilhelm mit krächzender Stimme, die verriet, dass auch er bewegt war.

Und so saßen sie zu dritt im Dunkeln und schluchzten vor Freude über diese so wichtige Entscheidung, die sie für immer zusammenschweißen würde.

Als sie später das schnell zusammengerührte Abendessen aus Eiern, übrig gebliebenen Kartoffeln und Bohnen verspeist hatten und Günther, dem das frohe Lächeln den ganzen Abend nicht mehr aus dem Gesicht gewichen war, glücklich im Bett lag, unterhielten sich Alma und Wilhelm im Schein der flackernden

Lampe am Küchentisch leise über all die Neuigkeiten und Änderungen, die dieser Tag so unverhofft gebracht hatte.

Vor allem Alma hatte das Bedürfnis, alles noch einmal Revue passieren zu lassen, um es richtig zu erfassen.

»Die Entscheidung, Günther zu adoptieren, macht mich so unsagbar glücklich, als hätte ich gerade erfahren, doch noch schwanger geworden zu sein.«

Wilhelm sah sie einen Moment nachdenklich an, dann sagte er: »Als ich dir mein Jawort gab, habe ich mir geschworen, alles zu tun, um dich glücklich zu machen, was auch immer es von mir fordern sollte. Wenn es also bedeutet, den großartigsten Jungen der Welt zu adoptieren und das Land zu wechseln, um in der Nähe der Menschen zu sein, die du liebst, dann tun wir das eben. Das Leben ist ein einziges Abenteuer. Vielleicht werde ich ja auch Ziegenhirte.« Er lachte.

Sie sah ihn einen Augenblick an, dann schob sie den Stuhl zurück, stand auf und ließ sich einfach auf seinem Schoß nieder, während sie ihn mit beiden Armen umschlang.

»Du bist der beste Ehemann der Welt, weißt du das?«, murmelte sie, während sie sich an ihn schmiegte und begann, sein Gesicht mit Küssen zu bedecken.

»Nun, du bist nicht die Erste, die mir so etwas sagt«, schmunzelte er.

»Du Scheusal!«, entfuhr es ihr, doch dann musste auch sie lachen.

»Es ist also beschlossene Sache. Gleich morgen früh werde ich zur Post gehen und Friedländers anrufen, danach spreche ich beim Amt vor, um den Adoptionsantrag zu stellen.«

»Und ich sage Kurt und Ursula Bescheid. Ach, Wilhelm, das wird paradiesisch. Wir alle zusammen zwischen all den Bergen.«

»Und dann lernen wir alle miteinander jodeln!« Er lachte ausgelassen, als wäre eine schwere Last von ihm abgefallen.

Alma stimmte ein. Sie lachten gemeinsam, bemüht darum, ihre Stimmen zu dämpfen, um Günther, der nebenan schlief, nicht zu stören. Ein Lachen, das die ganzen dunklen Gefühle der letzten Stunden und all die Angst vor den Veränderungen wegspülte wie das Meer die Sandburgen an der See. Alles erschien plötzlich so leicht. Hauptsache, sie waren zusammen. Was für ein Auf und Ab der Gefühle in nur ein paar Stunden. Das Leben war schon manchmal verrückt.

Kapitel 33

Auch heute verbrachten alle den Großteil des Tages im Salon, in dem Ariel lag. Keiner von ihnen hätte es über sich gebracht, ihn allzu lange allein liegen zu lassen. Daniels Herz war schwer, wenn er seinem Kind zusehen musste, wie es litt, ohne ihm großartig helfen zu können. Noch immer hatte Ariel starke Schmerzen, doch Hannah, die den Verband erneuert und die Wunde gereinigt und gründlich inspiziert hatte, war zufrieden mit dem Heilungsverlauf.

»Kein Zeichen einer Entzündung. Das ist die Hauptsache«, erklärte sie, während sie Ariel frisch verband und die Schiene neu justierte. Daniel beobachtete sie dabei. Ihre Bewegungen waren bedächtig und behutsam, um zu verhindern, dass er dadurch zu starke Schmerzen erlitt. Doch völlig war das natürlich nicht zu vermeiden.

Immer wieder musste Daniel den Blick von dem verwundeten Bein abwenden, weil es ihm eiskalt den Rücken herunterlief, wenn er sich die Verletzungen ansah. Auch Lucies Gesicht war voller Entsetzen. Obwohl sie offenbar bewusst in die andere Richtung schaute, als der Verband fort war, verzog sie jedes Mal den Mund, sobald Ariel aufstöhnte. Besonders dramatisch war die Situation, wenn Ariel zur Toilette musste. Hannah, die verhindern wollte, dass er mit seinen Gehstützen umfiel, die sie ihm besorgt hatte, solange es ihm noch so schlecht ging, bestand darauf, dass Ariel auf beiden Seiten zusätzlich gestützt werden musste. Doch obwohl Ariel es strikt vermied, das verletzte Bein zu belasten, waren diese Ausflüge offensichtlich sehr schmerzhaft für ihn. Seine Muskeln verkrampften sich mit jedem Schritt stärker und sein Atem ging schwerer und schwerer. Seinen Sohn so leiden zu sehen, war fast mehr, als Daniel als Vater ertragen konnte. Hannah hatte einen Rollstuhl bestellt, der im Laufe des Tages geliefert werden sollte, doch bis dahin mussten sie so über die Runden kommen.

Als es an der Salontür klopfte und Helene in der Tür stand, sprang Daniel schnell auf und ging zu ihr, um zu hören, was es gab.

»Telefon, Herr Direktor!« Sie knickste, schielte dabei aber neugierig in den Salon. Alle wollten wissen, wie es Ariel ging.

»Danke, Helene!« Er schloss mit vielsagendem Gesichtsausdruck die Tür hinter sich. »Es geht ihm noch immer unverändert. Aber meine Frau ist mit der Wunde zufrieden.«

Helene lief knallrot an, dann erwiderte sie: »Danke, Herr Direktor. Es is ja nur so, dat man quasi Teil vonne Familje is, und …«

»Ist schon recht, Helene«, sagte er und griff nach dem Telefonhörer.

»Ja, bitte?«, rief er in den Apparat. Noch immer sprach er lauter, als es wahrscheinlich erforderlich war, doch so erging es vielen, wie er wusste. Die Technik war einfach nach wie vor verblüffend: Jemanden zu hören, obwohl er sich ganz woanders aufhielt, war ein äußerst spannender Gedanke.

»Einen Moment bitte, ich verbinde.« Eine ihm unbekannte Frauenstimme schallte ihm entgegen. Bevor er dazu kam, etwas zu äußern, knackte es auch schon in der Leitung und das Fräulein vom Amt war verschwunden.

»Hallo? Vater?« Es rauschte in der Leitung. Daniels Atem ging schneller.

»Kurt, bist du das?«

»Ja, hallo. Kannst du mich hören?«

»Kann ich, auch wenn die Verbindung nicht sonderlich gut ist. Wie geht es euch? Alles in Ordnung mit Ursula und dem Kind?«

»Alles bestens. Was macht Ariels Gesundheitszustand?«

»Unverändert. Aber Mutter ist unter diesen Umständen mit ihm zufrieden.«

»Das ist schön zu hören. Wie geht es ihr denn?«

»Bisher verkraftet sie alles erstaunlich gut. Ihr habt also das Telegramm bekommen?«

»Natürlich. Und ich rufe direkt an, um euch mitzuteilen …« Es knackte in der Leitung.

»Sprechen Sie noch?« Eine Frauenstimme tönte ihm entgegen.

»Ja, natürlich, können Sie uns bitte wieder verbinden? Es ist wichtig!«

»Einen Augenblick, ich verbinde!«

»Vater? Hallo, hörst du mich noch? Hach, ich fürchte, die Verbindung ist unterbrochen. Was kann ich denn da tun?« Kurts Stimme war wieder zu hören.

»Kurt, Kurt, hörst du mich?« Daniel schrie fast.

»Vater, ach, ich dachte schon, die Leitung sei unterbrochen. Das Telefonieren hier auf dem Postamt ist ein wenig beschwerlich. Hast du gehört, was ich gesagt hatte?«

»Du wolltest uns etwas mitteilen, habe ich gehört, dann wurden wir getrennt.« Er hielt den Atem an, um jedes Wort, das Kurt sprach, genau zu hören.

»Oh, in Ordnung. Ich habe gesagt, dass wir entschieden haben, uns euch anzuschließen. Wir kommen mit in die Schweiz.«

»Kurt, ist das wahr? Das macht uns natürlich sehr glücklich. Aber ist Ursula damit auch einverstanden? Immerhin wohnen ihre Eltern noch immer in Hamburg.«

»Sie ist es. Wir kommen mit. Das wollte ich euch nur mitteilen. So, mehr später. Hier bildet sich schon eine lange Schlange von Leuten, die ebenfalls diesen Apparat benutzen wollen. Oh, wen sehe ich denn da? Das ist Wilhelm. Wilhelm! Hier! Willst du etwa auch in Berlin anrufen? Soll ich etwas ausrichten?«

Daniel lauschte angestrengt, konnte jedoch nicht verstehen, was Wilhelm antwortete.

»Vater, hörst du noch?«

»Ja, ja!« In seiner Anspannung kamen die Worte lauter heraus als gedacht.

»Wilhelm lässt ausrichten, dass sie auch mitkommen werden, ist das nicht fantastisch?«

»Sie kommen auch? Das sind wirklich gute Neuigkeiten. Mama wird begeistert sein. Richte ihm meine herzlichsten Grüße aus. Auch an Alma und Günther.«

»Ich sage es ihm. Grüß auch alle schön und bis bald.«

»Bis bald, mein Sohn, bis bald.«

Mit einem Seufzer der Erleichterung hängte Daniel den Hörer wieder auf die Gabel. Er schloss für eine Sekunde die Augen und dankte dem Herrn für diese glückliche Fügung. Auch wenn sie flüchten mussten, würden sie nicht allein sein, sondern alle Menschen, die ihnen lieb und teuer waren, würden sich ihnen über kurz oder lang anschließen.

Langsam ging er den Flur hinunter und öffnete die Tür zum Salon. Hannah sah kurz auf und lächelte ihm zu, senkte dann aber den Blick wieder über Ariels Bein. Lucie war zu sehr damit beschäftigt wegzusehen, als dass sie ihn noch hätte beachten können.

Er war dankbar, dass da endlich etwas war, das geeignet war, die Aufmerksamkeit aller auf etwas anderes zu lenken als Ariels

Leiden. Fieberhaft überlegte er, wie er die Nachricht möglichst wirkungsvoll verkünden könnte, doch Hannah nahm ihm die Entscheidung ab, als sie wenige Minuten später den Verband feststeckte und die Decke wieder über Ariels geschundenen Körper breitete.

»Wer hat angerufen? Hoffentlich kein Notfall?« Sie wusch sich zügig die Hände in der bereitstehenden Schüssel.

Daniel antwortete nicht, sondern grinste glücklich vor sich hin. Er wollte diesen Augenblick noch für einen kurzen Moment genießen.

Hannah sah ihn mit gerunzelter Stirn an, während sie sich die Finger gründlich mit einem Handtuch abtrocknete.

»Was gibt es da zu grinsen? War es etwa Kurt oder Alma?«

Nach dieser Bemerkung flog auch Lucies Kopf herum und Daniel gab innerlich seufzend seine hochfliegenden Pläne einer Überraschung auf. Stattdessen verkündete er strahlend: »Sie kommen mit. Kurt und Ursula schließen sich uns an und kommen mit in die Schweiz.«

Hannah, die gerade dabei war, das Handtuch wieder ordentlich zusammenzulegen, hielt inne und sah ihn ungläubig an. »Ist das wahr? Oh, wie schön! Ich hatte es nicht zu hoffen gewagt.«

»Dann sind wir ja alle zusammen, wenn das Kind kommt.« Auch Lucie strahlte über das ganze Gesicht. Selbst Ariel, der ungewohnt blass und verbeult aussah, wie er da angeschlagen auf dem Sofa lag, lächelte schief.

Er spürte, wie sich ein tiefes Gefühl der Dankbarkeit in ihm ausbreitete. Der Gedanke, dass die Familie durch eine Auswanderung auseinandergerissen werden könnte, hatte ihm gar nicht gefallen.

»Ach, eine Sache will ich euch nicht vorenthalten: Alma, Wilhelm und der Kleine kommen auch mit.«

»Was? Das ist ja wundervoll!« Hannah schlug die Hände vor den Mund.

Und auch Lucie strahlte über das ganze Gesicht.

»Fehlt nur noch Paul«, sagte sie, während sich ihre Züge wieder verdüsterten.

»Tja, ich fürchte, da können wir nicht viel machen«, bedauerte Hannah mit mitleidigem Blick. »Aber umso größer ist die Freude, dass wir die ganze Familie dabeihaben werden. Bleibt nur noch die Frage, wie Mutter sich entscheiden wird.«

»Das kann wirklich niemand voraussehen, aber wir können ja schließlich auch erst fahren, wenn es Ariel so weit gut geht, dass er wieder laufen kann.«

Ein dunkler Schleier huschte bei seinen Worten über Hannahs Gesicht, doch er war ebenso schnell verschwunden, wie er gekommen war. Glaubte sie etwa nicht daran, dass sein Bein vollkommen heilen würde? Er würde es nachher ansprechen, wenn er mit ihr allein war. Die Idee, dass sein Sohn aufgrund dieser dämlichen Schlägerei fortan als Krüppel durchs Leben humpeln musste, war zu grausam, als dass er Ariel oder Lucie jetzt damit belasten wollte.

Er selbst hatte ja schon genug damit zu tun, die Geschehnisse der letzten Tage zu verarbeiten.

Am Vormittag war er nur kurz in der Fabrik gewesen, um nach dem Nötigsten zu schauen. Nach mehr war ihm heute nicht gewesen. Die letzten Tage steckten ihm noch in den Knochen. Ihm fehlte jegliche Motivation, sich heute mit den lästigen Kleinigkeiten abzugeben, die das Leben eines Fabrikanten prägten, solange nicht klar war, was mit der Fabrik geschehen würde. Innerlich hatte er sich ohnehin davon verabschiedet, als er von den kursierenden, ihn lächerlich machenden Pamphleten erfahren hatte, die bewiesen hatten, dass doch nicht so ein Einvernehmen zwischen ihm als Geschäftsleitung und den Angestellten herrschte.

Doch bevor er etwas in die Wege leiten konnte, stand immer noch das Gespräch mit der Schwiegermutter aus. Und er wollte keine Gerüchte in die Welt setzen, bevor es nicht beschlossene Sache wäre, dass die Fabrik den Eigentümer wechseln würde.

Sie hatten sie für den Nachmittag herübergebeten, denn sie wollten Ariel bei diesem wichtigen Gespräch nicht ausschließen und Hannah hatte es für einprägsamer gehalten, wenn sich ihre Mutter mit eigenen Augen überzeugen konnte, wie schlimm er zugerichtet worden war.

Damit Ariel sich in seinem Leid nicht so allein fühlte, hatte Hannah Helene kurzerhand angewiesen, das Mittagessen statt im Esszimmer im Salon zu servieren, damit sie gemeinsam mit Ariel essen konnten, für den es aufgrund seiner Verletzungen noch zu schwierig war, so lange aufrecht zu sitzen. Daniel war über diese unkonventionelle Entscheidung erstaunt gewesen, hatte aber keinen Widerspruch eingelegt. Hannah wusste als Mutter und Ärztin schließlich am besten, was Ariel im Moment brauchte.

Unentwegt drehte sich ihr Gespräch um die Auswanderung. So viel war zu organisieren. Natürlich ging all die Aufregung auch am Personal nicht spurlos vorbei. Helene warf ihnen beim Servieren immer wieder unsichere Blicke zu. Wahrscheinlich hatte sie etwas von ihren Plänen aufgeschnappt und diese in der Küche prompt an Auguste weitergegeben.

Kaum war das Essen serviert, klingelte es schon wieder. Auguste hatte extra wegen Ariel Kartoffelstampf und Erbsen zubereitet, da er aufgrund der Schwellungen Probleme mit dem Kauen hatte. Hannah hatte Doktor Brandt und Schwester Ida gebeten, sich heute allein um die Patienten zu kümmern, um ganz für Ariel da zu sein und sich nach all den Ereignissen auch erst mal wieder fangen zu können.

Doch noch während sie dabei waren, die Portionen auf den Tellern zu verteilen, waren schon wieder Schritte im Flur zu hören, die sich dem Wohnzimmer näherten.

Daniel sah, wie Hannahs Miene für den Bruchteil einer Sekunde entglitt. Wahrscheinlich befürchtete sie, doch in die Praxis gerufen zu werden.

Es klopfte und Helene trat knicksend ein. Sie brachte den bestellten Rollstuhl, den Ariel für die Übergangszeit nutzen sollte, bis er mit den Krücken sicher genug war, und blieb neugierig im Türrahmen stehen.

»Vielen Dank, Helene«, sagte Daniel mit hochgezogenen Augenbrauen.

Sie verstand den Wink, knickste noch einmal und schloss hastig die Tür hinter sich, obwohl er sich fast sicher war, dass sie das Ohr an die geschlossene Tür presste, um ja mitzubekommen, was gerade alles Aufregendes passierte.

»Sieht doch gut aus.« Hannah betrachtete das Gefährt zufrieden nickend von allen Seiten.

»Na, ich weiß nicht recht«, zweifelte Lucie. »Passt er mit dem Ding überhaupt durch den Türrahmen?«

»Hier ist es doch auch durchgekommen. Und wir haben eine Menge Flügeltüren hier. Das wird schon. Hast du ihn gesehen, Ariel? Der ist für dich!«, sagte Hannah. Daniel bemerkte, dass sie sich Mühe gab, viel Zuversicht in ihre Stimme zu legen.

Ariels Stimme war vor Schwäche ganz leise. »Ich habe es mitgekriegt. Ich bin zwar verletzt, aber nicht meschugge.«

Kapitel 34

Wie würde Mutter entscheiden? Dieser Gedanke machte Hannah zu schaffen. Wenn sie dem Verkauf des Werkes nicht zustimmte, wären sie an genau demselben Punkt, wie sie es waren, bevor sie sich entschlossen hatten, nach Berlin zu ziehen. Und ob Daniel dann nicht zu verantwortungsbewusst wäre, um einfach zu gehen? Dann wären alle Planung und Freude voreilig gewesen. Am schönsten wäre es natürlich, wenn Mutter sich bereit erklären würde, mit ihnen zu kommen.

Allerdings war die Wahrscheinlichkeit dafür gering. Schließlich musste sie dazu die Wohnung aufgeben, in der sie nahezu fünfzig Jahre gelebt und ihre Kinder großgezogen hatte. Und sie würde die Gräber von Vater und Jakob zurücklassen müssen, was wahrscheinlich ein noch größeres Problem darstellte.

Hannah hatte Auguste angewiesen, einen einfachen Sandkuchen für den nachmittäglichen Besuch zu backen. Bereits zwanzig Minuten, bevor Mutter erwartet wurde, war die ganze Familie in angespannter Stille im Wohnzimmer versammelt, während Helene mit Lucies Hilfe kleine Tischchen in den Salon schleppte, damit jeder die Möglichkeit hatte, seinen Kuchenteller und die Teetasse abzustellen.

In der letzten Zeit kam Mutter nicht mehr allein, sondern immer in Begleitung ihres Mädchens, das sie untergehakt durch die Straßen führte. Wahrscheinlich dachte sie, dass es so niemandem auffallen würde, dass sie nur zu eitel war, einen Stock zu Hilfe zu nehmen, den sie für einen sicheren Gang eigentlich dringend brauchte. Doch Hannah konnte sie mit diesem Täuschungsmanöver nicht zum Narren halten und sie konnte sich nicht wirklich vorstellen, dass es bei irgendwem anders war. Mutter hatte in den letzten Monaten seit Jakobs Tod merklich abgebaut.

Natürlich hatte Daniel angeboten, sie abzuholen, doch sie hatte dieses Ansinnen strikt abgelehnt.

»So weit kommt es noch, dass ich wie eine alte Frau am Arm meines Schwiegersohns durch die Straßen wackele«, hatte sie empört zu Helene gesagt, der die Aufgabe zugefallen war, die Einladung persönlich zu überbringen.

»Nun gut, genau betrachtet könnte man sie vielleicht wirklich für eine alte Frau halten …«, hatte Daniel schmunzelnd gesagt, doch Hannah hatte ihn entsetzt unterbrochen. »Sofern du auch nur einen Ton davon verlauten lässt, wenn sie hier ist, Daniel, dann kann ich nicht für deine Sicherheit garantieren.«

Er hatte die Augenbrauen hochgezogen und sie angegrinst, doch Hannah hatte es bitterernst gemeint. Mutter reagierte für gewöhnlich äußerst dünnhäutig, wenn die Sprache auf ihr Alter oder ihre verblühende Schönheit kam, sodass es sicherer war, jegliche Anspielungen darauf zu vermeiden. Vor allem wäre es äußerst schwierig, sie dazu zu bringen, in die Schweiz mitzukommen oder dem Verkauf des Werkes zuzustimmen, wenn sie erst einmal beleidigt war.

Beklommen kontrollierte sie noch einmal Ariels Verband. Gestern und vorgestern war er immer wieder durchgeblutet, doch nun sah es endlich etwas besser aus. Vorsichtig legte sie eine Hand auf sein Bein. Es war trocken und heiß. Hoffentlich würde das Fieber bald sinken. Es kostete den Körper viel Kraft und nahm ihm die Energie zu heilen. Eine Entzündung wäre zum jetzigen Zeitpunkt fatal.

Ariels Augen waren geschlossen. Behutsam nahm sie den Lappen von seiner Stirn, tränkte ihn erneut mit kaltem Wasser und legte ihn vorsichtig wieder an seinen Platz. Der arme Junge. Es tat ihr im Herzen weh, ihn so leiden zu sehen, aber was in ihrer Macht stand, hatte sie getan. Jetzt musste der Körper es schaffen, sich selbst zu heilen.

Hoffentlich gelang es, eine Entzündung zu vermeiden, damit er sein Bein würde behalten können. Sie sehnte sich mit jeder Faser ihres Herzens danach, doch die Chancen standen fünfzig zu fünfzig. Sie hatte schon Patienten gehabt, die mit einer noch schwereren Verletzung später wieder völlig normal gehen konnten, und andere, bei denen sie das Bein zu guter Letzt abnehmen mussten.

Dieser Gedanke in Bezug auf ihren Sohn verursachte ihr eine Gänsehaut. Sie spürte, wie ihre Hände wieder zu zittern begannen. An eine Auswanderung war auch erst zu denken, wenn Ariel genesen oder zumindest so sehr gesundet war, dass ihn eine solch lange und strapaziöse Reise nicht zu sehr belastete.

Sie warf einen nervösen Blick auf die Uhr. Noch zwei Minuten. Gleich würde Mutter erscheinen. Sie war stets preußisch pünktlich. Beklommen sah sie Daniel an. Er hatte jede ihrer Bewegungen mit seinen Augen verfolgt und erwiderte ihren Blick. Von Mutters Entscheidung hing viel ab, denn niemand von ihnen würde guten Gewissens das Land verlassen können, wenn sie sich weigerte. Doch in Berlin zu bleiben war nach den vergangenen Erlebnissen einfach keine Option mehr. Sie seufzte leise, aber sie erkannte an Daniels gefurchter Stirn und den zusammengepressten Lippen, dass er genauso angespannt war wie sie.

Sie lief durch den Salon, zog Ariels Decke zurecht, rückte hier ein Foto gerade und ordnete dort einen Stapel Bücher.

Als plötzlich die Klingel schellte, zuckte sie zusammen und wäre am liebsten losgerannt, um Mutter persönlich in Empfang zu nehmen, doch sie wusste, dass sie Derartiges nicht schätzte. Alles musste bei ihr seine Ordnung haben. Jeder hatte seine Rolle, die er ausfüllen musste. In all den Jahren hatte sich Mutter immer noch nicht daran gewöhnt, dass sie und Alma sich duzten und befreundet waren.

Und so setzte sich Hannah und steckte ihre Hände unter die Zipfel ihres Schultertuchs, um ihr Zittern zu verbergen. Zwei Sekunden später zog sie sie wieder hervor. Es würde Mutter nicht gefallen, wenn sie so dasaß, als hätte sie nur zwei handlose Stümpfe.

Die schweren Schritte ihrer Mutter ertönten im Flur. Sie kamen näher und näher. Just in dem Moment, als Helene direkt vor ihr in den Salon trat und sie ordnungsgemäß meldete, steckte Hannah die Hände zurück unter das Tuch. Dann aber sprang sie auf und eilte mit ausgestreckten Händen Mutter entgegen.

»Wie schön, dich zu sehen, Mutter«, begrüßte sie sie mit fester Stimme.

Sofort runzelte Mutter die Brauen. »Ich bin irritiert über die Dringlichkeit. Warum bestand euer Mädchen darauf, dass ich heute kommen sollte? Und warum seid nicht ihr gekommen, wie es sich gehört?«

Hannah bot ihr den Arm, damit das Mädchen, das still und ruhig als Stütze dagestanden hatte, befreit war.

Unsicher griff Mutter danach. Ihr körperlicher Zustand war offenbar schlechter, als sie es allen glauben zu machen versuchte.

»Mutter, soll ich dich nicht doch einmal untersuchen? Ich habe den Eindruck, dass es mit dem Laufen nicht mehr so gut …«, begann sie entgegen ihren Vorsätzen, Mutter nicht auf die eigene Gebrechlichkeit anzusprechen. Sie konnte als Ärztin einfach nicht aus ihrer Haut.

Sofort versteifte sich Mutters Arm in ihrem. Abwehrend schüttelte sie den Kopf. »Ich bin kerngesund. Niemand braucht mich zu inspizieren. Die Sternbergs sind ein zähes Völkchen.«

Hannah unterdrückte den Impuls, sie daran zu erinnern, dass sie ja eigentlich gar keine echte, sondern nur eine angeheiratete Sternberg war, denn hier ging es schließlich nicht um Logik. Sie schluckte eine Antwort herunter und führte Mutter zum Sessel des Großvaters, in dem sonst immer sie saß, und zog einen kleineren Stuhl heran, um in ihrer Nähe zu sein.

Bisher hatte Mutter Ariel nicht bemerkt. Nur Lucie hatte sie zugenickt, nachdem sie aufgesprungen war und einen schnellen Knicks angedeutet hatte. In diesem Moment aber erspähte sie das dunkle Büschel Haare, das hinter der Lehne des Sofas hervorlugte.

»Wer ist das? Habt ihr etwa einen Patienten hier?« Mutter deutete mit spitzen Fingern darauf. Ihrem Gesicht war die Abscheu über diese Möglichkeit deutlich anzusehen.

Lucie prustete laut heraus. Hannah konnte es ihr nicht verdenken. Mutters Gesichtsausdruck war einfach zu komisch.

»Das ist Ariel, der da auf dem Sofa liegt«, erklärte Hannah.

»Warum lasst ihr ihm ein solches Verhalten durchgehen? Man hat als junger Mann aufzustehen, wenn Besuch kommt.« Die wässrigen blauen Augen wirkten entschlossen.

»Das würde er sicher auch machen, wenn er könnte, Mutter«, schaltete sich Daniel ein.

»Nun, was hält ihn davon ab?« Verwundert taxierte sie ihn.

»Er ist verletzt. Sogar ziemlich schwer«, erklärte Hannah nun. Und bevor Mutter dazu kam, weiter nachzufragen, fasste sie die Ereignisse der letzten zwei Tage in einer deutlich abgemilderten Fassung zusammen. Aus den Augenwinkeln registrierte sie, wie Lucie aufblickte und sich anschickte, ihre Ausführungen zu ergänzen, wahrscheinlich, damit sie die nötige Würze bekamen, doch das erschien ihr überflüssig und würde Mutter nur unnötig aufregen, deswegen blinzelte sie kurz zu ihrer Tochter hinüber und schüttelte leicht den Kopf. Lucie runzelte zwar für einen Moment die Stirn, folgte aber und rutschte wieder zurück auf ihren Stuhl, ohne etwas zu sagen.

Auch so hatten die Neuigkeiten eine nachhaltige Wirkung auf Mutter. Unaufhörlich griff sie sich voll Entsetzen an den Hals und bemühte sich, ihren Kragen zu lockern, der wie immer recht eng an ihrem Hals anlag. Mehrmals warf sie einen besorgten Blick zu ihrem Enkel hinüber, von dem nach wie vor nur ein Stück seiner Haartolle zu sehen war.

»Was für ein Schlamassel. Wie kommen diese Ganoven dazu, ihm so etwas anzutun? Ariel ist ein feiner Junge!« Auf ihrem sonst so blassen Gesicht hatten sich rote Flecken gebildet und ihre Augen glänzten feucht, doch sie saß weiterhin genauso aufrecht wie ein preußischer Offizier da. Nur keine Schwäche zeigen, egal, was kam. Das war von jeher ihr Motto gewesen. Hannah hatte sicherheitshalber den Teil ausgelassen, der passiert war, nachdem sie Ariel versorgt hatten. Mutter wäre fassungslos, wenn sie von ihrem Gefängnisaufenthalt erfahren würde, und sie war froh, dass sie das Schweigen darüber im Vorfeld mit der Familie abgeklärt hatte.

Mutter saß da, kerzengerade, wenn auch leicht schwankend, und schwieg irritierenderweise.

»Ja, Mutter, nun weißt du, warum wir dich hergebeten haben. Wir wollten Ariel nicht allein lassen, dich aber trotzdem persönlich über alles Vorgefallene informieren«, erklärte Hannah und sah ihre Mutter aufmerksam an. Doch noch immer sagte diese nichts.

Ach je, es würde ihr doch nicht wieder die Sprache verschlagen wie damals nach Jakobs Tod? An diese Möglichkeit hatte sie gar nicht gedacht. Doch es half nichts. Sie hatten Mutter einweihen müssen, um ihr deutlich zu machen, warum Daniel die Führung der Fabrik aufgeben und sie auswandern wollten.

Die Stille dehnte sich ins Unerträgliche, doch niemand sprach. Alle blickten nur ängstlich auf die Matriarchin der Familie, weil jeder wusste, wie viel von ihrer Reaktion abhing.

Hannah drückte ihre Daumen so fest, dass die Gelenke schmerzten. Sie warf einen schnellen Blick auf Daniel. Er wirkte unnatürlich blass und seine Augen hinter den blitzenden Brillengläsern waren nervös fiebrig. Sie konnte es ihm nicht verdenken. Noch immer saß Mutter regungslos da und spitzte die Lippen, während sie offenbar nachdachte.

Endlich, als Hannah schon glaubte, sie würde gleich vor lauter Spannung umfallen, regte sich Mutter wieder.

Langsam wandte sie ihr den Kopf zu und resümierte bedächtig: »Nun, das sind überaus unerfreuliche Neuigkeiten. Was habt ihr vor?«

Überrascht linste Hannah zu Daniel herüber. Mit einer solch pragmatischen Reaktion hatte sie nicht gerechnet. Er offenbar auch nicht, denn er zuckte mit den Schultern und schaute daraufhin wieder Mutter an, offensichtlich begierig darauf, was sie als Nächstes sagen würde.

»Schön, dass du es auch so siehst, dass etwas passieren muss«, äußerte er schließlich.

Die alte Dame drehte ihm den Kopf zu, das Kinn hoch erhoben, und schaute ihn durchdringend an. »Also?«

»Wir haben uns entschlossen, unsere Zelte in Deutschland abzubrechen. Wir wollen auswandern, damit uns so etwas nie wieder geschieht«, teilte er ihr ruhig mit.

»Alle?« Weiterhin saß sie so aufrecht da, als hätte sie einen Stock verschluckt. Sie blinzelte noch nicht einmal.

»Alle. Sogar Alma und Wilhelm kommen mit und Kurt und Ursula natürlich auch.«

»Oh … aha.« Mehr sagte sie nicht. Auch an ihrer Mimik war wie immer nichts abzulesen.

Nervös sah Hannah zu Daniel hinüber. Was, wenn sie hierbleiben wollte? Hannah knetete unruhig ihren Handballen.

»Und was soll mit dem Werk geschehen?«, fragte Mutter just in diesem Moment.

»Nun, da ich im Falle eines Umzugs nicht mehr als Direktor zur Verfügung stehe, dachten wir, dass es wahrscheinlich am besten wäre, die Fabrik zu verkaufen«, erklärte Daniel ein wenig zögerlich.

Mutter fuhr auf. »Verkaufen? Unsere Fabrik?«

Hannah sank das Herz in die Hose.

Ariel stöhnte leise im Schlaf, während sich Mutters Gesicht mehr und mehr verfinsterte.

Schließlich fing sie an, sich aus dem Sessel emporzustemmen, und nickte Hannah ein wenig herrisch zu, damit sie ihr zu Hilfe käme.

»Wo willst du hin, Mutter? Du willst doch nicht etwa gehen?«, rief sie hilflos, während sie aufsprang, sie unter dem Arm ergriff und vorsichtig hochzog.

»Unsinn. Ich will einen Blick auf meinen Enkel werfen. Zeig mir seine Verletzungen.« Und damit begann sie, sich entschlossen in Richtung Sofa in Bewegung zu setzen.

»Aber … ich kann dir sein Bein nicht zeigen. Es ist frisch verbunden.«

»Dann zeig mir den Rest. Ich will wissen, wie schlimm es um ihn steht.« Mutter reckte entschlossen das Kinn empor.

Sie waren beim Sofa angekommen. Ariels Augen waren weiterhin geschlossen und er sah nach wie vor entsetzlich blass aus. Hannah fühlte nach dem Lappen auf seiner Stirn. Schon wieder warm. Mit schnellem Griff tunkte sie ihn in das bereitstehende kalte Wasser, drückte den Lappen aus und legte ihn zurück auf seine Stirn. Ariel rührte sich nicht. Sie begutachtete die kleinen Schweißtropfen auf seiner Oberlippe und wünschte sich, dass sie nicht da wären.

Währenddessen inspizierte Mutter sein geschwollenes Gesicht, das an mehreren Stellen von den Fausthieben und Tritten aufgeplatzt war. Sie musterte ihn, ohne eine Miene zu verziehen. Hannah schlug die Decke zurück und wies auf den Verband, der sein ganzes Bein verhüllte. Er war nicht blutig, aber das Wundwasser hatte einen bräunlichen Rand auf dem weißen Gewebe hinterlassen.

»Wie groß ist die Wunde an seinem Bein?«, wollte Mutter wissen.

Hannah deutete mit den Händen eine Länge von etwa vierzig Zentimetern an. »Ich musste sie vergrößern, um sein Bein richten zu können«, erklärte sie tonlos.

Mutter nickte, dann schickte sie sich an, wieder zu ihrem Sessel zurückzugehen. Hannah, die gerade dabei war, Ariel zuzudecken, gab Daniel ein Zeichen, und sofort war er neben Mutter, reichte ihr ritterlich den Arm und führte sie zurück.

»Wie lange braucht er, bis er so weit wiederhergestellt ist, dass er reisen kann?«, erkundigte sich Mutter sachlich, als sie wieder in dem Sessel saß. Sie griff nach ihrer Tasse und nahm mit elegant abgespreiztem Finger einen Schluck. Ihr Kuchen lag unberührt auf dem Tellerchen neben ihr.

»Das ist schwer zu sagen. Wenn wir es schaffen, eine Infektion zu verhindern … vier Wochen, hoffe ich.«

Mutter nickte zur Bestätigung, dass sie verstanden hatte. Dann griff sie wieder nach ihrer Tasse und nippte erneut daran.

»Ausgezeichnete Mischung«, meinte sie anerkennend, nachdem sie sie nach einer gefühlten Ewigkeit wieder absetzte. »Dein Mädchen soll meinem den Namen sagen, damit sie sie besorgen kann.«

»Ich gebe dir gerne etwas mit. Auguste wird alles für dich einpacken«, versprach Hannah ungeduldig. Warum redeten sie jetzt über Tee? Gab es nicht so viel Wichtigeres, das geklärt werden musste?

»Und, Großmama? Was sagst du zu dem ganzen Schlamassel?«, schaltete sich Lucie ein.

Hannah warf ihr einen dankbaren Blick zu.

»Ich frage mich, ob wir den Zeitraum ein wenig verlängern könnten. Zwei Monate würden mir besser passen«, antwortete die alte Dame und verzog nach wie vor keine Miene.

»Wofür passen?«, fragte Daniel. Man sah ihm die Anspannung deutlich an. Er war so weit nach vorn gerutscht, dass er nurmehr auf der Sesselkante saß.

»Nun, ich denke, um einen ordentlichen Käufer zu finden und den Hausstand anständig aufzulösen, braucht es schon eine gewisse Zeit.«

Hannah sah Daniel an. Was hatte das alles zu bedeuten? Er war aufgesprungen und strahlte über das ganze Gesicht.

»Heißt das, du stimmst einem Verkauf des Werkes zu?« Sie sah Mutter skeptisch an.

»Natürlich. Alles andere wäre hirnverbrannt angesichts der Umstände.«

Hannah riss die Augen auf. Daniel blinzelte noch ein wenig ungläubig, grinste aber wie ein Honigkuchenpferd. Auch er schien kaum glauben zu können, was er hörte.

»Kommst du wirklich mit in die Schweiz?«, staunte Lucie.

»Wolltest du mich etwa allein zurücklassen? Das wäre wohl kaum angemessen, junge Dame!« Mutter zog die Augenbrauen in die Höhe und sah ihre Enkelin kritisch an.

»Selbstverständlich nicht«, beeilte sich Hannah mit der Antwort. »Wir haben nur nicht zu hoffen gewagt, dass du mitkommen würdest.«

»Gehofft oder befürchtet?« Mutter lächelte.

Hatte sie etwa einen Scherz gemacht? Hannah blickte sie erstaunt an. Ihre Mutter hatte sich gerade bereit erklärt, über ihren Schatten zu springen, die heiß geliebte Familienfabrik zu verkaufen, mit ihnen auszuwandern – und sie hatte einen Witz gemacht, über den sie sogar selbst lächelte. Es geschahen noch Zeichen und Wunder!

Kapitel 35

Lucie war hin und her gerissen. So sehr sie sich freute, dass die ganze Familie mitkam, so gerne wäre sie noch einmal nach Tübingen gefahren und hätte Helga in den Arm genommen. Wer wusste schließlich, ob und wann sie sich jemals wiedersehen würden. Sie hatte darüber hinaus das Gefühl, der Freundin unrecht getan zu haben und sich persönlich entschuldigen zu müssen, weil sie sie irgendwie im Stich ließ. Doch natürlich war das in Anbetracht der Kürze der Zeit nicht möglich. Großmutter hatte recht: So einen Haushalt zu verpacken und aufzulösen war deutlich umfangreicher, als sie sich jemals hätte vorstellen können. Doch trotz der vielen Arbeit war es eine wundervolle Vorstellung, dass die ganze Familie den großen Schritt in ein fremdes Land gemeinsam wagen wollte. Und das Baby, das bald erwartet wurde, würde so im Kreis der ganzen Familie aufwachsen. Hoffentlich wurde es ein Mädchen! Wenn da nur nicht die Trennung von Paul wäre. Sie hatten einen genauen Schlachtplan ausgearbeitet: Es war vereinbart, dass er sie in den nächsten Ferien besuchen kommen würde. Und sie wollten sich zweimal die Woche schreiben und so oft wie möglich miteinander telefonieren. Da die Familie Ackermann noch kein Telefon hatte, würde er dafür zu Schwester Ida in die Praxis kommen. Sie würde alles mit Doktor Brandt abklären. Es war schwierig, aber machbar. Deshalb war sie fest entschlossen, sich nicht von dem Gedanken an die bevorstehende Trennung verrückt machen zu lassen.

Auch wenn sie der Gedanke einschüchterte, in einem fremden Land zu leben, dessen Mentalität sie nur bruchstückhaft kannte, war doch alles gut so, wie es war. Was brachte es, sich über ungelegte Eier zu grämen? Das Wichtigste war, dass die Familie zusammen und in Sicherheit war. Immerhin ging es Ariel jeden Tag ein bisschen besser. Das Fieber hatte nachgelassen. Mutters Miene wirkte nicht mehr so sorgenvoll, wenn sie sein Bein inspizierte. Er ähnelte weiterhin einem Boxer, der in der ersten Runde bereits k. o. gegangen war, aber ab und an lächelte er sogar, was Lucie sehr beruhigte. Sie hatte das tröstliche Gefühl, dass er wieder ganz der Alte werden würde, wenn alles abgeheilt war. Mutter war in der Hinsicht auch deutlich zuversichtlicher als kurz nach dem Angriff. Natürlich war er immer noch sehr schwach und verbrachte den Großteil der Tage auf dem Sofa oder in seinem Rollstuhl, weil Mutter ihm streng verboten hatte, allein aufzustehen und herumzulaufen, bevor sie ihm nicht ihre Zustimmung dafür erteilt hatte.

Sie hatten darüber beraten, ob es sinnvoll sei, wenn Lucie die letzten Wochen bis zur Abreise noch zur Schule ginge, waren aber übereingekommen, dass es am sichersten wäre, sie zu Hause zu lassen. Es war sowieso genug zu tun. Alles musste eingepackt werden, auch die Dinge, die nicht mitkamen. Am schwierigsten war dabei die Frage, was hierbleiben und was mitsollte.

Lucie saß im Schneidersitz auf dem Boden ihres Zimmers, der über und über mit Erinnerungsstücken, Kleidung und Büchern übersät war. Sie hatte alles, was sie besaß, aus Schränken und Kommoden gezerrt, weil sie gehofft hatte, dass es dann leichter wäre zu entscheiden, was sie mitnehmen wollte. Leider funktionierte das jedoch deutlich schlechter als gedacht.

Was nahm man mit, was ließ man hier, wenn man ins Ausland ging? Keine Frage war für Lucie bisher ähnlich schwer zu beantworten gewesen wie diese. Sie konnte doch keines der Bücher, die ihr so ans Herz gewachsen waren, hier zurücklassen. Die ganzen Bücher über das alte Ägypten, die sie in der Bibliothek der Urgroßeltern gefunden hatte, und ihre Schätze, die noch aus ihrer Tübinger Zeit stammten. Hier, der Bildband über Nofretete oder der Roman über Ramses den Zweiten, auf gar keinen Fall würde sie sich von denen trennen! Und sollte sie die Briefe von Helga mitnehmen? Inzwischen hatte sich ein großes Bündel angesammelt und es wäre ihr verräterisch vorgekommen, sie hierzulassen. Schließlich wusste sie ja gar nicht, ob und wann sie zurückkehren würde. Andererseits erschien es ihr auch nicht sonderlich klug, den begrenzten Platz in ihren Koffern und Kisten mit alten Briefen zu füllen. Auch ihre Puppen, die Schulsachen und sonstige Erinnerungen brachten sie an den Rand der Verzweiflung.

Milli strich zwischen den Haufen auf dem Boden umher und drückte sich immer wieder tröstend an Lucie, die sich buchstäblich die Haare über die schwierigen Entscheidungen raufte.

Als Vater sie zum Essen holen wollte, hockte sie zunehmend verzweifelt auf dem Boden und jammerte über die Last der Entscheidungen.

»Luciemaus, was hat dir denn die Petersilie verhagelt? Du machst dir doch nicht etwa das Leben wegen des ganzen alten Krams schwer, oder?«

Mit heruntergezogenen Mundwinkeln sah sie ihn an und nickte kurz.

Vater schüttelte schmunzelnd den Kopf, dann kam er durch den ganzen Krempel zu ihr, wobei er wie ein Storch mit übertrieben hochgezogenen Knien quer durch die Sachen stelzte. Schnell schob er Briefe, Heftchen und Sammelbilder beiseite und ließ sich direkt neben Lucie auf dem Boden nieder. Sie seufzte und legte den Kopf an seine Schulter.

»Ist gar nicht so einfach, sich zu entscheiden, was einem wichtig ist und was nicht, hm?«, fragte er mit sanfter Stimme.

Lucie nickte – zu schmerzerfüllt, um zu antworten. Aber Vater hatte verstanden.

»Letztendlich läuft es ja nur auf eine Frage hinaus: Brauchst du die Sache fürs Leben, macht sie dich glücklich oder brauchst du sie nicht? Und du musst auch kein schlechtes Gewissen haben, wenn du dich dafür entscheidest, ein Ding hinter dir zu lassen. Du wirfst nicht die Erinnerung an den Menschen, an Gelesenes oder das Erlebte weg, denn die Erinnerung kann dir niemand nehmen. Du wirfst nur den Gegenstand weg, den du mit dieser Erinnerung verbindest. Im Grunde ist er einfach ein Krückstock, ein Helfer, den du nicht wirklich benötigst, wenn du es schaffst, die Erinnerung auch so in dir wachzuhalten. Überlege dir, wie viel Freude andere an den Gegenständen haben werden, die du nicht mehr brauchst.«

Lucie lehnte sich an Vaters Schulter und fühlte sich mit einem Mal deutlich unbeschwerter, wie befreit von einer Last. Sie dachte an die kleine Marie, damals, als sie Mutter zum ersten Mal bei einem Hausbesuch begleitet hatte, und all die anderen Kinder, die unter so unwürdigen Umständen in den Mietskasernen hausten. Wie würden sie sich über Lucies alte Puppen freuen, mit denen sie ohnehin seit Jahren nicht mehr spielte? Und die Sammelbildchen und die Alben mit den getrockneten Blumen, die sie angelegt hatte. Warum hatte sie sich nur so den Kopf zerbrochen? Das waren doch alles bloß Dinge!

Milli sprang auf ihren Schoß, rollte sich zusammen und schnurrte laut.

»Was passiert eigentlich mit Milli? Wir nehmen sie doch mit?«

Sie spürte, wie sich die Muskeln des Vaters unter ihrem Gesicht verhärteten.

Sie riss den Kopf hoch und sah ihn alarmiert an. »Was ist? Sie kann doch nicht hierbleiben!«, rief sie besorgt.

»Nein, natürlich nicht. Aber Auguste geht zurück zu ihren Eltern. Sie leben auf dem Land. Dort wird Milli es gut haben. Sie kann draußen herumspringen und Mäuse fangen. Ich glaube nicht, dass jüdische Katzen auch Einschränkungen erfahren müssen.« Er grinste über seinen eigenen Witz.

»Das ist nicht komisch. Ihr könnt sie mir nicht wegnehmen. Wir gehören zusammen.«

»Lucie, sei vernünftig. So eine lange Fahrt ist sehr beschwerlich für ein Tier. Katzen reisen nicht gern.«

»Sie ist noch klein. Das macht ihr nichts aus. Es würde ihr viel schwerer fallen, wenn sie von mir getrennt würde.« Sie sprach immer lauter. So dringend war ihr Wunsch, den Vater von ihrem Vorhaben zu überzeugen.

»Lucie, bitte! Mach es uns nicht schwerer, als es schon ist. Meinst du, es fällt uns leicht, die Praxis, das Haus und die Fabrik hinter uns zu lassen? Immerhin hat dein Großvater das Werk aufgebaut. Und die Villa am Meer! Wir müssen alle Opfer bringen, auch wenn es im Moment noch so schmerzhaft ist. Es wird uns gelingen, darüber hinwegzukommen. So, jetzt ist es Zeit: Kommst du bitte zum Essen herunter?« Die Stimme des Vaters war ernst. Er stieß sie sanft mit der Schulter an, dann stand er auf und nickte ihr noch einmal zu, bevor er zur Tür ging.

»Ich werde mir deine Argumente noch einmal durch den Kopf gehen lassen und mit Mama darüber reden, in Ordnung? Mehr kann ich dir im Moment nicht versprechen.« Und damit war er draußen.

Lucie saß auf dem Fußboden und drückte die ahnungslose Milli an sich, während Tränen in ihr Fell kullerten. Sie mussten ihr einfach erlauben, Milli mitzunehmen. Das Leben war so furchtbar, furchtbar ungerecht!

Kapitel 36

Als Lucie schließlich herunterkam, waren die Erwachsenen dabei, Ariel mit großem Hallo ebenfalls ins Esszimmer zu bugsieren. Er durfte zum ersten Mal für kurze Zeit wieder mit am Tisch sitzen, sodass die Stimmung aller, als es endlich geschafft war und er auf seinem Stuhl saß, deutlich besser war als die von Lucie. Alle taten aber freundlicherweise so, als würden sie Lucies verweintes Gesicht nicht bemerken.

»Habt ihr euch überlegt, von wem ihr euch alles verabschieden wollt? Das will gut organisiert sein, denn so viel Zeit ist nicht mehr. Du bist selbstverständlich ausgenommen, Ariel!«, stellte Mutter kategorisch fest.

Ariel rollte theatralisch mit den Augen, sagte aber nichts. Von wem hätte er sich auch hier in Berlin verabschieden sollen? Er war nicht lange genug hier gewesen, um großartig Verbindungen zu knüpfen, und war darüber hinaus derzeit sowieso nicht in der Lage, irgendwo allein hinzugehen. Für den Weg zum Tisch hatte er sich schwer auf seine Krücken gestützt, während Mutter nervös dirigierend vor ihm hergelaufen war und mögliche Hindernisse aus dem Weg geräumt hatte. Lucie hatte mit großen Augen dagesessen und das Spektakel beobachtet.

Jetzt standen wieder Schweißperlen auf Ariels Stirn, trotzdem lächelte er glücklich.

»Das wird jeder für sich regeln, denke ich. Oder hast du an eine Abschiedsfeier gedacht, Hannah?« Vater lud sich einen Löffel Möhrenallerlei auf den Teller.

»Das schaffen wir zeitlich nicht, denke ich. Und außerdem wäre es noch deutlich zu viel für Ariel. Wir wollen ja dadurch nicht die Zugfahrt verzögern.«

»Da hast du wahrscheinlich recht. Trotzdem gibt es gute Nachrichten: Ich habe einen Kaufinteressenten gefunden. Und wenn er sich als so liquide erweist, wie er vorgibt, können wir die Fabrik hoffentlich zu einem guten Preis verkaufen.«

»Das ist schön. Da wird Mutter auch froh sein, wenn das Werk in gute Hände kommt.«

»Können wir Milli wirklich nicht mitnehmen?« Lucie hatte die ganze Zeit stumm dagesessen und den Saum ihrer Bluse geknetet, inzwischen aber hielt sie es einfach nicht mehr aus.

»Wenn du versprichst, gut auf sie aufzupassen, dann darf sie mit. Allerdings musst du dafür Sorge tragen, dass sie während der Zugfahrt keine Probleme verursacht«, sagte Mutter lächelnd.

Lucie sprang auf und umarmte erst Mutter und danach Vater stürmisch. Und wo sie gerade dabei war, nahm sie auch Ariel in den Arm, allerdings wesentlich vorsichtiger, als es bei den Eltern der Fall gewesen war. Sie war so erleichtert, dass sie die ganze Welt umarmen wollte.

»Danke, danke, danke!«, rief sie strahlend. »Ihr werdet es nicht bereuen, das verspreche ich euch. Es wird euch noch nicht einmal auffallen, dass sie dabei ist.«

»Nun, das werden wir ja sehen«, unkte Vater mit skeptischem Grinsen auf dem Gesicht.

»Ich freue mich, dass du dich so freust.« Ariel lächelte ihr zu.

Dankbar grinste Lucie zurück. Jetzt fehlte nur noch, dass auch Paul mitkäme, aber so viel konnte sie wohl nicht vom Schicksal verlangen.

»Ich habe übrigens vorhin Herrn Weizmann getroffen«, berichtete Vater.

»Geht es ihm besser? Sind seine Frau und die Kinder wieder da?«

»Er ist fast wieder der Alte. Nur seine Nase sieht noch ein wenig schief aus, aber das sei halb so schlimm, meint er. Seine Familie soll nächste Woche wiederkommen, auch wenn seine Frau sich dagegen sträubt.«

»Sie wird Angst haben und ich kann es ihr nicht verdenken. Nach allem, was vorgefallen ist. Hast du ihm von unserer Entscheidung erzählt?«, erkundigte sich Mutter.

»Habe ich. Und ich habe ihm geraten, es uns gleichzutun. Doch das will er nicht. Er ist der Meinung, dass sich alles bald wieder beruhigen wird.«

»Wie soll das geschehen? Bisher ist es immer noch ein wenig schlimmer geworden, wenn man auf Besserung gehofft hat«, gab Ariel leise zu bedenken.

»Ich glaube auch nicht daran. Er betont aber, dass Deutschland ein Rechtsstaat ist, in dem über kurz oder lang solche Attacken unterbunden werden«, erzählte Vater weiter.

»Wollen wir für ihn und seine Familie hoffen, dass das wahr wird und dass sie keine Angriffe und keinen Hass mehr erdulden müssen«, seufzte Mutter.

Lucie saß noch immer freudestrahlend am Tisch. Sie war so unsagbar glücklich, dass wenigstens Milli mitkonnte. Und ja, natürlich freute sie sich, wenn es den Weizmanns gut ging, aber noch dringlicher erschien ihr die Frage, ob alles so funktionieren würde, wie Paul und sie sich das vorstellten. Wenn sie daran dachte, wie sehr er ihr in der Zeit gefehlt hatte, die sie an der See verbracht hatte, wurde ihr doch ein wenig bange, den

Freund so lange entbehren zu müssen. Doch dass wenigstens Milli da war, würde ihr über den Trennungsschmerz, bis sie sich wiedersahen, hoffentlich ein wenig hinweghelfen.

»Hast du eigentlich schon Helga geschrieben? Ich würde ein paar Grüße an ihre Mutter beifügen. Zum Abschied.«

Lucie schüttelte den Kopf. Sie hatte noch niemandem von ihren Umzugsplänen berichtet, außer Paul natürlich. Ein verschwiegener Angestellter von Vater hatte in seinem Auftrag die Karten für die Zugfahrt nach Zürich erstanden. Schon in weniger als vier Wochen würde es losgehen.

»Was passiert eigentlich mit dem Haus hier und der Villa am Meer?«, fiel Lucie plötzlich ein.

»Sie werden auf uns warten«, antwortete Mutter. Dann fügte sie leise hinzu: »Hoffentlich!«

Aber Lucie hatte es trotzdem gehört. Was war mit ihrem Leben geschehen, dass es nur noch von Hoffnung und nicht mehr von Sicherheit geprägt war?

Als sie hier ankamen, hätte niemand von ihnen gedacht, dass sie nach so kurzer Zeit wieder umziehen würden. Und dann auch noch in ein anderes Land.

»Ich werde mich jetzt gleich von Ilse verabschieden.«

Mutter sah überrascht auf. »Ja, tu das nur. Das ist nett.«

»Und vergiss nicht, ihr Grüße von uns zu bestellen«, ergänzte Vater und nahm sich zum x-ten Mal heute die Brille ab, um sie von nicht vorhandenen Staubkörnchen zu befreien. Ein deutliches Zeichen für seinen inneren Aufruhr.

Als sie die Tür zum Garten öffnete, warf sie einen schnellen Blick hinaus, aber von dem alten Beike war dankenswerterweise nichts zu sehen. Für eine Begegnung mit ihm war ihr Nervenkostüm im Moment zu labil.

Die Straßen waren ruhig. Die hohen, blattlosen Bäume überragten die Gehwege und bildeten fast ein Dach, wenn sich ihre

Äste weit oberhalb der Straße umarmten. Lucie ging nachdenklich vor sich hin. Wie waren ihr seit ihrer Ankunft die Häuser, Bäume und Schilder vertraut geworden. Und jetzt musste sie sich schon wieder von allem verabschieden. Wie unstet war ihr Leben doch.

Als sie vor dem Häuschen stand, in dem Ilse mit ihrer Mutter wohnte, zögerte sie einen Moment. Es erschien ihr so endgültig, wenn sie auch jemand anderen in ihre Umzugspläne einweihte. Doch es änderte nichts. Und es würde ihr guttun, alles mit Ilse zu bereden.

Kaum hatte Lucie auf den Klingelknopf gedrückt, öffnete Ilse auch schon die Tür. Sie hatte ihre Bund-Deutscher-Mädel-Kluft an, die den Graben zwischen ihnen am deutlichsten symbolisierte.

»Lucie! Wie gehts dir? Ich habe gehört, was passiert ist. Klar, dass du deswegen nicht in der Schule warst. Wenn nicht so viel zu tun gewesen wäre, wäre ich längst bei euch vorbeigekommen.«

Lucie winkte ab. Es war offensichtlich, womit Ilse ihre Zeit verbracht hatte. »Ich wollte dich nur kurz sehen und …«

»Das ist lieb von dir. Ich muss auch gleich aus dem Haus. Wir machen heute eine Nachtwanderung mit dem BDM. Willst du mich noch zum Park begleiten?« Damit zog sie die Tür hinter sich zu.

»Oh, ich … ein kleines Stück vielleicht«, antwortete Lucie zögerlich.

»Schön! Du glaubst nicht, was heute in der Schule los war. Margot ist einfach zu peinlich …«, begann Ilse unbefangen zu schwatzen, während sie wie früher nebeneinander herliefen.

Doch Lucie hörte nur mit einem Ohr auf Ilses Geplauder. Das war nicht mehr ihre Welt, von der Ilse da erzählte. Innerlich hatte sie sich bereits von der Schule und den Klassenkameradinnen zurückgezogen. Lediglich von Ilse hatte sie sich noch persönlich verabschieden wollen. Doch die quasselte so ohne Unterlass, dass Lucie, die sowieso nicht genau wusste, was sie hätte sagen sollen, sie einfach reden ließ.

Kurz bevor sie den Park erreicht hatten, blieb Lucie stehen und schaute Ilse eindringlich an. »Ich muss dir etwas sagen.«

»Hui, das hört sich ja ernst an.«

»Ist es auch. Wir ziehen weg. Ich wollte dir Auf Wiedersehen sagen.«

»Was? Aber warum denn? Und wohin?« Ilse riss die Augen auf.

»In die Schweiz. Hier ist es meinen Eltern zu gefährlich geworden.«

»Oh, das ist ja ein Hammer. Und was ist mit Paul? Trennt ihr euch dann? Was passiert denn mit eurem Haus und allem anderen?« Die Worte sprudelten nur so aus Ilse heraus.

Lucie schüttelte empört den Kopf. »Auf keinen Fall. Paul und ich bleiben zusammen. Auf immer und ewig.«

»Aber wie soll denn das gehen? Er hier und du da. Das klappt doch auf die Dauer nicht.« Ilse wechselte unruhig von einem Fuß auf den anderen.

»Es wird klappen. Wenn man etwas nur doll genug will, dann schafft man es auch. Musst du los?« Lucie warf einen Blick auf die zappelige Ilse.

»Ich darf nicht zu spät kommen, weißt du? Vielleicht ist es besser, wenn wir nicht gemeinsam im Park gesehen werden«, meinte Ilse, als sie die Ecke erreicht hatten, und wich ein Stück von ihr zurück.

Lucie betrachtete sie einen Augenblick nachdenklich. Dann sagte sie langsam: »Ja, vielleicht ist es besser so. Lebwohl!« Sie drehte sich um und ging den gleichen Weg zurück, den sie eben mit Ilse gekommen war, ohne sich noch einmal umzusehen.

Sie nahm es der Freundin nicht übel, dass ihr andere Dinge auf einmal so viel wichtiger waren als ihre Freundschaft, auch wenn es natürlich ein wenig schmerzte. Aber das waren eben die Umstände und der Lauf der Dinge. Ihre Freundschaft war schön gewesen, solange es sie geben durfte. Aber in der letzten Zeit war alles deutlich komplizierter geworden. Sie hatte sich von Ilse verabschiedet. Auch wenn es ein wenig zwickte und zwackte, dass sie ihr nicht mehr so wichtig war wie früher, hatte sie innerlich mit diesem Kapitel abgeschlossen.

Für den nächsten Tag hatte Mutter Schwester Ida und Doktor Brandt zum Abendessen eingeladen.

»Das gehört sich so, denn schließlich muss ich etwas Wichtiges mit ihnen besprechen«, hatte sie erklärt und entschlossen dreingeblickt.

»Aber müssen wir alle dabei sein?«, hatte Ariel mit schwacher Stimme protestiert.

»Also bitte, was ist das für eine Frage, schließlich arbeiten sie hier im Haus und sind mit uns allen eng verbunden«, hatte Mutter eingeschnappt erwidert. Niemand hatte sich mehr getraut, weiteren Einspruch dagegen zu erheben.

»Es kann sein, dass ich etwas später dazustoße, es ist einfach zu viel organisieren vor dem Verkauf«, hatte Vater es versucht; doch auch diesen Einwand hatte Mutter rigoros abgeschmettert.

»Dann bleibst du eben morgen länger. Heute Abend werden wir alle pünktlich um den Tisch sitzen und ihnen von unseren Plänen erzählen.«

Vater hatte die Augen verdreht, doch gesagt hatte er nichts mehr.

Am Abend saßen alle geschniegelt und gebügelt mit Schwester Ida und Doktor Brandt um den Tisch und lächelten sich unsicher an. Lucie merkte Mutter an, dass sie die große Ankündigung hinausschob. Im Minutentakt bot sie ihnen etwas zum Knabbern oder zu trinken an, fing ein Gespräch über einen darmleidenden Patienten oder eine kurzatmige Patientin an, doch alle schienen zu spüren, dass etwas Großes in der Luft lag. Auch Schwester Ida mit ihren wunderschön blitzenden Augen und Doktor Brandt mit seiner so liebenswürdig tollpatschigen Art schienen es zu merken, denn sie warfen sich unsichere Blicke zu oder kniffen für den Bruchteil einer Sekunde die Augen zusammen.

Als Helene endlich mit der Suppe eintrat, war Ariel bereits wieder so geschwächt, dass er zum Sofa geleitet werden musste, wo er sich hinlegen konnte. Insofern kamen alle erst spät dazu, ihre Suppe zu löffeln, sodass diese mittlerweile deutlich abgekühlt war. Normalerweise wurde am Friedländer'schen Tisch geredet und geplappert, doch heute starrte jeder angestrengt in seinen Suppenteller und vermied es, die anderen anzusehen.

Schließlich, als Helene endlich die Suppe abgeräumt hatte und den Braten und die Kartoffeln mit stolzgeschwellter Brust auftrug, als hätte sie das Fleisch selbst geschossen, räusperte sich Doktor Brandt. »Es mag sein, dass ich mich täusche, aber wäre es nicht an der Zeit, über den Elefanten zu sprechen, der mitten im Raum steht?«

Mutter sah ihn ein wenig erschrocken an und Vater neigte zustimmend den Kopf.

»Ja, das ist richtig. Ich weiß auch nicht, warum ich mich bei Ihnen beiden so schwertue und es nicht einfach erzähle. Es ist … ich weiß auch nicht … ich habe mich immer so wohl mit Ihnen gefühlt und hatte das Gefühl, dass wir eine gute Mannschaft sind.« Mutter schluckte schwer.

Schwester Ida riss die hübschen grünen Augen auf und blickte sie bestürzt an, und auch Doktor Brandt kniff die Lippen zusammen, während er sie aufmerksam anstarrte.

»Wollen Sie etwa die Praxis aufgeben, Frau Doktor?«, fragte Schwester Ida schließlich in die beklommene Stille hinein. Entsetzen lag in ihrem Blick.

»Nein, das ist es nicht. Wobei, vielleicht ein kleines bisschen doch. Aber … ich würde die Zusammenarbeit mit Ihnen nicht aufgeben, wenn ich nicht …«, stammelte Mutter unbeholfen.

Was war nur mit ihr los? So hatte Lucie sie ja noch nie erlebt. Mutter war normalerweise so eloquent und sicher und jetzt wirkte sie wie ein Häufchen Elend, das sich nicht getraute, Tacheles zu reden.

Nun aber griff Vater ein, der Mutters Leiden offenbar auch nicht weiter mit ansehen konnte. »Was meine Frau sagen will, ist Folgendes: Wir haben uns entschlossen auszuwandern. Deutschland erscheint uns dieser Tage für Juden als zu unsicheres Pflaster. Natürlich will sie Ihnen nicht die Arbeit wegnehmen und die Patienten brauchen Sie ja auch. Deshalb wollte sie Sie in diesem Rahmen fragen, ob Sie beide sich vorstellen könnten, die Praxis auch allein ohne sie fortzuführen, unter Zahlung eines angemessenen Pachtgeldes selbstverständlich. Habe ich alles richtig gesagt?«, wandte sich Vater aufmunternd an Mutter.

Die nickte erleichtert. »So, endlich ist es raus. Ich weiß auch nicht, warum ich seit Tagen wie die Katze um den heißen Brei herumschleiche und mich so schwertue, den Mund aufzumachen.«

Doktor Brandt stieß die Luft aus und sagte verdutzt: »Das ist allerdings ein dickes Ei.«

Schwester Ida schaute mit großen Augen von einem zum anderen. »Sie wollen weggehen? Aber wohin denn?«

»In die Schweiz«, schaltete sich Lucie ein und legte den Kopf schief. Schwester Ida erweckte den Anschein, als würde sie gleich in Tränen ausbrechen.

»Wir fühlen uns nach alldem, was passiert ist, einfach nicht mehr sicher hier. Die ganze Familie kommt mit. Es ist ein Neuanfang auf hoffentlich sicherem Boden«, beeilte sich Mutter zu erklären. Rasch tupfte auch sie sich über die Augen.

Schwester Ida schwamm schon in Tränen. »Sie werden uns furchtbar fehlen«, stammelte sie.

Doktor Brandt hatte die Stirn in Falten gelegt und wirkte wie ein Bernhardiner, doch immerhin weinte er nicht ebenfalls. All diese Tränen. So langsam wurden sie Lucie zu viel.

»Nehmen Sie mein Angebot an?«, fragte Mutter leise, während sie beruhigend Schwester Idas Hand tätschelte.

Doktor Brandt schluckte schwer und warf einen Blick auf die tränenüberströmte Schwester Ida.

»Nun, das ist natürlich eine Sache, über die man sich ein paar Gedanken machen sollte, aber wenn Schwester Ida einverstanden ist, wäre ich gerne bereit … auch, wenn es ein gewisses Risiko ist. Was ist, wenn die Patienten eigentlich nur Ihretwegen gekommen sind und in Zukunft fernbleiben? Ich habe lange noch nicht dieses Maß an Erfahrung wie Sie.« Er schluckte. Dann fuhr er fort: »Trotzdem: Es wäre mir eine Ehre, die Arbeit fortzuführen, die Sie und Ihr Großvater hier in diesen Räumen begonnen haben.«

Mutter kniff ergriffen die Lippen zusammen und sprang auf. Sie lief um den Tisch herum und reichte Doktor Brandt die Hand.

»Sie glauben gar nicht, was für ein riesiger Stein mir gerade vom Herzen fällt. Ich bin so erleichtert und hoffe, dass Sie uns unsere Flucht nicht allzu übel nehmen.«

Doktor Brandt sah kurz hinüber zu dem Platz, an dem Ariel vorhin noch gesessen hatte, dann sagte er mit rauer Stimme: »Wer sind wir, dass wir über Sie zu richten hätten? Ich kann Ihre Beweggründe sehr gut verstehen. Ich habe die Wunden gesehen und all das Unglück. Ich habe miterlebt, wie Sie von einigen Patienten behandelt wurden, nachdem sie herausbekommen hatten, dass Sie Jüdin sind. Ich denke, Sie haben die richtige Entscheidung getroffen, vor allem, wenn die Familie mitgeht. Natürlich werden Sie uns sehr fehlen. Als Mentorin, aber auch als Mensch, genauso wie Ihre ganze Familie. Aber wir drücken Ihnen die Daumen, dass Sie dort unten Ihr Glück finden werden.«

Mutter sah ihn an und ihre Lippen zuckten. Dann fiel sie ihm ohne weitere Vorwarnung um den Hals.

»Danke!«, murmelte sie überwältigt. »Vielen Dank!«

Nach dem Essen stieg Lucie gedankenversunken die Treppe hinauf. Auch wenn sie erst dagegen gewesen war, an diesem Treffen teilnehmen zu müssen, hatte es sie doch gerührt, die Reaktion von Schwester Ida und Doktor Brandt mitzubekommen. Nach all den Wunden, die die jüngsten Ereignisse bei allen geschlagen hatten, war es Balsam, diese Worte zu hören. Auch von Herrn Korte wollte sie sich verabschieden, denn es war sicherlich heilsam, einen sauberen Schlussstrich unter dieses Kapitel ihres Lebens zu ziehen. Doch sie hielt es für besser, ihm einen Brief zu schreiben, sobald sie in der Schweiz angekommen wären. Zumal sie ihn auch nicht in eine möglicherweise peinliche Situation bringen wollte, wo er das Feigenblatt in Gestalt seines sonst so typischen burschikosen Auftretens vielleicht für einen Augenblick herunterreißen und sein wahres gutherziges Gesicht zeigen musste.

Außerdem wollte sie nicht einmal mehr in die Nähe der Schule gehen. Sie hatte mit dieser traumatischen Erfahrung abgeschlossen und befürchtete, dort von ihren Gefühlen überwältigt zu werden. Zu viele unangenehme Momente hatte sie an diesem Ort erleben müssen. Ilse würde den anderen sicherlich ohnehin von ihren Plänen erzählen.

Sie öffnete die Tür zu ihrem dunklen Zimmer und setzte sich auf das Fensterbrett, um auf die Straße hinauszuschauen. Das hatte sie in den letzten Monaten häufig gemacht, wenn sie ihre Gedanken ordnen wollte. Würde sie das auch in der

Schweiz tun können? Wo würden sie wohnen? Wie wären die Klassenkameradinnen? Würde sie im Lernstoff mitkommen?

Doktor Brandt und Schwester Ida, von denen sie sich just verabschiedet hatte, traten gerade zur Tür hinaus.

Er hielt ihr galant den Arm hin, um sie zur Tram zu geleiten. Ob es Idas Hans etwas ausmachen würde, seine Verlobte Arm in Arm mit einem anderen Mann zu sehen? Aber Doktor Brandt war Doktor Brandt und Hans war ein ganz anderes Kaliber. Er war größer als Doktor Brandt und stattlich, genauso wie Paul. Ob Ilse immer noch in Doktor Brandt verliebt war? Lucie konnte sich nicht vorstellen, dass Schwester Ida auch nur in Erwägung ziehen könnte, so jemanden für Doktor Brandt sausen zu lassen. Aber man wusste nie, was kam. Das Leben hielt ständig Überraschungen bereit. Gute und schlechte, das hatte sie im letzten Jahr schmerzhaft erfahren müssen.

Wie würde sie diese Berliner Zeit später in Erinnerung behalten? Hoffentlich nicht nur als düsteres Kapitel, sondern als eines, in dem sie viel gelernt hatte. Über sich. Über die Menschen. Über das Leben. Mehr, als sie zwischendurch geglaubt hatte, verkraften zu können. Doch das hatte sie und sie war erstarkt daraus hervorgegangen. Wenn sie nicht hergekommen wären, hätte sie Paul nie kennengelernt. Eine inzwischen abwegige Vorstellung. Er würde ihr furchtbar fehlen. Am allermeisten sogar. Und sie würde dieses Haus vermissen. Nicht ganz so, wie sie das Tübinger Haus vermisste, doch es war ihr in dem knappen Jahr, in dem sie hier gewohnt hatte, ans Herz gewachsen. Und sie hatte das Gefühl, dass sie dieses Haus als anderer Mensch verließ, als sie es noch gewesen war, als sie aus dem Tübinger Haus ihrer Kindheit ausziehen musste. Ob sie es jemals wiedersehen würde? Und die Villa am Meer? Sie wusste es nicht.

Sie blickte hinüber zu Pauls Haus. In seinem Zimmer brannte noch Licht. Was er wohl gerade tat? Sie bemühten sich beide, jede gemeinsame Sekunde auszunutzen, die ihnen noch blieb, doch er hatte viel für die Schule zu erledigen und die Hitlerjugend forderte auch eine Menge von ihm.

Allerdings schienen seine Eltern wirklich in den sauren Apfel zu beißen und weniger Vorbehalte gegen ihre Beziehung zu haben, denn sie warfen ihm keine Steine mehr in den Weg, wenn er ihnen sagte, dass er sie treffen wollte. Aber vielleicht hatten sie auch die Hoffnung, dass die ganze Sache mit ihrem Umzug sowieso erledigt wäre.

In dem Fall würden sie sich aber noch wundern. Denn Paul und Lucie hatten sich fest versprochen, allen Schwierigkeiten zu trotzen. Und Lucie war sich sicher, dass sie es schaffen würden.

Sie beobachtete, dass bei Paul das Licht gelöscht wurde. Auch für sie wurde es langsam Zeit, sich bettfertig zu machen, obwohl sie nicht im Morgengrauen aufstehen musste, um zur Schule zu gehen. Nicht mehr. Oder noch nicht wieder.

Kapitel 37

Als der Wagen mit Daniel am nächsten Abend spät vor dem Haus vorfuhr, atmete Hannah erleichtert auf. Die ganze Woche, die er fort gewesen war, hatte die Anspannung sie kaum zur Ruhe kommen lassen. Hoffentlich würde alles gut gehen und ihm nichts passieren. Die Furcht war seit dieser grässlichen Nacht vor einigen Wochen ihr täglicher Begleiter, und schließlich war die Fahrt in die Schweiz auch kein Katzensprung. Trotzdem war sie nötig gewesen, um zu wissen, wo sie unterkommen würden, und alles Notwendige zu erkunden.

Als er mit entschlossenen Schritten aufs Haus zusteuerte, fühlte sich ihr Magen an, als würde er vor Freude darüber, dass Daniel endlich wieder unversehrt da war, fröhlich auf und ab hüpfen. Sie flog förmlich durch den Flur, um ihn bereits an der Tür zu begrüßen.

»Hannah! Du bist noch auf?« Ein Leuchten huschte über sein Gesicht.

»Ich wollte auf dich warten.« Ihre Worte wurden davon erstickt, dass sie ihren Kopf an seine Brust drückte, kaum dass er die Tasche abgestellt und die Arme ausgebreitet hatte.

Schließlich aber löste er sich sanft von ihr, zog den Mantel aus und küsste sie, wobei er ihren Kopf zwischen beide Hände nahm.

»Warst du erfolgreich?« Hannah konnte es kaum erwarten, mehr zu erfahren. Am Telefon hatte er sich jedes Mal nur geheimnisvoll gegeben und sie bei allen Nachfragen auf seine Rückkehr vertröstet.

»Komm, lass uns in den Salon gehen. Hier ist es um diese Zeit so ungemütlich. Gibt es vielleicht noch einen Happen zu essen? Ich sterbe vor Hunger!«

»Sieh mal an. Und ich hätte gedacht, dass Alma dich mehr als reichlich für die Bahnfahrt versorgt.«

Daniel errötete. »Hat sie auch. Es war nur so lecker, dass es nicht allzu lange gehalten hat.«

»Ah, verstehe. Ich glaube, es ist noch ein wenig vom Abendessen übrig, wenn ich mich nicht irre. Geh schon mal vor, ich sehe nach und komme gleich.«

Als Hannah fünf Minuten später den Salon mit einem Teller betrat, den sie vorsichtig vor sich her balancierte, verzog Daniel ein wenig unwillig das Gesicht.

»Es gab Bohnensuppe?«

»Sie stand extra während deiner Abwesenheit auf dem Speiseplan, weil ich ja davon ausging, dass du satt nach Hause kommen würdest, nachdem du bei Alma …«

»Jaja, schon gut!«, unterbrach er sie hastig und nahm ihr den Teller ab. »Bohnensuppe also. Na gut.«

»Hättest du dann endlich die Güte, mir alles zu erzählen? Ich sterbe vor Neugier.«

Er grinste und probierte einen Löffel, bevor er kurz den Mund verzog und den Teller von sich schob.

»Ich habe ein Haus in Zürich gefunden.«

»Eins nur? Ob das reichen wird für so viele Leute?« Hannah runzelte skeptisch die Stirn.

»Es ist groß und hat mehrere Wohnungen. In einer kann deine Mutter wohnen, in einer wir mit Lucie und in der dritten Kurt und Ursula. Na, hört sich das gut an?«

»Auf jeden Fall! Wir alle in einem Haus.« Hannah lächelte unwillkürlich bei dem Gedanken. »Aber was ist mit Alma und ihrer Familie?«

»Für die habe ich auch etwas gefunden. Nur ein paar Häuser weiter. Ein kleines Häuschen, genauso, wie sie es wollten.«

»Wunderbar. Dann können wir uns ständig besuchen. Und wie ist die Gegend?«

»Die Umgebung ist überaus malerisch und Tübingen gar nicht so unähnlich, nur dass die Berge deutlich höher sind. Der Zürichsee ist riesig und die Häuser wirken solide. Dort herrscht eine entspanntere, beschaulichere Atmosphäre als in Berlin, aber es ist einiges los. Große Banken, ein riesiger Bahnhof, auch die Universität macht auf den ersten Blick einen hervorragenden Eindruck.«

»Ich freue mich schon auf Wanderungen an den Wochenenden und Bootsfahrten auf dem See.«

Daniel nickte ihr lächelnd zu, während er zögerlich noch einmal den Suppenteller heranzog und ein paar Löffel nahm.

»Aber du hast die Häuser nicht gleich gekauft, oder?« Hannah sah ihn besorgt an.

»Nein, alles erst mal nur gemietet, um zu prüfen, ob es dort allen auch gut gefällt, bevor wir Nägel mit Köpfen machen. Das fanden Alma und Wilhelm übrigens auch.«

»Wie war es denn bei ihnen? Und wie geht es Kurt und Ursula?«

»Allen geht es gut. Und jeder ist bereits kräftig am Packen. Ach ja, ich habe dir noch etwas mitgebracht: Ich habe mich umgehört, was du alles tun musst, um dort als Ärztin praktizieren zu können. Guck mal in meine Tasche. Dort müssten an der Seite die Unterlagen stecken, auf denen steht, was du vorlegen und erfüllen musst.«

Hannah freute sich. »Wirklich? Das ist sehr nett von dir, dass du daran gedacht hast.« Sie sprang auf und sah sich suchend um. Dann schritt sie schnell auf die Tasche zu und zog mit einem Ruck die versprochenen Papiere heraus.

»Der Makler war auch so freundlich, mir die Adressen von möglichen Kanzleien zu geben, bei denen ich als Anwalt anfangen könnte. Ich habe bei einigen gleich vorgesprochen. Die meisten machten einen wirklich guten Eindruck, aber wir müssen erst mal abwarten, was letztendlich dabei herauskommt.«

»Du hast ja ein Tempo am Leib, Respekt!«, wunderte sich Hannah, während sie den Stapel mitgebrachter Papiere rasch durchblätterte und wieder Platz nahm.

»Nun, wir wollen doch, dass alle zufrieden sind, wenn wir dort wohnen. Ich habe mich auch bereits nach Schulen für Lucie umgehört, doch ich denke, sie sollte mitentscheiden, welche ihr am meisten zusagt, schließlich ist sie alt genug dafür.«

»Ja, vor allem nach ihren jüngsten Erlebnissen in der Schule ist das eine gute Idee, finde ich«, stimmte Hannah zu.

»Und dann wird dort hoffentlich alles gut werden.« Daniel starrte mit müden Augen nachdenklich auf seine Hände, die jetzt untätig in seinem Schoß lagen.

Hannah stand auf und trat leise zu ihm hin. »Wollen wir nicht hochgehen? Du siehst aus, als könntest du nach all der Aufregung dringend eine Mütze voll Schlaf gebrauchen.«

Dankbar sah er sie an. »Du hast recht. Schlaf hört sich wirklich gut an.«

In den nächsten Wochen konnte man förmlich zusehen, wie Ariel zunehmend kräftiger wurde. Die Entzündung, die Hannah befürchtet hatte, war ausgeblieben, der Bruch heilte gut und die Haut war mittlerweile verschlossen. Kaum hatte Hannah ihm die Schienung abgenommen, war Ariel fast nicht mehr aufzuhalten. Am liebsten wäre er aufgesprungen und durchs Haus gehinkt, hätte hier mit angefasst und dort eine Kiste gepackt, doch all das ließ Hannah nicht zu. Viel zu groß war die Gefahr, dass er sich übernahm und es doch noch zu Komplikationen kam. Er war haarscharf an einer Amputation vorbeigeschrammt. Sie war nicht bereit, diese Gefahr auf den letzten Metern der Genesung dadurch wieder heraufzubeschwören, dass er das Bein zu sehr belastete. Doch das war schwieriger, als man dachte, denn Ariel schien in den Tagen der erzwungenen Ruhe ein Übermaß an Energie angesammelt zu haben, das ihn mit Unruhe und Tatendrang erfüllte.

Um ihn zu beschäftigen und damit er sich nicht allzu nutzlos fühlte, bat sie Helene, ihm hin und wieder Sachen hinzustellen, die er verpacken konnte. Daniel gab ihm verschiedene kleine Aufgaben, die hauptsächlich im Sitzen zu erledigen waren. Allerdings war Ariel deutlich anzumerken, dass die verordnete Untätigkeit an seinen Nerven zerrte und er es gar nicht erwarten konnte, bis es endlich losging.

Hannah allerdings hätte es jetzt, wo der Abschied bevorstand, gerne noch ein wenig länger hinausgezögert. Sie würde das alte Haus der Großeltern vermissen, wo sie in jeder Ecke an die beiden erinnert wurde. Doch was noch mehr schmerzte, war, dass sie sich von den Gräbern ihrer Lieben verabschieden musste und niemand wusste, was mit ihnen geschehen würde, wenn keiner mehr da war, der sich um sie kümmern konnte.

Sie hatten verabredet, gemeinsam, auch mit Mutter, auf den Friedhof zu gehen und jeweils einen Stein auf die Grabsteine von Vater, Jakob, Daniels Eltern und den Großeltern zu legen, doch bereits der Gedanke daran ließ ihre Kehle eng werden und machte ihr das Schlucken schwer. So hart es gewesen war, die geliebten Menschen zu beerdigen, so viel schlimmer war es, für immer von ihnen und ihren Gräbern Abschied nehmen zu müssen. Es fühlte sich fast an, als würden sie noch einmal sterben.

Hannah blinzelte. Sie würde sich dort unten in der Schweiz eine härtere Schale zulegen müssen, doch im Moment war sie nicht in der Lage, diesen Schmerz an sich abperlen zu lassen wie Regentropfen an der Fensterscheibe. Der Abschied von den Gräbern symbolisierte die Trennung von ihrem Vaterland. Umso erleichterter war sie, dass Mutter sich entschlossen hatte, mit in die Schweiz zu kommen. Sie hätte keine ruhige Minute gehabt, wenn sie sie hier ganz allein zurückgelassen hätten. Immerhin war sie nicht mehr die Jüngste, obgleich sie sich weiterhin weigerte, diese Tatsache anzuerkennen. So konnten sie sich um sie kümmern, sofern sie Hilfe brauchte. Und sie würde auch ihr erstes Urenkelkind kennenlernen. Ein Lichtblick, vor allem nach dem zu frühen Tod ihres eigenen Sohnes.

Mit einem Seufzer setzte sich Hannah auf den Rand der Untersuchungsliege. Es half alles nichts: Sie hatten eine Entscheidung für das Leben und die Freiheit getroffen; dazu gehörte nun einmal das Abschiednehmen von lieben Menschen, auch wenn sie bereits gestorben waren.

Lucie hatte sich angewöhnt, an der Ecke auf Paul zu warten, bis er aus der Schule kam, um ihm wenigstens für die kurze Zeit nahe zu sein. Meist musste er kurz darauf wieder los zur HJ, kam erst am Abend zurück und saß dann bis spät über seinen Büchern. Natürlich wäre es ihr lieber gewesen, sie hätten den ganzen Nachmittag für sich gehabt. Aber sie hatte verstanden, dass er die Hitlerjugend nicht schwänzen durfte, um seine Eltern nicht zu verärgern, denen das wichtig war. Es war eine stillschweigende Vereinbarung: Solange er nach außen den Schein eines aufrechten Deutschen wahrte, sich in der Jugendvereinigung engagierte und gute Noten mit nach Hause brachte, stellten sie sich seiner Verbindung mit Lucie nicht in den Weg. Paul hatte das akzeptiert; also tat sie gut daran, das auch zu tun, denn schließlich lud er sich die ganze Mühe auf, um mit ihr zusammenbleiben zu können.

Heute allerdings sagte er, als sie Hand in Hand die Straße entlang zu seinem Haus spazierten: »Du könntest mich gleich begleiten. Ich muss für Mutter einige Auslieferungen machen und habe daher die Erlaubnis, heute später bei der HJ zu erscheinen. Sie hat in letzter Zeit so viel mehr Kunden, für die sie wäscht, dass sie es oft nicht allein schafft.«

»Ja, gerne. Wenn das bedeutet, dass wir ein wenig Zeit miteinander haben, komme ich überallhin mit dir mit.«

Er grinste sie an. »Hört sich ein wenig schmalzig an. Aber ich sehe es genauso. Ich muss nur meine Tasche wegbringen und einen Happen essen, aber ich kann mir einen Apfel mitnehmen. Wartest du kurz? Ich bin gleich wieder da.«

Lucie nickte und blieb stehen, wo sie war, während er im Laufschritt die letzten Meter zu seiner Haustür rannte und klingelte.

Automatisch trat Lucie ein Stück zur Seite, damit Frau Ackermann, Pauls Mutter, sie nicht sah. Sie wollte nicht, dass sie ihm doch noch verbot, sich mit dem jüdischen Mädchen von gegenüber zu zeigen. Doch ihre Sorge war unbegründet, denn Frau Ackermann, die sie natürlich trotzdem bemerkt hatte, hob zu Lucies Überraschung lächelnd die Hand und winkte ihr zu. Lucie grüßte zurück, dann senkte sie den Kopf und musterte die Steine. Sie spürte, wie sie über und über rot wurde. Was hatte das plötzlich zu bedeuten? War sie auf einmal keine Persona non grata mehr für seine Eltern?

Ein paar Minuten später war Paul zurück. Er hatte sich ein paar Kleidersäcke über die Schulter gelegt und hielt ihr grinsend einen Apfel entgegen.

»Der ist doch für dich«, wehrte sie ab.

»Ich habe noch einen. Als Mutter bemerkt hat, dass ich nur einen für mich nehmen wollte, hat sie mich förmlich gezwungen, dir auch einen mitzubringen.«

»Das ist nett von ihr. Wenn auch ein wenig überraschend nach dem ganzen Theater«, staunte Lucie und nahm ihm das rotwangige Prachtexemplar aus der Hand.

»Sieh es doch als Friedensangebot. Vielleicht möchte sie auf diese Weise signalisieren, dass sie dich als meine Freundin anerkennt.«

Paul holte aus der Hosentasche einen weiteren Apfel und biss krachend hinein. Lucie schaute ihn lächelnd von der Seite an, während sie losliefen, und tat es ihm dann gleich.

Wenn das wirklich stimmen sollte und es sich um ein Zeichen der Duldung seitens seiner Mutter handelte, würde Lucie deutlich gelassener ins Exil gehen, weil sie dann nicht befürchten musste, dass seine Eltern weiter versuchen würden, einen Keil zwischen sie zu treiben.

Seite an Seite wanderten sie händchenhaltend durch die Straßen Es war ein überaus wohliges Gefühl, sich von der Überzeugung einlullen zu lassen, zu ihm zu gehören.

»Ach, Paul, du wirst mir so fehlen«, seufzte Lucie und warf ihren Apfelgriebsch ins Gebüsch.

»Lass uns jetzt nicht davon reden. Genießen wir lieber, dass wir hier zusammen sind.«

Also gingen sie bepackt mit Kleidersäcken Hand in Hand und taten so, als wäre alles in bester Ordnung. Doch in Lucies Hinterkopf hämmerte trotzdem ständig die Warnung: »Nicht mehr lange. Nicht mehr lange.« Bald würden sie für lange Zeit und Hunderte von Kilometern voneinander getrennt sein. Sie fasste seine Hand fester, drückte sich immer wieder eng an ihn und sog seinen Duft ein, um ihn nicht zu vergessen. Doch obwohl sie sich wirklich emsig bemühte, schaffte sie es nicht, den Schatten zu verdrängen, den ihre bevorstehende Abfahrt über ihr Beisammensein warf, während sie jedes Mal wehmütig auf dem Gehweg stehen blieb und auf ihn wartete, weil er klingelte und eine weitere Lieferung abgab.

Kapitel 38

Wie wohl das neue Häuschen aussehen würde, das Daniel für sie in Zürich gefunden hatte? Ach, im Grunde war es egal, wenn sie nur alle beieinander waren. Er hatte berichtet, dass es bloß ein paar Schritte von ihrem entfernt sei und damit war alles gesagt, was wichtig war.

Trotzdem würde sie ihr kleines Haus hier in Tübingen vermissen. Zumindest am Anfang. Denn hier waren Wilhelm, Günther und sie eine Familie geworden.

Gestern waren endlich die endgültigen Adoptionsunterlagen gekommen und Günther war nunmehr ihr Sohn. Jedes Mal, wenn Alma daran dachte, bekam sie eine Gänsehaut und ein breites Lächeln stahl sich auf ihr Gesicht. Er hieß jetzt ganz offiziell Günther Waldner und sie waren seine Eltern.

Als Wilhelm ihm abends das Schreiben gezeigt hatte, hatte Günthers Gesicht glücklich aufgestrahlt und er hatte sie beide voller Seligkeit umarmt. Ein Traum war für sie alle drei damit wahr geworden.

Und sobald sie erst einmal in Zürich wären, würde sie Hannah täglich sehen können. Sie freute sich, sich endlich wieder über Alltägliches austauschen zu können und immer ein verständnisvolles – weibliches – Ohr in der Nähe zu wissen, dem sie alles anvertrauen konnte, was sie bewegte. Positives wie Negatives. Eine wundervolle Vorstellung.

Doch vorher war noch eine Menge zu tun. Obwohl sie gar nicht allzu lange hier gewohnt hatten, war es doch überraschend, wie viel sich in dieser Zeit angesammelt hatte und verpackt werden oder worum sich anderweitig gekümmert werden musste.

Eine Sache machte das Ganze allerdings deutlich einfacher. Sie hatten sich entschlossen, ihr Häuschen nicht gleich zu verkaufen, sondern es zunächst mal zu vermieten und von dem Mietzins die Miete in Zürich zu bezahlen. So blieb ihnen die Möglichkeit, hierher zurückzukehren, falls die Schweiz doch gar nichts für sie war. Doch so weit würde es hoffentlich nicht kommen, zumindest würde eine derartige Entscheidung nicht auf Almas Mist wachsen, denn sie hatte schon an vielen Orten gewohnt und festgestellt, dass es für sie nur zählte, mit wem sie beisammen war, und nicht, wo sie war.

Und sie hatten Glück gehabt: Eine junge Familie wollte ihr Häuschen mieten. Das Paar war so glücklich, als Wilhelm ihnen den Zuschlag erteilt hatte, dass Alma sicher war, dass ihr Haus in guten Händen sein würde. Sie hatten zwei kleine Kinder und waren anständige Leute. Nachher würde die Frau noch einmal vorbeischauen, um zu besprechen, welche Möbel sie von ihnen übernehmen wollten, damit alles andere für den Umzug bereit gemacht werden konnte.

Gleich aber würden Wilhelm und Günther zum Mittagessen nach Hause kommen. Sie musste sich beeilen, um alles rechtzeitig fertig zu haben, denn beide hatten heute noch Nachmittagsunterricht. Sie hatte Milchreis vorbereitet, den sie mit etwas frisch eingekochtem Apfelmus reichen würde. Güntherchen liebte Milchreis. Ihr Sohn. Sie konnte es noch immer kaum fassen. Doch es war genau richtig so, das fühlte sie mit jeder Faser ihres Körpers.

Noch einmal rührte Alma in dem Milchreistopf. Es war jedes Mal ein heikler Moment, wenn er bereits diese Garstufe erreicht hatte, und man musste gut aufpassen, damit er nicht anbrannte. Häufiges Rühren half.

Aus dem Augenwinkel sah sie ihren Mann und ihren Sohn einträchtig nebeneinander die Straße hochkommen. Sie lachten und scherzten miteinander, als wäre es von jeher so gewesen. Sofort traten ihr Tränen der Rührung in die Augen. Schnell griff sie nach ihrem Taschentuch und tupfte sich darüber. Jetzt war keine Zeit für Rührseligkeiten. Da ging auch schon die Tür auf und ihre beiden Männer standen mit einem breiten Lächeln in der Küche.

»Hm, das riecht gut. Gibt es etwa Milchreis, Mutter?« Günthers Augen glänzten voller Vorfreude.

»Gibt es. Und nun schnell die Hände gewaschen und Platz genommen. Alles ist bereit«, erklärte Alma ein wenig ruppig, um ihre Ergriffenheit zu kaschieren. »Hattet ihr einen guten Tag?«

»Offen gestanden kann ich es kaum erwarten, in der Schweiz zu unterrichten«, erwiderte Wilhelm und ließ sich am Küchentisch nieder.

»Gab es Ärger?«, erkundigte sich Alma sofort besorgt.

»Nicht mehr als sonst. Es ist inzwischen alles so völkisch eingefärbt, dass einem übel werden könnte. Ich bin gespannt, wie der Unterricht in Zürich sein wird.«

»Hoffentlich klappt alles mit der Stelle an der Privatschule«, sagte Alma und trug den dampfenden Topf zum Tisch. Mit einer großen Kelle schöpfte sie etwas von dem heißen Brei auf die Teller.

»Ich bin zuversichtlich, dass meiner Bewerbung stattgegeben wird. Man hat mir signalisiert, dass die Aussichten gut stünden.«

»Das freut mich.« Alma trug den Topf wieder hinüber zum Herd und brachte stattdessen die Schüssel mit dem Apfelmus zum Küchentisch. »Günther, wo bleibst du? Es soll doch nicht kalt werden!«

»Bin schon da, Mutter.« Er schob sich auf die Bank.

Alma zog ihren Stuhl zurück und setzte sich neben Wilhelm, während sie von einem zum anderen sah. Sie konnte nicht anders: Eine Freudenträne rollte über die Wangen, die von ihrem breiten Lächeln verzogen waren.

***

Plötzlich rasten die Tage wie verrückt dahin. Kaum war Hannah aufgestanden, dämmerte es auch schon, und erneut war ein Tag verstrichen, an dem sie zu kaum etwas anderem gekommen waren, als zu packen, auszusortieren und zu ordnen, was das Zeug hielt. Jeden Abend beim Einschlafen überfiel Hannah die Nervosität. Würden sie alles schaffen? Was, wenn sie irgendetwas Wichtiges vergaß? Und dann war da auch noch der Abschied von all den Dingen, die ihr über die Jahre ans Herz gewachsen waren. Sie hatten sich geeinigt, so wenig wie möglich mitzunehmen. Einerseits waren die Kosten für zusätzliches Gepäck höher, als wenn sie dort alles neu kauften. Schließlich musste doch alles weit transportiert werden. Zum anderen war aber auch der Gedanke an einen Neuanfang mit brandneuen Sachen etwas durchaus Reizvolles.

Trotzdem waren ihr einige Dinge mit der Zeit dermaßen ans Herz gewachsen, dass sie der Gedanke schmerzte, sie zurückzulassen. Was war zum Beispiel mit dem ersten Medizinbuch, das ihr der Großvater geschenkt hatte, oder dem Schultertuch, welches ihr die Großmutter seinerzeit gehäkelt hatte? Was war mit dem alten Hemd des Vaters, das sie sich nach seinem Tod ausergebeten hatte, um etwas von ihm bei sich zu haben, auch wenn er gegangen war. Und dann waren da noch Tausende von anderen Kleinigkeiten, für die dieselben Entscheidungen getroffen werden mussten.

Als sie mit dem inzwischen gewohnten Gefühl der Verzweiflung über die notwendige Auswahl der Dinge, die es wert waren, mitzukommen, erschöpft im Sessel des Großvaters kauerte, in jeder Hand ein Buch, von denen nur eines mitdurfte, trat Daniel hinter sie und strich ihr sanft über das Haar.

»Es ist nicht leicht, hm?« Er umrundete den Sessel, ließ jedoch die ganze Zeit seine Hand auf ihrem Kopf liegen, als würde er eine Spieluhr aufdrehen.

Er setzte sich in den Sessel der Großmutter und betrachtete sie mitleidig.

»Mehr noch: Es ist einfach grausam. An jedem Gegenstand kleben Erinnerungen. Ich habe den Eindruck, mich von unserem ganzen Leben zu trennen«, gestand Hannah niedergeschlagen.

»Aber es sind doch nur Dinge. Das habe ich Lucie auch gesagt. Die Erinnerung kann dir keiner nehmen. Sie bleibt bestehen, obwohl du den Gegenstand hinter dir lässt.«

»Aber vielleicht verblasst dann die Erinnerung schneller. Hier, allein diese Sessel. Sie verkörpern für mich die stärkste Erinnerung an die Großeltern. Wenn ich sie sehe, muss ich unwillkürlich daran denken, wie sie immer darin saßen. Sie zurückzulassen und nicht zu wissen, was mit ihnen passieren wird, macht mich geradezu hysterisch. Ich kenne so etwas gar nicht von mir, schließlich bin ich im Beruf sachlich und lasse die Gefühle außen vor. Kaum beschließen wir auszuwandern, fühle ich mich, als würde man mir eine Pistole auf die Brust setzen und fordern, mich zwischen meinem Leben und meiner Erinnerung zu entscheiden.«

»Ach, Hannahlein, mach es dir nicht so schwer. Sieh es als einen Neuanfang und lass den alten Krempel hinter dir.«

»Das will ich ja. Ich will es wirklich, aber ich hätte nicht gedacht, dass es so anstrengend sein würde.«

»Zweifelst du an unserer Entscheidung?« Er runzelte besorgt die Stirn.

»Nein, ich bin nach wie vor überzeugt davon, dass das der richtige Weg ist. Ich will nicht jedes Mal, wenn einer von uns unterwegs ist, die Sorge haben, dass ich ihn nicht lebend wiedersehen könnte, weil der Mob auf der Straße unsere Religion nicht mag. Ich will frei leben und ich will, dass unsere Kinder frei leben können. Und doch klammere ich mich an diesen alten Dingen fest, als ginge es ums schiere Überleben.« Sie seufzte.

Daniel griff nach ihrer Hand und streichelte über ihren Handrücken, ohne etwas zu sagen. Sie sahen sich beide an und schwiegen zusammen. Doch es war ein gutes Schweigen. Sie spürte, dass er mit ihr litt, dass sie nicht allein war in ihrem Schmerz.

Nach einer Weile bemerkte er plötzlich: »Ich denke die ganze Zeit darüber nach, was der Großvater in dieser Situation zu dir gesagt hätte. Was glaubst du?«

Sofort schossen ihr die Tränen in die Augen. Die Trauer um den Großvater war einfach auch nach all den Jahren noch zu präsent.

Sie atmete tief ein. »Er hätte gesagt: ›Channahle, lass doch den ollen Plunder und freue dich auf die neuen Sachen, die auf dich warten. Belaste dich nicht mit den alten Dingen.‹« Sie schluckte schwer. Ihr Hals fühlte sich mit einem Mal wie zugeschnürt an.

Daniel, der sie die ganze Zeit im Blick behalten hatte, hob ihre Hand zu seinem Mund und küsste sie zärtlich, bevor er nickte. »Ja, genau das habe ich mir auch so vorgestellt.«

Auf einen Schlag war dieses Gefühl des Beschwertseins in ihrem Inneren wie weggewischt. Vielmehr empfand sie eine Erleichterung, als hätte ihr der Großvater die Erlaubnis erteilt, alles ohne schlechtes Gewissen zu beurteilen und notfalls zurückzulassen.

Ihre Augen waren noch voller Tränen, doch sie lächelte Daniel dankbar an.

»Danke, mein Schatz. Das war genau das, was ich gebraucht habe.«

»Ich weiß«, sagte er leise. »Ich freue mich, dass ich dir helfen konnte.«

»Ich bin so dankbar, dass ich dich habe«, murmelte sie, stand auf und drückte ihr Gesicht an seine Brust.

Er erwiderte ihre Umarmung und antwortete noch leiser: »Für immer dein.« Dann küsste er sie und sie fühlte sich so leicht wie schon seit einer Ewigkeit nicht mehr.

Zwei Tage vor der geplanten Abfahrt erlaubte Mutter Ariel zum ersten Mal, ein paar Schritte im Garten zu gehen, nur mit einem Stock für den Notfall, ohne Gehhilfen oder Rollstuhl. Der ungläubige Blick auf seinem noch immer sehr schmalen und blassen Gesicht war Gold wert. Lucie hätte einiges dafür gegeben, ein Foto davon zu besitzen, doch das war natürlich nicht möglich.

Vorsichtig erhob sich Ariel aus dem Sessel, in dem er mittlerweile den Großteil des Tages verbrachte, und schritt, ohne gestützt zu werden, nur mit seinem Stock nach draußen. Natürlich wirkte er noch etwas wackelig und unsicher im Vergleich dazu, wie er sich vor dem Unfall bewegt hatte, aber er ging und belastete sein Bein. Und das sogar, ohne auf die Hilfe von irgendeinem anderen angewiesen zu sein, wie es die letzten Wochen stets der Fall gewesen war. Die ganze Familie sowie Doktor Brandt, Schwester Ida, Helene und Auguste folgten ihm mit angehaltenem Atem und beäugten jeden Schritt nervös. Es wirkte fast, als würde ein Kleinkind seine ersten bejubelten Schritte tun, nur, dass jetzt alle Anwesenden schwiegen und sich ängstlich bereithielten, um herbeizueilen und den Patienten zu stützen, falls es nottat.

Doch das tat es nicht, sondern es machte vielmehr den Eindruck, als würde Ariel mit jedem Schritt sicherer und stärker werden. Die Schritte wurden größer und fester. Er schaffte es bis zum Denkmal der Großmutter ganz hinten im Garten, ohne auch nur einmal Pause zu machen. Dort drehte er sich langsam um und blickte in die vielen angespannten Gesichter seines mitfiebernden Gefolges.

»Na, zufrieden?«, fragte er mit einem breiten Lächeln. Das durchbrach die allgemeine Ergriffenheit und plötzlich begannen alle zu jubeln und zu klatschen. Ariel errötete und blickte von einem zum anderen. Dankbarkeit spiegelte sich in seinen ein wenig matten Augen.

Lucie war so erleichtert, dass es dem Bruder besser ging.

Mutter trat vor, griff mit beiden Händen nach seinem Gesicht und drückte ihm einen Kuss auf die Wange. »Wir sind so unsagbar stolz auf dich«, sagte sie, und ein Johlen aus vielen Kehlen schwoll zur Bestätigung ihrer Worte an.

Ariel strahlte über das ganze Gesicht.

»Na, komm, jetzt ist es aber genug. Du musst es auch noch zurück ins Haus schaffen. Nur dann nehmen wir dich morgen mit auf den Friedhof«, fügte sie hinzu und deutete mit der Hand in Richtung Haus.

Auch Lucie hatte die Schweißperlen auf seiner Stirn wahrgenommen und wusste, dass er am Ende seiner Kräfte war.

Ariel schickte sich an, wieder loszugehen, doch inzwischen war das Hinken, das vorher nur leicht erkennbar gewesen war, viel stärker. Er zog das verletzte Bein hinterher, schaffte es aber ohne Unterstützung wieder zurück bis in den Sessel.

Vater stand neben ihm, die Hand auf seine Schulter gelegt, während alle an ihm vorbeidefilierten und ihm ihre Glückwünsche für die starke Leistung übermittelten.

Auch wenn Ariels Augen vor Anstrengung mittlerweile wieder tief in den Höhlen lagen und sein Lächeln deutlich erschöpfter war als noch eben am Denkmal, war ihm seine Erleichterung deutlich anzumerken. Sein Gesicht wirkte noch immer ungewohnt nackt, nachdem er sich letzte Woche plötzlich den Bart und die Schläfenlocken abrasiert hatte, um möglichst unbehelligt die Reise durch das Deutsche Reich zu überstehen, doch er war erfüllt von einem inneren Strahlen.

Auguste hatte zur Feier des Tages eine Kirschtorte vorbereitet, die sie sich alle gemeinsam im Salon schmecken ließen, wobei jeder seinen Teller auf dem Schoß balancierte, weil viele der Tische entweder bereits verschenkt oder verkauft worden waren oder Sachen darauf lagen, die noch darauf warteten, verpackt zu werden. Die Stimmung war ausgelassen und fröhlich, als würde der Abschied nicht unmittelbar bevorstehen.

Kapitel 39

Am nächsten Morgen war Daniel erleichtert, dass sie Ariel bei ihrem letzten Besuch auf dem Friedhof dabeihaben würden. Allerdings ging es ihm dabei weniger um sich oder Ariel, auch wenn es für ihn nicht schön gewesen wäre, allein zurückzubleiben und sich nicht von den Verstorbenen verabschieden zu können, indem er Steine auf ihre Gräber legte. Vor allem war er erleichtert, weil Hannah so etwas hatte, das sie von ihrem Herzeleid ablenkte. Sie hatte sich so sehr in den Schmerz hineingesteigert, dass es vielleicht das letzte Mal sein würde, dass sie am Grab ihres Vaters, Bruders, der Schwiegereltern, aber vor allem der heiß geliebten Großeltern stand, dass er fürchtete, sie könnte unter der Schwermut des Augenblicks zusammenbrechen.

Jetzt, wo Ariel dabei war, hatte sie jemanden, auf den sie achten musste. Nicht nur als Mutter, sondern vor allem als Ärztin, was ihren rationalen Part forderte und ihr somit nicht so viel Raum ließ, sich in ihrem Schmerz zu verlieren. Auch für seine Schwiegermutter war es mit Sicherheit kein leichter Gang, doch sie würde Haltung bewahren. Um jeden Preis. So war sie einfach. Vielleicht würde sie später in ihrer stillen Kammer noch das eine oder andere Tränchen verdrücken. Auch ihm wurde das Herz schwer, wenn er daran dachte, dass nun niemand mehr da war, um sich um das Grab seiner Eltern zu kümmern. Doch seine Eltern waren tot. Für sie konnte er nichts mehr tun, um sie vor Unheil zu schützen. Der Rest seiner Familie war zum Glück noch recht lebendig, und zu ihrem Schutz musste er diesen Schritt gehen.

Als sie vor dem Friedhof aus dem Wagen stiegen, hatte er alle Hände voll zu tun, Ariel behilflich zu sein, denn es war für ihn gar nicht so einfach, stehend wieder auf dem Bürgersteig zu landen. Einige Minuten später befanden sich endlich alle wohlbehalten auf dem Gehweg. Daniel warf Lucie einen melancholischen Blick zu. Wie sehr hatte sie sich in der Zeit hier in Berlin verändert! Sie war ein ordentliches Stück in die Höhe geschossen und überragte Hannah inzwischen um gute zehn Zentimeter. Doch vor allem hatte sich eine Reife auf ihre Züge gelegt, von der vorher noch nicht einmal etwas zu ahnen gewesen war. Die jugendliche Naivität, die in Tübingen in Kombination mit ihrem sprühenden Temperament einen Großteil ihres Charmes ausgemacht hatte, war einem nachdenklichen, aber auch irgendwie wissenden Ausdruck gewichen. Er war sich sicher, dass er mit gerade einmal siebzehn Jahren deutlich unreifer gewirkt hatte, als es Lucie heute tat.

Die Züge seiner Schwiegermutter muteten hart und verschlossen an, doch wenn man genau hinsah, konnte man bemerken, wie ihre Augenbrauen hin und wieder zuckten. Mehr Anspannung würde sie nicht zeigen. Niemals. Allerdings sah er sie heute zum ersten Mal an einem Stock. Für diesen Anlass hatte sie offenbar auf das arme Mädchen, das ihr sonst immer als Stütze gedient hatte, verzichtet.

Ariel strahlte vor Freude darüber, endlich wieder selbstständig gehen zu können, aus jeder Pore. Zu seiner Sicherheit hatte Hannah darauf bestanden, dass er einen Stock mitnahm. Natürlich hatte er zuerst protestiert, doch wie er nun auf den

Stock gestützt dastand und in die Ferne blickte, strahlte er so viel Würde aus, als wäre er Friedrich der Große.

Und Hannah? Die machte ihm nach wie vor Sorgen. Ihre Miene war kummervoll, aber gefasst, doch er wusste, wie sehr sie sich vor diesem letzten Besuch der Gräber der geliebten Menschen gefürchtet hatte.

Ihr Grüppchen stand da wie eine Phalanx. Alle blickten in Richtung des Friedhofs, der ihnen wie eine Oase der Ruhe in dem hektischen Treiben der Stadt vorkam. Die hohen Bäume und die vielen Büsche gaben einem das Gefühl, in einen Garten der Entspannung einzutreten.

Mit bedächtigen Schritten ging er zu Hannah, stellte sich an ihre Seite und ergriff ihre Hand. Mit fahrigem Blick schaute sie auf und lächelte ihn abwesend an. Der Seelenschmerz glomm dunkel in ihren sonst so fröhlichen Augen. Sie schien schon in Gedanken bei den Gräbern zu sein. Er drückte ihre Hand. »Wollen wir?«

Niemand antwortete ihm, doch nach einem kurzen Zögern setzte sich der Zug in Bewegung. Sie hatten nicht besprochen, wessen Grab sie als Erstes aufsuchen wollten, doch wie auf ein geheimes Kommando zerstreute sich ihre Gruppe, um den verschiedenen Gräbern zuzustreben, kaum dass sie das Eingangstor passiert hatten. Jeder von ihnen hatte mit seinem eigenen Schmerz zu kämpfen.

Während Ariel das Grab seines Großvaters aufsuchte, eilte seine Schwiegermutter als Erstes zum Grab ihres geliebten Sohnes. Lucie dagegen wandte sich dem Grab seiner Eltern zu, während Hannah natürlich – wer hätte auch etwas anderes erwarten können – auf das gemeinsame Grab der Großeltern zusteuerte. Einen Augenblick überlegte er, ob er sie wirklich allein lassen konnte, entschied dann jedoch, dass es wahrscheinlich besser war, wenn sie ihr Abschiedszwiegespräch mit den Großeltern ohne Mithörer hinter sich brachte. Er sah ihr einen

Augenblick lang beunruhigt hinterher, folgte dann jedoch Lucie mit langsameren Schritten zum Grab seiner Eltern. Ständig drehte er sich jedoch um und sah erst zu Ariel, der vorsichtig die Schritte setzte und langsam, aber sicher zwischen den groß gewachsenen Büschen verschwand, die ihm die Sicht auf ihn nahmen, auch wenn sie noch immer nicht belaubt waren. Als Nächstes suchte sein Blick Hannah, die bereits das Grab der Großeltern erreicht hatte und mit gesenktem Kopf dastand. Obwohl er ihr am liebsten jedes Leid erspart hätte, konnte er ihr diesen Schmerz nicht nehmen, und das nagte an ihm. Doch er würde es auch bereuen, wenn er mit dem Gefühl gehen müsste, sich nicht angemessen und ausreichend von den eigenen Eltern verabschiedet zu haben. Jeder von ihnen ließ einen Teil seiner Seele hier zurück.

Lucie kniete auf dem Grab ihrer Großeltern und zupfte ein paar verwehte alte Blätter davon herunter. Leise trat er zu ihr. Sie blickte auf und lächelte ihn an. Dann stand sie auf und stellte sich ganz dicht neben ihn, ganz so, als wollte sie ihm Halt geben.

Er spürte, wie sich ein Kloß in seinem Hals ausbreitete, und blinzelte. Er wollte nicht weinen. Was brachte das? Seine Verabschiedung war nicht mehr wert, wenn er seinem Kummer freien Lauf ließ. Trotzdem konnte er es nicht vermeiden, dass ihm ein Seufzer entglitt. Lucie sah ihn prüfend von der Seite an und griff daraufhin nach seiner Hand. Er lächelte ihr zu und starrte danach wieder auf den Grabstein.

Szenen aus seiner Kindheit erschienen vor seinem inneren Auge. Sein siebter Geburtstag, zu dem er einen großen Kuchen bekommen hatte. Spaziergänge im Park mit den Eltern, die Chanukkafeiern, seine Abiturfeier, die letzten Worte. Erinnerungen, die er immer mit sich tragen würde, die immer bei ihm wären, auch wenn ihre Überreste hier, weit weg von ihm, lagen. Er steckte die Hand in die Manteltasche und griff nach dem größten Kiesel von all den Steinen, die er mitgenommen hatte, um sie hierzulassen. Natürlich hatte er für jeden der Verstorbenen einen Stein mitgebracht. Er umhüllte den Stein mit der Hand und spürte seine beruhigende Kühle. Ganz langsam zog er die Hand wieder heraus. Einerseits wollte er den Stein gleich als letzten Gruß auf den Grabstein legen, andererseits widerstrebte ihm der Gedanke, sich danach einfach umzuwenden und womöglich für immer zu gehen.

Er spürte Lucies Blick auf sich. Er wollte ihr Haltung vermitteln, Stärke zeigen und es einfach tun, doch seine Hand fühlte sich plötzlich so schwer an, als hätte er eine ganze Felswand dabei. Er runzelte die Brauen und starrte angestrengt auf die Inschrift auf dem Grabstein.

»Soll ich es für dich tun?«, fragte Lucie plötzlich. Ihr Ton war mitfühlend.

Offenbar gab er ein recht armseliges Bild ab. Er biss die Zähne zusammen und schüttelte kurz den Kopf, während er ein inneres Gespräch mit den Eltern führte, in dem er sich dafür entschuldigte, sie hier allein zu lassen.

Was sollte das denn? Er würde sich noch auf die gleiche Art ewig mit ihnen unterhalten können.

Entschlossen ließ er die Luft durch die Nase ausströmen, streckte den Arm aus und legte den ersten Stein sorgfältig auf dem Grabstein ab. Rasch griff er nach einem zweiten Stein und platzierte ihn auf der anderen Seite des Grabsteins.

»So, Mamile und Pappile, jetzt ist die Zeit gekommen, Abschied zu nehmen. Ich werde euch nie vergessen«, murmelte er. Aus dem Augenwinkel registrierte er, wie Lucie sich verstohlen über die Augen strich. Er legte den Arm um sie, nickte dem Grabstein ein letztes Mal zu und ging, ohne sich noch einmal umzusehen. Ein Blick zurück hätte ihm das Herz zerrissen.

Über eine Stunde später saßen sie wieder im Wagen, um zurück nach Hause zu fahren. Mutters Gesicht war verquollen vom Weinen und das rechte Augenlid der Großmutter zuckte ab und an. Ariel wirkte abgekämpft, hatte aber weiterhin dieses stolze Lächeln auf dem Gesicht, weil er sich endlich Stück für Stück die Welt zurückeroberte. Vater wirkte ermattet, so, als hätte ihn der Friedhofsbesuch viel Kraft gekostet.

Niemand sprach. Jeder hing seinen Gedanken nach. Lediglich das laute Röhren des Motors und die Verkehrsgeräusche erfüllten den Innenraum des Automobils. Das hier war ihre letzte Fahrt durch Berlin, bevor es morgen losgehen würde. So ganz passte das noch nicht in Lucies Kopf hinein, auch wenn sie sich das immer und immer wieder sagte. Bald würden sie den Zug besteigen, der sie in das neue, unbekannte Land bringen würde, mit Bergen so hoch, wie sie sie noch nie gesehen hatte.

Zuerst wurde die Großmutter abgesetzt. Vater erklärte ihr noch einmal, wann der Möbelwagen kommen sollte, um die wenigen Stücke zu verladen, die sie in die neue Heimat mitnehmen wollte, und wann sie abgeholt werden würde. Großmutter hörte stumm zu und nickte zu allem. Dann schloss sich die Tür hinter ihr und sie rollten das kurze Stück zu ihrem Haus.

Auguste wartete dort mit dem Essen. Es war ihr letztes Abendessen im Haus. Bald schon würde ihre letzte Nacht in Berlin anbrechen. Es wurde wenig geredet. Jeder hing seinen eigenen wehmütigen Erinnerungen nach und fürchtete sich vor einer langen Nacht voller schlafloser Gedanken in dem kahlen, bereits fast unbelebten Haus.

Kapitel 40

Im Morgengrauen standen die beiden Autos, die sie zum Bahnhof befördern sollten, vor der Tür. Es war so viel einzuladen, dass es eine Weile dauerte, bis sie alles verstaut hatten. Bevor sie schließlich losfuhren, huschte Lucie noch einmal in den Garten.

Sie musste sich von dem Denkmal der Urgroßmutter verabschieden. Als sie um die Ecke bog, sah sie, dass Mutter bereits vor der Statue stand. Sie hatte einen großen Strauß dunkelroter Rosen zu Füßen der Statue drapiert.

Lucie trat zu ihr und legte ihr die Hand auf die Schulter. Sie drehte sich zu ihr um und wirkte unglaublich klein und verletzlich, wie sie da mit leerem Blick so verloren stand.

»Ein letzter Gruß?«, fragte Lucie und zog Mutter sanft an sich.

Sie nickte stumm. Auf einmal lief eine Träne über ihre Wange, doch sie machte keine Anstalten, sie zu verstecken. Der Abschied fiel ihr ganz offensichtlich sehr schwer. Schwerer noch als der aus Tübingen damals.

Ohne zu reden, standen sie nebeneinander. Milli kam und presste sich an Lucies Beine. Sie nahm sie hoch, drückte ihr Gesicht in das weiche Fell der Katze und seufzte leise.

»Hast du den Korb für sie bereit?« Mutter strich ihr ein wenig hilflos über den Kopf.

»Natürlich. Ich wollte nur, dass sie sich noch so lange wie möglich die Beine vertreten kann«, antwortete Lucie knapp.

»Hast du dich von Paul verabschieden können?«

Lucie nickte. »Zwischen uns ist alles geklärt.«

»Kommt er noch mal vorbei?«

»Nein, das würde alles noch schwerer machen. Wir haben uns gestern Abend ausgiebig verabschiedet. Wir sehen uns ja wieder.«

»Ja, natürlich.« Mutter griff nach ihrer Hand.

Dann schwiegen sie wieder. Nach einer Weile sagte Mutter leise: »Wir müssen los.«

Lucie nickte stumm.

Langsam gingen sie um das Haus herum nach vorne. Herr Beike stand im Garten, sagte aber zu Lucies Erleichterung kein Wort, sondern stand nur da und schielte zu ihnen hinüber. Mutter sah ihn an und nickte kurz. Da hob er die Hand, als wollte er ihnen winken, senkte sie dann aber hastig und stierte zu Boden.

Wortlos lief Lucie an ihm vorbei. Sie drückte Milli mit jedem Schritt enger an ihr Herz. Die Katze ließ sich die Liebkosung widerstandslos gefallen, als wüsste sie, dass gleich ein Abschied für immer anstand. Heiße Tränen strömten über Lucies Gesicht. Sie hatte keine Ahnung, wie sie die Trennung von Paul aushalten sollte.

Auguste und Helene standen nebeneinander in der Tür. Beide wirkten traurig. Sie würden noch einige Tage hierbleiben und alles in Ordnung bringen, bevor sie das Haus – bis auf die Praxis, für die nun Doktor Brandt und Schwester Ida zuständig waren – für lange Zeit verschlossen und zurück zu ihren Familien fuhren.

Mutter umarmte beide und dankte ihnen für alles. Ihr Abschiedsgeschenk hatten sie bereits erhalten. Jede durfte sich ihren Lieblingsgegenstand aus dem Haus aussuchen. Egal, wie groß oder teuer er war.

Auch Lucie umarmte die beiden mit ihrem freien Arm. Auguste hielt den Korb bereit, den sie für Milli vorbereitet hatte, und sie setzte die Katze vorsichtig hinein. Dann warf sie einen Blick hinüber zu Pauls Haus und schluchzte laut auf.

Der Wagen, der ihr Gepäck und die wenigen Kleinmöbel enthielt, die sie mitnehmen wollten, schien förmlich überzuquellen. Das schien auch Mutter aufzufallen, denn sie fragte: »Wo kommen denn die ganzen Sachen her? Wir wollten doch kaum etwas mitnehmen. Hast du dich nicht trennen können, Mutter?«, wandte sie sich an Großmutter.

Großmutter blickte empört auf. »Wohl kaum. Ich habe nur wenige Erinnerungsstücke und das Nötigste mitgenommen.«

»Aber was … nein!«, rief Mutter plötzlich und strahlte.

Vater strahlte zurück. »Doch. Ich habe die Sessel der Großeltern einpacken lassen. Wir wissen alle, wie sehr du daran hängst, und du sollst nicht alles zurücklassen, vor allem nicht, wenn es dich glücklich macht.«

Mutters Gesicht leuchtete euphorisch. Man sah ihr an, dass sie Vater am liebsten um den Hals gefallen wäre, doch aus Platzmangel war das unmöglich. Sie griff über Lucie hinweg nach seiner Hand und drückte sie.

»Ich liebe dich, Daniel Friedländer!«, rief sie selig.

»Und ich dich erst, Hannahschatz!«, gab er zurück.

Lucie verzog schmerzerfüllt das Gesicht. Das war zu viel für sie. Und auch die Großmutter wirkte, als hätte sie gerade in eine Zitrone gebissen.

Als sie ins Auto stieg, sah sie aus ihren verheulten Augen Pauls Mutter am Fenster stehen. Sie nickte ihr zu und Frau Ackermann winkte zurück. Sie hoffte so sehr, dass alles so funktionierte, wie sie und Paul es ausklamüsert hatten, und er bald in die Schweiz käme, um sie zu besuchen. Sonst würde sie heimlich zu ihm reisen. Allzu lange von ihm getrennt sein wollte und konnte sie nicht. Schon jetzt fühlte es sich an, als würde etwas in ihr vor Schmerz zerreißen.

Lucie setzte sich neben Vater und zog den Schlag zu. Die Tränen schnürten ihr die Kehle zu und ihr war übel. An der Ecke stand plötzlich Ilse und betrachtete erstaunt die Autos. Seit sie ihr von dem Umzug erzählt hatte, hatten sie sich nicht mehr gesehen, sodass Ilse nicht wusste, wann sie abreisen würden. Doch Ilse verstand auch so. Langsam hob sie die Hand und winkte zum Abschied.

Das Auto fuhr an. Lucie schloss die Augen und atmete tief ein. Sie wollte nicht voll Schmerz zurückblicken auf Vergangenes.

Sie würde wieder zur Schule gehen, würde Schweizer Käse und die berühmte Schokolade essen, bis ihr schlecht wurde. Sie würde das Baby von Kurt und Ursula aufwachsen sehen, das hoffentlich ein Mädchen wurde, in den Bergen wandern und Schwyzerdütsch sprechen. Und sie würde Paul wiedersehen! Komme, was wolle! Allerdings wusste sie nicht, ob man in der Schweiz auch Archäologie oder Ägyptologie studieren konnte, aber das würde sie herausbekommen. Zur Not würde sie für das Studium in ein anderes Land gehen. Ein sicheres. Zusammen mit Paul. Er würde da sein, wenn sie ihn brauchte, und umgekehrt genauso. Sie waren füreinander bestimmt. Ihre Liebe war so stark, dass sie auch gegen alle Widerstände würde bestehen können. Sobald sie in Sicherheit waren, würden sie anderen Familien helfen können, deren Leben in Gefahr war, und ihnen den Weg ebnen, den sie jetzt beschritten. Der Verkauf der Fabrik war unter Dach und Fach gebracht und von dem Erlös wollte Mutter für ihren Anteil ein jüdisches Krankenhaus bauen lassen. Doch erst einmal musste sie sich in Sicherheit bringen, bevor an solche Sachen auch nur zu denken war.

Und eines Tages würden sie als Familie auf diese furchtbaren letzten Monate zurückblicken und sie als einen Moment ihres Lebens annehmen, in dem sie viel über sich selbst und andere Menschen gelernt hatten. Alles hatte einen Sinn. Kein Rückschlag war umsonst, kein Schicksal vergebens.

Ihre Zukunft lag hell schimmernd vor ihnen, und mit ihr winkten neue Chancen, neues Glück und ein neu geschenktes Leben.

Danksagung

Vielen Dank fürs Lesen! Ich hoffe, Hannah, Lucie, Alma und Co. haben Sie gut unterhalten. Wenn Ihnen das Buch gefallen hat und Sie einen Moment übrig haben, würde ich es überaus schätzen, wenn Sie sich die Zeit nehmen könnten und eine kurze Rezension schreiben würden, damit neue Leser auch die Chance haben, meine Bücher zu finden. Nichts Großes, keine Angst, nur ein paar Zeilen. Das wäre prima!

Die Sternberg-Saga liegt mir von all meinen Büchern besonders am Herzen. Nicht nur, weil ich damit zum ersten Mal auf historischen Pfaden unterwegs bin, sondern auch, weil mir die Charaktere mit ihren Schicksalen so sehr ans Herz gewachsen sind. Die Sternbergs und Friedländers gab es nicht wirklich, aber viele, viele Menschen haben Ähnliches wie sie erlebt. Sie mussten den immer stärker werdenden Judenhass ertragen, der erst im Verborgenen und hinter vorgehaltener Hand blühte und gedieh, dann immer lauter und stärker wurde und schließlich alles wie ein Tsunami überrollte. Der unzählige Leben umkrempelte und sogar nahm. Deswegen musste diese Geschichte erzählt werden, um sie trotz der vielen Jahre, die inzwischen seit diesen fürchterlichen Ereignissen vergangen sind, nicht zu vergessen.

Damit dieses Buch zu Ihnen gelangen konnte, hat es von meinem Schreibtisch aus einen langen Weg zurückgelegt. Ich danke meinem Mann Dirk, dem ich Abend für Abend beifallshungrig das neu Geschriebene präsentiert habe und der mich mit unendlicher Geduld kritisierte und bestärkte. Mein Dank geht an Amazon Publishing, die den Geschichten um die Familie Sternberg eine Chance gegeben haben, und vor allem an Jenny Brodski, die das Potenzial des Manuskripts erkannt hat und durch die die Sternberg-Saga erst werden konnte, was sie jetzt ist. Ich möchte auch Ute Köhler danken, die unnachgiebig und unbeirrt das Beste aus der Story herausgeholt hat, und Gaby Hoffmann, die ihr den nötigen Feinschliff verpasst hat. Vielen Dank schließlich an Anna Glissmann, die mir immer mit Rat und Tat zur Seite stand, wenn es nottat.

Und natürlich geht mein größter Dank an meine Familie. Ohne euch und euren Glauben an mich gäbe es dieses Buch wahrscheinlich gar nicht.

Printed in Germany
by Amazon Distribution
GmbH, Leipzig

26973544R00262